¿Quién eres, Cristina?

Rosario Tey

Cubiertas y diseño de portada: © Agustín Paniagua

www.rosariotey.com

Copyright © Rosario Tey 2016

ISBN: 978-84-617-6314-6

A Laura, mi luz, mi camino, mi fuerza...
A ella por existir.

PRÓLOGO

Raúl

Lo nuestro se fracturó.

Y lo supe cuando sentí cómo algo se resquebrajaba dentro de mí y una multitud de emociones contradictorias batallaban en mi cerebro. Me negaba a admitir que lo que pudiera quedar de lo vivido fuera solo odio. Sin embargo, no encontré otro modo de definir el sentimiento primitivo y escabroso que se agitaba en mi interior. Aquella reacción ajena a cualquier precepto de compasión.

Todo se había derrumbado. Supuse que era de esa manera como se atravesaba la delgada línea que separaba el amor del odio. Así de sencillo, la pasión convertida en tiniebla barría cuanto construimos.

Me costaba creer que había llegado el final, pero tenía que aceptarlo...

Sentado en el sillón de piel negra de mi despacho, no hacía más que contar los minutos.

De un momento a otro, ella entraría y volvería a verla de nuevo. Veintiún días eran demasiados. Me odiaba a mí mismo. Sí, era justo lo que sentía. Me odiaba por no controlar el nudo de sensaciones que se revolvía en mi estómago.

¡Maldito gilipollas!

Miré mi reloj digital. El mismo que me regaló un año por mi cumpleaños, y me di cuenta de lo mucho que había confiado en esa mujer... La rabia martilleaba mis pulmones, tanto que no sabía cómo hacer para disimular lo jodido que me encontraba.

Intenté concentrarme en los contratos que estaban encima de mi mesa. Tenía que repasarlos, corregir algunas cláusulas y enviarlos

7

firmados. La situación actual de mi empresa no era la mejor y flaquear no iba a allanarme el terreno. Suspiré y abrí el primer cajón de mi archivador para guardar algunos documentos, y entonces vi la carta. La hallé entre sus cosas la tarde que decidí marcharme de mi casa. Ella todavía la conservaba...

De no haber escrito aquellas palabras, todo habría sido muy distinto.

De repente, esa noche volvió a mi cabeza...

La noche en un bar de Cádiz, varios años atrás, cuando aún estaba embarazada y pretendía darme celos con su amigo Javi. Sonreí amargamente. No debí entrar en su juego. Pero lo hice.

¡Qué imbécil!

Creí romperme cuando atisbé cómo él ponía sus manos sobre su trasero, cuando acarició su vientre como si esa criatura fuese suya...

Estaba furioso por su mentira. Habría sido más fácil si me hubiese contado la verdad desde el principio. Pero ella se tomó la libertad de dirigir la situación como le vino en gana y me ocultó que, en realidad, ese bebé no era mío. Me volví loco. ¿Qué otra cosa podía hacer si solo con verla supe que nada tendría sentido si no era con ella?

Me sentí traicionado. Pensaba que haríamos las cosas según las habíamos planeado. Pero saber la verdad..., me destrozó.

Yo no era el padre.

La abandoné. La eché de mi casa, cuando hacía tan solo unas semanas que se había instalado allí. Perdí los nervios y le grité que desapareciera de mi vida. Que no pasaría el resto de mis días con alguien que comienza una relación con una sucia mentira.

Sin embargo, aquella noche, unos tres meses después de nuestra primera ruptura, volví a verla. Y fue justo en ese trance en el que decides hacer un esfuerzo y continuar. En ese en el que sentencias que ya es hora de pasar página.

Pensé que si salía con otra chica quizá lograría arrancármela del pensamiento, y solo de ese modo conseguiría dormir algunas horas sin que su perfecto rostro y el olor de su cuerpo en mis blancas sábanas me atormentaran. Pero, al parecer, ella se había adelantado...

Hasta ese instante no supe que lo que más daño me hacía era no tenerla. No podía irme de ese bar y dejarla allí con ese tipo. Y mucho menos después de saber que el bebé era una niña.

¡Joder, una niña! Y él lo sabía antes que yo.

Me comporté como un idiota, la situación me trastornó y acabé en el calabozo de la comisaría casi toda la noche, tras pegarle al enano de su novio, que luego resultó ser su mejor amigo, gay, y enfrentarme a uno de los policías que pretendía sacarme del local.

Más tarde, cuando la soledad y la melancolía de los barrotes me inundaron, comprendí que todos los esfuerzos por quitármela de la cabeza no serían suficientes. Así que llamé a uno de los agentes que hacía guardia y le pedí papel y boli. Al principio se negó. Era un chico joven. Serra, le llamaban. No tardé mucho en convencerlo. Me pasé al menos dos horas hablándole de ella. Creo que se apiadó de mi desesperación y, finalmente, terminó entregándome lo que yo le solicitaba.

—Tío, escribe exactamente lo mismo que acabas de decirme. Eso sí, te advierto que estás muy jodido.

Se dio media vuelta y me dejó intimidad para poder expresarme.

Una carta, maldita sea. ¡¿Cómo cojones iba a enviarle una carta?! La última vez que escribí una había sido con diez años. No obstante, sabía que era de la única forma que podía decirle lo que sentía. De otro modo, no me habría escuchado tras el tremendo espectáculo que armé en ese bar.

Antes de deslizar la tinta por el papel, en mi pensamiento tres palabras se repetían sin cesar: era una niña...

Luego, dejé mi piel en cada letra, en cada sílaba.

Cristina, siento mucho que haya sido el tiempo el que me obligara a comprender que cuando me enamoré de ti, lo hice en toda su inmensidad.

Cuando te conocí no tenía ni idea de que una criatura crecía en tu interior, sin embargo, eso no impidió que cayera rendido a tus pies. Es más, creo que esa fue la razón que me llevó hasta ti. No fuiste solamente tú. Ahora lo sé. Fui hechizado por el embrujo de dos mujeres. Seducido por dos seres extraordinarios: tú y aquella que crece dentro de ti. Alguna extraña fuerza de la naturaleza me arrastró a vosotras, y mi corazón me dice que será para siempre.

Fue una enorme decepción saber que yo no era el padre de esa criatura, no obstante, fuiste tú la que decidiste que yo viviera junto a ella. Me elegiste a mí para ayudarte a criar a tu bebé. Hiciste planes conmigo. Me hiciste partícipe de un proyecto tan importante y exactamente, eso, era lo que yo quería.

Perdóname por alejarte de mi vida. Perdóname por no entenderlo en aquel momento.

Ella está dentro de ti, Cristina, no me importa cómo llegó allí. Solo sé que es mía. Tú eres mía, por lo tanto, ella también. Tu corazón me pertenece. Estos meses no han sido un espejismo. Han sido reales. Tú y yo tenemos algo único, algo mágico..., algo fascinante.

No voy a rendirme. No voy a dejar que te alejes de mí. Ahora sé que ambas me pertenecéis. Ahora sé que ambas sois mías. Jamás he estado tan convencido de algo.

Tú, ella y yo. Así debe ser.

Por favor, perdóname, olvida que he sido un necio y un miserable. Déjame demostrarte que vuestra felicidad es mi único cometido. Haré lo que me pidas, suplicaré con tal de que vuelvas a mí.

Te necesito, Cris. Os necesito. Estoy perdido sin vosotras.

Perdóname.

Raúl

Siete años después, sostenía entre mis dedos ese papel, maldiciendo una y otra vez mi suerte. Y aun así, embebiéndome de cada línea.

¿Cómo pude ser tan estúpido y pensar que podríamos vivir con esa mentira?

La rompí en pedazos y arrojé los trozos a la papelera. Ella pronto llegaría y tenía que entender que, a partir de ese instante, haríamos las cosas a mi manera.

Todo había cambiado.

Yo había cambiado...

Y ya nada volvería a ser como era.

Parte 1

El pasado es un prólogo.
(William Shakespeare)

El ayer está hecho. El mañana nunca llega. El hoy está aquí. Si no sabes
qué hacer, quédate quieto y escucha.
(Carl Sandburg)

Todos en la vida tenemos un antes y un después…

1

UN AMOR, UN CORAZÓN

El aroma a agua salada, la suave y cálida brisa, el murmullo de las risas de mis amigas perdiéndose en la inmensidad de la playa y la melódica voz de Bob Marley abanderando la banda sonora del momento, fueron parte de los recuerdos de aquella primera vez.

Ni siquiera me di cuenta de que se había acercado a nuestra mesa hasta que lo tuve delante, con su metro ochenta de altura, con su revuelto cabello castaño y con aquellos provocadores ojos de los que jamás supe descifrar exactamente el color. Eran de una extraña mezcla entre gris y azul. Tan extraños como la intrigante y contemplativa luna que nos acechaba. No obstante, el color era lo de menos…, lo más atrayente y embriagador de su bonito y aniñado rostro era su mirada enloquecedora y sensual. Supe al instante que jamás podría ignorarla.

—Hola, ¿podría sentarme con vosotras? Mis amigos son muy aburridos y, al parecer, vosotras os lo estáis pasando muy bien. Por cierto, soy Raúl —dijo con una voz tremendamente masculina.

Asentí y mi boca me traicionó curvándose y reprimiendo una sonrisa.

—Claro, Raúl, siéntate —respondió mi amiga Raquel antes de que yo dijera nada, indicándole que lo hiciera en el asiento continuo al mío. Era obvio que mostraba interés por mí.

En esa mesa estábamos Marta y Raquel, mis amigas, y mi hermana Carolina. Él se había acercado hasta allí sin dejar de observarme, como si quisiera anunciarnos a todas que su presa era yo. Lo cual me resultó terriblemente excitante.

Lo observé de cerca y era incluso más guapo. Dientes blancos y alineados. Casi perfectos. Una mandíbula no excesivamente cuadrada y recubierta de vello oscuro...No era una belleza novelesca. Pero sí lo suficientemente atractivo como para distraerme de todo lo demás. Me recordó a ese modelo estadounidense que había sido imagen de Dolce & Gabbana: Noah Mills, y que tanto me gustaba. Solo que Raúl tenía los ojos más claros que ese joven y, por suerte para mí, parecía bastante interesado en quedarse con nosotras.

Esa noche no tenía pensado conocer a ningún chico, de hecho, era lo último que me apetecía. Acababa de regresar de Ámsterdam, prácticamente huyendo de un tortuoso desacierto sentimental, pero ver a Raúl trastocó mis planes. Pensaba que tal vez unos meses en Cádiz, con mi hermana, me vendrían bien para reponerme de la decepción de que Marcus, mi error sentimental, estuviera casado. Mi idea era alejarme por un tiempo.

Él era mi jefe en la revista para la que estaba trabajando como fotógrafa en esos momentos. Ansiaba olvidarlo y convencerme de que podíamos trabajar juntos, sin necesidad de mezclarlo con el placer. Pero lo último que quería era confundirme otra vez. Sin embargo, ver a Raúl fue como una bocanada de aire fresco. Me pareció tan sexi y divertido que no pude evitar sentirme atraída por él al instante.

—¿Sueles hacer esto siempre? —le pregunté con descaro cuando se hubo acomodado a mi lado.

—¿El qué? —quiso saber con divertida curiosidad.

—Pues esto: asaltar una mesa con cuatro mujeres y con una frase tan simple y manida como esa.

—¿Te ha parecido simple?

Marta y Raquel nos miraban risueñas mientras él y yo dialogábamos. Carolina parecía tener la cabeza en otra parte. Concretamente en el hermano de su ex que, de pura casualidad, se encontraba en el grupo de amigos de Raúl, conversando con otros chicos.

—Sí —respondí, ocultando una sonrisilla—. Poco original —puntualicé.

Parpadeó un par de veces, apoyó un codo en la mesa y se pasó el pulgar por la barbilla, analizando mi expresión.

—Entonces, según tú, ¿qué debe decir un hombre para entablar conversación con una mujer que le interesa?

—No lo sé, sencillamente algo original.

—Eso no me ayuda. Necesito alguna pista. —Se giró hacia Marta y Raquel en busca de apoyo y, de pronto, se dio cuenta de que Carolina miraba fijamente a uno de sus amigos.

—Veo que no paras de observar a mi amigo Héctor. Espera, te lo presento. ¡Héctor!

Mi hermana me miró pidiéndome auxilio en silencio. Estaba segura de que Carolina no tenía ninguna gana de encontrarse aquella noche con el hermano de su ex. Aunque, a decir verdad, ese no era un excuñado normal y corriente. Era una bendición para la vista.

Al cabo de unos minutos, después de que Héctor se uniera a nuestra mesa y él y mi hermana se fundieran en una interesante conversación, Marta y Raquel optaron por dialogar entre ellas. Mientras tanto, Raúl bromeaba conmigo.

—Está bien, sigamos con la lección.

—¿Qué lección? —dije moviendo sensualmente el sorbete de mi mojito.

—Me estabas enseñando a ligar. ¿Por dónde íbamos? ¡Ah, sí!, por el principio. Chico conoce chica; qué es lo primero que debe decir. Según tú algo original. Por favor, ¿podrías ponerme un ejemplo? —pidió con sus rosados y apetecibles labios en tensión para no reírse. Cruzó los brazos sobre su amplio pecho y se acomodó en la silla, esperando mi respuesta.

—Un ejemplo…, así que necesitas un ejemplo…, pues… no lo sé, podrías haberte acercado a nuestra mesa y preguntarle a mi amiga Raquel si ese color de pelo es natural o teñido.

Soltó una carcajada. Y… Dios, su risa me caló la piel.

—¿Y eso te parece original?

—Sí, habría dicho mucho de tu personalidad. Probablemente significaría que eres un hombre atento que se preocupa por el color de pelo de su pareja. Eso es algo que a las mujeres nos gusta. Nos satisface ir a la peluquería y que después de dejarnos una pasta en mechas y tintes, nuestra pareja se dé cuenta del cambio.

Obviamente estaba bromeando...

—¿Quieres decir entonces que la primera intervención tiene que reflejar algo de uno mismo?

—Más o menos —afirmé dándole un sorbo a mi copa.

—Pero esa pregunta es arriesgada. Quizá ella se enfade porque cuestione el color de su cabello.

—¿Crees que una chica que se hace esas cosas en la cabeza se va a enfadar porque quieras hablar de su pelo? —consideré, señalando a Raquel que conversaba con Marta, ajena a nosotros, y le mostraba algo en su teléfono móvil.

Mi amiga era una de esas mujeres que no temía a la peluquería. De hecho, aparecía cada semana con un peinado diferente.

—Vale, creo que lo he pillado. Hagamos una prueba —propuso él, apoyando los brazos sobre la mesa y acercándose aún más a mí. En ese instante, su rodilla se rozó con la mía y una corriente eléctrica me paralizó.

—De acuerdo.

Carraspeó un poco, adrede, haciendo como si estuviera ensayando una escena, y luego pasó su bonita mirada de mis labios a mis ojos.

—¿Ese tono de labios es natural o los llevas pintados? —interrogó, acercando ligeramente su cara a la mía.

Sonreí ante su pregunta.

—Es un *gloss* labial.

—No me lo creo. Creo que es tu color. Es imposible que un lápiz de labios consiga ese efecto.

Esto último lo dijo exagerando y dándose de entendido, moviendo los dedos y señalando mi boca.

—Te equivocas, es de la marca L'Oreal y, precisamente, ese es el efecto que consigue.

Chasqueó la lengua, como si mi explicación no le sirviera de nada y planteó:

—Solo hay una manera de saber si ese color es natural o los llevas pintados.

—¿Ah, sí? ¿Cuál? —pregunté siguiéndole el juego, que a esas alturas ya me fascinaba.

—Tendría que besarte, solo que suelo ser muy tímido para esas cosas y esperaré a que seas tú quien acabe suplicándome que lo haga.

Miré sus labios y de pronto sentí la irrefrenable necesidad de devorarlos… Me acerqué a su oído y su masculino perfume se mezcló con la ligera brisa que corría esa noche, obligándome a aspirarlo, luego le susurré:

—Pues yo no suelo suplicar por un beso, así que me temo que te quedarás con la duda.

—Menos mal, porque no me habría gustado verme en el compromiso de tener que comerte la boca aquí mismo.

Al decir eso, nos quedamos contemplándonos uno al otro durante un largo y tenso silencio. Él alzó una ceja y, al sonreír, un descarado hoyuelo apareció en su mejilla. La presión que sentía bajo mi vientre se intensificó y apreté los muslos con fuerza cuando el deseo me recorrió entera. Era más que evidente que ambos lo estábamos deseando.

Raquel y Marta nos interrumpieron y se levantaron para despedirse. Lo cierto es que no les estábamos haciendo mucho caso. Carolina parecía realmente enfrascada en lo que Héctor le contaba; y yo, desde que Raúl había aparecido, no podía apartar mis ojos de él.

Una vez que se hubieron marchado, él comentó analizando cada uno de los rasgos de mi cara:

—¿Te han dicho alguna vez que pareces india?

Me reí.

—No, como mucho me han dicho que no haga el indio. Mi hermana suele repetírmelo a menudo.

Él sonrió también.

—En serio, me recuerdas a esas mujeres indias americanas. No sé…, tus ojos…

Se acomodó en su asiento y llevó uno de sus codos al respaldo de su silla. Me fijé en su polo negro de manga corta con unas rayas de contraste en el cuello y en sus vaqueros azul marino, donde se ocultaban aquellas largas y probablemente bonitas piernas, y pensé en lo mucho que me gustaba un hombre con gusto para la ropa.

—En realidad, mi verdadero nombre es Pocahontas, aunque para los amigos soy Cristina —dije en un intento de hacerme la graciosa cuando su mirada se volvió más intensa y yo empezaba a ponerme nerviosa.

—Qué va, si hubieras pertenecido a una tribu de esas de apaches o cheyenes, estoy seguro que te habrían llamado algo así como… ojos verdes.

—¿Eso es un piropo?

—Por supuesto —declaró con seguridad.

—Pues… gracias —añadí con un aleteo de pestañas que lo hizo sonreír aún más.

Me quedé cortada.

Mojé los labios en mi copa sin saber qué otra cosa decirle e intenté unirme a la conversación de mi hermana y Héctor. Los observé durante unos segundos y, de repente, me fijé en que hacían muy buena pareja, si no hubiese sido porque Héctor era hermano de Rafa, habría dicho que estaba interesado en ella...

Seguí conversando y bromeando un poco más con Raúl, pero, al cabo de un rato, Carolina comentó que estaba muy cansada y que quería marcharse, lo cual me pareció una idea espantosa. Supuse que se sentía incómoda por Héctor, y asentí sin más.

Al levantarnos, Raúl atrapó mi muñeca y el roce de sus dedos en mi piel hizo que, de nuevo, una descarga eléctrica me sacudiera.

—¿Sería muy poco original que te pidiera tu número de teléfono?

—Depende de para qué lo quieras.

—No es nada personal. Es por si necesito comprar un tinte para mi madre o yo qué sé..., para que me des otra lección sobre cómo ligar con alguna chica. Te habrás fijado que soy muy torpe en esto.

—Bastante —le dije sonriendo y sacando mi móvil del bolso—. Sobre todo en esa parte en la que has intentado impresionarme con tus conocimientos sobre las tribus indias.

Él soltó una carcajada.

—Veía muchas películas del Oeste cuando era niño.

—Sí, ya, se te nota...; anda, apunta —le pedí, haciéndole un gesto hacia su teléfono mientras me seguía deleitando con su bonita sonrisa.

Nos intercambiamos los números y me despedí de él cuando Carolina casi me sacó a empujones de allí.

—Te llamaré, no lo olvides..., ojos verdes. —Fue lo último que oí.

Y claro que no lo olvidaría.

2

UN RETAZO DE LA HISTORIA

Quería ser feliz, en realidad lo era, tenía todo lo que una mujer hubiera deseado: una niña preciosa, un novio que me hacía contener la respiración en cuanto aparecía desnudo delante de mí y que, además, me hacía tocar el cielo con cada orgasmo.

Una hermana que había sido, al mismo tiempo, una madre y una amiga. Contaba con amigas locas y divertidas que me arrancaban cientos de sonrisas y un trabajo que me encantaba…

Pero hubo una época en la que dejé de prestarle atención a lo importante y llegué a pensar que esa no era la vida que yo había imaginado para mí.

¿Qué ocurrió para llegar a sentirme de esa manera?

Sí, nos convertimos en una de esas parejas que hacen cosas normales; no sé…, almorzar los domingos con mis suegros, ir al cine de vez en cuando, llevar a Elena a los cumpleaños de sus amiguitos del cole y relacionarnos con un montón de parejas en nuestra misma situación. Había pasado de ser una aventurera que se recorría el mundo tomando fotografías y viviendo al extremo, a transformarme en una mujer madura, responsable y… ¿aburrida?

Aunque, claro, durante esa transición hubo mucho. Tras el nacimiento de Elena, mi depresión postparto casi empuja a Raúl a abandonarme otra vez. Y digo otra vez porque ya lo hizo cuando descubrió que el padre de mi hija no era él, sino mi jefe en la revista para la que estuve trabajando en Ámsterdam: un ca-pu-llo.

Sin embargo, después de perdonar mi asquerosa y aberrante mentira, apostó por lo nuestro y soportó lo insoportable. Elena ya dormía toda la noche entera, no obstante, eso último no resultó tan fácil como yo pensaba. Primero fue el cólico del lactante; luego el pediatra lo llamó reflujos y, finalmente, terminó diciéndonos que «simplemente hay niños que duermen poco», y a mí, por desgracia, me había tocado el gordo de la Lotería Nacional con el complementario incluido.

A mis pocas horas de sueño tenía que sumarle que cada vez que me miraba al espejo me veía como el doble de Patricio, el amigo de Bob Esponja. Hay mujeres que tras el parto pierden un peso importante, aunque yo me encontraba inflada como un globo. Mi matrona decía que se debía a que estaba reteniendo líquidos, pero yo no quería retener nada, ¡yo tan solo quería recuperar mi anterior figura!

Tenía un novio que estaba buenísimo... ¿Cómo creéis que me sentía cada vez que lo veía salir del baño con la toalla bajo sus caderas y con aquel torso propio de un gladiador de la antigua Roma?

Mientras yo me movía por casa con camisetas anchas y el cuerpo inundado de estrías, Raúl seguía con su vida, tan feliz y fabuloso que pagué toda mi frustración con él. Empecé a odiar que no pudiera amamantar a Elena y que eso le diera ventaja sobre mí y continuara con su rutina, es decir: ir a la oficina y luego, por las tardes, entrenar en el gimnasio.

Él se ocupaba de dirigir y gestionar la promotora y constructora de su padre: Construcciones Navarro, S. L. Vivíamos básicamente de su sueldo, que no estaba nada mal. Aunque últimamente, la crisis hacía estragos en su estado de ánimo, y mientras él se ocupaba de pelear con las grandes empresas y organismos con los que trabajaba y dejarse la piel para poder cobrar un montón de facturas atrasadas, yo me quedaba en casa con Elena. Mirándome al espejo y comparando mi figura actual con la que un día fue.

En fin, horrible.

Los primeros meses fueron un verdadero caos. Raúl se implicó mucho, pero para mí nada era suficiente. Me pasaba todo el tiempo llorando y empecé a sentir que el día y la noche eran el mismo infierno absurdo y agotador. Y para colmo, la única persona de mi confianza que me habría zarandeado como Dios manda y me hubiera hecho entrar en razón estaba en otro continente: mi hermana Carolina. Era la única que sabía lo inmadura e infantil que podía llegar a ser en muchas ocasiones. De haber estado junto a mí, seguro que me habría hecho ver las cosas desde un punto de vista diferente, ella era así. Pero, en esos momentos, se hallaba al otro lado del charco, intentado ser feliz junto al hombre que amaba: Héctor, el mejor amigo de Raúl.

Y nada de eso influía en mis sentimientos hacia mi pequeña. De eso se trataba. La quería tanto que era una terrible contradicción. Yo deseaba sentirme bien, necesitaba que mi cuerpo estuviese al ciento por ciento para cuidarla y disfrutar de ella a tope, pero mis hormonas se habían revelado de tal forma que no me dejaban ver la parte más hermosa de ser madre. Todo eso hizo que mi relación con Raúl se tambaleara.

Cuando Elena cumplió seis meses, empecé a encontrarme mejor. Mi suegra decía que Raúl y yo habíamos superado la crisis de la depresión postparto. Elena comenzó a dormir toda la noche seguida y mi estado de ánimo dio un giro de ciento ochenta grados. Con lo cual, volvimos a disfrutar del sexo casi con la misma pasión y desenfreno del primer día. Y es que tengo que decir que él era el único hombre que me había llevado al éxtasis total. Conocía mi cuerpo de tal manera que era capaz de transportarme a las estrellas.

Lo amaba…, lo amaba con toda mi alma. No era un amor normal y corriente, era de esos que pueden hacer que desees morirte. De esos por los que puedes llegar a volverte loca de atar. Y lo peor es que fue así desde el minuto uno.

Habíamos vivido una de esas historias precipitadas e intensas, con tanta pasión y lujuria que parecía irreal. Y al mes de conocernos descubrí que estaba embarazada. Y sabía de sobra que no era de él…

Lo sabía porque el retraso ya lo tenía al venir de Ámsterdam; el problema era que me daba tanto miedo aceptar esa posibilidad que recé con todas mis fuerzas para que tan solo fuera uno de mis desajustes menstruales. Pero no fue así: me vine embarazada y luego le oculté a Raúl que mi bebé no era suyo.

¡Lo sé, lo hice fatal!

Pero la sola idea de que me abandonase… me hizo aferrarme a tomar medidas irresponsables, desesperadas. No obstante, nada de mi absurdo plan dio resultado. Finalmente, Raúl descubrió que él no era el padre de mi bebé y sucedió lo que tanto había temido: me abandonó.

Fue entonces cuando deseé morirme. Pensar que no volviera a tocarme me provocaba tanto dolor que se me hacía insoportable. Gracias a Dios que Carolina estuvo a mi lado. De lo contrario, jamás lo habría superado.

Estuvimos unos tres meses separados. Tres meses que se convirtieron en una larga y tormentosa condena, pero creo que finalmente mis padres oyeron mis plegarias. Me acostaba cada noche rezándoles a ellos. Jamás he sido muy creyente, sin embargo, ellos eran a los únicos que yo oraba. Les pedía que me trajeran a Raúl de vuelta. Que lo condujeran a mi lado. Y estoy segura de que lo arrastraron hasta mí. No pudo ser de otro modo…

Superamos la mentira y, más tarde, vencimos mi crisis existencial postparto. Después de eso pensé que lo demás sería un camino de rosas comparado con aquello. ¡Qué equivocada estaba! Creía que no podría pasarnos nada peor. Que esos tres meses de abandono habían sido los peores de mi vida, qué ilusa…

Nuestra convivencia mejoró aun más cuando Elena empezó a ir a la guardería y yo pude centrarme en mi profesión. Hasta ese momento vivía volcada en cuidar a mi hija, y prácticamente no me quedaba tiempo para ninguna otra cosa. Pero con ella ya en la guardería pude volver al estudio de fotografía, a jornada completa, y a partir de ese instante… comenzó el cambio.

Durante el embarazo, el padre de Raúl me presentó a un fotógrafo muy distinguido en Sevilla: Luis Pernas. Un hombre muy peculiar y complicado. Algo así como «un verdadero artista». A pesar de sus manías y su agrio sentido del humor, él y yo conectamos desde el principio. En cierto modo me recordaba un poco a mi padre. Y no lo digo por el físico, sino por ese empeño en ponerse un caparazón contra quienes insistían en brindarle muestras de cariño.

Mi padre, con el paso del tiempo, fue así también. Tal vez eran cosas mías, pero es que a veces lo echaba tanto de menos que anhelaba un abrazo de los suyos, de esos que nos daba a Carolina y a mí cuando éramos pequeñas y que nunca se borrarían de mi mente.

El caso es que Luis Pernas, ese cincuentón canoso y neurótico, se había empecinado en convertirme en una fotógrafa de renombre. Creía en mí de un modo ciego y halagador. Y eso hizo que mi vida cobrara mucho sentido.

Ahora sí tenía tiempo para volcarme en el trabajo. Solo que a veces me olvidaba de lo demás…

El tiempo transcurría y mi vida se aceleró de un modo temeroso. Superada la depresión fui muy feliz. Lo reconozco. A pesar de mis absurdas peleas con Raúl por quién se quedaba a cuidar de Elena cuando ambos queríamos ir al gimnasio, o por qué él echaba a la cesta de la ropa sucia los calcetines del revés…, a pesar de esas tonterías, yo era feliz. Y hubiera dado muchos años de mi vida para que todo se hubiera quedado de aquella manera. En aquellos momentos aún no estábamos casados, pero eso fue algo que solucionamos muy pronto.

Elena tenía un año y medio cuando nos dimos el «sí quiero».

Junto con el nacimiento de mi pequeña, ese fue uno de los días más felices de mi vida. Miguel, mi suegro, se encargó de organizarlo todo. Fue en la Hacienda San Miguel de Montelirio, en Sevilla. Tuvimos una ceremonia civil a la que le siguió un magnífico banquete en el mismo sitio. Algo así como un paraíso de época, con jardines de ensueño, majestuosas fuentes y una amplia selección de salones nupciales, cada cual más hermoso e impactante. Definitivamente, ese lugar era impresionante.

Al principio, cuando Miguel comenzó con los preparativos intenté ayudarlo, pero en cuanto me di cuenta de que gestionaría nuestra boda como muchos de sus otros negocios, decidí apartarme. Mi suegro era una persona adorable, pero en temas comerciales y de negociaciones era un auténtico depredador. De ahí su buena fortuna.

Lo cierto es que fue una idea de lo más acertada dejarlo a él organizar todo. Yo tan solo quería casarme. Me daba igual el sitio, la hora o el tipo de flores, lo que sí tenía claro era que sería con Raúl. Lo único que deseaba era algún documento que probara que ese hombre me pertenecía. Que por fin era mío y de nadie más.

Raúl deslizó en mi dedo, con suma veneración, el anillo de boda de mi madre. Una sencilla alianza de oro, clásica y elegante. En su interior iba grabada la fecha de nuestro enlace junto a la de mis padres. Fue una de las sorpresas que mi hermana Carolina y él habían planeado con meticulosidad. Y prometí, con mis ojos clavados en los suyos, que jamás me la quitaría.

La ceremonia fue mágica.

Nuestra luna de miel fue mágica.

En aquel tiempo, nuestro amor era mágico…

Sin embargo, cinco años más tarde todo se desfiguró…, volviéndose gris.

Entonces, comenzó nuestra historia.

3

LA VIDA EN COLOR

Me costó convencer a mi hermana para ir al chalet de Raúl aquella tarde, pero, finalmente, lo conseguí. Según ella, no quería encontrarse con Héctor otra vez, y yo estaba segura de que era porque se sentía atraída por él. Sí, ya lo sé, era de locos enamorarse del hermano de tu ex, pero Héctor no era un cuñado cualquiera. ¡Lo raro era que no se hubiera enamorado antes!

Cuando llamé a la puerta y Raúl me abrió en bañador y con un botellín de cerveza en la mano…, creí rozar el cielo. ¿Cómo era posible que estuviera tan bueno? En cuanto me vio, me dedicó una de esas sonrisas sexis y arrebatadoras que probablemente formaban parte de su plan de conquista. Tenía ese aire un tanto arrogante, divertido y terriblemente excitante.

Nos condujo por el jardín a la parte trasera de la casa, donde estaba la piscina y un montón de gente a la que no conocíamos de nada. Entre ellos sus padres, lo cual se me hizo muy extraño. Jamás había conocido a la familia de un chico que me gustaba antes de liarme con él. Ya que si una cosa tenía clara en aquel momento, era que entre Raúl y yo iba a pasar algo…

Sonaba un álbum de Coldplay, y la temperatura era maravillosa. Hacía uno de esos días de verano en los que piensas que el mundo se inventó solo para vivir, para amar, para soñar y para disfrutar de las pasiones del cuerpo. Sobre todo si ese cuerpo era como el de Raúl. Miré a mi alrededor y tanto mis amigas como mi hermana parecían ya totalmente integradas en la fiesta.

Me senté en el borde de la piscina con Raquel, apareciendo él detrás de mí con un par de cervezas en la mano y ofreciéndonos una a cada una. Se acomodó a mi lado y me dio un leve empujoncito.

—Dime, ¿es original presentarte a mis padres antes de que nos hayamos acostado? —susurró en mi oído, señalando a la mesa donde se encontraban su padre y su madre charlando tranquilamente con unos amigos.

Al girarse me fijé en su pelo despeinado y en los rizos que se le formaban en la parte de arriba. Tenía la nariz más bronceada que el resto de las facciones y me resultó adorable. Disimuladamente, continué contemplándolo y no pude evitar recorrer sus anchos hombros y el vello de su abdomen plano.

—¿Y quién te ha dicho a ti que vamos a acostarnos?

—Tú. Lo veo en tu mirada, la de ojos verdes, lo estás deseando —afirmó con un tonito petulante, dando un sorbo a su bebida.

Solté una carcajada.

La voz de Chris Martin, interpretando *Adventure of a lifetime,* sonaba como un velo de seda sobre los altavoces.

—Eres…, eres un creído.

—Pero es la verdad.

—No, no es verdad. No pienso acostarme contigo —afirmé, fingiendo que estaba molesta.

—¿Nunca? —inquirió, exagerando una expresión de fiasco.

—Antes tendremos que casarnos —aseveré muy seria. Haciendo todo lo posible para que no se diera cuenta de que me estaba burlando de él.

Sonrió sin dejar de mirarme, una de esas sonrisitas nerviosas, analizando mis rasgos como si quisiera descubrir que lo que yo acababa de decir era una broma. Sin embargo, yo seguí observándolo sin pestañear.

—Muy bueno —dijo señalándome con el dedo.

—No sé qué te hace tanta gracia. Soy virgen y no pienso acostarme con nadie hasta que esté casada —continué diciendo—. Sonará anticuado, pero es así.

Carraspeó un poco y, de pronto, observé que el color de su cara había bajado varios tonos.

—No…, no puedes estar hablando en serio.

Me giré y le hablé a mi amiga. Sabía de sobra que me seguiría el rollo.

—Raquel, Raúl no cree que yo sea virgen y que llegaré así al matrimonio.

Ella, que era al igual que yo una experta en gastar bromas, se puso muy seria, miró a Raúl y declaró:

—Sí, hijo, sí. Es verdad. Llevamos toda la vida intentando sacar esa idea de su mente conservadora, pero ya la hemos dejado por imposible.

Raúl movió la cabeza como si intentara despertar de un sueño y luego volvió a beber de su cerveza. Sabía que no podría aguantar mucho tiempo sin reírme al ver su expresión de disgusto.

—Lo siento, quizá te has hecho una idea equivocada de mí. Pero prefiero decírtelo ahora antes de que te crees falsas expectativas conmigo —manifesté.

—Vaya, te lo agradezco —dijo él, parpadeando.

Estuvimos durante unos segundos en silencio. Reflexioné sobre la posibilidad de tenerlo toda la tarde engañado, pero me pareció demasiado cruel, así que moví los pies en el agua y me giré...

—¿Cuándo les decimos a tus padres que vamos a casarnos?

Me miró rápidamente y cuando descubrió la sonrisa de guasa que se dibujaba en mi boca, agarró mi cintura y me empujó a la piscina con él. Nos sumergimos juntos. No tuvo ningún reparo en manosear mis caderas y pegarme a su cuerpo. Volvimos a la superficie, recuperando el aliento y me observó con su nariz casi rozando la mía.

El color de sus ojos era fascinante...

La música sibilante creó un lazo respirable en torno a nuestros cuerpos.

Me agarré a los músculos de sus brazos para sostenerme en pie. ¡Joder, cómo me gustaba tocarle...!

—¿Así que... además de guapa, eres graciosa?

Sostenerle la mirada fue demasiado intenso.

Hice una mueca divertida con la cara.

—Y tú, además de creído, eres un pulpo —susurré apartando sus manos de mi trasero.

—No lo sabes bien —murmuró—, pero no te preocupes, lo descubrirás antes de que nos casemos, ojos verdes.

Se dio la vuelta y lo observé salir de la piscina.

Volví a sumergirme.

Dios...

Cristina, es solo atracción física, no lo compliques...

4

ELLA

—**E**lena, termínate ya el Cola-Cao. Llevas dos horas removiendo la leche con la pajita, y te aseguro que no desaparecerá del vaso a menos que te la bebas.

Así empezaba una de nuestras muchas mañanas. Raúl discutiendo con Elena para que se acabara el desayuno. Lo cierto era que la pequeña tenía la desesperante costumbre de sacarnos de quicio nada más levantarnos.

—No quiero más, papá. No me gusta —se quejó ella, apoyando un codo sobre la mesa y sujetándose la cabeza con la mano. Casi parecía que estaba tumbada en vez de sentada.

—Pues ayer sí te gustaba. Además, ya sabes que no puedes llevar los labios pintados al colegio. Así que límpiatelos y tómate el Cola-Cao de una… vez.

—Mamá también se los pinta y no le dices nada.

—Mamá es adulta y tú eres aún una cría.

—Y tú un gruñón. ¡Tonto! —bufó ella, levantándose de mala gana de su silla y dirigiéndose al cuarto de baño.

A veces, prefería no intervenir en sus discusiones matutinas. Era lo mejor para todos. Oí que Raúl le advertía, por última vez, que se tomara el desayuno y luego la amenazaba con algo que jamás llevaba a cabo. Como, por ejemplo, castigarla en su cuarto con la puerta cerrada o no dejarla jugar con el iPad.

Cuando a Elena empezaba a darle la pataleta era cuando tenía que arbitrar. Al final, solo accedía a que su padre la llevara al cole siempre que la dejara llevarse un lápiz de labios en la mochila. Únicamente de ese modo se tomaba su leche y ambos se marchaban, así yo podía vestirme tranquila y hacer las camas antes de irme al estudio.

Sin embargo, ese día, la discusión de Raúl con Elena había ido un poco más allá de lo habitual. Era obvio que los problemas con la constructora le estaban afectando más de la cuenta, y si tenía que pagar su frustración con alguien, ese alguien éramos nosotras. Y, desde luego, el caprichoso comportamiento de una niña de seis años con un berrinche mañanero no ayudaba nada. Pero, a pesar de todo, no debía olvidar que mi papel era de mediadora, siempre que no quisiera salir mal parada.

Raúl pulsaba el botón del ascensor y miraba el reloj de su muñeca con un gesto de total irritación, mientras que yo le colocaba la mochila en la espalda a Elena.

—No quiero que me lleve él al colegio —protestaba ella, cruzándose de brazos y con el cejo fruncido, mirando a su padre de soslayo. Raúl respondió a su comentario poniendo los ojos en blanco.

—No digas eso, Elena, pobrecito. Papá te quiere mucho. ¿A que sí, papá? —Como buena intermediaria tenía que conseguir que la sangre no llegara al río.

—La quiero muchísimo, pero a veces parece un bebé —declaró él, abriendo la puerta del ascensor.

—¡Yo no soy un bebé!

—Raúl, por favor… —supliqué.

—¡Calamardo! —gritó ella a modo de insulto entrando en el ascensor.

Conociendo a Elena, que llamara a su padre de esa manera era la forma más despiadada que tenía de ofenderlo. Calamardo era el personaje más antipático y avinagrado de sus dibujos animados favoritos. Los mismos que Raúl y yo nos tragábamos a la fuerza un día sí y otro también. No obstante, a él ese insulto le hacía mucha gracia. Y a pesar de que estaba cabreado con ella, vi que intentaba contener la risa.

Esa mañana se había puesto una camisa azul cobalto, vaqueros oscuros y encima su abrigo de paño gris. Además, se había afeitado y olía a gloria bendita. Me acerqué a él para darle un beso antes de que se metiera en el ascensor. A veces me resultaba increíble el desearlo de ese modo, aun después de tanto tiempo. Pensé que con los años mi obsesión por él iría a menos, pero no era así. Estaba completamente enamorada de ese hombre.

Lo agarré de la solapa del abrigo y me puse de puntillas para llegar a sus labios. Aquellos labios sensuales y gruesos que tanto me enloquecían. Estábamos en el rellano de nuestro edificio, y yo en bata. Pero me daba igual. Quería besarlo antes de que se fuera. A él y a mi pequeña. Jamás se marchaban sin que los besara. Incluso cuando estábamos cabreados. Era una especie de extraño acuerdo que había entre nosotros. Y Elena también lo cumplía a rajatabla.

Así que me entretuve más de la cuenta en saborear su carnosa boca con sabor a café, pero al oír a Elena resoplar me acerqué a ella y, mientras le quitaba una pelusa del jersey de su uniforme, le di un beso en su moflete regordete.

—¿Has solucionado ya el asunto de Maribel? —le pregunté a mi marido antes de cerrar la puerta del ascensor.

Maribel había sido su secretaria y la responsable de Recursos Humanos desde que Raúl se puso al frente de la empresa de su padre. Esa mujer era algo así como sus pies y manos. El problema estribaba en que ahora se jubilaba y tenían que formar a otra persona para ese mismo puesto y, al parecer, Maribel, a pesar de probar con algunas jóvenes, ninguna, según ella, era lo suficientemente buena. Y ese asunto traía de cabeza a Raúl.

—No, pero espero que hoy quede resuelto. Me espera una mañana movidita de entrevistas y, para colmo, seguro que llegaré tarde. —Resopló, mirándose de nuevo el reloj.

—Está bien, luego hablamos. Te quiero.

—Y yo —lo oí decir al soltar la puerta del ascensor y meterme en casa.

Ese lunes sería como cualquier otro, al menos eso pensaba yo. Me marcharía al estudio y Luis y yo nos pondríamos al día con un montón de trabajo atrasado. Haríamos algún que otro reportaje fotográfico que ya teníamos citado o bien a alguna mamá embarazada, o quizá nos tocaría hacer un poco el payaso con algún bebé difícil, para captar una imagen que pudiéramos poner luego en el escaparate y nos reportara unos ingresos considerables. Aunque, en realidad, la parte «Miliki» me tocaba siempre a mí. Luego, a las dos de la tarde, haríamos un descanso para almorzar y a las cuatro volveríamos para editar las fotografías, hasta las seis de la tarde.

Dicho así parecía agotador, pero lo cierto era que me encantaba mi trabajo. Luis me estaba enseñando muchísimas cosas. Las horas dentro del estudio transcurrían a la velocidad de la luz; esa era, quizá, la parte más aburrida, pero, aun así, me gustaba.

Lo mejor eran las bodas y los encargos para las revistas con las que trabajábamos. De vez en cuando, los fines de semana teníamos que desplazarnos a otra provincia para asistir a alguna celebración. Lo bueno era que, con suerte, en el mismo día estábamos de vuelta. Al principio, Luis me llevaba como ayudante suyo. Pero ahora ya me trataba como a su socia. De hecho, a veces, yo era la única que tomaba fotografías y él se limitaba a ayudarme con los accesorios. Luis me apreciaba. Era un hombre difícil. Me había costado llegar a empatizar con él, sin embargo, ahora nos entendíamos a la perfección.

Pensé que esa semana sería como cualquier otra. Comería con mi esposo, si el trabajo nos lo permitía, y a las seis saldría del estudio e iría a casa de mis suegros a recoger a Elena. Rosa, mi suegra, se ocupaba de ir al colegio a por ella siempre que él no podía.

Los padres de Raúl eran el complemento perfecto en nuestras vidas. Adoraban a Elena y, básicamente, su día a día giraba en torno a ella.

Aquel lunes, el último reportaje de la mañana terminó antes de lo que Luis y yo esperábamos, así que me marché a buscar a Raúl a la oficina. El estudio estaba situado en la calle San Fernando, en el casco histórico de Sevilla. Me encantaba trabajar en esa zona, en el corazón de la bonita capital de Andalucía. Por allí, la afluencia de peatones, comerciantes y turistas era exorbitante. Me apasionaba el bullicio.

El centro de Sevilla era precioso. El contraste entre lo típico andaluz y el flamante y renovado estado de las calles hacía de aquella ciudad un sitio extraordinario. Desde el estudio hasta el Parque Empresarial Torneo tan solo había unos diez minutos en coche, por lo que la mayoría de las veces utilizaba el servicio público de bicicletas para desplazarme de allí a mi casa, y viceversa.

Casi siempre solía esperar a Raúl en el restaurante donde acostumbrábamos a almorzar. Un bar de comida típica y casera. El dueño era un viejo amigo de mi suegro. Para nosotros el almuerzo era un descanso a mitad de la jornada, como un «kit-kat», en un lugar muy confortable. Ese sitio no tenía nada que ver con todas esas franquicias de comida rápida que cumplían con la estética del sofisticado parque empresarial, era más bien un restaurante tradicional y un poco hortera, sin embargo, la comida estaba deliciosa y Rafael, el dueño, era adorable.

Pero como había llegado con tiempo de sobra decidí subir a su despacho a buscarlo. Aparqué mi coche en la extensa explanada que conformaba la parte delantera del edificio y atravesé las puertas de acero cromado y cristal de la entrada. La oficina se encontraba en la séptima planta. Mientras esperaba el ascensor me atusé el pelo frente al espejo y desabroché los botones de mi gabardina beis. En los últimos años había variado mi manera de vestir casi sin darme cuenta. Observé mi imagen. Mi cabello lucía más corto, del mismo tono castaño oscuro de siempre, casi a la altura de mis hombros, y mis ojos seguían siendo grandes y expresivos, solo que ahora ya no me maquillaba tan a menudo. A veces me daba miedo pensar que el tiempo no pasaba en vano.

Una vez arriba, anduve por varios pasillos dejando atrás las sedes de diferentes empresas, hasta que llegué a la puerta que buscaba. En una de las paredes, sobre una placa metalizada, estaba serigrafiado el logo de Construcciones Navarro, S.L.

Entré y, como era habitual, pensé que encontraría tras el mostrador de entrada a Maribel, pero ese día algo varió. Maribel estaba allí, eso no había cambiado. No obstante, a su lado, se encontraba una chica exageradamente hermosa, a la que ella se suponía que estaba formando. Mi reacción fue absolutamente incontrolada. Me quedé paralizada frente a ellas. Observando a la «susodicha» en cuestión.

La conocía de… algo, eso era seguro, pero en ese momento no sabía de qué. Tan solo me fijé en el brillo de su larga melena azabache y en el botón superior de su blusa de raso color champán que, por supuesto, estaba desabrochado y que, sin ser vulgar, dejaba entrever una parte bronceada de sus pechos.

¡¿Cómo podía tener ese tono de piel en febrero?! ¡¿Y sus pestañas?! ¿Eran realmente así de largas, o yo estaba tan ocupada cuidando de mi hija, mi casa y mi marido que me había olvidado de que, ¡de verdad!, el rímel causaba ese efecto en los ojos?

—Hola, Cristina. —La voz de Maribel me hizo salir del aturdimiento.

Ella levantó la vista de los papeles que tenía delante y me miró de arriba abajo con disimulo. La conocía, la conocía y mi maldita cabeza no me decía de qué ni de dónde ni…

Ojos color caramelo y labios de pecado, ¡maldita sea!

—Hola, Maribel. —Conseguí decir con un hilo de voz después de tragar saliva.

Ambas se levantaron.

—Mira, ella es Patricia, será la chica que ocupará mi puesto a partir de ahora. Estaré esta semana poniéndola al día con facturas y demás, pero a partir del lunes que viene tendrás que hacerte cargo tú, y solita. —Esto último lo dijo mirándola a ella.

La chica le respondió con una sonrisa ladeada y luego se acercó a mí y me dio dos besos. Aparentemente parecía amable…, solo aparentemente. A pesar de la idea de que mi marido se pasara todo el día en la oficina con una tipa que estaba rebuena, sabía que no debía perder los nervios… todavía.

—Encantada, Cristina. —Su perfume sofisticado y un pelín empalagoso inundó mi sentido olfativo.

—Igualmente. —Fue lo único que se me ocurrió decir.

¡Joder!, era guapísima.

Muy alta, y su conjunto era perfecto. Falda de tubo y tacones de aguja, negros. Vamos, la secretaria ideal para que su jefe no pudiera evitar tener fantasías eróticas en la oficina.

Ella me miraba como estudiando las facciones de mi cara.

—¿Y qué tal, entonces? —le pregunté para disimular mi conmoción.

—Bien, Maribel ha accedido a cederme su puesto. Espero hacerlo tan bien como ella. —Sí, seguro… ¡Argg!—. La verdad es que ha sido pura casualidad. Llevo varios años viviendo en Bilbao, hasta hace una semana trabajaba con mi padre, pero la crisis nos ha obligado a cerrar la fábrica de muebles que tenemos allí…

—Conozco a esta muchacha desde hace mucho —la interrumpió Maribel—. Su madre me ayudó a decorar mi piso antes de que nacieran mis hijos y nos hicimos muy amigas. Anoche me la encontré de camino a casa —dijo refiriéndose a Patricia— y me comentó que estaba buscando trabajo. Esta joven sabe perfectamente cómo se dirige una empresa. Así que aquí está. Con ella en mi puesto sé que me puedo ir tranquila —declaró la sesentona, deshaciéndose en elogios con esa especie de versión elegante y despampanante de Mónica Lewinsky.

Claro, vieja loca, tú te irás tranquila, pero a mí me dejas hecha un flan, pensé.

En ese mismo instante, vi que Raúl salía de su despacho con el abrigo colgando del brazo. Se pasó la mano por el pelo con gesto agotado y luego me miró. Me dedicó una sonrisa preciosa y se acercó a mí. El beso con el que selló mis labios decía algo más que un simple *hola*. Era como si hubiese querido decirme que no había nada de qué preocuparme.

—Ya veo que te han presentado a Patricia.

—Pues sí, Maribel me estaba diciendo que ya se conocían de antes.

—Lo cierto es que Patricia es amiga nuestra desde hace mucho —aclaró él, terminándose de poner el abrigo. Vi que ella deslizaba su mirada por el amplio y atlético pecho de mi marido mientras este se arreglaba la ropa y metía bien la camisa por el pantalón.

Respiré hondo, quizá eran paranoias mías.

De pronto, sonó el teléfono y ambas se dieron la vuelta para responder a la llamada. Maribel llegó antes y Raúl y yo nos despedimos de ella.

—Bueno, Patricia, bienvenida a nuestra empresa —le dije en un lenguaje que solo las mujeres entendemos. Es decir, utilizando el término «nuestra» para dejarle clarito que esa empresa también me pertenecía y, por supuesto, agarrándolo a él por la cintura, que al fin y al cabo era lo único que me interesaba.

En fin, solo me faltó mearlo por encima para marcar mi territorio.

Y, desde luego, la mirada con la que ella me respondió me hizo saber que había captado el mensaje. Otra cosa muy distinta era que lo respetara.

Al salir de allí, Raúl me cambió de tema radicalmente. Empezó a contarme que el Ayuntamiento de Madrid, finalmente, le pagaría la factura atrasada de una de las reparaciones que habían hecho hacía ya casi cinco años en la estación de metro de Atocha. Después de un montón de pleitos y demandas, ganaron. Y era solo cuestión de días que les ingresaran el pago. Lo que le haría relajarse y ponerse al día con otros atrasos.

Sin embargo, yo no me olvidé de ella. Solo estaba esperando el momento justo para preguntarle. «Amiga» ¿Y qué clase de amistad había tenido él con esa mujer?

La cuestión era que yo la conocía y mi estúpido Alzheimer prematuro no me dejaba averiguar de qué.

Pero esa sensación…

5

NO TENGO ELECCIÓN

Observé a mi hermana, que charlaba a la orilla del mar con Héctor. Parecían divertirse bastante. De hecho, ahora estaba mucho más relajada que en el restaurante en el que habíamos almorzado. Me tumbé en la arena, sobre la toalla, con la cámara de fotos en las manos. Raúl se acomodó a mi lado y le enseñé las instantáneas que había tomado desde el coche.

Zahara de los Atunes contaba con unas playas excepcionales. Kilómetros de arena fina y dorada arropados por una extraordinaria flora autóctona y, como principal protagonista: el mar. Extenso, sublime…, dibujando un paisaje azul prodigioso.

Cogí la cámara antes de salir de casa con la esperanza de poder fotografiar la puesta de sol. La zona que habíamos escogido bajo uno de los acantilados era perfecta. Estaba segura de que al bajar la marea, y una vez que el sol se ocultase tras el horizonte, la estampa sería asombrosa.

—¿Desde cuándo te gusta la fotografía? —preguntó.

—Pues creo que desde que tengo uso de razón. De pequeñita, mi madre, en Carnavales, me compró una de esas que le pulsas el botón y sale el muñequito, ¿sabes cuáles son? —Él asintió sonriendo—. Pues fue la primera que tuve. Y ya a partir de ahí he tenido cámaras de todo tipo. Me encanta la fotografía —aseveré mientras él estudiaba las facciones de mi cara—. Creo que es algo más que mirar a través de un objetivo. Cuando hago una foto sé que esa imagen me dirá muchas cosas. Para mí es algo así como aprender a observar. Conoces a una persona, hablas con ella y crees que puedes averiguar algo. Sin embargo, luego, tomas una fotografía… —en ese momento alcé la cámara y le hice una foto. Él aprovechó para poner una mueca tontorrona sacándome la lengua, lo cual me hizo partirme de la risa al contemplar el resultado en la pantalla— y ves; las fotos te lo dicen todo —señalé mostrándosela.

—Así que lo de la fotografía es devoción, ¿no? —murmuró.

—Más o menos. Un año, los Reyes Magos me trajeron una cámara de fotos de Barbie. Me pasaba las horas muertas jugando con aquel cacharro. Era parecida a una de esas polaroid y me harté de hacer fotos. La usé tanto que acabé estropeándola. Tendrías que haber visto el pollo que le monté a mi padre cuando me dijo que no tenía arreglo. Cada vez que se me viene a la mente la imagen de aquella cámara…, un montón de buenos recuerdos me asaltan…

Tenía la cabeza apoyada en un codo y sus ojos, entrecerrados, parecían memorizar cada uno de mis rasgos. Llevaba un bañador rojo de Tommy Hilfiger y, desde luego, podría haber protagonizado la colección de ropa de baño masculina de esa firma, que habría sido un éxito.

Al cabo de un rato, de estar charlando tranquilamente tendidos sobre la arena, decidimos levantarnos y dar un paseo por la playa. La marea ya estaba bajando y la temperatura ahora era mucho más agradable.

Lo miré y de pronto me di cuenta de que me encantaba hablar con él. Hacía tan solo dos días que lo conocía, pero a pesar de que me moría por besarlo y enterrar mis dedos en su fascinante cabello, esa no era mi prioridad. Me apetecía saber más cosas suyas. Mi anterior relación había sido puramente sexual y, aunque no pretendía enamorarme de nadie ese verano, quería conocer a Raúl.

Él ya me había hablado de su trabajo y de lo que le suponía tomar el mando en la empresa de su padre, y yo decidí ser sincera y hablarle de mis planes. Es decir, pasar el verano en Cádiz y luego volver a Ámsterdam.

—¿Y qué dicen tus padres de que estés todo el tiempo de aquí para allá viajando?

Lo miré y comprendí que Héctor no le había contado que Carolina y yo éramos huérfanas.

—Mis padres murieron hace mucho, Raúl. Tuvieron un accidente de coche —dije cabizbaja.

Su cara se transformó al instante.

—Lo siento, yo…

—No, no te preocupes.

Un silencio incómodo se asentó entre nosotros y cuando estábamos llegando a uno de los extremos del acantilado donde las rocas quedaban visibles por la bajada del mar, él dijo así… sin más:

—Dime…, ¿cómo quieres que sea nuestra primera vez?

No respondí, solo puse los ojos en blanco y sonreí.

Por supuesto, me moría de ganas por tener una primera vez con él…

—Si voy a esperar a que estemos casados, al menos me permitirás el capricho de poder hablarlo, ¿no?

—Está bien, podemos hablar de ello. Venga, ¿qué quieres saber?

—Quiero saber qué es lo que te gusta —dijo con aquella mirada excitante y sensual que ya empezaba a resultarme imprescindible.

—Me parece que eso es mejor que vayas descubriéndolo… —respondí, lanzándole una ojeada picarona, sorteando las rocas y evitando los charcos de agua que se formaban entre ellas.

—Eso es lo que intento. ¿Te avergüenza hablar de esto conmigo? —preguntó, esta vez agarrando mi muñeca y obligándome a detenerme. Se situó delante de mí de manera que tuve que alzar la cabeza para mirarlo a los ojos. Estaba tan cerca que pensé que por fin iba a besarme.

—Te refieres a cómo me gusta el sexo, ¿verdad? —especifiqué, enredando un poco la conversación para poder pensar una respuesta impactante.

Se humedeció los labios y luego resopló.

—Sí, Cristina, para jugar a las casitas somos ya muy mayorcitos.

—Vale. Solo responderé a esa pregunta si tú lo haces primero.

—Eso es hacer trampa.

—Lo sé, pero yo soy así —declaré, encogiéndome de hombros, haciéndole sonreír aún más.

—Muy bien. —Se acercó un poco a mi oído y su boca casi rozó el lóbulo de mi oreja, lo que me provocó un latigazo de deseo entre mis muslos—. Pues te diré que desde que te vi por primera vez, no puedo dejar de pensar en ti y en mí follando como animales.

Sus tórridas palabras y las calenturientas imágenes que se agolparon en mi mente, multiplicaron por un millón las ganas de besarlo. Lo deseaba tanto que sentía mis pechos hinchados y pesados. El aliento se atragantó en mi garganta y apenas pude decir nada.

—Ahora te toca a ti —invitó, contemplando con una sonrisa ladeada la cara de pánfila que se me había quedado.

—Yo... —intenté calmarme y parecer segura—. Estoy de acuerdo contigo. Quiero que follemos como animales —parloteé sin pensar. Sin embargo, mis palabras y el modo en que lo dije resultaron tan patéticos que al oírme me dieron ganas de abofetearme. Él tuvo que ver en mi cara el sonrojo que se instaló en mis mejillas tras decir aquello, ya que, inmediatamente, soltó una carcajada.

De pronto me sentí tan ridícula y herida en mi orgullo, viendo cómo se reía de mí que le di un empujón y salí corriendo en dirección a las toallas.

—Eres un imbécil —masculló entre dientes.

—Pero... ¿dónde vas? Cristina, ven aquí —decía él, atragantándose de la risa.

—Déjame, Raúl, no quiero seguir hablando estupideces.

No pude seguir andando porque él me agarró por la cintura y me giró, haciendo colisionar su cuerpo contra el mío. Mis senos rozaron su pecho y estábamos tan pegados que sentí su imponente erección clavándose en la parte baja de mi vientre. Acunó mi rostro entre sus manos y, antes de besarme, se detuvo unos instantes para deleitarse en mis facciones. El brillo de sus ojos era fulgurante.

—Nena, follaremos como animales, de eso no te quepa duda —gruñó sobre mis labios antes de alcanzar mi boca.

Nos besamos con unas ansias desmedidas. Yo puse mis manos en su espalda y aproveché para acariciarle cada uno de sus músculos. Su piel estaba caliente, lisa y sedosa. Chupé su lengua como si no fuera a tener otra oportunidad y el gemido que exhaló me instó a seguir saboreándolo. Sabía que jamás podría olvidar su sabor, su olor...

Me sorprendió desearlo de esa manera, cuando tan solo hacía dos días que lo conocía. Pero así era.

No recuerdo cuánto tiempo estuvimos besándonos en aquella despoblada y hermosa cala, solo sé que me costó una enormidad contener mis ganas de empujarlo al mar y rogarle que me follara allí mismo. Y estoy segura de que habríamos acabado así de no haber sido porque las figuras de mi hermana y Héctor, al otro lado de la playa, nos obligaron a separarnos y recuperar la compostura.

Observamos que se acercaban a nosotros charlando tranquilamente, pero, de repente, mi hermana tropezó entre las rocas y la oí gritar.

Una hora y media después estábamos a las puertas de Urgencias despidiéndonos de ellos. Se habían portado como dos perfectos caballeros. A Carolina tuvieron que cogerle algunos puntos en el pie, así que mi idea de quedar esa noche con Raúl y «follar como animales» tuvo que ser pospuesta.

—¿Qué te parece si te llamo mañana y quedamos? —propuso acercándose a mí mientras mi hermana y Héctor hablaban a través de la ventanilla de nuestro coche.

—¿Para qué? —pregunté de forma inocente y burlona.

—Quieres que vuelva a decirlo, ¿verdad?

Asentí sonriendo y mordiéndome el labio. Se acercó a mí hasta dejarme atrapada entre el coche y su cuerpo. Una mano viajó a mi cadera, pellizcándola y advirtiéndome de lo excitado que estaba, la otra acabó en mi nuca, enlazando sus dedos en mi pelo. En ese instante, al volver a sentirlo tan cerca, estuve a punto de derretirme. Su aliento me hizo cosquillas en el oído…

—No puedes hacerte ni una idea de las ganas que tengo de lamer todo tu cuerpo. Me muero por sentir tus piernas alrededor de mi cintura mientras te follo. —Mi corazón se saltó dos latidos—. Por sentir tus labios alrededor de mi polla. Si no quedas mañana conmigo, iré a buscarte y te raptaré. Te aseguro que no tienes elección, ojos verdes.

Y, desde luego, ya no la tenía…

6

EL PRINCIPIO DEL CAOS

Raúl parecía más relajado que esta mañana. Mucho más. Estaba contento, de eso no me cabía ninguna duda. ¿Pero por qué no iba a estarlo? Su empresa había ganado ese dichoso pleito y, encima, ya había solucionado el asunto de su secretaria, ¿no?

Me sujetó la puerta para que accediéramos al restaurante y nos dirigimos a la misma mesa de casi todos los días, situada junto a uno de los ventanales laterales. Con premura, una de las camareras se acercó a tomarnos nota.

Él alargó la mano y me acarició la muñeca con el pulgar.

—¿Y qué tal en el estudio? —se interesó, entablando conversación.

—Bien, muy bien… Oye, ¿de qué me suena esa chica? —pregunté de forma desinteresada, mientras la camarera nos dejaba la bebida.

—¿Quién…, Patricia? —Me retiró la mirada y se sirvió su Coca-Cola en el vaso.

—Sí, la conozco de algo…, pero no sé de qué. —Por más que lo intentaba no conseguía ubicarla.

—Bueno, Patricia es amiga de mi familia y mía desde hace ya varios años. Estuvo casada con el que era antes abogado de mi padre, Mario Márquez. Se divorciaron poco después de que tú y yo empezáramos a salir. Quizá hemos coincidido con ellos en alguna fiesta, pero lo dudo porque ella lleva viviendo bastante tiempo en Bilbao.

—Me resulta familiar su cara, sé que la he visto antes…

—Su exmarido fue también socio de Héctor, en el Rodeo.

¡Claro! Fue decir eso y de pronto supe quién era ella. El corazón se me encogió solo de pensarlo.

El Rodeo había sido un restaurante que Héctor, el marido de mi hermana, tuvo en el barrio de Santa Cruz. Y del que ahora se encargaba mi suegro. Lo inauguraron ese tal Mario y mi cuñado. Pero cuando Carolina y Héctor empezaron a salir, hubo algunos malos entendidos entre él y la esposa de su socio. Al parecer, habían estado liados y mi hermana no estaba dispuesta a tolerar a esa mujer constantemente cerca de Héctor. Incluso me contó que en una fiesta los pilló besándose. En pocas palabras: esa intrusa había sido la pesadilla andante de ella durante mucho tiempo, y ahora estaba trabajando en la empresa de mi marido. Eso no pintaba bien.

Recordé que la había visto allí, en el Rodeo, el primer verano que Raúl y yo estábamos juntos y él me preparó una fiesta sorpresa por mi cumpleaños. Me vino a la mente que Carolina se marchó por culpa de ella cuando se coló a mitad de la celebración buscando a Héctor. ¡Y la odié! En ese mismo instante todos esos recuerdos se me agolparon y mi reacción no fue otra que un tremendo e incontrolado rechazo.

—¿Esa es la Patricia que estuvo liada con Héctor? —le pregunté de manera acusatoria y retirando mi muñeca de su mano. Sentía el corazón bombeándome cada vez más acelerado.

—Estuvieron juntos antes de que ella se casara, Cristina. Además, de eso hace ya mucho tiempo —respondió él, entornando los ojos y entrelazando sus dedos, como dando por hecho que esa conversación se alargaría.

—¿Vas a contratar como secretaria a una mujer que estuvo a punto de acabar con la relación de Héctor y Carolina?

—Oh, vamos, no dramatices…

—¿Que no dramatice? —bufé enfadada, dejándome caer en el respaldo de mi silla.

—Oye, no he sido yo quien la ha contratado. Le di libertad a Maribel para que trajera a la empresa a una persona de confianza y ahora no puedo decirle que no.

No me podía creer lo que estaba oyendo. ¡Valiente excusa!

—Me da igual lo que le prometieras a Maribel, la quiero fuera de tu empresa hoy mismo. Tú eres el jefe, tú decides quién se queda y quién no.

—¿Estás loca? ¿Qué coño te pasa? —protestó él, cabreado y mirando a un lado y a otro con temor a que alguien pudiera oírnos.

—No, el que está loco eres tú si te crees que voy a aceptar que esa…, esa… tipa trabaje todos los días junto a ti.

—¿Estás celosa? —Vi asomarse una irritante sonrisilla en su precioso rostro.

—No tiene gracia, Raúl. Te lo digo muy en serio. No quiero que la contrates.

—Cristina, por favor, sé razonable. ¿Qué quieres que le diga ahora a Maribel? ¿Que eche a la puta calle a Patricia porque Cristina está celosa? —Esto último lo dijo cambiando un poco la voz, irritándome aún más.

—Me importa un cuerno lo que le digas, solo que no va a trabajar contigo —advertí muy seria.

Acercó su cara a la mía, por encima de la mesa.

—No, Cristina, no voy a decirle eso —susurró—. Patricia va a trabajar en mi empresa. Y debes aceptarlo y confiar en mí.

La mirada que acompañó a aquella advertencia evidenció lo que yo temía. No sería tan fácil quitármela de encima.

—¿Vas a dejar que se quede aun sabiendo que yo no quiero?

—No puedo hacer otra cosa.

—Claro que puedes.

Su rostro frente a mí, cerca, muy cerca.

—Exacto. Pero no quiero.

Silencio. Nuestros ojos retándose.

—¡Vete a la mierda! —espeté, levantándome de la mesa y haciendo un ruido espantoso con la silla.

La camarera se aproximaba con dos platos, pero al verme de pie y así de alterada, se quedó parada frente a nosotros con una mueca de preocupación.

—¿Qué haces? —Antes de que pudiera alejarme, él rodeó mi muñeca.

—Me largo, no tengo hambre.

—Vas a montar una escena por esta tontería, ¿verdad?

Ya me conocía lo suficiente. Sabía que no me importaba nada ni nadie cuando algo entre él y yo iba mal. Así era nuestra relación. Una constante bomba de relojería que en cualquier instante podía estallar. Así éramos Raúl y yo: incontrolables, testarudos, orgullosos… Siempre al límite. Nuestras peleas, a veces, eran temibles. Podíamos estar tirándonos los trastos a la cabeza, gritándonos e insultándonos…, bueno, en realidad, yo insultaba y él aguantaba como podía, pero un nanosegundo después nos arrancábamos la ropa y nos dejábamos llevar por la lujuria. ¡Qué demonios!, cuando estábamos bien todo merecía la pena.

Hasta ese momento... Porque a partir de aquel día algo cambió. Tenía que hacerme a la idea y aceptar ese giro inesperado.

—No es ninguna tontería. Te estoy diciendo que no quiero que una mujer que intentó arruinar la relación de mi hermana trabaje contigo. Tampoco es tan difícil de entender —repliqué, zafándome de su mano.

—Haz el favor de sentarte ahora mismo, vamos a comer. —La camarera, intuyendo que la discusión se alargaría, se dio media vuelta y decidió volver más tarde.

—Solo me sentaré si me dices que no vas a contratarla.

—Por favor, escúchame —suplicó, poniéndose de pie.

Me crucé de brazos frente a él y puse los ojos en blanco.

—Cristina, Maribel ha sido la persona en la que más he confiado desde que empecé a trabajar con mi padre. Es más que una empleada, forma parte de nuestras vidas. Se ha dejado la piel en nuestra empresa. Lo único que me pidió antes de jubilarse era que ella decidiría quién se quedaba en su puesto, y... ¿quieres que ahora, que hoy, le diga que Patricia no es válida? ¿No crees que, al menos, debería darle una oportunidad?

—No me cuentes historias, Raúl.

¿Me quería convencer por el lado sensible?...

—No son historias, maldita sea. Se trata de Maribel, no puedo hacerle ese feo. —Vi que se llevaba la mano a la nuca y se la frotaba.

—Entonces, ¿qué tengo que hacer, aguantarme y dejar que una cerda que intentó destruir la relación de mi hermana se pegue nueve horas diarias trabajando contigo?

—¡Joder, Cristina, por el amor de Dios! No puedo despedir a alguien por un estúpido ataque de celos tuyo. ¿Es que no lo entiendes?

¡¿Qué?! Ahora sí que me había jodido.

—Está bien, adiós, Raúl. Te veré luego en casa.

Me di la vuelta y me encaminé hacia la puerta del restaurante. No pensaba quedarme con él ni un minuto más. La idea de que ella iba a trabajar a su lado era tan espantosa que tenía un enorme pellizco instalado en mi estómago. Además, había sido instantáneo, fue verla y saber que algo iría mal.

—No estás siendo nada justa, Cristina. No sé a qué viene esto —masculló agarrándome del brazo.

—Ya te lo he dicho, mortificó a mi hermana durante meses. No la quiero cerca de nuestras vidas. Incluso antes de reconocerla ya me ha dado mala espina.

—Estás hablando de algo que pasó hace años. Antes de que Héctor y Carolina se casaran, además, ¿qué tiene que ver todo eso conmigo y con mi empresa?

—Tiene que ver conmigo y con mi hermana, ¿te parece poco?

—No, no tiene que ver contigo. Según tú, pasó algo entre Héctor y ella. Pero resulta que Héctor está felizmente casado con tu hermana y encima viven en Cádiz, con lo cual, las posibilidades de encontrarse con Patricia son muy reducidas.

¡¿Cómo que según yo?! ¿Acaso no era cierto? Mi mente estaba a punto de colapsar.

Me llevé las manos a la cara, frotándome los ojos. Necesitaba que me entendiera. No eran solamente celos, había algo más. Me sentía como si estuviera a punto de atravesar un campo de minas.

—Esta conversación está empezando a hartarme, Raúl, si no vas a despedirla no quiero seguir hablando contigo. Necesito hacerme a la idea de que vas a pasar todos los días junto a ella . Déjame marchar, he perdido el apetito.

Salí a la calle y él me siguió. Antes de que pudiera alejarme me cogió por la cintura y me pegó a su cuerpo. Su olor me puso en alerta máxima. A veces, cuando discutíamos, tenía que asegurarme de estar lo suficientemente alejada de él para no confundirme. Su persona era como un gigantesco imán para mí. Al final todo se resumía a lo mismo: no podía vivir sin él. Llegué a pensar que amar de esa manera era enfermizo. De ahí mis inseguridades y miedos. Creo que la idea de que lo nuestro se estropeara era tan espantosa que me hacía actuar de un modo irracional y desmedido.

—Crees que Patricia es una amenaza, ¿verdad? —Me quedé quieta mientras él me sujetaba, pero no lo miré—. ¿Por eso estás así? ¿De verdad piensas que ella puede cambiar lo que siento por ti? —Esta vez me pinzó la barbilla con sus dedos, obligándome a mirarlo.

—No lo sé, Raúl. Simplemente no quiero arriesgarme —respondí, sosteniéndole la mirada.

El color de sus ojos era como el de un hermoso y traslúcido atardecer. Cualquiera hubiera pensado que de alguna tonalidad azul. Pero para mí, él tenía esa mirada en la que era tan fácil perderse como quererlo. Cuando me miraba de ese modo, solo podía amarlo…

—¿No puedes intentarlo al menos?, únicamente te pido que confíes en mí. ¿Crees que me arriesgaría a perder lo que tenemos?

En realidad confiaba en él. Era ella la que me daba pavor. Esa mujer tenía un gigantesco neón fluorescente pegado a su frente que decía: «Peligro, robo maridos». Era algo así como la bruja de la Bella durmiente. Solo que yo no estaba dormida, diría que desde que Elena tuvo el cólico del lactante mi sueño se había alterado, y estaba muy despierta, y de ahora en adelante más me valía estar en estado de alerta constantemente.

—Si no quieres arriesgarte, despídela. Hazlo por nosotros.

—Cris, por favor…

Esa súplica me sonó a algo así como vete acostumbrando. Y, por supuesto, no me gustó.

—Está bien. Me voy. —Me separé de él y, sin mirar atrás, me dirigí a mi coche.

Él se quedó allí, en medio de la calle, parado, pero no hizo nada más. Estaba claro que, de momento, Patricia se quedaba en la empresa y yo tendría que acostumbrarme a que esa arpía de cabello Pantene Pro-V, de piel bronceada incluso en febrero, y que encima había intentado sabotear la relación de mi hermana con el hombre de su vida, ahora pasaría más tiempo junto a mi marido que yo.

¡No, no y mil veces no! No me resignaría a eso. Solo tenía que buscar el modo de apartarla de él…

—¡Cris, maldita sea! —lo oí gritar a mi espalda. Subí al coche y me largué.

En el fondo sabía que quizá me estaba pasando, pero la sensación de tener a esa mujer delante de mí había sido tan desagradable que no pude evitar comportarme de esa manera con él.

Volví al estudio antes que Luis. Me compré un bocata en una tienda de ultramarinos, una calle más abajo, y me lo comí con desgana mientras editaba algunas fotografías de uno de los trabajos que teníamos pendientes de entregar.

Cuando mi jefe hizo su aparición, se extrañó al verme allí. Generalmente, era yo la que llegaba siempre después que él. Ese hombre vivía para su trabajo. Estaba separado de su esposa desde hacía muchos años, y por lo poco que sabía al respecto, ella lo había abandonado cuando su hija tenía tan solo un año. Al parecer, ambas vivían en Francia con la familia de ella y él las había visto muy pocas veces. Nunca quiso decirme por qué no mantenía contacto con su hija. Deduje que era por el hecho de que su exmujer se había vuelto a casar y la pequeña llamaba papá a su padrastro...Con lo cual, su existencia giraba en torno a ese reducido bajo en pleno centro de Sevilla, lleno de negativos, flashes, filtros y accesorios de iluminación.

Luis Pernas era una especie de artista en la sombra. Se ganaba la vida bastante bien, pero, en mi opinión, su trabajo hacía tiempo que debía haber traspasado fronteras. Era realmente bueno. Lo que ese hombre hacía no eran simples fotografías, era sencillamente arte puro. Tenía una increíble habilidad captando expresiones. Su especialidad eran los retratos, pero en realidad todos sus trabajos gozaban de una calidad extraordinaria. Y lo mejor era que pretendía enseñármelo todo a mí.

—Has vuelto muy pronto, ¿ocurre algo? —me preguntó tras acomodarse en su mesa, sin apartar la vista del Mac y con las gafas apoyadas en el puente de la nariz.

—No es nada, solo que Raúl y yo hemos discutido.

Yo, a diferencia de él, le tenía al día de cualquier altibajo de mi matrimonio. A alguien tenía que contárselo. Ese hombre era para mí lo más parecido a mi mejor amiga. Y no es que no tuviera amigas con quien hablar, simplemente él estaba allí junto a mí todos los días, y encima sabía escucharme. Realmente era lo único que hacía, escuchar. En muy raras ocasiones me daba consejos. Él solo se limitaba a no perder el hilo de mis parrafadas. Así que si alguna vez me obsequiaba con alguna sugerencia, yo la acogía como agua de mayo.

—Ha contratado a una guarra como secretaria —añadí.

—¿Y cómo sabes que es una guarra? ¿La conoces? —Se giró y me miró. Acerqué una silla a su mesa y me senté junto a él para observar la técnica de desenfoque individual que estaba empleando en aquella fotografía.

—Sí, la conozco. Sé de sobra que es una cerda.

—Raúl no parece de esa clase de hombres... —dijo entre dientes, girándose de nuevo hacia la pantalla, con la barbilla apoyada en la palma de su mano.

—¿De qué clase? —pregunté, observando su perfil y los pelos canosos que salían de sus orejas.

—Del que se deja impresionar por cualquier mujer —murmuró, centrando su atención en la fotografía.

Viniendo de Luis eso había sido un mensaje tranquilizador.

—Eso espero —añadí, cruzando los dedos.

En ese momento, probablemente estaría en la oficina, con *ella*, y ese pensamiento hizo que un desagradable escalofrío me recorriera la espalda. Me estremecí.

—Por cierto, me acaban de enviar un correo. ¿Te acuerdas de la exposición de la que te hablé, en la Casa de la Provincia? —dijo él cambiando de tema.

—¿La de abril?

—Sí, vamos a participar.

—¡¿En serio?! Luis, eso es maravilloso.

Era una exposición muy esperada por él. Los mejores trabajos serían recompensados con una suma económica importante, y lo mejor, tendríamos la oportunidad de trabajar para revistas internacionales. Solo podían participar fotógrafos que hubieran obtenido algún premio nacional de fotografía, y Luis Pernas cargaba unos cuantos a sus espaldas. Ahora tan solo quedaba prepararnos con esmero.

—Sí, es fantástico, para ti y para mí. Así que quiero que te olvides de esas tonterías de secretarias guarras y nos pongamos manos a la obra con la exposición.

Sonreí con desgana, sobre todo porque yo sabía que no era ninguna tontería. Pero, al menos, intenté olvidarme y continuar con mi trabajo.

Sin embargo, no lo conseguí…

7

FLORES EXÓTICAS Y MAGIA

Lo miraba y solo podía pensar si era una mera casualidad o ese hombre había caído del cielo para deslumbrarme. Tan guapo, espontáneo, sencillo y divertido que de repente el mundo a mi alrededor estaba pintándose de colores tropicales, flores exóticas... y magia.

Prometió lo pactado y me llamó al día siguiente para invitarme a cenar e ir al cine. Eso fue lo que me dijo por teléfono. Sin embargo, cuando vino a recogerme al portal de mi casa en su coche, tan fascinante y perturbador que me costó tragar saliva, me comentó que había cambiado de opinión. Condujo en silencio con una bonita sonrisa ladeada en sus labios mientras yo hablaba sin parar. Apenas recuerdo qué era lo que le contaba, y es que eso de hablar como si hubiera comido lengua era una de mis incontroladas reacciones cuando estaba nerviosa por algo.

Detuvo su coche delante del chalet de sus padres, serían las nueve de la noche. A esa hora, el sol ya se había ocultado en el horizonte y el cielo empezaba a oscurecerse, mostrando un abanico de colores en tonos ambarinos y violetas.

Me bajé del vehículo en silencio. Mi cuerpo estaba anticipándose a lo que ocurriría allí dentro y me sentía temblorosa y torpe. Obviamente, sus padres no estaban. Al parecer, ellos solo iban a esa casa de campo los fines de semana.

—¿Tienes hambre? —me preguntó, abriendo la puerta e invitándome a pasar.

—Un poco —respondí con un hilo de voz, por decir algo. En realidad mi estómago rugía, pero no era precisamente por comida.

Agarró mi mano y me llevó a la parte trasera de la casa, justo donde estaba el porche. Ir cogida por él solo hizo que mi cuerpo temblara más. Pero cuando me di cuenta de lo que había preparado para mí, me dieron ganas de colgarme de su cuello y devorarle la boca.

Observé el jardín. Una mesa de forja con un impoluto mantel blanco y dos copas de cristal tallado presididas por una botella de vino tinto nos esperaban a un lado de la piscina. No sé si eran mis ganas de estar allí con él o la sensación de que todo me resultara tan romántico y sublime, pero lo cierto era que el entorno, la temperatura, la luz que se reflejaba en la piscina y aquellos frondosos árboles siendo testigos de nuestra primera cena juntos…, era sencillamente maravilloso.

—¿Te apetece cenar aquí, o quieres que vayamos a otro sitio? —inquirió al observar la cara de lela que se me había quedado.

—No, no…, aquí… es perfecto —exhalé, esta vez girándome hacia él y mirándolo a los ojos.

Él sonrió y a continuación propuso:

—Ven, ayúdame. —Tiró de mi muñeca y nos encaminamos a la cocina.

Abrió la nevera y sacó unos tomates y una cebolla. Luego me mostró un par de chuletones del tamaño de su mano.

—Por favor, no me digas que eres vegetariana.

—No, pero te aseguro que soy incapaz de comerme yo sola uno de esos.

—Bien, en ese caso haremos uno para los dos. He comprado un poco de queso y he preparado esta ensalada —dijo mostrándome un bol con canónigos, nueces, salmón ahumado y aceitunas negras.

Lo puso todo sobre la encimera y comenzó a preparar la cena.

—¿Cómo es que no tienes novia? —pregunté sin pensar. Lo había observado moverse en la cocina con soltura y me pareció tan fascinante que era imposible que un hombre así aún anduviera suelto por ahí.

—Tuve novia hasta hace unos cuatro meses —respondió él, cortando los tomates sobre una tabla de madera.

—¿Y qué pasó? —pregunté muerta de curiosidad.

—No puedo contártelo. No vas a creerlo y sé que te burlarás de mí —dijo concentrado en lo que hacía.

—Venga, no me hagas esto, cuéntamelo.

Me miró unos segundos y luego suspiró:

—Está bien. Verás… Ella era una chica normal y corriente, pero luego empezó a formar parte de uno de esos grupos liberales que tienen como filosofía de vida el nudismo…

Lo miré con los ojos muy abiertos y solté una carcajada.

—¿En serio?

Asintió y continuó:

—Al principio pensé que solo se trataba de ir con ella a alguna playa nudista y poco más. Pero más tarde comenzó a ir a manifestaciones desnuda y me obligaba a acompañarla.

Me llevé las manos a la boca y empecé a reírme sin parar.

—Dijiste que no te reirías —dijo muy serio.

—Lo lamento —me disculpé.

—Lo pasé realmente mal. ¿Sabes lo que significa estar todo el día con esto —se señaló sus partes con el cuchillo— al aire…? No podía soportarlo. Era horrible, ella desnuda de aquí para allá.

De pronto, me di cuenta de que estaba burlándose de mí y cogí algunos canónigos del bol y se los tiré a la cara.

—Eres un estúpido —protesté, negando con la cabeza y con una sonrisa socarrona en mis labios.

—Ehhh, ¿por qué te resulta tan difícil de creer, ojos verdes? Te lo cuento porque necesito saber si tú también perteneces a algún grupo de esos. En ese caso, te diré que por ti intentaría adaptarme. Haría un esfuerzo y te dejaría ponerte cómoda. Así que, adelante, de verdad, que ya lo tengo superado. Si quieres quitarte la ropa puedes hacerlo.

—No, creo que cenaré con el vestido —dije, estirando la tela de mi sencillo traje estampando, llevando una aceituna a mi boca y aguantando la risa.

Él recorrió mi cuerpo con sus ojos.

—Pues sería una pena que durante la cena te lo ensuciaras. Es muy mono —dijo con un tonito ñoño.

—No tienes remedio… —declaré.

Desistí y dejé para otro día la conversación acerca de su exnovia.

Al cabo de media hora, los dos estábamos acomodados a la mesa, degustando el riquísimo vino y disfrutando de la deliciosa cena que él había preparado con mi ayuda, claro.

—Solo falta una cosa —apuntó.

Se levantó y se acercó a una de las ventanas del porche donde había un pequeño equipo de música. Lo observé de espaldas, toqueteando aquel aparato y presté especialmente atención a su trasero, que a esas alturas ya me moría de ganas por morder. Cuando se giró me hizo una señal con la mano para que oyera la música. La canción *Rude*, de Magic, comenzó a sonar y él movió los hombros, bailando en un movimiento tan excitante y sexi que me hizo suspirar. Me sonrojé tanto pensando en lo que me moría por hacerle que aparté la mirada y le di otro sorbo a mi copa.

Regresó a la mesa y se sentó frente a mí, vació el resto del contenido de la botella de vino en nuestras copas y luego comentó:

—Bueno, y dime, aparte de la fotografía, ¿qué es lo que te gusta?

—Mmm. Me encanta viajar, la playa, bailar, ir de compras, las conversaciones sobre penes con mis amigas, los hombres que cocinan… Ya ves, lo normal. Soy una chica muy común. No esperes gran cosa.

Él sonrió.

—¿Te gusta viajar? ¿Y dónde te gustaría que te llevase ahora mismo si pudieras elegir un destino?

Miré a mi alrededor. Todo me pareció tan mágico y extraordinario…

—Esta noche no me movería de aquí —afirmé—. Estoy demasiado a gusto. Sería estúpida si lo hiciera.

Sus labios de muñeco se curvaron tras darle un trago al vino.

—Buena respuesta. Porque yo tampoco quiero estar en ningún otro sitio en este momento.

¡Dios, quería besarlo!

—Aunque la semana que viene no me importaría que me llevaras a China, por ejemplo. Me muero por conocerla —parloteé, tratando de hacerme la graciosa para relajar la tensión sexual que crecía por segundos entre él y yo.

—De acuerdo. Lo tendré en cuenta —dijo con diversión.

—¿Y a ti?

—¿A mí?

—Sí, ¿qué te gusta? —le pregunté.

—Mmm. A mí también me gusta viajar; la playa; bailar… no, porque no sé. También me gustan las mujeres que hablan de penes con sus amigas. De hecho, pagaría por escuchar una conversación tuya con las chicas. Y por lo demás, pues hacer deporte, pasar tiempo con mi familia...Tú tampoco esperes gran cosa —dijo, comiendo de su plato.

Esta vez fui yo la que sonrió.

Continuamos conversando y bromeando mientras cenábamos. Admito que fue una charla donde ninguno de los dos se abrió del todo. A pesar de que me sentía relajada y que el vino me achispó lo suficiente como para repetirle lo bien que me sentía allí con él, aquello era una primera cita y yo aún seguía preguntándome si él era realmente maravilloso o tan solo se comportaba de ese modo para meterme en su cama.

Fuera como fuere, ambos ansiábamos lo mismo.

—Bien, entonces cuéntame..., ¿qué es lo que has pensado para esta noche? —De pronto su mirada se volvió intensa y perversa, pero su postura en aquella silla era la de un hombre tan seguro y confiado en sí mismo que me sentí pequeña y cohibida.

—Yo tan solo había pensado en cenar con un buen amigo —concreté, bebiendo de mi copa y mirándolo por encima del cristal.

—¿Solo eso? —preguntó con una expresión de ruego, infantil y tremendamente atractiva en su bonito rostro.

—Solo eso —respondí, sonriendo y poniendo los ojos en blanco. Me puse de pie para ir al baño e intentar calmar mi nerviosismo, pero él me agarró de la muñeca y tiró de mí hasta dejarme sentada en sus rodillas.

—Si es así, ¿por qué me da la impresión de que quieres que te quite el vestido y te folle hasta que se haga de día? —inquirió con la voz más sensual que había oído jamás.

Puso una mano en mi rodilla y fue ascendiendo lentamente su caricia por mi muslo, hasta dejarla muy cerca de mi sexo. La dejó quieta allí, entre mis piernas, pero su pulgar siguió moviéndose despacio. Me plantó un beso en el hombro y su otra mano agarró mi cadera apretándome más contra él, haciéndome sentir la tremenda erección que se ocultaba bajo la tela de su vaquero.

—Seguiré únicamente si tú me lo pides —murmuró, esta vez llenando de besos mi cuello y presionando la carne de mi muslo.

Por entonces, yo ya era tan solo una masa de nervios absorbida por la lujuria y el deseo, y lo único que podía ver era a Raúl; lo único que era capaz de oler era a Raúl...

Raúl encima de mí...

Raúl entre mis piernas...

¡Raúl y… más Raúl!

Lentamente, lo incité a tocarme allá abajo. Allí donde mi cuerpo lo deseaba con fuerza.

—Sigue, por favor… —susurré en su oído.

Apartó el encaje de mi braguita y uno de sus dedos resbaló en mi interior, haciendo que me retorciera de placer en sus brazos. Primero introdujo un dedo, y luego dos.

—¡Joder, nena! —gruñó con sus labios pegados a mi cuello—. He deseado esto desde el primer instante en que te vi —declaró.

—Yo también —exhalé, aferrándome a él y besando sus labios.

—Me encantas, Cristina —confesó mirándome a los ojos y con su mano haciendo magia entre mis piernas.

Me deshice ante sus palabras y le respondí saboreando su lengua y chupándola como si no tuviera ninguna otra oportunidad más. Enterré mis dedos en su cabello. En aquel pelo increíble, castaño y extraordinario, con ese largo perfecto para que mis manos se perdieran en él y tiraran con delicadeza, impidiéndole separar sus labios de los míos.

Y mientras nos besábamos de un modo obsceno y soberbio, él consiguió con sus majestuosas caricias que un orgasmo precipitado y violento me recorriera por completo.

—Eso es, córrete para mí —me pidió.

Sentí cómo me derrumbaba en sus brazos y él sonreía con su boca sobre la mía

—¿Estás bien? —me preguntó cuando enterré la cabeza en su cuello y mi cuerpo se quedó laxo. ¡Dios, su olor era una tortuosa adicción!

—¿Tú qué crees? —dije desafiante un segundo antes de mirarlo.

Su bonita sonrisa y el brillo de sus ojos me llegaron hasta lo más profundo de mi corazón e impactó en mis entrañas. Al verme allí, envuelta en su abrazo, sentí una sensación extraña que jamás había tenido.

—Ha sido una cena deliciosa. —Fingí arreglarme el pelo—. Pero es tarde y debo irme —bromeé, mirando el reloj imaginario de mi muñeca e intentando levantarme de sus rodillas.

Él me apresó con más fuerza, pegó sus labios a los míos y afirmó rotundo:

—Estás loca si crees que te dejaré marchar…

8

AYUDA

Al salir del estudio me debatí en si telefonear o no a Carolina para contarle lo de la nueva secretaria de mi marido, pero, finalmente, decidí dejarlo para otro momento. El día anterior había hablado con ella, y la pobre ya tenía bastante con sus dos pequeños. Eran dos trastos. Estaba tan ocupada siempre que a veces me daba reparo llamarla y atosigarla con mis tonterías.

Así que me comuniqué con mis suegros, fui a por Elena y luego me marché a casa. Quería estar preparada para cuando llegara Raúl, sabía que nos esperaba una larga conversación.

A las ocho de la tarde, mientras Elena estaba sentada en el salón viendo dibujos animados y yo preparaba la cena, apareció él. Normalmente, llegaba sobre las ocho y media, ya que después de la oficina solía ir al gimnasio. Pero ese día llegó antes de lo que yo me esperaba. Al parecer se lo había saltado. Oí la puerta abrirse y el tintineo de sus llaves. Bajé el volumen de la radio, pero no hice nada más, tan solo escuché que se acercaba al salón, saludaba a Elena y jugaba con ella en el sofá. Las carcajadas de mi hija resonaron en mi corazón. Quería oírlas durante el resto de mis días. Ese era mi hogar y no quería que nada ni nadie alterasen mi rutina. Tenía que hacer las cosas bien, esta vez no podía dejarme cegar por la ira. Necesitaba hacerle entender a Raúl cómo me sentía.

Al cabo de veinte minutos, cuando ya tenía la cena casi lista y estaba vaciando el lavavajillas, él entró en la cocina y se apoyó en el marco de la puerta. Llevaba la camisa remangada a la altura de sus antebrazos y los dos botones de arriba desabrochados. Su pelo... apetitosamente despeinado y las mejillas sonrosadas. Aquel era su aspecto cada vez que se hartaba de jugar con Elena y se deshacía en cosquillas y carantoñas con ella.

—Hola —murmuró, metiendo las manos en sus bolsillos.

—Hola —susurré, mordiéndome el labio e intentando concentrarme en guardar los cacharros, cada uno en su sitio.

—¿Sigues enfadada? —Se acercó un poco más a mí, hasta quedar al otro lado del lavavajillas.

—Depende —respondí sin mirarlo.

—¿De qué?

—Pues de la decisión que hayas tomado.

Lo oí chasquear la lengua. Sacó una mano del bolsillo y se revolvió el pelo.

—Ya te lo he dicho esta tarde, Cristina, no puedo hacer nada.

—No, no es eso lo que me dijiste. Dijiste que *sí* podías pero que no querías —remarqué el sí con toda intención.

Se quedó observándome durante unos largos minutos y, luego, sin decir nada, se dio media vuelta y lo vi desaparecer por el pasillo.

Al momento escuché la ducha, y yo intenté concentrarme en dar de cenar a Elena.

Una hora más tarde y con la niña ya acostada, me senté en el sofá y me puse a leer en mi Kindle. Le había dejado su cena en el microondas y yo había picado algo de fruta en la cocina antes de recoger los platos. Después de ducharse oí que entraba en el cuarto de Elena y le contaba un cuento antes de dormirse. En realidad, no era exactamente un cuento. Era algo así como historias que se inventaba y con las que Elena se tronchaba de la risa. A veces tenía que intervenir para que no le diera demasiado juego antes de dormirse.

Lo observé con disimulo por encima de mi libro electrónico mientras se calentaba la comida y colocaba el plato en una bandeja para traerlo al salón. Llevaba, como de costumbre, su pantalón de pijama gris y una sudadera gastada. Estaba descalzo. Se sentó junto a mí y tuve que flexionar las rodillas para dejarle sitio. Todo en un absoluto silencio. Para ser más exacto, la repelente voz de *Dora la exploradora* era el único sonido que se oía, pero solo hasta que él agarró el mando y cambió de canal.

Esperé a que dijera algo más, pero se limitó a comer en silencio y a ver la tele. Mientras él veía un capítulo de «Ladrón de guante blanco», yo leía una de las muchas novelas de suspense que me gustaban. Solo que ese día era tanta la opresión que sentía en el pecho que apenas podía concentrarme. Además, allí estaba él, sin la menor intención de alterarse. Y como sabía que a menos que yo le provocara no diría nada, sin decir ni una palabra me levanté y me encaminé a mi habitación. Al cabo de unos segundos lo tenía en la puerta, observándome.

—¿Qué haces? —preguntó. En ese instante yo estaba quitándome los pendientes y dejándolos encima de una de las cómodas que usaba como tocador.

—Me voy a dormir —respondí, dándole la espalda.

Cerró la puerta y al segundo siguiente lo tenía detrás de mí. Sentí cómo se deshacía de mi pinza del pelo y lo dejaba caer sobre mis hombros.

La respiración se me alteró en un microsegundo. Enterró su nariz en mi cabello y me agarró por las caderas para presionarme contra lo que a mí me pareció una considerable erección.

—Tengo sueño, Raúl —articulé en un susurro entrecortado.

No era cierto, no tenía sueño. Lo que tenía era unas ganas tremendas de que me hiciera el amor a su manera: salvaje, fuerte, colosal... Y creo que él ya me conocía lo suficiente para saber de qué modo lo deseaba.

Agarró la blusa de mi pijama y antes de que pudiera darme cuenta ya se había deshecho de ella. Apoyó su boca en mi cuello y empezó a lamerlo, al mismo tiempo que capturaba mis senos con una mano. Pegué la espalda a su pecho y dejé que deslizara su otra mano por mi cintura hasta colarla dentro de mis pantalones. Sus dedos acariciaron mi sexo y me olvidé de todo. Arrinconé en algún lugar de mi cerebro a la Cristina enfadada y celosa y dejé que mi parte más desinhibida y deseosa de él disfrutara del momento.

Me giré para poder mirarlo a la cara y devorar sus labios. Me encantaba su boca. Llevé mis manos a su cuello y me colgué de él. Tal vez... si le demostraba allí, en mi cama, lo mucho que le necesitaba lograría que entendiera lo importante que era para mí que se deshiciera de esa mujer. Comencé a besarlo y mordisquear sus rosados labios y tan solo me separé un instante para quitarle la sudadera. Quería acercarlo a mí y sentir su torso desnudo. Me aferré a él y tiré de su pelo con fuerza. Fue entonces cuando lo obligué a mirarme:

—No quiero que nada ponga en peligro esto, ¿me oyes? —Él me apresó las nalgas y me impulsó para rodearle las caderas con mis piernas.

—Nada ni nadie puede cambiar esto, Cristina —respondió conmigo en brazos.

Al siguiente instante, me había dejado sobre la cama y arrancado mis pantalones para, luego, quitarse los suyos. Hizo todo aquello sin dejar de observarme, calándome con su grisácea mirada. Cuando lo sentí encajarse en el ancho de mis caderas, tomé aire. Me preparé para la primera embestida y él se deslizó en mi interior…, gemí de placer.

Lo amaba de tal manera que a veces solo me sentía plena si él estaba dentro de mí. Me hizo el amor, primero despacio, regando de besos mi cara…, cuello. Entreteniéndose en tocarme, en dejar sobre mi cuerpo las huellas de sus manos, pero a medida que la pasión se filtraba por los poros de mi piel…, él aceleró sus movimientos provocándome un placer indescriptible, cósmico.

—Te quiero, Cristina, esto jamás cambiará. Eres tan mía que duele.

Pronunció esas palabras con la voz poseída de una lujuria infinita. Y no pude controlarlo, me dejé ir. Un orgasmo frenético me sacudió por completo y acabé con su cuerpo derrumbado sobre el mío. Agarrados y devorándonos los labios.

Aquella noche no volvimos a hablar del asunto. Intenté dejarlo pasar. Llevaba razón, tenía que confiar en él. Quería pensar que nuestro amor podría con todo… Pero, a mitad de la noche, una pesadilla horrible me asaltó y acabé sentada en la cama con el corazón aporreándome el pecho.

—¿Qué ocurre? —preguntó a mi lado, en mitad de la eclipsada oscuridad.

—Nada, ha sido un mal sueño —susurré tragando saliva con fuerza.

No podía contarle que mi subconsciente me estaba torturando y me acababa de mostrar una multitud de escenas de él y Patricia besándose… De ella deshaciéndose de su camisa… De él tumbándola encima de su mesa y subiéndole la falda para lamerle los muslos…

¡Maldita pesadilla!

Me obligó a acurrucarme en el arco de su brazo, envolviéndome en un profundo y protector abrazo. Y allí estaba bien, muy bien. Sin embargo, a partir de esa noche, aquel sentimiento de fracaso, preocupación, confusión y tristeza se quedó instalado en algún lugar de mi conciencia mucho más tiempo del que yo hubiera deseado…

Esa semana fue extraña. A pesar de que intenté dejar pasar los días sin hablar del tema con Raúl, sabía que me estaba comportando de un modo contradictorio. Él adoptó la postura de no comentar nada que tuviera que ver con su trabajo, y eso no hizo más que aumentar mi malestar.

Almorzábamos juntos todos los días, pero él esquivaba mis preguntas sobre aquello que tuviera que ver con la oficina, y lo hacía de un modo muy sutil. Me esperaba siempre en el restaurante y no me daba la opción de cruzarme con esa mujer.

«Te espero en el bar, ¿de acuerdo?».

«Perfecto, estoy saliendo del estudio».

Intentaba apartar mis dudas, sabía que sus intenciones eran buenas, pero que se esforzara de esa manera por apartarme de todo lo que tuviera que ver con su vida laboral, me provocaba una inmensa desconfianza.

A mitad de la semana decidí comentar con alguien lo que rondaba por mi cabeza. Así que saqué mi iPhone y le envié un wasap a la única persona encima de la tierra que no solo me daría un consejo aceptable, sino que, además, me haría sonreír hasta olvidarme de mi reciente y desdichada existencia: mi amigo Javi.

«Voy a necesitar tu ayuda».

«Vale».

Respondió al instante. ¡Gracias a Dios!, el teléfono de Javi era de esos que siempre estaban disponibles. Tecleé con premura:

«Te llamo cuando salga del trabajo y te cuento».

«No voy a posar desnudo. Te aviso desde ya. Tengo mi precio ☺».

Sonreí como una tonta, sin importarme que en ese momento estuviera en medio de la calle. Luego escribí:

«Bueno, eso ya lo veremos».

Observé la pantalla esperando una de sus ocurrencias:

«Ok. Pero más que enseñar me gusta insinuar ☺».

Volví a sonreír.

«Lo tendré en cuenta».

Y ese último mensaje lo acompañé de un montón de emoticonos de caritas muertas de risa.

Así que cuando salí del estudio, y antes de ir a recoger a Elena, llamé a Javi y le conté muy por encima lo que pasaba. Él insistió en que nos viéramos el fin de semana y nos tomáramos unas copas. Por suerte para mí, hacía un par de años que Marta y él vivían en Sevilla. A ella la trasladaron a un puesto mejor remunerado en una de las sucursales de su banco, en la zona céntrica, de hecho, su oficina estaba a tan solo diez minutos de mi estudio. Y Javi, después de haber estado trabajando algunos años en Madrid en tiendas de ropa, decidió que quería estar más cerca de su familia y probó a buscar trabajo en Sevilla. Con lo cual, ambos estaban ahora viviendo junto a mí. Y eso era algo verdaderamente reconfortante, teniendo en cuenta que mi hermana y yo no podíamos vernos todos los días. Recuerdo que el día que me dijeron que se vendrían a vivir a Sevilla casi hice piruetas de la alegría.

Quedamos para el viernes por la noche. Después de una semana agotadora de trabajo necesitaba un respiro con mis amigos. Era vital para mí divertirme de vez en cuando con ellos, y Raúl era perfectamente consciente. Despejarme me haría mucho bien y ansiaba hablar con alguien de todo lo que llenaba mi estúpida cabeza con pensamientos nocivos. Estaba segura de que Marta y Javi harían lo posible por despejar mis dudas.

Mi jefe se había tomado muy en serio el preparar la exposición con esmero. Según él, aquello sería un antes y un después en nuestras carreras profesionales. Sin embargo, ese viernes le pedí que me dejara salir antes, deseaba llegar a la oficina y sorprenderlo.

Quería subir a recoger a Raúl y verla a ella.

Lo necesitaba. Necesitaba ver con mis propios ojos cuál era su actitud en la oficina.

Y lo hice.

Aparqué mi coche en la amplia explanada y me encaminé con decisión. Era mi marido y estaba en mi derecho de aparecer por allí cuando me viniera en gana.

Al salir del ascensor, en su planta, tomé aire; tenía que actuar con naturalidad. Quería demostrarle que podía vivir con aquella situación. Me peiné con los dedos y eché un vistazo rápido a mi ropa. No quería parecer un adefesio al lado de esa mujer. Me repasé los labios. A Raúl le encantaba que llevara brillo labial. Decía que era muy sexi.

Al llegar a la puerta me detuve, luché conmigo misma. Pero, finalmente, me decidí y entré en la oficina. Un vistazo rápido me advirtió de que la mayoría de los empleados se habían marchado ya. La mesa de la recepción, donde se suponía que tenía que estar ella, estaba desierta. Y la puerta del despacho de Raúl, encajada. Pensé que en esos momentos estaría él solo y me dirigí hacia allí, decidida. Pero cuando estuve delante, me di cuenta de que había alguien más. La risa de ella me enervó la piel.

Abrí con presteza, sin importarme lo que él pensaría, y la imagen que me encontré me puso realmente en alerta.

La mesa del despacho de Raúl era inmensa. Él estaba sentado en su silla con una postura relajada, con el tobillo apoyado sobre una de sus rodillas. Esa mañana se había puesto una camisa de cuadros celeste, y ahora la llevaba remangada y con un botón de su cuello desabrochado, y su pelo… Su pelo estaba exactamente como a mí me gustaba, revuelto y salvaje, como si se hubiese pasado toda la mañana tocándoselo. Hasta ahí la escena era normal. Si no hubiese sido porque ella estaba apoyada en una de las esquinas de su mesa con los brazos cruzados a la altura del pecho y contándole algo que, al parecer, a él le hacía bastante gracia. Lo cierto era que había visto esa imagen en el despacho de Raúl con Maribel cientos de veces, pero ahora todo era distinto.

—Hola —dije interrumpiéndolos intencionadamente.

—Cristina… Hola…, pasa —respondió él, poniéndose de pie de inmediato y acercándose para besarme. Su actuación fue un pelín exagerada.

—Hola, Cristina —articuló ella con decisión, levantándose lentamente de la mesa y cogiendo una carpeta entre sus manos. Llevaba una falda de tubo beis y un jersey de cuello alto negro. Pero con ese sencillo conjunto estaba tan espectacular que me daban ganas de abofetearme sola para ver si así lograba despertar de tan horrible pesadilla.

Al parecer, Maribel ya le había enseñado lo que tenía que saber, y ahora se encargaba solita de ejercer de buena secretaria.

La mirada que ella me lanzó de arriba abajo tan solo hizo que mi estado de ánimo empeorara aún más.

—Has salido antes hoy, ¿no? —preguntó él, yo creo que para romper el incómodo silencio que se creó en aquel habitáculo.

—Sí, estaba cansada. Le pedí a Luis que me dejara marchar un poco antes.

Ella, en vez de salir del despacho, se quedó allí, parada, viéndonos a Raúl y a mí charlar.

—Muy bien, pues vamos a comer, estoy hambriento.

Raúl se giró para alcanzar su abrigo de uno de los percheros de la pared y ella se dirigió a mí para entablar conversación.

—Cristina, me ha dicho Raúl que eres fotógrafa. Qué bonita profesión. —Sujetaba la carpeta sobre su pecho y se dirigía a la puerta del despacho.

—Pues sí. Lo cierto es que me encanta mi trabajo —respondí, siguiéndola hacia fuera.

—Es muy importante, ¿verdad? —comentó una vez en el exterior. Estábamos las dos frente a su mesa de recepción mientras Raúl recogía sus cosas.

—¿El qué?

—Que te guste tu trabajo.

—Es fundamental —respondí mirándola directamente a los ojos, pero ella no se amilanó, me sostuvo la mirada con desafío.

—Siempre he pensado eso. En realidad, no es tan importante lo que hagas como sentirte a gusto con las personas que te rodean, sobre todo en el trabajo.

¡¿En serio me estaba diciendo eso?! No me lo podía creer.

—Sí, yo también lo creo. De hecho, procuro no hacer nada que ponga en peligro mi vida laboral.

Eso último se lo dije muy seria. Sonó a lo que realmente era: una amenaza en toda regla.

—Estoy de acuerdo contigo. Solo que yo pienso que lo más importante para conservar tu trabajo es hacerte imprescindible.

La… «innombrable» me estaba llevando al límite.

En ese instante, Raúl salió de su despacho y cerró la puerta con llave. Ambas lo miramos. Luego yo me giré y vi cómo ella recorría su cuerpo con descaro y me devolvía la mirada. Pensé que quizá me lo imaginaba y esa maldita zorra no estaba insinuando en mis narices que lo que realmente le interesaba de su puesto de trabajo era Raúl. Así que, antes de que él se acercara a nosotras, la miré a los ojos y murmuré:

—No te preocupes por eso, pronto te darás cuenta de que en la empresa de mi marido nadie es imprescindible.

Su réplica fue una mirada mezquina acompañada de una falsa y cínica sonrisa que casi hizo que me entraran ganas de arrancársela de la cara.

Raúl se situó a mi lado y me agarró de la cintura con posesión.

—Bien, Patricia, nos vamos, te veré el lunes.

—Muy bien, que paséis un feliz fin de semana.

—Lo intentaremos. Igualmente —respondió él, besándome el pelo e instándome hacia la salida.

—Adiós, Cristina —musitó ella antes de que pudiera perderla de vista.

—Adiós, Patricia.

Sin embargo, yo sabía que eso no era un adiós, todo lo contrario, era el principio de algo muy desagradable…

9

UN HOMBRE, UNA MUJER…

El álbum de Magic seguía sonando. Me condujo en silencio al interior de la casa. Su mano y la mía estaban entrelazadas y las piernas aún me temblaban a consecuencia de aquel tremendo y soberbio orgasmo. Solo podía fijarme en su pelo, en sus hombros… y en que en cuestión de segundos le tendría entre mis piernas.

One Woman, one man era la canción que sonaba de fondo cuando llegamos a la puerta de uno de los dormitorios y él se detuvo. Estaba tan nerviosa que temía hablar y que mi voz sonara como la de Los Pitufos Makineros. No entendía qué diablos me ocurría. Había hecho eso mismo otras veces. Quiero decir, que no era la primera vez que me acostaba con alguien en la primera o segunda cita. Sin embargo, con él era todo diferente. Él era diferente…

—¿Sigues queriendo que follemos como animales? —indagó, pegándome a su cuerpo y con sus labios rozando el lóbulo de mi oreja.

—¿Y tú? —reté.

—¿Vas a responder a todas mis preguntas con otra? —comentó con una sonrisa exageradamente sexi.

—Estás creándome demasiadas expectativas para nuestra primera vez —repliqué, provocándolo.

—Es cierto, quizá no te guste.

—Puede ser…

—En ese caso tendré que esforzarme —dijo pasando su lengua por mis labios y sus manos descendiendo hacia mis nalgas.

Nos besamos allí, en la puerta de la habitación, apretándome contra él. Pegué mis pechos a su cuerpo y la cercanía me hizo temblar todavía más. Me encantaba su sabor, su boca… Deseaba desnudarlo y saborearlo entero.

Agarré el borde de su camiseta y lo incité a deshacerse de ella. Entendió mi propósito y avisté cómo se la sacaba por la cabeza, en un acto que me pareció terriblemente excitante. Me separé un poco para embeberme de aquella visión: él, allí, con el torso al descubierto y una tremenda erección abultando en la tela de su vaquero.

Sin mediar palabra alguna, se acercó más a mí e hizo lo mismo con mi vestido. Levanté los brazos para facilitarle la maniobra y cuando me desprendió de él, lo tiró al suelo. Su mirada destelló contemplando mi ropa interior.

—¡Joder, Cristina, eres perfecta! —murmuró pasando su mano por mi cadera en una suave caricia—. Creo que he cambiado de opinión —advirtió, apartando el cabello de mi hombro para besarme en el hueco del cuello.

—¿Qué quieres decir? —pregunté con voz ronca.

—Que me gustas muchísimo, lo suficiente para desear hacerte el amor —susurró, deslizando lentamente el tirante de mi sujetador.

Pero en cuanto oí esas palabras, mi cuerpo reaccionó de un modo contradictorio y puse mi mano sobre la suya, deteniéndolo. No quería hacer el amor con él. No. Quería dejarle claro que lo nuestro solo sería sexo. Sexo fantástico, divertido y excitante. O al menos eso esperaba. Pero no quería que hubiera amor. Nada de promesas ni palabras bonitas. Solo sexo, sin ataduras ni compromisos. Había huido de eso en Ámsterdam, y ahora no me apetecía volver a encontrarme con lo mismo. Tenía muy claro que después del verano me centraría en mi carrera profesional, y todo lo demás solo complicaría mi objetivo.

Estudió mi rostro con el cejo fruncido.

—¿Qué ocurre?

Me moví un poco y me colé dentro de la habitación. Estaba nerviosa y muy confundida, pero necesitaba dejar las cosas claras antes de ir a más. Crucé los brazos y, luego, volví a poner las manos sobre mis caderas. No sabía cómo decirle aquello sin parecer una zorra a la que tan solo le apetecía follar con él y nada más.

—No quiero hacer el amor contigo, Raúl.

—¿No? —preguntó con un gesto de incredulidad.

—Quiero decir... que no quiero que entre nosotros haya amor. No sé si me explico.

Parpadeó un par de veces y se frotó la nuca.

—Cristina, no te estoy pidiendo ningún compromiso. Lo de casarnos era una simple broma. Creí que ya lo sabías. Tan solo era una manera de hablar... —explicó, curvando su boca en una sonrisa pendenciera.

—Me marcharé en septiembre, Raúl. No deseo que esto se alargue. Quiero que lo sepas antes de que ocurra nada entre nosotros —aclaré muy seria.

Él se tocó el puente de la nariz y a continuación me miró durante un buen rato, en silencio. En un segundo sus ojos se escurecieron.

—¿Pretendes decirme que vas a utilizarme para tu propio placer?

Intenté no sonreír, pero me resultó francamente difícil.

—Más o menos. En realidad, me gustaría que nos utilizáramos mutuamente.

—De momento vas ganando uno a cero —detalló, refiriéndose al fascinante orgasmo que me había provocado con sus dedos solo unos minutos antes.

Se humedeció los labios, haciéndome temblar ante el magnetismo sexual que emanaba.

—Podemos solucionarlo —propuse, sintiendo el corazón bombeándome con fuerza.

—De eso puedes estar segura, ojos verdes —aseguró con una mirada muy sucia.

Avanzó hacia mí y, sin rozarme, plantó su cara a solo unos centímetros de la mía.

—Así que... nada de amor... —concretó, escaneándome.

—Nada de amor... —repetí en un susurro.

—Muy bien, pues entonces, desnúdate.

Esta vez su expresión varió, y el aire se inundó de erotismo y frenesí.

Me quité la ropa sin dejar de observarlo y cuando estuve completamente desnuda frente a él, atisbé que llevaba las manos al cinturón de su pantalón y se desabrochaba el vaquero. Unos segundos después, ambos estábamos como Dios nos trajo al mundo y observándonos con lujuria.

—¿Y ahora qué...?

Pero antes de acabar la pregunta él se lanzó a mi boca, ahondando profundamente en un beso puramente sexual y húmedo. Tiró de mi pelo bruscamente para hacerse aún más con mis labios, lo que provocó que mis pezones se endurecieran hasta doler.

Su cuerpo se pegó al mío y mi piel sintió que toda su masculinidad se refregaba contra mí. De repente, tan solo éramos una maraña carnal de besos y abrazos.

Me anclé a su cintura en un arranque frenético de deseo y él apresó mis nalgas hasta situarme frente a la cama. Una vez allí me soltó, haciendo que me diera la vuelta.

—Ponte a cuatro patas sobre el colchón —dictó en mi oído con la voz más sexi que había escuchado en mi vida.

Obedecí a lo que me pidió y él mordisqueó y lamió mis nalgas.

—¿Tomas anticonceptivos? —preguntó con la voz rasgada.

—No.

—Bien, entonces usaremos esto —indicó, abriendo el cajón de la mesilla que había en un lateral y enseñándome un preservativo.

Asentí y él continuó besando mis costados. Apresé las sábanas con fuerza cuando sus dedos se deslizaron por mi hendidura y jadeé. Me lamí los labios, expectante, y él se colocó sobre mí, obligándome a incorporarme. Con su pecho pegado a mi espalda y su lengua regando de húmedos besos mis hombros.

—No seré delicado, Cristina —gruñó, colocándose el condón sin que yo pudiera verlo desde mi posición.

—De acuer…

Se clavó en mí de una profunda y rápida embestida. Colocó una mano en la parte baja de mi cintura y la otra la dejó sobre mi sexo, elevando mis caderas para hacer más intensos sus embates.

Comenzó a entrar y salir de mí con un ritmo extraordinario y de un modo bárbaro. Para Raúl estaba claro que aquello era follar…

¡Oh, sí…, follar de verdad!

Con sus manos pellizcando mis caderas, con gemidos escapando de sus labios… Cada palabra que salía de su boca en esos momentos era una descarga de placer.

—Sí, nena, eres… increíble.

Consiguió que me corriera en esa postura, suplicándole que no se detuviera. Pronunciando su nombre.

—No pares, Raúl. Sigue, por favor... —le rogué, a punto de llegar de nuevo al orgasmo.

Él me agarró del pelo y me obligó a incorporarme, de manera que su cabeza quedó enterrada en mi cuello y sus manos pellizcaron mis pezones.

—¿Te gusta así?

—¡Me encanta! —chillé, sintiendo cómo su erección resbalaba una y otra vez dentro de mí, y su cuerpo se fundía con el mío.

Aquella noche no hicimos el amor, solo follamos. Y fue alucinante, no puedo decir lo contrario.

Nuestras respiraciones se extendieron por las paredes de la habitación e impregnaron el ambiente de algo mucho más intenso que puro erotismo. Follar con Raúl era una jodida gozada. ¡Dios!, sus movimientos eran tan enloquecedores que sabía que jamás olvidaría esa primera vez...

Sin embargo, cuando se alejó de mí y se marchó al baño a quitarse el preservativo, una duda me abordó... ¿Cómo habría sido hacer el amor?

10

¿EQUILIBRIO?

No podía evitarlo… No podía evitar que el solo hecho de pensar que esa mujer estaría todos los días al lado de mi marido me provocara unas náuseas tremendas. Sabía que me estaba obsesionando, de eso no cabía ninguna duda. Pero aquella última conversación había puesto la guinda al pastel. A uno enorme con nata podrida y que me daba la sensación de que se desmoronaría en un santiamén. Sobre todo, después de la actitud de él en cuanto salimos de la oficina y nos encaminamos al restaurante.

El silencio que había entre nosotros era insostenible. Aunque íbamos cogidos de la mano, ambos sabíamos que de un momento a otro tendríamos una gran discusión. Nos metimos en el ascensor y él se giró para mirarme.

—Mi madre me ha dicho que hoy tenemos que recoger a Elena un poco antes. Van a cenar con unos amigos.

Fue el primero en entablar conversación, y estaba claro que lo hizo para suavizar la indudable tirantez que nos envolvía.

Generalmente, sus padres recogían a Elena en el comedor del colegio y se la llevaban a casa hasta que uno de nosotros nos acercábamos a por ella. Excepto los viernes, que iban antes al cole y se marchaban al Mac Donald, para luego jugar en algún parque; unos abuelos modélicos.

—Perfecto. Pero esta noche he quedado con Javi y Marta para tomarnos algo. No te importa, ¿verdad?

—No, no, claro. Sal con ellos y pásalo bien. Yo me quedaré con Elena y haremos una maratón de *Bob esponja* y *Dora la exploradora*, con palomitas.

En esa postura tan benevolente me resultaba incómodo decirle que no me había gustado nada la confianza que él y Patricia estaban tomando, así que esperé un poco más.

Llegamos al restaurante y nos sentamos en nuestro sitio de siempre.

—¿Tienes que volver al estudio esta tarde? —me preguntó, acariciando mi mano por encima de la mesa.

—No, no. Luis me ha dicho que seguiremos el lunes preparando la exposición. Está muy ilusionado con eso.

—No es para menos. Es un evento muy importante, ¿no?

Sí, siempre pensé que Raúl era muy listo. Hablar de mi trabajo en vez del suyo era una buena estrategia para apartar de mi cabeza esa sucesión de ideas espantosas. Sin embargo, esta vez no resultaría…

—Pues sí, es importante… Vendrán muchos fotógrafos reconocidos y los trabajos serán publicados en revistas internacionales.

En ese instante saqué el móvil de mi bolso al oír el pitido de un wasap. Lo miré y vi que era Javi otra vez. Me había enviado la hora y el lugar donde nos tomaríamos unas tapas esa noche. Lo guardé y, así como la que no quería la cosa, le comenté:

—Por cierto, ya veo que Patricia y tú os estáis conociendo mejor, ¿no?

Él se removió en su silla.

—No, no nos estamos conociendo mejor, Cristina. Ya nos conocíamos de antes. ¿Vamos a empezar otra vez con la misma cantinela? —bufó, cruzando los brazos a la altura del pecho.

—¿Pretendes que vea normal entrar en tu oficina y encontrarme a esa mujer sentada en tu mesa?

—Joder, dicho así parece que estuviéramos haciendo algo malo. Tan solo estábamos hablando. —Hizo una mueca con su cara como si lo que yo estuviera diciendo fuese una estupidez.

—Sí, los dos solos y después de que todos se hubieran marchado de la oficina —repliqué, elevando un poco el tono de voz.

—Se iba a marchar, solo entró un segundo para dejarme unas facturas actualizadas, y nos pusimos a charlar. Has visto millones de veces a Maribel hablando conmigo en mi oficina y nunca te ha parecido extraño. —Se pasó una mano por el pelo y luego se frotó la cara.

—Ese es el problema. Que verla a ella allí solo me causa desconfianza y malestar, y odio esa sensación.

—Cristina, tienes que confiar en mí. ¿Tan difícil te resulta?

La camarera que nos solía atender, una chica joven y que se había incorporado recientemente a la plantilla, se acercó a cogernos la comanda. Ignoré la última pregunta de Raúl y pedí una ensalada, solo eso. Últimamente mi apetito dejaba mucho que desear.

La joven anotó el pedido y se marchó.

Él fijó de nuevo la vista en mí.

—Cristina, por favor... No me gusta que estemos así —declaró en un tono de voz suplicante.

—A mí tampoco, por eso te estoy pidiendo que cortes el problema de raíz —le advertí, doblando nerviosa mi servilleta.

—A ver, Cristina, no sé cómo hacértelo entender. Patricia hace bien su trabajo, conoce perfectamente los programas que utilizamos de facturación y contabilidad. Tiene idea en la gestión de una empresa, de hecho, ha estado años dirigiendo la de su padre. —No solo era una zorra, sino que, encima, era ¡polivalente! ¡Dios mío!, la odiaba cada vez más—. La conozco desde hace tiempo y siempre me ha parecido una buena persona. No puedo despedirla solo porque tú me digas que tu hermana le tenía celos.

La conversación estaba haciendo de nuevo que perdiera completamente el apetito. Estaba tan enfadada que temía ponerme a romper la vajilla.

—¡Los celos de mi hermana tenían fundamento! Héctor y ella estuvieron liados. Te recuerdo que él se deshizo de ella en cuanto se dio cuenta de que sería un problema en su relación con Carolina. Me pregunto si harás tú lo mismo.

¿Lo harás, Raúl..., lo harías?, repetía en mi interior como un mantra.

Las personas que ocupaban las mesas de alrededor nos miraban con disimulo.

—¡Héctor y ella tuvieron una aventura! Es lógico que Carolina estuviera celosa, no digo que no. Pero yo no tengo nada que ver con Patricia. Mi relación con ella siempre será estrictamente laboral. Antes de formar parte de mi empresa, únicamente era una vieja amiga, y a partir de ahora será una empleada. Tan solo eso.

—¿No te das cuenta de que no voy a acostumbrarme?

—¡Pues ese es tu problema, Cristina! Patricia es una persona válida. En poco menos de una semana me ha puesto en orden el caos que tenía en la oficina. No actuaré como un estúpido… calzonazos solo porque tú quieras.

En cuanto dijo esa última frase me puse en pie. Sí, sabía que era demasiado macharme otra vez, pero es que estaba tan cabreada que si me quedaba frente a él la cabeza me daría vueltas como a la niña del exorcista.

¡Sí, señor! Me levanté, cogí el bolso, la chaqueta y salí corriendo de allí. Corrí sin mirar atrás, saqué las llaves y pulsé el mando de mi coche. Cuando fui a abrir la puerta él puso una mano sobre la ventanilla y la cerró de golpe.

—Es la segunda vez que me dejas tirado esta semana durante el almuerzo. ¡Basta ya, Cristina!

Se puso muy cerca de mí. Y estaba tan furioso que por un segundo sentí que me había pasado de la raya.

Respiré hondo.

—Déjame, Raúl. Esto está mal, lo sé…

Me apoyé en la puerta del coche, cansada, muy cansada.

—Sí, Cristina, está mal que te comportes de esta manera, que no hagas ni el más mínimo esfuerzo por confiar en mí. Jamás te he mentido. No merezco esto.

—No es por ti, Raúl. Es ella. Simplemente no me gusta. No sé cómo explicártelo. Me supera…

Era verdad, no se trataba de un simple ataque de celos. Aquella pesadilla había sido como una revelación, y esas imágenes aparecían en mi mente para atormentarme. ¿De verdad iba a tener que acostumbrarme a eso?

—Si no somos capaces de llegar a un equilibrio en este asunto, es que estamos muy mal, Cristina.

—¿Y según tú, cuál es el equilibrio? ¿Que ella continúe trabajando contigo y que yo acepte que se siente en tu mesa para charlar contigo?

Se mordió el labio superior y suspiró con fuerza. Luego se movió de un lado a otro, nervioso.

—El equilibrio está en que entiendas que ese es mi trabajo y que hago lo mejor para mi empresa. Ahora Patricia cumple con su labor, eso es lo único que me interesa. Si veo que mete la pata en algún momento, irá a la calle. Y punto.

—Muy bien, Raúl. Fin de la conversación. Tú ganas.

Me giré para meterme en el coche. Me acomodé en el asiento y le dije sin mirarlo:

—Voy a llamar a tu madre y a recoger a Elena. A las nueve he quedado con Javi y Marta en el centro. Estaré en casa.

—Cris, por favor… —musitó.

—Es cierto, llevas razón. Tendré que acostumbrarme. Pero no te prometo nada.

Cerré la puerta, arranqué y me largué.

Raúl estaba sentado en el sofá con Elena justo cuando me marchaba. Me había despedido de ambos, pero él apenas me miró. A decir verdad, yo a él tampoco. Seguíamos enfadados después de la bronca del mediodía. Estábamos llevando las cosas al extremo, era cierto. Pero es que no podía controlarme. Sin embargo, no pasé por alto el escáner fotográfico que me hizo de cuerpo entero al salir. Y eso que, en ese instante, Elena estaba pintándole las uñas y exigía su máxima atención.

A las nueve en punto hice mi aparición en el bar que me había dicho Javi. Una bodeguita muy andaluza en la calle Adolfo Rodríguez Jurado. Un sitio sencillo con fotos taurinas y una carta deliciosa con comida típica del sur. La idea era tomarnos unas tapas allí y luego caería alguna copa en cualquier lugar de moda que nos recomendaría él. Al fin y al cabo, mi amigo estaba a la orden del día de los sitios más *chic* y cosmopolitas que existían.

Javi toqueteaba su teléfono sentado a una mesa al fondo del local. Su pelo negro estaba estratégicamente peinado y vestía un jersey de lana gris y un bonito fular con estampado cachemir. Era la persona más puntual que había conocido en mi vida. Y en cuanto me puse delante de él, me miró y su sonrisa iluminó sus carismáticos rasgos latinos.

—¿Me puedes explicar por qué te has puesto tan jodidamente guapa para cenar conmigo y con la neurótica de mi prima? —exigió saber mientras yo me quitaba el abrigo y lo colgaba en el respaldo de mi silla—. ¿Aún no te has enterado de que soy gay y que por mucho que me provoques no voy a caer rendido a tus continuas provocaciones?

Solté una carcajada y le di un empujoncito en el hombro.

—Me he puesto este vestido porque sé que a Raúl le encanta, y como estoy enfadada con él, pues… —Puse los ojos en blanco y alisé la falda de uno de mis trajes favoritos: un vestido de punto *tricot*, negro, con el escote de pico y de manga larga que yo había acompañado con mis botas camel de caña alta.

—¡Ah! ¿Quieres decir que estás en modo tocapelotas total?

—Bueno, yo diría que el que está en modo tocapelotas es él. Pero prefiero esperar a que llegue Marta y así os lo cuento a ambos.

Javi volvió a mirar su teléfono y comentó:

—Pues es raro que no esté aquí ya. Algo ha debido sucederle, porque no dejo de enviarle mensajes y no me contesta. Y ya sabes cómo es ella con el WhatsApp…

—Pensé que vendríais los dos juntos.

—No, yo he salido de trabajar hace un rato. Hablé con ella al mediodía antes de enviarte el mensaje.

—Seguro que llega ahora.

Un camarero se acercó a tomarnos nota de la bebida y pedimos dos copas de vino tinto.

Le pregunté por su nuevo empleo y me contó que estaba muy ilusionado. Hacía tan solo dos semanas que le habían ascendido al puesto de encargado en una de esas franquicias comerciales de ropa. Estábamos hablando de su trabajo cuando Marta hizo su aparición en aquel bar, con un gesto tremendamente indignado. Pero no fue su semblante lo que atrajo totalmente nuestra atención, sino la escayola que traía en su brazo hasta la altura del codo.

Nos pusimos en pie de inmediato.

— ¡¿Pero qué te ha pasado?! —exclamó Javi.

—¡Marta, ¿qué ha ocurrido?!

—Tranquilos, estoy bien, es solo una pequeña fractura —afirmó ella con voz pausada.

—Pero… ¿Por qué no nos has llamado? —le preguntó Javi, separando una silla de la mesa para que ocupase asiento.

—Pensé que no tenía nada grave, creí que sería solo un esguince o una fisura, pero al llegar al hospital me han hecho radiografías y me han dicho que tengo un hueso de la muñeca roto.

—Vaya, podríamos haberte acompañado, ¿verdad? —repliqué, ayudándola con su abrigo y su bolso, mirando a Javi.

—Es igual, he ido en taxi. Además, estoy bien.

—¿Seguro? ¿No te duele? —quise saber después de ver que hacía una mueca con la cara al apoyar el brazo en la mesa.

—Un poco sí, pero me acaban de dar unos antiinflamatorios y me han dicho que se me pasará el dolor muy pronto.

—¿Quieres que nos vayamos a casa? —le propuso Javi.

—¿¡Estás loco!? Llevo toda la semana del trabajo a casa. Necesito despejarme.

Cuando ya estábamos los tres acomodados, el camarero volvió para tomarle nota a Marta. Ella pidió una Coca-Cola Zero.

—Y bien, ¿vas a contarnos cómo te has roto la muñeca? Espero que esto no sea consecuencia de una de tus horribles citas —resopló Javi.

—Ha sido en el trabajo —respondió ella casi con pena—. Odio a mi directora. Es la tía más imbécil y soplapollas que conozco.

Marta había nacido desdichada en dos aspectos fundamentales de la vida: el trabajo y el amor. Además en ese orden. Y, claro, eso pasa por liarse con el director de tu sucursal a sabiendas de que está casado y de que es un gilipollas. ¡Un gilipollas muy feo!, todo había que especificarlo. Porque si, al menos, hubiese sido guapo... El caso es que, por culpa de ese espécimen, pidió el traslado a otra oficina y fue cómo, por suerte para mí, acabó trabajando en Sevilla.

Al principio, le dio gracias a Dios de que su nuevo jefe fuera una mujer, pero en cuanto cayó en la cuenta de que era una usurera, se empezó a pasar el día maldiciéndola. Y para colmo, la susodicha descubrió que Marta era la mejor comercial de toda la oficina y ahora quería subirla de horas en el trabajo, pero con el mismo sueldo.

—*Pero... no entiendo cómo no te interesa, Marta* —dijo mi amiga, imitando la odiosa voz de su jefa—. ¡¿Cómo me va a interesar, so pedazo de guarra?! ¿A quién le puede interesar cobrar lo mismo trabajando casi el doble? Esa tía me tiene hasta las narices. Dice que ese es un puesto muy bien valorado por Recursos Humanos. ¡Pero a mi qué coño me importa! Yo solo quiero que me cambie de puesto si voy a ganar más dinero o si voy a estar mejor. ¿Se cree que soy estúpida?

—¿Y puede obligarte a aceptar? —intervino Javi, horrorizado.

—No, no puede. De hecho, tiene que proponérselo a todos mis compañeros. Pero ella dice que como yo no estoy casada ni tengo hijos, pues..., según ella y por esa regla de tres, la que se tiene que joder soy yo. Y yo le he respondido que si ese es el problema, que no se preocupe, que mañana mismo estoy comprando un billete para Pekín y me traigo a dos preciosos chinitos, que seguro que se pondrán locos de contentos cuando los adopte —bromeó.

—Me parece muy fuerte que te diga eso. ¿Cómo se atreve ella a organizar tu trabajo en base a tus circunstancias personales? Entonces, según su criterio, ¿todo el esfuerzo y la dedicación que has empleado en tu puesto de trabajo no sirven de nada si no estás casada y no tienes hijos? ¡¿Qué coño le importa a ella eso?! —protesté.

—Pues al parecer le importa. Es más, lo está utilizando en mi contra. No tenía bastante con mi larga lista de fracasos sentimentales, que ahora, justo cuando creía que en el trabajo, al menos, me podría ir bien, llega esta tía y me dice estas cosas. De verdad, me siento como si me hubiera dicho: Marta, te nombramos la fracasada de la oficina, y por ello queremos recompensarte con un puesto de trabajo mal pagado y con el doble de horas, *¿no te gusta?* —Esto último lo dijo imitando otra vez la voz de la interpelada—. Y para poner un toque de emoción a mi deprimente jornada de trabajo, justo al salir de su despacho, después de hablar con ella, me he resbalado y me he caído de culo delante de tropecientas mil personas.

»La muy... pu... —Tragó saliva con fuerza y luego respiró profundamente—. Pues eso, la muy pulcra pidió la semana pasada que enceraran el suelo de la oficina, y ahora aquello parece una pista de patinaje artístico. El caso es que me levanté sin más, me dolía un poco la muñeca, pero esta tarde cuando he llegado a casa ha empezado a hincharse y el dolor amenazaba con hacerse insoportable.

—Marta, criatura, te mereces una alegría en el cuerpo. Últimamente estás gafada —declaró Javi con guasa.

—Bueno…, no he acabado. Mi día se ha complicado un poco más…

—¿Ah, sí? —curioseé.

—Sí, en el hospital, primero me ha atendido en Urgencias un médico viejo y con halitosis, pero luego me han pasado a trauma y… ¿Adivináis quién estaba en la consulta cuando una enfermera diminuta y delgaducha me ha pedido que entrara?

—¡Fernando! —gritamos Javi y yo al unísono.

—Sí —confirmó ella en un susurro, llevándose la mano buena a la cara y frotándose los ojos.

—Bueno, chica, entonces, después de todo no ha sido un día tan malo —quise animarla yo.

—¡¿Que no?! Con todos los hospitales que hay en España y tienen que destinarlo al que está al lado de mi casa.

—¿Lo han destinado al hospital Virgen del Rocío? —pregunté sorprendida.

—Sí, hija, sí… —aseveró ella con un gesto de resignación.

—Pero yo pensé que estaba en Córdoba —insistí.

—Y lo estaba. Pero ahora lo han enviado para acá. Alguien allá arriba me lo quiere poner difícil… —murmuró ella, suspirando y mirando al techo.

—Marta, no seas melodramática. Fernando es el primer tío normal que se ha cruzado en tu camino. Cúrratelo un poco —añadió Javi antes de darle un sorbo a su copa.

—Precisamente por eso, idiota. Me gusta tanto que cada vez que lo tengo delante me transformo en una especie de criatura torpe y absurda. Es el único tío que me gustaba de verdad y, después de acostarse dos veces conmigo, se largó a Córdoba y no volvió a llamarme.

Y era cierto, Marta conoció a Fernando una noche que él y mi hermana aparecieron en el bar de Héctor. En aquel entonces, Carolina solo lo utilizaba para darle celos a mi cuñado. Fernando fue el traumatólogo de Raúl cuando tuvo el accidente de moto. Y desde entonces, él y Raúl eran íntimos amigos. El caso es que esa noche Marta se quedó prendada de Fernando, y a partir de ahí comenzó una extraña y peculiar historia entre ellos. Una historia en la que Marta se coló completamente por Fernando y él…, pues él aún no tenía muy claro qué sentía por ella.

—Marta, a veces me recuerdas a Julia Robert en *Pretty Woman* —mencionó Javi, conteniendo la risa.

—¿Me estás llamando puta? Javi, te advierto que hoy no estoy de humor para aguantar tus tonterías… —resopló ella, mirando la carta que el camarero acababa de ofrecernos.

Yo intentaba no reírme, pero los esfuerzos eran fallidos.

—No, no es por eso. Es que me recuerdas a ella un poco físicamente, así alta y con esa sonrisa deslumbrante, y te imagino allí…, en una acera esperando a que aparezca tu príncipe azul. Solo que como no te espabiles, Richard Gere recogerá a Julia Robert y tú te quedarás en la acera eternamente.

—¿Y qué quieres que haga? Fue él el que pasó de mí. No voy a llamarlo. Además, creo que piensa que soy una guarra. Va de moderno y todas esas cosas, pero cuando me acosté con él la primera noche que quedamos creo que, en el fondo, lo pensó.

—¿En serio? —pregunté, buscándole la mirada.

—Sí —respondió ella con pena.

—Hombre, un poco puta sí que eres —bromeó Javi, quitándole la carta de la mano. Ella agarró su servilleta y se la tiró a la cara—. A saber qué cosas le hiciste a ese pobre médico para que se largara y no te llamara más.

—Me ha dado su tarjeta. Piensa que voy a llamarlo. Pero, vamos, que incluso si me dijeran que hoy es el último día de la Tierra en el que puedo follar y que él es el único hombre, no lo llamaría —aseguró ella muy digna aunque abatida.

—Venga ya, Marta, tampoco es para tanto. A lo mejor en aquel momento no era para ti. Quién sabe, igual ahora las cosas son distintas —la conforté. En realidad, siempre me había gustado la pareja que hacían Marta y Fernando.

—Además, antes de salir de su consulta y después de ponerme la escayola, le he tirado la tarjeta a la cara. Tendríais que haber visto su expresión. Le he dicho que yo no llamo a ningún tío, que son ellos los que me llaman a mí.

—¿Y él que te ha dicho? —preguntó Javi, boquiabierto y muerto de curiosidad.

—Pues que espere sentada. Eso me ha dicho el muy gilipollas. Le ha dado tanta rabia que le tirara la tarjeta a la cara que casi no ha sabido cómo reaccionar. Ese piensa que porque está como un tren y es médico... ya puede tener a las mujeres tiradas a sus pies. Pues conmigo la lleva clara.

Javi y yo estábamos desternillados de la risa, mientras que ella parecía cada vez más cabreada.

—No tiene gracia —protestó, removiéndose en su asiento y haciendo un leve gesto de dolor.

—Marta, cariño, me parece que voy a tener que organizar una cena en casa para que Fernando y tú hagáis las paces. Estoy segura de que a Raúl le hará una ilusión tremenda saber que Fernando está en Sevilla —le aseguré, alargando el brazo por encima de la mesa y acariciando su mano.

—Ya lo sabe. Fernando me ha dicho que el otro día estuvieron juntos —me anunció ella.

Vaya, al parecer, mi marido, de un tiempo a esta parte, no hablaba mucho conmigo.

—No me ha dicho nada. A decir verdad, Raúl y yo, desde hace unos días, solo discutimos —murmuré para mí, pero me oyeron.

—¿Sí? ¿Qué ocurre, Cristina? —Ahora era Marta la que buscaba mi mirada.

Iba a responder, y en ese instante el camarero se acercó a tomarnos la comanda.

Fue entonces cuando me di cuenta, otra vez, que el solo hecho de pensar en todo aquello me cerraba el estómago.

11

LO QUE NUNCA DIJISTE

A los dos días de nuestro primer encuentro sexual, por llamarlo de alguna manera, Raúl volvió a escribirme. De hecho, no habíamos cesado de enviarnos mensajes. Reconozco que cada vez que oía el móvil me echaba a temblar, y es que sus palabras no eran para menos.

«No puedo apartar de mi mente esos ruidos que haces cuando te corres».

Las mejillas me ardieron de repente… y a continuación tecleé:

«Eres un cerdo».

Sonreí.

«No, aún no he sido demasiado cerdo. Todavía puedo serlo más».

Me mordí el labio.

«¿Más?».

Tragué saliva.

«Ya lo creo… ¿Cuándo quieres que te lo demuestre?».

Al ver ese último mensaje me lo pensé unos segundos antes de contestar, pero él volvió a escribirme.

«No te asustes, solo quiero sexo contigo. Mucho sexo...».

Mi sonrisa se agrandó.

«Idiota».

«Vale, pues este idiota te espera esta noche a las nueve y media debajo de tu casa».

Mi pecho se hinchó de felicidad.

«De acuerdo, pero no te hagas ilusiones en cuanto al sexo».

Esperé su respuesta con entusiasmo.

«¡No me digas que has cambiado de opinión y ahora quieres hacer el amor!».

Luché por ignorar lo que estaba empezando a sentir.

«No, prefiero que sigamos follando como animales...».

Me mordí la uña del dedo pulgar.

«Nena, tenemos un problema. Ahora me provocas erecciones con tus mensajes... Espero que sigas tan valiente esta noche».

«Y yo espero que cumplas con tu parte».

«¿Cuál, la de mucho sexo o la de no enamorarme de ti?».

Suspiré profundamente y me llevé una mano al estómago cuando percibí algo extraño revolverse allí dentro.

«Ambas».

Esta vez fue él el que tardó unos segundos en contestar.

«De momento solo puedo asegurarte una. Ahora decide tú si quieres volver a verme, ojos verdes».

Dejé el teléfono sobre la cama y me froté las manos al sentir cómo me sudaban. Esta vez no respondí. Di vueltas por mi casa con la cabeza llena de dudas, indecisiones y malos presagios. Aún no me había bajado la regla desde que regresé de Ámsterdam, y ahora… Raúl.

Sabía que no debía pensar en eso. Ponerme en lo peor solo atraería negatividad. Probablemente, mi menstruación no tardaría en llegar y todo volvería a la normalidad, ¿no?

Agarré de nuevo el móvil y respondí, convencida de que esta situación no me sobrepasaría. Demostrándome a mí misma que no había sido tan estúpida y que pronto podría seguir haciendo mi vida y salir con quien me diera la gana sin preocuparme de nada más.

«Te espero a las nueve y media…».

12

SOY UN IDIOTA

U na de dos, o la llave que estaba intentando, torpemente, introducir en aquella puerta no era la correcta…, o me había equivocado de casa.

Me retiré del portón y de pronto tuve que sujetarme a la pared porque pensé que me caería.

—Ha sido el último chupito de tequila —me autoconvencía, con la lengua dormida y con la visión terriblemente afectada.

Eso me pasaba por salir con Javi y Marta. Después de contarles toda la mierda que me rondaba por la cabeza por culpa de esa zorra asquerosa y perfecta de Patricia, se habían empeñado en aliviar mi malestar con un maratón de chupitos en una coctelería cerca del río.

Al final, los camareros tuvieron, prácticamente, que echarnos del local, por lo que acabamos en el interior de un taxi con Javi cantando canciones de Rocío Dúrcal. Primero me dejaron a mí en mi calle, y luego los observé alejarse. Marta, borracha como una cuba, con la escayola repleta de dibujos obscenos, obras de Javi, y las firmas de una pandilla de asiáticos repelentes que nos habíamos encontrado esa noche, me gritaba por la ventanilla, a las cinco o quizá las seis de la mañana:

—¡Cristina, deja de pensar en esa fulana! Raúl no puede querer a nadie más que a ti. Hazme caso, joder.

¿Pero sería eso cierto? A esa hora y con esa cantidad de alcohol circulando por mis venas, ya no sabía qué pensar. Lo único que tenía claro era que tendría que llamar a la puerta para que Raúl me abriera o terminaría durmiendo en el rellano. Y el caso es que seguramente lo había hecho aposta...

—Seguro que ha dejado la llave puesta para que tenga que llamar, el muy... —murmuré entre dientes, hablando sola.

Así que, saqué el teléfono móvil del bolso y lo llamé. Al segundo tono respondió con voz de dormido:

—¿Sí...?

—Raúl, ábreme la puerta, has dejado la llave puesta y no puedo entrar —dije en voz baja.

Colgó sin decir nada más y al cabo de cinco segundos avisté, a través de la mirilla, cómo se iluminaba el interior. Intenté enderezarme y fingir que no llevaba un pedo brutal. Me abrió la puerta y la visión..., puedo asegurar que fue tremendamente tentadora. Sobre todo para mí, que a esa hora el grado de alcohol en mi sangre estaba revolucionando mis hormonas.

Y allí, delante de mí, sujetando la puerta, estaba mi marido, sí, ese mismo. Con un pantalón de pijama gris, el torso al descubierto más perfecto y fibroso que había visto en mi vida, y con el pelo revuelto de un modo tan sexi y erótico que me dieron ganas de saltar sobre él y cabalgarlo hasta que se hiciera de día. Por un momento quise olvidarme de todo lo sucedido en la última semana y pedirle que me hiciera el amor, pero su gesto me decía lo contrario.

—Cristina, dijiste que solo saldrías a tomar unas tapas y son casi las seis de la mañana.

—Lo sé. Me he entretenido más de la cuenta. —A decir verdad, «entretenido» no lo pronuncié correctamente.

Entré en casa y colgué el bolso y mi abrigo en el perchero que había tras la puerta. Él me observaba muy de cerca.

—Te he llamado. Podrías haberme enviado un mensaje y decirme que llegarías tarde. —Estaba muy enfadado, lo sentía sin mirarlo.

—No he oído el móvil —respondí, sujetándome a la pared con una mano mientras con la otra me quitaba una bota.

No quería reírme, pero no podía dejar de pensar en Javi intentando enseñar a uno de aquellos chicos asiáticos a bailar sevillanas.

—No te estoy preguntado si lo has oído o no, te estoy diciendo que si sabías que ibas a llegar a esta hora, solo tenías que decírmelo. Me has asustado, ¡joder! —masculló de mala gana, apartando de una patada la bota que yo acababa de dejar en el suelo y dirigiéndose hacia nuestra habitación.

El tono de su voz borró cualquier atisbo de diversión en mi rostro.

Podía aguantar el chaparrón y acostarme sin rechistar, pero si lo hubiera hecho, probablemente, no habría sido yo del todo.

—¿Q-Qué coño te pasa? Tú no eres mi dueño. Puedo llegar a la hora que me dé la gana —protesté unos segundos después, cuando ya hube entrado en nuestro dormitorio. Intenté no elevar la voz. Elena estaba durmiendo, pero no tuve mucho éxito.

—¡No, no puedes! —replicó él enfrentándome.

—¡¿Ah, no?! —lo desafié con las manos a la altura de mis caderas.

—No, estás casada y tienes una hija. No puedes colarte borracha y levantarme de la cama a estas horas.

—Has sido tú el que has dejado la llave puesta. Ahora te jodes —respondí, dándole la espalda y quitándome el vestido. Él seguía allí, al otro lado de la cama, y a pesar de estar muy borracha, percibí que su mirada se deslizaba por mis caderas y mis muslos. Aquellas medias de liga lo volvían loco.

—¿Dejarás de comportarte algún día como una cría, Cristina? ¿No te das cuenta de que las cosas no pueden ser siempre como tú quieres?

—¿Como yo quiero? ¡No, eso ya lo sé! Solo estoy intentado hacerme a la idea, Raúl —farfullé, dirigiéndome hacia una de las cómodas y sacando un pijama.

—Así que todo esto es por eso… Este es tu modo de castigarme por lo de Patricia, ¿no?

—No te atrevas a mencionar el nombre de esa zorra en mi casa. No quiero oír hablar de ella, ¿me oyes? —advertí, sentándome en la cama para quitarme las medias. Sin embargo, lo hice muy al filo y casi me caigo.

Arqueó una ceja y negó con la cabeza, como si no diera crédito de mi embriagador comportamiento.

—Te equivocas, Cristina. Hablaremos mucho de ella. Hasta que entiendas que es tan solo una empleada y que tu estúpida mente paranoica solo está estropeando lo nuestro —bufó esta vez, situándose delante de mí.

—No, Raúl, no es mi mente. Es ella… y eres tú. Lo s-siento aquí —declaré, llevándome la mano al corazón y esforzándome por vocalizar—. Las mujeres no nos equivocamos con estas cosas, te lo aseguro. Y lo peor es que sé que no me crees.

Eso de que los borrachos y los niños dicen la verdad, era lo más acertado que había oído en mi vida.

Él me miró con el cejo visiblemente fruncido. No me creía, pensaba que aquello solo formaba parte de mi carácter inseguro y variable, y quizá en algún otro momento habría llevado razón y lo correcto hubiera sido no hacerme caso y esperar a que se me pasara la pataleta. Pero lo cierto es que no lo era. No era un absurdo berrinche. No se trataba de que aquella extraña me cayera mal y la odiara hasta desear meterla en una nave espacial y lanzarla al vacío. No. Era algo completamente diferente. A mi ataque de celos había que sumarle que esa mujer me provocaba escalofríos. Como si alguna fuerza sobrehumana me estuviera advirtiendo de un peligro inminente.

—Es cierto, no te creo, Cristina. Con esto solo me estás demostrando, una vez más, tus ansias de salirte con la tuya. Todo tiene que ser igual contigo. Estoy harto de ceder. Esta vez te toca a ti. —Lo observé darse la vuelta y dirigirse hacia la puerta.

—¿Qué haces? Estamos hablando. Estoy intentando explicarte lo que me pasa, maldita sea. —No quería que se fuera al sofá. No quería dormir esa noche sola. Quería que se quedara conmigo, aunque solo fuera para discutir.

—No, Cristina. Las cosas no se hacen de esta manera. Si necesitabas hablar no haber llegado a casa a las seis de la mañana apestando a tequila —espetó airado, agarrando el pomo de la puerta.

—¡Vaya, ¿apesto?! Dime, Raúl, ¿qué será lo próximo? ¿Empezaremos a dejar de dormir juntos y tú irás con tus penas a tu secretaria? ¿Dejarás de desearme? —Me levanté de la cama con las medias en una mano y las tiré al suelo antes de situarme delante de él, procurando que mi escaso equilibrio no me restara credibilidad. No me había puesto el pijama. En realidad, lo hice a propósito. Me quedé en ropa interior. Si a eso podía llamársele ropa interior… Era un minúsculo conjunto formado por un insinuante tanga negro de encaje y un sujetador, a juego también, de encaje y satén. La mirada cargada de perversión y deseo con la que recorrió mi cuerpo me hizo sentirme poderosa y desafiante. Ese hombre era mío. Mío y de nadie más—. ¿Es eso lo que va a pasar? —Él no despegó sus ojos de mi rostro y de mi pelo—.¿Dejarás de hacerme el amor? ¿Tanto te molesto que ya ni siquiera puedes dormir en la misma cama conmigo?

—Si piensas de esa manera es que no me conoces en absoluto —respondió él muy seguro, pero con la respiración ligeramente alterada.

—Pues no te vayas —dije muy bajito delante de él.

—¿Y qué quieres que haga? —reclamó, soltando el pomo de la puerta y acercándose más a mí.

Me sentía tan excitada y hambrienta de él que la idea de no poder tenerlo cada noche junto a mí... se me hizo un infierno.

Su gesto aún contraído. Furioso. Sin embargo, esa noche haría lo que fuera por no dejarlo marchar. Era demasiada la incertidumbre y los temores que me amenazaban últimamente. Tenía que liberarme de todo aquello y volver a la normalidad con él. De otro modo, era muy probable que llevara razón y terminara enloqueciendo.

Lo miré con los ojos entrecerrados y puse las palmas de mis manos sobre su pecho.

—Hazme el amor —susurré solo un segundo antes de plantarle un beso lento y húmedo muy cerca de su corazón.

Sus pulsaciones estaban aceleradas y al sentir sus latidos sobre mis labios, una extraña corriente de deseo me recorrió de la cabeza a los pies. Enredó sus dedos en mi cabello y, tirando ligeramente de él, me obligó a mirarlo.

—¿Ves? Ya te has salido con la tuya —gimió. Sus labios se estrellaron contra los míos y saquearon mi boca como si no hubiese un mañana.

A partir de ese momento, nuestros cuerpos se dejaron llevar por una pasión intensa y desenfrenada, y la habitación se llenó de lujuria y fervor.

Sus manos grandes y firmes se deslizaron con destreza por mi espalda y mis caderas llegando hasta mis nalgas. Las masajeó y pellizcó sin apartarse ni un segundo de mí y, luego, me impulsó, obligándome a rodearle la cintura con mis piernas.

—Dime..., ¿cómo lo consigues? ¿Cómo es posible que me vuelvas tan loco? Estoy cabreado, ¡joder! No debería follarte esta noche —gruñó, besándome el cuello y el hombro.

Le cogí la cara y lo obligué a mirarme.

—No quiero que me folles, quiero que me hagas el amor.

Nos quedamos observándonos un buen rato. El extraño gris de sus ojos no parecía estar muy de acuerdo conmigo. Aún estaba enfurecido, era evidente. Yo tenía la culpa, pero sus labios sensuales y tan rojos se presentaban como una tentación imposible de resistir para mí.

—Esta noche lo haremos a mi manera —respondió con una seguridad aplastante.

Me condujo en brazos hasta la cama y me soltó justo delante de ella.

—Quítatelo todo —ordenó, haciendo un ligero gesto con la cabeza.

Con el corazón bombeándome a una arriesgada velocidad, lo miré a los ojos .Me deshice lentamente de mis braguitas y, acto seguido, del sujetador. Cuando estuve desnuda delante de él, pregunté:

—¿Y ahora… qué quieres que haga?

—Siéntate en la cama y abre las piernas.

El tono de su voz era tan sensual, oscuro y enervante que estaba dispuesta a hacer lo que él me pidiera. A eso había que sumarle que el grado de alcohol en mi sangre hizo que me sintiera absolutamente desinhibida y descarada. Así que lo hice, me senté en la cama y abrí las piernas para él, sin dejar de observarlo.

Él se acercó hasta colocarse frente a mí, pero continuó de pie, devorándome con la mirada.

—¿Y? —inquirí con coquetería.

—Quiero que te toques. Quiero ver cómo lo haces.

Era la primera vez que me pedía algo así. Nuestra vida sexual nunca pecó de aburrida, lo habíamos probado casi todo, sin embargo, siempre era él quien me tocaba, siempre era él quien recorría con su lengua mi cuerpo y me daba placer de todas las maneras posibles. No obstante, acaté su orden y llevé una de mis manos a mi entrepierna ante su atenta y perversa mirada.

—¿Así? —insinué, dibujando pequeños círculos con mis dedos en aquel punto tan placentero de mi cuerpo.

—S-Sí, así —respondió casi en un gemido. El pantalón de su pijama ocultaba una erección descomunal, y a medida que iba tocándome, la necesidad de sentirlo dentro de mí se hizo casi dolorosa.

—Prefiero que me toques tú —susurré.

—No, esta noche no voy a tocarte, estoy furioso. Me has dejado plantado hoy a la hora del almuerzo y has vuelto a las tantas de la madrugada.

Detuve el movimiento de mi mano y me quedé atónita, no podía creerme que estuviera haciéndome eso de verdad.

Pero… ¡¿Qué demonios pretendía?!

—¿Cómo? ¿No vas a tocarme?

—No. —Se quitó el pantalón de pijama y acercó su sexo a mi cara—. Lo harás tú —dictaminó, deleitándome con todo su esplendor. ¡Dios!, la imagen era verdaderamente gratificante—. Serás tú quien me toque a mí —aseguró, dibujando un amago de sonrisa en sus labios.

Rodeé su erección con mis dedos y con mi otra mano acaricié uno de sus muslos.

—De acuerdo. Entonces, este es mi castigo, ¿no? —murmuré mientras continuaba tocándole.

—Exacto —gruñó cuando sintió mi lengua rozarle muy sutilmente la punta.

—Muy bien, si la que va a trabajar soy yo, será mejor que te tumbes —propuse.

Él siguió mis indicaciones y se colocó sobre los almohadones, abrió las piernas y cruzó las manos detrás de la nuca, en un gesto tan pendenciero y desafiante que me pareció terriblemente sexi. Allí, en mi cama, desnudo y con ese cuerpo tan perfecto y tan... mío, no pude hacer otra cosa que obedecerle.

Me encaramé entre sus piernas sin dejar de tocarlo y me deshice en besos por su pecho y abdomen. Lo oía respirar con dificultad y al acercarme y lamer de nuevo la punta de su erección, atisbé cómo se mordía el labio.

Le demostré que me daba igual, que esa noche no iba buscando mi placer, sino el suyo. Que le deseaba y le amaba tanto que hubiera estado durante horas probándole, entregándome a su deleite. Quería que entendiera que, últimamente, me estaba comportando de esa forma solo por miedo, por temor a que lo nuestro se viera amenazado.

—¡Dios, nena, qué bien lo haces...! —le escuché decir mientras yo le saboreaba.

Una de sus manos fue directa a mi cabello y me instó a seguir.

—No... pares —me pidió con la voz rajada y entrecortada.

Sabía lo que pasaría si seguía chupándole de esa manera, pero no me importó. De repente, me sentí con el control de su cuerpo, y ello me dio la seguridad que necesitaba. Sin embargo, él me detuvo.

Sus jadeos me hicieron encender aun más y me cogió la cara para asegurarse de que lo miraba.

—Ven aquí —demandó, colocando mis piernas a cada lado de su cuerpo.

Me senté encima y me deslicé, introduciéndole muy lentamente en mí. Llenándome de él.

—Dijiste que no me tocarías —susurré junto a su oído cuando sentí sus manos sobre mis muslos.

—Lo sé, soy un idiota. Mírame, haces lo que te da la gana conmigo —respondió, hundiendo su cabeza en mis pechos, lamiéndolos y mordisqueándolos como un animal.

Llevé mis manos a su nuca y enredé los dedos en su pelo.

—Te quiero —gemí sobre sus labios, moviendo mis caderas sobre él. Sus sacudidas se acompasaron a las mías y creo que, a partir de ese momento, perdí la noción del tiempo.

Tan solo quería sentirlo dentro de mí. Verme envuelta en su piel…,en su olor…Me dejé llevar y esa noche el sexo entre nosotros fue diferente. A pesar de que le había pedido que me hiciera el amor, no fue exactamente lo que hicimos. Hubo amor, eso seguro, al menos yo no podría llamarlo de otro de modo; él me poseyó a su antojo, se apoderó de mi cuerpo y me arrancó de la garganta gritos enloquecidos y frenéticos. Susurró palabras muy sucias en mi oído y me ordenó que me tocase para acrecentar mi placer y el suyo. Aquella procesión de sensaciones se apoderó de ambos y estuvimos durante horas entregándonos a la lujuria.

Me encontraba en trance, apenas recuerdo cuántas posturas practicamos. Solo sé que me sentía al límite, con sus dedos en mi boca, con su respiración en mi cuello, con sus gemidos en mis labios… Me corrí como unas tres veces, o quizá cuatro. Lo que no conseguí olvidar fue el ritmo de sus embestidas, brutales, salvajes, como si aquello fuese de verdad un castigo...

Hubo palabras que no conseguí sacarme de la mente.

—A veces creo que serías capaz de volverme loco.

Y lo peor de todo era que yo ya me sentía así. Loca de amor por él casi desde el principio. Pero ¿era sano querer a alguien de esa manera? ¿Era de verdad amor, o tan solo una continua obsesión?

Lo último que recuerdo es que cuando me dormí…, la luz de la mañana irrumpía por las hendiduras de la persiana.

13

HOTEL CALIFORNIA

Algunas noches de verano, el color de la luna en mi ciudad era tan brillante que daba la impresión de estar mirando a una gigantesca bola de metal. Siempre me había llamado la atención el significado de los colores. Sobre todo el de la luna. Ese plateado cambiante... Tenía entendido que la tonalidad de aquel astro se relacionaba con la parte femenina y emocional, con los aspectos más sensibles de la mente de una mujer. Y debía de ser verdad. Al fin y al cabo, ella siempre estaba allí arriba, noche tras noche. Observándonos, contemplándonos...

Desde que era una niña, mi padre había despertado en mí cierto interés hacia la Astronomía. Pero de todas maneras, yo era así. Tenía una tendencia natural a sentirme atraída por cosas extrañas. Extrañas y complicadas. Sin embargo, ahora que tenía allí, delante de mí, a Raúl, me parecía el hombre más sencillo, espontáneo, sexi y divertido que había conocido en mi vida y, a pesar de todo eso y en contra de mis anormales inclinaciones, me encantaba. Él no tenía nada de extraño ni complicado, él solo era sencillamente fascinante.

Como bien me dijo, a las nueve y media estaba en mi portal, esperándome. Con una camisa azul cielo por fuera del pantalón vaquero claro, en modo informal. Oliendo a Hugo Boss y con aquella sonrisa deslumbrante que poco a poco estaba apoderándose de mí. Tan solo unos días antes había pensado que Raúl era el típico chico guapo con el que me daría un revolcón y del que, probablemente, con el tiempo, guardaría un buen recuerdo. Pero ahora lo miraba y lo veía a «él». Como si de repente me hubiera dado de bruces con algo inmenso y de proporciones descomunales. Algo que jamás imaginas que vayas a encontrar a la vuelta de la esquina y que, de pronto, cambia el curso de los acontecimientos.

Esa noche de luna plateada, Raúl me llevó a cenar a un restaurante en Zahara de los Atunes. Un sitio que, aparentemente, era el típico bar a pie de playa en la zona más virgen del pueblo, de esos en los que sus entrañables dueños se encargaban de atenderte personalmente, ofreciéndote las mejores materias primas de su cocina. Al principio, me pareció un lugar simple y cotidiano, pero cuando nos pasaron a la terraza trasera que daba acceso al mar, comprendí su extraordinario encanto.

—Esto es demasiado romántico —le dije a Raúl, contemplando el cielo y una vez que estábamos acomodados con dos copas de vino y rodeados de una frondosa vegetación. A pesar de estar muy cerca de la orilla del mar, la terraza estaba acordonada de árboles que habían creado una especie de techo y nos protegían de la humedad. Procedente de la cocina se filtraban las melódicas e inconfundibles voces de los Gipsy Kings cantando *Hotel California*. Alguien allí dentro tenía la música a un volumen admisible para poner la guinda a ese lugar tan adorable.

—¿Y eso es malo? —preguntó, sonriendo con aquel hoyuelo tan sexi cerca de la comisura de su boca.

—Depende.

—¿De qué? Crees que te he traído aquí para impresionarte, ¿no es eso?

—No lo creo, estoy segura —repliqué.

—Te lo tienes muy creído tú, ojos verdes.

Le di un empujón en el hombro fingiendo que estaba molesta.

—Entonces, que me quede claro, ¿qué somos?

—Yo una mujer y tú un hombre —respondí.

—¡Ufff!, menos mal, si a estas alturas me dices que eres un hombre…, menudo fiasco —bromeó, poniendo los ojos en blanco.

—Me encantaría ver tu cara en una situación como esa.

—Eres mala, mala de verdad.

Le hice una mueca divertida y bebí de mi copa. Él se acercó un poco a mí y puso una de sus manos en mi muslo, por debajo de la mesa. Me tensé al instante, al sentir el contacto de su piel con la mía.

—¿Qué somos, entonces? —Su mirada fue directa a mis ojos, sin amilanarse.

—Amigos.

—Querrás decir folla-amigos, ¿no?

Moví un poco la cabeza sopesando esa posibilidad y luego respondí:

—Sí, ese término me gusta.

—Bien, a mí también —dijo, deslizando su mano hasta rozar el encaje de mis bragas.

—Raúl... —murmuré al tiempo que sujetaba su muñeca.

Pero él hizo caso omiso y siguió acariciando con sus dedos mi sexo, provocándome repentinas oleadas de placer.

—Me encanta cómo pronuncias mi nombre —susurró en mi oído.

A esas alturas, estaba tan excitada que no me di cuenta de que una mujer asiática y menuda se había colocado junto a nuestra mesa y pretendía vendernos un ramillete de flores artificiales.

—Floles. Muy balatas. Cómpla una flol a tu novia —le decía ella a Raúl, ofreciéndole las rosas de modo insistente.

—No es mi novia —contestó él, sacando la mano de debajo de la mesa sin dejar de mirarme.

—¿No novia? ¿Amante? ¿Tú casado? Muy mal. Tú sel malo —le reprochó esa mujer, amenazándolo con una horrible rosa de plástico.

Él empezó a reírse al percatarse de que la gente que había alrededor nos observaba con curiosidad.

—Muchas gracias, pero no queremos nada —protesté cuando vi que la mujer no tenía intención de irse a ninguna parte sin que le compráramos flores.

—Muy mal. Tú salil con homble casado —dijo ella, mirándome con la mirada afilada.

—Oiga, que él no está casado —repliqué.

—¿No? —preguntó ella como si no entendiera qué estaba pasando ahí.

—¡No! ¿Podría hacer el favor de dejarnos en paz? —le pedí, bajando un poco el tono de voz y sin entender lo incongruente de aquella situación que a Raúl parecía hacerle mucha gracia.

—Entonces tú compla flol a tu novia —dijo ella otra vez, dirigiéndose a Raúl.

Él se recostó en su silla.

—Usted no lo entiende, no puedo regalarle flores. Eso es para las novias, y ella no es mi novia. Ella solo quiere utilizarme, ¿lo comprende? —Le tiré un pellizco en la pierna para que se callara de una vez, pero él me ignoró.

La asiática seguía paseando la mirada entre nosotros, con curiosidad—. Solo quiere sexo. Cree que soy su muñeco sexual.

Me tapé la cara cuando me di cuenta de que una pareja que había en la mesa de al lado estaban tronchados de la risa.

—Tú mala —cuchicheó ella, asintiendo y señalándome con la flor, como si por fin lo hubiera comprendido todo.

—Sí, es muy mala… No sé qué hacer con ella…, es tan… ardiente —murmuró él, divirtiéndose de lo lindo mientras yo le lanzaba dardos con la mirada.

—Cómpla algo. Mila —insistió, esta vez colocando sobre la mesa un montón de artículos absurdos. Entre ellos unas horrorosas gafas con luces.

—No queremos nada, señora —refunfuñé con una falsa sonrisa y rezando para que se marchara de una vez.

—Esto me gusta —dijo Raúl, sujetando las gafas.

—¿Quieres dejar eso ahí? —le advertí con los dientes apretados, intentando quitárselas, pero él no me dejó cogerlas.

—No, deja, este será mi primer regalo para ti. Nada de flores ni corazoncitos. Toma, unas gafas con luces estroboscópicas —afirmó, apartándome las manos e intentando ponérmelas—. Mi primer regalo de folla-amigos.

Aguanté la risa como pude, estábamos en medio de aquel restaurante tan romántico e ideal… y yo sentada frente a Raúl con esas horrendas lentes.

—¿A que está guapa? —le preguntó a la mujer, cruzando los brazos sobre su amplio pecho.

—Mu guapa —convino ella, sonriendo y mostrándome una mella que hasta el momento no había visto—. Son vente eulos.

—¡¿Veinte euros por eso?! —protestó él, contrariado.

En ese instante me las quité y aproveché para vengarme.

—Raúl, me encantan. ¡¡Porfiiii, cómpramelas!! —imploré, batiendo mis pestañas de forma magistral.

Él me miró ensanchando sus ojos, consciente de mi ruin represalia, se rebuscó el bolsillo y le mostró a la mujer un billete de veinte euros que ella no tardó en agarrar.

Sonreí mostrándole los dientes en un gesto cargante y él negó con la cabeza. Pero la mujer, antes de marcharse de nuestra mesa, se agachó y me murmuró al oído:

—Él mu guapo. Tú estal loca si no quiele sel su novia.

14

EN EL CENTRO DE LA DIANA

Me deslicé suavemente por las finas y blancas sábanas y, por inercia, busqué el calor de Raúl, pero no lo encontré. En aquella cama solo estaba yo. A decir verdad, yo y una gigantesca lavadora centrifugando a toda máquina dentro de mi cabeza. Enterré la cara en la almohada, intentando que la luz que se filtraba por la ventana no me hiciera más daño. La resaca era espantosa y a eso había que añadirle las agujetas que ahora tenía por todo el cuerpo. Algunas de las escenas de la noche anterior estallaron en mi mente, y comprendí de inmediato a qué se debía el dolor de mis piernas y caderas.

Sentada en la cama me llevé la mano a la frente. Maldita sea, ¿por qué demonios le había hecho caso a Javi y a Marta y me había tomado esa endemoniada cantidad de chupitos? Estaba desnuda, así que me levanté y agarré mi bata que descansaba sobre uno de los butacones de la habitación.

Al salir no oí nada. No tenía ni idea de qué hora sería. Fui a la cocina y le eché un vistazo al gigantesco reloj de Ikea que colgaba en una de las paredes. Las doce y media. ¡Mierda!

Abrí la nevera para beber agua y entonces vi una nota encima de la mesa de la cocina.

Elena y yo hemos ido a desayunar churros y a jugar un rato al parque. Volveremos a la hora de almorzar.
Feliz resaca.

P.D.: *Me gustas más en la cama cuando estás borracha…*

«¡Qué gracioso!», murmuré entre dientes. Luego hice una bola con la nota y la tiré a la papelera. Elena estaba empezando a leer y a veces era realmente impertinente e imprevisible…

Preparé un poco de café y a continuación me tomé un ibuprofeno. Tenía que acabar con ese espantoso dolor de cabeza antes de que él lo hiciera conmigo.

Observé la taza humeante, y mis ojos y mi pensamiento se perdieron en el nebuloso humo. Recordé una mañana en su chalet de Roche. La primera vez que amanecí junto a él…

Me levanté antes, y al salir de la habitación lo observé dormido. Bocabajo y con la sábana enredada entre sus piernas. Pensé que era uno de los hombres más guapo con los que había estado en mi vida. Me dio incluso miedo admitir que nuestra conexión en la cama había sido extraordinaria. Por aquel entonces, supuse que era la euforia del momento.

Recuerdo que me encaminé a la cocina y me tomé la confianza de ir preparando el desayuno.

Encendí la radio que había junto a la ventana, y la versión acústica de «Mad Worl», de Hardwell, llegó a mis oídos a un volumen suave.

Al cabo de unos minutos, él apareció en calzoncillos y se sentó frente a mí en un taburete, frotándose la nuca mientras yo me movía por la isleta de la cocina con soltura. Mi única ropa era una camisa suya. Su mirada recorrió mis piernas desnudas y luego sus labios se curvaron muy levemente.

—¿Café? —le pregunté.

Asintió, sin dejar de observarme.

—Solo y con una de azúcar —susurró.

—Muy bien —murmuré, rebuscando en los muebles hasta dar con las tazas.

Él continuó en silencio, contemplando cómo me movía de un lado a otro.

—¿Piensas quedarte ahí sentado sin ayudarme? —bromeé.

—Exacto —declaró—. Es más, no sabes cuánto me alegro de que mi madre decidiera poner los muebles tan altos… —dijo mirándome el culo, cuando yo estaba intentando sacar unos platos de una de las vitrinas.

Negué con la cabezay sonreí.

Luego metí el pan en el tostador y al acabar de untar una de las tostadas, se la serví en su plato. Él la agarró y le dio un mordisco con sus ojos aún en los míos.

—*Ya sabes cómo me gusta el café* —*comentó masticando.*

—*Sí, ¿y?* —*inquirí con curiosidad.*

—*Que hace unos días no tenía ni idea de quién eras y ahora ya sabes cómo me gusta el café.*

Lo miré y antes de acercar mis labios a la taza le respondí:

—*Todavía no tienes ni idea de quién soy. Podría ser una psicópata o una loca que tiene pensado instalarse en esta casa.*

—*Un poco cara de loca sí que tienes* —*dijo con sorna.*

Le tiré una miga de pan mientras él continuaba comiendo. Sonrió.

Me puse a charlar sobre lo mucho que me gustaba esa casa y el excelente gusto que tenían sus padres para la decoración. Me encaramé a su lado en otro de los taburetes y mis piernas desnudas se refregaron con las suyas. Pero una de las veces, sin yo esperarlo, me interrumpió.

—*¿Lo pasaste bien anoche?* —*preguntó, esta vez mirándome de un modo prohibido.*

—*Mucho* —*respondí, sosteniendo su mirada y con la respiración colapsada*—, *¿y tú?*

Una corriente eléctrica cosquilleó el vértice de mis piernas.

—*Quiero repetir* —*susurró, dándole el último mordisco a su tostada.*

—*¿Más pan?* —*continué bromeando.*

Su sonrisa sexi casi me eclipsó.

—*No, más de ti. Más de esto* —*articuló señalándonos a ambos, esta vez un poco más serio, y luego deslizando sus manos por mis muslos.*

—*Bueno...* —*tartamudeé nerviosa*—, *si lo que quieres es a alguien que te prepare el desayuno todos los días, te has equivocado de chica* —*relaté con el corazón bombeándome con fuerza. Intentando añadir una nota de humor al momento que para mí empezaba a resultar embarazoso. Sobre todo, porque yo sentía justo lo que él estaba diciendo.*

Él negó con la cabeza.

—*No, no me he equivocado de chica.*

—*¿Ah, no?*

Mis dedos acariciaron sus brazos.

—De hecho, creo que cuando me acerqué a tu mesa la otra noche, di de lleno en el centro de la diana.

Después acercó sus labios a los míos y descubrí que esa cocina, además de bonita y acogedora, era multifuncional...

Al cabo de un rato, mis pensamientos volvieron al presente, cogí la taza humeando y fui a sentarme al sofá. Pero, como siempre, me dejé caer sobre el iPad. Mi hija tenía la fea costumbre de dejarlo continuamente en cualquier parte. Apoyé la taza sobre la mesa y me acomodé para echar un vistazo al correo y a mi cuenta de Twitter.

Mi sorpresa fue que al desbloquear el aparato, el Facebook de Raúl estaba abierto. Me puse a curiosear sin pensar en las consecuencias del acto, y de pronto vi algo que llamó enormemente mi atención. En la biografía de él una mujer le había escrito. Sí, pero no era cualquier mujer, era *ella*. Cómo no: Patricia Ferrer.

«Jefe, ahora ya somos amigos en Facebook, jeje.».

El mensaje, acompañado de un guiño con un beso... ¡Con un beso!

Él no había respondido a ese comentario, tan solo había indicado que le gustaba. Lo siguiente que hice fue ponerme a curiosear todas sus fotos. Y si la odiaba hasta ese momento, a partir de aquel instante la cosa fue a peor.

Su perfil de Facebook era un despliegue de fotografías de ella tan fabulosa y radiante que estuve a punto de estrellar el iPad contra una pared. Pero lo que me pareció verdaderamente extraño fue que esa mujer no tuviera ninguna foto con amigas o amigos. Todas eran imágenes casi artísticas de ella, y digo «artísticas» porque tenía un rostro digno de fotografiar, a pesar de que me costara admitirlo. Sin embargo, era imposible averiguar absolutamente nada de ella a través de su perfil, por mucho que intenté escarbar.

Rebusqué entre sus contactos y observé que eran muy pocos y casi todos hombres. Pinché en su muro y, de vez en cuando, alguno de esos chicos le hacía algún comentario, como por ejemplo:

«Patri, cuánto tiempo sin verte, sigues tan guapa como siempre».

Una persona medianamente normal tiene amigos y una vida más o menos interesante. Pero ella no tenía nada de eso. No podría descubrir ni aficiones ni manías, ¡nada!, rotundamente nada. Y aquello solo hizo que mi curiosidad por ella se multiplicara por mil.

Oí la cerradura de la puerta y apagué el iPad a la velocidad de la luz.

Un segundo después, Elena entró como un huracán y se lanzó sobre mí, contándome con todo lujo de detalles el recorrido que había hecho con su padre. Y tras ella, él. Con una cazadora de cuero negra, un jersey gris de punto y unos vaqueros gastados. En su mano derecha una bolsa con pan y algunas frutas. ¡Dios, cómo no iba a estar celosa con un marido así!

Antes de soltar la bolsa en la cocina, se acercó y me besó en los labios. Y esta vez fue un beso de reconciliación. Lo sé porque conocía con exactitud cada uno de sus besos.

Luego, mientras ellos se cambiaban y se ponían cómodos, yo me dispuse a preparar el almuerzo. Él volvió a acercarse un par de veces a besarme el cuello y meterme mano sin que Elena nos viera y yo, por supuesto, le seguí el juego. Ese día no me quedaban fuerzas para continuar discutiendo con él sobre nada. Tan solo quería disfrutar de mi tiempo libre con mi familia... Eso sí, no estaba dispuesta a bajar la guardia.

El resto del fin de semana lo pasamos con los que nosotros llamábamos nuestra pandilla del cole, unas tres parejas con las que quedábamos muy a menudo para que los niños se divirtieran y, de paso, nosotros poder hablar de cosas de padres. Y lo cierto era que con el paso del tiempo, aquellas nuevas amistades fueron muy importantes en nuestras vidas.

El sábado por la tarde estuvimos en el cumpleaños de uno de los amiguitos de Elena y al volver a casa, en el coche, la conversación de mi hija nos dejó atónitos.

—Lucas me ha pedido que le diera un beso en la boca.

Además, lo soltó así, como si nada. Raúl y yo nos miramos y tuvimos que contener la risa.

—¿Y le has besado? —preguntó Raúl, sin apartar la vista de la carretera, pero intentando parecer un padre comprensivo.

—¡Nooooo! ¡¿Estás loco?! Me da asco. Jesús dice que aún tiene chupe.

Yo me llevé la mano a la boca para que no me oyera reírme. Ella permanecía en su sillita con el cinturón puesto, con la cara pintada del cumpleaños y toqueteando el teléfono de Raúl. Su cabello lo tenía recogido en una desgreñada coleta y el flequillo, largo y castaño, le llegaba a la altura de sus pestañas.

—¿Quieres decir que no le has besado por lo del chupete? Es decir..., ¿que de lo contrario sí lo habrías hecho?

—Pues claro, es mi novio —aseguró ella encogiéndose de hombros, como si aquello fuera lo más natural del mundo.

Raúl me miró y levantó una ceja.

—¡Qué novio ni qué ocho cuartos! Eres muy pequeña. No puedes besar a ningún niño en la boca. No hasta que seas mayor.

—¿Cómo de mayor?

—Pues… muy mayor…, como mamá o como yo.

—Sí, claro —se quejó ella, haciendo un gesto de asombro con sus despiertos ojos pardos.

—Sí, Elena, papá lleva razón. No puedes besarle. Además, a Lucas le falta una paleta, no querrás que un día de estos, al besarlo, te tragues uno de sus dientes, ¿verdad?

Raúl se mordió el labio inferior con fuerza para no desternillarse.

—¡Qué asco, mamá! —gritó ella enfadada.

—Hija, yo solo te estoy advirtiendo de lo que puede pasar.

—Vale, vale, no lo besaré —farfulló ella, encogiendo la cara en una mueca de repulsión. Lo cierto era que resultaba tan graciosa que a veces me daban ganas de comérmela.

Hubo un momento de silencio en el coche, pero al instante siguiente ella parloteó:

—Victoria dice que su padre cuando se enfada parte las puertas.

¡Por Dios santo!, ¿tanto hablaban los niños? Ante eso, Raúl y yo volvimos a mirarnos, pero esta vez él puso los ojos en blanco.

—Bueno, Elena, a veces los padres se enfadan, quizá el padre de Victoria lo haga más de la cuenta, pero estoy seguro de que quiere mucho a su mamá y a ella —dijo él tan desconcertado como yo.

—No, no la quiere, se han divorciado.

¿En serio mi hija estaba diciendo todo eso? ¿Cómo podían hablar de esas cosas unos críos?

—Pero, Elena, ¿y Victoria sabe acaso qué significa eso? —le pregunté, girándome para verle la cara.

—Claro que lo sabe, mamá. Divorciarse significa que ya los padres no están juntos —respondió ella, negando con la cabeza y mirando hacia el techo del coche como si fuera evidente.

A Raúl y a mí nos había pillado tan de sorpresa la conversación que no sabíamos qué decir.

—Elena, quizá sea lo mejor para ella. Si sus padres no se quieren es mejor que se divorcien, ¿no crees?

—¿Vosotros vais a divorciaros?

—¡¡Noooo, cariño!! —le aseguró él con un deje de preocupación en su voz.

—¿Me lo prometes? —preguntó ella, ladeando un poco la cabeza en un gesto tan infantil y adorable que me provocó una ternura inmensa.

—Sí, te lo prometo, mi vida —contestó él, mirándola por el espejo retrovisor. Luego cogió mi mano, me miró directamente a los ojos y me besó la palma.

Sin embargo, jamás puedes prometerle a un niño algo que no tienes la certeza de que vayas a cumplir…

Después de aquel fin de semana, Raúl y yo volvimos a ser una pareja normal. Al menos todo lo normal que podíamos ser mientras yo me mantuviera al margen de su trabajo. Hice lo que pude por encontrar el equilibrio del que él me hablaba. Me mentalicé de que ella era tan solo una compañera de trabajo. Una simple empleada. Intenté olvidarme del hecho de su increíble belleza, de que encima era amiga suya en Facebook y, también, de la escena de ambos en la mesa de su despacho. Sí, de aquella secuencia que me torturaba cada noche. Esa misma que me despertaba sobresaltada y con los latidos de mi corazón aporreándome el pecho. Lo intenté con toda mi alma. Pero lo días comenzaron a pasar y la incertidumbre continuaba sobrevolando a mi alrededor, amenazándome…

En el trabajo seguí preparando la exposición con esmero. Allí casi no me daba tiempo de pensar en nada más y, verdaderamente, era confortable. Además, Marta me había aconsejado que confiara en Raúl; según ella, si seguía torturándole con ese tema, acabaríamos creando un clima de tensión entre nosotros y echaríamos a perder lo nuestro.

—Cris, tienes que confiar en él. Si le agobias de esa manera, acabarás empujándolo a los brazos de esa mujer. Raúl te quiere, no tienes nada que temer.

Esas fueron sus palabras exactas. Y seguí su consejo. Pensé que si me centraba por completo en la exposición… quizá podría olvidarme un poco de ella.

Teníamos que acabar de editar todas las fotografías que habíamos escogido. Aquel evento sería algo así como la presentación oficial de cada fotógrafo. En este caso, Luis y yo participaríamos como empresa, pero yo también podría exponer algunos de mis trabajos en solitario, por lo tanto, mi dedicación estaba siendo absoluta. Igualmente, todas las fotografías tenían que ser expuestas en unos marcos especiales y con unas características de impresión determinadas, con lo cual me pasaba todo el día de un lado a otro, comprando el material que necesitábamos.

En una de esas escapadas exprés pasé por delante de la tienda donde trabajaba Javi y lo vi a través del escaparate, doblando una gigantesca montaña de jerséis en una de las mesas. Entré y, sin que me viera, me coloqué detrás de él y le tiré un pellizco en el culo. Se giró y su sonrisa se agrandó considerablemente. Me fijé en su camiseta negra y ajustada, con el logo del comercio, y me resultó aún más joven vestido de ese modo.

—¿Qué haces por aquí, monada? ¿Estás haciendo pellas? —preguntó con su peculiar sentido del humor.

—Más o menos. Mi jefe cree que soy su criada.

—Hija mía, todos los grandes artistas empezaron con pequeñas hazañas.

—¿Ah, sí? ¿De verdad crees que llegaré a ser una gran fotógrafa?

—No lo creo, estoy convencido —dijo levantando las cejas de un modo divertido y llevando una pila de jerséis hacia uno de los estantes. Se empinó para colocar las prendas y eso me hizo sonreír. Javi no era muy alto, pero su aspecto aniñado era adorable.

Lo seguí por la tienda.

—Dime, ¿cómo vas con Raúl? —preguntó girándose.

—Pues vamos. Simplemente —respondí encogiéndome de hombros.

En realidad no había mucho más que pudiera contarle. La cuestión era que mientras yo mirara hacia otro lado e ignorara que ella estaba trabajando con él, nos iría perfectamente.

—¿Pero se te ha pasado ya el ataque de celos?

—Dejémoslo en que estoy intentando acostumbrarme a que esa guarra trabaje con él.

Apretó los labios en una sonrisa silenciosa y luego dijo, cambiándome de tema:

—He quedado con un tipo que he conocido por Instagram.

—¿En serio? ¿Es guapo?

—Es guapísimo y encima es detective privado.

—¿Has quedado con Colombo? ¿Cuándo? —dije con guasa.

—El viernes por la noche y, nena, te aseguro que este no se parece en nada a Colombo.

—¿No tienes una foto?

Él se rebuscó en el bolsillo de su pantalón y sacó el móvil. Abrió su álbum y me enseñó un primer plano de aquel muchachote.

—¿A que es guapo?

La foto mostraba un joven de lo más normal, un poco mayor que Javi a juzgar por su incipiente alopecia, pero, en realidad, era muy mono.

—Vaya, yo me lo imaginaba fumando en pipa y un poco bizco.

—Eres tonta del culo. ¿Qué te creías…, que había quedado con Popeye? Solté una carcajada.

—¡Qué guay!, y encima es detective privado. ¡Qué excitante! —añadí, frotándome las manos.

—Pues sí, espero que no me pase como a Marta y termine siendo uno de esos frikis que meten la polla en un cubo de palomitas.

Me reí con ganas al recordar la anécdota del vecino de Marta. ¡Menudo tarado!

—Bueno, ya me contarás cómo te ha ido con él. ¡Ah! Por cierto, apúntalo en tu agenda, ya. El día 30 de abril es la exposición. No puedes faltar.

—No me perdería tu debut por nada del mundo —aseguró él, agarrándome por la cintura y acompañándome hacia la salida de la tienda.

Nos despedimos y yo continué con los recados que me quedaban por hacer. A pesar de que intenté controlarme y no detenerme demasiado en los escaparates de las calles aledañas a Sierpes, me fue imposible. Me entretuve más de lo necesario y cuando el día comenzó a nublarse y una extraña brisa ondeó mi melena, me cubrí el cuello con la bufanda color cazuela que llevaba en el bolso y abroché mi *trench* verde militar. Los inviernos de Sevilla podían ser a veces despiadados.

Pero justo antes de llegar al estudio vi salir de una cafetería a Maribel y casi me tropiezo con ella.

—¡Cristina, holaaa! —exhaló ella, manifestando que le agradaba encontrarse conmigo. Esa mujer era encantadora, todo había que decirlo.

—Hola, Maribel, ¿cómo te va? —Nos saludamos con dos besos.

—Muy bien, cariño, acostumbrándome a mi nueva vida de jubilada. Aún me siento un poco rara, pero supongo que ya me acostumbraré. ¿Y Patricia, qué tal? ¿Lo hace bien?

Aquella pregunta me hizo pensar en algunas respuestas bastante inapropiadas y desagradables, así que me limité a responder del modo más cordial y respetuoso que pude encontrar en mí.

—Pues al parecer, sí. Raúl dice que es muy… eficiente. —Por supuesto esa que hablaba era mi yo más falso y simulado.

—Pobrecita, esa chica se merece una oportunidad. No lo ha pasado muy bien estos últimos años.

—¿Ah, no? —dije muerta de curiosidad.

—Qué va —aseguró ella negando con la cabeza—. Tiene muy mala suerte con los hombres. Ahí donde la ves, tan hermosa, elegante y refinada —obviamente no dije lo que yo pensaba—, no consigue encontrar a un hombre en condiciones. Además, tiende a obsesionarse con sus relaciones y luego la pobrecilla lo pasa fatal. —¿De verdad Maribel me estaba contando todo eso? Tuve que cerrar un par de veces la boca porque temía que la barbilla pudiera rozar el suelo—. Su madre me contó que su separación fue muy traumática y que incluso estuvo ingresada unos meses en una clínica de Bilbao.

Mientras ella me soltaba todo eso a borbotones, estuve tentada a preguntarle que entonces, ¡¿por qué demonios había metido a una tarada para ocupar el puesto que ella dejaba?! Pero sabía de sobra que lo mejor era no interrumpirla y dejar que siguiera hablando.

—Después del divorcio, su familia pensó que lo mejor sería llevarla lejos de aquí. El padre de Patricia es del País Vasco y siempre ha tenido negocios allí. Es una chica muy lista, pero, hija, no consigue encontrar a nadie que la quiera lo suficiente y, según sus padres, su marido se lo hizo pasar fatal. Así que cuando me la encontré aquel día por la calle y me dijo que habían cerrado la fábrica de Bilbao y que buscaba trabajo, pensé enseguida en vosotros. Raúl y Miguel siempre me han tratado como a una más de su familia. Y esta chica necesita justo eso. Quizá con un buen trabajo consiga ordenar un poco su vida y logre encontrar la felicidad —dijo, posando su mano en mi antebrazo con un semblante de preocupación.

La conversación me parecía tan surrealista que parpadeé un par de veces para asimilar toda la información. Según Maribel, había metido a Patricia en la empresa de mi marido para que... encontrara la felicidad. ¿Y qué pasaba conmigo? ¿Qué había de mí? ¡¿Solo para que ella fuera feliz yo tendría que convertirme en la mujer más insegura y desconfiada que había sobre la faz de la Tierra?!

—No te preocupes por ella, Maribel. Seguro que estará muy bien trabajando con Raúl.

—Eso espero —añadió con un suspiro—. Por cierto —continuó—, le he dicho a Raúl que aplacemos la fiesta para el sábado siguiente. Me ha llamado hace un rato. Es que este fin de semana vienen mis nietos y no podré.

—¿La fiesta? —pregunté totalmente desconcertada.

—Sí, la de mi despedida —afirmó ella, dando por hecho que yo lo sabía—. Raúl me ha contado que los chicos de la oficina quieren hacer una fiesta en el Rodeo para despedirme y darle la bienvenida a Patricia. Todos están como locos con ella. Yo creo que lo de mi despedida es tan solo la excusa. Ya he oído que hay más de uno tras ella... —aseguró sonriendo como si aquello verdaderamente tuviera que hacerme gracia.

¡Pues maldita gracia la que me hacía!

¿Pero esa mujer era imbécil, o es que la edad le estaba afectando el sentido común? Y para colmo, Raúl no me había mencionado ni una sola palabra, lo que hizo que mi humor fuera en descenso hasta dibujar una mueca de desagrado e incongruencia en mi cara imposible de ocultar. Y eso que, cuando me daba la gana, era realmente buena fingiendo, pero esta vez me fue tremendamente difícil.

Ella siguió parloteando y dándome infinitas razones por las que había aplazado la fiesta y, al final, terminó hablándome de sus nietos.

Pero cuando me quise dar cuenta, las palabras me sonaban amortiguadas y en mi cabeza solo me preguntaba por qué Raúl no me había dicho nada. ¿Acaso no pensaba invitarme? Antes de que me diera por apuñalar a Maribel a lo *Psicosis,* pero sin cortina de baño de por medio, me despedí de ella y sus últimas palabras fueron las siguientes:

—Te veré el sábado que viene en la fiesta.

Yo asentí sin darle más explicaciones y volví al estudio.

A pesar de que me encontraba como si me hubiesen tirado un cubo de hielo picado por encima y me hubiese arrollado un tren de mercancías, me detuve a pensar con claridad. No podía seguir actuando de modo irracional. Tenía que meditar las cosas y no hacerlo tan mal. Desde luego algo estaba fallando mucho entre nosotros cuando Raúl ni siquiera me había hablado de aquella *fiesta.* Tal vez aún no le había dado tiempo de comunicármelo y pensaba hacerlo pronto... o, quién sabe, quizá estaba considerando ocultármelo.

Por mi cabeza pasaron a mil por hora todas las razones posibles, tanto justificadas como injustificadas y, luego, llegué a la conclusión de que lo mejor sería esperar a que él mismo me lo contara.

Así que le eché paciencia al asunto y esperé...

¿Quién eres, Cristina?

Aunque sabía de sobra que esa espera acabaría conmigo.

15

BÉSAME

Permanecimos en el restaurante hasta muy tarde. Mientras Raúl y yo hablábamos de un millón de cosas, apenas fuimos conscientes de que los camareros colocaban las sillas encima de las mesas y fregaban el suelo con la intención de poner fin a su jornada de trabajo. Recuerdo el olor del mar filtrándose en mi sentido olfativo y el color de los ojos de Raúl con el reflejo de la luna en ellos.

Siempre he pensado que en el mundo hay muchas clases de hombres. Entre ellos, están los que son más aburridos que ver un documental de setas; los que son increíblemente interesantes y misteriosos y, después, hay otros que son jodidamente sexis y divertidos. Pues si tuviera que encuadrar a Raúl en alguno de estos apartados, sin duda, sería en el último. Solo que a eso le añadiría la fascinante virtud de hacer que una conversación normal y corriente fuera tremendamente excitante.

—Creo que es hora de marcharse —me dijo, haciéndome un gesto con la cabeza cuando una de las camareras casi me restregó los mugrientos filamentos de la fregona por los dedos de mis pies.

De camino al coche íbamos casi en silencio. La conexión entre nosotros era tan potente que me sentía mareada. Deseaba que me tocara, ansiaba que de un momento a otro me aprisionara contra cualquier pared y me devorara los labios. Pero él solo se limitó a caminar a mi lado.

Una vez acomodada en el asiento, me puse el cinturón y recé en silencio para que condujera hasta su chalet. Intenté charlar con él durante el trayecto para no parecer demasiado desesperada, pero en cuanto me di cuenta de que pasaba de largo Roche e iba camino de mi casa, no pude evitar sentirme decepcionada.

Esa noche me moría de ganas por dormir con él, pero, al parecer, los dos no sentíamos lo mismo.

Detuvo su vehículo frente a la puerta de mi casa y bajó el volumen de la radio que en ese instante emitía la canción *Kiss Me*, de Ed Sheeran.

—Bien, Cenicienta, acaba usted de llegar a su casa —anunció con las manos sobre el volante y contemplándome con su abrasadora mirada.

—Lo he pasado muy bien, Raúl. Gracias —murmuré sin moverme de mi sitio. Esperando que se acercara y me besara. Sin embargo, él solo me observaba.

Me sentí cohibida y un poco avergonzada. Aparté la mirada y agarré la manilla de la puerta para salir del coche, pero él deslizó sus dedos por mi nuca y sus labios se estrellaron contra los míos.

Aquella noche solo hubo besos.

Solo besos. Besos húmedos… Besos intensos… Con su pulgar acariciando mi mejilla, con su lengua recorriendo mis dientes. No hubo palabras. Tan solo se separó unos instantes para mirarme a los ojos y volver a besarme. Como si quisiera demostrarme que eso no es lo que hacen dos personas que tienen una relación meramente sexual. Llevó una de sus manos a mi espalda y me ciñó contra su pecho, intensificando esa conexión y haciendo que un millar de sensaciones revolotearan en la parte baja de mi vientre.

¡Dios!, le deseaba como jamás en mi vida había deseado a nadie.

Enterré mis dedos en su cabello y continué saboreando sus labios…

Pero de pronto, el sonido de un claxon nos obligó a separarnos. Un coche esperaba tras el suyo. Me miró de nuevo y sus ojos resbalaron a mis labios.

—Bueno, pues hasta otra, folla-amiga.

No sé por qué, pero en aquel momento me molestó muchísimo que me llamara de esa manera. En realidad, me molestó eso y que no quisiera quedarse más tiempo junto a mí, cuando yo me deshacía por perderme en sus brazos. No obstante, decidí actuar de un modo gracioso para que no se me notara, así que rebusqué en mi bolso y agarré las irrisorias gafas que él me había regalado. Me las puse, bajé del coche y, una vez fuera, le lancé un beso antes de cerrar la puerta.

Él me dedicó una última y deslumbrante sonrisa, y luego vi su coche alejarse.

Entré en el ascensor quitándome las gafas, me miré al espejo y le pregunté sin más a aquella emparentada imagen:

—¡¿Qué demonios estás haciendo, Cristina?!…

16

SU EMPRESA

El silencio.

Sí, aquella ausencia de percepción auditiva. Los científicos dicen que el silencio puede tener el mismo o más significado que muchos sonidos, incluso que a veces puede actuar de pausa reflexiva, según se utilice, evidentemente. Sin embargo, para mí, el silencio no dejaba de ser solo eso: ausencia, omisión, carencia... Tan solo un absurdo mutismo.

En mi casa o, mejor dicho, en nuestra casa, pocas veces reinaba el silencio. Mi pequeña abarrotaba la atmósfera de nuestro hogar con una continua alegría y frescura, pero a las diez de la noche ella solita se lavaba los dientes y, al acabar, nos convencía a uno de los dos para que le contásemos alguna rocambolesca historia. A decir verdad, a veces, yo era capaz de dormirme antes que ella. Y una vez que Elena se rendía a Morfeo, el aire se espesaba con la ausencia de *algo* que aún no sé determinar. La cuestión era que yo esperé y me desesperé, pero Raúl no mencionó ni una sola palabra de la fiesta de despedida de Maribel.

Me prometí a mí misma que no me precipitaría y dejaría que él me lo contase sin necesidad de que yo le preguntara, pero el tiempo pasaba y no soltaba prenda. Durante aquellos días me transformé en una esposa paciente y comprensiva, utilicé toda la artillería que encontré en mi interior para intentar resultar una mujer normal y no una absoluta paranoica. A partir de ahí, estaba segura de que podría haber escrito un manual para mujeres con problemas matrimoniales y lo hubiera titulado: "Cómo ser una esposa transigente y no morir en el intento".

No obstante, los que me conocían bien, sabían que la paciencia no formaba parte de la escasa clasificación de virtudes que me adornaban. Todo lo contrario, yo siempre fui una persona excesivamente impaciente, pero aquella semana batí el record de personas magnánimas del planeta Tierra. Seguro que sí.

El viernes, a tan solo un día de la que sería la fiesta de despedida de Maribel y de la que yo no tenía el gusto de conocer ni un solo detalle, cuando ya Elena estaba durmiendo plácidamente en su camita, fui a mi dormitorio, abrí el armario e hice algo que sabía que Raúl no aprobaría. Pero es que, a esas alturas, me daba absolutamente igual lo que pensara. Mi cabreo había ido sumando puntos durante toda la semana y ahora estaba al borde de la explosión.

Así que saqué mis dos mejores vestidos o, más exactamente, los más provocativos que encontré, y me puse uno de ellos. El primero, con un frunce lateral y escote cuadrado, de color rojo. Me miré al espejo mientras me subía a unas plataformas del mismo tono y salí al pasillo, sujetando en la percha el otro vestido.

Él estaba sentado en el sofá, toqueteando el iPad y con la mirada entre la televisión y aquel aparato. Apenas me vio aparecer por el pasillo, me coloqué delante del plasma invadiendo su tranquilidad; a lo que él arqueó las cejas en un gesto de confusión.

—Dime, Raúl, ¿cuál te gusta más para la fiesta de Maribel? ¿El rojo o el azul?

Yo era consciente de que mi interpretación duraría muy poco tiempo. Su cara fue perdiendo color. Cerró los ojos durante unos segundos y luego respiró profundamente.

—El rojo te queda muy bien —murmuró, mirándome con esa expresión suya tan… «Si quieres guerra no la vas a tener». Y siguió toqueteando el iPad.

Solo dijo eso. No obstante, yo sí quería guerra. De hecho, si hubiese tenido a mano una granada se la habría tirado encima, solamente para hacerlo reaccionar y que me prestara atención.

—¿Seguro? ¿Más que el azul?

—Sí —respondió sin mirarme.

¿Quién eres, Cristina?

—Dime, Raúl, ¿te da igual el vestido que me ponga, o es que simplemente te da igual si voy o no a esa fiesta? —refunfuñé con los brazos en jarras y con un cierto tonito irritado al final de mi pregunta.

—Venga, Cristina. ¿Qué te pasa? ¿Hoy también tienes ganas de discutir?

—¿Discutir? ¡¡No, Raúl, no tengo ganas de discutir!! ¡Tengo ganas de que me cuentes las cosas y que no tenga que enterarme en la calle de que para este sábado estás organizando una fiesta de despedida a Maribel y darle la bienvenida a tu nueva secretaria!

—¡No me ha dado tiempo, joder! —se excusó, poniéndose de pie, dejando el aparato de mala gana sobre el sofá y dirigiéndose a la cocina.

¡¿Qué no había tenido tiempo?!... Yo estaba al borde de la ebullición.

—¿Ah, no? ¿Ni un solo día te has acordado? Lo sabes desde la semana pasada, Raúl. Me encontré a Maribel en la calle Sierpes y me lo dijo. ¿Desde entonces no se te ha pasado por la mente comentarlo conmigo? ¿O es que simplemente dabas por hecho que yo no iría?

—Mis padres vienen a esa fiesta. No pueden quedarse con Elena, así que uno de nosotros dos no puede ir —dijo tranquilamente, abriendo la nevera y sacando una botella de agua de su interior.

En ese instante estuve a punto de acercarme a él y abofetearlo. ¡Oh, sí!

—Claaaro, y esa soy yo, ¿no?

—Si te parece te vas tú a la fiesta de mi empresa y yo me quedo con Elena...

Me quedé mirándolo un buen rato, sin hablar. No podía creer lo que escuchaba, y sobre todo, él, así, tan convencido, vamos, como si fuera la cosa más obvia...

En primer lugar, no me gustó en absoluto cómo sonó eso de *mi empresa;* y en segundo lugar, estaba tan indignada y decepcionada que no supe qué decir. Simplemente lo miré, y al cabo de unos segundos susurré:

—No, Raúl, no te preocupes, vete tú a la fiesta de tu empresa y disfruta. No tengo la menor intención de estropearte la noche.

Me di media vuelta y me marché a mi habitación. Unos minutos más tarde lo sentí en la puerta, observándome. En realidad tuve que hacer un esfuerzo para no ponerme a llorar. Me sentía tan impotente y desengañada que era incapaz de asimilarlo.

—Cristina, solo iré a cenar y luego vendré aquí, con vosotras. Si no te dije nada fue simplemente porque no le di importancia.

Yo estaba de espaldas a él con las puertas del armario abiertas y quitándome el vestido para guardarlo.

—Déjame, Raúl. Hoy no quiero hablar nada más contigo —contesté sin mirarlo.

—¿Ves, Cristina? Por esto no quería decírtelo. Sabía que en cuanto habláramos de esa cena te pondrías así.

Me giré y lo vi allí, con los brazos cruzados y apoyado sobre el marco de la puerta. Y de repente, me sentí muy vulnerable e insegura. Tenía un nudo enorme en la garganta, pero hice lo que pude por controlarme.

—Olvídame, Raúl. Ya lo has conseguido. No iré a nada que tenga que ver con *tu* empresa. Puedes quedarte tranquilo.

Agarré el pijama que había dejado encima de la cama y me lo puse.

—¡¿Por qué haces esto?! ¡¿Por qué quieres convertir esto en un problema?! ¡Ya te he dicho que solo iré a cenar y luego volveré, maldita sea! —gritó acercándose a mí.

—¡Déjame en paz! —chillé más fuerte que él—. Vete a la mierda, tú y toda tu empresa. Diviértete mañana y ya de paso, si quieres, fóllate a tu secretaria.

Fui a salir de la habitación solo con la intención de perderlo de vista, y al pasar junto a él, le di un empujón para que se apartara de mi camino.

—Estás haciendo de un granito de arena una montaña, ¡joder! No vas a dejarlo pasar, ¿verdad?

—Te he dicho que me olvides, Raúl. Haz lo que creas conveniente.

—Por supuesto, Cristina, es lo que estoy haciendo, pero aun así no me dejas.

Ahora estábamos en el pasillo, me acerqué a la puerta del cuarto de Elena y la cerré completamente. Sabía que por mucho que gritáramos no se despertaría, pero me aseguré de ello.

—Entonces, ¿todo esto es culpa mía? ¿Es culpa mía que no me cuentes nada de esa fiesta? Ahora tengo que creerme que se te ha pasado por alto decirme que le vais a hacer una despedida a una persona que lleva trabajando en tu empresa… ¿cuánto? ¿Treinta años? Venga, Raúl, ¿te crees que soy imbécil? No quieres que piense nada raro, pero tú eres el primero que me oculta cosas. Actúa de un modo normal y yo me comportaré de un modo racional.

A estas alturas, yo ya estaba desbordada y él… se movía inquieto por el estrecho espacio en el que estábamos. Su mirada era fiera.

—Si fueras una persona racional, te habría dicho lo de la fiesta, pero no lo eres, Cristina, ¡admítelo!

¡¿Qué?! Hice una respiración profunda.

—¿Quieres decir que no me lo has dicho porque en realidad no quieres que vaya, no es eso?

Se detuvo frente a mí. Hizo el amago de acercarse más, pero yo me retiré.

—Me gustaría que vinieras, pero sé que es mejor que no.

¡Hay que joderse!

—¡¿Y por qué no?! ¡Habla claro de una maldita vez, joder!

—Tú lo sabes mejor que yo. Sabes que no puedes mantener el pico cerrado. La última vez que estuviste en la oficina tuviste que amenazar a Patricia. Le insinuaste que esa también es tu empresa y que si no hacía bien su trabajo iría a la calle.

—¡¿Cómo?! —exclamé. Me tuve que apoyar en la pared.

De pronto, la conversación había dado un giro brutal. Esa zorra era más bruja de lo que yo pensaba y ahora estaba jugando sus cartas.

—Sí, Cristina, no te hagas la tonta. Me contó lo que le dijiste. Te conozco bien y sé que es verdad.

—¿Qué le dije y cuándo, Raúl? Tú estabas allí conmigo. ¿Me oíste decirle algo fuera de lugar? He visto a esa mujer dos malditas veces desde que empezó a trabajar contigo. ¿Qué se supone que le he dicho?

Yo sabía perfectamente qué era. Y en parte, él llevaba razón, pero que la muy cerda se lo hubiera contado…, eso me dejó totalmente trastocada.

Se acercó un paso.

—Le insinuaste algo sobre que en mi empresa ella nunca será imprescindible.

—¡¿Que yo dije eso?! —¡Ay, Dios! Si la cojo…—. ¡¿Ahora tú vas creyéndote todo lo que ella te dice?! Además… ¿Qué pasa si se lo dije? ¿No es verdad? Te he oído decir eso cientos de veces.

Se pasó las dos manos por la cara en un gesto tremendamente irritante y luego se dirigió al salón, pero se detuvo en la puerta de entrada y se giró para gritarme:

—¡No, no puedes decírselo! ¡Es mi empleada y hasta hoy es una persona que hace bien su trabajo! ¡No puedes colarte en mi oficina y comportarte como una celosa compulsiva! No me gustan esas cosas, ¡joder!

Me fui tras él, llegados a este punto no pensaba dejarlo pasar. ¡Ni en sueños!

—Mi empleada…, mi empresa… ¿Qué intentas decirme, Raúl? Todo eso solo significa que yo pinto una puta mierda en las decisiones que tú tomas, ¿no?

—¡Es mi empresa! La misma que paga esta casa, nuestro nivel de vida y todas nuestras comodidades; la que mantiene a nuestra hija y nos da de comer. —Miró al techo como pidiendo paciencia, lo que me exasperó aun más y, señalándose el pecho, espetó—: Es mi obligación tomar las decisiones que crea mejor para nuestro futuro, incluso sabiendo que no las apruebas.

Tenía unas ganas tremendas de ponerme a llorar; a ambos las cosas se nos estaban yendo de las manos y ahora, más que nunca, lo veía con claridad. No obstante, por nada del mundo daría por zanjada esa discusión con un estúpido berrinche.

Respiré hondo antes de responder, me acerqué a la mesa baja del salón y agarré el mando para apagar la tele. Quería hacerle entender que esa conversación estaba llegando a su fin.

—Muy bien, pues entonces explícame una cosa, Raúl. Según tú, si yo no pinto nada en tus decisiones y, al parecer, tampoco lo hago en nuestra economía… ¡¿Qué carajo haces conmigo?!

Esta vez le hablé mirándolo directamente a los ojos. Se sorprendió con mi pregunta, yo también.

Estaba muy cabreado, era más que evidente. Sin embargo, lo vi diferente, todo esto era muy distinto a nuestras peleas habituales.

—Yo no he dicho que no aportes nada… Eso lo estás diciendo tú —murmuró, sosteniéndome la mirada. Desafiándome con su postura erguida y arrogante.

—No, claro. Según tú, lo que yo hago no es un trabajo, ¿verdad? Te crees que juego a ser artista, ¿no?

Ahora sí que me había tocado en lo más profundo y ni se imaginaba hasta qué punto.

—Vuelvo a repetirte que eso lo estás diciendo tú. Yo solo te he dicho la pura realidad. Por mucho que te duela —insistió con tono contenido, condescendiente.

Y aquello fue la gota que colmó un vaso demasiado lleno esa noche.

—¡¡Vete a la mierda!! ¡Tú, tu empresa y la zorra de tu secretaria! —La furia con la que esas palabras salieron de mi boca me dominó por completo y arrojé el mando de la tele hacia una de las paredes, consiguiendo que se partiera en mil pedazos—. ¡Si crees que voy a aguantar todo esto solo porque, según tú, soy una mantenida, es que no me conoces en absoluto!

Antes de que me diera tiempo a marcharme de allí, me agarró con fuerza del brazo.

—¿Y qué piensas hacer? ¿Vas a dejarme? Estoy harto de tus amenazas. Me tienes hasta los cojones con tus desafíos y tus pataletas. Esta vez lo haremos a mi manera. Vas a comportarte como una persona normal con Patricia. Y vas a aceptar el hecho de que se trata tan solo de una empleada, por mucho que te empeñes en ver fantasmas donde no los hay.

¡Eso no se lo creía ni él! ¡¿Me estaba desafiando?!

Me zafé de su brazo con rudeza y antes de salir del salón me di la vuelta, le lancé una mirada cargada de rabia, acompañada de una sonrisa cínica y maliciosa.

—No, Raúl. Te equivocas. Esta noche has levantado un muro enorme entre tú y yo. Sobre todo al creerte lo que ella te ha dicho. Con esto solo has confirmado que mis sospechas son ciertas. Y dentro de poco terminarás dándome la razón.

Me encaminé hacia mi habitación con premura y él lo hizo detrás de mí. Pero cuando llegué a mi cama, agarré una de las almohadas y se la lancé a la cara, con desprecio.

—¿Cómo lo hacemos? ¿Duermes tú en el sofá, o lo hago yo? —Él entrecerró los ojos y negó con la cabeza al mismo tiempo, pero se quedó inmóvil, sacándome todavía más de mis casillas—. ¡Ah, no! —Cogí la otra almohada y consciente de que estaba siendo presa de un ataque de histeria, afirmé—: Dormiré yo, es verdad. La cama la compraste *tú*, probablemente con mi sueldo de artista fracasada me tocará, como mucho, un cojín del sofá.

No dijo nada, solo me miró... y me miró. Acto seguido, se dio media vuelta con la almohada en la mano y vi cómo agarró el pomo de la puerta para marcharse de nuestra habitación.

Deseé con todas mis fuerzas que alguien nos estuviera viendo desde fuera y que hiciera sonar un pulsador rojo enorme con un sonido atroz. Alguien que nos indicara que dormir separados sería el comienzo de algo horrible. Sin embargo, allí no había nadie más. Tan solo estábamos él, yo… y aquella desagradable desconfianza.

—Tranquila, dormiré yo en el sofá. Por hoy ya has dicho bastantes tonterías. No quiero oír ni una más.

Fue lo último que bramó antes de dar un portazo tremendo.

Me deslicé bajo el nórdico buscando un calor que, sabía de sobra, estaría ausente. Nuestra relación se tambaleaba a pasos agigantados yyono tenía ni idea de cómo gestionar la situación. Era muy probable que llevara razón y él no estuviera interesado en esa mujer, pero ella… Ella seguro que sí lo estaba en él. Yo había visto cómo lo había mirado aquel día en la oficina, y eso no fue producto de mi imaginación. Fue real. Dolorosamente real.

Esa noche me fue imposible pegar ojo. La pasé dando vueltas en la cama. Llorando de impotencia. Y no solo por el hecho de que le sentía cada vez más lejos y distante, sino por todo lo que había desencadenado la disputa. Echarme en cara que él pagaba nuestra casa y sostenía a nuestra familia… fue desgarrador.

Pero era cierto, mi sueldo era muy bajo, con él jamás hubiera sacado adelante a los míos. Sin embargo, oírselo decir de esa manera fue desolador. Me dolió en el alma que opinara aquello de mi trabajo. Durante toda mi vida había intentado ser autosuficiente. Siempre quise ser una mujer independiente y capaz de valerme por mí misma, y ahora resultaba que me encontraba envuelta en la relación más dependiente que jamás habría imaginado.

Acepté ese empleo en el estudio solo por estar cerca de él, por adaptarme a su vida y confiar en que podríamos olvidar los fantasmas del pasado y ser una familia feliz. Y ahora…, ahora me sentía en un callejón sin salida. Y no porque no tuviera opciones, llegado el momento me veía muy capaz de tomar medidas desesperadas, sino por el hecho de que lo amaba tanto que no me sentía con fuerzas para abandonarlo. Me había acostumbrado tanto a él que jamás se cruzó por mi mente que algo como esto pudiera sucedernos.

La idea de que esa mujer terminara engatusándolo y consiguiera alejarlo de mí… era lacerante. Marta me había dicho, esos días, que nuestro amor era único, mágico, que nada ni nadie podrían separarnos, pero yo sabía que eso no era cierto. En el tiempo que llevaba con él, me di cuenta de que el amor se construye a base de esfuerzo y constancia; que debes alejarte de las tentaciones y de las amenazas, solo de ese modo se consigue mantener un amor perdurable.

Y eso es lo que había intentado explicarle a Raúl todo ese tiempo, pero estaba claro que él se negaba a escucharme...

Eran casi las cuatro de la mañana cuando mis párpados, hinchados de llorar, se rindieron a cerrarse.

17

TU SEXO ME LLEVA AL PARAÍSO

S udor en las manos…
El corazón acelerado…
Las mejillas ardiéndome…
Una uña devorada…
¿Y todo eso solo para enviarle un puto mensaje?…

—¿Qué diablos te pasa, Cristina? —me decía a mí misma. A ese yo que, ahora, apenas reconocía—. Solo es un amigo con el que te diviertes, puedes escribirle si quieres, ¿no?

¿Pero cómo iba a enviarle un mensaje yo? ¡Yo! La misma que le había dejado claro que lo nuestro no sería una relación formal, sino una mera y temporal transacción sexual. Si me atrevía, después de dos días sin saber nada de él, solo implicaría un inusitado y disonante interés por mi parte. No. No podía hacerlo… Pero es que me moría de ganas por charlar con él…

Ese día, en contra de mis principios de mujer confiada, segura de sí misma y que jamás se rebajaría a un hombre para mendigarle una cita…, le escribí. ¡Sí, señor! Le envié un mensaje que estudié y releí un millón de veces. El mismo que tras pulsar la tecla «enviar», maldije otro centenar de veces. Tanta tecnología y todavía no existía un puto *friki* cibernético que hubiese inventado un botón en el móvil llamado «deshacer». Uno que se encargara de evitar que errores garrafales como ese se llevaran a cabo.

¿Quién eres, Cristina?

«Hola, ¿cómo estás?».

¿Hola, cómo estás? ¡¡¿Hola, cómo estás?!! Ufff, cuanto más miraba el móvil más arrepentida estaba de haberle escrito. ¿Pero qué clase de imbécil desesperada y pillada enviaba un mensaje como ese?

¡Ay, Dios! Me llevé una mano al estómago y le pedí a todos los santos, astros y a todas aquellas cosas que formaban parte del universo, que se alinearan e hicieran que me respondiera pronto y no pensara de mí que era patética.

Al cabo de unos minutos, que a mí me resultaron infinitos, en mi pantalla tenía su respuesta:

«Muy bien. Liado pero bien».

¿Solo eso? ¿Y qué se suponía que debía hacer yo ahora? ¿Volver a escribirle? ¿Esperar a que lo hiciera él?

Definitivamente: esperar a que lo hiciera él.

¿Pero por qué demonios nadie había inventado un manual para casos como esos? Tanta tecnología y tanto Internet y yo sin saber cómo actuar en una situación así.

Esperé, esperé y me desesperé… Fue entonces cuando mis dedos, poseídos por el espíritu de la idiotez más absoluta, teclearon así como la que no quiere la cosa.

«Quiero sexo».

Tú sigue, Cristina. Sigue que lo estás empeorando por segundos…

«Ves, tienes un problema. Crees que soy tu muñeco sexual. ¿De verdad no te da pena utilizarme, ojos verdes?».

Sonreí.

«No, ninguna».

«Vale, pero que sepas que lo hago solo por ti. En contra de mi voluntad».

«Si te pones así…, no te preocupes, me buscaré otro muñeco…».

Me arrepentí de inmediato de escribir aquello.

«Eso no ha tenido gracia».

Cierto. No la tenía. No quería que la conversación se torciera:

«Lo siento. De hecho, no quiero otro muñeco sexual. Solo me gusta uno».

Un instante más tarde…

«Bien, me estás convenciendo. Veamos… ¿Qué es lo que más te gusta de este muñeco?».

No tuve que pensarlo mucho:

«Te diría que el intrigante color de sus ojos, pero tengo un problema: sus manos y sus labios hacen maravillas, eso por no hablar de su lengua y de las ganas que tengo de sentirla en algunas partes de mi cuerpo».

Tras ese mensaje, en el que mi yo más marrano y furcia había salido a la luz sin ningún complejo, él estuvo unos segundos sin responder. Quizá me había pasado… Pero sonó un nuevo pitido, y ahí, en la pantalla, ya tenía mi ambicionado deseo conseguido:

«Te recojo a las diez…».

18

BATALLAS

Obviamente, los días posteriores a aquella noche fueron insoportables. Ninguno de los dos estaba dispuesto a dar su brazo a torcer, con lo cual, el día de la fiesta de Maribel llegó y él y yo nos encontrábamos en el mismo punto. Es decir, fingiendo estar bien delante de Elena, pero en cuanto ella se marchaba a dormir, yo me encerraba en mi habitación a leer y él se quedaba en el sofá toda la noche. Apenas le reconocía, estaba en una postura provocadora y orgullosa. Jamás lo había visto así. Siempre era él quien venía a buscarme después de una pelea. Sin embargo, ahora parecía importarle todo un comino.

El sábado por la mañana lo oí despertar muy temprano. Cuando salí de mi dormitorio, él y Elena ya estaban vestidos y a punto de marcharse. Ella llevaba un chándal rosa y peinada con dos coletas, se encontraba justo delante de la puerta, sujetando su bicicleta de Hello Kitty, y con un casco muy gracioso del mismo color que su ropa.

—¿Dónde vais? —les pregunté abrochándome la bata.

—Voy a llevarla a dar un paseo con la bici, igual me acerco a Nervión, quiero comprar algunas cosas —respondió él sin mirarme y tecleando algo en su móvil.

—¿Te vienes con nosotros, mamá? —dijo mi pequeña con su voz cantarina.

—No, seguro que mamá tienes cosas que hacer, cariño. —Se adelantó él.

Le lancé una mirada de desaprobación que ignoró y me acerqué a mi niña.

—No, cariño, tengo que trabajar un poco, os espero para comer, ¿vale? —murmuré subiéndole la cremallera del chandal y besándola en la frente. Al incorporarme miré a Raúl, que seguía sin querer devolverme la mirada.

Luego me retiré para que pudiera abrir la puerta. Me quedé observándolos mientras él ayudaba a Elena a meter la bicicleta en el ascensor.

Antes de perderlos de vista, él se asomó y me dijo con desgana:

—Por cierto, igual llamo a Fernando y me voy almorzar con él. Está aquí, en Sevilla.

—Lo sé —contesté sin más explicaciones.

—Bien, pues eso, no nos esperes para comer.

—De acuerdo.

Ninguno de los dos pronunció nada más. Me miró durante un segundo con una expresión indescifrable y a continuación desapareció de mi vista.

Cerré la puerta y me apoyé en ella.

¿Cuánto tiempo seríamos capaces de resistir en esa situación? Él esperaba que fuera yo quien se disculpara, pero el caso es que yo me sentía dolida y lastimada. Era él quien debía hacerlo. Ambos dijimos cosas horribles aquella noche, sí, pero insinuar que él sacaba adelante a nuestra familia…, había estado totalmente fuera de lugar.

En fin, darle más vueltas solo me provocaba unas jaquecas tremendas.

Así que llamé a Marta y quedé con ella para tomar unas tapas por el barrio de Santa Cruz. El tiempo estaba espléndido y en vista de que mi marido y mi hija me habían dejado sola, aprovecharía la coyuntura y me daría una vuelta con mi mejor amiga.

Al segundo tono, Marta descolgó el teléfono. Al fin y al cabo, estaba de baja a consecuencia de su accidente de trabajo.

—Ahora mismo pensaba llamarte —respondió.

—¿Y eso? ¿Tienes algo que contarme? —la interrogué con una sonrisa en mis labios.

—Un poco, sí…

—¿Va sobre un traumatólogo que parece sacado de un capítulo de *Anatomía de Grey*?

La oí reírse.

—Todo tiene que ver con él —murmuró ella con un suspiro.

—Muy bien, pues te diré que hoy almorzamos juntas y me lo cuentas todo... todito.

—¿Y Raúl y la peque?

—Se han marchado hace un rato. Estamos fatal, Marta... —resoplé, dejándome caer en el sofá.

—¿En serio?

—Sí, te juro que no sé qué nos está pasando.

—Vístete y ven a buscarme. Iremos de tiendas y luego pasamos a buscar a Javi al trabajo y comemos con él.

—Estupendo.

Era cuanto necesitaba, quedar con mis amigos y olvidarme momentáneamente de mi actual situación sentimental.

—Por cierto, Raúl me ha dicho que hoy ha quedado con Fernando —dije aguantando la risa.

—Vaya, Dios los cría y ellos se juntan —añadió ella.

Ya me imaginaba la cara que estaría poniendo.

—Pues sí. —Fue mi escueta respuesta.

—Venga, no tardes. Te espero —contestó con entusiasmo.

—Perfecto. Paso a recogerte en una hora, más o menos.

Y sí, una hora después, ataviada con un sencillo conjunto de rebeca gris de lana gruesa, camisa blanca, vaqueros oscuros y unas botas cortas con tachuelas, agarré mi bolso negro de bandolera que estaba colgado en el perchero de la entrada y me encaminé a casa de Marta.

Javi y ella vivían en un barrio donde la mayoría de los vecinos eran estudiantes universitarios, muy cerca del Estadio Benito Villamarín. Estuve con ella un rato en su casa y luego nos fuimos al centro.

Entramos en algunas tiendas mientras yo le comentaba lo que me estaba sucediendo últimamente con Raúl. Hicimos un poco de tiempo dando vueltas por los comercios, esperando a que Javi saliera de trabajar, y luego nos fuimos a comer a la terraza del hotel Eme Catedral. Aquel era uno de mis sitios favoritos en Sevilla. Un lugar de ambiente sofisticado y muy chic, donde acostumbrábamos a reunirnos y a hablar de todo un poco. Aunque he de confesar que, a veces, nuestras conversaciones eran de lo más sorprendentes y divertidas. Y si encima las acompañábamos de unas vistas excepcionales de la Catedral de Sevilla y de la Giralda..., pues mejor que mejor.

Eran aproximadamente las dos y media de la tarde cuando Javi, Marta y yo disfrutábamos de unos vinitos bajo el apetecible solecito de finales de febrero.

Marta se había pasado la mañana intentando animarme; me aconsejó que no me tomara en serio las palabras de Raúl; según ella, en momentos de tensión solían decirse muchas tonterías…

Esa noche sería la fiesta de Maribel y yo no iría. Me quedaría en casa con Elena, y era muy probable que terminara subiéndome por las paredes. Podría haberle pedido a Marta que se quedara con mi pequeña, de hecho, ella se había ofrecido, pero en parte sabía que era mejor no ir. Después de todo, ver a Patricia allí seguro que me sacaría de mis casillas. Sin embargo, no quería que Raúl se marchara a la fiesta enfadado conmigo. Teníamos que arreglar esa situación como fuera, por lo que mientras ellos miraban la carta y se peleaban por comer una cosa u otra, yo saqué mi móvil del bolso y decidí enviarle un mensaje a Raúl.

«No me gusta que estemos así. Quiero que arreglemos este asunto de una vez. Te echo muchísimo de menos».

Lo guardé en el bolso esperando una respuesta y me centré en la conversación de Marta y Javi.

—¿Le has contado ya a Cristina que no paras de hacerte la interesante con Fernando? —comentaba él, pasando la vista de Marta a mí.

—Eso, cuéntame qué ocurre con Fernando, aún no he tenido el placer de verlo —le dije a ella, mirándola y apoyando los codos encima de la mesa.

—No hay mucho que contar. Me ha enviado algunos mensajes, eso es todo —respondió, apartándose su largo cabello castaño de los hombros.

—¿Él a ti? —la interrogué.

—¡Pues claro! Ya te dije que no pensaba llamarlo.

—¿Y por qué estáis jugando al ratón y al gato si se puede saber? —pregunté, rasgando una bolsa de picos que había dejado el camarero encima de la mesa y llevándome uno a la boca.

—No estoy jugando a nada, Cristina, es solo que Fernando es un creído. Me da la sensación de que no tiene ningún plan aquí y por eso está ahora interesado en mí.

—Esta niña es tonta del culo. Pero, hija, ¿tú has visto a Fernando? ¿De verdad piensas que ese doctor macizo tiene problemas para ligar? Marta,

Fernando se da una vuelta por el hospital y le salen veinte mil enfermeras con las bragas carbonizadas.

A Marta ese comentario no le hizo ni pizca de gracia. Es más, yo diría que alteró por completo su sentido del humor.

—Pues por eso, que me deje en paz y se busque a una guarra de turno —espetó de mal humor, dándole un mordisco con rabia a un pico.

—Niña, si te escribe es porque le gustas. No seas más necia —añadió Javi.

—Pasó de mí completamente, Javi. No quiero volver a colarme por él.

—¿Pero qué estás diciendo? ¡Aún sigues colada, criatura! Lo mínimo que puedes hacer es, al menos, intentarlo. Quizá la otra vez no salió bien, pero ¿quién te dice a ti que ahora no puede funcionar?

Marta se quedó observando a Javi con el cejo fruncido. Era evidente que él llevaba razón, no obstante, le aterraba la idea de que Fernando volviera a pasar de ella.

—Marta, ¿pero qué te ha dicho en los mensajes? —quise saber, interrumpiéndoles.

Ella sacó su móvil del bolso, buscó la conversación y me la enseñó:

«¿Cómo va tu brazo?».

«¿Quién eres?».

Solté una carcajada. Me encantaba esa postura de Marta haciéndose de rogar.

«Sabes de sobra quién soy».

Él iba directo al grano.

«¿Marcos?».

—¿Qué Marcos? —curioseé, mirándola. Ella se encogió de hombros.

—Ninguno, era simplemente por incordiar —alegó sonriendo.

«Sí, el del mono que busca a su madre, no te jode…».

La respuesta de él me hizo sonreír mucho más.

«Pues lo siento, pero no sé quién eres. No debes de ser amigo mío cuando no te tengo en mi agenda».

—Muy bueno...

«Bueno, amigos... No sé cómo llamarías tú a alguien que hizo que te corrieras cinco veces en una misma noche».

Abrí los ojos como platos.

«¡Ja! Pues ya ves, no sería tan increíble si ya no conservo ni tu número».

La cosa se ponía interesante.

«Vale, entonces te daré una pista. A pesar de que sé perfectamente que todavía guardas mi número. Soy Fernando, el traumatólogo que te curó el otro día tu bracito. ¿Qué tal lo tienes?».

«Muy bien».

Ella seguía en sus trece.

«Vaya, tienes la muñeca rota, pero los dedos te funcionan de maravilla, ¿no? Podrías ser un poco más agradable».

«Podría... pero no me da la gana».

«Soy tu médico, no puedes hablarme así».

«Ya lo creo que puedo».

«Te recuerdo que en unos días tienes que venir a la consulta».

«Solicitaré que me cambien de médico. No me gustan sus métodos, doctor Villena».

«Yo creo que sí que te gustaron… mis métodos».

Me llevé la mano a la boca para reprimir otra carcajada.

«Eres un imbécil».

«Pero un imbécil que te pone mucho».

«Vete a la mierda».

«Te veré la semana que viene en mi consulta. No lo olvides, el próximo jueves a las 10.00 h.».

«Idiota».

«Guapa».

Tras leer aquella conversación, le devolví el móvil a Marta con una sonrisa en los labios.

—Marta, entiendo que estés colada por él. Es adorable —susurré.

—Lo sé… —Suspiró ella, dejándose caer en la mesa sobre la escayola de su brazo—. Es que me gusta tanto que no sé cómo comportarme con él.

—Sé tú misma, Marta. Eres increíble, nena —dije, agarrándole la mano.

—Marta, Marta…, cuánto daño te hizo el feo de tu jefe para que confíes tan poco en ti misma, hija mía —resopló Javi.

—No hablemos de ese gilipollas, por favor —pidió ella, incorporándose en la mesa y atusándose la melena.

—Está bien —musitó nuestro amigo, haciendo el gesto de cerrarse la boca como si tuviera una cremallera. A continuación, hizo como el que volvía a abrir la cremallera y preguntó—: Pero ¿en serio te corriste cinco veces?

Marta se mordió una uña y luego se dio un par de golpecitos en una paleta.

—En realidad fueron seis —respondió, conteniendo la risa.

—¡Vaya por Dios con el doctorcito…! —murmuró Javi antes de llevarse su copa a los labios.

Estuvimos durante un buen rato hablando de Fernando y de las posibilidades de Marta de recuperar un poco de confianza en sí misma. El camarero nos trajo la comida y, finalmente, la conversación se desvío hacia mí, así que no tuve más remedio que contarles con más detalles cómo habían sido mis últimas disputas con Raúl.

—Te estás obsesionando con esa mujer, Cristina —aseguró Javi muy serio, dejando su tenedor a un lado del plato.

—¿Y qué otra cosa puedo hacer? La muy zorra, encima, lo está poniendo en mi contra.

—¿Y dices que estuvo liada con tu cuñado? —preguntó Marta.

—Sí, con Héctor, pero fue antes de que Carolina y él empezaran a salir. No me gusta nada, de verdad, no es solo que la considere una amenaza, es… algo más. Para colmo, el otro día me encontré con Maribel y me dijo algunas cosas sobre ella.

Dejaron de masticar y se centraron en mí.

—¿Qué cosas? —comentaron al unísono.

—Pues dijo algo sobre que tenía muy mala suerte con los hombres y que siempre termina obsesionándose con ellos.

Cruzaron una fugaz mirada.

—¿Crees que podría obsesionarse con Raúl? —planteó Marta, mordisqueando una aceituna.

—No, más bien temo que Raúl se obsesione con ella…

—Oh, vamos, Cristina… Raúl te adora, ¿cómo puedes pensar ni siquiera en eso? —dijo ella como si lo que yo estuviera diciendo fuese una estupidez.

Javi seguía en silencio y observándonos.

—Es obvio que no habéis visto a esa mujer, es muy guapa, Marta. Demasiado. Lo suficiente para desear que esté lo más lejos posible de mi marido.

—Cristina, no te pega nada esa actitud —me increpó Javi.

—Lo sé… Pero no puedo evitar sentirme de esta manera. ¿Qué puedo hacer? —supliqué.

Estaba realmente agobiada.

—Confiar en él, Cris. No puedes hacer otra cosa. No adelantes acontecimientos. Él te ha pedido un voto de confianza, ¿no? Pues dáselo —sugirió él, convencido.

Y a pesar de que aquello me parecía imposible, sabía que llevaba razón. Tenía que confiar en él. Al fin y al cabo, nunca me había mentido, a diferencia de mí...

Al terminar de almorzar pagamos la cuenta y nos marchamos. Javi, ese sábado, hacía turno partido y yo quería volver al piso antes de que Raúl y Elena regresaran. Recordé el mensaje que le había enviado hacía tan solo un rato y decidí volver a mirar el móvil en busca de una respuesta, pero no había ninguna.

Marta y yo acompañamos a Javi hasta su tienda y luego nos separamos. Al parecer, ella había quedado con algunas amigas del trabajo. Decidí caminar un poco y volver a casa callejeando. Llevaba varios años viviendo en Sevilla, pero, a veces, si me sacaban del entorno en el que solía moverme, era muy probable que me perdiera.

Serían aproximadamente las cinco de la tarde cuando al atravesar una calle sombría y estrecha me crucé con alguien. Iba toqueteando mi móvil, pero en ese instante el impacto casi hizo que se me cayera de las manos. Aquella persona salía de un portal viejo que daba acceso a lo que parecía un patio interior sin mucha luz. Alcé la vista y fue entonces cuando me quedé petrificada.

Era *ella*...: Patricia.

Su sorpresa fue casi tan inmensa como la mía.

—Lo siento... —dije sin poder controlar mis palabras, antes de asimilar que con quien me había tropezado era con mi reciente y pertinaz pesadilla.

—Vaya, hola..., Cristina —manifestó frente a mí.

Me separé un poco e intenté adoptar una postura natural y tranquila. Por nada del mundo quería que ella viera lo que provocaba en mí.

La observé, y como siempre, iba fabulosa. Con unos sencillos vaqueros azules, botines de tacón y una cazadora de piel marrón. Vestida de ese modo tenía un aspecto más juvenil. Además, era un poco más alta que yo, con lo cual, y en cierto modo, me hacía sentir en desventaja.

—Hola, Patricia.

Me extrañó muchísimo verla salir de aquel portal, teniendo en cuenta que esa casa estaba en muy malas condiciones, por lo poco que atiné a ver.

—¿Vives aquí? —le pregunté para entablar conversación, aunque malditas las ganas.

—No, no... Me he perdido. Estaba buscando la casa de un amigo —respondió ella un tanto nerviosa y peinándose el cabello con los dedos.

Asentí con la cabeza y ambas nos quedamos mirándonos sin decir nada.

—Me ha comentado Raúl que esta noche no puedes venir a la fiesta de Maribel, ¿no?

Su voz irradiaba una transparente hostilidad.

—¿Sí? ¿Eso te ha dicho?

Me puse en alerta. Esa charla iba a ser bastante entretenida.

—Bueno..., sí, me comentó que no podrías venir porque tienes que quedarte con tu hija.

—Aún no es seguro. Creo que una amiga mía se quedará con Elena y es probable que lo acompañe —le dije sin titubeos.

Ella me sostuvo la mirada y luego volvió a tocarse el pelo en un gesto muy femenino, pero que a mí me pareció exasperante. Chasqueó la lengua.

—Cristina, lo siento mucho, creo que hemos empezado con mal pie.

—¿Ah, sí? —Me crucé de brazos, dispuesta a oír aquello que tuviera que decirme.

—No quiero ser un problema para ti y para Raúl. Es evidente que te molesta que trabaje con él.

Afilé la mirada y busqué en sus ojos algún indicio de sinceridad, pero no encontré nada de eso.

—Patricia, no tienes que fingir conmigo. Raúl no está delante. Puedes ser tú misma.

Ella soltó una risa amarga que me revolvió el estómago y a continuación añadió:

—Me odias, ¿verdad?

En el callejón tan solo estábamos ella y yo. A pesar de ser de día, el cielo se había nublado y se creaban unas extrañas sombras sobre las desgastadas paredes. No sé por qué, pero sentí escalofríos.

—¿Tengo razones para odiarte?

—Mucho me temo que ya las tienes, según tú. Al parecer, me conoces de sobra...

—No, para nada, y si te digo la verdad, tampoco tengo interés alguno en hacerlo.

—Bueno… Cristina, no quiero discutir contigo —soltó, desviando su mirada hacia dentro del portal y dando un paso hacia adelante, alejándose—. Al fin y al cabo, creo que deberíamos llevarnos bien. Aunque solo sea por Raúl. Le tengo mucho aprecio y me siento muy cómoda en mi nuevo trabajo.

¡¿Creía que se iba a ir así… de rositas?!

—¿Crees que no sé lo que pretendes? —bisbiseé plantándole cara.

—No sé de qué me hablas. —¡Será cínica!

—Sí que lo sabes, Patricia. No vas a conseguir ponerme en contra de mi marido.

—¿En contra? No, Cristina, yo no pretendo hacerlo. Me parece que eso lo estás logrando tú solita. Yo solo hago mi trabajo.

—No sé quién eres, ni cómo voy a conseguir apartarte de mi vida, pero puedes estar completamente segura de que lo conseguiré.

—¿Eso crees? —formuló burlonamente, desafiándome.

—Ve buscándote otro trabajo por si acaso, porque te garantizo que en este tienes los días contados.

Soltó una risita, falsa como un billete de siete euros, y movió la cabeza con un gesto en su cara de perdonarme la vida.

—Cristina, Cristina… Yo creo que la que tiene los días contados con Raúl eres tú, *monada*.

Tras su último comentario tuve que contener las ganas de lanzarme sobre ella y arrancarle a tiras su brillante melena. Pero a pesar de que era muy habitual en mí actuar por impulsos, esta vez sabía que era una asquerosa provocación. Eso era justo lo que ella estaba buscando: provocarme. Lo había hecho desde el principio. Desde el minuto uno.

Apreté los puños con fuerza e intenté respirar. Apenas había aire en mis pulmones, ella se estaba encargando de arrancarme mi último aliento. Era muy probable que en aquel callejón nadie me viera, pero no podía hacerlo, no podía pegarme a brazo partido con ella. ¡Por mucho que lo deseara! No obstante, no iba a dejar que me venciera. No de esta manera.

Así que, antes de hablar respiré profundamente y luego sonreí.

—Ya me han dicho que eres una especie de loca. He oído de ti que has estado internada o algo así. —Las palabras salieron de mí instantáneamente; y tuve que dar de lleno en la diana, pues, de repente, su cara se transformó en una mueca de espanto—. Por eso, te vigilaré muy de cerca. Es probable que durante todo este tiempo hayas engañado a mucha gente, pero a mí no me conoces en absoluto. Si piensas que vas a joderme…, es que de verdad estás más loca de lo que dicen.

Ella se miró los zapatos durante unos instantes y luego volvió a fijar la vista en mis ojos.

—He de irme, Cristina. Esta noche tengo una cena de trabajo y quiero ponerme muy guapa. Ha sido un placer charlar contigo.

Se dio media vuelta y me dejó allí, paralizada y con la sangre hirviéndome por las venas.

La observé alejarse. Sin embargo, cuando fui a largarme del sombrío callejón, sentí que alguien me miraba desde el interior de aquel portal. Atisbé una puerta al fondo, entreabierta, y vi ocultarse a alguien tras ella. Di un paso hacia adentro con la idea de satisfacer mi curiosidad, pero la puerta se cerró completamente. Era como si alguien hubiese estado en todo momento oyendo nuestra conversación. Quizá fuera tan solo alguna vecina curiosa…

Pero si era así…, ¿por qué se me erizó el vello de los brazos?

19

VIVIR ASÍ ES MORIR DE AMOR

Entramos en el chalet casi en silencio. Durante el camino, desde mi casa a Roche, habíamos conversado en el coche, pero más bien temas triviales. Estaba guapísimo con un polo verde aceituna y unos vaqueros oscuros. Al principio se mostró relajado, pero su actitud varió en cuanto comencé a hablarle de mi trabajo en Ámsterdam y de las funciones que yo desempeñaba en la revista. Al cruzar el umbral de su chalet, ese Raúl que tenía ante mí no era el chico sexi, divertido y espontáneo de días atrás. Fingía indiferencia. La verdad, su postura me desconcertaba. La última semana había sido increíble. Hasta el momento, con él tenía todo lo que necesitaba: sexo fascinante y una inmejorable compañía. Pero ahora… ya no parecía el mismo.

Esa noche pensé que iríamos a cenar y luego una cosa llevaría a la otra. Pero no. Él se tomó al pie de la letra mi premisa de sexo sin compromiso ni ataduras y cuando entré en el salón y dejé el bolso sobre el sofá, me giré para mirarlo. En ese instante, él estaba dejando sobre la mesa su cartera y las llaves, y no aparentaba estar muy entusiasmado con la idea.

—Si quieres puedes ir entrando en la habitación y desnudándote —dijo dirigiéndose a la cocina.

Fue decir esas palabras y parpadeé un par de veces con los ojos como platos. ¡¿De verdad había dicho eso?!

—¿En serio? —pregunté, observándolo como si le hubiesen salido tres cabezas.

—Oh, lo siento. Quizá quieres tomar algo antes, ¿no? —aclaró, sacando una botella de vino blanco de la nevera, simulando naturalidad.

—En realidad, me gustaría charlar contigo y que dejaras a un lado esa actitud que no te pega nada.

—¿Qué actitud, Cristina? Solo intento ceñirme a lo que tú deseas. Así que, dime…, ¿qué prefieres, tomar algo antes, o follar directamente? —formuló taladrándome con su mirada.

En aquel instante, de buena gana habría agarrado el bolso y largado de allí. Pero estábamos en su casa de campo a unos cuarenta kilómetros de mi piso, aproximadamente, y daba la casualidad de que mi retorcida y camorrista dignidad no iba a permitir que me tratara como a una cualquiera. Así que, o me marchaba con el rabo entre las piernas, abochornada, o le daba un poco de su propia medicina ahora que empezaba a entender su estrategia.

Era obvio que estaba molesto por la forma en la que yo había hablado de mi trabajo. Quizá me había pasado expresándole mis ganas de viajar y mi intención de no quedarme en Cádiz, pero eso no le daba derecho a tratarme de ese modo.

Clavé mis ojos en los suyos y masculé sin preámbulos:

—Ahora que lo dices, mejor follemos directamente.

Me di media vuelta y fui a su habitación. No había imaginado aquella cita de esa manera. Pero le deseaba tanto que me negaba a marcharme de allí sin nada. Sentí que me seguía, y cuando estuve dentro me detuve en el centro del dormitorio y comencé a desnudarme ante su perversa mirada.

Me deshice de mi short vaquero y de la camiseta palabra de honor. Me descalcé las sandalias de esparto y me quedé tan solo con el conjunto de ropa interior. El mismo que había admirado unas cien veces ante el espejo de mi cuarto, preguntándome si le gustaría.

Sus ojos ávidos de deseo me recorrieron. Recostado en el quicio de la puerta y con los musculosos brazos cruzados sobre su magnífico torso mostraba una expresión retadora.

—Muy bonito. Pero no hace falta que me impresiones con lencería, Cristina. Quítatelo —murmuró con indiferencia.

Respiré hondo y me mordí la lengua. ¿Podía alguien convertirse en un auténtico gilipollas de un día para otro?… Pues parecía que sí.

Me desabroché el sujetador sin dejar de mirarlo y me quité lentamente las braguitas. Estaba empezando a enfadarme mucho, pero intenté contenerme.

Ahora yo estaba desnuda y él aún permanecía vestido con esa actitud demasiado arrogante y presuntuosa.

—¿Vas a desnudarte tú también, o te vas a quedar mirándome toda la noche?

Creo que no me salió el tono que pretendía.

Su mirada hambrienta empezaba a abrasarme.

—¿Así va a ser siempre? —preguntó irritado pero excitado al mismo tiempo. La tela de su vaquero hablaba por sí sola.

—Ya te lo he dicho. Esto es todo lo que puedo ofrecerte —repliqué sin amedrentarme.

—Pues he cambiado de opinión —respondió con impertinencia—. No me interesan las cosas tan... fáciles. —Se dio media vuelta y salió de la habitación.

Al verme allí sin ropa y tras oír sus duras palabras, sentí la incontrolable necesidad de ponerme a llorar.

Tragué saliva con fuerza, me agaché y recogí todas mis prendas. Jamás en toda mi vida me había sentido tan humillada. Sin embargo, me negaba a montar un drama delante de él. Me giré, sujetando la ropa entre mis brazos, y me encerré en el baño que había al fondo.

Al cabo de veinte minutos y tras darle un millón de vueltas a la cabeza sobre qué decirle para no resultar jodidamente dolida, salí del baño y me dirigí al salón. Mi sorpresa fue encontrarlo hablando por teléfono, tranquilamente, y soltando varias carcajadas.

—Perfecto. Te recojo entonces en —miró el reloj de su muñeca y luego me echó un rápido vistazo a mí—... una hora. No, no, tranquila, estaré allí puntual.

Se guardó el móvil en el bolsillo trasero de su pantalón y se acercó a la mesa donde había dejado su cartera y las llaves. Agarró ambas cosas y me miró.

—¿Nos vamos? —preguntó con aquella sonrisa suya mortificante.

—Por supuesto —manifesté, colgándome el bolso en el hombro.

Estuve a punto de decirle que se fuera a la mierda y que yo me iba en taxi, pero eso me supondría, además de la espantosa humillación, un gasto extra de treinta o cuarenta euros, así que decidí aguantarle solo hasta que me dejara en la puerta de mi casa y, una vez allí, lo pondría de vuelta y media.

Ninguno de los dos abrió el pico durante el camino. Yo me limité a mirar por la ventanilla de su coche y él puso el volumen de la radio, a mi parecer, demasiado alto.

Sonaba un CD de El Canto del Loco y, a pesar de encantarme ese grupo, en esos momentos la voz de Dani Martin cantando esa canción versionada de *Vivir así es morir de amor* me resultó realmente impertinente, y la cosa empeoró todavía más cuando, de soslayo, atisbé que Raúl estaba tarareándola. Me moría de ganas por darle un sopapo para que dejara de tocarme las narices de una vez, pero, claro, me arriesgaba a que él me lo devolviese...

Al entrar en Cádiz por la carretera de Cortadura, casi suspiré de alivio. Estaba loca por llegar a mi casa y perderlo de vista antes de hacer o decir algo de lo que podría arrepentirme. Pero de repente detuvo el coche en una parada de autobús, bajó el volumen de la radio y me miró.

—¿Te importa bajarte aquí? Es que es tarde y he quedado.

Desde allí hasta mi casa había una distancia de al menos veinte minutos o media hora caminando. ¡Dios mío!, si hubiese tenido un machete a mano le habría rajado las cuatro ruedas del coche en ese mismo instante.

—No, no te preocupes. Déjame aquí, gilipollas —gruñí, intentando abrir la puerta que, para más tortura, estaba cerrada y hasta que él no desactivara el cierre de seguridad no podría salir de allí.

—¿Me has llamado gilipollas? —preguntó con un tonito cargante.

—¿Te gusta más cabronazo?

Él exhaló una sonrisa sarcástica y negó con la cabeza.

—Cristina, lo siento, no quiero que te enfades, pero es que pensé que eras de otra manera —dijo absolutamente empecinado en provocarme un ataque de histeria.

—¡Abre la puerta de una vez, imbécil! No tienes ni idea de cómo soy, y puedo asegurarte que ahora ya nunca lo sabrás.

Se puso muy serio, su mirada era casi glacial. Un segundo después desactivó el cierre y por fin pude salir.

Me bajé del coche con premura y justo antes de dar un tremendo portazo le grité:

—¡Ah!, y dile a la fulana esa que te está esperando que no tiene ni idea del favor que acaba de hacerme.

Al girarme, me encontré con las curiosas y expectantes miradas de un par de ancianitas que esperaban el transporte público en la parada. No obstante, me recoloqué el bolso con la cabeza bien alta y eché a andar sin mirar atrás. El pie se me torció y maldije de nuevo. Pero él, no contento con haber sacado lo peor de mí aquella noche, aceleró y se puso a mi altura con la ventanilla del vehículo abierta para que lo oyera.

—Cristina, la fulana con la que he quedado es mi madre. Pero no te preocupes, que le daré recuerdos tuyos…

20

LA ARAÑA

Me perdí entre aquellos callejones, dándole vueltas a la cabeza. No podía llegar a mi casa y contarle a Raúl lo que me había dicho esa zorra. Y mucho menos después de todo lo que nos estaba pasando. No me creería. Al menos, ahora sabía que mi rechazo hacia ella tenía fundamento y no era una absurda paranoia mía. A ella le interesaba Raúl y no tuvo reparo alguno en expresarlo.

Al llegar a casa, él estaba sentado en el sofá viendo la tele y Elena se había quedado dormida con la cabeza en su regazo.

—Hola —susurré, quitándome la rebeca y el bolso y dejándolos sobre una de las sillas del salón.

—Hola —respondió él—. ¿Dónde has ido?

—He comido con Marta y Javi en el Eme.

Asintió y continuó mirando la tele.

—Te he enviado un mensaje.

—Lo sé, pero estaba almorzando con Fernando y no me pareció oportuno ponerme a mandar mensajitos.

El tono con el que pronunció la palabra «mensajitos» y su postura allí en el sofá, sin apenas mirarme, me enervó la sangre. Sin embargo, por ese día mi nivel arterial ya había sufrido bastante, así que decidí escabullirme a mi dormitorio antes de que me diera por ponerme a partir cosas.

Pasé la tarde sentada ante el ordenador, editando fotografías. Elena estaba echando una siesta interminable y mucho me temía que a la noche le darían las tantas despierta. Esperé a que Raúl tomara la iniciativa y me dijera algo. Al fin y al cabo, yo ya había dado el primer paso y le había enviado un mensaje, pero no hizo nada. Permaneció en el sofá viendo no sé qué programa y descansando, y cuando Elena despertó se puso con ella a hacer los deberes.

Sobre las ocho él se metió en la ducha y yo me puse a jugar con Elena a pintarnos las uñas en mi cama. Raúl y yo apenas nos dirigimos la mirada en toda la tarde. No dijo ni una sola palabra de la fiesta, pero, obviamente, se marcharía de un momento a otro. Y a pesar de que me sentía con unas ganas tremendas de montar la de Troya, esta vez no iba a actuar de ese modo. Me quedaría en casa y esperaría a ver si él cumplía su palabra y aparecía después de la cena, tal y como me había prometido.

Unos minutos más tarde, mientras mi hija hacía estragos con uno de mis esmaltes de Dior y me pintaba las uñas, falanges incluidas, él salió de la ducha con una toalla alrededor de la cintura.

No pude evitar pasear mi mirada por su cuerpo, deteniéndome en los músculos de sus brazos. Últimamente estaba yendo al gimnasio más tiempo del habitual y, desde luego, los resultados saltaban a la vista. Me fijé en la parte baja de su espalda y en algunas gotas de agua que quedaban salpicadas en su piel, y que de buena gana le hubiera secado con mi lengua si no hubiese sido porque no pensaba volver a ceder.

Él tuvo que intuir que lo estaba observando, ya queen ese instante se giró y me pilló recorriéndolo con mis ojos. Atisbé una sonrisa de suficiencia en sus labios; abrió el armario y se vistió allí, ante mi atenta mirada. Elena estaba canturreando una canción de una de sus series favoritas y haciéndome una manicura diabólica, pero al menos se entretenía y eso me daba ventaja para poder observar cómo él se deshacía de la toalla y se ponía los calzoncillos.

—Mamá, deja de mirarle el culo a papá. Se lo vas a gastar —murmuró mi pequeña como si nada.

Ese fue uno de esos momentos en los que me entraron ganas de sellarle la boca a mi hija y dejarla así por mucho tiempo. Y, además, no era la primera vez que había sentido esa necesidad. Mi pequeña tenía una tendencia natural a ponerme en verdaderos aprietos. Algo que a Raúl le hacía troncharse de la risa. Y esta vez, al parecer, también le había hecho bastante gracia aquel comentario, porque a pesar de que estaba de espaldas a nosotras, oí su carcajada.

—No le estaba mirando el culo —dije sonrojada.

—Sí que lo mirabas.

Él cogió una de las perchas y observé que descolgaba una camisa negra de Hugo Boss. Tenía tatuada en su cara esa sonrisita provocadora y pendenciera que tanto me gustaba.

—¿Estabas mirándome el culo? —me preguntó abrochándose los botones de la camisa.

—Sí, papá, te lo miraba, la he visto —replicó ella, apartándose el flequillo de los ojos con el dorso de la mano.

—Elena, ¿has acabado ya la manicura? —indagué, sin responder a su pregunta y evitándole la mirada.

—No, ahora tengo que pegarte estas pegatinas cuando se te sequen —decía ella, soplando sobre mis dedos y mostrándome unos adhesivos diminutos y brillantes.

Él se puso unos vaqueros oscuros y se sentó a los pies de la cama para calzarse los zapatos.

—¿A qué hora piensas volver? —le pregunté al atisbar que ya se había vestido.

Decir que estaba guapo era una blasfemia. Ataviado de ese modo y una vez que su perfume alcanzó mi sentido olfativo, hizo que sintiera un intenso anhelo entre las piernas. Le deseaba tanto que me moría por levantarme y lanzarme a sus brazos. Llevábamos un par de noches durmiendo separados y era insoportable. Sin embargo, allí estaba yo, esperando a que él se marchara a una cena donde lo más probable era que ella estuviera a su lado. Y encima me había prometido a mí misma no volver a montar un drama.

—Ya te lo he dicho. Voy a cenar y vuelvo.

Observé que se ajustaba el reloj a su muñeca y alcanzaba una americana que había dejado sobre el galán. Antes de salir de la habitación se acercó a la cama y le dio un beso en la cabeza a nuestra hija.

—Adiós, papi.

Intenté fingir concentrarme en cómo Elena pegaba las microscópicas pegatinas en mis uñas y evité mirarlo directamente, pero él me cogió la barbilla y me obligó a enfrentarlo.

—Volveré pronto.

Fue todo lo que dijo, traspasándome con su mirada. Y de repente me di cuenta de que jamás en toda mi vida me había sentido tan insegura y vulnerable. Tan llena de desconfianza. Y en realidad no era por él, sino por mí. Aquella sensación era muy desagradable. Sentí como si estuviera dejándolo caminar por el borde de un precipicio y nada pudiera hacer para protegernos a ambos. Me selló los labios con los suyos. Un beso corto pero intenso. Uno de sus besos. Así me besaba Raúl.

Luego, salió de la habitación y al cabo de unos segundos oí la puerta de entrada cerrarse.

A partir de esa noche supe que no podría vivir mucho más tiempo con esa situación, así que esperé a que Elena se durmiera, lo que no resultó nada fácil, y decidí averiguar todo lo que pudiera sobre esa mujer. Necesitaba información. O, al menos, necesitaba conocerla un poco más para saber cómo gestionar aquello.

Después de una peculiar sesión de manicura, pedicura y karaoke con Elena, la bañé, le di la cena y la acosté en su cama. Cuando ya estaba dormida me quedé un rato observándola. Las pequitas de su nariz eran tan graciosas que me daban ganas de comérmelas. Ese era uno de los momentos que más me gustaban del día. Observarla mientras dormía. La quería tanto que el solo hecho de pensar que algo malo pudiera sucederle me provocaba un dolor indescriptible.

A veces, me paraba a pensar en cómo fueron esos meses en los que Raúl me abandonó. Esos en los que la idea de interrumpir el embarazo me trastornaron el juicio. Y solo cuando la miraba a ella me daba cuenta de que, al final, el tenerla fue la decisión más acertada que había tomado en mi vida.

La arropé y me acerqué para besarle la frente. El olor de su pelo y de su piel me encantaba. Me podía pasar horas tan solo aspirando su aroma. Era como oler un campo de flores tras una lluvia fresca.

La contemplé y me pregunté cómo sería para mi hija que Raúl y yo no superáramos esa etapa, y aquello me aterró. Intenté sacudir esa idea de mi pensamiento. Cerré la puerta y llevé a cabo mi propósito.

Me senté en el sofá con el iPad entre mis manos y apagué la televisión. No quería que nada pudiera desconcentrarme. Mi objetivo era recabar toda la información posible de la mujer que quería destrozar mi matrimonio, y haría lo que estuviese en mi mano para descubrir cualquier cosa sobre ella. Había algo oscuro… Algo indescifrable y extraño que la convertía en una persona muy misteriosa para mí. Solo me interesaba saber sobre qué terreno podía moverme.

Desbloqueé el aparato y me fui directa a curiosear el Facebook de Raúl. Nunca había sentido la necesidad de hurgar en sus cosas, pero en vista de que la situación se presentaba bastante fea, habría que tomar medidas desesperadas. Curiosamente, como él y Elena eran los únicos que tocaban el iPad, su Facebook casi siempre estaba abierto. Con lo cual, me conecté sin necesidad de meter ninguna clave.

Me fui directa al perfil de ella y entonces me di cuenta de que había incluido algunas fotografías recientes. La última, publicada el día anterior. Era una foto de ella vestida con ropa deportiva, haciendo morritos y una V con los dedos.

¡Dios, cuánto la odiaba!

Pero yo era fotógrafa y, por suerte o por desgracia para mí, sabía que una fotografía era mucho más que una simple estampa. La dedicación y el tiempo que llevaba empleado en la profesión me enseñaron a analizar cada detalle de una imagen y, desde luego, en esa acababa de descubrir algo que hizo que el pulso se me acelerara de repente.

La instantánea había sido tomada por alguien que no era ella y en una de las esquinas pude leer con claridad las últimas letras de lo que parecía ser un neón fluorescente. Mis pensamientos se fueron enlazando unos con otros. Llegué a la conclusión de que estaba hecha en la puerta de un gimnasio; y tanto el entorno como la última sílaba del neón que se dejaba entrever en la imagen, apuntaba a que ella estaba yendo al mismo gimnasio que Raúl.

Dejé el iPad sobre mi regazo y me masajeé las sienes. Era demasiado para un mismo día. Tenía que tranquilizarme si no quería enfermar por culpa de esa mujer. ¿De verdad iban juntos al gimnasio?

Continué curioseando fotografías de ella e intenté concentrarme y analizar los detalles con detenimiento.

Vi una que captó especialmente mi atención. Sobre todo, el paisaje. Estaba tomada desde bastante distancia, por lo que de inmediato reconocí el lugar. Lo que se divisaba al fondo era el Museo Guggenheim de Bilbao, y ella estaba posando sobre una de las patas de aquella escultura tan inusual y peculiar de la pintora y escultora Louise Bourgeois. La que representaba una gigantesca araña metálica.

En ese instante, el silencio que reinaba en mi salón me pareció escalofriante y fue porque recordé el significado del monumento. Jamás en mi vida había estado en Bilbao, pero conocía perfectamente las obras de esa artista. Había leído mucho sobre ella; y la araña, en concreto, tenía un sentido que hizo que me estremeciera.

La escultura se llamaba «Mamá». En el máster de Fotografía, Arte y Técnica que estudié en Ámsterdam, me encargaron hacer un trabajo sobre aquella obra. El arácnido representaba a una madre protectora y depredadora al mismo tiempo. Recordé que todas las obras de la escultora tenían un carácter autobiográfico, tremendamente marcado por una infancia dolorosa y atormentada. Su padre le había sido infiel a su madre, y ello condicionó su vida de tal modo que su arte estaba plagado de matices traumáticos. Su visión creativa expresaba temas como la traición, la ansiedad y la soledad; y no sé por qué, pero relacioné el significado de la figura con mi vida. Con mi actual situación.

Observé la fotografía con minuciosidad y... me vi reflejada en la enorme araña de acero inoxidable. Como si yo fuera ella intentando proteger su bolsa llena de huevos con esas gigantescas patas de bronce y mármol. La escultura, a primera vista, transmitía miedo y pavor, pero en realidad simbolizaba una profunda vulnerabilidad. Y así era justo como yo me sentía. Aunque no quisiera admitirlo, esa imagen de Patricia junto a la extraña efigie me provocó una desagradable premonición. Tanto que tuve que poner la tele de inmediato, ya que el silencio que me envolvía me puso la piel de gallina.

El resto de las fotos tampoco decía absolutamente nada de ella, salvo que era una persona sin amigos.

El malestar que estaba sintiendo se extendió lentamente por mi pecho. Sobre todo al pensar que ahora también se veían en el gimnasio.

Tenía que hacer algo. Tenía que calmarme si no quería montar en cólera. Así que me levanté del sofá y fui a coger mi teléfono móvil. Eran las doce de la noche. Raúl había dicho que iría a cenar y que volvería pronto, por lo tanto, supuse que llegaría de un momento a otro o, al menos, eso era lo que yo quería pensar.

Busqué el número de Javi en mis favoritos y lo llamé. Necesitaba comentar con alguien la angustia que me corroía. Quería que me tranquilizara, y Javi era un experto en calmar mis miedos.

—¿Sí? ¿Qué te pasa, blanca flor? —Por el tono de su voz era muy posible que lo hubiera despertado.

—¿Dormías? —oí un ruidito de fondo, como de roce de sábanas.

—Casi. Estaba leyendo. ¿Te ocurre algo?

—No, no…, bueno, en realidad, sí —dije mordiéndome una uña.

—Estás agobiada porque Raúl está en la cena, ¿no es verdad?

¡Vaya atino que tenía!

—Sí, pero hay algo más. Acabo de descubrir que van juntos al gimnasio.

—¿En serio? ¿Y cómo lo sabes?

—Estoy espiando su Facebook —confesé, dirigiendo la mirada hacia el aparato que tenía apoyado en mis piernas.

—¡Cristina! Te estás pasando, nena.

—¿Yo? El que se está pasando es él, no me ha dicho ni una palabra.

—Cris, olvídate de esa tía. Céntrate en arreglar las cosas con él.

—Es lo que quiero hacer, Javi, pero no puedo. Todo me indica que tenerla cerca será malo para nosotros. No lo entiendes, ¡he visto una foto en su Facebook!

—¿Una foto? Pero… ¿de ellos dos juntos? —preguntó él, sorprendido.

—No, no, una foto de ella en Bilbao con una escultura. La que está en el Museo Guggenheim. Ha sido ver la foto y…, no sé… Me ha dado muy mala espina. Como si yo fuera la …

Sujeté de nuevo el iPad entre mis manos y aumenté la fotografía. La postura de ella bajo la estatua era como una clara advertencia.

Javi permaneció durante unos instantes en silencio tras el auricular y luego lo oí resoplar.

—¿En serio me llamas para esto? ¿Para decirme que eres Spiderman? ¡Joder, Cristina, estás peor de lo que yo pensaba!

No pude evitar troncharme de la risa ante su ocurrencia.

—Javi, de verdad, no sé cómo explicártelo —le dije después de carraspear.

—No tienes nada que explicar. A ver, inténtalo, si te sale telaraña de las muñecas… cuelga el teléfono y no vuelvas a llamarme en tu vida.

Sabía que intentaba animarme, era su forma de hacerlo diciendo todas esas tonterías.

—No seas payaso —exhalé sonriendo—. Está bien, olvídate del momento arácnido, pero… ¿qué me dices de que vayan juntos al gimnasio? He visto una foto de ella en la puerta del mismo al que va Raúl, estoy casi segura de que se ven allí.

—Ya, Cristina, pero tú lo has dicho: *casi segura* —imitó mi tono—. Si cuando llegue vuelves a montarle un pollo, estarás empeorando las cosas.

—¿Y qué hago, dejo que me lo oculte? —Llegados a este punto, me estaba enfureciendo.

—No, pero asegúrate primero; hasta entonces, intenta arreglar vuestra situación, al fin y al cabo, él no ha hecho nada.

—Eso espero…

Suspiré y me tumbé en el sofá con el móvil pegado al oído.

—De acuerdo, pero… ¿y tú qué? —resoplé.

—¿Yo… qué de qué?

—Hoy en el almuerzo no has contando nada de Colombo. ¿Quedaste con él?

En realidad, Javi llevaba razón. Al menos, por esa noche intentaría apartar el tema.

—Sí, pero como os habéis puesto las dos a rajar como locas de Fernando y Raúl, no me ha dado tiempo de contaros nada.

Fue decir eso y me di cuenta de que era cierto. Marta y yo habíamos acaparado toda la conversación.

—Valeeeeee… Venga, cuenta. Para empezar, ¿cómo se llama? Porque, claro, no está bien que lo llame Colombo cuando me lo presentes.

—Se llama Cristóbal.

—¿Cristóbal? Detective privado y con ese nombre. ¿Estás seguro de que no lo has conocido en la España del siglo… diecinueve, por ejemplo? —apoyé el tobillo en mi rodilla contraria y comencé a tirar de un hilo que colgaba del calcetín.

—Qué idiota eres.

Solté una carcajada.

—¿De verdad se llama Cristóbal?

—¿Qué tiene de malo? Es el masculino de Cristina.

—No, el masculino de Cristina es Cristian —expliqué muy segura.

—Bueno, y qué pasa, no es a ti a quien tiene que gustarte su nombre.

—No tiene nada de malo, pero si cuando quedes con él, aparece con una boina y saca de su chaleco un reloj de bolsillo con leontina…, sal corriendo.

—¡Ja, ja! Ya se te ha quitado la paranoia de las arañas y ahora estás graciosilla, ¿no?

Por su tono de voz supe que tenía que parar de burlarme del detective. Mi amigo era una persona con un sentido del humor muy peculiar y, a veces, eso me hacía aún más gracia de él. En pocas palabras, era algo así como un humorista que no aguantaba según qué tipo de bromas. De todas formas, era adorable.

—Está bien, no me burlaré de él ni de su nombre, pero, por favor, no te dirijas a él como Cristóbal; no sé, llámalo Cris, por ejemplo.

—Ya lo he intentado, pero no quiere —aseveró él.

—Pero, entonces, ¿te gusta o no? —pregunté, haciendo una pelotilla con las hebras.

—Si dejas de burlarte de él te lo cuento.

—Venga, va. —Me puse ya seria.

—Me encanta —confesó.

Lo dijo de un modo tan espontáneo y sincero que despertó completamente mi interés. Javi no solía hablar mucho de sentimientos profundos cuando se trataba de chicos con los que se enrollaba. Eso sí, me relataba los detalles sexuales más truculentos.

—Pero... ¿os habéis acostado? —inquirí.

—No, solo quedamos y fuimos a cenar. Hubo algunos besos al despedirnos, pero nada más.

—Así que es todo un galán... Venga, cuéntame más cosas de él. —Me puse más cómoda y estiré las piernas. Tenía toda mi atención.

—Pues... estuvimos hablando de tantas cosas que no sé por dónde empezar. —Volvía a oír ruidos de fondo. Creo que había dejado la cama y andaba por su cuarto—. Su padre es griego y su madre, sevillana. Le gusta el cine español, como a mí, y adora los deportes de riesgo. Dice que hace *puenting* y todas esas cosas que a mí me dan pavor, pero es que me resulta tan sexi... También estuvimos hablando de su trabajo. Al parecer fue inspector de policía, pero me contó que dimitió el día que mataron a un colega suyo en un operativo que él dirigía. Por lo visto era su mejor amigo.

—Joder, qué putada —exclamé sin pensar.

—Pues sí. No me dio muchos detalles y yo tampoco consideré oportuno preguntar más sobre el asunto ese día. A partir de entonces, decidió montar su propio despacho y ahora se encarga de cosas sencillas. Asuntos de estafas en empresas con los seguros..., y dice que ha llevado algún que otro caso de infidelidad.

Fue mencionar esa odiosa palabra y mis cinco sentidos se avisparon.

—¿Sí? ¿Investiga infidelidades? —Mi mente trabajaba a destajo.

—Cristina, no te montes tu película —advirtió muy serio. Esa era la parte mala de que Javi me conociera tan bien. Que leía mis pensamientos incluso cuando hablábamos por teléfono.

—Vale, vale. ¿Y cuándo habéis quedado de nuevo?

—Pues dijimos que hablaríamos esta semana, así que ahora toca esperar.

—¿Qué edad tiene? Si se puede saber —curioseé, jugueteando con un mechón de mi pelo.

—Tiene cuarenta y tres años.

—Vaya, pues en la foto no los aparentaba.

—Lo sé, además, es más guapo en persona —murmuró él con un suspiro.

—Ay, Dios, estás pilladísimo.

—Sí, Cristi, esto no me había pasado nunca.

Estuvimos durante un buen rato hablando del detective. Confieso que le gasté alguna que otra broma con el nombre, pero él ya estaba tan cómodo charlando conmigo que la conversación se hizo muy placentera.

Colgué el teléfono con una sonrisa de oreja a oreja, pero aquel estado de júbilo solo me duró hasta el momento en que miré la hora en mi móvil y me di cuenta de que eran las dos menos cuarto de la mañana.

Y Raúl no había llegado.

21

¿NO VOLVERÁ A REPETIRSE?

Después de que me abandonara en aquella parada de autobús, caminé hasta mi casa intentando conservar intacta la maltratada dignidad que me quedaba.

Cuando llegué, Carolina estaba sentada frente al televisor con una de sus muchas novelas románticas entre las manos.

—¿Qué tal con Raúl? —preguntó contemplándome por encima de las páginas del libro.

—Bien, bien —le respondí con desinterés.

Me negaba a malgastar mi tiempo hablando de esa sexi rata de alcantarilla. Además, estaba segura de que si le contaba a Carolina la humillación a la que me había sometido ese mal nacido, dejando que me quitara toda la ropa para luego rechazarme llamándome «fácil», ella se preocuparía más de la cuenta, así que decidí no comentarle nada de momento.

Se la veía últimamente más contenta de lo habitual y el responsable de aquel reconfortante cambio mucho me temía que era Héctor.

Estuve un rato con ella en el sofá y, luego, cuando el sueño comenzó a rondarme, me marché a mi habitación. Pero justo antes de meterme en la cama, el sonido de un mensaje en el móvil me enervó todos los vellos de la piel: Raúl. Aunque yo fui rápida en mis respuestas.

«Sé que no debería decírtelo, pero tienes unas tetas muy bonitas».

Parpadeé atónita.

«Pues grábatelas bien en tus retinas, porque no volverás a verlas jamás».

«No he dicho que quiera volver a verlas, solo he dicho que son muy bonitas».

¡Será insolente! A ver qué tiene que decir a esto:

«Dime una cosa, ¿eres así de gilipollas con todas las tías con las que te lías, o es solo conmigo?».

No tardó ni un segundo en contestar.

«Y tu culo también es muy bonito».

«Ya lo sé, no eres el primero que me lo dice».

¡Toma! ¿Y esto…?
«Me lo suponía…».

Pero… ¿qué diablos insinuaba el muy imbécil?

«Vete a la mierda, no vuelvas a escribirme, payaso».

«Me da la impresión de que no estás muy acostumbrada a que te rechacen, ojos verdes».

«La verdad es que no, esta es la primera vez que me pasa. Por regla general, suelo follar con tíos de verdad y no con cretinos que no tienen ni idea de lo que quieren».

Trágate esa si puedes.

«Siento decirte que tu comentario no me ofende. Da la casualidad de que yo sí sé perfectamente lo que quiero».

«Y yo. Perderte de vista y que dejes de enviarme mensajes».

«Pues esta tarde, desnuda en mi habitación, parecías muy entregada».

Hasta ahí habíamos llegado.

«Lo de esta tarde no volverá a repetirse».

«Eso ya lo veremos...».

22

DIME QUE ME QUIERES

A las dos en punto de la mañana, después de poner la televisión y decidir que no me tragaría un absurdo programa de tele horóscopo, sobre todo porque seguro que el mío dejaba mucho que desear, opté por apagarla. Tuve que hacerlo directamente en el interruptor, ya que el mando seguía roto después del incidente de días atrás. Me puse a dar vueltas por la casa, no tenía sueño.

Recogí algunos juguetes de Elena del salón y los amontoné en una caja que ella solía dejar en la terraza. Nuestro piso era una de esas casas amplias y luminosas. A Raúl y a mí nos gustaba un tipo de decoración liviana y desahogada, con una distribución funcional. Habíamos combinado muebles de madera en tonos cerezo con paredes blancas, solo que Elena, de vez en cuando, hacía de las suyas y le daba por «firmar» en algunas zonas. Gracias a Dios, por fin, empezaba a entender que pintar en las paredes era una fea costumbre que podía salirle cara, así que tras ver algunas pintadas «inéditas» fui a la cocina, saqué un paño y recé para que los dibujos no estuvieran hechos con rotulador.

Estaba agachada en el salón. La pintura se me estaba resistiendo y decidí emplear más energía en limpiar aquel garabato. Me arremangué la blusa del pijama y froté con vehemencia sobre la pintada. Estaba tan concentrada en eliminar la mancha que apenas oí la puerta abrirse y, cuando me quise dar cuenta, Raúl me miraba desde el pasillo con una extraña expresión.

—¿Estás limpiando a las dos y media de la mañana?

No era la postura más provocadora que habría elegido para esperarlo, pero qué le íbamos a hacer…

—He descubierto otra obra de arte de Elena.

—Vaya por Dios —murmuró.

Atisbé cómo se acercaba a la mesa del salón y sacaba la cartera y el móvil para dejarlos sobre ella. Luego se quitó la americana y la colgó en una de las sillas.

Dejé lo que estaba haciendo y me dirigí a la cocina con el paño en la mano. Pasé muy cerca de él y el olor de su perfume me llegó, incluso, en esa corta distancia. Sin embargo, no pude evitar mirarlo de reojo. Estaba borracho. No como una cuba, pero era evidente que se había tomado algunas copas.

Él me siguió.

—Por lo que veo te lo has pasado muy bien, ¿no? —dije sin mirarlo.

—Sí, no ha estado mal.

Vi que se dirigía a la nevera y sacaba la botella de agua para beber directamente de ella. Se desabotonó la camisa negra y el cinturón del pantalón lo desabrochó. Tan guapo y sexi con ese aspecto desenfadado decidí que lo mejor era no mirarlo directamente. Estaba muy dolida con él. Le deseaba con todas mis fuerzas. Pero me sentía decepcionada y triste. Esa noche se había ido a una fiesta sin mí. Me había dejado en un segundo plano de su vida y de su trabajo, y todo por culpa de esa mujer. Aquellos pensamientos me carcomían las entrañas y, a pesar de disimular como podía, tenía unas ganas tremendas de ponerme a llorar. Lo sentía frío y distante conmigo, y esa sensación era horripilante.

Terminé de aclarar el paño y me di media vuelta para salir de la cocina. Pero en ese instante, él tiró de mi muñeca y me atrajo hacia su cuerpo. Me aferró por la cintura.

—¿Qué te pasa? —susurró con sus labios muy pegados a los míos.

—Nada —contesté sin moverme, mirando hacia otro lado. Negándome a enfrentarlo.

—Muy bien, pues si no te pasa nada, bésame.

Claro, así de fácil.

—No quiero hacerlo —protesté.

—Ya lo creo que vas a besarme. Y mucho…

Esto era duro, muy duro.

—No pienso besarte esta noche. Te estás comportando como un cerdo conmigo. Te has marchado a esa fiesta sin importarte cómo me he sentido.

—Basta, Cristina. Bésame y cállate de una vez.

¿Y encima dando órdenes?...

—No quiero.

Bajó sus manos hasta mi trasero y lo apresó con fuerza, empujándome contra él. Su erección se clavó en mi vientre y una oleada de deseo me recorrió entera. Tuve que apoyarme en su pecho para poder mantenerme. Desprendía un aroma irresistible.

—Eres mi mujer —aseguró con una sonrisa perversa.

—Exacto. Tu mujer, no un trozo de carne que te espera en casa para cuando tú vengas cachondo. —¡Sí, señor!

Me aparté de él. Necesitaba alejarme, pero no me dejó. Rodeó con vehemencia mi muñeca y, cuando lo miré a los ojos, vi que su semblante había variado. Las arrugas de su frente se hicieron más profundas.

—Quiero que dejes de decir gilipolleces por un tiempo. Estoy empezando a hartarme.

—Suéltame —refunfuñé de mala gana, intentando liberarme, pero él no tenía la menor intención de hacerlo—. ¡Suéltame! No pienso acostarme contigo hoy.

—Sí lo harás.

—¿Ah, sí?

—Sí.

Sus labios se estrellaron contra los míos. Me pegó a la puerta y apenas me dio la opción de moverme. Su lengua saqueó mi boca de un modo violento; pero aquel beso me dejó completamente desorientada y confundida. Principalmente por el hecho de que ahora me era imposible apartarme de él. Su nariz se deslizó por la curva de mi cuello y fue lamiendo mi mandíbula y la barbilla.

—Estoy enfadada contigo —dije entre jadeos.

—Yo también —susurró él en mi oído.

Recorrió mis caderas y a continuación se deshizo de la blusa de mi pijama. Sentí cómo me apresaba los senos y mordisqueaba mis pezones. Gemí.

Agarré su camisa e intenté quitársela. Ya no había vuelta atrás. A pesar de estar muy cabreada con él, no podía dejar de desearlo.

Cuando logré tenerlo desnudo de cintura para arriba, sujeté su cara entre mis manos y lo obligué a mirarme.

—Si me engañas…, si estropeas esto que tenemos…, jamás te lo perdonaré.

Su mirada se suavizó. Tenía los ojos brillantes y esta vez el color gris de su iris se hizo más intenso, más profundo.

—Si uno de los dos puede estropear esto…, eres tú —aseguró él—. ¡Tú!, Cristina. Pertenezco demasiado a ti. Y el problema es que aún no te has dado cuenta.

Lo besé sin dejar de acariciar su rostro con mis pulgares. Él me devolvió el beso casi con el mismo ímpetu.

—Me has hecho daño —exhalé.

—No era mi intención —bisbiseó él, regando de besos uno de mis hombros.

Aquello me sirvió como disculpa y me entregué a él.

Aparté de mi cabeza esa sucesión de pensamientos infernales y reaccioné a sus caricias entregándome sin reservas. Al fin y al cabo, no podía seguir de esa manera. Tenía tanto miedo de que mis presagios tuvieran sentido que tan solo me sentía a salvo en su brazos.

Recorrimos el pasillo deshaciéndonos del resto de nuestras prendas. Se hizo con el control de mi cuerpo y por primera vez en todas las veces que habíamos hecho el amor sentí que nunca sería suficiente, que jamás me saciaría de él.

—Te quiero —declaré sobre sus labios mientras entrábamos en nuestra habitación.

Él cerró la puerta de una patada y apoyó mi espalda a ella. Su lengua se adentró en mi boca y nuestros jadeos se mezclaron. Pero necesitaba oírlo, necesitaba que me dijera que él también me amaba.

—Dilo —exigí—. Dime que me quieres.

Sujetó mis manos por encima de mi cabeza. Dejándome indefensa y totalmente expuesta. Sus dedos acabaron acariciando los pliegues de mi sexo.

—¿Todavía me lo preguntas? —jadeó, chupándome la mandíbula, haciendo que el placer que me estaba provocando se intensificara.

—Dilo —supliqué, mordiéndome el labio, conteniendo el orgasmo que estaba a punto de provocarme solo con aquella caricia.

—Te quiero, tonta —dijo soltándome las muñecas, de forma que pude atraerlo—. ¿No lo ves? —preguntó, agachándose un poco para lamer mis pezones.

Mis dedos se perdieron en su pelo. Me besaba como si estuviera hambriento de mí.

—Estoy tan loco por ti que termino comportándome como un auténtico gilipollas.

—Sí, eso es verdad. A veces eres un poco… hmm, gilipollas —murmuré, ocultando una sonrisilla y bajando mis manos hacia sus calzoncillos.

—No te pases —me advirtió, alzando una ceja.

Respondí con una sonrisa maliciosa, llevé mi mano a su erección y la acaricié. Notaba su respiración alterarse a medida que nos tocábamos. Pero de repente, me agarró de la cintura y me dio la vuelta.

Ambos estábamos totalmente desnudos. Y de pronto, su cuerpo se pegó al mío tanto que sentí el latido de su corazón. Su piel estaba caliente y podía notar su aliento en mi cuello.

Agarró mis pechos mientras yo me sujetaba a la puerta con los antebrazos.

—Eres perfecta —murmuró lamiéndome y sin dejar de manosearme—. Me encantas, Cristina.

Sus palabras provocaron un estallido de excitación en mi bajo vientre. Me sentía tan húmeda y deseosa de él que moví las caderas, reclamándolo.

—Voy a follarte, fuerte… —susurró junto a mi oído, paseando su erección por mi trasero.

Fue besándome la espalda lentamente. Cerré los ojos, conteniendo el volcán de sensaciones que me provocaba aquella deliciosa agonía. Noté cómo se arrodillaba tras de mí para lamer mis nalgas, esforzándose por hacer maravillas en los pliegues de mi sexo. Poco a poco introdujo uno de sus dedos y el placer que desencadenó me arrancó un gemido descontrolado.

Llevé mi mano a la suya y lo insté a seguir tocándome. Se incorporó dejando besos por toda mi columna y sentí que se preparaba para penetrarme. Con un ligero movimiento de sus rodillas me indicó que abriera más las piernas. Apoyó su frente sobre mi cabeza y se fundió en mí de una sola embestida…

—¿No te das cuenta? No hay nada mejor que esto, nena —dijo sujetándome la barbilla y girándome la cara para besarme.

Sus confesiones eran infinitas descargas de placer. Sobre todo teniendo en cuenta lo vulnerable que yo estaba. Sus movimientos se aceleraron y mi cuerpo reaccionó a cada una de sus acometidas.

La escena me pareció tan carnal y primitiva que no pude controlar los gemidos que salían de mi boca. Estaba tan excitada y entregada que me dejé llevar. Que fuera él quien me guiara y me acoplara a sus movimientos. Sentía nuestros cuerpos húmedos por el sudor, pero, en ese momento, solo podía concentrarme en la absoluta necesidad de tenerlo dentro de mí. En sus dedos clavándose en mi cadera, en sus jadeos, en su cálida respiración…

—Dios, nena, ¡cómo me gusta follarte! —masculló con un rugido animal, acometiéndome fuertemente.

Lo notaba cada vez más duro y más profundo. Me sujeté a la puerta con las palmas y ladeé la cara para ver cómo se hundía en mí. Un orgasmo estuvo a punto de recorrerme, pero entonces le detuve. Separándome, me giré para contemplarlo fijamente.

Tenía la frente perlada de sudor y su pelo revuelto de un modo casi prohibido. Lo examiné de arriba abajo y acaricié su pecho. Él apresó con fiereza mi trasero y clavó su erección bajo mi vientre.

—Vamos a la cama —ordené—. Llevo varios días sin tenerte ahí y quiero compensarlo.

—Me gusta la idea —gimió. Luego me impulsó y me penetró en esa postura.

Lo abracé y lo besé como si no fuese a tener otra oportunidad. Nuestras lenguas se rozaron y se acariciaron en un beso arrebatador. Nos derrumbamos sobre el colchón y allí, en la privacidad de nuestro dormitorio, perdimos la noción del tiempo; devorándonos, cabalgándonos con mutuo y desenfrenado deseo, ajenos a todo lo que nos amenazaba fuera…

—Nena… —exhaló cuando me coloqué a horcajadas sobre él y continué balanceándome.

—Raúl, cariño…

Me sujeté a sus hombros, clavando mis uñas en su piel.

—Sí, nena, más fuerte —jadeaba en mi cuello, acelerando el movimiento de sus caderas.

Agaché la cabeza contemplando cómo nuestros cuerpos encajaban a la perfección, cómo nuestros sexos ardían, reclamándose. Mi mirada buscó la suya y acto seguido me hice de nuevo con su boca. Con aquellos labios que habría pasado siglos besando y de los que nunca me hubiera separado de saber lo que sucedería poco después…

No ignoraba lo mucho que a Raúl le excitaba que le susurrara palabras sucias al oído, así que acerqué mi respiración al lóbulo de su oreja e inspiré con la voz quebrada.

—Me encanta esto… Me encanta que me folles…

—Joder, Cristina —lo oí mascullar con los dientes apretados.

Las palmas de sus manos fueron directas a mi culo e hizo presión para introducirse en mí con más vigor.

—Nena, si vuelves a decirme algo así, me correré ya.

Sin embargo, antes de que acabara la frase una descarga de placer me recorrió la espina dorsal y me estremecí al sentir cómo se derramaba dentro de mí.

—Eso es, sigue, nena, sigue… —continuó diciendo, arrastrando el clímax, convirtiéndolo en una tortura irresistible.

Cuando logramos que nuestras respiraciones se tranquilizaran lentamente tras el brutal espasmo, él me instó a rodar sin salirse de mí. Ahora era yo la que estaba debajo.

—Aquí es donde quiero estar —susurró—. Aquí dentro me pasaría el resto de mi vida —dijo recorriendo cada milímetro de mi rostro.

—¿Qué pasará si un día te das cuenta de que has dejado de quererme? —le pregunté, trazando círculos en su espalda. Embriagada de su olor y del tacto de su piel.

Un atisbo de sonrisa asomó a su expresión.

—¿Y si dejas de quererme tú? —replicó.

—Yo he preguntado primero —susurré.

—Eso no ocurrirá —aseguró esta vez más serio.

Continué acariciando su espalda y sus costados.

—¿Cómo lo sabes? ¿Cómo puedes estar tan seguro? —musité.

Su mirada se intensificó y su pulgar rozó mi mejilla como si de algún modo creyera que esta era de cristal.

—Porque mi mundo es más completo cuando te miro.

Por aquel entonces no me di cuenta de que nos faltaron más momentos como esos y nos sobraron muchos de palabras vacías. Nuestro comienzo no fue como cualquier otro. Nosotros desafiamos a la fuerza del corazón.

Creímos que juntos podíamos vencerlo todo. Y tal vez habría sido así si yo no me hubiese ensimismado en las mentiras y olvidado las verdades.

Luis Pernas tenía la fea de costumbre de informarme de los planes de trabajo cuando ya estaban encima. Así pues, esa semana, la cosa se complicó mucho más de lo que yo hubiera imaginado…

Postergué mis negros presagios. Los dejé arrinconados y me armé de una fortaleza sobrenatural. Mi matrimonio iba perfectamente. Nada de lo que mi estúpida cabeza pensaba era real. Solo producto de mi inseguridad. De mis estúpidos celos. Esa mujer era una compañera de trabajo, simplemente. Era lógico que ella lo encontrara atractivo, pero eso no significaba que él pudiera tener una aventura con ella… Mi matrimonio iba bien…, me repetí de nuevo. No había nada que temer, ¿no? ¡No! Bueno…, no, ¿verdad?

Así fue como conseguí concentrarme y comenzar la semana con un estado de ánimo, al menos, aceptable.

Teníamos casi listas todas las fotografías que íbamos a mostrar en la exposición. Algunas ya estaban impresas, no obstante, quedaban otras por retocar. En cuanto al montaje, ya habíamos comprado lo necesario. El positivado era magnífico, de eso no cabía duda, y escogimos un papel mate para evitar brillos y reflejos molestos. No estábamos muy seguros del tipo de iluminación que habría en el lugar donde se realizaría el evento, pero, desde luego, no pensábamos arriesgarnos.

Tanto Luis como yo queríamos que esas fotografías fueran publicadas en la mayoría de revistas internacionales, por eso decidimos encargarnos de todo nosotros mismos. Lo más fácil hubiese sido enviarlas a una marquetería y que nos hicieran el trabajo. Pero esa era una de las muchas cosas que teníamos en común Luis y yo: éramos unos *frikis* perfeccionistas cuando se trataba de fotografía. Encargamos los marcos y los cristales siguiendo las bases de la exposición, y los dos fuimos montando los cuadros uno a uno. Cuanto más miraba aquellas fotografías…, más fabulosas me resultaban…

Dedicábamos las mañanas al trabajo rutinario en el estudio y por las tardes, si no teníamos muchos reportajes pendientes, nos poníamos manos a la obra con la exposición. Incluso él me estaba ayudando a escoger las instantáneas que yo iba a presentar por mi cuenta. Irían firmadas con el nombre del estudio, es decir, el suyo. De otra forma yo no podría participar. Solo había cabida para mí si nos presentábamos como una sociedad. Pero aun así, que él hubiera decidido contar con obras mías para aquello…, era un verdadero honor.

A mitad de semana, a pesar de sentirme eufórica con el trabajo, ya estaba agotada. Luis y yo entrábamos en el estudio a las diez de la mañana y no salíamos hasta las seis de la tarde. Esa semana le advertí a Raúl que no podríamos comer juntos. De hecho, mi jefe me comunicó que hasta que pasara la exposición ese sería nuestro nuevo horario. No me quedaba más remedio que adaptarme.

Sin embargo, yo no podía dejar de torturarme. Me preocupaba la idea de que Raúl pudiera comer con ella. Me atormentaba pensar que fueran juntos al gimnasio. Me carcomía el simple hecho de que ella estuviera cerca de él. Y a todo eso le sumaba que mi nueva postura frente a mi marido era la de mostrarme comprensiva y transigente.

Aquel miércoles hacía mal tiempo. Eran las seis y cuarto cuando salí del estudio. El cielo se mostraba negro y amenazador. Una tormenta se revolvía inquieta y anunciaba las primeras gotas. Así que aceleré el paso para llegar al garaje sin mojarme, pero el chaparrón no me dio tregua.

Llegué a casa de mis suegros. Rosa, mi suegra, me invitó a pasar y secarme. Elena me esperaba sentada en el sofá, como de costumbre, coloreando uno de sus cuentos.

Raúl y yo nos turnábamos para recoger a la pequeña. Y ese día me tocaba a mí.

—¿Seguro que no quieres una camisa seca? Estás empapada —argumentaba ella, apurada, entregándome una toalla al ver cómo me había dejado el aguacero.

—No, tranquila, no está tan mojada. Solo ha sido el pelo.

Me acerqué a Elena y le di un beso.

—Venga, vámonos antes de que se haga más tarde. Estoy loca por ducharme y entrar en calor —murmuré casi para mí.

Antes de marcharnos me detuve en la puerta. Tenía que esperar a que escampara un poco para llegar de nuevo hasta el coche.

Rosa se inclinó, besuqueando la mejilla de Elena, pero cuando ya estábamos a punto de irnos de allí, me cogió del brazo.

—Cristina. —Sus ojos fueron directos a los míos—. Va todo bien entre Raúl y tú, ¿verdad?

La pregunta me pilló por sorpresa.

—Claro —titubeé—. ¿Por qué…?

—No, por nada. Es que hace tiempo que no charlamos, solo eso.

Algo preocupaba a Rosa. La conocía perfectamente. Ella era lo más parecido a una madre que tenía. Y si me hacía esa pregunta…

—Todo va bien, Rosa.

No estaba segura de poder afirmarlo, pero tampoco quería preocuparla.

—Seguro que sí, no sé ni para qué pregunto estas tonterías —resopló, haciendo un gesto de desinterés con la mano—. Por cierto, Elena, olvidas tu plantita.

—¡Ah, sí! —exclamó, soltándose de mi mano y corriendo al interior de la casa.

Al parecer, ese día en el colegio la profesora estuvo enseñándoles a los pequeños la importancia de cuidar las plantas, y cada uno se había llevado a casa un pequeño vasito de plástico con algunas raíces.

—Mira, mamá, la seño dice que hay que regarla para que crezca —dijo ella alzando el diminuto vaso para mostrármelo.

—De acuerdo, en cuanto lleguemos la trasplantamos y la regamos —le aseguré.

Cuando Elena y yo nos montamos en el coche, la pregunta de Rosa seguía picoteándome en el cerebro. ¿Por qué estaba mi suegra preocupada?

Ella estuvo en la fiesta de Maribel. Esa a la que yo no pude ir o, más bien, evité.

¿Habría visto algo aquella noche que le diera a pensar que las cosas entre Raúl y yo no iban bien?

Observé la hora. Eran las siete de la tarde. Raúl estaría en el gimnasio. Llevaba toda la semana llegando un poco más tarde de lo habitual.

Y de repente, se me ocurrió una idea que probablemente me saldría muy cara, pero… ¡Qué demonios! Ya no había vuelta atrás.

Giré en el semáforo siguiente y cambié de dirección.

—Elena, ¿te gustaría ir un ratito a casa de Javi y Marta? Tengo que hacer unos recados, te dejaré con ellos un momento, ¿de acuerdo?

—Vale, pero dile a Marta que me pinte las uñas.

—Estupendo.

Ahora o nunca, pensé.

23

QUIERO MÁS

Me desperté un poco antes de lo que acostumbraba últimamente. Carolina ya se había ido a trabajar; con lo cual, estaba sola en casa. Tuve la sensación de que habían pasado semanas desde la noche anterior. Remoloneé un poco en la cama, agarré el móvil que estaba en la mesilla de noche y releí los mensajes de aquel sinvergüenza. Aún no me podía creer que me hubiera tratado de esa manera.

Necesitaba quitármelo de la cabeza.

Entré en el baño rezando por encontrarme una mancha roja en mis bragas, pero... nada de nada. De todas maneras, alejarme de Raúl era lo mejor. Estaba completamente segura de que ahora que él y yo ya no éramos ni siquiera folla-amigos, mi menstruación se presentaría en cualquier momento. De hecho, esperaba que llamara a la puerta como en aquel anuncio de compresas, en el que esa mujer repeinada y con una sonrisa pedante, ataviada de rojo, se aparecía en todas partes. Y... oí el timbre. Me quedé paralizada. Si era la mujer del anuncio me daría un patatús.

Me apresuré a mirar por la mirilla, pero no era ella. No. Era alguien mucho peor. Ella, al menos, me habría dado la alegría del siglo.

¡Era él!

Allí estaba, tras mi puerta, esperando a que yo abriese. ¡¿Qué diablos hacía a las nueve y media de la mañana en mi casa?!

Me quedé observándolo durante unos segundos por ese diminuto agujero. ¿Cómo podía estar tan guapo a esa hora? Tan solo divisé su perfecto cabello ligeramente alborotado, una camisa azul petróleo y sus gafas de sol colgándole del cuello. De repente clavó sus ojos en la puerta y me alejé con miedo a que él pudiera verme a mí. Lo que era completamente imposible.

—¿Vas a abrirme de una vez, o esperas que me quede toda la mañana en el rellano? —lo oí decir.

No respondí. Simplemente me quedé quieta. No quería abrir. Lo cierto es que no tenía ni idea de qué quería. Así que guardé silencio y esperé a que se marchara. Pero unos segundos después volvió a decir:

—Cristina, abre. Tengo que hablar contigo. Sé que estás ahí. Y también sé que estás cabreada.

Abrí sin pensar en las consecuencias. Pero no sin antes echarme un rápido vistazo en el espejo de la entrada. Mi pijama de verano no era del todo horrible y, al menos, acababa de lavarme los dientes. Peiné mi oscura melena con los dedos y me pellizqué las mejillas para sonrojarlas un poco, con idea de recuperar el color que se había escurrido de mi cara.

—¿Qué es lo que quieres ahora? ¿Aún no te has quedado contento con lo que me hiciste ayer? O no, déjame recapacitar —protesté, cruzándome de brazos—, lo has pensado mejor y estás arrepentido.

—No, no estoy arrepentido —declaró mirándome de arriba abajo. Pude observarlo mejor y de pronto no me pareció guapo… ¡Me resultó prohibido! Jodidamente excitante y atractivo.

¡Madre mía, ese hombre quería volverme majara!

—¿Entonces qué coño quieres?

—Solo he venido a traerte esto. Se te cayó ayer en mi coche —anunció mostrándome un pintalabios—. Y no me gustaría que cualquier otra chica con la que salga piense que tengo novia.

Miré la barra de labios que sujetaba entre sus dedos y luego recorrí su rostro, deteniéndome en el hoyuelo que se le formaba en la mejilla cuando intentaba contener la risa.

—Sabes de sobra que ese pintalabios no es mío —masculle, lanzándole una mirada asesina.

—¿Ah, no? Upss, vaya, lo siento. Entonces he venido hasta aquí para nada —dijo guardando el cosmético en el bolsillo y girándose para marcharse.

Si en aquel momento hubiese tenido una pistola de esas que disparan descargas eléctricas, lo habría achicharrado sin pensármelo dos veces.

—¡Qué idiota eres! —grité con furia, intentando darle con la puerta en las narices, pero el muy cretino siempre se las apañaba para reaccionar de un modo que me era imposible prever.

Así que, un segundo antes de que cerrara, él metió el pie y abrió de golpe, colándose en el interior de mi casa.

—¿Qué haces? —pregunté alejándome, contemplando su expresión.

Cerró y giró la llave.

—Estoy harto de que me insultes —murmuró acercándose despacio. Ocultando esa sonrisilla canalla que lo caracterizaba.

Puse los brazos en jarras y me quedé quieta, no pensaba retroceder ni un paso más. Pero a medida que su cuerpo se aproximaba al mío, un desconcertante burbujeo se arremolinó en mi estómago y yo diría que en otras muchas partes.

—Es a lo que te expones si le haces putadas de ese tipo a alguien como yo.

—¿Putadas? Yo no te he hecho ninguna putada. Simplemente paso de tener ese tipo de relación contigo —declaró, imitando mi postura y agachándose un poco para poner su rostro frente al mío.

—¿Sí? Pues debo estar de suerte, porque da la casualidad de que yo no quiero ningún tipo de relación. ¡Y mucho menos contigo! Así que lárgate de mi casa.

Fui a girarme, pero él me sujetó por la muñeca y tiró de mí. Cuando quise darme cuenta, me tenía aprisionada contra la pared y sus manos parecían estar por todas partes. Su olor me embriagaba y su voz… grave, ronca, sensual…, acariciaba mi corazón.

—No pienso irme a ningún sitio. Y estoy seguro de que tú tampoco quieres que me vaya.

Sus labios se ciñeron a mi cuello y su lengua recorrió mi mandíbula.

Jadeé sin control mientras una de sus manos se deslizaba por mi cadera y apresaba mi trasero con fuerza. La otra fue directa a mi nuca.

¿Por qué demonios estaba dejando que ese hombre me mangoneara de esa manera? ¿En qué clase de imbécil redomada y salida me estaba convirtiendo? ¿Acaso la dignidad no estaba para algo?

«Cristina, es el momento de parar», me decía una y otra vez mi estúpido y coherente subconsciente… Pero, claro, cómo iba a parar ahora que su lengua hacía maravillas en el lóbulo de mi oreja y su erección, dura y prieta, se refregaba contra la fina tela del pantalón de mi pijama.

Un segundo después, aplastó mis labios con los suyos y todas las sensaciones de mi cuerpo se centraron en nuestro intenso, profundo y arrebatador beso. ¡Oh, Dios!, sus dientes, su saliva, su lengua, su olor, su... ¡Todo!

Me gustaba tanto que me sentía incapaz de reaccionar. Era el instante perfecto para detenerlo y mandarlo a paseo. Claro que sí, la venganza perfecta por la humillación a la que me había sometido la noche anterior.

¿Pero qué diablos estaba diciendo?...

Esto último creo que lo dijo mi subconsciente en cuanto aceptó el hecho de que aquello ya no tenía remedio. Cuando ya mis dedos tiraban de su cabello ahondando en su beso y mi cuerpo era una montaña de hormonas descontroladas, interrumpió el contacto de nuestras lenguas y me arrasó con su mirada.

—Quiero más, Cristina —exhaló con la respiración alterada.

Yo también quería más, ¡joder! Quería que me cogiera en sus brazos de una vez y me follara allí mismo. No obstante, por la intensidad de sus palabras y la determinación de sus ojos, supe perfectamente a qué se refería.

—Me marcharé, Raúl. No quiero enamorarme de ti.

Apoyé mi frente en la suya. Consciente de que ya era un poco tarde para eso.

—Si me dices que esto que tenemos es solo sexo..., me largaré ahora mismo y no volveré a molestarte.

La idea de que se marchara me dio tanto miedo que ni yo misma supe exactamente qué me estaba ocurriendo.

Estudié las facciones de su cara. Pero no respondí.

—¿Quieres que me vaya? —preguntó él en un susurro, besándome la punta de la nariz.

Negué con la cabeza, acariciándole el cuello.

—Si me quedo no te resultará fácil echarme de tu vida —afirmó, sin yo saber exactamente qué quiso decir con eso. O quizá aceptando la realidad que me estaba estallando en las narices.

El caso es que lo agarré de la camisa y lo pegué aún más a mí. Mordí su labio inferior y lo saboreé.

—Cállate, y hazme el amor de una vez por todas —jadeé.

Él me dedicó la sonrisa triunfal más sexi y perturbadora que había visto jamás y, luego, me alzó en brazos en un certero movimiento, obligándome a rodearle la cintura.

—¿Dónde está tu dormitorio? —demandó con voz grave entre beso y beso.

Señalé con la cabeza la puerta del fondo. Me soltó justo delante de la cama mientras mis dedos ansiosos luchaban por deshacerse de su camisa. Pero repentinamente, un espantoso pensamiento se coló entre mis neuronas y me separé de él.

—¿De quién es el pintalabios?

Soltó una carcajada y su risa tan adorable y masculina se filtró por los poros de mi piel.

—De mi madre. Se lo pedí prestado anoche…

24

MÁRCHATE

A las siete y veinte pulsé el timbre de la puerta de Marta. Elena no había querido dejar la planta en el coche y la sujetaba con una mano como si fuera su tesoro más preciado.

—Voy a echarle agua ahora; seguro que tiene sed —afirmó ella, observando las diminutas raíces que sobresalían de aquel minúsculo vasito.

—Elena, no te pases, no puedes estar todo el día regándola. Es una vez cada cierto tiempo.

Ella no se quedó muy convencida, fue a decir algo, pero en ese instante Marta abrió. Llevaba un pijama de corazones de colores y su cabello largo recogido en un moño despeinado.

—¡Vaya, qué sorpresa! Hola, pequeñaja —exclamó, cogiéndola en brazos y comiéndosela a besos. La escayola le impedía hacerle cosquillas como ella quería, y Elena se carcajeaba—. Pasad. ¿A qué se debe esta agradable visita inesperada?

—Necesito que te quedes un momento con Elena. —Se giró y me estudió con curiosidad—. Tengo que hacer un recado.

—Elena, ¿quieres ver los pintalabios nuevos que me he comprado?

—Sí, sí —afirmó mi pequeña, emocionada.

—Pues ve a mi dormitorio y mira en la cajita que está sobre el tocador. Puedes escoger el que quieras.

Elena salió corriendo hacia su habitación, dejándonos la intimidad que necesitábamos; fue entonces cuando Marta me miró con un gesto de interrogación.

—¿Se puede saber a dónde vas? —preguntó.

—Voy a ir al gimnasio de Raúl.

Por supuesto Marta estaba puesta al corriente de todo. Javi ya le había contado nuestra conversación, y ella no tardó en llamarme para charlar conmigo y tranquilizarme un poco.

—¿Vas a colarte, ahora?

—Necesito ir. Tengo que ver con mis propios ojos que no van a la misma hora, Marta. Si es así, me inventaré una excusa, le diré a Raúl que… se me han perdido las llaves y que por eso he ido a buscarlo.

Marta escrutó las facciones de mi cara con una expresión de angustia. Realmente preocupada por mí. Y, desde luego, era para estarlo, seguro que toda esa incertidumbre me volvería loca.

—¿Y si ella está allí, qué harás, Cris?

—No lo sé, Marta —sentencié, llevándome una mano a la frente y frotándomela. Esa situación me tenía agotada—. No tengo ni idea. Lo único que sé es que no me voy a quedar de brazos cruzados viendo cómo esa mujer destroza mi matrimonio.

—¿De verdad piensas que Raúl puede tener algo con ella? —Percibí la incredulidad en su pregunta.

—Quiero pensar que no es así, pero tengo tantas dudas que la cabeza me va a explotar —declaré, dejando caer mis hombros.

—Muy bien, entonces ve. Pero, por favor, si ella está allí, piensa las cosas antes. No tiene por qué significar nada que vaya al mismo gimnasio de Raúl. Cristina, él te quiere a ti. No permitas que esa mujer arruine lo vuestro.

—Eso pretendo —murmuré girándome para marcharme—. Volveré en un rato a por Elena.

—Claro, no te preocupes por ella.

La tormenta había arreciado. Las gotas de agua golpeaban con fuerza el parabrisas de mi coche. No recuerdo cuánto tardé en llegar al aparcamiento del gimnasio. Tan solo sé que conduje abstraída con la idea de sorprenderlo allí con ella. A esa hora, el tráfico en Sevilla era un trastorno. Para colmo, encontré cortadas algunas calles a consecuencia de unas obras viales, y tardé en llegar una eternidad.

Las instalaciones estaban situadas muy cerca de las oficinas de la constructora. Cuando Elena era pequeña, estuve yendo un tiempo a ese gimnasio; pero ahora, con el trabajo y los deberes de mi hija, no me daba tiempo de mucho más. Así que, de vez en cuando, salía a correr o a dar un paseo con la bicicleta. De hecho, me había acostumbrado a ir de mi casa al estudio en la bici, solo que últimamente el tiempo no acompañaba y prefería no arriesgarme.

Detuve el coche, apagué el motor y me quedé durante un rato sujetando el volante, debatiéndome en si debía o no atravesar aquella puerta. El recinto era enorme. Ocupaba la planta baja de un edificio comercial, justo a la espalda del trabajo de Raúl. El logo mostraba unas luces fluorescentes y elegantes con el nombre del gimnasio: ANYTIMES FITNESS, las mismas que yo leí en la fotografía de Patricia.

No podía retrasarlo más, tenía que hacerlo. Tenía que enfrentarme a lo que sea que pasara allí dentro. Quizá eran solo conjeturas mías. Probablemente, él estaría a lo suyo y ella ni siquiera iba a esa hora…

La lluvia no cesaba, sin embargo, decidí salir. Agarré mi gabardina y me la eché por la cabeza, protegiéndome del agua. Hacía muchísimo frío y mi aspecto era deprimente, pero me daba igual. Fui dando saltitos hasta la entrada, sorteando los charcos que se habían formado en el asfalto. Me resguardé del temporal bajo el arco del pórtico y al aproximarme me di cuenta de que esa era una de esas instalaciones megamodernas que necesitaban una llave individualizada para acceder al recinto.

Una llave que yo no tenía, obviamente.

¡Mierda, mierda!

Esperé como cinco minutos en la puerta, pero nadie salía ni entraba. La humedad del agua se estaba filtrando por mi ropa y el frío se fue apoderando de mí.

Al cabo de unos minutos, vi a alguien acercarse desde el interior. Era uno de los monitores. Conocía a ese chico: José Manuel. Un joven alto y musculoso con el pelo cortado al cepillo y ataviado con ropa deportiva. Había sido mi monitor de *spinning* el tiempo que estuve yendo a ese pabellón. Hablaba con otro joven y no me veían. Así que me puse a golpear el cristal. De inmediato giró la cara y me reconoció. Le hice un gesto para que se acercara y me abriera.

—¿Cristina? Cuanto tiempo sin verte. ¿Vienes a buscar a Raúl?

—Sí, es que he perdido mis llaves y he venido para que me deje las suyas. ¿Puedo pasar?

—Claro, está al fondo, junto a las elípticas.

166

A esa hora, el gimnasio se encontraba en plena ebullición. La música de las clases se mezclaba con el murmullo de la gente. Todas las personas allí dentro parecían realmente preocupadas en cuidar su aspecto. Todas menos yo, que me asemejaba a esa niña sacada del pozo de la película *La señal*.

Repasé visualmente la sala y de repente lo vi. Justo donde me indicó José Manuel. Trotaba sobre una cinta corredera y hablaba con alguien. Pero la columna que había entre ambos, desde ese ángulo, no me dejaba identificar a la otra persona. Me oculté tras una máquina multiestación de pesas y me moví un poco para reconocer a la persona que hablaba con él. Y entonces me di cuenta de que el otro era Fernando. Ambos corrían cada uno en una cinta a un ritmo pausado y charlaban tranquilamente de espaldas a mí, con lo cual era imposible que me vieran, a menos que se giraran.

La tensión que tenía acumulada en mi espalda se fue deshaciendo. Ella no estaba allí. No había nada de lo que preocuparme. No pude evitar sonreír para mí. A los dos se les veía guapísimos, con sus ropas deportivas y subidos a aquellas máquinas parecían sacados de la revista masculina *Men's Health*. A Marta le habría encantado contemplar a Fernando desde esa perspectiva.

Sin embargo, un segundo antes de girarme para marcharme... la vi. Sí, ¡cómo no!, allí estaba.

Una de las clases había finalizado y ella salía del interior de aquella sala acompañada de otra chica, también joven. Ambas se fueron directas a las máquinas de Raúl y Fernando y, de pronto, la escena que tenía ante mí me provocó tanta rabia contenida que estuve a punto de liarme a lanzar mancuernas.

Ella iba fabulosa. Su conjunto era sensacional. Unas ajustadísimas mayas negras y un top rosa fucsia que convertía sus pechos en un prodigio. Apoyó sus codos sobre la parte delantera de la máquina y se puso a charlar con él. Analicé cada uno de sus movimientos. Ladeaba la cabeza mirándolo por debajo de sus largas pestañas y le sonreía de un modo tan sexi y provocador que me costó un mundo quedarme quieta. Pero la inquina que me corroía había dejado mis músculos entumecidos. Y, en realidad, no era por ella. Era por él.

Desde ese ángulo, tan solo era capaz de divisar el perfil de su cara y de sus labios, pero sin duda él le sonreía. Coqueteaba con ella, de eso no me cabía ninguna duda. En una parte de la asquerosa charla, ella le dio con la toalla en el brazo y él sujetó su muñeca. La cinta de él se detuvo y ambos se quedaron charlando allí, ante mi atenta y compungida mirada...

Creí que mi mundo se derrumbaba. Un chico se acercó a la máquina tras la cual yo me ocultaba y me observó de arriba abajo. Era obvio que yo no estaba allí para hacer ejercicio.

—¿Vas a utilizar el banco de abdominales?

Sí, claro, ya lo que me faltaba, ponerme a hacer abdominales en este momento..., pensé para mí.

—No, no... —respondí moviéndome nerviosa, sin poder evitar que dos gruesos lagrimones resbalaran por mis mejillas.

Me sentía tan ridícula y patética en ese instante que me quedé quieta, con la espalda apoyada sobre el frío aluminio de aquel aparato. ¿Qué podía hacer? ¿Plantarme delante de ellos dos y cantarle las cuarenta? Hubiese reaccionado de esa manera si no fuera porque la forma en la que él miraba a Patricia se me quedó atravesada en el corazón.

¿Le gustaba?

No podía mentirme a mí misma. Yo conocía demasiado bien a Raúl. Los contemplé durante unos segundos más. Los suficientes para desear largarme cuanto antes y perderlos de vista.

Me aseguré de que él no pudiera verme y aligeré el paso para salir de ese deportivo infierno rápidamente. Pero justo cuando estaba llegando a la puerta, me tropecé de nuevo con José Manuel.

—¿Te vas ya, Cristina? —me preguntó cambiando el gesto al darse cuenta de que estaba llorando. Llevé las manos a mis mejillas y limpié las lágrimas con el dorso—. Pero, bueno... ¿Qué te ocurre?

—Nada, nada, José Manuel, tengo que irme —murmuré inquieta, evitando mirarlo a la cara.

Él alzó la cabeza y miró al fondo de la sala. Desde ahí pudo observar perfectamente la escena que yo acababa de dejar a mi espalda. Su expresión se transformó aún más. Había entendido lo que me ocurría.

—Cristina, esa mujer no vale nada comparada contigo. Es solo apariencia, créeme.

—Tengo que irme, José Manuel.

Antes de alejarme volví a mirarlos. Él estaba de perfil, pero ella... Ella me había visto. Y desde aquella distancia me clavó su despectiva mirada y sonrió. ¡Sí! Se burlaba de mí. Me detuve y apreté los puños contra mis caderas. Tuve que hacer un esfuerzo enorme para no lanzarme sobre ella o sobre ambos. Pero me sentía tan absurda, allí, con esas pintas, que simplemente me giré y no volví a mirar atrás.

—Te acompaño a la salida —declaró él amablemente.

—Necesito que me hagas un favor —le pedí.

—Claro. Dime.

—Dile a Raúl que he venido, pero que como estaba muy ocupado haciendo sus ejercicios no he querido interrumpirlo.

—De acuerdo —afirmó.

—Gracias, José.

—Cristina —exclamó cuando yo ya estaba fuera y me dirigía hacia el coche—. Esa tía no te llega ni a la suela de los zapatos.

Aquel chico me caía realmente bien. Era un profesional en su trabajo y una magnífica persona. Adorable, pero, en ese momento, nada de lo que me dijera serviría para aliviar mi dolor. Estaba tan deshecha que apenas pude demostrarle lo mucho que le agradecía que intentara consolarme.

—Ojalá mi marido pensara lo mismo…

Fue lo último que le dije. Luego me largué de allí.

No cesaba de llover y me costaba ver a través del parabrisas, aunque las escobillas se movían sin parar apartando con fuerza el agua. Conduje sin saber a dónde ir. Me puse a dar vueltas por la isla de la Cartuja y de repente detuve el vehículo muy cerca de la orilla del río. El Guadalquivir sonaba embravecido, y con la tormenta pululando a su alrededor tenía un aspecto aterrador. Parecía a punto de desbordarse. ¿Qué iba a hacer ahora? Me costaba respirar solo de pensar en lo que acababa de presenciar. Me puse a darle golpes al volante cuando la mirada de ella volvía a mi cabeza como un asalto.

Saqué el móvil y llamé a Marta. No podía recoger a Elena en ese estado. No quería que mi hija me viese así. Mi amiga descolgó el teléfono al segundo tono. Le conté sin dejar de sollozar lo que acababa de ver.

—Quiero que te calmes, Cristina. Todo esto se te está yendo de las manos. Ve a casa y espera a Raúl. Tenéis que hablar seriamente. Dile que eche a esa mujer de su empresa y de vuestra vida.

—Estoy demasiado enfadada, Marta. No quiero verlo.

—Ve a casa, Cris. No te preocupes por Elena, déjala aquí a dormir. Mañana por la mañana yo la llevaré al colegio. Su ropa está limpia, y tiene su mochila. Así que ocúpate de solucionar lo vuestro. Ella estará perfectamente conmigo.

No era la primera vez que Marta se quedaba con Elena, por lo tanto, que se ocupara de ella esa noche, me tranquilizó bastante.

Colgué el teléfono y me quedé durante un buen rato allí parada, sintiendo cómo mi relación se escurría entre mis dedos a la misma velocidad que esas gotas de agua resbalaban por el cristal. El sonido de la lluvia inundando mi silencio me trasladó a un momento determinado...

Y de pronto me vi en el cuarto de baño de nuestra casa, con Raúl intentando arreglar la ducha mientras yo peinaba a Elena frente al espejo. De ese día en concreto, tan solo había pasado aproximadamente un año y medio y, ahora, en aquel instante, me parecía demasiado tiempo.

—Necesito que sujetes aquí, Cristina —me pidió él, señalando la larga barra de acero que conformaba el grifo. Estaba situado en el interior de la bañera y yo lo ayudé desde fuera. Intentaba enroscar la parte superior de aquella columna. Elena nos observaba desde el exterior.

Llevaba unos pantalones vaqueros y una camiseta blanca. Se había metido en el baño con sus zapatillas deportivas y sudaba a consecuencia del esfuerzo que estaba empleando en arreglar el cabezal de la ducha. Recuerdo que mis ojos fueron directos a la piel de su cintura, que se quedaba al descubierto cada vez que él alzaba los brazos. Reconozco que estaba más pendiente de su cuerpo que de otra cosa...

Era verano y esa tarde hacía un calor de mil demonios.

—Si no lo coges con más fuerza, no podré encajar esta pieza —me regañó una de las veces al perderme pensando en lo mucho que me gustaban sus bíceps.

—Vale, vale —respondí, poniendo los ojos en blanco.

Le hice una mueca de burla cuando no me miraba y Elena se tronchó de la risa.

—Papá, venga, arregla el grifo de una vez —decía ella a mi lado, cruzando los brazos con un gesto resabido.

—Claro, podré hacerlo si tu madre pone un poco de su parte.

—Estoy sujetándola, ¿qué otra cosa puedo hacer? —protesté.

Él dio un último apretón a una de las roscas y se quedó observando su reparación, orgulloso, con los brazos en jarras.

—Listo —dijo presumiendo—. No sé qué haríais en esta casa sin mí.

Elena y yo nos miramos y negamos con la cabeza. Sin embargo, antes de que él saliera del baño se me ocurrió girar uno de los mandos y empaparlo desde el pelo hasta los pies. Sabía que el acto tendría consecuencias para mí, no obstante, ver la expresión de mi pequeña mereció la pena. Así que, mientras él sentía cómo el agua helada caía sobre su cabello y su cara pasaba de la satisfacción a la irritación en un nanosegundo, yo agarré a Elena de la mano y salimos corriendo de allí.

Nuestras carcajadas llenaron los pasillos y detrás de mí lo oí mascullar:

—Cristina, escóndete bien, pero que muy bien..., porque cuando te pille te vas a enterar.

Elena gritaba de pura emoción. Para ella, vernos jugar de ese modo significaba intensificar su felicidad.

—Tenemos que escondernos —le susurré aferrando su manita. Ella asintió con los ojos abiertos como platos y sonriendo de oreja a oreja, propuso:

—Debajo de mi cama.

Corrimos juntas a su habitación y nos ocultamos antes de que Raúl nos descubriera. Aquel escondite era más bien una pista certera. Yo sabía con exactitud que sería el primer lugar donde Raúl miraría, sobre todo porque Elena solía camuflarse allí cada vez que hacía una trastada de las suyas, pero ya estaba deseando ver de nuevo su gesto en cuanto su padre me atrapara.

—Shhh... —le dije, poniendo el dedo en mi boca bajo la oscuridad del colchón.

Avisté las deportivas de Raúl empapadas en la puerta de la habitación. Ella hacía lo posible por contener su risa y yo solo podía pensar que luego me tocaría limpiar toda la casa de agua. Pero... ¡qué demonios! Ver sus hoyitos mientras sonreía hizo que me olvidara del resto del mundo.

—¿Dónde estáis? —preguntó él, siguiendo el juego.

Ella se tapó la boca con fuerza, imitándome.

Un segundo después él tiraba de mi tobillo para sacarme de nuestro improvisado refugio, mientras que ambas gritábamos poseídas por la euforia del momento.

Los ojos de Raúl, entre divertidos y cabreados al mismo tiempo, se encontraron con los míos.

—Apiádate... —murmuré al tenerlo encima de mí, inmovilizándome. Su camiseta mojada se adhería a su perfecto torso y con el cabello húmedo y esa expresión de rufián, estaba más guapo que jamás en toda su vida.

Elena se subía a su espalda en un vano intento de quitármelo de encima.

—*No te lo crees ni tú, graciosilla* —*dijo antes de plantarme un beso en el cuello.*

No tardó en cargarme como si yo fuera un saco de patatas y me llevó directa a la bañera.

—*Elena, ahora vas a ver cómo baño a mami* —*decía él pellizcándome el trasero.*

Acto seguido se metió conmigo dentro y, sin pensarlo, abrió el grifo y me puso perdida de agua.

La pequeña se retorcía a carcajadas viendo que él y yo nos duchábamos con ropa.

—*Estáis locos...* —*graznó ella, negando con la cabeza cuando logró recuperarse del ataque de risa*—. *Me voy a ver los dibujos animados* —*dijo un segundo después, dejándonos solos.*

—*La próxima vez... la venganza será peor* —*murmuró él, recorriendo la cinturilla de mi pantaloncito de pijama.*

—*¿Cómo de peor?* —*inquirí juguetona, sintiendo sus dedos intentando colarse en mis bragas. Me acerqué más a él y le rodeé el cuello con mis brazos. El agua seguía empapando nuestros cuerpos y no pude evitar admitir lo felices que éramos.*

—*En cuanto Elena se duerma... llevaré a cabo tu escarmiento* —*siseó hundiendo una de sus manos en mi cabello y acercándome a su boca para devorarme los labios...*

Mis pensamientos regresaron de nuevo al parabrisas y me di cuenta que había estado en trance demasiado tiempo. Ahora me quemaba aceptar cómo se deformaba nuestra relación. Arranqué el coche y me fui a casa. Al fin y al cabo, tenía que afrontar el presente.

Diez minutos después, aparqué mi vehículo en el garaje y subí. Él no estaba. Solté el bolso en la mesa del salón y justo al girarme... escuché la cerradura.

Sus ojos fueron directos a los míos. Se había duchado en el gimnasio. Mostraba un aspecto impoluto. Tenía el cabello todavía húmedo y desprendía un agradable aroma a jabón que me llegó en esa corta distancia. Hasta entonces no me di cuenta del poder que ese hombre tenía sobre mí. Yo estaba deshecha...

Dejó su bolsa de deporte junto a la puerta de entrada y se quedó observándome con una expresión de confusión. Probablemente, José

Manuel le habría contado lo que yo vi y le dio mi mensaje, y ahora se personaba allí, delante de mí, y ninguno de los dos decíamos nada.

Un segundo después me di la vuelta y fui mi habitación. A medida que avanzaba por el pasillo sentí que él me seguía.

—Cristina, escúchame —lo oí decir detrás de mí.

No le hice caso. Aceleré el paso hasta mi dormitorio y cuando llegué, me coloqué frente al armario. Abrí las puertas y empecé a sacar una por una sus prendas y a tirarlas sobre la cama. La ira se fue apoderando progresivamente de mí.

—¡¿Qué coño crees que estás haciendo?! —protestó.

—Quiero que te largues de aquí. No pienso aguantar esto ni un minuto más —afirmé poseída de una furia incontrolada.

—¿Estás loca? No pienso largarme de mi casa —musitó él, poniendo los brazos a la altura de sus caderas en una postura desafiante.

—Ya lo creo que te vas a ir —aseguré sin detenerme.

—¡Para, joder! Vamos a hablar —gruñó.

—¿Ahora quieres hablar? Estoy harta de hablar. Quiero que te marches. No pienso quedarme aquí viendo cómo me pones los cuernos con esa zorra. Si no te vas tú, me iré yo.

Lancé uno de sus jerséis al suelo. La rabia que me provocaba pensar en ellos como pareja, no dejaba de hacer escarnios en mi piel.

—Pero… ¡¿Qué estás diciendo?! ¡Yo no te estoy engañando, Cristina! —vociferó gesticulando.

—¿Ah, no? ¿Y qué hay de lo que acabo de ver en tu gimnasio? Os he visto, Raúl, ¡a los dos! Allí, ante mis narices, coqueteando. ¡Vaya, qué calladito te tenías que ibais juntos…! —grité, sin importarme parecer una auténtica desequilibrada.

—No vamos juntos —masculló él.

—¿No? Claro, ¡qué tonta soy! ¿Cómo lo hacéis, llega ella primero y luego tú, o al revés? Venga, explícamelo.

—Quiero que te tranquilices.

Pero el modo en el que dijo aquello, de forma pausada, me crispó.

—¡¡No quiero tranquilizarme!! ¡Quiero que te largues!

—Estás equivocada, no hay nada entre Patricia y yo —aseguró, masajeándose el puente de la nariz.

—¿Cómo te atreves? Eres un maldito hijo de puta. Te he visto con ella, he visto cómo coqueteabas. ¿Vas a negarlo?

—Es mi amiga, eso es todo —declaró mirándome a los ojos.

—¡Y una mierda!

—Cristina, escúchame —pidió, acercándose hasta mí y agarrándome del brazo.

—No-me-toques, no te atrevas a tocarme —bisbiseé con los dientes apretados y zafándome de mala gana de su agarre.

Continué desperdigando prendas por todas partes.

—¡Deja de sacar mi ropa, joder! ¡No me voy a ir a ninguna parte!

En ese instante estábamos muy cerca uno del otro.

—Muy bien. Pues me iré yo.

Me giré y, esta vez, me dirigí a una de las cómodas.

—¿Dónde está Elena?

—En casa de Marta, no quería que viera nada de esto —respondí sin mirarlo, abriendo los cajones.

—¡Basta! —gritó—. No vas a abandonarme, ¿me oyes? No voy a permitirlo.

Tiró de mi brazo hasta ponerme frente a él.

—¿Y qué se supone que debo hacer? ¿Quedarme aquí jugando a la fiel esposa que no se entera de nada, mientras que tú te follas a tu secretaria?

Tenía la mandíbula tensa y su mirada era capaz de traspasarme.

—¿Por qué no dejas de decir tonterías de una vez por todas? ¡Yo solo follo contigo, maldita sea! —vociferó.

—Pues a partir de ahora vas a tener que buscarte a otra, ¿se te ocurre alguna? Seguro que sí —gruñí, empujándolo con todas mis fuerzas para alejarlo de mí.

—¿Estás montando todo esto porque me has visto hablando con Patricia en el gimnasio?

Se pasó las dos manos por el pelo, exasperado.

Saqué una maleta de debajo de mi cama y empecé a meter ropa dentro. Pero conforme yo iba metiéndola, él la sacaba.

—¡Detente ya, joder!

Me quedé quieta. Yo en un lado de la cama y él, en el otro. Las lágrimas resbalaban por mis mejillas sin que yo pudiera controlarlas. Cada vez que pensaba en el modo en el que él la había mirado..., el corazón se me desgarraba.

—Quiero que seas sincero conmigo, Raúl. Mírame a los ojos y dime que no sientes absolutamente nada por esa mujer.

Se encontraba allí, de pie, delante de mí. Vestía un pantalón vaquero oscuro y una camiseta gris que se le tensaba a la altura de sus bíceps. Su rostro se veía contraído y sus ojos, extrañamente grises, atravesaban los míos.

—Yo solo te quiero a ti —afirmó.

—No es eso lo que quiero saber —insistí, con una de mis prendas entre las manos—. ¿Te sientes atraído por ella?

Esta vez me retiró la mirada y sentí como si mi corazón se resquebrajara en mil pedazos. El aire se me atragantó en la garganta y me di la vuelta para que no me viera de ese modo.

La verdad me estaba estallando ante mis narices.

—Cristina…

—Márchate, por favor.

—Cristina, no ha pasado nada entre Patricia y yo.

—No ha pasado nada todavía, quieres decir, ¿no?

Se acercó de nuevo a mí, pero levanté la mano para detenerlo. No quería que me tocara. Necesitaba estar sola.

—Márchate, Raúl.

Dije aquello de forma que las palabras me dolieron al salir de mi boca.

—Está bien, me marcharé esta noche. Dormiré en casa de mis padres. Creo que será lo mejor para ambos.

Nunca pensé que diría eso. A pesar de que lo estaba echando de nuestra casa, eso era lo último que quería oírle decir. Tan solo deseaba escuchar que no sentía algo por ella. Pero… ¿por qué iba a negarlo? ¿Acaso no lo había visto yo con mis propios ojos…?

—Si no la echas mañana mismo de la oficina…, no vuelvas por aquí.

—Cristina, no puedo hacer eso —manifestó él con gesto agotado.

—Bien, pues ya estás advertido. Ahora, lárgate de una vez.

Y antes de que él dijera una palabra más me di la vuelta y me encerré en el cuarto de baño, al fondo de nuestra habitación. Eché el cerrojo y un minuto después me metí bajo la ducha.

Estuve más de una hora, dejando que el agua caliente resbalara por mi cuerpo. Tenía los músculos de la espalda contraídos por la tensión.

Sin embargo, aquella noche, ni siquiera esa interminable ducha pudo aliviar mi profundo malestar. Ese sentimiento era totalmente nuevo para mí.

Con Raúl siempre me había sentido amada, deseada, completa…

Pero ahora…, ahora todo comenzaba a derrumbarse y esa sensación era aterradora.

25

MÁS QUE QUÍMICA...

La química entre Raúl y yo era sencillamente perfecta. Y no hablo solo del sexo, que, para no mentirme, era colosal. Pero no, entre nosotros existía algo mucho más intenso. Más profundo.

Aquella mañana hicimos el amor por primera vez. De hecho, creo que fue la primera vez en mi vida que lo hice. Nunca antes había sentido nada tan... diferente.

La noche anterior lo habría estrangulado con mis propias manos, y ahora lo tenía allí, encima de mí, acomodándose entre mis piernas, con su camisa desabrochada y regando un camino de besos desde mis pechos hasta mi barbilla. Su lengua acariciando mis labios, despacio.

—Dime una cosa, ¿no te duele la cara de ser tan guapa? —susurró apoyándose con sus antebrazos a cada lado de mi cabeza.

Paseé mi mirada por el inquietante color de sus ojos.

¡¿De qué jodido y fascinante lugar salió ese hombre?!

Sonreí y acuné su rostro entre mis manos. Toqué el vello oscuro de su barba con mis dedos.

—Anoche creí que nunca más volverías a besarme.

—Entonces, me temo que aún te queda mucho por conocer de mí —dijo con esa media sonrisa capaz de derretirme.

—Tú también tienes muchas cosas que conocer de mí —le advertí.

—Así es, por eso he vuelto.

Sus dedos acariciaron el comienzo de mi cabello.

—¿Y si no te gusto? Soy muy mandona y tengo mal genio.

Él continuó sonriendo, pero esta vez su expresión se volvió más infantil, más dulce…

—Ya me he dado cuenta.

—Lo digo en serio, Raúl. Soy una persona muy impulsiva e irracional.

Se incorporó sin dejar de recorrerme con la mirada y desabotonó su vaquero en un movimiento tan sexi que tragué saliva con fuerza. Luego se quitó la camisa y la tiró a un lado de mi cama. Verlo así me pareció lo más adictivo, arriesgado y alucinante a lo que me había enfrentado en mi vida.

—Me gustas así, tal cual… —murmuró agarrando una de mis piernas y besándola.

—También soy muy caprichosa…

Fue llenando de besos mis muslos, lentamente, hasta mordisquear mi sexo por encima de la tela del pijama. Metió las manos bajo mis nalgas y me instó a elevar el trasero para poder deshacerse de lo que verdaderamente le molestaba.

—Puede enviarme el *curriculum* por correo si lo desea, señorita. Ahora estoy ocupado —gruñó, lanzando hacia atrás mi pantalón y metiendo los dedos por el encaje de mis braguitas.

Mi respiración se iba alterando cada vez más. Y no solo por lo que estaba a punto de suceder en aquella habitación, sino por todo lo que rondaba en mi cabeza.

—Además, yo tampoco sé nada de ti. Has dicho que quieres más, ¿qué significa eso?

Él alzó la vista y me miró levantando una ceja.

—Sabes perfectamente lo que significa —masculló serio y desprendiéndose de mis bragas.

Y claro que lo sabía. Ese «más» implicaba una relación. Una historia… ¡Una complicación! Era eso lo que él me proponía. Y yo…, yo era incapaz de decirle que no.

—¿Qué haces tan temprano en Cádiz? —pregunté nerviosa, cambiándole de tema. No sé por qué diablos me dio por charlar tanto en ese momento. Pero el caso era que yo estaba desnuda de cintura para abajo y él no tenía la menor intención de detenerse.

—Trabajo —respondió secamente e incorporándose un poco para quitarse los calzoncillos—. ¿Alguna otra pregunta?

Esta vez su voz fue más grave, más ronca…

Negué con la cabeza sin apartar mis ojos de sus atléticos pectorales, su plano y deseable abdomen, y su imponente erección que, a juzgar por el tamaño y rigidez, cualquiera diría que estaba ansiosa por empezar la fiesta. Atisbé con nitidez cómo rasgaba un preservativo con sus dientes y se lo ponía en un rápido movimiento. Aquello multiplicó por un millón mi nivel de excitación.

—Eres muy guapo —musité sin poder contener las palabras.

—Gracias. Tú más —respondió con aquella bonita sonrisa en su hermoso rostro, capaz de iluminar la habitación entera.

Se apoyó en sus brazos para volver a hacerse con mis labios. Sus rodillas abrieron con delicadeza mis piernas y una de sus manos fue directa a aquella hipersensible zona de mi anatomía.

—Nena, me encanta tocarte. Creo que he nacido para esto —exhaló.

«Creo que he nacido para esto». Exacto. Yo también lo creía.

Cerré los ojos y me concentré en esa multitud de sensaciones que se desataban dentro de mí. Abstraída en el intenso placer que me provocaba allá abajo. Jadeé aferrándome a su espalda y en ese instante él me penetró con fuerza, obligándome a arquear mi cuerpo. Se quedó quieto dentro de mí. Sentí cómo mi sexo lo acogía y se dilataba lentamente. Quería que se moviera. Notar aquella deliciosa fricción. Saqueó mi boca con vehemencia, apretando sus labios con los míos en un baile de lenguas y luego…

Luego sus caderas hicieron magia entre mis piernas…

26

UN CAFÉ

Mi aspecto era espantoso. Jamás en toda mi vida me había despertado con los ojos tan hinchados. Pero, claro, luego caí en la cuenta de que una persona solo puede despertarse si antes ha dormido, y yo… esa noche… no pegué ojo. Así que, por mucho que me lavé la cara con agua bien fría e intenté disimular mis ojeras con el corrector, acepté que el maquillaje no hace milagros. Hubiese necesitado uno bien grande para borrar de mi rostro tanto sufrimiento.

Toda la noche la pasé torturándome, lo reconozco. Durante las interminables horas de la madrugada tan solo tuve en mi pensamiento la despectiva e irritante mirada de Patricia clavada muy adentro. No conseguí desprenderme de ella.

Había salido el sol. Tras la tortuosa tormenta de la noche anterior, por fin el día se despejaba y seguramente la claridad de esa mañana me haría ver las cosas bajo otra perspectiva. Sin embargo, cuando salí de casa camino al estudio, decidí hacer algo antes. Era muy probable que aquello me costara definitivamente mi relación con Raúl, pero reconozco que la venganza era un sentimiento que iba muy arraigado a mi imperfecta personalidad, y no pude controlarme.

Me sentía poseída por la ira…

Conduje hasta que llegué al parque Torneo. Antes de salir del coche tomé aire. Quizá si lograba que el oxígeno me llegara al cerebro, tal vez mis neuronas se alinearían y me obligaban a dar la vuelta. Pero ya sabía yo que no…

En la parte baja del edificio de Raúl, una variedad de franquicias hosteleras acababan de abrir sus puertas y comenzaban su caótica actividad. Entré en una de ellas y pedí un café. La chica que me atendió me hizo un número incalculable de preguntas sobre las distintas variedades de añadidos al café. Pero casi tuve que rogarle que me pusiera un café solo, con hielo, para llevar y… ¡nada más!

En el ascensor le quité la tapa de plástico al recipiente. Era uno de esos vasos enormes de corcho que siguen la línea de los cafés americanos. Miré el contenido y contemplé los hielos deshaciéndose y mezclarse con el oscuro líquido. El tintineo del elevador me sacó de mi despiste y me encaminé hacia la oficina.

Cuando estuve a dos pasos de la puerta, noté que el pulso me temblaba tanto que tuve que sujetar el recipiente con las dos manos para que no se derramara.

Podía darme la vuelta y marcharme, o provocar algo que quizá no tuviera solución…

La sangre abandonaba mi cara, lo sentía. Mis labios estaban secos y el corazón me aprisionaba la caja torácica.

Atravesé las dos puertas que daban acceso a la oficina y me encontré con la mesa de Recepción. En ese instante, desierta. A continuación barrí con mi mirada la sala y observé que el resto de empleados de Raúl trabajaban tranquilamente. Había un par de administrativos y Ángel, el aparejador. Aquel chico llevaba ya varios años con Raúl. Era más que un trabajador, un amigo. Además, en verano se casaría con mi amiga Raquel y, en cierto modo, Raúl y yo nos sentíamos *celestinas* de aquel enlace. Nosotros les habíamos presentado. En cuanto me vio aparecer se levantó y se acercó hasta mí.

Me di cuenta de que no podía comportarme de esa manera en la oficina de Raúl. Fue como si me hubiesen zarandeado y despertado de un estado catatónico. ¡¿Qué narices estaba haciendo?!

—Hola, Cristina.

—Hola, Ángel —titubeé.

—¿Buscas a Raúl? —Asentí. En realidad mentía, no era a él a quien yo quería encontrarme cara a cara esa mañana—. Está reunido. Pero espérate un momento si quieres, creo que están a punto de acabar.

—De acuerdo.

Al fondo de aquel espacio estaba la Sala de Reuniones. La puerta permanecía cerrada y las persianas, a pesar de estar entreabiertas, no me dejaban identificar con claridad las figuras que se percibían en el interior.

Ángel, amablemente, hacía todo lo posible por mantenerme entretenida con el arte del diálogo. Pero reconozco que estaba tan fuera de mí que me costaba seguirle el hilo a la conversación.

Al cabo de unos minutos decidí marcharme. Raúl seguía reunido y era muy probable que ella estuviera con él, dentro de aquella sala.

Me despedí de Ángel, pero justo al girarme ella hizo su aparición en la oficina.

Llevaba un conjunto color rosa palo, sensacional. Falda por encima de la rodilla y jersey con cuello de pico. Su pelo, como siempre, estaba suelto, liso y sedoso. Y el maquillaje…, intacto.

El simple acto de tenerla ante mí, me provocó unas terribles náuseas. En el pasado había sentido celos con otras mujeres, lo admito. Pero lo que aquella mujer me provocaba cuando la tenía delante, no se parecía a ningún sentimiento anterior. Era una profunda sensación de malestar, como si toda ella fuera un enorme foco de negatividad y maldad.

—Hola, Cristina. ¡Qué alegría verte! —dijo con su odiosa voz ante la atenta mirada de Ángel y la mía.

Yo, simplemente, no respondí. Tan solo la observé de arriba abajo sin cortarme ni un pelo. Pero ella no se amilanó. Todo lo contrario. Se movió por la oficina como si fuera suya. Se colocó tras la mesa de Recepción y comenzó a ordenar unos archivadores.

Sentí la incomodidad de Ángel. Era obvio que se daba cuenta de lo que ocurría.

Me acerqué hacia donde estaba ella y, a partir de ese momento, me olvidé de que estaba en el trabajo de Raúl. Ignoré que había otras personas trabajando allí. Desatendí a Ángel, que estaba a mi lado, y, sobre todo, descuidé que Raúl se hallaba a tan solo unos metros de distancia, en el fondo de aquella sala.

Ella aún seguía con esa sonrisa cínica en su cara.

—¿Qué es lo que te hace tanta gracia, Patricia? —le pregunté, colocándome justo al otro lado del mostrador.

Ella siguió a lo suyo. Alzó la vista un instante para mirarme, fingiendo que no sabía de qué le hablaba.

—Solo intento ser amable contigo, Cristina.

—No puedes hacerte ni una idea de las ganas que tengo de perderte de vista —dije sin poder contener la furia que me corroía.

Ángel, que estaba oyendo la conversación, se colocó a mi lado y me sujetó del brazo. El cuerpo me temblaba. Sin embargo, no me moví de allí.

—Si no quieres verme…, ¿para qué vienes a mi trabajo? Es muy fácil, Cristina, lo único que tienes que hacer es no aparecer por aquí. De esa forma, será mejor para ambas.

Miré a Ángel y este me devolvió la mirada, horrorizado. No obstante, supe enseguida que estaba de mi parte.

—Cristina —articuló él sin soltarme el brazo—. No creo que este sea el sitio más apropiado para esta conversación —murmuró muy cerca de mi oído, consciente de que de un momento a otro ardería Troya.

Pero no le hice el más mínimo caso. Mi único objetivo era borrar de la cara de Patricia esa irritante sonrisa.

El tiempo parecía haberse detenido en ese instante. Analicé la situación. Ella allí, delante de mí, tan desenvuelta. Y yo… mirándola y mirándola sin decir ni hacer absolutamente nada. No lograba encontrar las palabras adecuadas, era como si mis músculos se hubiesen quedado agarrotados y me impidieran cualquier movimiento.

De repente, sin saber por qué, se me vino a la cabeza una de esas escenas de la serie *Ally McBeal,* en las que ella, a pesar de ser una mujer moderna y autosuficiente, se quedaba atrapada en sus propios temores sin saber qué hacer ni cómo actuar. Una de esas en las que todos los personajes detienen sus movimientos y permanecen allí, estáticos. Pues así me encontraba.

Tan solo podía centrarme en el movimiento del pelo de Patricia. En la forma en la que su mano retiró el cabello de sus hombros. En su conjunto. En el volumen de sus pestañas…

Ella salió de detrás del mostrador al ver que no hacía otra cosa más que observarla, y se puso delante de mí.

—Cristina, de verdad que no quiero que haya esta tensión entre nosotras —recitó, adoptando el mismo tono falso y simulado que utilizaba cuando Raúl estaba delante.

Él salió de la sala acompañado de dos hombres trajeados y me escrutó desde la puerta.

Pero antes de que ella acabara la frase, mi mano actuó como por inercia y le lancé el café con hielo a la cara. No me importó absolutamente nada. Me dejé llevar y vacié el contenido de aquel vaso de corcho sobre su rostro y su ropa.

Su expresión se transformó en una espantosa mueca y la oí gritar.

Ángel me agarró con firmeza y me retiró de ella. Anticipándose a detener una probable pelea de gatas.

Raúl corrió hacia nosotras y se colocó junto a ella. Pero la mirada de animosidad que me lanzó…, me atravesó el corazón.

—¡Tenías que hacer esto!, ¿verdad?

Patricia salió corriendo al baño. Y él se puso delante de mí.

—¿Ya estás contenta? —Volvió a preguntarme.

Yo aún sujetaba el vaso de corcho vacío en mi mano, lo lancé contra su pecho, manchando también su camisa.

—No, debería haber comprado dos cafés. Uno para ella y otro para ti — respondí.

Me di la vuelta y salí a toda prisa de la oficina. Todos me observaban sin pestañear, pero no me detuve.

Esta vez no tuve la paciencia de esperar el ascensor. Fui directa a las escaleras. Bajé un tramo sin mirar atrás, pero un segundo después me di cuenta de que él me seguía. Me agarró del brazo con fuerza para detenerme.

—Muy típico de ti… ¿Esto era necesario, Cristina?

Me solté de su agarre y lo encaré.

—No, claro que no lo era. Podrías haberme ahorrado este sufrimiento si no la hubieses contratado. Pero tú tenías que salirte con la tuya y meter a esa zorra en tu empresa.

—¡Deja de llamarla zorra! No puedes actuar así solo porque estás celosa.

—¡Puedo llamarla como me da la gana y actuaré como me dé la real gana!

—¿Te das cuenta del numerito que has montado en la oficina? Esos hombres son los técnicos del Ayuntamiento. ¿Crees que me paso el día aquí, tonteando con Patricia? ¡Joder, estamos trabajando! Deja de comportarte como una estúpida psicópata.

Estuve a punto de cruzarle la cara de un bofetón, pero creo que la energía se me fue en el mismísimo instante que le tiré el café a Patricia. Me encontraba sin fuerzas.

Lo miré unos segundos sin decir absolutamente nada, y luego masculló:

—No vuelvas a casa hasta que hayas echado a esa mujer de tu empresa y de nuestras vidas. Si no es así, olvídate de mí.

Lo dejé allí plantado y me marché.

Al salir, la brisa me acarició el rostro y necesité desesperadamente detenerme y respirar profundamente. Me había quedado sin aire en los pulmones. Sentía que todo lo que me estaba pasando consumía mi salud, pero, al parecer, la única que lo veía de ese modo era yo.

Unos segundos más tarde, decidí que tenía que continuar con mi rutina y enfrentarme a esa nueva situación, fuera como fuere.

Luis no tomó en cuenta el que llegase casi veinte minutos tarde. Estaba tan ocupado en el ordenador que apenas me hizo caso cuando entré.

—Lamento llegar tarde, tenía unos asuntos que solucionar.

—No pasa nada. Por cierto —dijo mirándome de arriba abajo, como analizando mi ropa—, luego tenemos un cóctel, a las dos en el hotel Alfonso XIII. Te he enviado un mensaje, ¿no lo has visto?

—¿Un cóctel?

—Sí, nos han invitado. Lo organiza la Asociación de la Prensa Sevillana. Te avisé esta mañana para que te pusieras guapa. No podemos faltar. Estarán los directores de un montón de revistas nacionales importantes. Este evento está muy relacionado con la exposición de la Casa de la Provincia.

Y yo con estas pintas… Llevaba puesto un vaquero, mis botas con tachuelas y un jersey básico gris. Era jueves, y encima esa mañana no me había despertado muy inspirada para arreglarme.

Recordé el fabuloso conjunto rosa palo de Patricia, ese mismo que tendría que mandar a la tintorería para limpiar las manchas de café que yo le había provocado con gusto, y sentí rabia. Estaba descuidando demasiado mi aspecto, y yo nunca fui así.

—No te preocupes, Luis. Llamaré a mi amiga Marta para que me traiga algo de ropa.

Y así lo hice.

Marta aún seguía de baja por lo de su brazo y a media mañana, cuando estábamos finalizando un reportaje de fotos para un bebé de ocho meses y sus padres, ella apareció con una bolsa en la que traía todo lo que yo le pedí y, además, la planta de Elena. La misma que la noche anterior mi pequeña subió a su casa.

—Por lo que más quieras, ni se te ocurra perder o estropear su planta. Está muy ilusionada con la idea de que le salgan hojitas.

—De acuerdo —afirmé colocándola en un lugar seguro cerca de mis cosas.

Le pedí a Luis salir un momento, no había desayunado y necesitaba al menos un batido de vainilla.

Me senté con ella en una terraza que estaba justo al lado del estudio. Y como era de esperar, la puse al día.

—Marta, no sé si he empeorado las cosas hoy, pero no he podido evitarlo —le confesé después de detallarle el numerito del café—. Tendrías que haber visto la cara de ella mirándome anoche en el gimnasio. Estaba burlándose de mí, en mis narices.

—Bueno, no sé si estará bien o mal lo que has hecho, pero la próxima vez se lo pensará antes de reírse de ti —atestiguó ella. A continuación tomó un sorbo de su zumo de naranja.

—Voy a terminar volviéndome loca. Todo el asunto de esa mujer se me está yendo de las manos…

—Precisamente por eso, Cristina. Las cosas ya han ido muy lejos entre vosotros. Raúl debería darse cuenta de una vez.

—¿Y si no lo hace? ¿Y si decide que ella siga trabajando con él? ¿Qué hago, Marta? No puedo vivir con esta incertidumbre.

—Raúl tiene que elegir, Cris. Así es la vida. Hay que tomar decisiones, aunque no queramos. Tienes que decirle que elija entre vivir contigo o trabajar con esa mujer. Estoy convencida de que no dudará.

—Siente algo por ella, Marta. Lo sé —murmuré, masajeándome las sienes. Pronunciar aquellas palabras en voz alta era puro dolor.

—Cristina, por favor, no digas estupideces. No siente nada, lo único es dolor de huevos cuando la mira, pero eso es algo animal, hija mía.

—No, Marta. Hay algo más. Esa mujer está arruinando mi vida y siento que no puedo hacer nada para evitarlo.

Me froté los ojos con las dos manos y ella me cogió la cara, obligándome a mirarla.

—¡Eeeehh! Mírame. Vuestra felicidad solo depende de vosotros, Cristina. Lo demás solo son obstáculos que hay que sortear. Raúl y tú habéis sobrevivido a mucho; esto es una mala racha, nada más.

—Ojalá sea así…

Llamé al camarero para pagarle la cuenta y ambas nos encaminamos hacia la puerta de mi estudio. Fue entonces cuando reparé en que la escayola de su brazo ya no estaba pintada y encima era más corta.

—¿Has ido al médico? —le pregunté.

—Ah…, esto…, sí… Me la han cambiado… esta mañana. Dejé a Elena en el cole y me fui al hospital. Tenía cita a las diez.

—Es verdad. Hoy tenías cita con Fernando. ¿Y qué tal ha ido todo?

Percibí que se ponía a la defensiva.

—Sigue siendo el mismo gilipollas de siempre —protestó ella.

—Pero por lo que veo, es un gilipollas que te pone mucho —me burlé mientras continuábamos caminando.

—No tengo ganas de agobiarme ahora por nadie, Cris. Me costó olvidarme de Fernando, aunque no lo creas. Y ahora, otra vez. Es que no sé qué es lo que quiere de mí…

—Sí, ya. Ese rollo está muy bien, pero lo que me interesa saber es qué ha pasado dentro de la consulta.

Ella sonrió y un repentino rubor tiñó sus mejillas.

—Nada, ¿por qué tendría que pasar algo? —dijo mirando hacia otro lado.

La observé de arriba abajo, estaba preciosa, como siempre, con su cabello suelto y vestida de un modo sencillo: tejanos y parka verde militar con capucha. Javi llevaba razón, Marta se parecía mucho a Julia Roberts.

—Marta, ¡¿te lo has tirado?! ¡¿En la consulta?! —Me detuve para poner más énfasis a mis palabras.

—Soy una imbécil. Lo sé. Pero es que me encanta, Cris. Siempre huele tan bien… No puedo con su olor…, es una tortura… —confesó ella, girándose y tapándose la cara con las dos manos.

—¿Y dónde me dejas esa retahíla de que ibas a cambiar de médico? —le recordé, intentando no reírme.

—Fue lo primero que le dije nada más entrar. Pero luego cerró la puerta con llave y me dijo que no me dejaría marchar. Cris, casi no me dejó moverme. Empezó a lamerme el cuello, y sus besos… ¡Dios!, Cristina, es que besa tan bien…

—Vale, vale, Marta, lo he pillado. El doctor macizo es lo máximo —resoplé, avanzando y haciéndole un gesto con la mano.

Ella se agarró las solapas de su chaqueta y se mordió el labio inferior.

—Esa es la cuestión, que no lo sé. No sé si debo pensar que es uno más de los tíos con los que me acuesto. Estoy cansada, Cristina. Me gustaría, de verdad, tener algo serio con alguien. Pero con Fernando...es más complicado.

—¿Pero por qué? Está claro que los dos os gustáis.

—Sé que él no me ve como a una futura pareja.

—Es la segunda vez que te oigo decir eso. Algo te habrá dicho para que pienses de esa manera, ¿no?

—No, Cristina, no me lo ha dicho con palabras, pero lo sé. Fernando espera poder encontrar a una doctora inteligente y fabulosa con la que casarse, y mientras tanto divertirse conmigo. Eso es todo.

Se miraba los pies a medida que caminábamos más lentamente.

—Déjame decirte, Marta, que eso es suponer demasiado, ¿no crees?

—Es posible, pero hasta hoy, el modo de actuar conmigo me ha llevado a pensar de esta manera.

—Pero a ver que yo me entere. —¡Qué desesperación!—. Antes de él marcharse a Córdoba os acostasteis dos veces, ¿no es así?

—Sí.

—¿Y luego?

Miré su perfil, tenía la vista al frente.

—Y luego nada. Un mensaje de vez en cuando… Y al cabo de los años vuelvo a encontrármelo en el hospital.

—Quién sabe, Marta. Quizá sea ahora vuestro momento.

—Me gustaría pensar de esa forma. Me gusta muchísimo. Pero no quiero hacerme ilusiones, Cris.

—Y después del megafabuloso polvo que habéis echado hoy en la consulta… Porque habrá sido megafabuloso, ¿no? —le pregunté buscando su mirada.

—Ya lo creo… —exhaló ella.

—Bien, ¿después te ha dicho algo sobre salir a cenar o quedar contigo?

—No, nada. —Se quedó pensativa unos segundos y luego añadió—: Ves, si de verdad le gustase me invitaría al cine y todas esas cosas moñas.

—¡Dios!, no sé cómo te quedan ganas de ir al cine después de lo de tu vecino —dije conteniendo la risa, refiriéndome a aquella legendaria anécdota.

—¿Hasta cuándo vais a estar Javi y tú recordándome ese escabroso episodio de mi vida?

Solté una carcajada y le di un empujoncito en el hombro.

Habíamos llegado a la puerta de mi estudio y nos detuvimos.

—Pero, entonces, ¿qué te ha dicho al despedirse?

—Bueno, mejor te cuento cómo ha sucedido todo y tú sacas tus propias conclusiones. —Asentí con la cabeza y ella prosiguió—: Como te he dicho, nada más entrar no me ha dejado hablar. Se ha lanzado sobre mí. Ha cerrado la puerta y ha comenzado a besarme. Al principio, hice como la que me resistía, pero Cristina es que besa tan bien…

—Eso ya me lo has dicho. Continúa —aseveré mirando el reloj de mi muñeca, consciente de que me estaba jugando un inminente despido.

—Pues eso, empezó a desnudarme. Y en ese momento solo le oía susurrarme al oído lo mucho que me deseaba y que, según él, no había dejado de pensar en mí desde el último día que estuve en la consulta. Hemos terminado echando un polvo brutal sobre la camilla. Pero luego… Luego otra vez ha comenzado a comportarse como un imbécil. *Espero haberte refrescado la memoria*, me ha dicho el muy estúpido.

—¿Eso dijo?

—Sí, no sé, es como si estuviera molesto por algo. Y para colmo, cuando ha visto que la escayola de mi brazo estaba toda cubierta de números de teléfonos de otros tíos y de mensajes obscenos, ha llamado a la enfermera y me ha dejado allí. Le pidió que me pusiera un vendaje y se largó. Así, sin más.

—¿Pero cómo se te ocurre ir con todas esas pintadas? Podrías haberlas tapado con algún rotulador.

—De eso nada. De toda la vida de Dios, una escayola está para que te la firmen y te la pinten. No tengo la culpa de que la otra noche, esa pandilla de asiáticos y Javi me dibujaran aquellas cosas.

Recordé aquella escena en un bar muy cerca del río. Esa en la que Javi, Marta y yo pretendíamos acabar con todo el suministro de alcohol de aquel establecimiento, mientras que Marta era el centro de atención de un grupo de turistas asiáticos que se deshacían en elogios con ella. Su parecido con la novia de América no había pasado desapercibido entre ellos. Y he de decir que Marta solía causar ese efecto al entrar en un bar. Tenía una belleza natural y liviana. No necesitaba engalanarse mucho para resaltar. Ella era sencillamente llamativa. Y lo peor de todo, que no conocía el alcance de su magnetismo.

—Bueno, por lo que me cuentas, Fernando está celoso.

—¿Celoso? ¿De quién, joder? Antes del polvo de esta mañana llevaba sin acostarme con nadie siete meses. Si casi se me ha olvidado cómo se hace, Cristina —rebeló, atusándose el pelo.

—Pues no lo sé, pero lo de la escayola parece que no le ha gustado nada.

—En fin, no te entretengo más. Te iré contando novedades —dijo ella, levantando las cejas de un modo gracioso—. Y por lo que más quieras, no olvides llevarle la planta a Elena, esta mañana ha sido muy insistente.

—De acuerdo —aseguré con una sonrisa en los labios.

Nos despedimos y me interné en el estudio. Al entrar, Luis me pidió que lo ayudase con unos retoques. La mañana se fue sin darme cuenta.

El hablar con Marta me ayudó a mejorar mi estado de ánimo. Este solo se tambaleaba cuando la mirada de Raúl se me aparecía en el pensamiento...

A las dos menos cuarto de la tarde, Luis colocó el cartel de cerrado en la puerta mientras yo, en el cuarto de baño, me ponía decente para el cóctel que teníamos a continuación. Gracias a Dios, Marta me había dejado una blusa negra de cuello camisero que me daba un aspecto elegante y sofisticado. Me maquillé un poco más los ojos y apliqué brillo en los labios. Al final conseguí ese aire mundano de fotógrafa actual, y el resultado me gustó.

Le pregunté a Luis al salir y me dijo que estaba muy guapa, así que teniendo en cuenta que no era una persona muy dada a los elogios, lo consideré como aceptable.

Antes de marcharnos me fijé en la planta de Elena. Estaba en la repisa del cuarto de baño, y fui a regarla. Abrí el grifo, dejando tan solo salir un hilo de agua y coloqué el vasito debajo. Contemplé las diminutas hojitas que sobresalían de la tierra, y de pronto aquella planta adquirió un significado diferente.

Si era importante para ella, también lo sería para mí. No podía dejar que se marchitara. Tenía que lograr que sus hojas florecieran y lucieran hermosas. Pero… ¿sería capaz de lograrlo?

¿Conseguiría que no se marchitara todo lo que había a mi alrededor?

27

SECRETOS

A su lado, una tarde normal podía llegar a convertirse en una excitante aventura.

Esos días de verano los recordaba envuelta en sus brazos, sumergiéndonos en el mar con el sol escondiéndose en el horizonte y creando arcoíris en el agua. Acostumbrándome peligrosamente a su olor, al tacto de su piel, al sonido de su voz. A sus adictivos y húmedos besos.

Recorriendo la costa de mi ciudad en su coche, con la ventanilla abierta y aquella cálida brisa marina acariciándome el rostro… De vez en cuando lo miraba mientras conducía y me resultaba tan increíblemente desconocido y atrayente que no podía evitar querer saberlo todo de su persona.

Junto a él me sentía tan segura y protegida que aquella sensación me abrumaba. Solo me había sentido de esa manera cuando mis padres vivían. Luego, al marcharse ellos, la soledad fue dolorosamente inmensa.

Carolina era cuanto me quedaba en la vida. Mi único refugio. Creo que fue por eso por lo que decidí viajar y conocer otros países. Aprender, cultivarme y respirar otras experiencias. Pensé que aquello me ayudaría a construirme una coraza que me protegiera de las adversidades. Que después de perder a los dos pilares de mi vida y acostumbrarme a vivir sola…, ya nada me haría tanto daño.

Observaba sus manos sobre el volante, las de un hombre de verdad. Unas manos que sabían tocarme y llevarme a las estrellas. Su atractivo perfil bajo esa barba oscura y deliciosamente descuidada.

¿Era de verdad tan maravilloso, o yo solo estaba cegada por la lujuria del verano?

—Cuéntame algo sobre ti. Algo que nunca le contarías a nadie —comenté, removiéndome en mi asiento. Él desvió unos segundos la vista de la carretera y me fijé en que sus mejillas estaban adorablemente bronceadas, con lo cual sus ojos brillaban más.

La tarde había caído y una media luna asomaba, curiosa, aun cuando el día se negaba a desaparecer.

—¿Por qué iba a hacer eso? Si no se lo contaría a nadie... ¿Por qué iba a contártelo a ti? —preguntó con esa sonrisita de suficiencia en sus labios. ¡Dios, qué guapo...!

—Porque quiero saber algo de ti que nadie sepa.

Chasqueó la lengua y negó con la cabeza, intentando no sonreír. Me gustaba tanto esa expresión de su cara que me estaba convirtiendo en una maldita *yonki* de él.

—Eso haría lo nuestro más íntimo —murmuró, mirándome de soslayo y alzando una ceja.

No quise responder a eso.

—Venga, cuéntame algo. No es posible que seas así..., tal y como yo te veo. Seguro que tienes algún secreto oculto.

No me iba a dar por vencida.

—Nena, lo que ves es lo que hay. No sé a qué secretos te refieres.

Él miraba al frente, las dos manos en el volante. Hmm, seguro que algo escondía.

—Pues no sé, algo como si alguna vez has robado en la tienda de chucherías de tu barrio a sabiendas de que el dueño era íntimo amigo de tu padre...

—¡Yo jamás haría una cosa tan horrible!, no sé qué clase de ser despreciable sería capaz de hacer algo así —soltó, a punto de carcajearse ante mi camuflada confesión.

—No me lo creo.

—¿El qué?

—Que seas tan jodidamente guapo, folles tan bien y, encima, no tengas secretos escabrosos...

Él abrió mucho los ojos sin apartar la vista de la carretera. Estaba claro que mi comentario lo había pillado por sorpresa. Agarró mi mano y la puso sobre su erección.

—Mira lo que acabas de conseguir —gruñó, obligándome a tocarlo por encima de la tela de su bañador. Aparté la mano, empecinada en que me contara algo más sobre él y le di un ligero empujoncito en el hombro. Si seguía tocándolo no podría parar.

—¡Raúl! —protesté entre risas.

—¿Por qué te empeñas en sacarme una tara?

—No se trata de eso. Solo quiero saber algo más de ti.

Y así era. Hasta ahora solo sabía que venía de una buena familia. Que sus padres eran gente decente y trabajadora. Que no tenía hermanos, pero que tampoco los echaba en falta. Que ocuparse de la empresa de su padre y convertirla en una poderosa fuente de ingresos era solo una de sus aspiraciones en la vida. Se trataba de un chico ambicioso, de eso no me cabía duda. Lo había heredado de su progenitor y estaba segura de que, con el tiempo, sería él quien dirigiría los negocios de su familia. Hizo la carrera de Ciencias Empresariales y luego cursó un máster en Dirección de Empresas, en Francia.

Lo cierto era que esa tarde me lo pasé realmente bien, oyéndole susurrarme sórdidas palabras en francés con sus labios pegados a mi oreja mientras nos revolcábamos en la arena como dos adolescentes salidos y desesperados.

Pero, aparte de eso, yo quería saber más. En realidad…, quería saberlo todo.

—Vale, te contaré una cosa que solo saben mis padres. —Me froté las manos, ilusionada como una niña pequeña—. Pero tienes que prometerme que no se lo dirás a nadie.

Detuvo el coche, habíamos llegado a su chalet. Se giró en su asiento y me miró.

—No sé leer la hora analógica.

Me quedé durante unos segundos en silencio, paseando mi mirada por sus ojos por si bromeaba, como siempre. Pero esta vez estaba un poco cohibido. Yo diría que incluso avergonzado.

—¿Cómo que no sabes leer la hora?

—Pues eso, que no sé leer la hora analógica. Solo uso relojes digitales —confirmó mostrándome el deportivo y masculino reloj de su muñeca.

—¿No será otra de tus bromitas? —le pregunté intentando no reírme de él.

Negó con la cabeza.

—Dijiste que querías saber algo de mí que nadie más supiese. Pues ya está —declaró, agarrando el pomo de la puerta para bajarse del coche.

Agarré su muñeca soltando una carcajada y obligándolo a mirarme. Quería seguir con aquella conversación.

—Pero eso no puede ser... ¿Me estás diciendo que tienes un máster en Dirección de Empresas y... que no sabes leer la hora?

—Así es, Cristina —musitó esta vez más serio. Como si estuviera molesto.

Carraspeé, procurando recuperar la compostura.

—L-Lo siento. Es que... no lo entiendo.

—Yo tampoco. Pero es así. ¡No sé leer la hora! Me lío. Es una especie de trauma infantil o yo qué sé.

En aquel instante, confesándome aquello, me pareció tan inocente y dulce...

—Pero si es muy fácil. Mira, las manecillas pequeñas marcan las horas y las grandes los minutos, ¿ves...? —comencé a decir señalando mi reloj. Me costaba concebir que...

—Creo que no me has entendido —murmuró, interrumpiendo mis pensamientos. Se frotó la nuca.

—Inténtalo al menos —insistí.

Él soltó una sonrisa amarga.

—Créeme, Cristina, lo he intentado muchas veces, pero nada.

Abrió la puerta y salió del coche. Intuí que estaba arrepentido de habérmelo contado. Yo seguía sin salir de mi asombro.

Al entrar en el chalet le cambié de tema y, poco a poco, fuimos recuperando la conexión que habíamos tenido durante la tarde. Estábamos hambrientos y nos preparamos unos sándwiches con pavo, espárragos y tomates frescos que casi engullimos sobre la encimera de la cocina mientras él me contaba las reformas que sus padres querían hacerle al porche de aquella casa. Un CD de One Republic sonaba de fondo.

Más tarde, él propuso ducharnos juntos. Lo cual me pareció una idea fascinante.

Nos desnudamos a trompicones por el pasillo y llegamos al baño convertidos en una maraña de piernas, brazos y besos... Muchos besos. Con su lengua reptando por mi cuello y sus manos manoseando mi culo. Me aprisionó contra la pared y, bajo el chorro de agua, se clavó en mí con tanta fuerza que creí que podría partirme en dos.

—¿T-Te gusta cómo te follo, nena? —susurró sobre mis labios con aspereza.

—Me encanta —jadeé. No se había puesto preservativo y sentirlo de aquel modo, piel con piel, fue demasiado—. Raúl, no podemos...

—Me correré fuera —prometió con voz ronca.

Sabía que estaba mal, pero, de todas maneras, no habría podido detenerlo. Me hallaba poseída y descontrolada por el morbo y la sexualidad de aquella escena de la que era coprotagonista.

Sus bruscas y fuertes embestidas casi me arrancan un orgasmo violento antes de soltarme sobre la fría placa de ducha. Me dio la vuelta sin dejar de toquetear mi cuerpo. Pasó la lengua por mis hombros y sentí que mi piel se erizaba.

—Q-Quiero follarme tu culo, Cristina. Me muero por hacértelo, nena —graznó en mi oído. Lamió y besó mi espalda lentamente, descendiendo.

Estaba tan excitada que en aquel momento era toda suya y podía hacer conmigo lo que le viniera en gana.

Metió una de sus manos entre mis piernas y sus dedos acariciaron mi clítoris en expertos círculos.

Cerré los ojos, pegando mi frente a los húmedos azulejos de la pared. Tomé su mano y lo acompañé en aquellos morbosos y calientes movimientos. Su gruesa, enorme y pesada erección se paseó por mi trasero. Giré la cabeza y vi que con su otra mano la agarraba y la colocaba en mi hendidura. Me penetró un par de veces en esa postura, pero luego sus dedos tantearon mi culo. Preparándolo para lo que estaba a punto de ocurrir. Lo siguiente fue un tremendo pinchazo y dolor... Mucho dolor.

—Chis...

Sabía que me costaría acostumbrarme a su tamaño. Sin embargo, él me sujetó la barbilla, obligándome a girar e introduciendo, brutalmente, la lengua en mi boca. Fue uno de esos besos sucios y cargado de erotismo. De los que solo Raúl sabía darme.

Pellizcó mis pezones y luego, lentamente, muy despacio, fue reanudando sus movimientos. Estaba demasiado excitada, demasiado sensible. Me sujeté a la pared sin interrumpir nuestro beso y sintiendo cómo aquella fricción extraña se convertía poco a poco en un placer infinito.

—¿Q-Quieres que pare? —me preguntó con su aliento pegado a mi oído y besando mi nuca.

—No, sigue —supliqué.

Me gustaba tanto ese hombre que habría detenido el tiempo si hubiera tenido la clave para hacerlo.

—Cris… Cristina, nena…, cómo me gusta…

Y allí, con el sonido amortiguado del agua y nuestros alientos inundando las paredes de ese diminuto espacio, llegamos juntos al orgasmo. Sentí cómo salía de mí y se corría en mis piernas. Su semen se derramó por la cara interna de mis muslos, perdiéndose a mis pies. Su pecho se ciñó más a mi espalda, presionándome, y con su mano prolongó de feroz manera la deliciosa fruición. Mi respiración descompasada se mezcló con la suya y nos quedamos abrazados hasta que pudimos recuperarnos.

Nos enjabonamos mutuamente, en silencio. El bordoneo de nuestros besos era más que suficiente. Y las miradas hablaban por sí solas.

Esa noche no tenía pensado quedarme a dormir con él, sin embargo, me encontraba tan a gusto a su lado que ni siquiera pregunté a qué hora me llevaría a mi casa. Me dejé llevar, acurrucándome a su lado, en el sofá de aquel salón que empezaba a resultarme tan extrañamente familiar y acogedor. Vimos una película. En realidad, vimos solo la mitad, el resto lo pasamos charlando y riéndonos de cosas absurdas… Pero cuando estando sobre su pecho empecé a sentir mis párpados pesados por el sueño, alcé la cabeza y lo miré.

—Creo que deberías llevarme a mi casa —susurré, convencida de que era lo más estúpido que había dicho en todo el día.

—¿Por qué? Yo te veo muy bien aquí —musitó él, retirando un mechón de pelo de mi frente y sin apartar la vista de mis labios.

Sus ojos me acariciaron mientras ascendían por mi rostro hasta clavarse en los míos. Mantuvimos el contacto visual durante mucho, mucho tiempo, sin decirnos nada. Tan solo sentía sus dedos rozando sutilmente mi mejilla y el borde de mi mandíbula.

—Debe de ser tarde. ¿Qué hora es?

Chasqueó la lengua y con una sonrisita pendenciera añadió:

—Nena, te has liado con un hombre que no entiende de horas…

28

ÉL

El hotel Alfonso XIII siempre me había parecido un lugar asombroso. No era la primera vez que asistía a un evento de esas características en ese mismo emplazamiento. Luis solía llevarme a exposiciones y actos, en los que yo disfrutaba como una niña pequeña. No obstante, el sitio me parecía realmente extraordinario. Era atravesar las puertas del *hall* de entrada y sentía que me encontraba en otra época. Aquellos grandes arcos, las hermosas torres ornamentales, los remates de cerámica y de hierro forjado... Esa milagrosa exhibición de arquitectura mudéjar resultaba verdaderamente fascinante. Sentía que el reloj, allí dentro, se detuvo y que de verdad podías respirar la mezcla de corrientes artísticas cristianas y musulmanas.

Al fondo, en el patio exterior, junto al restaurante, se celebraba el cóctel. Cuando llegamos ya había comenzado y la gente se movía por todas partes. El día lucía reluciente. Los resplandecientes rayos de sol le daban a aquel lugar una luz perfecta. Unas enormes cristaleras aislaban al patio del resto del restaurante. La estancia estaba decorada con mesas altas con manteles blancos. Pero lo que hacía de aquel lugar un auténtico espacio encantado era la variedad de frondosas plantas que lo adornaban. Los camareros se movían de un lado a otro, sirviendo refrescos y vino blanco en relucientes bandejas de plata. Y sobre las mesas atisbé algunos platos con aperitivos de pescado, carnes frías y canastillas de patés.

Al adentrarnos, Luis comenzó su despliegue de saludos cordiales. Y yo, obviamente, le seguí la corriente. Había mucha gente, todos en amenas charlas. La gran mayoría, caras conocidas. Otros, fotógrafos de nuestro gremio y algunos periodistas. Sin embargo, al fondo, observé a un grupo de unos ocho hombres que conversaban en corro. Me llamó la atención que algunos iban trajeados. Debían de ser gente importante. Quizá directivos de las revistas que me había comentado Luis. Fuera como fuere, era muy importante para mí asistir a ese tipo de eventos. Yo aún vivía con la esperanza de que mis fotos, algún día, fueran publicadas en las revistas internacionales más influyentes.

Luis me preguntó qué quería tomar y le dije que una Coca-Cola. Se acercó a uno de los camareros y cogió dos copas de la bandeja.

—¿Ves a los del fondo? El tipo del traje gris es el director de marketing y fotografía de la revista *Photoactually*, en Londres.

Esa revista era algo así como una publicación de información general, muy similar a la famosa *Time*. Y, al igual que esta, contaba con varias ediciones en diversas partes del mundo. Solo que *Photoactually* iba más dirigida al mundo de la fotografía.

—¿En serio?

Afilé la mirada con disimulo y me fijé en aquel tipo que decía Luis. Tendría unos cincuenta y tantos, hablaba con otro más joven que él. Pero no sé por qué el otro me resultó familiar. En ese instante estaba de espaldas a mí, con lo cual me era imposible verle la cara. No obstante, hubo algo en él que atrajo toda mi atención.

—Sí, ese tipo contrata a los mejores fotógrafos para sus reportajes.

—¡Qué pasada, Luis! ¿Por qué no te acercas a hablar con él? Podrías invitarle al estudio y que viera tus trabajos.

—Y los tuyos —añadió él.

Sonreí como muestra de agradecimiento y Luis me instó a acercarnos a una de las mesas altas para poder probar algunos canapés. Yo seguía sin apartar mis ojos de aquel tipo. Analicé su ropa. Llevaba un pantalón chino beis y una rebeca gris de punto. Desde aquella distancia no veía muy claro si era una rebeca o un jersey…

De repente, su manera de moverse y sus gestos empezaron a ponerme nerviosa. Me moví un poco para poder atisbar su cara y fue entonces cuando él se puso de perfil y pude identificarlo.

La ansiedad se condensó en mis hombros y tuve la sensación de que mi espalda estaba hecha de plomo.

En realidad, la descabellada idea de que fuera *él* me había perseguido nada más verlo allí, solo que mi subconsciente se negaba a aceptarlo. Pero sí, era él: Marcus Belletti. El padre de Elena...

Las piernas comenzaron a temblarme y tuve que dejar la copa sobre la mesa por temor a que se me derramara. Inmediatamente me giré y me coloqué de espaldas a él, lo último que deseaba aquel día era encontrarme con... ese hombre. Fue como, si de pronto, una multitud de recuerdos abandonados me asaltaran el pensamiento. Recordé la primera vez que lo vi en las instalaciones de la revista para la que estuve trabajando de becaria en Ámsterdam. Me pareció el hombre más atractivo e interesante que había visto en mi vida. Marcus no era tan guapo como Raúl, de eso no me cabía duda, sin embargo, poseía esa cualidad innata de resultar irresistible.

¡La que poseen los cabronazos como él!

Marcus pertenecía a esa clase de hombres de los cuales era mejor mantenerse alejada...

—Cristina, ¿te encuentras bien?

Cuando me quise dar cuenta, Luis estaba a mi lado intentado presentarme a alguien. Debí parecer una completa imbécil, ya que mi jefe me miraba con una extraña expresión.

—Estás pálida, ¿qué te ocurre?

—Nada... Esto..., estoy bien..., es solo que me encuentro un poco mareada. Voy al baño un momento y enseguida vuelvo.

—¿Estás segura? ¿Quieres que te acompañe?

—No, estoy bien, Luis. Ahora vengo.

El hombre que estaba a su lado observó con curiosidad cómo me alejaba.

Salí pitando de aquel lugar y busqué con premura un baño donde internarme y decidir qué hacer. Le pregunté a un chico joven, vestido de botones, dónde estaban los aseos y me indicó, amablemente, hacia el fondo de uno de los pasillos. Al llegar deseé encerrarme allí y salir una vez que mi vida se hubiese solucionado de una vez por todas.

¡¿Qué demonios hacía Marcus en Sevilla?!

Me acerqué al opulento lavabo de mármol y abrí el grifo. Necesitaba humedecerme el cuello y la nuca. Tenía que largarme antes de que me viera. Exacto. Me marcharía sin decir nada y, una vez fuera, le enviaría un mensaje a Luis diciéndole que me encontraba mal.

Rosario Tey

Me recompuse la ropa y atusé el pelo frente a mi reflejo, pero justo al salir … Él. Apoyado en la pared contraria. Con las manos en los bolsillos de su pantalón y con la seguridad propia de un canalla como él. Estaba soberbio, la verdad. Un mechón de su cabello le caía sobre la frente. Lucía el pelo más largo que nunca, pero le quedaba fantástico.

Me había seguido y esperado a que yo saliera del aseo.

—Hola, Cristina —dijo en un perfecto castellano. Seguramente, durante todos estos años lo habría perfeccionado.

—Hola…, Marcus.

—Estás —me señaló con la mano—… preciosa.

—Gracias, tú también estás genial —articulé muy seria, sin moverme de la puerta.

Hubo un momento de silencio entre nosotros y luego él miró hacia abajo y esbozó una sonrisa.

—Cuánto tiempo sin vernos… —murmuró.

—El suficiente —añadí, aún sin reaccionar.

—¿Qué tal te va todo?

—Muy bien. Me casé —solté, así sin más.

Él abrió mucho los ojos y luego parpadeó un par de veces, como si la noticia le hubiese sorprendido.

—Vaya, me alegro por ti. Yo me divorcié.

—No me lo digas… —gruñí, haciendo como la que pensaba—. Te dejó tu mujer por adúltero.

Él sonrió y negó con la cabeza. Se separó de la pared y dio un paso hacia mí.

—Cristina, Cristina… Siempre tan clara y tan directa.

—Exacto, Marcus. Ha sido un placer volver a verte, pero tengo que irme.

Al pasar por su lado me agarró del brazo. Deteniéndome.

—¿Pero dónde vas? Si no te conociera lo suficiente diría que estás un poco nerviosa.

¿Tanto se me notaba?

—¿Nerviosa? ¿Por qué he de estar nerviosa? —¡Uf! Me estaba repitiendo—. ¿Por ti?

—No lo sé. Dímelo tú. ¿Te pongo nerviosa? —me retó.

—No, en absoluto —masculé, soltándome de su agarre y con la intención de continuar mi camino.

Tenía que salir de aquel estrecho espacio… ¡Ya!

200

—Espera, Cristina, no te vayas. Perdóname, solo quería charlar un rato contigo. Las cosas entre nosotros no fueron bien en Ámsterdam. Te estuve llamando durante mucho tiempo…

Me quedé observándolo unos instantes. Realmente parecía otra persona. Algo en él había cambiado. Se le veía más sereno. Más… ¿sincero?

—¿Qué haces en Sevilla, Marcus? —pregunté escrutando el azul profundo de sus ojos.

—Estoy trabajando. La revista *Photoactually* me ha contratado para dirigir un reportaje que están preparando. Quieren hacer una recopilación de los mejores proyectos fotográficos realizados en España este año. — Mientras me contaba todo eso no dejaba de recorrerme el rostro con la mirada—. Pretenden publicarlo a finales de año. La actual situación política de este país ha creado controversia en el mundo entero y quieren mostrar un poco la realidad. Sería algo así como plasmar diferentes temáticas de las distintas regiones de España y de qué manera están siendo afectadas. La idea es captar a los mejores fotógrafos, la gente con más experiencia y mejor cualificada.

Muy interesante. No obstante, mi mente estaba en otras cosas.

—Pero… ¿por qué Sevilla?

No lograba entender por qué precisamente ahora tenía que instalarse en esta ciudad. Antes de que me respondiera crucé los dedos. Yo tan solo deseaba que me dijera que no se quedaría mucho tiempo.

—Hemos estado en Madrid un par de meses, pero parece ser que Andalucía es de las regiones más afectadas por la crisis económica, y como en abril es la exposición de la Casa de la Provincia, los editores de *Photoactually* han decidido que nos instalemos aquí.

—¿Hasta cuándo? —pregunté sin disimular mi contrariedad.

—¿Qué te parece si vamos al patio y te lo cuento mientras nos tomamos algo? —propuso, acercándose aún más a mí y poniendo una de sus manos en la parte baja de mi espalda.

—No pienso tomarme nada contigo, Marcus —le advertí, separándome de él—. Solo quiero saber hasta cuándo estarás en Sevilla.

—¿Por qué te preocupa tanto mi estancia? Vaya, es halagador… —bufó con una de sus sonrisas ladeadas.

—No me interesa en absoluto tu estancia. Lo único que necesito saber es que no estaré cada dos por tres cruzándome contigo.

Él chasqueó la lengua de un modo muy, pero que muy irritante, y luego cruzó los brazos a la altura del pecho.

—Cristina, sé que me porté como un imbécil, pero me gustaría poder sentarme contigo y hablar de... aquello.

Negué con la cabeza y alcé un brazo pidiéndole que se callara.

—No sé si te has enterado de lo que te he dicho al principio, Marcus. Estoy casada. No voy a sentarme contigo en ningún sitio.

Él miró al suelo durante un instante y luego clavó sus bonitos, «¿*bonitos?*», ojos aturquesados en los míos. Realmente sabía cómo mirar a una mujer.

En aquel momento, una infinidad de escenas me inundaron el pensamiento. Miradas suyas en la redacción de la revista cuando yo tan solo era una torpe e insignificante becaria. Recordé el modo en el que me deslumbró nada más conocerlo. Su trabajo, su manera de ver el mundo... Teníamos muchas cosas en común. Hubo una época en la que pensé que ese hombre, el mismo que tenía ahora delante de mí, podría haber sido el hombre de mi vida. Pero de eso ya hacía mucho tiempo...

—No quiero incomodarte, Cristina. Te he visto pasar antes y me ha dado una alegría tremenda encontrarte. Entiendo perfectamente que estás casada. Tan solo me he acercado a saludarte. Me he fijado en que vienes con Luis Pernas, es un fotógrafo muy bueno. ¿Trabajas con él?

Su dominio del idioma era perfecto y sus tácticas de distracción..., también.

—Así es.

Me sentí un poco confusa. Aún le guardaba rencor por el modo en el que actuó cuando le comuniqué que estaba embarazada. Pero tampoco podía culparlo por no querer tener un hijo conmigo. Después de todo, yo tan solo era su amante. Aunque eso lo descubrí poco antes de volver a España.

—¿No podemos ser, al menos, viejos amigos? —murmuró agachándose un poco para buscar mi mirada.

Analicé sus rasgos y me pregunté cómo se tomaría la noticia de que tenía una hija de casi siete años. Incluso mientras lo miraba busqué en él algún parecido físico con Elena, pero mi hija era tan igualita a mí que, gracias a Dios, eso no sería un problema.

—Podemos serlo siempre que entiendas que la Cristina que conociste en Ámsterdam no tiene nada que ver con la persona que soy ahora —quise dejarle muy claro.

—En Ámsterdam conocí a una chica joven, inquieta, con la mente abierta y con un espíritu de superación abrumador. Una joven preciosa con un montón de sueños por cumplir. —Se detuvo un momento y me miró fijamente—. Me daría mucha pena pensar que no sigues siendo esa persona.

Esas palabras me provocaron una profunda sensación de vacío. Tenía razón, yo era así, tal y como él me había definido. Pero... ¿qué había pasado en todo ese tiempo? ¿Tanto había cambiado? ¿Habría sacrificado mis sueños por una relación que ahora se tambaleaba?

Fui a responder, pero en ese instante Luis apareció buscándome.

—Cristina, no sabía dónde estabas. ¿Te encuentras bien? —inquirió, escaneando con disimulo a Marcus.

—Sí, Luis, estoy bien. Es que me he encontrado con un viejo amigo. —Él sonrió en cuanto dije eso—. Mira, él es Marcus Belletti. Marcus, él es mi jefe, Luis Pernas.

Ambos se dieron un apretón de manos y mi jefe comentó emocionado sujetando aún su mano:

—Marcus Belletti... ¿El Marcus del reportaje africano que quedó finalista en los Premios Pulitzer del 2013?

—Exacto. El mismo —respondió Marcus, con el ego inflado.

Mi jefe, nuevamente, volvió a sacudir la mano de Marcus en un gesto de felicitación.

—Vaya, esa fotografía... increíble. La de ese niño negrito de ojos verdes en los brazos de su madre en la puerta de la capilla ardiente de Nelson Mandela. ¿Qué sitio de Sudáfrica era exactamente? —preguntó interesado.

—Union Buildings, Pretoria. Es la sede oficial del Gobierno de Sudáfrica. En realidad, esa foto la tomé para cubrir un reportaje de periodismo en el que estaba trabajando.

Mientras tanto, yo me mantenía callada entre ellos dos.

—Pues la foto es magnífica. Luego curioseé todas las fotografías en tu blog.

—Muchas gracias, Luis. Yo también sigo su trabajo. Pero... —me dio una rápida mirada— ¿qué os parece si nos adentramos en el cóctel, seguimos hablando y así picamos algo? Tengo un hambre espantosa —comentó él, tocándose el estómago y poniendo de nuevo una mano en la parte baja de mi espalda, ¡y ya iban dos veces!

—Claro, vamos.

Me detuve en la puerta que daba acceso al patio. Sabía de sobra que no podía quedarme allí, con él. Tenía que hacer lo posible por evitarle. Estar cerca de Marcus no me haría bien.

—Luis, creo que voy a marcharme —le dije.

—¿Pero no decías que estabas bien?

Marcus no dejaba de observarme.

—No, no del todo —respondí tocándome la frente, fingiendo que me dolía un poco la cabeza.

—Le pediré a uno de los camareros un taburete para ti, Cristina. Igual si comes algo te encuentras mejor —comentó Marcus, empeñado en no dejarme marchar.

—Sí, venga, Cristina. Vamos, el cóctel no durará mucho —continuó diciendo Luis que casi me fulminaba con la mirada.

Para él, conocer a Marcus era todo un descubrimiento, y ahora no quería dejar su compañía. Mi jefe solo veía en él una oportunidad para promocionarse, y yo... Yo veía un problema de dimensiones descomunales.

Al final, ante la expresión de Luis, no pude hacer otra cosa que quedarme.

¡¿Cómo iba a explicarle que ese hombre que tenía ante mí era el padre biológico de mi hija?!

—Bueno, ¿y vosotros dos de qué os conocéis? —preguntó Luis, una vez acomodados ante una de las mesas altas que había en uno de los laterales.

—Cristina estuvo trabajando como becaria en la revista que yo dirigía hace algunos años, en Ámsterdam —respondió él sin dejar de mirarme. De hecho, no hacía otra cosa desde que me vio.

Luis asintió y empezó a bombardear a Marcus con preguntas sobre el premio Pulitzer y otro montón de certámenes de fotografías. Yo, mientras tanto, devoré la bandeja de canapés que estaba sobre la mesa. Tal vez con el estómago lleno sería capaz de controlar aquella situación.

Al cabo de un rato, Marcus, tan astuto como de costumbre, llamó a uno de los hombres trajeados que anteriormente conversaba con él en aquel grupo y nos lo presentó a Luis y a mí. Se trataba de uno de los editores de *Photoactually* y, de pronto, mi jefe y él se enzarzaron en una conversación muy entretenida, lo que le dio ventaja a Marcus para volver a abordarme.

—Un gran tipo tu jefe —dijo apoyando los codos sobre la superficie y quitándome de la mano uno de los canapés que pensaba zamparme en ese momento.

—Lo es —corroboré. Seca.

—¿Te encuentras mejor?

—Sí.

—Me alegro.

Tomé un sorbo de mi refresco y miré hacia otro lado, evitándolo.

—Cristina, lo siento. Siento lo que pasó.

Se inclinó un poco sobre la mesa, hacia mí.

—Creo que es un poco tarde para eso, Marcus.

—Lo sé. Intenté localizarte durante mucho tiempo, pero no supe nada de ti. Te envié correos electrónicos y llamé muchas veces al único número de teléfono que tenía tuyo. Ese asunto del embarazo… Me comporté como un capullo. No debí dejarte ante una situación como esa. Debió de ser muy duro para ti abortar sola.

—Marcus, no te comportaste como un capullo… ¡Eres un ca-pu-llo! —afirmé lo último con énfasis—. Siempre lo has sido. Solo actuaste como te salió del corazón. Pero, tranquilo, no te guardo ningún rencor. Aquello ya lo he olvidado. Cometí un error liándome contigo y pagué las consecuencias, fin.

—Probablemente llevas razón en todo. Excepto en una cosa. Lo nuestro no fue un error.

La conversación estaba empezando a darme dolor de cabeza. Además, no sabía exactamente adónde pretendía llegar hablando de ese asunto a estas alturas.

Cerré los ojos.

—Marcus, me da igual, no me interesa nada que tenga que ver con ese rollo que tuvimos. Dejémoslo ahí.

Se quedó en silencio unos segundos y luego sonrió.

—Está bien, solo quería decirte que lo siento. Cierto, fui un capullo. Pero he cambiado, aunque no lo creas.

Solté una carcajada, burlándome de él. Miré la mesa, se habían acabado los canapés.

¡¿Adónde se fue el camarero?! Estaba agobiada.

—¿Serás mi amiga al menos? —me preguntó con la cabeza ladeada y haciendo un puchero.

—No creo que podamos ser amigos, Marcus —le contesté muy seria.

—¿Por qué? ¿Tu marido no te deja tener amigos?

Se acercó un poco más. Yo, instintivamente, retrocedí.

—Mi marido no tiene nada que ver en esta decisión. Soy yo la que no quiero ser tu amiga.

Me contempló de esa forma en la que, tiempo atrás, me habría convertido en gelatina líquida. Llevó una mano a su espeso cabello y se apartó el flequillo de la cara. En ese instante, no pude evitar fijarme en su cuerpo. Estaba fabuloso. Bajo esa rebeca gris llevaba una camisa blanca que se le pegaba ligeramente a los pectorales. Marcus siempre había sido un hombre atractivo. Pero, en ese momento, alguien que desgraciadamente quería ponerme a prueba, me lo enviaba convertido en una criatura tentadora. Estaba más en forma que nunca, y ahora…, ahora todo se empeoraba.

—Que no quieras mi amistad solo puede significar una cosa —relató haciéndose el interesante.

—¿Ah, sí? —No pude evitar responder.

—Sí, que aún te parezco irresistible. ¿Me equivoco?

—Sí, claro… —respondí sonriendo.

Me levanté del taburete dando por finalizada la charla. Tenía que alejarme.

Seguir con él estaba confundiéndome. Y es que Marcus tenía ese efecto en mí. Siempre lo había tenido. Esa fue una de las razones por las que decidí marcharme de Ámsterdam.

—Tengo que irme —anuncié—. Había olvidado que tengo que hacer unos recados antes de volver al trabajo.

Él negó con la cabeza e hizo una mueca de decepción, pero no le hice caso. Me situé junto a Luis, que estaba bastante entretenido hablando con aquel hombre, y me inventé que tenía que ir a Correos para recoger unos certificados de Raúl.

—De acuerdo, nos vemos en una hora en el estudio —me dijo sin prestarme mucha atención.

Por supuesto, antes de alejarme, él volvió a acercarse a mí.

—Adiós, Cristina. Me ha encantado volver a verte.

—Lamento no poder decir lo mismo —murmuré—. Adiós, Marcus.

Y me largué de allí sin mirar atrás.

29

PROBLEMAS

E l verano que conocí a Raúl mi vida se convirtió en un estallido de complicaciones. Regresé de Ámsterdam con la esperanza de no volver a saber de Marcus, pero no fue así.

Su insistencia en las llamadas me obligó a cambiar de número de teléfono. No obstante, él no se dio por vencido.

Una de esas tardes en las que me senté en mi sofá a ojear el correo electrónico, me encontré con un nuevo mensaje suyo en mi bandeja de entrada.

Cristina... Necesito que hablemos de lo que pasó. Lo de Susan es más complicado de lo que parece. Siento haberte ocultado que estaba casado, pero es algo que quiero explicarte cuando vuelvas. Por favor, solo te pido que respondas a mis llamadas. Escúchame al menos.

No has sido algo pasajero para mí. Créeme.

Marcus

En ese momento confié que podría manejar la situación. Tan solo tenía que dejarle claro que lo nuestro no iba a avanzar y que en cuanto regresara a la revista nuestra relación sería puramente profesional. Pero luego, por otro lado, acababa de aparecer Raúl...y, desde que dormí con él en el sofá de su chalet, empezaba a convertirse en una adicción para mí.

No entendía qué me estaba ocurriendo, quería pasarme los días cerca de él. Y no solamente era estar enlazados desnudos, de un modo salvaje. No. Bueno, sí… Es decir, aquello era solo una parte de mi necesidad de él.

Tras ese correo electrónico hubo muchos más. Y durante algunas semanas los ignoré. Por aquel entonces tenía la fea costumbre de pensar que si dejaba pasar el tiempo y actuaba desdeñando eso que tanto me preocupaba, al final, todo se arreglaría.

Sin embargo, en una sofocante madrugada en la que dormía plácidamente con mi mejilla apoyada en el amplio pecho de Raúl, percibí que alguien me susurraba al oído. Reconocí la voz de mi padre de inmediato. Estaba soñando con él. Y la sensación fue tan real y electrizante que el calor de su aliento y la intensidad de su mensaje me paralizaron los músculos.

«Cris, los problemas no desaparecen a menos que te enfrentes a ellos…».

30

TRANCES

A quella tarde… Luis comentaba lo maravilloso que había sido conocer a Marcus y a los editores de la revista *Photoactually*. Según él, era una magnífica oportunidad para nosotros. Siempre hablaba de la importancia de codearse con gente influyente en el mundo de la fotografía. Y a pesar de que volver a encontrarme con Marcus fue un shock tremendo para mí, no dejaba de pensar en Raúl y en que estábamos peor que nunca.

No sabía nada de él, no me había llamado ni enviado ningún mensaje. Y a medida que pasaban las horas, me sentía más desesperada.

Elena estaba en casa de sus abuelos y ese día ninguno de los dos habíamos determinado quién iría a por ella.

Sobre las seis de la tarde decidí llamar a mi suegra, seguramente me informaría de los planes de Raúl.

—Cristina, ¿qué tal, cariño?

—Hola, Rosa. Verás… ¿Has hablado con Raúl? Es que no sé si me dijo que él recogería a Elena o que fuera yo a por ella.

En realidad no sabía qué decirle, a estas alturas ella ya estaría informada de todo, pues la noche anterior Raúl la pasó en su casa…

—Vino a por ella hace un rato. Me dijo que como la tarde estaba espléndida, la llevaría al parque de la Seta y luego iría para vuestra casa.

—Muy bien, perfecto entonces.

—Hice con ella los deberes. ¿Cómo pueden mandarle tantos con lo pequeña que es?

Mi suegra hablaba conmigo como si tal cosa. Intuí que Raúl no durmió allí, de lo contrario, Rosa me habría comentado algo. Pero como no quería preocuparla, me despedí de ella y decidí preguntárselo a él directamente, en cuanto estuviera en nuestro piso.

Sobre las siete llegué, me metí en la ducha y esperé a que Raúl y mi pequeña aparecieran. Aún no tenía ni idea de cómo afrontaría esa situación. Yo le había dado un ultimátum, ahora solo me quedaba esperar a ver qué decisión tomaba.

Estaba secándome el pelo con una toalla cuando oí a Elena entrar en mi habitación, saltando y cantando, como hacía siempre. Se abalanzó sobre mí y la cogí en brazos.

—Mami, mira lo que me ha comprado papá.

Me enseñó una revista con pegatinas y adhesivos de colores.

—¡Qué bonita! Me encanta.

Él se quedó en la puerta, apoyado en el marco. Yo tan solo llevaba una pequeña toalla alrededor del cuerpo y sentí cómo su mirada me recorría las piernas. Sin embargo, tenía el ceño fruncido, como si no le importara demostrarme que estaba enfadado.

—Elena, ¿por qué no vas a tu habitación a pegar las pegatinas?

—Vale, mami.

Elena desapareció de mi dormitorio y él se aproximó hasta situarse muy cerca de mí.

—Esta mañana te pasaste. Mucho —masculló.

Esbocé una sonrisa sarcástica y me di la vuelta para abrir el armario.

—¿Me pasé? Pues fíjate que yo pienso que me quedé corta… Era un café con hielo. Tuve la delicadeza de no tirárselo hirviendo —dije, aparentando una frialdad que no sentía y removiendo la ropa, sin pensar en lo que hacía.

—Cristina, sabes que odio esos numeritos. —Me pareció que su tono era cansado.

—Tu secretaria se ríe de mí, Raúl. ¡Se ríe de mí en mis narices! Me reta, me desafía. Pregúntale a Ángel si quieres. Créeme que tirarle un café a la cara es lo mínimo que se me ocurrió hacerle. Espero que si has vuelto a casa sea porque al fin la has despedido —indagué esperanzada.

—No voy a despedirla. —¡¿Qué…?! La sangre me hervía—. Ya te lo dije. Mi empresa no pasa ahora por el mejor momento y Patricia me saca mucho trabajo para adelante.

—¿No vas a despedirla? —Lo miré con los ojos muy abiertos. Me costaba asimilar que estuviera poniendo en peligro nuestra relación por esa mujer.

—No —respondió con el rostro ensombrecido. ¿¡Por qué?!

—¡Pues lárgate de una puta vez! ¡¡Fuera de aquí!! —grité completamente enloquecida.

Elena, al oírme gritar de esa manera, salió de su habitación y se quedó en el pasillo observando la escena. Y a pesar de que Raúl y yo siempre hacíamos lo imposible por no discutir delante de ella, ese día nada ni nadie podía controlarme.

—¡Fuera! ¿Para qué has venido entonces? Te advertí que si no la despedías que no volvieras.

—Solo he venido a coger algunas cosas —argumentó él con una irritante y pasmosa tranquilidad.

—¿Y adónde vas a ir si se puede saber? Porque sé de sobra que a casa de tus padres no.

—Estoy en casa de Fernando. No quiero preocuparlos por esta tontería.

Ahora entendía la ignorancia de mi suegra.

—Entonces es verdad, ¡estás enamorado de ella!, ¿no? ¿Por qué no me lo dices a la cara? ¡¿Por qué no tienes los cojones de decírmelo?!

—No, Cristina. No estoy enamorado de Patricia.

¡Ja! Los dos plantados en el centro del dormitorio. Un montón de ropa en el suelo que, por cierto, ¿quién la había tirado…? ¿Yo…?

—¿Y por qué, si no, vas a permitir que lo nuestro se muera, eh?

—Eso solo lo estás consiguiendo tú con tu actitud —afirmó con un tono tranquilo, pero de forma incisiva.

Los demonios se me llevaban.

—¡¿Qué actitud?! ¡Maldita sea! Fui ayer a tu gimnasio y estabais coqueteando. ¡Lo vi con mis propios ojos!

Cuanto más hablaba más frustrada me sentía.

—Estoy seguro de que vieras lo que vieses, tu mente solo te haría pensar una cosa —dijo él, dirigiéndose a una de las cómodas y sacando ropa de su interior.

—¿Pretendes volverme loca, Raúl? ¡Te gusta esa mujer, joder! Ayer te lo pregunté mirándote a los ojos y no fuiste capaz de negármelo.

—¿Qué mujer, papá?

De repente, escuchar la voz de mi hija tan cerca de mí fue como si aquella objetividad estuviera explosionando en mi cara.

Él se giró rápidamente, miró a Elena y luego me lanzó una mirada acusatoria.

«No, si la culpa iba a ser mía...», pensé ofuscada.

—Nadie, cariño, mamá está de broma. ¿Verdad? —inquirió él.

Elena se situó a mi lado y rodeó mi pierna.

—Sí, cariño, era una broma —repetí, acariciándole el pelo. El corazón me latía con tanta fuerza que me hacía daño. Respiré e intenté tranquilizarme.

—Pero has dicho que a papá le gusta una mujer. ¿Qué mujer? —insistió ella con carita de pena y mirándome desde abajo.

La cogí en brazos.

—Elena, era una broma. Solo estaba bromeando con papá. ¿Ya has pegado todas las pegatinas?

—Todas no. Es que algunas son muy pequeñas y no sé —murmuró, esbozando un tierno puchero.

—¿Quieres que te ayude? —Tenía que distraerla de lo que había presenciado.

—¡Sí, sí! —canturreó.

Miré a Raúl que en ese momento nos observaba con el gesto contraído, y le aparté la mirada. En ese instante, tan solo me preocupaba que mi hija no sufriera.

—Bien, vamos a hacer una cosa, primero te baño…, porque hay alguien por aquí cerca que huele a mofeta… —dije hundiendo mi nariz en su cuello, retorciéndose ella de la risa—. Y luego nos ponemos en el sofá y jugamos con las pegatinas, ¿de acuerdo?

—¡Vale! Pero lleno el baño hasta arriba, porfiii…

—Está bien, venga, ve a llenarlo —concedí, acariciando su pelo.

La puse en el suelo y ella salió corriendo. Fui a seguirla, pero antes me giré y observé a Raúl, allí, paralizado, ¿qué esperaba?

—Lárgate.

Fue lo único que conseguí articular.

Mientras bañaba a Elena tuve que hacer un esfuerzo sobrehumano para no ponerme a llorar. Me sentía tan decepcionada y, en cierto modo, traicionada que el dolor se estaba extendiendo lentamente por mi cuerpo.

Hacía lo posible para que Elena no lo notase, pero, más tarde, comprendí que los niños son personitas difíciles de engañar…

Cuando ya la hube bañado, secado y puesto el pijama, nos sentamos en el sofá, con los dibujos animados de fondo, en la televisión, y entonces comenzamos a pegar las pegatinas en aquel álbum.

—Mamá, estás triste porque a papá le gusta otra mujer, ¿verdad? —dijo ella tranquilamente, con su pelo castaño y recién peinado cayéndole por los hombros, pasando las páginas de aquel cuadernillo.

—No, cariño…, de verdad, no es eso.

—Mamá, no soy tonta. Te he oído. ¿Os vais a divorciar, como los padres de Victoria?

Ahí estaba la pregunta que más me temía.

—No, Elena. Solo ha sido una discusión. Nada más. Me he puesto un poco celosa, eso es todo.

Ella se quedó en silencio durante unos segundos y luego atestiguó:

—Se me mueve esta paleta.

Me eché a reír y puse el dedo en su diente para comprobar que era cierto. Después, intenté distraerla contándole el cuento del Ratoncito Pérez, procurando que se olvidara de la discusión entre su padre y yo. Pero cuando ya hubo cenado y se estaba quedando dormida en el sofá, la cogí en brazos y la llevé a la cama.

Justo al soltarla ella susurró:

—Dile a papá que venga a darme un besito.

—En cuanto llegue se lo digo, mi amor.

Besé su frente y la arropé. Salí de su habitación con el corazón hecho añicos.

Al día siguiente era viernes. Las cosas entre nosotros iban de mal en peor. Yo me negaba a dar mi brazo a torcer. La solución al problema estaba muy clara: si echaba a esa mujer… podríamos arreglar lo nuestro. Pero al parecer, él no lo veía igual que yo…

En el trabajo, Luis seguía muy ilusionado con todo lo hablado con aquel editor de *Photoactually*. Preparaba la exposición con esmero. La idea de ser escogido para ese proyecto, el que me había comentado Marcus, lo traía como loco. Y yo, en cualquier otra circunstancia, me habría ilusionado igual que él, solo que ahora vivía como si fuera una sombra deplorable y apagada.

Rosa me llamó a media mañana y me dijo que recogería a Elena del colegio y que ese fin de semana les gustaría llevársela a Roche. A menudo, los padres de Raúl pasaban algún que otro finde en el chalet que tenían allí y se llevaban a Elena. Tenía muchos amiguitos y ella se lo pasaba en grande. Al principio, la idea de estar sin ella dos días no me hizo gracia, pero teniendo en cuenta que mi estado de ánimo era nefasto, lo mejor que podía hacer era dejar que se fuera con sus abuelos y que se divirtiera. Así que, en cuanto hicimos un descanso en el trabajo le preparé algo de ropa y se la llevé a mis suegros.

Por la tarde, cuando salía del estudio e iba camino de casa, Javi me llamó por teléfono y a medida que le contaba lo que me estaba sucediendo, no pude evitar echarme a llorar. Me sentía sin fuerzas y muy confundida. No sabía si, en el fondo, la culpa era mía.

—Deja de lloriquear y ponte guapa esta noche, vamos a salir. —Fue lo primero que dijo en cuanto me escuchó sollozar.

—No tengo ganas, Javi.

—Cristina, no puedes negarte. He quedado con Colombo y quiero presentártelo.

Me hizo mucha gracia que él se dirigiera a su novio con el mote que yo misma le había asignado.

—Javi, de verdad, me alegro por ti y por él, pero sé que no seré muy buena compañía. Raúl lleva dos noches sin dormir en casa y hoy no he sabido nada de él.

—¡Pues que se vaya al cuerno! ¿Qué vas a hacer? ¿Quedarte encerrada esperando a que él decida que su familia es más importante que esa guarra? Tú no eres así, Cristina. Ponte guapa… ¡Qué digo! ¡Ponte jodidamente guapa y vámonos a la calle! Si de verdad piensas que siente algo por esa mujer, ya estás perdiendo el tiempo, pequeña. Además, no puedes negarte a conocer a mi chico. Es viernes, vamos a desconectar y a reírnos un poco.

Ante esa proposición qué podía decirle…

—De acuerdo —respondí, sorbiendo por la nariz y limpiando mis lágrimas con el dorso de mi rebeca—. ¿A qué hora quedamos?

Así fue como me convenció Javi para salir aquella noche. Reconozco que no existía nada más tentador para mí que mi amigo prometiéndome risas aseguradas. Necesitaba evadirme un poco, pero me parecía una misión difícil, mucho.

¿Quién eres, Cristina?

A las diez y media quedé con Marta en la esquina de la calle Mateos Gago. Hice caso a Javi y me puse guapa, al menos todo lo guapa que podía ponerme sintiéndome, francamente, tan perdida. Raúl no me había enviado ni un solo mensaje. Lo cierto era que su postura me estaba dejando de piedra, pero en cuanto atisbé a Marta esperándome en una de las aceras con su peculiar sonrisa, intenté desconectar y divertirme, aunque solo fuera por un rato.

Habíamos quedado con Javi y su chico, el detective, en una bodeguita muy frecuentada del barrio de Santa Cruz. Ese sitio solía ambientarse mucho los viernes y las tapas estaban deliciosas. En cuanto entramos, Javi nos hizo una señal desde el fondo de la barra y nos encaminamos hacia ellos, abriéndonos paso entre la multitud.

—Chicas, él es Cristóbal —dijo Javi mirándome amenazadoramente, supuse que para que no me burlara de su nombre—. Ellas son Marta y Cristina —continuó diciendo mientras aquel muchacho se acercaba a darnos dos besos.

Era un tipo muy normal, un poco más alto que Javi y delgaducho. Vestía una camisa azul bajo un jersey oscuro y unos tejanos claros. Tenía ese aspecto de empollón universitario al que le gustan las juergas. Para nada parecía un detective privado. Al menos no *ese* que yo tenía dibujado en mi cerebro: el de la pipa y el reloj de leontina. Llevaba el pelo muy corto, creo que para disimular su reciente alopecia; se le veía bastante mono. Sus ojos eran azules intensos, alegres y vivarachos, lo que le hacía parecer más joven de lo que era en realidad. De inmediato me gustó para Javi.

—Bueno…, ¿y qué tal? —dijo Marta para romper el hielo, después de las presentaciones, justo en ese instante en el que nadie sabe quién hablará primero.

—¿Qué queréis tomar? —nos preguntó Cristóbal a Marta y a mí.

Pedimos dos cervezas y él se acercó a la barra. Aproveché que estaba de espaldas para articular sin voz:

—Es muy mono.

Y Javi me respondió con una amplia sonrisa. A partir de ahí, creo que empezó a relajarse.

Comimos allí mismo, unas tapas en la barra, en plan informal mientras charlábamos de un montón de cosas. Cristóbal resultó ser un tipo muy enrollado. De las cervezas pasamos a los vinos, y cuando me quise dar cuenta ya estaba un poco piripi. Y no era de extrañar, últimamente mi apetito dejaba mucho que desear, con lo cual, una cerveza y un vino bastaron para alejar mi vergüenza y apartar pensamientos que... ¡No!

Fue entonces cuando me decidí a preguntarle a Cristóbal por su trabajo.

—Venga, cuéntanos alguna anécdota curiosa, alguna que sea imposible olvidar —dije frotándome las manos.

—Sí, venga —lo animó Marta.

Javi nos miraba a ambas y sonreía. Sabía que estábamos disfrutando de lo lindo con Cristóbal.

Él, haciéndose un poco el interesante, dejó su copa sobre la barra y luego miró a Javi.

—Son tal y como me las habías descrito.

—Ya te lo advertí —corroboró Javi.

—Está bien, ¿queréis que os cuente el caso más curioso?

—Sí, sí —respondimos Marta y yo al unísono.

—Pues resulta que hace un par de años vino un tipo para que espiase a su mujer. Decía que le estaba poniendo los cuernos y que él quería asegurarse y tener pruebas. Le pedí un par de fotos de ella, así como la dirección de su casa y la de su trabajo. En aquellas fotos solo vi a una mujer rubia, muy guapa. En principio, él parecía una persona muy normal, de hecho, me adelantó casi la totalidad de mis servicios sin poner ninguna objeción.

»Hasta ahí todo muy bien, pero resulta que empecé a investigar y la mujer no aparecía por ningún lado. Estuve días haciendo guardia delante de su trabajo y de su domicilio; le pedí que me diera información de otros sitios que ella frecuentara y me habló de algunos locales e incluso de un gimnasio. Una semana dando vueltas y nada. Hasta que decidí espiarlo a él. Si de ella no tenía rastro, tal vez él me podría dar la respuesta, al fin y al cabo era su mujer.

Se detuvo un momento y le dio un sorbo a su copa, mirándonos a Marta y a mí por debajo de sus pestañas. Estábamos encaramados sobre unos taburetes altos, pegados a la barra.

—¿Y qué pasó? —preguntó Marta—. No te calles ahora.

Él sonrió, mirando a Javi, que lo observaba con la baba colgando. Luego continuó:

—Pasó que no había mujer por ninguna parte.

—¿La había matado? —dije yo, curiosa.

Cristóbal soltó una carcajada.

—Ya veo que tus amigas tienen una mente muy truculenta —manifestó él, dirigiéndose a nuestro amigo —. No. No la mató. Eso fue lo que yo creí en un principio. Pensé que igual la asesinó y era solo un psicópata. Yo qué sé… Hay gente muy rara por ahí… Pero no. Puse un micrófono en su casa. No me preguntéis cómo lo hice, tendría que mataros luego —bromeó.

»A diario oía las conversaciones que tenía con su mujer. Pero solo hablaba él. Y cuando digo conversaciones, os hablo de diálogos reales: «Hola, cariño, ya he llegado». «Voy a ducharme». «Estoy harto de decirte que no me mezcles el correo con la propaganda publicitaria, joder, no es tan difícil…». Frases de ese tipo, en las que solo se le oía a él. Así que, un día, harto de que ese tío me estuviera tocando las pelotas, decidí colarme en su casa y le dije que quería ver a su mujer, cara a cara.

—¿Y qué hizo? —lo interrogó Javi, que a esas alturas estaba más interesado que nosotras por escuchar el final de aquella historia.

—Pues nada, con toda la naturalidad del mundo me invitó a pasar. «Claro, pase, detective. Marian está viendo la tele». Y justo cuando llegué al salón me veo en el sofá una muñeca hinchable de tamaño real. Con unos pechotes enormes, ¡y con peluca y todo!

Marta y yo no pudimos contener la risa y estallamos en carcajadas.

—¿En serio? —decía Marta, secándose las lágrimas de la risa—. Pero… ¿la muñeca estaba desnuda?

—No, vestida. Con un picardía amarillo.

—¿Y qué hiciste?

La cara de él era muy cómica. Lo cierto es que se trataba de un tipo tremendamente gracioso.

—¡¿Que qué hice?! Pues imagínate, tuve que aguantar el tirón y tomar el té con Marian y con aquel chiflado. «Dígale a mi mujer qué le parece el té, detective, está bueno, ¿verdad?». Y yo: «Sí, Marian, está delicioso» — recitó con tonito y haciendo una mueca—. Pero lo peor no fue eso.

—¿Hay más? —pregunté yo, muerta de la risa.

—¿Que si hay más…? Cuando llevaba un rato allí sentado, observándolos a él y a Marian, la pechotes, dije que tenía que irme. Pero fue ponerme en pie y ese tipo empezó a decirle a la muñeca: «¡No lo mires así!». «Te gusta, ¿no?». «No eres más que una guarra. Mírate, ¿te parece normal ir vestida de esa manera con invitados delante?». Por un momento, creí que estaba siendo víctima de una cámara oculta.

Marta, Javi y yo estábamos desternillados de la risa. Los gestos que hacía Cristóbal contando la rocambolesca historia eran muy jocosos.

—¿Cómo conseguiste librarte de ese chiflado? —curioseó Javi.

—No me digas que cogiste un alfiler y desinflaste a la muñeca —dije yo hipando por la risa.

—¿Estás loca? ¿Cómo iba a hacer eso? Ese tipo me había pagado una pasta por investigar la infidelidad de aquella… muñeca, ¿cómo iba a acabar con ella? Me hubiera reclamado el dinero.

Negó con la cabeza y continuó hablando:

—Le dije que tenía mucho trabajo y que debía marcharme. Él me acompañó a la puerta y cuando llegamos me soltó con toda la naturalidad del mundo: «Detective, disculpe a mi mujer. Suele hacer esto con todas nuestras visitas. Le gusta andar vestida así por casa… ¿Entiende ahora por qué creo que me es infiel?». Y yo, sin saber qué contestar, le dije: «Bueno…, hasta ahora no he encontrado ninguna prueba». Pero él insistió: «Por favor, siga investigándola, le pagaré el doble si es necesario».

Marta y yo abrimos los ojos como platos.

—¿Y te pagó el doble?

—Ya lo creo, fingí que tenía una llamada de teléfono y me largué sin darle ninguna respuesta. Pero al día siguiente lo tenía en la puerta de mi despacho con un sobre que duplicaba mis honorarios.

—No me lo puedo creer —expresó Marta.

—¿Aceptaste el dinero? —vaciló Javi, no muy convencido.

—Claro que lo acepté —aseveró Cristóbal con una sonrisa de medio lado—. Yo solo llevaba unos meses trabajando por mi cuenta y tenía que ponerme al día con un montón de pagos. No podía rechazar una oferta como esa.

—¿Y cómo conseguiste quitarte de encima a ese tarado? —comenté, loca por descubrir el final.

—Pues eso sí que fue curioso —afirmó pensativo—. Yo sabía que ese tipo no me dejaría en paz hasta que le presentara algo, alguna prueba… Así que llamé a un amigo mío que es especialista en montajes de fotografías y lo preparamos todo.

Se detuvo para volver a darle otro sorbo a su copa, haciéndose de rogar.

—¡Habla de una vez, maldita sea! —gritó Javi, bromeando.

Él sonrió.

—Le busqué un amante a Marian, la pechotes. —Alucinamos—. Un amante como ella: hinchable. —Marta tuvo un ataque de tos, casi se ahoga con su propia bebida—. Indagué por Internet dos muñecos hinchables y preparamos un montón de fotos de ellos besándose, en un restaurante comiendo, en el cine con palomitas... En fin, las fotos eran realmente buenas, mi amigo hizo un trabajo estupendo. Cada vez que mirábamos aquellos montajes nos tronchábamos de la risa.

—Pobrecito —murmuré, a pesar de que imaginarme las fotos me hacía muchísima gracia.

—Síííí, pobrecito —repitió Javi con un gesto muy tierno.

—Pero... ¿qué queríais que hiciera? —se justificó, encogiéndose de hombros—. El tipo no dejaba de acosarme, decía que quería pruebas, y se las di.

—Pero eso es mentir; tú, realmente, te inventaste que Marian era infiel. ¡Joder! Marian, la pechotes. Una cosa es que le guste ir por su casa en picardía y otra muy distinta es que sea una adúltera —dijo Javi bromeando sobre la muñeca como si fuera real —. ¿Cómo fuiste capaz de mentir en algo como eso? —bufó, arrancándole una sonora carcajada a su reciente novio.

«Menuda pareja», pensé.

—Tranquilo, no fue tan fácil convencerlo. En cuanto lo senté en mi despacho y le mostré todas las fotos, se quedó observándolas durante un buen rato. No decía nada, tan solo las contemplaba. Y yo, viendo que no articulaba ni una palabra le pregunté: «Bueno, ¿qué opina?».

»Él se puso en pie, alzó su mirada hasta mis ojos y me dijo sosteniéndolas : «Opino que es usted un inútil. Que yo sepa, esta no se parece en absoluto a la de las fotos que le di. Mi mujer es esta», protestó sacando de la cartera, del bolsillo trasero del pantalón, una foto de carnet y mostrándome a aquella mujer rubia, la misma que aparecía en las dos fotografías que él me había dado en un principio. «¿Cree que estas dos mujeres se asemejan en algo? Es usted un detective malísimo. ¡Lo único que ha hecho desde el principio es sacarme la pasta!».

Marta y yo abrimos la boca, sorprendidas.

—¿De verdad?

—Sí, fue entonces cuando aproveché y le di su sobre, intacto; el segundo, claro, el primero me lo quedé por las molestias. Se lo entregué y le dije: «Señor Pizarro, siento mucho este malentendido. Le devuelvo su dinero y le pido, por favor, que se busque a otro investigador. Este caso, para mí, acaba de cerrarse ahora mismo». Y así fue como logré quitármelo de encima. Probablemente iría con la misma historia a otro detective...

—Pero, bueno, ¿a qué se dedicaba ese hombre? ¿Tanto dinero tenía como para gastárselo en descubrir un amante imaginario para su mujercita hinchable? —preguntó Marta con sorna.

—Era director de un banco por aquel entonces, de esto hace ya algunos años.

En ese instante, Marta y yo nos miramos sorprendidas, pensando exactamente lo mismo. Hubiese sido toda una sorpresa que ese chiflado fuera el exjefe de Marta, aquel con el que ella estuvo liada tanto tiempo.

—Por favor, dime que ese hombre no se llamaba Ernesto —pidió entrecerrando los ojos. En el fondo ya ella sabía que no, pero estaba bromeando.

—No, si no recuerdo mal creo que se llamaba Alfredo, ¿por qué?

—Da igual, es una larga historia... —respondió Marta, haciendo un gesto con la mano de desinterés.

—Cristóbal, creo que deberías denunciar a ese hombre, mira lo que ha pasado con Bankia y Caja Madrid. Blesa y Rato, entre otros, se gastaron un montón de pasta de la «caja b» en gilipolleces —dije yo.

—Pero esto no es lo mismo —declaró Javi, intentando ocultar la risa—. Marian, la pechotes, estaba volviendo loco a ese pobre hombre. ¡Dios mío!, ¿cómo voy a olvidarme de esta historia? —exclamó con un gesto exagerado y dramático—. Ahora cada vez que entre en mi banco y me encuentre al director me acordaré de ella.

Después de aquello continuamos charlando y riendo, las ocurrencias de Javi acerca de la historia de la muñeca me estaban provocando dolor de mandíbula de tanto reírme.

Pedimos la cuenta para poder marcharnos a otro bar a tomarnos unas copas y antes de salir entré en el baño. En aquel momento de calma volví a pensar en Raúl.

Saqué mi móvil con un hilo de esperanza, pero lo que me encontré en él me obligó a sujetarme al lavabo hasta que los nudillos se me quedaron blancos...

31

QUÉDATE

¿**P**or qué será que cuando la vida empieza a tener sentido ocurre algo que lo pone todo del revés? Y no me refería a que antes de conocer a Raúl mi existencia fuese un infierno. Nada de eso.

Aunque pasé por momentos duros, como la pérdida de mis padres a una edad francamente difícil, yo era feliz. Al menos lo intentaba. Carolina siempre se había ocupado de mí, y tener a alguien en quien apoyarte en las circunstancias más complicadas era un consuelo. Si bien ella demostraba, aparentemente, ser una persona vulnerable, yo sabía que mi hermana tenía la fuerza y el coraje necesario para enfrentarse a cualquier contrariedad que se le presentara. Y eso me tranquilizaba.

Pero hablo de esa sensación de tener delante a una persona que sabes que sería capaz de todo por ti. Así era como me sentía cuando estaba con Raúl. Percibía en su manera de mirarme, en sus besos, en mi piel, en mi corazón... que ese hombre estaba perdidamente enamorado de mí. Y a pesar de conocernos muy poco, yo ya experimentaba que estar a su lado era como estar en casa...

Esa semana me había quedado con él en el chalet de Roche casi todos los días. Aún tenía en mi mente aquellas palabras que mi padre me susurró en sueños y que me asaltaban constantemente en la cabeza, pero decidí disfrutar el momento y no atormentarme.

Marcus pronto dejaría de enviarme correos y mi menstruación estaba a punto de bajarme. Ya sentía los pechos hinchados y dolor en los riñones, como solía ocurrirme siempre una semana antes.

Me encontraba sentada sobre la encimera de la cocina y él cortaba unos pepinillos sobre una gruesa tabla de madera, justo a mi lado.

—Me encanta esto —confesé.

—¿El qué? —preguntó sin apartar la vista de lo que hacía y curvando sus labios en una adorable sonrisa.

—Pues esto. Yo aquí sentada y tú cocinando para mí —parloteé, balanceando mis piernas desnudas bajo un short corto, vaquero y despeluchado.

Él sonrió abiertamente.

—No te acostumbres. No siempre será así.

Chasqueé la lengua y los dedos al mismo tiempo.

—Lo sabía… Sabía que esto solo era una estrategia para atraparme.

—¿Tanto se notan mis intenciones?

—Un poco. Me estás vendiendo la moto.

—¿Cómo dices? —inquirió él con una profunda carcajada que me traspasó el corazón.

—Sí, que estás adornándolo todo. Cocinas bien, estás más bueno que el pan y follas de vicio. Y encima, por ahora, la única tara que veo es que no sabes la hora, y… ¿a quién coño le importa eso cuando contigo el tiempo carece de importancia?

Pronuncié aquello mordiendo un trozo de zanahoria que él ya se había encargado de limpiar y cortar.

Detuvo su tarea, dejó de sonreír y me miró con una profundidad que me inmovilizó.

—No te estoy vendiendo nada. Y mucho menos mi moto. Que me encanta.

Era cierto, tenía una. Yo aún no había montado mucho en ella. Pero pensaba hacerlo. Mi idea era disfrutar ese verano a lomos de aquel caballo de acero, recorrerme la costa de mi ciudad y aprovechar cada segundo de esa feliz etapa de mi vida. Seguro que luego, con el tiempo, aprendería a olvidarle… Pero él siguió hablando y…

—Esto solo es el principio de lo que quiero tener contigo si te quedas aquí y no vuelves a Ámsterdam —dijo con una seriedad insondable, bailando su mirada por mis facciones.

Sus palabras se me agolparon en el estómago y tuve una sensación de vértigo. ¿O era fatiga?

—Ya hemos hablado de esto, Raúl —murmuré entrecerrando los ojos.

—No lo suficiente. Allí solo estás de becaria. Yo puedo conseguirte un trabajo mejor en Sevilla.

—Apenas hace un mes que nos conocemos… —declaré suavemente. No quería que malinterpretara mis palabras.

—No necesito más tiempo para saber que quiero seguir conociéndote. ¿Y tú? —susurró, subiendo una de sus manos desde mi rodilla hasta mi muslo. Y es que una sola caricia suya hacía que mi cuerpo se estremeciese.

No dije nada, tan solo lo miré y luego él se coló entre mis piernas y me obligó a rodearle la cintura con ellas. Enterré mis dedos en su pelo y tiré suavemente de los mechones de su nuca. Contemplé sus labios y me embebí del color de sus ojos. Era tan guapo… que esa época de mi vida me parecía tan solo una ilusoria quimera.

—¿Cómo estás tan seguro de que no te arrepentirás de haberme conocido? —exhalé, rozando su nariz con la mía.

—No hagas que me arrepienta…

32

TENEMOS QUE HABLAR

Las rodillas me estaban traicionando, así que cerré la tapa del retrete y me senté sobre él. El mensaje que tenía en mi móvil figuraba con un número desconocido, pero no había ninguna duda de que era Marcus.

«¿Tienes una hija de seis años? No sé tú, pero yo tengo claro que tenemos que hablar de este asunto».

Apenas podía tragar, tenía un nudo en la garganta y un repentino rubor se instaló en mis mejillas, que ahora me ardían. El estómago se me revolvió nada más de pensar en las terribles consecuencias de ese descubrimiento. Recé con todas mis fuerzas para que aquellas palabras solo fueran una equivocación, una maldita casualidad. Pero mucho me temía que no sería así.

Después de una larga pausa borré el mensaje y salí del baño.

Mis amigos me esperaban en el exterior. Cristóbal y Javi se adelantaron unos pasos mientras charlaban animadamente, pero Marta no pasó desapercibido mi mal color. Me era imposible disimular.

—¿Qué pasa? Tienes muy mala cara.

Me abotoné el abrigo para resguardarme del infernal frío que hacía aquella noche en Sevilla y luego respondí:

—Pasa todo, Marta. Todo se ha jodido.

—¿Otra vez esa mujer? —preguntó ella.

—No, es Marcus. Está en Sevilla.

Ella se detuvo y abrió los ojos como platos.

—¡¿Marcus?! ¿El Marcus de Ámsterdam? —dijo señalando mi vientre.

—Exacto. El mismo. Y me acaba de enviar un mensaje diciéndome que sabe que tengo una hija de seis años y que tenemos que hablar.

—¡Dios mío, Cris! —expresó ella, llevándose una mano a la boca.

Aproveché que Javi y Cristóbal iban muy entretenidos coqueteando, para poner al día a Marta de mi encontronazo con Marcus. Ella estaba tan conmocionada como yo.

Sin embargo, tuvimos que dejar la conversación cuando nos adentramos en un concurrido bar de la calle Placentines. Un sitio pequeño y acogedor, con una decoración muy minimalista. Las paredes estaban recubiertas de papel con tonalidades suaves y el local formaba una simple combinación geométrica de techos altos e iluminación sencilla. La música era excelente y Javi, justo al entrar, me agarró de la cintura y me susurró al oído:

—Hoy deja a un lado los malos rollos con Raúl y vamos a divertirnos.

Y lo cierto era que lo deseaba. Ansiaba poder apartar todo lo que me estaba sucediendo. Pero era muy difícil.

A pesar de mi malestar, mis amigos hicieron lo posible por mantenerme entretenida.

Durante el tiempo que estuvimos en aquel abarrotado lugar, nos reímos muchísimo. Cristóbal siguió contándonos anécdotas divertidas de su profesión y Javi se encargó de adornarlas.

El bar fue inundándose de público hasta tal punto que apenas podíamos movernos, pero eso no nos importó, los cuatro estábamos tan a gusto que lo único que hacíamos era reírnos y balancearnos al atropellado ritmo de la comercial música. Mi semblante variaba en cuanto las palabras del mensaje emergían en mi mente, y pronto me di cuenta de que a medida que ingería más alcohol mi preocupación iba en descenso.

Ya sé que ahogar las penas en copas es una estupidez tremenda, pero en esos momentos era lo que más me aliviaba, así que no acababa un gin tonic cuando ya tenía otro en la mano. La iluminación en el bar se hizo más tenue y cálida y el *disc-jockey*, que se encontraba situado en una de las esquinas de la barra, fue atendiendo a las peticiones de los clientes en cuanto a la música se refería. De pronto sonó una canción de Ariana Grande, aquella titulada *Problem,* y no pude evitar pensar en Raúl. Sobre todo porque me asaltó la imagen de él y Elena bailando ese tema en el salón de la casa de Roche una noche de verano…

Mi pequeña delante del televisor imitando la coreografía de la cantante, y Raúl a su lado meneándose para hacerla reír y poniendo morritos. Y lo cierto era que ver a Raúl bailando, aunque fuese haciendo el tonto, resultaba terriblemente excitante.

Esa noche, cuando la batalla del sueño venció a Elena y él regresó al salón después de haberla acostado en su cama, yo agarré el mando de la tele y puse la canción otra vez.

—¿Ahora bailarás para mí? —le pregunté poniéndome de pie y empezando a mover los hombros, bromeando, al mismo tiempo que me lo comía con los ojos.

Llevaba un pantalón de pijama gris como única prenda, y aquella tarde habíamos pasado tanto tiempo en la playa que el sol había bronceado ligeramente sus mejillas… Estaba guapísimo.

Y luego contemplé su cuerpo… Su pecho firme, fibroso, natural. Sus brazos que me encantaban. Solía fijarme en ellos cuando jugaba con Elena. Su sonrisa ladeada y fascinante, y él avanzando hasta mí, moviéndose de ese modo tan sexi para rodearme la cintura…

Me mordí el labio.

—Ahora me ocuparé de ti —susurró enterrando su cara en mi cuello…

En aquel instante, el contagioso ritmo de esa melodía me caló la piel devolviéndome al presente. La necesidad de sentirlo se hizo incluso dolorosa. Tuve que ausentarme para ir al baño y deshacer la presión que me ahogaba la garganta. Me abrí paso entre la gente hasta que llegué a la puerta de los aseos. Una vez allí, sumergida en mis embriagados pensamientos, esperé en la cola para entrar. Pero justo al salir, cuando iba en busca de mis amigos, entre la multitud, me tropecé con alguien.

A esas alturas, mi visión dejaba mucho que desear, pero en cuanto enfoqué la figura me di cuenta de que tenía delante de mí a la culpable de mi dolor: Patricia. Con su perfecto cabello negro y liso, y embutida en un traje negro de palabra de honor que le quedaba espantosamente bien. Iba acompañada de dos chicas más, que parecían cortadas por el mismo patrón que ella.

—¡Vaya por Dios, qué sorpresa! —gritó entre el gentío, cortándome el paso. Estaba claro que tenía ganas de bronca—. Estarás contenta ya, ¿no?

Las amigas paseaban la vista de ella a mí sin saber qué ocurría entre nosotras.

No tenía ni idea de a qué se refería exactamente y, de todas maneras, tenerla delante me estaba provocando unas náuseas tremendas.

—Apártate, imbécil.

Fue lo único que se me ocurrió decir con mi lengua dormida, debido a la ingente cantidad de licor que llevaba tomado.

Ella me escudriñó de arriba abajo con desprecio e hizo un gesto de negación con el dedo.

—Ahora tú vas a saber lo que es perder —masculló acercando su rostro al mío.

No estaba segura de que fueran esas palabras las que oí, pero era lo que yo entendí. Cuando se hubo alejado un poco y fui a decirle algo muy sucio, ella silenció mi boca tirándome el contenido de la copa que sostenía en su mano a la cara. Todo aquello me pilló tan de sorpresa que apenas pude reaccionar.

Me aparté el líquido de los ojos, que en ese momento me escocían una barbaridad, e intenté lanzarme sobre ella. Perdí completamente el juicio y me puse a gritar y a chillar como una posesa, tratando de alcanzarla, mientras una de sus amigas la apartaba de mí con un gesto de espanto. Pero pronto me di cuenta de que por mucho que lo intentara no la alcanzaría. Uno de los camareros me sujetaba por la cintura y me levantaba del suelo, gritándome al oído que me tranquilizara.

Debí de mostrar un aspecto horrible con el pelo y la cara pegajosos del licor, revolviéndome como si fuera una culebra en brazos de un desconocido y soltando una abundante sarta de epítetos que definían a la perfección a Patricia.

No recuerdo con exactitud lo demás.

Lo único que sé es que el camarero o quizá fuese un controlador de puerta, me ordenaba con insistencia que me calmara. Al cabo de unos segundos, creo, Marta y Javi se situaban delante de mí y le exigían a aquel chico que me soltara.

—¡Sacadla de aquí, no queremos broncas en nuestro local! —le oí decir mientras me dejaba en el suelo.

Miré hacia todos lados buscando a aquella zorra, pero no había ni rastro de ella.

Marta me agarró del brazo y me condujo hacia el exterior.

La suave pero gélida brisa de la noche me erizó la piel. Hacía un frío de mil demonios y, para colmo, la fina tela de mi blusa se adhería a mi pecho a consecuencia del líquido que esa bruja vertió en mi cara. La muy puta se había vengado de mí. Y ahora era muy probable que pillara una pulmonía por su culpa.

—¿Qué diablos ha ocurrido, Cris?

—Ha sido ella, me la he cruzado al salir del baño y me ha tirado una copa. He intentado alcanzarla, pero ese tipo ha salido de la nada y me ha inmovilizado.

Javi y Cristóbal me miraban con una extraña y desconcertada expresión.

Respiré hondo intentando mantener la calma, me sentía muy mareada...

—Lo siento, chicos, siento haberos estropeado la noche.

—No digas tonterías —replicó Javi, situándose a mi lado para consolarme.

Marta me tendió mi abrigo. Pero justo cuando me lo estaba poniendo, en medio de la calzada, Patricia y sus dos amigas salieron del local riendo y charlando tranquilamente. Verla de ese modo, tan impecable, comparada ahora con mi deplorable aspecto, me sacó de mis casillas y salí corriendo hacia ella. Pero antes de que pudiera alcanzarla, Cristóbal me detuvo.

—¡Suéltame, por favor! —le pedí entre gritos.

Ella estaba al otro lado de la acera, observando cómo mis amigos intentaban calmarme. Las chicas que la acompañaban me contemplaban como si yo me hubiese escapado de un manicomio, y tiraban del brazo de ella para ponerla a salvo de mí. Sin embargo, la muy zorra seguía con aquella mortificante sonrisita tatuada en su rostro y, al cabo de unos segundos, alzó el brazo y me dijo adiós con la mano, de un modo burlesco e irritante, perdiéndose calle abajo.

—¡Lárgate de una vez, asquerosa! —le espetó Javi, situándose delante de mí. A continuación sujetó mi cara entre sus manos e intentó que yo centrara mi visión en sus ojos—. Cálmate, Cris. No caigas en sus provocaciones. Eso es lo que está buscando. Llevabas razón, es una zorra. Estamos contigo, amiga.

En cuanto dijo esas palabras, rodeé su cuello y me abracé a él, sollozando. Sentí que Cristóbal me soltaba y me dejaba en brazos de Javi, que tan solo pretendía serenarme.

—Ya está, cariño, llora cuanto necesites —decía él, acariciándome el pelo.

Marta se puso a mi lado y me dio un par de friegas en la espalda.

—Cristina, tú eres más fuerte, no dejes que te venza.

Pero mucho me temía que ella ya me había vencido. Mi marido no estaba dispuesto a apartarla de nuestras vidas y mientras él no entendiera la gravedad de todo eso…, nada se arreglaría.

Estuve un rato descargando mi frustración e impotencia en brazos de Javi. Él se aseguró de abotonarme el abrigo para que no me helara y Marta sostuvo mi bolso el camino de vuelta a casa. Callejeamos por el centro, pero de pronto me fijé en que Cristóbal iba muy callado. Demasiado pensativo, no obstante, supuse que era por mi bochornoso espectáculo. Menuda opinión estaría formándose sobre mí…

Marta me preguntó si me apetecía dormir con ellos y teniendo en cuenta que todavía no sabía nada de Raúl, acepté su invitación. Esa noche no quería quedarme en casa sola, por nada del mundo.

El camino fue prácticamente silencioso. Mi borrachera había dado paso a un profundo estado de desilusión y fracaso. Y cuando llegamos al portal de Marta y Javi, este nos pidió que subiéramos nosotras primero mientras él se despedía de Cristóbal, que aún permanecía ausente. Me giré para decirle adiós y darle dos besos y cuando estuve a punto de cruzar el umbral él me llamó.

—Cristina.

—¿Sí?

—¿Cómo se llama esa mujer?, me refiero a su apellido.

Tuve que pararme a pensar unos segundos antes de responder, pero a continuación su nombre salió de mi boca por sí solo.

—Patricia Ferrer. ¿Por qué? —pregunté con curiosidad.

Marta y Javi observaron a Cristóbal con interés.

—No, no es por nada, es que su cara me suena mucho… Probablemente la he confundido con otra persona —dijo él, haciendo un gesto con la mano de poca importancia.

—Venga, vamos —murmuró Marta, alentándome a entrar en el ascensor.

Ya en el piso, lo primero que hice fue meterme en el baño. Era tarde, pero necesitaba una ducha caliente. Ella me ofreció un pijama y ropa interior limpia, dejándolo todo junto a una toalla encima del retrete. Al salir me miró y comentó:

—Te espero en la cocina, prepararé un poco de tila, te vendrá bien.

Me desnudé mirándome en el espejo. Estaba horrible, ojerosa y con los ojos inyectados en sangre, y mi pelo mostraba un aspecto cochambroso. Necesitaba ducharme cuanto antes y borrar las huellas de ese espantoso incidente. Solo cuando sentí el agua caliente deslizarse por mi cuerpo, mis músculos se relajaron un poco. Sin embargo, no pude evitar recordar las palabras de ella antes de tirarme la copa a la cara: «Ahora vas a saber lo que es perder». Eso era exactamente lo que me dijo. Tuvo la desfachatez de amenazarme sin ningún tipo de reparo. Apreté los puños con fuerza y eché la cabeza hacia atrás para aclararme el rostro.

Cada vez que pensaba en ella un nudo de abominación se me instalaba en las tripas. Pero a eso había que sumarle que Raúl estuviera actuando de ese modo… Necesitaba esa tila con urgencia, tenía que calmarme antes de que mi maltratado corazón no lo soportase ni un segundo más. Cerré los grifos y cinco minutos después entré en la cocina, donde Javi y Marta me esperaban sentados junto a la mesa, con sus semblantes apenados.

Tomé una silla y al colocarla junto a él me fijé en sus pies y vi que se había puesto unas zapatillas de estar por casa muy graciosas. Era como si llevara en los pies dos gigantescos conejitos de peluche. Aún estaba vestido de calle, con lo cual, el contraste de su moderna ropa con aquellas zapatillas me arrancó una carcajada incontrolada. Y en el fondo, creo que él lo hizo a propósito…

—Sabía que te encantarían —confesó, levantando los pies del suelo y moviéndolos como hacen las nadadoras de natación sincronizada.

Marta y yo nos miramos y nuestras risas llenaron aquel espacio.

Cuando logré recuperarme del lúdico ataque, apareció de nuevo en mi cabeza la sonrisa de Patricia. Tomé mi taza de tila y di un sorbo.

—Cristina, tienes que dejarle claro a Raúl que eche a esa mujer, la cosa ya se ha puesto muy fea —murmuró Marta tras observar que mi rostro había vuelto a la preocupación.

—No lo hará, lo conozco bien. Cree que la culpa es mía, que soy yo la que se está montando una falsa película.

Ella fue a decir algo pero se calló. Creo que estaba intentando controlar sus ganas de poner a parir a Raúl.

Tras tomarnos las infusiones y charlar un poco más sobre mi situación, decidimos irnos a dormir; me sentía agotada.

Me acosté con Marta. Tenía una cama de matrimonio queme resultó muy confortable. Antes de que ella apagara la luz de la mesita de noche, decidí volver a mirar el móvil. Pero seguía sin saber nada de Raúl. Eran las tres y media de la mañana. De un momento a otro me quedaría sin batería en el teléfono y, para colmo, ni Marta ni Javi tenían un cargador de iPhone. Aunque de todos modos, si no me había llamado ya, mucho me temía que no lo haría, al menos esa noche...

Cuando una opaca oscuridad inundó la estancia, sentí que mi corazón se despedazaba.

Un bonito y gélido sábado de febrero evidenciaba su resplandor a través de las cortinas. Me desperté temprano. Lo sucedido la noche anterior y la amenaza de una tremebunda resaca hizo que mis horas en la acogedora habitación de Marta finalizaran. La dejé durmiendo, salí al pasillo con sigilo y atisbé que el dormitorio de Javi ya estaba abierto.

Cuando llegué al salón estaba sentado sobre aquel tresillo marrón adornado con una estrafalaria manta con motivo safari. Tenía la mirada fija en la tele y sujetaba una taza de café caliente. Al oírme entrar dio unas palmaditas al cojín que estaba justo a su lado, indicándome que le hiciera compañía. Me acurruqué pegada a él y le quité la taza.

—Me gusta mucho Cristóbal —murmuré tras dar un sorbo.

—Y a mí —añadió él, rodeándome el hombro y haciendo que me acomodara en el arco de su brazo.

—Siento mucho todo lo de ayer. Me da mucha pena que se llevara una mala impresión de mí.

—No seas tonta... ¿Te ha llamado Raúl?

—No lo sé, me quedé sin batería anoche. Pero si te soy sincera, no tengo ganas de hablar con él.

—Cristina, tenéis que solucionar esto —susurró.

—Hay algo más.

—¿Más?

—Marcus ha vuelto. Está en Sevilla. Y sabe lo de Elena.

Se retiró un poco de mí, me miró con una exagerada expresión y luego musitó:

—No puede ser...

Asentí con la cabeza y me dejé caer en el respaldo del sofá, extenuada.

—Eso mismo dije yo. ¿Qué voy a hacer?

—Dios mío, Cristina, tu vida es una telenovela. Solo falta que, en realidad, Marcus se llame Marcus Justiniano Alfredo, y Raúl..., yo que sé... Raúl Emiliano, por ejemplo.

Sonreí y le di un golpecito en la pierna.

—Déjate de guasa. —Pero él continuó.

—Y tú podrías ser… Cristina Lucrecia Margarita. Sí, ese te pega. Es que ya veo el tráiler. —Cambió el tono de voz y continuó diciendo—: Una joven que huye de un pasado aterrador… Dos hombres que se debaten por el amor de Cristina Lucrecia Margarita… ¿Logrará ella mantener a salvo su oscuro secreto? ¿Encontrará la felicidad en los brazos de alguno de estos dos apuestos maromos?

Volví a sonreír y le pegué más fuerte en la pierna. Él hizo una falsa mueca de dolor.

—Valeeee, cierro el pico.

Suspiré y volví a preguntarle:

—¿Qué hago, Javi?

Él me contempló esta vez muy serio.

—Debes hablar con Raúl, Cris. Tienes que decirle que Marcus está aquí. Esta vez nada de mentiras, nena.

Respiré profundamente, asimilando poco a poco sus palabras… «Nada de mentiras». Así era como se sostenía una relación, ¿no? Pero en esos momentos la mía pendía de un hilo y la verdad solo haría que ese hilo terminara rompiéndose del todo.

Me llevé las manos a la cara y le pedí a Javi que me dejara su móvil, el mío estaba inservible y necesitaba llamar a Elena y charlar con ella. Probablemente, oír su voz calmaría mi malestar. Y así fue. Hablé primero con Rosa, que parecía no tener ni idea de lo que sucedía entre Raúl y yo, y luego me pasó a mi pequeña.

—Hola, mamá. —Su cantarina e inocente voz me arrancó una sonrisa.

—Hola, tesoro, ¿cómo te lo estás pasando?

—Muy bien, abuelo me va a llevar hoy a montar a caballo.

—No me digas, ¡qué guay!

—Sí, le he dicho a papá que quiero un poni para mi cumpleaños.

—¿Has hablado con papá? —pregunté intentando descubrir dónde estaba Raúl exactamente.

—Sí, hace un ratito. ¿Mamá, me lo vais a comprar?

—Bueno, ya veremos. Pero… ¿papá está ahí contigo?

—No, mamá, me ha llamado por teléfono. Porfiiii, mamá, cómprame un poniiii…

Intenté explicarle las consecuencias de vivir con ese animal en un piso de ciento cincuenta metros, pero solo atendió a lo que le dio la gana. Luego me despedí de ella con pesar.

Al cabo de unos quince minutos, Marta apareció por el salón dando un saltito y sorprendiéndonos a Javi y a mí que observábamos la televisión, aunque yo tenía la cabeza en otra parte.

—¡Buenos días! —chilló, poniéndose delante de nosotros y sujetando su móvil con el brazo que no tenía escayolado.

—¿Se puede saber por qué te has despertado poseída por el espíritu de Leticia Sabater? —inquirió Javi con sorna al percatarse del repentino buen humor de Marta.

—Es Fernando —dijo señalando el teléfono y alzando las cejas insistentemente.

—¿Ah, sí? ¿Y qué dice? —quise saber.

—Pues ayer, cuando estaba en el bar, me envió un mensaje. Con todo aquel follón se me pasó decírtelo. Justo al ir tú al baño —carraspeó como si le diera reparo volver a recordarme el fatídico incidente, y prosiguió—: El caso es que desde que estuve en su consulta no sabía nada de él, y ayer a las dos de la mañana me envía un mensaje y me dice que está solo en su casa y que si quiero pasarme a tomarme una copa con él. ¡A las dos de la mañana! —expresó ella indignada, haciendo una uve con los dedos.

—¿Y qué le respondiste? —interpeló Javi.

—Que no —replicó encogiéndose de hombros como si su respuesta fuera evidente. Se sentó a mi lado y se echó una manta por las piernas mientras terminaba de contarnos sus peripecias sentimentales con Fernando—. Le dije que ya estaba de copas y que me encontraba muy bien acompañada, que le agradecía su inocente y casta invitación, pero que me había avisado un pelín tarde.

Sonreí ante su elocuente respuesta y la felicité, sin embargo, no pude evitar pensar que si Fernando estaba solo en su casa… ¿Dónde demonios estaba Raúl? Me quedé un poco pensativa y luego oí a Javi preguntarle de nuevo a Marta:

—Bueno, ¿y entonces por qué te has despertado tan contenta?

—Porque ha vuelto a enviarme otro mensaje hace un momento.

Nos mostró la pantalla para que nosotros mismos pudiéramos leerlo.

«Te aviso con tiempo: me gustaría cenar contigo esta noche, ¿te recojo a las diez en tu casa, o también tienes planes?».

Ella apretó los labios simulando una sonrisa y nos examinó con un brillo excepcional en sus ojos. Sin duda, Marta estaba coladita por Fernando.

—¿Y qué vas a hacer? —curioseé.

—Voy a quedar con él, pero tengo un plan —declaró alzando una ceja y poniendo cara de listilla.

Javi y yo nos miramos y estuvimos a punto de atragantarnos de la risa.

—¿Qué plan, chalada? ¡Queda con él y punto! —bramó él, burlándose—. No inventes nada que luego lo fastidias todo.

—No, Javi. Fernando me toma por una chica fácil. Me llama solo cuando quiere sexo conmigo. Así es como me hace sentir. Pero esta vez será distinto. Quedaré con él, pero no dejaré que me ponga un solo dedo encima.

Javi sacudió la cabeza y cerró los ojos con fuerza, como si lo que Marta estuviera diciendo no fuese verdad.

—¿Me estás diciendo que tu plan con Fernando consiste en hacerte la estrecha?

—Más o menos —respondió ella con la cabeza bien alta.

—¡Ay, Dios! ¿Pero esta niña no inventa nada normal? —bufó Javi poniendo los ojos en blanco.

Ella sonrió y se puso de pie de un salto.

—Venga, vestiros, nos vamos de compras. Necesito vuestra ayuda. Quiero ponérselo muy difícil a Fernando esta noche.

En un principio me negué a acompañar a Marta, tan solo quería volver a mi hogar y rezar para que Raúl hubiera regresado y estuviera dispuesto a solucionar nuestra complicada situación. Pero luego, la idea de que no hubiera pasado la noche en casa de Fernando hizo que me revelara aún más y decidí actuar del mismo modo que él: con indiferencia.

¿Cuánto tiempo seríamos capaces de soportar en esta tesitura?

33

ALGO ROMÁNTICO

—**D**éjame aquí mismo, tengo que entrar en el supermercado antes de subir a mi casa —le dije a Raúl para que detuviera el coche en la avenida.

Me encontraba muy mareada, pero aun así no quería que él se diera cuenta de nada. De hecho, había pasado la noche en su chalet y las náuseas apenas me dejaron pegar ojo. Aguanté como pude, reprimiendo mis ganas de vomitar, pero sabía que no podría ocultarlo mucho más. Era tan grande la sensación de pánico que se estaba apoderando lentamente de mí que lo único que podía hacer era fingir y alejarme de él.

—Muy bien. ¿Te llamo mañana? —me preguntó, girándose en su asiento para luego poner una mano en mi cintura y acercarme a él. Me plantó un delicioso y húmedo beso en el cuello. Serían aproximadamente las ocho y media de la tarde, llevaba con él desde el día anterior y me hubiese quedado esa noche también, de no ser por mi estado anímico. Sin embargo, no fue eso lo que le dije. Simplemente simulé que tenía que acabar un trabajo que me había encomendado la revista.

—Sí…, vale… —Pero a pesar de que sus labios en mi piel eran una adicción, tenía un calor de muerte y tan solo necesitaba un poco de aire—. Tengo que irme. Hablamos mañana —susurré acunando su rostro entre mis manos y besándolo suavemente.

Él se había tomado unos días de vacaciones ese mes e intentábamos aprovecharlos al máximo.

—De acuerdo —murmuró contemplándome profundamente.

Abrí la puerta del coche y me bajé ante su intensa mirada.

—Adiós, guapa.

—Adiós, guapo.

Observé sus brazos bajo esa camiseta gris haciendo una ágil y resuelta maniobra con el volante de su coche, y me quedé parada en la acera de la calle hasta que estuvo bastante lejos de mí.

¿Por qué precisamente ahora? ¿Por qué en el momento que la vida se me presentaba con tintes tropicales? ¿Por qué mi menstruación no dejaba de hacerse la interesante y aparecía en forma de mancha escarlata en el centro de mis bragas? ¿Tenía que sucederme justo en esa época de mi existencia, en la que mirar a ese hombre era flotar en el mismísimo paraíso?...

Suspiré y me llevé una mano al estómago cuando otra punzada me sacudió.

Me di media vuelta y pasé de largo el supermercado.

Recuerdo que el color verde parpadeante de la cruz de la farmacia se quedó grabado en mis retinas. El verde siempre había sido mi color favorito y en ese instante solo me causó pavor. Aceleré el paso y me dispuse a hacer aquello que tanto terror me infundía.

—Hola, Cristina —me saludó la farmacéutica amablemente. Esa mujer llevaba toda la vida trabajando allí. Había sido amiga de mi madre desde que eran pequeñas.

—Hola, Ruth.

—¿Qué deseas, cielo?

—Un Predictor. —Pero de repente, los nervios me traicionaron y el volumen de mi voz fue demasiado elevado. Un par de señoras entradas en años me miraron curiosas.

Menos mal que Ruth era una mujer muy discreta y no comentó absolutamente nada. Tan solo analizó mi expresión con disimulo y fue en busca del producto.

Al cabo de unos segundos volvió con mi pedido y cuando lo hube pagado salí de la farmacia como alma que lleva el diablo.

Al entrar en casa, Carolina estaba en la cocina. Preparaba algo para cenar.

—Hombre, menos mal que vuelves, desaparecida.

—Holaaaa… —respondí, forzando una sonrisa.

Eché un rápido vistazo a lo que estaba haciendo y el color de los espárragos sobre unas rebanadas de pan de molde me arrancó una arcada que intenté contener con todas mis fuerzas.

—¿Te encuentras bien? Pareces cansada.

—Creo que estoy a punto de ponerme enferma. Debe de ser un virus de esos estomacales —dije tumbándome en el sofá.

Parecía muy contenta. Se notaba a leguas que las cosas entre Héctor y ella iban de maravilla. El problema era que Rafa, su ex, todavía no sabía nada de ese asunto y mucho me temía que las cosas se complicarían en cuanto descubriese el pastel. Pero, desde luego, no sería yo quien sacara el tema.

—Vaya. ¿Quieres que te prepare una sopita?

—No, gracias. No tengo ganas de comer nada. Creo que me voy a la cama.

A ella le resultó extraño que me fuera a dormir tan temprano. Pero en esos momentos tan solo anhelaba alejarme del mundo y fundirme en mis propios pensamientos. Al día siguiente haría diez años de la muerte de mis padres y mi situación era tan excepcional que me costaba asimilarlo. Acababa de enamorarme de un chico fabuloso, guapo, divertido y tremendamente sexi, y me negaba a aceptar el hecho de que justo ahora estaría embarazada de otro.

Unos minutos después me metí en la cama y contemplé el techo como si fuera a encontrar en él la solución a mis problemas. El sonido de un mensaje en mi móvil me obligó a incorporarme sobre las almohadas.

«¿Sabes qué?».

Era él.

«No. Dime».

«Mi camiseta aún huele a ti».

«¿Y eso es bueno o malo?».

Le pregunté sonriendo, aunque mi sonrisa se amplió cuando vi su respuesta.

«Es bueno. Menos mal que hueles bien».

«Vaya. Gracias. Muy romántico».

«Puedo ser muy romántico si tú quieres».

Miré aquellas palabras y me cuestioné hasta dónde quería llegar con esa conversación, no obstante, a decir verdad, me olía algo... y quise provocarlo.

«¿Ah, sí? Venga, demuéstramelo».

Tardó unos segundos en responder, pero luego tecleó:

«No te vayas. Quédate».

Esta vez fui yo la que permaneció con la mirada fija en la pantalla, en silencio y con el único sonido de los latidos de mi corazón resonando en mi pecho. Esas simples palabras me parecieron increíblemente románticas. Si estaba embarazada y él llegaba a enterarse…, le haría mucho daño.

«Aún tienes tiempo para echarte atrás».

Y le escribí eso con aquel mal presagio revoloteando a mi alrededor.

«Cristina, esto no es un amor de verano».

Ahora empezábamos a ponernos serios y mi pulso comenzó a temblar.

«Es cierto. Eres muy romántico cuando quieres».

«Te lo dije. Ahora te toca a ti».

«¿El qué?».

«Decirme algo romántico».

«Espera que piense un poco…».

¿Quién eres, Cristina?

«Tiene que ser improvisado, si no, no vale».

Y esa vez, no sé si era porque mis hormonas estaban revolucionadas o simplemente por mi incoherente tendencia natural a enredar más las cosas cuando todo estaba a punto de desbordarse, observé el teléfono y a continuación tecleé:

«Te quiero».

Lo escribí pensando en borrarlo. Pero en vez de eso le di a enviar. ¡Malditos móviles!

¿Qué coño haces, Cristina? Me zarandeó una voz de ultratumba parecida a la mía.

Esperé a que él respondiera. Me mordí el labio con fuerza, pero su respuesta no llegó. Seguía conectado, sin embargo, no dijo nada más. Y fue entonces cuando me sentí aterrada. Al cabo de unos minutos apagué el móvil y la luz del flexo, y me aferré a la almohada deseando que el sueño se apoderara de mí. Un poco después, la opaca oscuridad de mi habitación me absorbió y caí en un precipicio somnoliento.

34

COMPLICACIONES

Estaba sentada frente a Marta, a la mesa de un restaurante nuevo y estiloso que habían inaugurado recientemente muy cerca del puente de Triana. Desde las cristaleras podía observar con claridad la sutil belleza que exhibían en ese momento las aguas del río Guadalquivir.

Javi y yo nos pasamos toda la mañana de un sitio para otro, decidiendo el conjunto de ropa interior y la indumentaria perfecta para que esa noche Marta torturara a Fernando. Y, definitivamente, estaba siendo muy cruel con él. Sin duda, si el pobre Fernando conseguía deshacerse de su traje, iba a sufrir un colapso momentáneo. Ver a Marta en el probador de la tienda luciendo aquellas minúsculas prendas de seda y encaje había sido excitante incluso para mí, que no me gustaban las mujeres.

Pero después de eso, Javi decidió marcharse. Según él, lo habíamos agotado demasiado en su día libre. Al menos eso fue lo que nos respondió después de atender una llamada de teléfono de su súper detective. Así que se despidió de nosotras y se largó tan contento.

Observé a Marta meter la mano en su bolso para coger algo e inmediatamente protestó:

—Joder, me he dejado el móvil en casa.

—Vaya, pues estamos como para una emergencia. El mío sin batería y el tuyo en casa —repliqué.

Se metió una patata en la boca y luego comentó:

—¿Te acuerdas cuando éramos pequeñas y no había teléfonos móviles?

Parece que haya pasado una eternidad de eso.

—Pues sí. Sobre todo me acuerdo de cuando decías que me recogerías a una hora y aparecías cuarenta minutos después porque te estabas haciendo las planchas en el pelo. ¡Con la de planchar ropa! ¡Qué locura!

Ella soltó una carcajada.

—Dios mío, recuerdo que una vez mi madre me quemó una oreja. Menos mal que inventaron las planchas de mano. Qué haríamos sin tanta tecnología...

Mientras las dos charlábamos despreocupadas sobre un montón de cosas absurdas, el camarero se acercó a nuestra mesa y nos preguntó si tomaríamos café. Y justo cuando creí que se acercaba de nuevo para dejarnos las tazas, sentí la presencia de alguien a mi lado. Alcé la cabeza y me encontré con los descarados y atractivos ojos de Marcus clavados en los míos.

—Hola, Cristina.

Lo acompañaba otro hombre, me pareció que era uno de los señores que vi con él el día que nos encontramos en el hotel.

Me tensé en mi asiento con el pulso a mil por hora.

—Hola, Marcus. —Miré rápidamente a Marta que frunció el cejo, desconcertada.

A continuación, él solito se tomó la confianza de presentarse a ella. El otro señor nos saludó cordialmente y comunicó que debía marcharse. Al parecer, habían estado almorzando en el mismo restaurante que nosotras y yo ni siquiera lo había visto.

—Te envié un mensaje anoche. Luis, tu jefe, me pasó tu teléfono... —dijo apoyando una mano en mi silla, en un claro gesto de atrevimiento.

—No lo vi —respondí de inmediato.

—Qué raro... Me aparecía en pantalla que estabas conectada.

«Malditos móviles», murmuré para mí.

—Pues no, no lo vi —repetí sin mirarlo.

Marta permanecía callada al otro lado de la mesa y por la expresión de su cara parecía realmente incómoda.

—Vale, pues entonces te diré lo que te puse.

Me giré en mi asiento y masculé:

—No es necesario, Marcus. Sea lo que sea lo que tengas que decirme, no me interesa en absoluto.

—Tienes una hija, Cristina. De seis años, ¡maldita sea! —farfulló sin importarle que Marta estuviera presente.

Mi amiga se levantó de su asiento.

—Creo que es mejor que me vaya, Cristina —susurró.

—¡No! Por favor —grité espontáneamente, incorporándome y sosteniendo su muñeca. Me aterraba quedarme a solas con él. En realidad, lo que de verdad me turbaba era tener que enfrentarme a esa abrumadora verdad. Sin embargo, él aprovechó que el asiento de Marta estaba libre y se sentó frente a mí—. No te vayas, Marta.

—Tienes que solucionar esto, Cris. Y tienes que hacerlo tú solita —dijo en voz baja, mirándome a los ojos y sosteniendo una de mis manos. Me dio un beso en la mejilla y anunció—: Yo pagaré el almuerzo. Te llamo luego.

La vi alejarse y antes de girarme y volver a enfrentarme a Marcus, respiré profundamente.

—¿Qué es lo que quieres, Marcus? —pregunté una vez ya sentada.

Paseé mi mirada por su masculino rostro, por su espeso cabello y por los mechones del flequillo, que le resbalaban por los marcados pómulos. Vestía un jersey gris de pico y debajo una sencilla camiseta blanca. Cruzó los brazos y apoyó los codos sobre la mesa.

—¿Es mía? —preguntó muy serio.

—¿Pero… estás loco o qué? Claro que no —respondí.

—Pues todo indica que sí, Cristina. Y no solo por las fechas, que coinciden con exactitud. Si no por tu manera de comportarte conmigo.

—¿Cómo quieres que actúe contigo, Marcus? Me dejaste tirada, ¿lo recuerdas?

—Eso no fue del todo así. Te marchaste de Ámsterdam, joder. Te fuiste sin decirme nada.

—Descubrí que estabas casado. ¿Qué querías que hiciera? Fui una estúpida, Marcus. Me acosté contigo aun sabiendo que no debía hacerlo. Eras mi jefe y sabía que estaba mal. Pero de lo que no tenía ni idea era de que serías tan cerdo y embustero.

—No fui menos mentiroso de lo que tú lo estás siendo ahora conmigo. Maldita sea. ¡¿Es mi hija?! —dijo dando un puñetazo en la mesa.

—¡No, no lo es! Es mía y tiene un padre maravilloso que la adora. Tú estás fuera de toda esta historia, Marcus. Fin de la conversación. Además, ¿a qué viene ahora este interés? Recuerdo perfectamente que te envié un correo cuando me quedé embarazada. Y tu respuesta todavía la tengo grabada a fuego lento en mis entrañas. Me dijiste que no querías tener ese bebé. Alegaste que estropearía mi carrera y que sería un grave error. ¡Un grave error! Así fue como llamaste a lo nuestro.

—Por aquel entonces lo era, Cristina. Hay cosas que tú no entiendes.

—Ni falta que me hace, Marcus. —Agarré mi bolso, que colgaba de mi silla, y me levanté.

—Por favor, quédate, necesito hablar contigo —suplicó poniéndose de pie él también.

De repente vi en sus ojos algo que no había visto nunca. Permanecí quieta, debatiéndome en si debía marcharme o no. Pero la necesidad de dejar el tema zanjado de una vez por todas me hizo dudar. Y sin saber por qué, volví a sentarme.

Su rostro adquirió una afligida expresión.

—Es complicado, Cristina. Te conocí en un momento de mi vida delicado. Cuando llegaste a la redacción aquel día…, me pareciste una fantasía. Analicé cada uno de tus gestos y te vi tan bonita, radiante y llena de vitalidad que me enamoré de ti al instante.

Escruté sus facciones y me aturdió el pensar que aún me siguiera resultando tan atractivo.

Aparté mi atención de su cara y me observé los dedos de las manos. Siguió hablando.

—No sé si recuerdas ese día… —Claro que lo recordaba.

De pronto, esa imagen asaltó mi cabeza como si fuera un sueño muy lejano. Recordé lo que sentí cuando él tomó mi mano para saludarme. Cuando sus ojos azules me recorrieron entera. Llevaba la cámara de fotos colgada del cuello y lo había pillado en medio de una sesión fotográfica. A pesar de todo, se detuvo y se acercó a mí. Me pareció uno de los hombres más guapos que había conocido hasta el momento. Apenas pude atender a lo que me decía. En aquel entonces, su acento italiano era más pronunciado que ahora y aquello solo hizo acrecentar mi excitación. Yo era la nueva becaria y se suponía que era de él de quien debía aprender, así que me pidió que me quedara hasta que terminara la sesión.

Estaba fotografiando a dos modelos ucranianas, dos épicas bellezas, y de fondo sonaba la canción *Love letters,* de Paper Route. Las chicas se movían con soltura mientras él iba tomando cientos de fotografías y las animaba a realizar sexis movimientos.

Lo observé desde una de las esquinas de aquel estudio. Me sentía tan pequeña e insignificante entre tanta belleza que apenas me moví de mi sitio. Sin embargo, no dejé de examinarlo. Él llevaba unos vaqueros con un roto a la altura de la rodilla y una camisa, también vaquera, por fuera del pantalón. Pensé que me estaban gastando una broma pesada. ¿De verdad iba a trabajar con un tipo así? Aunque de todas maneras, era imposible que se fijara en mí teniendo en cuenta a las modelos con las que trabajaba. Probablemente era uno de esos tíos que dormía cada noche en una cama diferente.

Todavía tenía grabada en mi mente la mirada que me lanzó una de las veces al girarse, cuando creí que no podía ver cómo yo lo desnudaba con los ojos. Estaba segura de que adivinó el obsceno pensamiento que me invadió…

Pero rápidamente, volví a la realidad y fue como si escuchara en mis oídos el ruido de un tocadiscos frenarse bruscamente.

No quería oír nada de eso. Me negaba a rememorar un pasado que ya no me pertenecía.

—Lo recuerdo perfectamente. Pero recuerdo mejor el día que tu mujer se presentó en el estudio y me dijo que era tu esposa.

—Pretendo explicarte por qué me comporté de esa manera.

—No hay ninguna explicación para eso. No debiste ocultarme que estabas casado, bajo ningún concepto —protesté.

—Sigo enamorado de ti, Cristina —dijo sin pestañear.

Cerré los ojos con fuerza. Era increíble que en ese momento de mi vida todo se complicara aún más.

—Estoy casada, Marcus. ¿Es que no te has enterado?

—Sí, lo sé. Pero también sé que Elena es mi hija.

—¡No!—bramé furiosa, sobre todo al oír el nombre de mi pequeña salir de sus labios. Sin duda, Luis le había dado demasiada información sobre mí.

Esta vez me levanté y salí corriendo de allí. Cuando me quise dar cuenta estaba en la calle y aceleré el paso sin saber exactamente a dónde me dirigía. Crucé la carretera, arriesgándome a que los coches me arrollaran y llegué al puente de Triana. El sol se había ocultado y la incipiente oscuridad de la noche amenazaba con inundar el paisaje. Las farolas ya estaban encendidas y el reflejo de aquella luz en el río formaba unas delgadas líneas amarillas en movimiento. Oí mi nombre detrás de mí.

—Cristina, por favor, para —me rogó él.

Me detuve. Apoyé una mano en la baranda y me coloqué mirando al agua.

—¿Por qué ahora, Marcus? ¿Por qué has tenido que aparecer justo ahora? —formulé observando las blancas fachadas que se alzaban al otro lado del puente.

—Es ahora cuando por fin te he encontrado —declaró.

—No vas a detenerte, ¿verdad?

Él se acercó a mí y puso su mano encima de la mía.

—Sé que estás casada, Cristina, y también que no eres feliz. Te conozco y sé que pasa algo en tu matrimonio.

—No sabes lo que dices —gruñí, apartando mi mano y retirándome de él.

—No veo en ti nada de lo que había cuando te conocí. Eso es lo único que sé. Estás triste, joder. Tu marido tiene que ser un gilipollas si hace que tengas esa expresión todo el tiempo.

Aquellas palabras me produjeron un dolor indescriptible.

—¡Cállate! —grité sin importarme que a esa hora el puente estuviera lleno de personas y ciclistas paseando.

Él fijó la vista en el suelo un segundo y luego volvió a clavarme su enojada mirada.

—Si es mi hija quiero saberlo, Cristina —expresó esta vez con una seguridad que hizo que mis rodillas se tambalearan.

—Ya te lo he dicho, mi hija tiene un padre. —Él exhaló una mueca sardónica.

—Tendrás que demostrármelo —manifestó.

—¿Qué insinúas, Marcus? ¿Me estás amenazando?

—Solo digo que si no es mi hija no tienes de qué preocuparte, ¿no?

Tragué saliva con fuerza y me puse muy cerca de él. Tuve que alzar la cabeza para poder observar con claridad su perfecto e irritante rostro.

—Déjanos en paz, Marcus —mascullé con los dientes apretados.

Él sonrió y negó con la cabeza.

—No, Cristina. No te confundas. No quiero que me odies.

—Pues te odio. Te odio con todas mis fuerzas. Aléjate de mí y aléjate de mi familia.

Él se tomó la confianza de tocarme la cara en ese instante y yo le respondí con un rápido manotazo.

—Cambiarás de opinión, nena —susurró antes de girarse y dejarme allí con ganas de tirarme al río con los bolsillos llenos de piedras.

Necesité unos segundos para recomponerme y asimilar aquello. Sin embargo, cuando me giré para marcharme me encontré una sorpresa con la que no contaba. Fernando estaba a tan solo unos metros de distancia de mí, deteniendo su carrera, y por su expresión estaba segura de que había presenciado la escena con claridad.

Carraspeé nerviosa y le sonreí. Recé para mí, para que no hubiera oído nada. Iba vestido de deporte, con un pantalón corto negro y una sudadera gris. Llevaba el cabello casi rapado en la parte de abajo y, arriba, los mechones castaños y ondulados de su flequillo brillaban a consecuencia del sudor.

—Hola, Fernando. ¡Qué alegría verte! —dije con el labio temblando y mintiendo; obviamente no me alegraba de verlo en ese momento.

El cielo se estaba tornando azul grisáceo y ahora hacia más frío…

—Hola, Cristina —respondió él, respirando con dificultad—. No parecías muy contenta hablando con ese tipo. ¿Quién es? —preguntó sin ocultar su disconformidad.

—¿Cómo? ¡Ah, no! Es solo un viejo amigo —respondí con la voz entrecortada—. ¿Qué tal estás?

Al parecer, mi estrategia de cambiar de tema no dio resultado.

Él me miró con los ojos entrecerrados y luego se llevó las manos a las caderas poniendo los brazos en jarras.

—¿Qué pasa entre Raúl y tú, Cristina?

Su mirada añil y la expresión escrutadora con la que esperaba una respuesta hicieron que los nervios de mi estómago vibraran.

Me recoloqué el bolso en el hombro y me crucé de brazos.

—No pasa nada. Además, tú debes saberlo mejor que yo. Ha estado en tu casa, ¿no?

—No ha querido contarme nada sobre vosotros. Solo me dijo que estabais pasando una mala racha, y ahora… Ahora te veo hablando con ese tipo…

—Fernando, esto no tiene nada que ver con lo que nos pasa. Por favor, te ruego que...

—Es mi amigo, Cristina. ¿Qué se supone que debo hacer después de lo que acabo de ver?

—Nada, por favor…

Él chasqueó la lengua con desagrado.

—Mierda, Cristina. ¿Qué coño pasa?

—Nada, Fernando. No pasa nada. No te metas en esto —dije sosteniéndole la mirada—. Te lo ruego.

Él miró hacia otro lado, airado, y meneó la cabeza como si lo que yo le estuviera pidiendo fuera imposible.

No quise decir más. Al fin y al cabo eso era algo que solo nos incumbía a Raúl y a mí. Me di media vuelta y me marché. Necesitaba pensar, digerir cómo iba a llevar todo aquello a partir de ahora.

Caminé durante horas, creo. Bajé una escalinata que daba acceso a la orilla del río y anduve por el pequeño sendero de madera que lo bordeaba con mis pensamientos en alguna parte, muy alejados de mi realidad.

No recuerdo exactamente a la hora que llegué a casa, solo sé que era de noche cuando atravesé el umbral y que tenía los huesos entumecidos a consecuencia del frío.

Encendí la luz del pasillo, me quité el abrigo y el bolso y los colgué en el perchero de la entrada. Cuando me di la vuelta me fijé en que el salón estaba iluminado.

Al acercarme, contemplé a Raúl sentado en el sofá con los codos apoyados en las rodillas. Llevaba un pantalón de chándal y una camiseta blanca de manga larga. Tenía la cara sombreada a consecuencia de su barba, más larga que de costumbre, y mostraba unas extenuadas ojeras. Aun así estaba tan guapo como siempre y le echaba tanto de menos que sentí la irrefrenable necesidad de lanzarme a sus brazos. Sin embargo, él no parecía sentir lo mismo, todo lo contrario, parecía muy cabreado. Me tensé solo de pensar que Fernando le hubiera llamado y contado lo que acababa de ver.

—¿Se puede saber dónde coño has estado desde ayer hasta ahora? —preguntó mirándome desde su posición.

—Me quedé en casa de Marta. No quería volver a estar sola. Y tú no dabas señales de vida. Así que pensé que no te importaría mucho dónde durmiera.

—¡Te llamé anoche de madrugada! Llevo llamándote todo el puto día —protestó.

—Me quedé sin batería en el móvil y Marta no tiene cargador.

Se levantó y pasó por mi lado para dirigirse a la cocina.

—Como siempre, haces lo que te da la puta gana… —rezongó.

Su comentario consiguió que me irritara de un modo incontrolado.

—¡¿Yo?! ¿Yo soy la que hace lo que le da la puta gana?

—¡Sí, tú! —gruñó enfurecido, señalándome con el dedo y moviéndose de un lado a otro—. Y yo soy el imbécil que te espera en casa y tiene que acceder a todos tus caprichos.

—¡¿Qué caprichos, maldita sea?! No estarás hablando de la zorra de tu secretaria, ¿no? Porque si te refieres a eso, para tu información te diré que me la encontré anoche en un bar y me tiró una copa a la cara.

—Tú le tiraste un café a ella —dijo cruzándose de brazos.

Me mordí el labio con fuerza y apreté los puños conteniendo mis ganas de cruzarle la cara.

—¿Quieres decir que me lo merezco? ¿No es eso?

—Solo digo que la defensa está permitida. Además, si hubieras estado en casa en vez de en un bar, no te habría pasado nada de eso.

Ese comentario hizo que la sangre ardiera en mis venas.

—Vete a la mierda, Raúl. ¡Que te den! ¿Para qué coño has vuelto? ¡Lárgate, imbécil!

Estoy convencida de que en el camino de la cocina a mi dormitorio dije algún que otro descalificativo más hacia su persona, solo que estaba tan fuera de mí que no los recuerdo.

Me siguió hasta la habitación, pero esta vez le cerré la puerta en las narices con una fuerza sobrehumana. Eché el cerrojo y me metí en la ducha. Al cabo de unos treinta minutos, estaba tumbada en la cama llorando. Me sentía tan desgraciada…

«No veo en ti nada de lo que había cuando te conocí. Eso es lo único que sé. Estás triste, joder. Tu marido tiene que ser un gilipollas si hace que tengas esa expresión todo el tiempo».

Esas palabras de Marcus inundaron mi mente.

Me quedé durante un buen rato despierta, contemplando mi imagen en el espejo del armario.

Y aún no sé por qué, pero en esos momentos solo podía recordar lo que Raúl y yo fuimos y en lo que nos estábamos convirtiendo.

Agarré esa fotografía que decoraba nuestra mesilla de noche. Nosotros dos en aquella terraza del Hotel Danieli, cuando el sol todavía no había acabado su baño en las plateadas aguas del mar Adriático.

Repasaba una y otra vez el tiempo que vivimos tan intensamente y mi mente me llevó a aquella vez que hicimos el amor por última vez en nuestra luna de miel. Aquella última noche en Venecia y la primera de una vida juntos. Podríamos haber escogido cualquier sitio en el mundo, pero decidimos que fuera esa ciudad. No queríamos alejarnos demasiado de España. Elena aún era muy pequeña y la idea de separarnos de ella más de cuatro o cinco días se nos hacía insoportable. Fue por eso por lo que optamos por un destino más cercano. Cinco noches. Suficientes para asegurarme de que no me había equivocado al casarme tan precipitadamente. Solo cinco para darme cuenta de que las palabras que había jurado ante él eran las más ciertas que pude encontrar en mi corazón. Esos días permanecerían intactos en mi memoria, inmortales e imborrables. Tanto como esa foto…

Habíamos pasado la tarde recorriendo los rincones que nos quedaban por conocer. Comiéndonos un helado en la Plaza de San Marcos, despidiéndonos de ese paisaje de ensueño. Paseando por aquel trazado de sinuosas calles de su mano y admirando ínfimamente el Puente de los Suspiros. Hablando de cosas triviales, como nuestras canciones favoritas y el color de nuestro salón, para luego cambiar de tema y acabar discutiendo sobre movimientos políticos. Porque si algo nos excitaba a Raúl y a mí era llevarnos la contraria hasta acabar muertos de la risa tras recuperar la cordura.

A veces, solo a veces, durante esos días me expoliaba los pensamientos un ligero vaticinio. Un desconocido y aterrador augurio de que no me merecía todo lo bueno que me estaba ocurriendo. Pero intentaba alejar de mí esa sensación.

—No quiero que esto acabe nunca —susurré, apoyada en su hombro, desde la balaustrada de una de las pasarelas mientras contemplábamos cómo cientos de turistas recorrían los canales a bordo de preciosas góndolas. Me sentía embriagada de amor.

Sin mirarlo, supe que estaba sonriendo.

—Querías una luna de miel romántica, ¿no? Pero creo que esto ya roza lo pedante —dijo señalando con la cabeza a un gondolieri que en aquel momento comenzó a deleitarnos con una canción. El hombre cantaba de un modo exagerado a una pareja que se abrazaba feliz dentro de la embarcación.

—No seas patoso, esto es muy bonito —protesté, pegándole en el brazo.

—Menos mal que nos vamos mañana, porque creo que te estás acostumbrando demasiado a este rollo ñoño. —Me agarró de la cintura y se colocó detrás de mí. Sus labios se ciñeron a mi cuello.

—¿*Estás insinuando que después de nuestra luna de miel se romperá el hechizo?* —bromeé, moviendo ligeramente las caderas hacia lo que a mí me pareció una repentina y tremenda erección.

Él continuó besando mi mandíbula.

—*Estoy insinuando que dejemos de ver a gilipollas cantando en barcas y aprovechemos esa habitación por la que he pagado una pasta.*

Me di la vuelta y me encontré con sus ojos, extraordinariamente grises, traviesos e inundados de felicidad.

—¿*De verdad quieres que pasemos nuestra última noche en Venecia follando en la habitación de un hotel?*

—¿*De verdad... me haces esa pregunta?*

Solté una carcajada y puse las manos en su pecho para intentar que dejara de acorralarme. Aunque, en realidad, me encantaba jugar con él.

—*Eres un guarro* —dije recorriendo cada centímetro de su rostro. Pensaba en lo afortunada que me sentía y en lo mucho que ese hombre se había metido bajo mi piel.

—*Perdón, has sido tú la que has pronunciado el verbo follar y la palabra hotel en la misma frase. Ahora no te hagas la estrecha* —murmuró acortando más nuestra distancia.

—*De acuerdo, volvamos al hotel* —propuse, colgándome de su cuello—, *pero tienes que hacerme lo que yo te pida.*

Afilé la mirada y puse morritos.

—*Ya sabía yo que solo te estabas haciendo la interesante...* —añadió con una sonrisita de suficiencia antes de volver a besarme.

Recuerdo que ya estaba oscureciendo cuando entramos en aquella suite ricamente decorada con espectaculares lámparas de cristal de Murano y hermosos tapices de tejidos artesanales. El entorno refinado y el mobiliario de época nos hacían transportarnos a la Venecia del siglo XIV. Me hubiera quedado a vivir allí si no hubiese sido porque echaba tanto de menos a Elena que con solo mencionarla me daba ganas de llorar.

Sin embargo, él se encargó de que nuestra última noche en esa habitación fuera inolvidable...

Nada más entrar aplastó mi cuerpo contra la pared del pasillo. Su lengua entró con tanto ímpetu dentro de mi boca que me sujeté a sus hombros para devolverle el beso. Gemí sobre sus labios y él, sin yo esperarlo, agarró mis muslos y me obligó a rodearle la cintura.

—*Será la última vez que te folle en esta lujosa habitación y no quiero que dejes de pensar en ello por mucho tiempo —gruñó, chupándome el labio inferior.*

Enredé los dedos en los mechones de su nuca y respondiendo a su beso con la respiración agitada, susurré:

—¿No crees que todo esto es demasiado romántico para que me digas estas cosas?

Él sonrió, sosteniéndome en brazos, con sus manos sobándome el trasero y adentrándose conmigo en la estancia.

—Si las digo es solo porque sé que te gustan.

Me dejó en el suelo y dio un paso atrás para sacarse el jersey gris de punto por la cabeza. Despeinó su cabello aún más con ese acto y me pareció terriblemente sexi en ese instante. Con sus labios hinchados y rosados, con aquella expresión de deseo en su mirada y su torso atlético y natural, preparado para que mis huellas se deslizaran sobre él.

—Es cierto —confesé.

Fui hacia él y volvimos a besarnos de un modo salvaje. ¿Cómo era posible que a pesar de todas las veces que habíamos hecho el amor, cada una de ellas me resultara todavía más excitante que la anterior?

Me desnudó con urgencia. Desprendiéndose primero de mi blusa y luego desabrochando mis vaqueros para meter su mano dentro de mis bragas.

—Mira cómo estás —jadeó sobre mi boca.

—Es culpa tuya —respondí, facilitándole la maniobra y deshaciéndome completamente de mis pantalones. Dejando que cayeran hasta mis tobillos para luego salir de ellos.

—No puedes hacerte ni una idea de lo cachondo que me pone sentirte tan húmeda.

Palpé su erección por encima de la gruesa tela y mirándole a los ojos exhalé:

—Y tú no puedes hacerte ni una idea de lo cachonda que me pone que me lo digas.

Lo vi sonreír. Una de esas sonrisas de satisfacción. Como si estuviera convencido de que era justo lo que deseaba oír.

Para mi absoluta sorpresa, sacó su mano de mi ropa interior e hizo algo que ya había hecho muchas veces antes. Solo que esta vez la expresión que alcanzaba a sus ojos era mucho más voraz, sucia y carnal. Se llevó uno de sus dedos a la boca y lo chupó.

—Eres un cerdo —dije provocándolo. Mordiéndome el labio y

conteniendo la repentina electricidad que me recorría las piernas y ascendía por mi vientre.

Un destello travieso y juguetón iluminó su rostro. Atrapó mi cara para acercarme de nuevo a él y acalló mis palabras con un beso desesperado. No recuerdo cuánto tiempo estuvimos besándonos, porque lo cierto era que me centré únicamente en la imperiosa necesidad de tenerlo cerca de mí. De devorar sus labios y lamer su lengua. De acariciar su espalda... Apenas me di cuenta de que con una destreza magistral me había quitado el sujetador y ahora intentaba llevarse uno de mis pezones a su boca.

Tiré de su pelo y le pedí que fuéramos a la cama. Quería sentirle en mi interior más que ninguna otra cosa en el mundo. Sin embargo, él negó con la cabeza y entre beso y beso me condujo hasta el balcón. Las puertas que daban al exterior estaban cerradas y los cristales nos permitían ver perfectamente hacia fuera sin ser vistos.

Me colocó de forma que mis manos quedaron abiertas sobre uno de los ventanales y él se situó detrás de mí. Obviamente, las vistas eran grandiosas. La luna se asomaba con su media sonrisa y su argentada luz vestía el mágico enclave de la cristalina laguna. ¡¿Cómo demonios iba a olvidarme de esa noche?!

Sus lengüetazos recorrieron la piel de mis hombros y descendieron por mi columna hasta llegar al encaje de mi tanga.

—No me cansaré de morder tu culo. No me cansaré de lamerte jamás —gruñó con sus manos por todas partes. Asegurándose de que cada roce y caricia despertara aún más mis ansias de tenerlo dentro.

—Raúl, por favor... —le supliqué, para que dejara los preliminares para otro momento y me follara de una vez.

—¿Por favor qué? —inquirió apartando mi cabello hacia un lado, besando ese punto entre mi mandíbula y el lóbulo de mi oreja que me derretía entera.

Su respiración me hizo cosquillas y me estremecí de la cabeza a los pies cuando capturó una de mis tetas y la sobó sin miramientos.

—¿Por favor qué? —repitió otra vez, colocando su otra mano entre mis piernas.

Rodeé su muñeca deteniéndolo y me giré ligeramente para susurrarle:

—Fóllame. Haz que recuerde Venecia como el sitio donde quiero que volvamos a follar salvajemente.

Él, simplemente, llevó sus dedos a mi barbilla y se detuvo a *contemplarme. Oí el sonido de la cremallera de su pantalón y sentí sus movimientos al deshacerse de sus calzoncillos.*

—Nena... —jadeó paseando su polla dura por mi culo—, supe que acabaríamos así desde la primera vez que te vi.

Aquella confesión me obligó a cerrar los ojos con fuerza.

—¿Así cómo? —bromeé, rozándome con él.

—Así —dijo, hundiéndose en mí y con la voz poseída de una lujuria infinita. Su embestida me arrancó un quejido de placer y apoyé la frente en el cristal—. Conmigo dentro de ti para toda la eternidad.

Pegó su pecho caliente a mi espalda y continuó lamiendo mi cuello a medida que sus movimientos se aceleraban cada vez más.

Me hizo el amor con verdadera devoción, marcando el ritmo con una exquisita habilidad.

—Joder, Cristina, cómo me gusta esto —le oí decir una de las veces que me penetró más profundamente.

—Mira, nena —dijo agarrando mi cara de nuevo para que mirara el paisaje que se presentaba ante nuestros ojos. Millones de estrellas inundaban el cielo nocturno y se reflejaban en la insólita mezcla de agua dulce y salada abarrotada de góndolas y otras embarcaciones—. Quiero follarte aquí y en cualquier parte del mundo. Este es solo el primero de los muchos sitios a los que quiero llevarte.

—Te quiero —respondí a punto de llegar al orgasmo, sintiendo cómo entraba y salía de mí.

—Venecia, tú y yo. Nuestro principio, Cristina. Ahora ya eres mi mujer.

Asentí y busqué sus labios antes de explotar pegada a su piel.

En aquella época habría gritado al firmamento que nada ni nadie estropearía lo nuestro, que nunca seríamos capaces de dejar que esa pasión se desvaneciera.

Pero cuando mis pensamientos iniciaron el retorno y volvieron de nuevo a esa imagen mía acurrucada en la cama, encerrada en mi habitación, no puede evitar preguntarme quién era esa chica que tenía ante mí.

«Conmigo dentro de ti para toda la eternidad», me repetí mentalmente...

Luego me giré y hundí la cabeza en la almohada para sollozar.

En ese instante, solo hubo una persona a la que deseé tener a mi lado con todo mi corazón, la única que comprendería mi dolor y me apoyaría incondicionalmente: mi hermana Carolina.

35

MÁS PROBLEMAS

—¿**Q**ué voy a hacer ahora? ¿Qué coño se supone que tengo que hacer, mamá?

Esas fueron las palabras que me inundaron el pensamiento mientras sostenía el Predictor entre mis dedos. Apenas tenía fuerza para levantarme y avisar a Carolina.

Me había despertado de madrugada cuando una premonición extraña se revolvió dentro de mí. ¿Era posible sentir una vida en tu interior antes, incluso, de tener la certeza de que estaba ahí?

Tenía los ojos anegados de lágrimas y las pulsaciones de mi corazón eran el único sonido que se repetía constantemente en mis oídos.

¿Cómo fui tan idiota, tan irresponsable de quedarme embarazada?…

Me llevé las rodillas al pecho y me abracé, con la imagen de mi madre en mi mente. Solo ella me habría aliviado en ese momento. Me sentía tan confundida y perdida que la sensación era aterradora.

Luego, la voz de Carolina llenó aquel espacio…

—Oh, Dios mío, Cris, ¿qué te sucede?

Su mano fue directa a mi pelo y la tierna caricia hizo que mi llanto se intensificara. Me derrumbé en su regazo, temblando por el miedo que me dominaba. Fue la apesadumbrada expresión de su rostro al contemplar el Predictor sobre el frío suelo porcelánico lo que me hizo entender en el grave problema en que me hallaba.

—Estás embarazada… —exhaló.

¿Quién eres, Cristina?

Y oírlo en voz alta me rompió todavía más.

36

NUESTRA HIJA

Reconozco que esos días evité que Raúl se acercara a mí. Estaba muy enfadada. Mi vida había cambiado de un día para otro, y todo porque él se empeñaba en tener a esa mujer trabajando en su oficina. Y para colmo, necesitaba tiempo para solucionar el asunto de Marcus. No tenía ni idea de cómo enfrentarme a eso.

El domingo por la tarde, mi suegra me llamó para que recogiéramos a Elena y merendáramos en su casa, y como no quería que la cosa se estropeara aún más, accedí. Admito que no le dirigí la palabra a Raúl. Tan solo fingí delante de sus padres que las cosas iban bien entre nosotros, pero una vez que llegamos a casa y Elena se fue a la cama… empezó de nuevo ese calvario aterrador y silencioso con el que ambos nos estábamos torturando.

Además, mi última conversación con mi hermana fue el determinante para que mi cabeza elucubrara una multitud de pensamientos negativos. Finalmente, decidí contarle a Carolina lo que nos estaba sucediendo últimamente. Postergué ese momento con la esperanza de que todo volviera a la normalidad. Pero una vez aceptado mi infortunio, no me quedaba más remedio que confesar.

—¿Pero de qué Patricia me hablas? ¿De la Patricia que estuvo liada con Héctor…? —preguntó ella sorprendida a través del teléfono mientras uno de mis sobrinos apenas la dejaba hablar. Mi hermana tenía dos niños, y el más pequeño, Álvaro, de tan solo once meses.

Su vida con Héctor era una espiral de cambios continuos. Aunque ella se había adaptado perfectamente. No obstante, se había incorporado de nuevo a su trabajo en la asesoría y por ello se encontraba bastante atareada. Esa era la única razón por la que no me monté en mi coche y me planté en Cádiz. Antes solía hacerlo muy a menudo, con eso de que la tenía a tan solo una hora de distancia… Pero ahora no quería volver a preocuparla con mis problemas.

—Exacto. Raúl ha metido a esa mujer a trabajar con él. Y mientras ella pretende hacerme la vida imposible, mi marido no se entera de nada.

—Esa mujer… Dios, aún recuerdo cuánto la odié.

—No creo que más de lo que yo la odio ahora —murmuré.

Le conté a mi hermana lo sucedido, incluido la desconcertante reaparición de Marcus en mi vida y su interés por Elena.

—Cristina, ¿tienes idea de lo que pasará si Raúl se entera que Marcus está en Sevilla y no se lo has dicho? —inquirió ella con un deje de preocupación en su voz.

—Lo sé… —respondí, frotándome los ojos—. Pero ahora mismo no nos hablamos. Le dije que despidiera a esa… mujer de su empresa y me dijo que no. Estamos muy mal, Carolina. No estoy segura de poder soportar esta situación mucho más tiempo.

—¿Sabes? Héctor siempre decía que ella solo había sido su amiga, que no tuvieron más que un rollo mucho antes de que él y yo empezáramos, pero a mí esa mujer nunca me gustó. Recuerdo perfectamente el día que la vi por última vez. Fue en tu cumpleaños, aquel verano… Apareció llorando en el Rodeo. Según él, estaba pasando por una mala etapa con su marido. Pero estoy segura de que eso solo era una estrategia para atraerlo. Sé que nunca me habría acostumbrado a tenerla cerca de él. Por eso te entiendo, Cristina. No quiero preocuparte más de lo que ya estás, pero tienes que hacer lo posible por alejarla de vosotros.

—Eso intento, Carolina. Pero me temo que Raúl no es Héctor.

—Recuerdo que pocos días después le pedí a Héctor que me contara lo que habían hablado esa noche y, según él, ella se sentía muy mal por algo que no llegó a confesarle porque aparecí yo. Le dijo que se separaba de su marido y que necesitaba alejarse. Eso fue lo último que supe de ella, gracias a Dios.

—No sé…, este asunto me está dejando sin fuerzas. Daría lo que fuera por alejarme un tiempo de todo esto.

—Ya sabes que puedes venir a casa cuando quieras.

—Lo sé, y aunque me muero de ganas por veros, todavía tengo que solucionar muchas cosas por aquí.

—¿Pero de verdad crees que Raúl siente algo por ella?

Ya había oído esa pregunta repetirse en la última semana y, a decir verdad, era la única explicación lógica para que Raúl no la hubiese despedido ya.

Le di un ultimátum y él se lo pasó por el forro del impermeable. Sin embargo, yo me sentía sin fuerzas para abandonarle, me negaba a hacerme a la idea de vivir sin él y mi sufrimiento, poco a poco, se instalaba en mi sangre como si fuera un imparable virus.

Tras hablar con mi hermana ese domingo por la noche decidí acostarme otra vez sola. Él ya había tomado como cama provisional el sofá del salón sin que yo le dijera nada y esta vez cerré los ojos agotada, con la esperanza de que un inesperado milagro me devolviera mi feliz existencia.

El lunes, nada más llegar al estudio, Luis me esperaba con impaciencia. Antes de entrar decidí si explicarle o no la relación que me unía a Marcus. Sobre todo para evitar que en un futuro le siguiera dando información que no debía al padre biológico de mi hija. Pero no me dio tiempo. Me pidió que volviera a ponerme el abrigo y nos marcháramos. Debíamos asistir a una convención importante sobre fotografía en el Hotel Meliá Lebreros y, al parecer, era el mismísimo Marcus en persona el que le había llevado las acreditaciones.

Aquel hotel se encontraba relativamente cerca de mi casa, muy próximo a la Estación de Santa Justa y en el meollo de la zona de ocio y entretenimiento de Sevilla.

Al entrar en el *hall* me encontré con unas magníficas instalaciones de suelos de mármol reluciente que creaba un contraste espectacular con sus altísimos techos, sus paredes blancas y aquella iluminación elegante y, al mismo tiempo, cálida. Luis se presentó ante el mostrador de Recepción, enseñó nuestras acreditaciones a una chica joven y uniformada y ella nos indicó dónde estaba el salón de la convención.

—Cuidado, no se confundan, justo en la puerta de al lado hay un congreso sobre Patologías del Deporte. Es la puerta de la derecha.

—Muchas gracias, señorita —respondió Luis, acompañando sus palabras con un ligero gesto de cabeza.

Atravesamos algunos pasillos hasta que llegamos a uno donde se congregaban cientos de personas. Mucha gente muy joven, la gran mayoría eran hombres. Supuse que se debía a aquel congreso sobre el deporte que había mencionado la recepcionista.

Al final de aquel pasillo una figura alta atrajo mi atención. Sabía que me lo encontraría allí, pero verlo después de nuestra última conversación hizo que un nudo se instalara en mi estómago. Estaba acompañado de otros colegas. Luis le hizo un gesto con la mano y él le indicó que nos acercáramos. Se saludaron como si fueran amigos de toda la vida y yo me quedé un poco más atrás.

—Hola, Cristina, ¿qué tal estás? —me preguntó con toda la naturalidad del mundo, extendiendo su mano para estrechármela.

—Perfectamente, Marcus —dije devolviéndole el saludo tras dudar unos segundos.

Antes de soltarme, su pulgar acarició el dorso de mi mano.

Luego se giró y me presentó a un par de señores. Uno de ellos era periodista y el otro, fotógrafo de *Photoactually*. Intenté concentrarme en la conversación que tenía con ellos, pero él no dejaba de observarme. Su mirada era una continua coacción. Ese día estaba tan guapo y sensacional que sentí la descabellada impresión de que estar a su lado era demasiado arriesgado.

Llevaba un jersey de rayas azules y un pantalón vaquero claro, y en su mano sujetaba una cazadora de piel marrón. Tenía ese aspecto desenfadado pero sofisticado que lo caracterizaba. Y su pelo... ¡Joder!, su pelo con ese largo era perfecto.

Entramos en aquella enorme sala y yo intenté mantenerme en todo momento cerca de Luis. Tomamos nuestros asientos y cuando me quise dar cuenta le había perdido de vista, lo cual fue tranquilizador.

Unos diez minutos después comenzó el acto. En la mesa presidencial se encontraban cinco ponentes. El primero en hablar fue un fotógrafo llamado Pedro Gutiérrez, especializado en la fotografía de viajes, que dio una breve e interesante charla. A continuación, otro de los ponentes nos presentó una interesante aplicación relacionada con el almacenamiento de imágenes en teléfonos móviles. Y después de escuchar a un par de hombres más hablarnos sobre el marketing y redes sociales relacionados con el mundo de la fotografía, Marcus se subió a la improvisada tarima y desplegó una pantalla de retroproyección.

Sin duda, su presentación fue la más espectacular. Era apasionante oírlo hablar de esa manera de su trabajo. Mostró un amplio abanico de fotografías con las que consiguió ganar varios concursos y certámenes y, finalmente, habló de la importancia que tenía para la revista, con la que trabajaba ahora, la exposición que se realizaría en abril en la Casa de la Provincia. Querían hacer una selección de los mejores fotógrafos, para aquel proyecto del que me había hablado y relacionado con la fotografía urbana.

Al decir esto último, Luis me dio un codazo. Supuse que eso significaba que tenía que hacerme a la idea de tener a Marcus muy cerca.

Todo se complicaba cada vez más.

El acto finalizó a eso de las dos de la tarde. Hice lo que me pidió Luis: relacionarme e intentar aprender lo que estuviera en mi mano. Pero mientras hablaba tranquilamente con una chica que formaba parte de la Asociación de la Prensa, Luis me interrumpió:

—Cristina, Marcus y sus jefes nos invitan a almorzar. Vamos.

—¿Es necesario que yo esté presente? —pregunté con un poco de miedo.

—Por supuesto —afirmó él tajante.

Sin embargo, yo no quería ir a ninguna parte con Marcus. De hecho, esa semana contaba con la posibilidad de que un ovni bajara a la Tierra y se lo llevara a…, pues yo qué sé, ¡a experimentar con él!, por ejemplo.

El almuerzo sería en uno de los restaurantes del hotel. Luis me condujo hasta allí mientras yo le seguía, silenciosa. Lo detuve antes de atravesar unas puertas de cristal que daban acceso a aquel sofisticado salón. Atisbé que en la mesa del fondo una reunión de hombres, entre ellos Marcus, nos esperaban sentados.

—Luis, hay algo que me gustaría contarte sobre Marcus.

—Me temo que tendrá que ser después del almuerzo, Cristina.

Él me sujetó la puerta y me instó a pasar con un ligero movimiento de cabeza. No estaba por la labor de escucharme en ese momento.

Al llegar a la mesa intenté buscar un asiento libre lejos de Marcus, pero él ya había acomodado a todos los comensales de modo que Luis quedara a un lado de él y yo al otro.

Intenté ignorarlo en la medida que pude, lo que duró la comida, pero él estuvo francamente insistente en atraer mi atención.

Cuando estábamos con el postre, de pronto comentó:

—Luis, me gustaría enseñarte unas cosas. Son unos catálogos que tengo en mi cuarto y algunas revistas antiguas sobre los trabajos que hice en la revista en la que trabajé anterior a esta. De hecho, hay fotografías tomadas por Cristina y te aseguro que son increíbles.

—Vaya, pues me encantaría verlas.

—Están en mi habitación. Espera, que subo a cogerlas —dijo levantándose de la silla. Al parecer, él y su equipo se alojaban en ese hotel.

Se encaminó hacia la puerta y antes de salir se giró, mirándome.

—Cristina, te importaría acompañarme. Me gustaría comentarte algo.

Todos los presentes desviaron la vista hacia mí, que por aquel entonces estaba paralizada sin saber qué responder.

Luis me observaba, esperando mi respuesta.

—Yo… prefiero esperar y que me lo comentes cuando vuelvas —titubeé.

—Anda, venga, no seas perezosa, acompáñame y me ayudas con los catálogos.

Mi jefe me hizo un gesto con los ojos. Me recordó a mi padre cuando yo era pequeña y quería advertirme de algo sin decir ni una palabra.

Conocía perfectamente a Marcus y sabía que no desistiría, así que me levanté, agarré mi bolso y lo seguí.

Cuando llegamos a la puerta de los ascensores y me aseguré de que en el restaurante no nos oirían, masculló:

—¿Te has vuelto loco? ¿Qué es lo que pretendes, Marcus?

Él sonrió sin responderme y pulsó el botón de llamada. Las puertas se abrieron y me hizo un gesto con la mano, invitándome a pasar. Me metí en el ascensor y, sin darme cuenta, ese reducido espacio me resultó asfixiante.

—¿Has pensado en lo que hablamos, Cristina? —inquirió colocándose muy cerca de mí.

—¿Qué es lo que se supone que debo pensar? —pregunté con el pulso acelerado.

—En mi hija. Nuestra hija —afirmó con determinación.

—No puedes hacer esto, Marcus. Mi hija tiene un padre. Te ruego que dejes las cosas como están.

—Su padre soy yo —aseguró dando un paso más.

Yo retrocedí y pegué mi espalda al cristal que hacía de pared en ese habitáculo.

—No, tú no eres su padre. Tú no la has visto nacer, tú no estuviste en el parto. No has visto cómo empezaba a caminar, no sabes nada de ella. Tú solo me pediste que abortara. Que me deshiciera de ella.

—Y tú me engañaste. Me dijiste que habías abortado. Habría actuado de otro modo de saber que la ibas a tener —sentenció, traspasándome con su mirada.

Un tintineo nos anunció que estábamos en su planta. Me adelanté a salir del ascensor. Necesitaba respirar.

Una vez en el pasillo me giré y lo miré a los ojos.

—¿De verdad que no me vas a dejar en paz?

Él se acercó a una de las puertas en el lado derecho del pasillo, sacó una tarjeta del bolsillo trasero de su pantalón y abrió.

—Pasa, por favor, me gustaría que pudiéramos hablar con tranquilidad.

—No pienso entrar contigo en tu habitación —dije paralizada.

—No voy a hacerte nada, Cristina. No sé por qué estás tan a la defensiva.

—Porque te conozco, Marcus. Conozco tus tácticas.

En ese instante, una de las chicas del servicio de limpieza apareció por allí empujando un carrito con enseres y nos saludó amablemente, fingiendo que no había oído nada.

—Por favor, pasa. Me gustaría contarte algo importante —suplicó.

Lo contemplé durante unos segundos y luego claudiqué. Al fin y al cabo, quería acabar cuanto antes con todo ese misterio.

Oteé la habitación. Estaba comprendida por una acogedora sala de estar con sofá de dos plazas, mesa baja y televisión de plasma, y un dormitorio con una confortable y enorme cama vestida con tejidos de alta calidad. Todo al más puro estilo vanguardista. Él cerró y me pidió que me sentara.

—¿Te apetece tomar algo?

—Marcus, habla, hay gente abajo esperándonos —le advertí.

Se quedó de pie en el salón, observándome. Se apoyó en el mueble aparador que había justo delante de mí y vi que se frotaba la cara con las dos manos, como si lo que estuviera a punto de decirme fuera muy doloroso.

—Te mentí, es verdad. No te dije que estaba casado. Pero tiene una explicación.

—¿Ah, sí?

—Sí —declaró él tajante—. Antes de conocerte, las cosas entre Susan y yo no iban bien. Y luego apareciste tú. Durante los meses que estuviste trabajando en la revista ella se hallaba en Estados Unidos. Me dijo que se marchaba por motivos de trabajo. Me lo justificó de tal forma que pensé que era así. ¿Recuerdas el día que vino al estudio? —Claro que lo recordaba. El mundo se me vino encima cuando ella se presentó ante mí como su esposa.

»Se suponía que solo volvía para pasar unos días y luego se marcharía de nuevo a Estados Unidos, a terminar el trabajo que tenía encomendado. Cristina, cuando Susan vino a verme quise contarle lo nuestro. Te juro que me enamoré de ti y pensé en abandonarla. Sin embargo, descubrí que no había ido a Estados Unidos por trabajo. Estaba enferma. Me ocultó su enfermedad con la esperanza de regresar recuperada. Pero la cosa se complicó y... murió hace un par de años.

Necesité unos instantes para asimilar la información.

—¿Murió? Pero el otro día me dijiste que te habías divorciado.

—Lo sé. Solo quería contártelo tranquilamente. ¿Entiendes el motivo por el que no quería tener un hijo contigo en aquel entonces?

—Sí, pero también recuerdo que en tu último correo me pedías que volviera a la revista. ¿Para qué, Marcus? Si tu mujer estaba enferma y debías cuidar de ella, ¿por qué querías que yo estuviera allí?

—Porque tú eras lo único que me daba fuerzas para continuar en aquel momento. Lo sé; sé que soy un cabrón egoísta, pero verte era lo único que me motivaba.

Me puse de pie y me moví por la habitación, nerviosa.

—Lo siento, Marcus. Lamento que tuvieras que pasar por todo eso, pero ahora las cosas son distintas. Yo estoy casada. Tengo una familia.

—Yo también la tendría de no ser por lo que te acabo de contar —dijo él escrutándome.

Me miré las botas y luego articulé:

—¿Y qué pasará ahora?

—Esperaré —murmuró.

—¿Esperar a qué?

—A que te des cuenta de que ese hombre que vive contigo no te hace feliz.

—Te equivocas, Marcus. Soy feliz con Raúl.

Se acercó lentamente a mí y de pronto su presencia me perturbó. Me pareció tan alto y tan... tan... ¡prohibido!, que di un paso atrás para evitar que se acercara más.

—No hagas esto, por favor...

—¿El qué? Solo quiero comprobar que ha desaparecido entre nosotros la química que siempre hubo.

Se acercó tanto que la palma de mi mano acabó abierta y presionando su pecho.

—Para, Marcus —rogué con el corazón a punto de perforarme el pecho.

Él puso su mano sobre la mía y enlazó nuestros dedos.

—Te deseo, Cristina —exhaló con la voz cargada de una perversa promesa.

Cuando me quise dar cuenta estaba atrapada entre la pared y su cuerpo. Su olor a esa corta distancia era como una lenta y placentera tortura.

—Me muero por volver a tocarte de nuevo. Te echo de menos —susurró llenando de húmedos besos mi mandíbula —. No te imaginas lo mucho que he pensado en ti.

Mi cuerpo era una aterradora contradicción. Sabía que debía detenerlo, pero estaba dejándome llevar por mis instintos más primarios y creo que la sensación de sentirme tan deseada en ese momento, me nubló completamente la razón.

Marcus me apretó contra él, presionando su erección en mi vientre.

—Solo te pido una vez más, Cristina —imploró apartando el cabello de mi hombro, acariciándome el cuello con su pulgar.

Lo miré a los ojos y antes de que pudiera decir nada él estrelló sus labios contra los míos. Su beso desató en mí una oleada de deseo que me recorrió de la cabeza a los pies. Sentí su lengua explorando descaradamente mi boca y terminé con mis dedos enlazados en su nuca. Mi innata estupidez salió a relucir de nuevo y creo que en aquel instante intenté demostrarme a mí misma que mi vida no se hallaba condicionada a un hombre que no me valoraba. Una parte de mí estaba tan cabreada con Raúl y con el hecho de que no se deshiciera de Patricia que pensé que en el fondo se merecía aquella traición...

El rostro de mi marido no dejó de perseguirme los escasos segundos que duró ese extraño y desconocido beso; y, súbitamente, la culpa, el remordimiento, la inquietud y una multitud de sentimientos muy parecidos entre sí, me obligaron a empujar a Marcus y a retirarlo de mí.

El tormento de admitir lo que acababa de hacer me explotó de repente.

—No puedo, Marcus. Amo a Raúl.

Él se pasó las dos manos por el pelo y miró hacia otro lado, como si no quisiera oír mis palabras. Sus labios aún estaban hinchados a consecuencia de nuestro beso.

—Te quiero como nunca he querido a nadie en toda mi vida. Esto está mal —confirmé haciendo un movimiento impreciso para señalarnos a ambos.

Me acerqué al sofá y cogí mi bolso que descansaba en uno de los brazos. Mi cuerpo temblaba, vibrando suavemente desde los talones hasta erizar mi cuero cabelludo.

—Debo irme… —murmuré antes de girarme y dejarlo a mi espalda.

Me fijé en que uno de los botones de mi camisa se había desabrochado, y mientras abría la puerta, intenté arreglarme torpemente la ropa y el cabello.

Sin embargo, cuando alcé la vista hacia el pasillo, lo que vi hizo que el mundo se derrumbara a mis pies.

37

MI DECISIÓN

É l ni siquiera dudó. En su cabeza, la probabilidad de que el bebé que yo estaba esperando no fuera de él no tuvo lugar. Estaba tan convencido de que era suyo que me quedé bloqueada.

La manera en la que esa información llegó a sus oídos fue tremendamente rocambolesca.

La noche siguiente a descubrir que estaba embarazada, Carolina se empeñó en que actuar con normalidad sería lo más acertado. Le transmití a mi hermana mi intención de interrumpir ese embarazo. No podía tener un hijo de Marcus. No quería.

Sabía que había sido una inconcebible irresponsabilidad por mi parte, pero, en ese instante, lo único que necesitaba era salir cuanto antes de ese problema. Tenía decidido que abortar sería lo mejor para todos. La noticia me dejó tan conmocionada que apenas pude pararme a reflexionar. Anhelaba dar un salto atrás en el tiempo y remediar mi error. No obstante, eso ya no sería posible. De ahora en adelante debía asumir las consecuencias de mis actos, cargando sobre mis hombros con una dolorosa sensación de arrepentimiento y un atroz remordimiento de conciencia.

Carolina no estaba de acuerdo, pero no me juzgó. Incluso ella también dio por hecho que el bebé era de Raúl. Y no quise contarle la verdad. Me avergonzaba lo que pudiera pensar de mí. Solamente le transmití mi voluntad y ella se limitó a apoyarme. En aquel momento no pensé que mi mentira abarcaría proporciones descomunales…

Raúl supo lo del bebé al mismo tiempo que Rafa, el exnovio de Carolina, descubrió que Héctor y ella eran pareja.

Aquella noche salimos a cenar los cuatro. Yo casi fui arrastrada, ya que mi humor dejaba mucho que desear. Se suponía que sería una bonita velada con nuestros chicos. Ellos accedieron a mi petición de cenar una hamburguesa grasienta y cuando quise darme cuenta estábamos sentados en un bar anodino e insulso en el centro de mi ciudad. Le pedí a mi hermana que no le contara nada. En unos días todo habría acabado.

Pero la cosa se complicó bastante cuando Rafa hizo su aparición en aquel lugar junto con su amigo Leo, un tipo odioso. Y tras ellos, sus dos chicas.

Carolina estaba de espaldas a la puerta, con lo cual yo fui la primera en contemplar cómo la expresión de Rafa se teñía de ira al ver con sus propios ojos a su hermano, Héctor, con la que había sido su novia durante diez años. Se lo tenía merecido. Todo ese tiempo se había portado con ella como un cretino y ahora estaba pagando en su propia piel las secuelas de la traición.

La situación se desbordó antes de lo que yo jamás habría imaginado. Héctor y Rafa se enzarzaron en una tremenda disputa y, a pesar de que hicimos lo imposible por calmarlos, al final, una vez en la calle, acabaron a puñetazos. Héctor con Rafa y Raúl con aquel tipo repulsivo: Leo.

Perdí los nervios intentando defender a Raúl. Salté sobre la espalda de esc hijo de perra y le tiré del pelo con la finalidad de sacárselo de encima, pero su novia intervino arremetiendo contra mí. Todo sucedió muy rápidamente y lo único que recuerdo es que mi hermana me agarraba, gritando enloquecida a esa chica que yo estaba embarazada y que no podía hacerme daño.

Fue entonces cuando Raúl, en medio de aquel revuelo e intentando deshacerse de su oponente, me lanzó una intensa mirada de confusión. Lo había oído. Sí, señor.

—¡¿Estás embarazada?!

Cuando formuló la pregunta me olvidé del caos que había a mi alrededor y solo quise largarme de allí. Escapar de todo y alejarme. Estaba enfadada. Cabreada con Carolina por gritarlo, molesta con Raúl por ser tan maravilloso y aparecer en mi vida en un momento tan inoportuno, y muy enojada conmigo misma por ser tan egoísta al pensar solamente en deshacerme del bebé. La culpa me atormentaba. Me ahogaba como si una espina me oprimiera la garganta. Y me fui. Corrí sin mirar atrás.

Me metí en el primer taxi que avisté, con la esperanza de que Raúl no me alcanzara…, pero él fue más rápido.

—¿Qué haces? —masculló deslizándose sobre el asiento hasta situarse junto a mí.

Tenía la mandíbula magullada y el bolsillo de su camisa blanca estaba descosido. Mostraba un aspecto soberbio. El bronceado de sus brazos bajo esa nívea tela atrajo mi atención. Su postura, sentado en ese coche con el gesto contraído, solo me confundió aún más. Enfadado me parecía más irresistible, si es que eso era posible.

Lo miré con el cejo fruncido y no fui capaz de sostenerle la mirada. Di mi dirección al taxista y me giré para observar por la ventanilla. Era una reacción bastante infantil por mi parte, pero es que me encontraba tan confundida y aterrada que no sabía qué hacer.

—¿Qué coño te pasa? ¿Estás embarazada y no pensabas decírmelo?

Recordé el mensaje que le había enviado la noche anterior. Ese en el que le puse «te quiero» en un arranque de absoluta idiotez. Ese que él no había respondido con otras palabras como, por ejemplo, yo también te quiero.

Clavé mis ojos en los suyos. Ahora más extrañamente grises y brillantes.

—No pienso tener este bebé, Raúl.

Tragó saliva y negó con la cabeza, claramente irritado. El taxista nos miraba a través del espejo retrovisor.

—Vale, ya veo que mi opinión te importa una mierda —farfulló.

—No se trata de eso. Simplemente no puedo tenerlo —repliqué.

El resto del trayecto fue silencioso. Al llegar a mi calle abrí el bolso para pagar, pero él se adelantó y le ofreció un billete de diez euros al conductor. Me bajé sin decir ni una palabra y cuando estaba sacando las llaves él se plantó delante de mí, muy cerca.

Sus dedos se posaron en mi babilla, obligándome a enfrentarlo.

Me pareció tan guapo, tan alto, tan maravilloso… ¿Cómo iba a decirle que ese bebé no era suyo?

—Ehh… ¿Por qué no? Sé que es algo que ninguno de los dos esperaba. Pero… ¿por qué no?

Chasqueé la lengua y me aparté de su mano. El hecho de que él tuviera claro que era el padre aceleró mi turbación.

—No puedo, Raúl. Aún no estoy preparada para ser madre. No tengo un trabajo estable. Hace apenas un mes que nos conocemos.

Hice ese último comentario con doble intención. Quizá de esa manera sopesara la posibilidad de que mi embarazo era anterior a él. No se inmutó.

—No quiero que abortes —declaró dando un paso atrás. Lo dijo con tanta seguridad que casi me tambaleé.

—¿Te has vuelto loco? ¿Es que no me has oído? No puedo tenerlo. ¡Joder, esto es una locura! —protesté.

—Lo sé. Pero, aun así, quiero que sigamos adelante.

—No tienes ni idea de lo que dices. —Introduje la llave en la cerradura de mi portal. Solo quería alejarme.

—¿Crees que soy estúpido? ¡Sé perfectamente lo que te estoy pidiendo, maldita sea! Te estoy diciendo que no te marches, que te quedes conmigo. Que empecemos algo. Una vida. Tú, yo... Juntos. Sé que es precipitado, pero... ¿por qué no puede salir bien?

Estaba nervioso y pasaba el peso de su cuerpo de un pie a otro.

Sus palabras calaron mi piel. Y lo supe. Aquello no podría resultar. No con una mentira de ese tamaño. En ese instante barajé la posibilidad de decirle la verdad. De confesar de una vez. Pero no lo hice. Tenía el estómago desmantelado y un nudo de emociones se retorcía allí dentro.

Lo contemplé. Su pelo estaba revuelto y aquel gesto de desconcierto e incertidumbre en su rostro dulcificó sus facciones.

—No voy a tener este bebé, Raúl. Ya lo tengo decidido —manifesté firmemente, haciéndole entender que la conversación había finalizado.

—Pero es que esa decisión no es solo tuya —expresó él.

—Me da igual. Aun así, no voy a tenerlo. —Abrí la puerta y me metí dentro del portal.

Sus dedos se ciñeron a mi brazo con determinación.

—¿Qué significa eso? Anoche me mandaste un mensaje en el que me decías que me querías.

—Sí, un mensaje que tú no respondiste.

La expectativa de que él no sintiera lo mismo que yo me inmovilizó.

—¿Estás cabreada por eso? ¿Necesitas que te diga que te quiero? ¡Te quiero, maldita sea! No quiero que te vayas. Me encantas. Me paso el puto día pensando en ti. —Se acercó a mí tanto que acabé con la espalda apoyada en la pared. Y con su fascinante cuerpo casi aplastando el mío—. Eres lo más bonito que me ha pasado en años. ¡Joder, eres... perfecta! —

dijo hipnotizándome con aquellas palabras y poniendo sus manos en mis caderas—. Ya no imagino ni un solo día en el que tú no estés. —Me mordí el labio, haciendo un esfuerzo sobrehumano por controlar mi respiración—. Lo sé. Es de locos, pero no puedo obviarlo. Y sé que tú sientes lo mismo. De lo contrario no te pediría que siguieras adelante. ¿De qué tienes miedo?

Había tanta verdad en su mirada que me sentí miserable.

Tenerlo tan cerca y prometiéndome tanto…, estaba nublándome la razón.

—No puedo, Raúl —murmuré agachando la cabeza.

—¿Por qué no? —inquirió, pinzándome de nuevo la barbilla.

Sabía que lo que estaba a punto de decirle nos haría mucho daño a ambos, pero era mejor eso que continuar con el embarazo y sostener el engaño.

Por aquel entonces, solo recuerdo que me aferré a la convicción del aborto. Era muy probable que él no lo aceptara, pero tenía la esperanza de que luego me perdonara. A esas alturas, estaba tan enamorada de él que la idea de volver a Ámsterdam prácticamente quedó obsoleta. Pensé que sería una buena excusa para ganar tiempo decirle que me iría.

—Porque me marcharé en octubre. Tengo una profesión que me encanta y que quiero desarrollar. Y tener un hijo, en estos momentos, pondría fin a todo —intenté que mi voz sonara convincente.

—No tiene por qué. También puedes llegar a ser una gran fotógrafa si te quedas aquí. Eso solo depende de ti. —Apoyó su frente en la mía y sus pulgares acariciaron mi rostro—. Yo te ayudaré. Haré lo que esté en mi mano.

Sus labios se posaron sobre los míos y el beso estuvo a punto de hacerme cambiar de opinión. Nuestras lenguas se acariciaron y movieron a un ritmo sincronizado. Nos saboreamos el uno al otro hasta que esa intensidad se volvió desesperada. Me agarré a su cintura mientras él me aprisionaba contra la pared. ¿Cómo iba a tener un bebé que no era suyo? Me odié a mí misma por engañarlo de esa manera.

Si lo echaba de mi lado ahora, me arriesgaba a perderlo. Pero era eso o decirle que él no era el padre, y de las dos opciones, la segunda me resultaba horrible. Así que, a pesar de que me costó una eternidad separarme de él, de sus labios, apartarme de su embriagador olor…, lo hice.

Puse las palmas de mis manos sobre su pecho y lo empujé suavemente.

—Lo siento, Raúl. No voy a tenerlo.

Escrutó los rasgos de mi cara y se separó de mí.

Un largo y denso silencio congeló nuestra conexión.

—¿Y por qué coño me dijiste anoche que me querías? Si eso fuera cierto no abortarías, para luego largarte de España y acabar con esto que tenemos.

Su voz estaba voz cargada de indignación.

—Es más complicado. Tal vez me equivoqué... —susurré, con un dolor extraño extendiéndose por mis pulmones.

Solo Dios sabe que decir eso me dolió profundamente.

Su rostro perdió color, pero no dejó de contemplarme.

—Si abortas... olvídate de mí para siempre.

Y no sé por qué, pero la manera en la que dijo aquello me pareció tan concluyente que me estremecí.

—No puedes hacerme esto —murmuré.

Esbozó una sonrisa sarcástica.

—¿Perdón? Eres tú la que me lo hace a mí. Hablas de abortar y de perderme de vista, pero ¿y qué se supone que pinto yo aquí? —Se movió de un lado a otro.

—Solo pretendo que entiendas que no puedo tener un hijo ahora. Podemos hablar más adelante de lo de Ámsterdam. Además, mi trabajo como becaria en esa revista no durará eternamente.

—Yo tampoco estoy dispuesto a esperarte eternamente —masculló.

—No te lo estoy pidiendo —articulé.

—Bien, al menos estamos de acuerdo en algo.

—Sí...

—Me temo que si es así, lo nuestro acaba aquí.

Hablaba muy en serio y sentí pavor.

Nos retamos durante unos segundos y luego él se dio la vuelta para marcharse. Tiré de su brazo.

—Si tengo este bebé, joderé mi vida... —Y la tuya, pensé para mí—. ¿Es eso lo que quieres?

Había tanta desesperación en mi voz que creí que se apiadaría.

—¿Me preguntas que si lo que pretendo es joderte la vida? ¡No, Cristina! —protestó.

—¡Pues eso es lo que parece! Joder, no hace ni un mes que nos conocemos y ya hablas de tener un hijo, ¡¿estás loco?! ¡Esto no es lo que yo quiero! ¡Es un error! Ni siquiera sabes quién soy.

Me arrepentí al instante de que aquellas palabras salieran de mis labios. Pero tenía que hacerle entender que no iba a seguir adelante con el embarazo.

—Ahora que lo dices, yo también estoy seguro de que lo nuestro ha sido un error —corroboró. Y sin más preámbulos se encaminó hacia la puerta.

—¡Sí, un error enorme! —vociferé ante la impotencia de ver cómo se marchaba.

Sin embargo, él no se detuvo.

Salió de allí y me quedé completamente rota.

38

¿QUIÉN ERES?

Un zumbido molesto y punzante resonaba en mis oídos. No obstante, a mi alrededor solo había silencio. Aquel ruido debía de ser el sonido de la sangre y todas las moléculas de mi cara escurriéndose por mi cuerpo. Deseé que un enorme agujero se abriera a mis pies y poder desaparecer como por arte de magia. Pero no sería posible. La superficie enmoquetada sobre la que me mantenía de pie era tan firme y sólida como la escabrosa realidad a la que me enfrentaba.

Raúl estaba allí, delante de mí, apoyado en la pared contraria. Con las manos metidas en los bolsillos como si hubiese estado esperando a que yo saliera de aquella habitación. Llevaba un pantalón vaquero azul marino y un jersey básico verde, bajo una cazadora parka negra.

Lo observé detenidamente. Un amasijo de expresiones cruzaban su rostro: ira, indignación, rabia…

Me quedé paralizada, con la puerta de la habitación abierta y con la imposibilidad de moverme a consecuencia del miedo que me recorría.

La intensidad de su mirada me hizo añicos.

—Raúl…

—¿Qué significa esto? —inquirió sin moverse de la pared.

—… Yo… esto… —farfullé con la voz entrecortada. En ese instante Marcus apareció a mi espalda. Los ojos de Raúl pasaban de mi cara a la de

Marcus. Concretamente a sus labios que aún presentaban restos de mi carmín. Me quise morir…

—¿Qué coño es esto? ¡¿Te follas a este tío?! —bramó esta vez enojado y colérico.

—¡Noooo!

Hice el amago de acercarme a él para explicárselo todo de una vez, pero su gesto me advirtió que no.

Marcus seguía detrás de mí sin decir ni una palabra, y yo rezaba para que se quedara así mucho tiempo.

—Raúl, no, por favor, déjame que te lo explique —imploré, esta vez acercándome a él lentamente y controlando mis ganas de ponerme a llorar.

Comenzó a moverse nervioso de un lado a otro, pasándose las manos por el pelo. Cuando me puse frente a él, lo único que hizo fue mirar mi escote que todavía permanecía con el botón de la camisa desabrochado.

—Nada de esto es lo que imaginas —exhalé aterrada, tratando de abotonármela.

—¡Cállate! —gruñó.

Y lo hice. Me mordí el labio inferior, procurando que mi corazón no se deshiciera.

—Tranquilízate, tío —oí decir a Marcus.

A partir de ahí no tuve tiempo de reaccionar. Raúl me empujó con tanta fuerza para apartarme de su camino que acabé estrellándome contra la pared. Luego se lanzó hacia Marcus y le asestó un puñetazo en la cara y otro en el estómago. El ataque fue absolutamente imprevisto. Atisbé a Marcus retorcerse de dolor, pero aun así este hizo lo posible por defenderse y arremeter contra Raúl.

Ambos hombres se enzarzaron en una inacabable sucesión de golpes. Primero sobre la pared del pasillo y luego terminaron en el suelo, y cuando me quise dar cuenta me encontré encima de Raúl, intentando apartarlo de Marcus. Solo sé que las lágrimas me resbalaban por el rostro y gritaba que se detuviese. Veía sangre por todas partes. La cara de Marcus era un espantoso cuadro abstracto. Sin embargo, Raúl parecía poseído por una fuerza cruel y ladina. Golpeaba a Marcus con un odio que jamás le conocí. Y a pesar de mis esfuerzos por separarlos, sabía que no podría hacer nada.

Me sentía a punto de desplomarme. Era como si me hubiesen sacado de la escena y la estuviera contemplando desde un ángulo bastante lejano. No ignoraba que las consecuencias serían devastadoras…

—¡Raúl, para, por favor! —gritaba, llorando desconsolada.

De pronto escuché voces a mi espalda y advertí que Luis y un par compañeros de Marcus se acercaban a detener la pelea.

Él se resistía en toda su corpulencia y Marcus parecía realmente dañado. Estaba claro quién había salido perdiendo.

----Tranquilízate, Raúl. ¿Qué demonios te ocurre? —le reprendía Luis, haciendo lo posible por frenarlo.

Marcus estaba en un lado del pasillo, intentando cortar la hemorragia de su nariz con un pañuelo que le acababa de ofrecer uno de los hombres.

—¡Suéltame, maldita sea! —masculló Raúl. La cara de mi jefe era una máscara de desconcierto, estaba tan sorprendido como yo de ver a mi marido tan fuera de sus casillas.

Me lanzó una mirada de soslayo y yo no pude hacer otra cosa que agachar la cabeza. Sentía tanta vergüenza en aquel instante que no sabía dónde meterme.

Unos segundos después, Raúl recompuso su ropa y sin decir ni una palabra se dio media vuelta y se largó.

El silencio en el pasillo era desgarrador. Todos me miraban como si fuera yo la que tuviera que dar las razones pertinentes del porqué esos dos hombres casi se matan.

Sin embargo, no hice otra cosa más que correr detrás de Raúl, que iba directo a las escaleras de emergencia para largarse de allí.

—Raúl, por favor, espera… —le rogué, sujetándolo del brazo.

Pero él se zafó de mala gana de mi agarre y me miró con tanto odio y rabia que estuvo a punto de reducirme a cenizas.

—No me toques —rezongó—. No quiero que vuelvas a tocarme. He visto todo lo que tenía que ver hoy.

Se adelantó y bajó el primer tramo de las escaleras.

—¿Qué has visto, maldita sea? No has visto nada. Déjame que te lo explique —dije corriendo tras él, secándome las lágrimas con el dorso de mi mano—. Además… ¿Qué hacías tú aquí en este hotel? —exigí con la intención de descubrir cómo era posible que hubiera llegado hasta mí.

—¿Quién coño es ese tío? ¡Dímelo! —gritó, frenándose bruscamente y haciendo que mi cuerpo casi colisionara con el suyo.

Tenía un pómulo hinchado y un hilo de sangre le resbalaba de su labio inferior.

—Es Marcus —confesé de una vez, con la voz temblorosa y con mi cuerpo poseído de un terror que jamás había sentido.

Su primera reacción fue fruncir el ceño, como si no tuviera ni idea de sobre quién le estaba hablando, pero después su rostro se fue transformando y su expresión se endureció al comprender la gravedad de la situación. Me atravesó con una mirada encarnizada y tuve miedo. Mucho miedo.

Sin embargo, él no dijo nada, simplemente se pasó las manos por la cara, luego se giró y golpeó la pared con su puño. Estoy convencida de que ese puñetazo le destrozó alguno de sus nudillos.

—Raúl, por favor... —sollocé, tocándome el cuello—. Te juro que no ha pasado nada.

—¡¿Nada?! —vociferó rabioso alejándose de mí—. ¡Dime que el pintalabios que había en su boca no era el tuyo! ¡Dime que el otro día en el puente de Triana no discutías con él!

—¿Ha sido Fernando? ¿Qué te ha contado? —inquirí confundida. Me costaba creer que Fernando le hubiese ido con el chisme, después de que le pedí que no lo hiciera.

Levantó las manos como si no quisiera oír nada más, mascullando.

—No puedo creer que esto esté ocurriendo... —Se giró y comenzó a descender los peldaños, dejándome allí rota de dolor.

—Raúl —supliqué.

—Ni siquiera puedo mirarte a la cara en estos momentos. —Fue lo último que le oí decir.

Supe que por mucho que le siguiera no me escucharía. Así que me senté en uno de los escalones y rompí a llorar desconsolada. ¿Por qué todo tenía que enredarse tanto? ¿Por qué estúpida razón había entrado en esa habitación con Marcus? Y lo peor ..., ¿por qué había respondido a su beso?

Enterré la cabeza entre mis rodillas y lloré. No supe hacer otra cosa.

Al cabo de unos minutos, alguien tocó mi hombro y cuando alcé la vista Luis estaba de pie, a mi lado. Lo miré con los ojos empañados en lágrimas y él se sentó junto a mí y me rodeó el hombro, acogiéndome en su pecho.

—Creo que tienes mucho que explicarme. Así que cuanto antes empieces, antes entenderé por qué Raúl casi le hace una cara nueva a Marcus.

Estuve casi una hora hablando con mi jefe, sentada en aquel deshabitado tramo de escalera y, definitivamente, le conté toda mi historia desde el principio. Él únicamente me escuchó, sin decir ni una sola palabra. Permaneció inmóvil con la mirada perdida en algún punto de aquellos escalones y luego se puso en pie, agarró mi mano y me instó a levantarme.

—Vete a casa, Cristina. Ve y soluciona de una vez por todas este lío —dijo enjugando mis lágrimas—. Tómate los días que necesites.

—No sé cómo voy a arreglar esto, Luis.

—Yo tampoco —susurró—, pero ve y… Cristina —murmuró antes de que me alejara—. Yo perdí a mi familia por un estúpido error. No permitas que te ocurra lo mismo que a mí.

Recuerdo vagamente que algunas personas que se agolpaban en la recepción me miraban disimuladamente mientras yo intentaba detener mi llorera. Llevaba la cabeza gacha…

Al atravesar las puertas de la entrada me topé de frente con Fernando. Alcé la vista pensando que era un desconocido transeúnte y cuando lo miré a los ojos comprendí que sabía lo que sucedía:

—Cristina, yo…

Escruté su cara sin importarme que me viera de esa manera. Destrozada.

Iba vestido con un traje de chaqueta negro, imponente, pero el nudo de su corbata estaba aflojado.

—¿Has sido tú? Le has contado lo del puente, ¿verdad? —No pude ocultar mi desazón.

Estábamos en la acera y percibí que el día se había vuelto gris y demasiado frío.

—No ha sido así exactamente —declaró con el gesto adusto.

—Pues explícame entonces cómo diablos lo ha sabido.

Me crucé de brazos tras limpiarme una lágrima con la manga de mi abrigo.

—Cristina, él ha venido a buscarme al hotel para almorzar. Yo estaba dando una conferencia de traumatología en el congreso que se celebra estos días aquí, sobre Patología del Deporte, y al salir a recibirlo a recepción te hemos visto subir al ascensor con ese tipo. —Se frotó la frente—. Te juro que no pensaba contarle nada de lo del otro día, pero cuando te he visto en este hotel con ese… —respiró profundamente y apretó los labios sin ocultar su enfado—. No pienso permitir que sigas engañándole. ¿Tienes idea del daño que le estás haciendo?

Exhalé una carcajada que fue casi un lamento.

—¡¿Tienes tú idea del daño que acabas de hacerle a mi matrimonio?! ¿Quién cojones te crees que eres para meterte en nuestros asuntos?

Un par de personas se giraron curiosas cuando elevé el tono de voz.

—Si yo hubiese sido Raúl, también me gustaría que me dijeran la verdad. Por muy dolorosa que fuese —masculló sin amilanarse.

—¡Pero es que ese es el caso! ¡Que tú no sabes la verdad! —Me froté la cara con desesperación. Tenía que tranquilizarme o mi corazón no aguantaría ni un minuto más.

—Te equivocas, Cristina. Me lo acaba de contar todo. Me ha dicho que ese tipo es el padre de Elena.

Tragué saliva y dejé caer los hombros. Se lo había confesado…

—No estoy con él, Fernando. Yo quiero a Raúl.

Lo dije con toda la sinceridad que encontré en mi interior.

—Pues entonces…, ¿qué demonios haces con ese tipo en este hotel y por qué el otro día discutíais como si fueseis una pareja?

—No lo entenderías… —susurré muy cansada. Derrotada.

—Explícamelo —insistió.

—No es a ti a quien debo explicaciones. Así que si me disculpas, ya has hecho suficiente por hoy.

Me di media vuelta y me alejé de él, dejándolo en la acera completamente paralizado. En el fondo, pensé que ni siquiera Fernando creía que esto que acababa de sucedernos fuera real.

Aquel día deambulé por las calles de Sevilla. Sabía que debía volver a mi casa e intentar convencer a Raúl de que todo era una maldita equivocación. Pero la ira en su mirada había sido demasiado intensa. No podía quitarme de la cabeza la insondable expresión de su cara…

Me mezclé con la multitud de peatones y caminé sin rumbo, ocultándome como una sombra vacía y fracasada. Porque así era como me sentía: fracasada.

Yo no era nadie. No tenía un buen trabajo. Disfrutaba con lo que hacía, pero eso no era lo más importante en la vida. Necesitaba sentirme valorada. Anhelaba saber que mi esfuerzo, de verdad, merecía la pena. El único que creía verdaderamente en mí era Luis. Ni siquiera mi marido era capaz de apreciar cuánto amaba esa profesión y a lo que había renunciado cuando decidí seguir adelante con el embarazo e instalarme en su casa. Me acomodé a su lado. Pensé que dedicarme a mi familia y dejar en un segundo plano mi vida laboral no tenía por qué ser tan malo. Muchas mujeres lo hacían y lograban ser felices. Pero yo no. Yo ni eso supe hacer bien…

A tan solo una calle de mi casa tenía tanto miedo de enfrentarme a lo que me esperaba que retrasé el momento, hasta que fui consciente de que el fin estaba cerca y que quedarme quieta no serviría de nada.

Me apoyé en una pared, intentando que las pulsaciones de mi corazón por fin se regulasen. El cielo iba oscureciéndose a medida que transcurría el tiempo, trayendo consigo una multitud de lóbregas nubes y anunciando con ellas una tormenta descomunal. Un par de leves gotas resbalaron por mi rostro mezclándose con mis lágrimas.

Frente a mí, en la terraza de un bar al otro lado de la calle, una pareja sonreía ante los primeros indicios de lluvia. A ellos no parecía importarles el liviano diluvio. Todo lo contrario. Seguro que para ellos, en ese instante, el mundo era perfecto. Porque así se supone que debemos sentirnos cuando el amor es fuerte y sólido y no se tambalea amenazado por la desconfianza y las mentiras…

Unos minutos más tarde atravesé la puerta de la que se suponía que era nuestra casa. Él estaba allí. Lo supe por su cazadora que colgaba en el perchero. Serían aproximadamente las cinco de la tarde. A esa hora, un día como cualquier otro, habría estado en la oficina y yo en el estudio. Pero ahora me llegaba un sonido lejano e incierto desde nuestra habitación. Lo identifiqué de inmediato. Era el choque de las perchas, unas con otras. Un pinchazo me recorrió la espina dorsal solo de pensar en lo que estaba haciendo.

Dejé el bolso colgando en el pomo de la puerta de la cocina. Me encaminé hacia el dormitorio sin ni siquiera quitarme el abrigo.

—¿Qué haces? —pregunté aterrada cuando asomé la cabeza y lo vi sacando su ropa del interior del armario y metiéndola en una maleta que descansaba sobre la cama.

Tenía el cejo fruncido y el pelo alborotado, y su cara había perdido color. Estaba sufriendo tanto como yo. Era evidente. Y eso me hundió aún más. Verlo sufrir de esa manera fue desgarrador.

—Raúl, mírame.

Hizo como el que no me oía, abría los cajones y removía todas las prendas. Unos segundos después, mientras yo lo observaba desde la puerta, me miró y masculló:

—¿Por qué, Cristina? ¿Por qué lo has hecho?

Sus ojeras eran profundas, pero, incluso así, con su cabello revuelto y vestido de aquella sencilla manera me pareció deslumbrante.

—No ha pasado nada —murmuré después de tragar saliva.

Él arrojó un pantalón con fuerza dentro de la maleta.

—¡No sigas diciendo eso, maldita sea! ¡Te he visto! Tu camisa… —Se llevó las manos a la cara, desesperado—. ¿Por qué? ¡Dímelo! —gritó dejando caer los brazos.

Observé que una de sus manos estaba demasiado hinchada. La misma con la que había golpeado la pared.

—Raúl, escúchame, por favor. —Entré en la habitación y me acerqué un poco. Lo suficiente para colocarme a los pies de la cama—. Marcus llegó a Sevilla hace algunos días. Luis está trabajando con él en ese asunto de la exposición de abril.

Soltó una amarga carcajada.

—Has estado mortificándome durante semanas con eso de que Patricia no trabajara para mí y tú, mientras, estabas trabajando con ese tipo. No me lo puedo creer. —Negó con la cabeza.

—No es así, Raúl. Y te pido por favor que dejes a esa mujer fuera de esta conversación.

El hecho de que su nombre fuera pronunciado por él justo en ese momento, alteró más mis sentidos. Sabía que si seguíamos por ahí no podríamos solucionar nada.

—Ah, vale, es mejor que hablemos solo de Marcus y de cómo te los has follado en la habitación de ese hotel, ¿mejor eso?

Se giró y siguió removiendo el armario. Había prendas desperdigadas por todas partes.

—Yo no he follado con nadie —masculló sin moverme de mi sitio.

—¿Por qué no me lo contaste? ¿Por qué no me dijiste que estaba aquí?

Esta vez fue una percha la que lanzó al suelo y el ruido me golpeó los oídos.

—Pensaba hacerlo. Pero, últimamente, el asunto de tu secretaria ha ocupado gran parte de nuestra rutina.

—¡Mentira! No ibas a decirme nada. Como tampoco me dijiste lo del embarazo. Contigo todo es así. ¡Vivo en una constante farsa! —bramó con la mandíbula apretada.

—Sabes que eso no es así. No sigas, te lo suplico.

Intenté acercarme a él, pero dio un paso atrás.

—Sí que lo es, Cristina. Contigo siento que nada de lo que hago es suficiente.

—¿Y qué es lo que haces si se puede saber? Porque si no recuerdo mal, te pedí que alejaras a esa mujer de nuestras vidas y hasta hoy todo sigue igual.

Suspiró con fuerza.

—Despedí a Patricia el viernes.

Nos sostuvimos la mirada durante demasiado tiempo. Debo reconocer que oír eso me produjo un tremendo alivio. Pero no entendí nada. Parpadeé y luego articulé:

—¿Y por qué me lo dices ahora? Sabes lo mucho que he sufrido.

—No, no lo creo. No he visto que lo estuvieras pasando muy mal. Te has pegado el fin de semana con tus amigos, de bares, aunque ahora ya no sé qué pensar. ¡Dios!, tengo que largarme de aquí —exhaló mesándose el pelo.

—Vas a abandonarme otra vez, ¿verdad?

Estaba sucediendo de nuevo. Lo recordé. El porqué le mentí cuando supe que estaba embarazada. La forma en la que descubrir mi traición a través de un mensaje de Marcus en mi móvil le hizo volverse loco. Lo rememoré todo en mi mente y me odié a mí misma por ser tan estúpida, por saber que había vuelto a estropearlo…

—No voy a aguantar tus mentiras toda la vida. Debí cortar esto en el momento que me engañaste la primera vez —expresó.

Continuaba removiendo la ropa, nervioso.

—¡Pues lárgate! ¡Maldita sea!

Dije aquello en un arrebato de desesperación; pero, por supuesto, no era lo que yo quería.

—Sabes… —manifestó, sosteniendo un jersey—, deberías largarte tú, ahora que lo pienso. Eres tú la que estaba en la habitación de un hotel con otro tío.

Mi mirada lo atravesó.

—No voy a permitir que vuelvas a echarme de nuevo. Si me voy ahora…, no volverás a verme jamás.

Vi miedo en sus ojos.

—Quizá sea lo mejor para ambos —articuló, evitándome. Pero su voz lo delató. No hablaba en serio. Estaba cabreado, eso era todo.

—No me he acostado con él —aseguré con decisión.

De nuevo silencio. Una ligera esperanza de que me creyera alimentó mi corazón acelerándolo aún más, pero luego se dio la vuelta y, tras remover todos los cajones, cerró la puerta del armario con violencia.

—¡¿Y cómo sé que eso es cierto?! ¡Eres una maldita mentirosa!

—Deja de llamarme así. Solo te he mentido una vez en mi vida y fue por miedo a perderte, pero ya veo que el peso de esa mentira me perseguirá para siempre.

Miró al suelo unos segundos y su mirada volvió a mí.

—¿Sabe lo de Elena?

Esa pregunta hizo que un nudo enorme se instalara en el fondo de la garganta, asfixiándome.

Asentí despacio y lo vi. El dolor cruzó su rostro sin que pudiera contenerlo. Sus facciones poco a poco se endurecieron.

—He sido un imbécil… —declaró cerrando los ojos con fuerza.

Cerró la maleta y la puso en el suelo dispuesto a marcharse.

—Raúl, por favor. Tenemos que estar juntos en esto.

Apenas me hizo caso. Salió al pasillo arrastrando el *trolley* y se puso la cazadora.

Tiré de su jersey, pero él se zafó de mala manera.

—Déjame en paz —dijo con los dientes apretados.

—No ha pasado nada. Subí a esa habitación para aclarar todo el asunto de Elena, pero… él me besó y lo aparté —expuse en un arranque de justificarme.

Se giró. Sus ojos se apagaron y luego un millar de sensaciones amargaron su semblante.

—¿Y dime? ¿Disfrutaste con ese beso? Porque, ¿sabes qué? Que ahora que sé esto no puedes hacerte ni una idea de lo mucho que me arrepiento de no haberme follado a Patricia cuando tuve la ocasión.

Lo que sentí en la boca de mi estómago al oír aquellas palabras me bloqueó. No fue ira ni rabia; no fue ni siquiera furia. No supe digerir lo que se produjo dentro de mí al imaginármelos a los dos juntos. Al pensar en ella intentando seducirlo. Al saber que era verdad que él la deseaba y que no había sido producto de mi detestable inseguridad.

La tremenda bofetada que le asesté en la cara creo que me dolió a mí más que a él. Contemplé la marca de mis dedos en su anguloso rostro y su mirada se clavó en mí, colérica, endiablada. Sus brazos, sin yo esperarlo, me agarraron con fuerza.

—¡Duele, ¿verdad?! —vociferó con su cuerpo en tensión, con su aliento mezclándose con el mío. Con nuestras narices tan cercas que casi se rozaban—. Pues ahora piensa cómo es verlo con tus propios ojos.

Le golpeé el pecho para que me soltara, gimoteando. La angustia me recorría los huesos.

No supe realmente lo mucho que le amaba hasta ese momento. Tenerlo tan cerca de mí y sentirlo tan lejano era desgarrador. Los sentimientos se mezclaron unos con otros, revolviéndose en lo más profundo de mi alma. Sabía que jamás podría querer a nadie como lo quería a él. Por eso, la idea de ellos dos juntos era punzante.

—¡Márchate, maldito hijo de puta! Sé que siempre has deseado tirártela. ¡Corre, ve! Me has hecho sentir como una mierda estas semanas, pero te aseguro que ya se acabó —bramé enloquecida. Haciendo lo posible por alejarlo de mí.

La amargura y el desconsuelo que había en sus ojos me abrasaron. Agarró de nuevo la maleta dispuesto a irse. Abrió la puerta y antes de salir dijo con la voz rota:

—Solo fuiste sincera en una cosa. —Fue la primera vez en mi vida que todo él me pareció tan frío como el hielo. Estoico. Inamovible. Como si estuviera asumiendo que aquello era el final. Me encogí, abrazándome a mí misma. El horror hacía estragos en mis piernas y luché por mantenerme en pie—. Una vez me dijiste que no sabía quién eras, y llevabas razón. ¿Quién eres? Tengo la sensación de que por mucho que intente conocerte, nunca llegaré a ti. —No respondí, lo contemplé desconcertada—.Si uno de los dos podía estropear lo nuestro, esa eras tú. —Miró al suelo y de nuevo otra vez a mí—. Adiós, Cristina.

Luego la puerta se cerró y yo… Yo simplemente me derrumbé.

Hinqué mis rodillas en el suelo y no tuve fuerzas más que para sollozar.

39

YO CUIDARÉ DE TI

¿En qué instante decidí continuar con la mentira? Es complicado determinarlo exactamente.

Una parte de mí quería acabar de una vez por todas con aquella farsa y salir del embrollo, pero había algo muy dentro de mi corazón que me instaba a guardar silencio.

La primera vez que mi hermana me habló de Patricia no le presté mucha atención. Creo que incluso ni ella le dio importancia. Pero después del incidente en la hamburguesería, Héctor y ella decidieron afianzar su relación. Rafa ya sabía que ellos estaban juntos, así que no tenían que seguir escondiéndose.

Recuerdo que un miércoles de ese loco verano se inauguraron las oficinas centrales de la empresa de Raúl. El edificio del Parque Torneo.

Carolina iría con Héctor y yo hubiera acompañado a Raúl si no fuera porque desde que le confesé que iba a abortar decidió mandarme a freír espárragos. Sus últimas palabras hacia mí fueron que mi actitud era la de una niñata mimada y caprichosa y que si hacía firme mi decisión de acabar con el bebé, no quería volver a verme en su vida.

Así que, aparte de querer nacer de nuevo, esos días simplemente me quedé en casa, esperando a que llegara el momento de la intervención, que sería el viernes por la mañana.

Por aquel entonces, aún guardaba la esperanza de convencer a Raúl de que me perdonara cuando todo hubiese acabado.

Mi hermana regresó de Sevilla el jueves sobre las dos de la tarde y yo supuse que se habría divertido, pero cuando advertí su expresión nada más cruzar la puerta y le pregunté, me dijo que Héctor y ella habían roto y que el motivo era esa mujer.

—Sigue liado con esa tal Patricia. Los vi besarse en la inauguración —exhaló.

Todavía me estremece recordar que esa zorra pudo causarle tanto dolor...

Tras ese incidente pensé que Carolina jamás volvería con Héctor, pero, gracias a Dios, las cosas entre ellos se solucionaron poco después.

Sin embargo, ese día, mientras ella continuaba contándome todo lo que le había sucedido, sentadas en su cama, mi teléfono comenzó a sonar y me sorprendió muchísimo que fuera Héctor quien me llamara.

Corrí al salón para buscar el móvil.

—Dime, Héctor —respondí, girándome de nuevo hacia la habitación, ante la atenta y compungida mirada de Carolina.

—Cristina, verás, ha sucedido algo horrible... Raúl ha tenido esta mañana un accidente con la moto.

Un millar de emociones e imágenes pasaron en unos segundos por mi mente. Sentí como si mis pulmones se bloquearan y no dejaran pasar el aire. Agarré el cuello de mi camiseta.

Presa del pánico tan solo pude visualizar los rostros de mis padres.

—¡Oh, Dios mío, no puede ser...!

—Lo están operando en el hospital Puerta del Mar —corrió a decir él—, pero tiene una pierna bastante dañada. Es todo lo que sé por ahora.

—De acuerdo. Voy ahora mismo.

—Muy bien. Nos vemos allí.

—Gracias, Héctor.

Luego colgué y miré a Carolina sin poder contener las lágrimas.

—Raúl ha tenido un accidente con la moto. En estos momentos lo están operando. —Fue lo único que logré articular antes de correr hasta ella y refugiarme en su abrazo.

Cuando llegamos a la sala de Urgencias sus padres esperaban deshechos. Había tanto dolor en sus miradas que mi corazón se encogió todavía más.

Las horas siguientes fueron un tormentoso calvario. Nadie nos decía nada de cómo iba la operación y, aunque ya nos habían advertido de que su vida no corría peligro, la horrible idea de que pudiera perder la pierna era desgarradora.

La madre de Raúl sostenía mi mano sobre su regazo y ese simple gesto de cariño fue enorme para mí. Ella vio el sufrimiento en mis ojos, el mismo que se reflejaba en su semblante; tan solo trataba de decirme que todo saldría bien. Miré sus dedos aferrados a los míos y no pude evitar recordar a mi madre. Me había faltado tanto por conocer de ella…

En aquella sala, mientras los segundos corrían terroríficamente lentos, sus padres me demostraron que yo era importante para ellos. Y eso solo podía ser porque para Raúl también lo era.

Pero cuando la exasperación por saber algo más se hizo insostenible, un médico joven se presentó ante nosotros. Fue la primera vez que vi a Fernando. Y debo reconocer que no me inspiró confianza saber que una persona tan joven había operado a mi novio. Sin embargo, esos temores se diluyeron en el mismo instante que le oí explicarnos cómo resultó la intervención. Gracias a Dios, Raúl se encontraba perfectamente.

Rosa me abrazaba celebrando la noticia cuando Fernando añadió:

—Antes de que lo anestesiáramos Raúl ha insistido mucho en que quería ver a su novia.

Su mirada se paseó de mi hermana a mí.

—Sí, soy yo —exclamé eufórica. ¡Quería verme…!

—Nos ha contado lo del embarazo. Enhorabuena —comentó con una enorme sonrisa, sin ser consciente de que acababa de darle a mi vida un giro de ciento ochenta grados.

El estómago se me contrajo tanto que estuve a punto de vomitar allí mismo.

Héctor y Carolina estoy segura de que sintieron en su propia piel cómo la sangre de mi cuerpo me abandonaba lentamente.

Los padres de Raúl me examinaron al mismo tiempo.

—¿Estás embarazada? —preguntó su madre sorprendida.

Antes de responder supe que seguir con la mentira lo complicaría todo hasta unos límites incalculables.

Y de pronto volví a ser esa niña indefensa, huérfana… La misma que tuvo que sobrevivir bajo el cariño desmesurado de su hermana; la que vivía con la esperanza de que algún día ese vacío fuera suplantado; la que no había tenido más remedio que construirse una envoltura de valentía que, en realidad, era de quita y pon. Porque, aunque me doliera admitirlo, yo no era tan fuerte como Carolina. Yo todavía era una niña. Y esa inmadurez seguía ahí, a pesar de las experiencias y de los kilómetros recorridos. Y a medida que los rostros de Miguel y Rosa me iban transmitiendo que esa noticia era grandiosa para ellos, no pude evitar ser egoísta.

—Sí… —musité, intentando deshacerme de la Cristina racional y coherente que en mi mente zarandeaba mi brazo.

Luego, su padre me acogió en un cálido, sincero y emotivo abrazo mientras la desconcertada mirada de Carolina me advirtió de que no habría vuelta atrás. Pero es que a esas alturas, yo lo único que sabía es que esa familia era la única que quería para mi bebé, independientemente de cómo este hubiera llegado a mi útero.

Cuando cayó la noche me negaba a irme del hospital sin ver a Raúl. Necesitaba entrar y asegurarme de que era verdad que estaba bien. Quería besarlo, abrazarlo, tocarlo… Demostrarle que me tenía a su lado. Que nunca nadie me había importado tanto como él.

Durante el tiempo que estuve en la sala de espera de la UCI, solo podía recordar el olor que su cuerpo había dejado en mis sábanas la primera vez que hicimos el amor en mi cama. El color de sus ojos bajo la luz de las estrellas en el jardín de su casa de campo. Su sonrisa fresca y excitante. Raúl no era un capricho de verano. Raúl era todo. Y ese *todo* se hacía cada segundo más intenso, más profundo, más inmenso…, tanto que no tenía sentido seguir negándome que me había enamorado de él hasta perder el poco sentido común que me quedaba.

—Acaba de despertarse —murmuró una de las enfermeras acercándose a su madre y a mí—, y dice que quiere verte —dijo mostrándome una sonrisa adorable.

Rosa me acarició el brazo.

—Gracias —articulé mientras esa mujer me conducía hacia la zona de la UCI donde él estaba.

—Me ha dicho Raúl que vais a ser papás, ¿no? —relató ella, girándose en un gesto cómplice y amistoso.

¿Pero mi novio se había vuelto loco o qué? ¿Por qué diablos se lo estaba contando a todo el mundo?

Asentí cohibida y avergonzada, siguiéndola y observando a los otros pacientes que iba dejando a mi paso. Algunos estaban en estado muy crítico, y eso me puso más nerviosa aún.

De pronto, esa mujer descorrió una cortina y allí estaba.

—Aquí está tu chica, guapetón.

Se alejó, dejándonos intimidad.

Cuando lo vi de esa manera, el mundo se derrumbó bajo mis pies. Fue entonces cuando me di cuenta de lo cerca que había estado de perderlo para siempre.

Tenía contusiones por todo el cuerpo. Una de sus muñecas estaba escayolada, su pierna derecha colgaba de un soporte estratégicamente anclado a la cama, vendada y con unos clavos enormes que sobresalían por su rodilla. Me dio tanto miedo que no pude mirar. Y su rostro estaba salpicado de pequeños cortes. Tenía el pecho descubierto y tan solo una sábana blanca cubría su otra pierna hasta la parte baja de su cintura.

Su mirada se encontró con la mía, ahora llorosa.

—Ven aquí —exhaló.

Limpié mis lágrimas y me situé a su lado.

Agarré la mano que tenía bien y entrelacé nuestros dedos.

Me acerqué lo suficiente para acariciar su cabello sin apartar mis ojos de los suyos, que brillaban más que nunca.

—Cristina…

—Chis…

Lo besé, bajé hasta sus labios y los lamí despacio. Salpiqué de besos su cara, su nariz, su mandíbula, asegurándome que los sentía, que estaba allí para él, que no iba a abandonarlo, que me quedaría para siempre, que la sola idea de no tenerlo era punzante. No dejé de mesar su pelo, alborotado. A pesar de los cortes y las magulladuras en su barbilla y en la ceja, no pude dejar de pensar que era el hombre más guapo que había visto en mi vida.

—No vuelvas a hacerme esto —gruñí sobre su boca.

—Lo siento —susurró, soltando mi mano para enjugar una de mis lágrimas.

—Te quiero —confesé, abrumada por los sentimientos.

Esa era la única verdad que yo conocía. Lo amaba, y fui estúpida. Irracional, torpe, obtusa… Creí que si yo misma me tragaba esa mentira y la digería, lentamente desaparecería. Por eso opté por no decirle nada…, ni siquiera a Carolina.

—Quiero que tengamos el bebé, Cristina —insistió.

—Lo sé, a estas alturas debe saber que estoy embarazada hasta la gente de la lavandería… —bromeé.

—No dejaré de insistir —aseguró.

—También lo sé…

—He visto la muerte muy cerca, Cristina. No quiero que lo hagas. No abortes. Tengamos el bebé. —Apoyé mi frente sobre la suya y cerré los ojos. Era ahora… o nunca—. Sé que podremos. Te miro y sé que contigo puede resultar. Es como si este tiempo hubiese estado esperando a que llegaras a mí. —Pinzó mi barbilla para que lo mirara a los ojos. Y descubrí en ellos lo único que necesitaba, que me quería tanto como yo a él.

Una vez, oí que el amor verdadero puede con todo y quizá, en ese momento, fui tan romántica e inconsciente que no me di cuenta de que en el amor de verdad… las mentiras son las mayores enemigas.

—Yo cuidaré de ti. Cuidaré de los dos. Te amo, nena…

Luego… me aferré a sus labios.

40

DEMONIOS

Cinco minutos... Es posible que parezca poco tiempo. Pero, a veces, unos escasos segundos pueden convertirse en un suplicio. Sobre todo si lo único que haces es sostener el teléfono y morderte una uña.

La pantalla de mi móvil me decía que estaba en línea. Los creadores de WhatsApp diseñaron una aplicación bastante inteligente y... chivata. ¡Cuánto odiaba ese doble clic! El que te avisaba de que el mensaje había sido recibido y leído. ¿Acaso no pensaban en la gente que, como yo, a veces no sabemos qué responder? Y luego estaba el dilema de los emoticonos. ¿Es que a nadie se le pasó por la cabeza crear una sección de caritas para responder a las exparejas? Porque, claro, ante esas palabras... ¿Qué se suponía que tenía que contestar?

Tres semanas transcurrieron desde la catástrofe del hotel. ¡Veintiún días durmiendo sin él!

Tras marcharse de nuestra casa, puso a sus padres al corriente de nuestra separación. Les contó que llevábamos muchos meses mal y que antes de que empezáramos a odiarnos, lo mejor era separarnos, por el bien de Elena.

Mi hermana y Héctor también estaban a la orden de todo. Pasé un fin de semana con ellos en Cádiz; y mi cuñado, a pesar de mostrarse educado y comedido conmigo, estaba de parte de su amigo. Una vez más, yo volvía a ser la mala de la película. Regresé a Sevilla asegurándole a Carolina que me encontraba bien, pero la preocupación que delataban sus ojos hacia mí era indudable. Sabía que ella sufría casi tanto como yo con esta separación, y no pude evitar sentir que le había fallado de nuevo...

Me encontraba hundida en un charco enorme de fango y toda la porquería, lentamente, acabaría por enterrarme por completo. Lo único que me mantenía a flote era mi pequeña.

Hasta el momento, ambos hacíamos lo posible por que ella no sufriera. Era obvio que notaba la ausencia de Raúl en casa, pero él se ocupaba de recogerla todos los días en el colegio y sobre las ocho de la tarde era mi suegro el que la traía conmigo. Entre nosotros la única comunicación que había era a través de esa ingeniosa aplicación llamada WhatsApp. Pero sus mensajes eran fríos, escuetos, carentes de sentimientos y emociones; y mis respuestas eran prácticamente gélidos monosílabos.

Luis me concedió un paréntesis. Sabía lo mucho que todo aquello me estaba afectando y él mismo se ocupó de mantener a Marcus alejado de mí. Me pasé unos diez días trabajando en casa. Pero yo misma le pedí volver al estudio. Era necesario regresar a mi rutina o me arriesgaba a volverme loca de remate.

Los segundos seguían corriendo en el reloj y era evidente que él estaba esperando a que le respondiera. Volví a leer el mensaje en alto para ver si así se me ocurría qué contestarle.

«Tenemos que hablar. Si te viene bien, te espero mañana a las nueve y media en mi oficina».

¿Hablar? Estaba tan llena de dudas que las preguntas se me amontonaban en el cerebro.

Claro que teníamos que hablar, y mucho...

El significado de aquellas palabras me tenía desconcertada, sobre todo porque no sabía exactamente cuál era.

Sopesé la posibilidad de responder solo con emoticonos. Quizá un pulgar en señal de afirmación sería suficiente, aunque una vez lo hube tecleado me resultó patético.

¿Y si usaba un guiño?... ¿Eres imbécil, Cristina?, pensé, borrando eso también. Al final, en contra de mi voluntad, volví a recurrir a los glaciales monosílabos.

«Ok».

Mejor eso que la caca sonriente…

A continuación dejé el teléfono sobre la encimera de la cocina y me encaminé hacia la habitación de Elena para comprobar que ya estaba lo suficientemente dormida como para apagar la luz de su lamparita. La besé tras arroparla y cuando salí de allí me sentí tan culpable de que mi error pudiera empañar su felicidad que, simplemente, me metí en la cama y di vueltas hasta que el sueño me envolvió.

A la mañana siguiente, me desperté mucho antes de que sonara la alarma del móvil. Iba a verlo. Después de veintiún días sin saber mucho del que se suponía que era mi marido, volvería a encontrarme con él para hablar. Ahora sí quería conversar. Aún no sabía exactamente de qué, sin embargo, intenté que el miedo y la incertidumbre no se apoderaran de mí del todo.

Apoyé las manos en el lavabo y contemplé la imagen que tenía frente a mí en el espejo. Sin duda, esa persona se alejaba mucho de lo que yo un día soñé en convertirme y lo peor es que sabía que la única que tenía la clave para remediarlo era yo misma. Aunque lo primero sería cuidar mi aspecto. Bajo ningún concepto volvería a la oficina de Raúl hecha un desastre. Ante todo, le demostraría que era una mujer decidida y fuerte y que ni él ni nadie me quitarían las ganas de vivir.

Dejé sobre la cama mi camisa verde de seda. Ese color me sentaba muy bien y, encima, era mi favorito. La combiné con unos pantalones pitillos vaqueros muy ajustados, botines marrones de tacón y una cazadora del mismo tono que las botas. Luego me maquillé los ojos con unas bonitas sombras cetrinas y alisé mi pelo oscuro dejándolo caer sobre mis hombros, suelto. Regué de perfume mi cuello y escote, que dejé entrever sin abrocharme el primer botón de la camisa. Iba un poco más arreglada de lo que solía ir cualquier lunes, pero de eso se trataba.

No sabía nada de su vida. Todas aquellas noches me acosté con la horrenda idea de que se viera con ella. Que hubiera decidido pasar página y olvidarme. Y el solo hecho de planteármelo me estremecía de pies a cabeza.

Una hora después, tras dejar a Elena en el colegio, llamé a Luis para avisarle de que no estaba segura si me retrasaría o no. Él no me puso objeciones, y unos minutos más tarde me encontraba atravesando las puertas del edificio Torneo.

En el espejo del ascensor me repasé visualmente unas mil veces. Me quité la cazadora y la colgué en el asa del bolso. Me encontraba tan nerviosa que estuve a punto de darme la vuelta y marcharme cuando el tintineo me avisó de que ya estaba en su planta. Al menos me sentía a gusto con mi ropa y el maquillaje.

Había llegado la hora de enfrentarme a él de una vez. No podía seguir viviendo sin saber qué pasaría de ahora en adelante.

Respiré profundamente y caminé con decisión mientras mis pasos resonaban sobre el impoluto suelo de mármol.

La puerta estaba abierta, así que entré sin más. La mesa de recepción la ocupaba un chico que no conocía. Era un joven de unos veinte y pocos, delgado, con unas gafas de pasta negra. Parecía realmente enfrascado en su tarea. Y la sensación de alivio que me recorrió al no ver tras ese mostrador a la asquerosa arpía de Patricia… fue colosal.

—Hola… —susurré.

El chico alzó la vista y me sonrió.

—Buenos días, usted es… Cristina, ¿verdad? —Asentí y le devolví la sonrisa.

En ese momento no había nadie más allí. Los demás administrativos no estaban y Ángel, el aparejador, probablemente se hallaría trabajando en alguna de las obras en marcha.

—Yo soy Borja. Encantado —manifestó extendiéndome la mano—. Raúl me ha pedido que le diga que pase. Está en su despacho, esperándola.

—Muy bien, gracias, Borja.

Abrí su puerta sin llamar y el corazón estuvo a punto de reventarme la fina seda de mi camisa… Allí estaba, acomodado en su enorme silla de piel negra, hablaba por teléfono, pero en cuanto me vio entrar su mirada me arrasó, deslizándose por toda mi indumentaria.

¡Dios, cuánto lo echaba de menos…!

Sabía que tenía que hacer uso de mis mejores dotes interpretativas si no quería que él viera lo que era capaz de provocar en mí. Estaba guapo hasta gritar basta. Con una camisa azul cielo y unos chinos claros. Se había dejado crecer la barba, lo suficiente para dejar marcas en mi piel de haberme besado. Cosa que no pasaría a juzgar por la expresión de su semblante.

Me quedé quieta, esperando a que dijera algo; pero cuando me di cuenta de que no cortaba la conversación con su interlocutor, me senté en uno de los sillones de confidente y apoyé mi bolso en el que quedaba libre.

Él se recostó aún más en su asiento, apoyando su codo sobre el apoyabrazos y acariciando sus labios con el dedo índice.

—Muy bien, pues intenta agilizar esa licencia como sea. No podemos perder ese contrato —decía sin apartar su mirada de la mía. Si pretendía intimidarme…, lo estaba consiguiendo. Aun así, intenté que esa Cristina descarada e insolente no se dejara amilanar. Y haciendo uso de toda mi artillería femenina lo encaré.

Colgó el teléfono y cruzó las manos encima de la mesa, reclinándose un poco.

—Hola —murmuró muy serio con el cejo fruncido.

—Hola —respondí, jugueteando con mis dedos sobre el regazo.

Mantuvimos el contacto visual durante unos segundos… Luego, él hizo como el que se relajaba de nuevo, aunque yo sabía que estaba tan nervioso como yo.

—Cristina, te he llamado porque hay muchos asuntos que tenemos que aclarar. No quiero seguir involucrando a mis padres en esto. Creo que los dos somos ya lo suficientemente adultos como para enfrentarnos a esta separación sin dramas ni más escenas.

Escuchar aquello me dificultó la respiración momentáneamente. Él no pretendía que hiciéramos las paces, todo lo contrario, me había llamado para hablar de los detalles de nuestra «cordial» ruptura. Sin embargo, hice lo que pude por ocultar la sensación de decepción que me corroía y le imité, dejándome caer sobre el respaldo de mi asiento, fingiendo que estaba preparada para hablar.

—Estoy de acuerdo contigo —carraspeé.

«¡*Mierda, mierda!*».

—Bien… He hablado con mi abogado y lo mejor será que lleguemos a un acuerdo con la manutención de Elena y la custodia.

—¡¿Cómo?! —exclamé con el cuerpo completamente rígido, incorporándome.

—Yo también quiero vivir con mi hija —masculló él—. No me voy a pasar el resto de mi vida sin ver cómo se despierta por las mañanas. No me parece justo. Es de ti de quien quiero separarme, no de ella.

Suspiré con fuerza, intentando no perder las formas.

—¿Y qué propones? Si se puede saber. Porque te aseguro que mi hija seguirá viviendo conmigo.

Atisbé cómo apretaba la mandíbula.

—Quiero ir todas las noches a casa, estar para el baño y la cena. Me marcharé cuando se haya dormido. Y también quiero pasar con ella dos fines de semana al mes. Los dos solos.

Sacudí la cabeza como si no terminara de creer lo que estaba oyendo.

—Me estás diciendo que esos dos fines de semana soy yo la que tengo que largarme, ¿no?

—Exacto. Sabía que lo pillarías a la primera —atestiguó desafiante.

—¿Y adónde se supone que tengo que irme?

—Ese es tu problema, estoy seguro de que ya se te ocurrirá algo. Aún conservas viejas amistades, ¿no es así? Si no, siempre puedes recurrir a los hoteles, son muy prácticos, aunque tú de eso ya sabes bastante.

Le lancé una mirada cargada de ira. Estaba provocándome, pero esta vez no iba a alterarme.

Me miré los dedos de nuevo y luego volví a encararlo.

—Bien. ¿Algo más? —Me puse de pie intentando fingir que sus palabras no me habían dolido.

—Siéntate; no he terminado —me ordenó.

—Tengo que irme. Luis me está esperando —dije agarrando el bolso.

—Pues que espere un poco más —declaró sin moverse de su sitio.

—No te confundas, Raúl. Si accedo a este absurdo acuerdo que me estás proponiendo es solo por el bien de Elena, no por ti.

—Ya lo sé. Cristina. Me has dejado claro que no te has esforzado demasiado por mí.

«*¡¿Que no me he esforzado…?!*».

—Vaaale, sí, yo soy una zorra mentirosa y tú eres el marido fiel que todo lo hace bien. —¿Esto es lo que quería?—. ¿Y ahora qué? No quieres estar conmigo, pero tengo que verte todos los días en casa. Bueno…, en *tu* casa. Porque es eso lo que estás diciéndome, ¿no?

Me ajusté el bolso al hombro. Más por tener algo en las manos que por…

—¡Por supuesto! —gritó, dando un puñetazo en la mesa—. Entraré en mi casa cada vez que me dé la gana.

Se puso de pie y por un instante me sentí diminuta. Pero no.

—¡Y una mierda! ¿Crees que porque no tengo adónde ir voy a vivir sometida a lo que tú quieras…? ¡Qué poco me conoces, Raúl! —repliqué dirigiéndome hacia la puerta. Él me siguió. Agarré el pomo con la intención de abrirla, pero él la cerró de golpe.

Acercó su cara a la mía y retrocedí un paso, quedando acorralada en la pared.

—¿Y qué vas a hacer, eh? Ya lo sé… Vas a volver a molestar a tu hermana con tus meteduras de pata, o no, déjame pensar, irás lloriqueando a tus amigos, mendigando un hogar porque no has sido capaz de mantener las piernas cerradas.

La mano volvía a picarme. ¡Ay! Estuve a punto de abofetearlo de nuevo. Solo que después de tantos días sin ver su atractivo y masculino rostro me di cuenta de lo mucho que lo necesitaba. Estaba tan guapo que me costaba sostenerle la mirada. Esa mirada cargada de veneno, claro.

Solo Dios sabe que hice lo imposible por controlarme. No quería decir nada que pudiera herirle a conciencia, pero él no me lo estaba poniendo fácil.

—No. No haré nada de eso. Me quedaré en mi casa. Porque esa también es *mi* casa. Y no lo digo yo, lo dice la ley. Me pertenece por aguantarte todos estos años. No me negaré a que veas a Elena a diario si es lo que quieres. Pero tú eres el que has decidido marcharte, así que ahora ya no vives allí. Por lo que pienso cambiar la cerradura.

—No te atreverás a hacer eso —dijo con los dientes apretados, colocando una mano abierta en la pared junto a mi cabeza.

—¿No? Ya lo veremos. Si quieres entrar tendrás que llamar —expresé con una actitud arrogante e insolente.

No pensaba cambiar nada; por aquel entonces la idea de verlo todos los días alimentó mi esperanza.

—Si cambias la cerradura tiraré la puerta —farfulló amenazante, esta vez muy cerca de mí.

Tan cerca que mis ojos recorrieron su barba, su cuello, el vello que sobresalía por su camisa y, sobre todo, sus labios. Me moría por besarlo. Tanto que la sensación era dolorosa. Y sabía que él sentía lo mismo. Su otra mano tenía bloqueada la puerta, imposibilitando que pudiera irme y lo único que impedía que su pecho rozara el mío eran unos escasos centímetros. Su perfume me resultó irresistiblemente asfixiante.

—No importa, pondré otra nueva, ya sabes que hace tiempo que quiero cambiarla también —exhalé, añadiendo aún más excitación a ese momento.

Provocarlo de ese modo activó mi flujo sanguíneo. Mis nudillos se veían blancos por la fuerza que estaba empleando en sujetar el bolso.

No dijo nada más. Solo continuó contemplándome. Habría apostado mi vida a que me deseaba tanto como yo a él.

Escaneó toda mi ropa y por último se detuvo en mi escote.

—¿Así es como vas a trabajar ahora todos los días? —inquirió tras unos interminables segundos—. Se nota que te implicas con el mundo de la fotografía.

—Pues sí, me implico mucho, pero no del modo que tú estás insinuando.

—Sí, ya...

Se le escapó una sonrisa amarga.

—Me he pasado semanas sin ganas ni de mirarme al espejo. Mientras tú te divertías en el gimnasio y aquí, en tu oficina, con tu amiguita, pero he decidido que atormentarme no merece la pena.

—Claro, es más práctico meterte en la cama de tu ex.

Se cruzó de brazos sin alejarse de mí. Creo que intuyó que esa cercanía nos turbaba a ambos.

—¿Sabes qué? Piensa lo que quieras. A partir de este momento ya no te debo ninguna explicación.

Se suponía que tenía que irme. Agarrar el pomo y dejarlo allí con la palabra en la boca. Pero el caso es que no quería. Deseaba estar con él, aunque fuera solo para discutir. Me dejé caer aún más en la pared, buscando algún punto donde apoyarme.

—Exacto. Ni yo a ti. Ahora cada uno puede hacer lo que le dé la gana —murmuró con el cejo visiblemente fruncido.

—No sé por qué..., pero me da la sensación de que esto era justo lo que estabas buscando —confesé con la mirada afilada.

—Es posible... Lo mejor será que ninguno de los dos se meta en la vida del otro.

Y en cuanto dijo aquello, de nuevo esa inseguridad se expandió por todo mi cuerpo. Yo no estaba preparada para eso. No podría soportarlo...

—Raúl, ¿has acabado?

Un nudo enorme me aprisionaba la garganta.

Algo muy triste se balanceaba entre sus ojos y los míos. Y me dio la impresión de que había un océano de palabras no dichas entre nuestros labios.

—No, me temo que... esto solo acaba de empezar.

—¿Estás seguro? —pregunté, alzando la barbilla y respirando profundamente.

—Ahora mismo de lo único que estoy seguro es de que quiero que salgas de mi despacho —dijo evitando mirarme. Supe que hacía lo imposible por controlarse. Aquella cercanía era demasiado tentadora para ignorarla.

Se separó de mí, abrió la puerta y me hizo un gesto con la mano, invitándome a marcharme.

Sin embargo, mientras él sostenía el pomo hice lo primero que se me pasó por la mente y me lancé a su boca. Había deseado hacerlo desde el mismísimo instante en que entré allí y, si ese iba a ser nuestro final, no dejaría pasar la oportunidad de robarle un último beso. Ni yo misma me terminaba de creer que acababa de hacer algo así. Ahí estaba de nuevo esa Cristina irracional dejándose llevar por sus atolondrados y primitivos impulsos.

Sostuve su rostro entre mis manos y devoré sus labios con el corazón saltando dentro de mi pecho. Él respondió a mi beso durante unos segundos. Los suficientes para avivar mis ilusiones. Una de sus manos fue a mi cadera y el contacto me electrizó los muslos. Pero cuando la certidumbre a recuperarle se hizo más latente…, él se apartó de mí sin dejar de observarme. Taladrándome con su mirada venenosa.

—Te enviaré el acuerdo que ha detallado mi abogado a tu correo electrónico —bisbiseó, deshaciéndose de mis dedos que acariciaban su mejilla y haciendo un ligero y despectivo movimiento de cabeza, indicándome que desapareciera de su vista.

Me humedecí los labios procurando mostrarle una actitud impasible. No iba a ser el único en disfrazarse con esa fingida coraza de orgullo. Asentí y giré sobre mis talones. Apenas estaba fuera de su despacho cuando cerró la puerta. Mis piernas temblaban tanto que me costaba andar. Y cuando alcé la vista me encontré con la sorprendida expresión de Borja puesta en mí. Había presenciado mi degradante demostración de amor.

«Sí, chico, sí, soy imbécil».

Sonreí enseñando los dientes más que otra cosa, y salí del edificio intentando digerir lo que había pasado allí dentro.

Al llegar al exterior agradecí que la brisa soplara con violencia. Porque era justo lo que necesitaba: aire.

Sabía que durante el resto de la mañana, el olor de su perfume mezclado con la propia esencia de Raúl permanecería adherido a mi pensamiento.

¡¿Qué demonios estábamos haciendo?!

Me monté en el coche deshecha, pero… dispuesta a volver al trabajo y centrarme en lo que realmente me distraería. Antes de arrancar, mi móvil comenzó a vibrar en el bolsillo de la chaqueta.

El número que me llamaba era de alguien que no constaba en mi agenda.

—¿Sí? —respondí ajustándome el cinturón, sujetando el teléfono con el hombro.

—Cristina, hola, soy Cristóbal.

Durante unos segundos no caí, sin embargo, la voz era inconfundible: el novio de Javi.

—Ah, hola, Cristóbal. ¿Qué tal?

—¿Te pillo en mal momento? —preguntó.

—No, no, dime.

Puse las llaves en el contacto y me preparé para oírle.

—Verás…, hay un asunto que me encantaría hablar contigo en persona.

—¿Ocurre algo con Javi?

—No, no se trata de Javi. Es sobre esa mujer…, Patricia. —En cuanto pronunció su nombre todo mi cuerpo se tensó—. Recuerdas que te dije que me sonaba su cara, pues ya sé de qué.

Llegar al despacho de Cristóbal me haría perder gran parte de la mañana, pero lo cierto era que, por aquel entonces, mi curiosidad fue aumentando progresivamente y necesitaba conocer qué sabía sobre ella.

Introduje en el navegador la dirección que me había dado. Un rato después llegué a la avenida de la Borbolla y busqué el número del edificio. Todo me parecía extrañamente desconcertante. ¿Qué podría saber Cristóbal?

Identifiqué el bloque que él me describió por teléfono y cuando entré en el interior atravesé una galería repleta de bufetes de abogados e inmobiliarias hasta encontrar una puerta donde se leía un elegante y discreto distintivo: Detectives S&V Investigaciones privadas y comerciales.

Llamé con sigilo. Me sentía muy confundida e incluso un poco mareada…, pero es que hablar con Raúl me había dejado exhausta.

Unos segundos después, Cristóbal abrió la puerta mostrándome su bonita sonrisa.

—Hola, Cristina. Gracias por venir tan pronto. Pasa.

Su oficina era amplia y luminosa. Nada que ver con esos habitáculos sombríos e intrigantes de las películas policiacas. Eché un vistazo rápido y aquello no tenía nada de misterioso. Todo lo contrario. Allí dentro solo había un escritorio enorme de cristal velado con un par de sillones negros de confidente para atender a sus clientes, y tras él un gigantesco mueble archivador con muchísimas carpetas. En el lado izquierdo de la habitación vi una mesa rectangular con seis sillas, que supuse que utilizaría para reuniones. Algunas plantas adornaban el lugar, dándole una ligera sensación de confianza y frescor.

—¿Quieres un café? —me preguntó.

—Si tienes tila te lo agradecería.

—Por supuesto.

En uno de los estantes del mueble archivador Cristóbal tenía una especie de minibar, incluida una cafetera e infusiones. Se notaba que era un chico cuidadoso y detallista. Sin embargo, ahora que lo veía en su ambiente de trabajo, no parecía en absoluto gay.

—¿Qué tal con Javi? —inquirí para romper el hielo y, ya de paso, averiguar si de verdad ese chico estaba interesado por mi amigo.

Mi pregunta le hizo sonreír. Buena señal.

Me invitó a sentarme mientras servía la tila en una taza.

—Perfectamente —aseguró—. Pero te pediría que no le comentaras nada de esta conversación. Lo que voy a enseñarte hoy es confidencial, y me gustaría que este asunto quedara entre nosotros.

—Claro… —respondí aún más turbada, removiendo el agua con la cucharilla.

Él tomó asiento.

—Cristina, desde el día que salimos y sucedió aquello…, no he dejado de pensar de qué me resultaba tan familiar el rostro de esa mujer. —Abrió un cajón del lado izquierdo de su mesa y sacó unos documentos. Acerqué mi silla hasta quedar más cerca—. Hace varios años, un amigo mío murió en acto de servicio. Empezamos investigando a una banda criminal armada, en Bilbao.

Hice un gesto de asombro con la cara. No entendía qué tenía que ver eso con Patricia.

—Era una organización extremadamente violenta, muy peligrosa y sanguinaria. A lo largo de su historia han asesinado a más de veinte personas, entre ellas, varios policías y militares. Pero hace diez años a

Juan, mi compañero, y a mí nos asignaron encargarnos de un grupo de atracadores que estaban atemorizando a todo el mundo en Galicia y en algunas otras zonas del norte. Robaban en sucursales bancarias, secuestraban a empresarios, los herían, pedían rescates... En fin, todo lo que puedas imaginar. Pronto supimos que uno de los dirigentes de ese grupo había sido miembro de la banda que antes te he mencionado y de la que no puedo darte el nombre por motivos de seguridad. —Mientras me contaba todo aquello, fue abriendo carpetas y mostrándome algunas fotos de hombres que no había visto en mi vida—. En realidad, era sobrino de uno de los fundadores. Sembraban el pánico allá por donde pasaban, y parte del dinero que conseguían derramando sangre iba destinado a reforzar y financiar al grupo de Bilbao. La investigación fue mucho más ardua de lo que puedas imaginar.

»Por aquella época, yo solo era un chaval que llevaba poco tiempo en el Cuerpo, pero Juan era más veterano y estaba bastante implicado en acabar con esa banda. Detuvimos a cinco de ellos —dijo señalando a los individuos en las imágenes. Las miré por encima y ninguno me sonaba de nada—, pero otros tres escaparon y comenzaron a delinquir aquí, en el sur. Supimos que habían vuelto a crear una nueva organización, donde el tráfico de cocaína era su principal cometido. Se desvincularon de algunas de sus anteriores actividades, pero no perdieron el tiempo. —Hizo una pausa y tomó aliento—. Juan murió en un tiroteo en una de las detenciones y, más tarde, a mí y al resto de mi unidad nos trasladaron a Sevilla para continuar con la investigación...

—Lo siento mucho, Cristóbal —lo interrumpí—, pero... ¿qué tiene que ver todo eso con Patricia?

Me contó tantas cosas en un momento que la cabeza empezó a darme vueltas sin parar.

—Esa es la parte que toca ahora. —Removió algunos de los folios que estaban sobre su mesa y me mostró un extenso expediente sobre ella. Me quedé atónita. ¡¿Patricia?! En aquellos documentos había muchísima información sobre esa mujer: fotografías, direcciones, números de teléfonos...—. No debería enseñarte esto, no fui yo quien elaboró el informe, sino mi compañero. No sé si sabes que estuvo casada con un abogado, un tal Mario Márquez. —Asentí al recordar que ese tipo y mi cuñado, Héctor, fueron socios en el Rodeo.

—Sí, lo sé, el marido de mi hermana y él inauguraron juntos un negocio, del que actualmente se encarga mi suegro.

—Exacto.

—¿Lo sabías?

—Sí, Cristina. Conozco el Rodeo; Mario lo utilizaba como tapadera para blanquear el dinero de la droga. No es el único negocio que tiene.

¡¿El restaurante era una tapadera de...?! ¡¿Y Mario...?!

Realmente apenas había oído hablar de ese hombre, pero lo poco que sabía de él era que fue el abogado de mi suegro durante algunos años, hasta que este decidió que ya no lo representaría.

—Cristóbal, ve al grano —le rogué.

—Ese tipo hacía negocios con la banda que Juan y mi equipo investigábamos. De ahí que ella también estuviera en el punto de mira.

—¿Me estás diciendo que ella sabía de todo eso?

—Sí, sé que estaba al corriente; solo que nunca pudimos demostrar su implicación.

—Que él fuese un delincuente no significa que ella también lo fuera. —No era mi intención excusarla, pero necesitaba saber si realmente ella era peligrosa o tan solo se trataba de una suposición.

—Mientras Juan elaboraba ese informe descubrió que ella había mantenido una relación con uno de los cabecillas: Asier Oroz. —Buscó entre los folios y sacó una fotografía con uno de los detenidos. Un tipo moreno con barba. En la imagen aparecía una Patricia muy distinta a la actual—. Perteneció a ese grupo, Cristina. Siendo muy joven. Lo único que sabemos es que sus padres tenían una fábrica de muebles en Bilbao y cuando la relacionaron con aquel movimiento se trasladaron al sur. Sin embargo, curiosamente, se casa con ese abogado y precisamente él hace negocios con aquellos traficantes, los mismos que antes habían pertenecido a esa banda organizada. ¿No es demasiada casualidad?

—¿Y si teníais esa información, cómo es que no están todos en la cárcel?

Él exhaló una sonrisa amarga.

—¿Crees que no lo intentamos? Pero ese tipo, Mario Márquez, es un abogado bastante astuto. Cuando le acusamos se defendió utilizando sus contactos en la fiscalía, y poco después Patricia y él se separaron. Con esto quiero decirte que esa mujer no es trigo limpio. Esconde un pasado muy turbio, Cristina. Deberías mantenerte alejada de ella. Busca la forma de hablar con tu marido y que la saque de su empresa.

—Ya no trabaja para él. La despidió el día que me la encontré en aquel bar.

—Esa es una gran noticia...

—Sí, solo espero que el problema haya acabado.

—Incluso así, mantén los ojos muy abiertos y no permitas que se acerque a tu familia.

—No sé por qué, pero nada de esto me coge de sorpresa —murmuré mirando los papeles.

—¿No?

—Sabía que esa mujer no era de fiar. Es lo que intentaba explicarle a Raúl, pero él se negaba a escucharme —confesé cansada, pensando en lo mucho que detestaba a esa zorra.

—Lo siento, Cristina. Javi me ha dicho que no estáis pasando por un buen momento.

—Así es...

Él me observó durante algunos segundos.

—Te he contado esto porque quería que tuvieras más información sobre ella. Una mujer cuyo pasado está relacionado con una banda de ese calibre, no es alguien a quien puedas confiarles las cuentas de tu empresa. Llevo varios días dándole vueltas a este caso y es demasiada coincidencia que Mario Márquez decidiera hacer tratos con aquellos traficantes. Sospecho que ella estaba detrás de todo eso, aunque en sus declaraciones asegurara no saber nada de los negocios de su marido. Dijo que su relación con ese delincuente formaba parte de su pasado, pero sé que no es cierto.

Recordé lo que me había contado Javi sobre la muerte de su amigo.

—¿Fue por todo ese asunto por el que decidiste dejar el cuerpo de policía? —le pregunté, intentando saber algo más sobre él. Ese chico me caía muy bien y tenía muy claro que de ahora en adelante seríamos muy amigos.

—Sí —respondió con el gesto contraído de dolor.

—Lo siento de veras, Cristóbal —expresé sin la menor intención de hurgar demasiado en la herida.

—Gracias —susurró él, recogiendo los papeles y guardándolos de nuevo.

—Te agradezco de corazón que me hayas contado todo esto.

—Solo quería que estuvieses al corriente. Si esa mujer se acerca a ti o vuelve a amenazarte..., quiero que me lo digas, Cristina —dijo él mirándome fijamente.

—De acuerdo —afirmé, todavía intentando almacenar en mi cabeza la horripilante información.

Sabía de sobra que esos datos no eran más que meras especulaciones. Al fin y al cabo, no había nada concluyente en contra de ella, pero Cristóbal me estaba poniendo sobre aviso. A él, Patricia le gustaba tan poco como a mí.

Cuando me despedí y salí de su despacho no paré de darle vueltas a lo hablado allí dentro. Sin embargo, saber que Raúl había rescindido su contrato de una vez por todas, calmó mi inquietud. Al menos tenía la tranquilidad de que ella ya no trabajaba para él.

Después de ese día intenté adaptarme a mi nueva situación. Mi destino no se presentaba con matices alegres. Mi marido se había marchado de casa; el padre biológico de mi hija aún seguía en mi ciudad, convencido de la paternidad de esta y, para colmo, una mujer con un pasado aterrador acechaba al hombre que yo amaba.

Por aquel entonces, lo único que sabía era que tenía que salir adelante fuera como fuere. Mi hija me necesitaba, y si algo aprendí fue que los errores no se reparaban solos.

La vida continuaba a un ritmo vertiginoso y lo más espeluznante era pensar que mi felicidad se me escapaba de nuevo…

A mi alrededor pululaban demasiados demonios y yo…, yo tan solo tenía que conseguir alejarlos.

41

NO CREO EN TI

Raúl

En cuanto cerré la puerta supe que debía poner punto y final a esa historia antes de que fuera demasiado tarde, antes de que me fallasen las fuerzas para alejarme. Ella me conocía mucho más de lo que podía imaginar.

Regresé a mi mesa y allí, sentado en mi sillón, me pasé las manos por la cara.

¡Joder, joder, joder!

La necesitaba tanto que me costaba admitirlo. Tenía restos de su barra de labios en los míos y su hechizante olor aún permanecía planeando en mi despacho. Esa mujer acabaría conmigo. Estaba convencido. Sin embargo, pasarían años hasta de que pudiera arrancármela del corazón.

¿Esto era lo que me esperaba a partir de ahora?

«¡Maldito seas, Raúl», masculló para mí. Ese estúpido acuerdo no haría más que enredarlo todo. Lo sabía. Pero tenía que ir asimilando poco a poco que no quería perdonarla. ¡Que no podía! Se había encargado de hacer añicos la confianza que con mucho esfuerzo deposité en ella. Ese tipo, Marcus…, y ella… juntos. Cada vez que la imagen de ellos dos volvía a mi cabeza, en aquel hotel, deseaba morirme.

La quería como jamás en toda mi vida pensé que se pudiera amar a nadie. Pero no viviría arrastrando sus engaños. Ya no creía ni una sola palabra que saliese de su boca.

Me masajeé las sienes y me pregunté una y otra vez qué era lo que había hecho mal para que ella sintiese la necesidad de arrojarse a los brazos de otro hombre.

Estaba tan furioso que afirmé no perdonarle su traición. Ella sostenía que solo fue un beso, pero... ¿cómo sabría que era verdad, después de lo sucedido?

Y allí, en la soledad de mi oficina, cuando hacía lo imposible por concentrarme en mi trabajo, recordé un momento de mi vida que lo inundó todo. Un instante que marcó el resto de mis días...

En mi mente retrocedí a aquella habitación del hospital en la que Cristina permanecía dormida en la cama tras un parto interminable...

Contemplaba el color amarillento de su rostro, las facciones de su cara tenuemente iluminadas por una luz suave mientras descansaba. Se la veía cansada y desfallecida. Los médicos decían que había perdido un poco de sangre, pero que pronto estaría recuperada, aun así estaba radiante. Su cabello negro lucía revuelto a lo largo de la almohada y yo llevé mis dedos hasta él para acariciarlo.

La idea de no saber cuidarlas a ambas me aterraba...

Mi mirada se desvió hacia la diminuta cunita que había a la izquierda, Elena también dormía. Debían de ser las seis de la mañana y tan solo se oían algunos murmullos lejanos en el pasillo. Estaba sentado en una silla junto a la cama. Le había prometido a Cristina que yo vigilaría a la pequeña. Y lo cierto era que contemplarlas fue una sensación sorprendentemente placentera. No obstante, Elena comenzó a removerse y un par de quejidos me advirtieron de que empezaría a llorar y alarmaría a toda la planta de nuevo. Me levanté y decidí cogerla en brazos antes de que Cristina se despertara.

—Shhhh, ¿qué te pasa, muñequita? —siseé muy bajito. Ella pareció reconocer mi voz, ya que en cuanto la acurruqué en mi pecho se llevó los deditos a la boca y se quedó en silencio con los ojos aún cerrados.

Era muy pequeña todavía, pero ya supe que sería idéntica a su madre.

Sonreí al descubrir que solo hacía unas horas que la conocía y ya no podía vivir sin ella.

—Eres muy guapa, lo sabes, ¿verdad? —murmuré volviendo a mi asiento, meciéndola.

Ella bostezó y no pude evitar pensar que sus labios eran perfectos, como los de Cristina. Tenía una nariz pequeñita y preciosa. La besé muy despacio y,enese instante, ella despertó. Parpadeó un par de veces, supuse que intentando adaptarse a la liviana claridad que poco a poco iba invadiendo la estancia, pero luego ocurrió algo fascinante y su mirada colapsó con la mía.

Pensé que era imposible que pudiera verme. Dicen que los bebés recién nacidos, al principio, tan solo perciben reflejos y destellos, y que la zona central de su retina no está desarrollada. Sin embargo, la tenía allí, en mis brazos, y ella no apartaba sus ojos de los míos. Como si acabara de entender quién era yo. Parecía absurdo, teniendo en cuenta sus pocas horas de vida. Pero la conexión con su mirada me tenía hipnotizado.

Continué hablándole con una voz dulce.

—Hola, colega, se te acabó eso de estar nueve meses sin hacer nada. Esto es el mundo real...

Bostezó de nuevo y le planté otro beso en su moflete regordete.

Me hubiera pasado la vida entera mirándola y no me cansaría de afirmar que era la cosa más bonita que había visto jamás. Pero durante una milésima de segundo cruzó por mi pensamiento el horrible paradigma de que ella no llevaba mi sangre, y entonces aquella sonrisa almibarada se esfumó de mi cara. Suspiré y cerré los ojos. Sabía que estaba aceptando un reto muy peligroso. Probablemente el más difícil y arriesgado con el que me había encontrado nunca.

Volví a mirarla y esta vez fue ella la que sonrió sin dejar de contemplarme.

—¿Y a ti qué es lo que te hace tanta gracia? —susurré mientras ella se removía chupando uno de sus puños.

La muy granujilla parecía entender todo lo que le decía y me deslumbraba de nuevo con una sonrisa ladeada. Era posible que el modo de mirarme e incluso aquellos movimientos de su boca que parecían risas, fueran solamente vibraciones espontáneas de sus músculos, pero en el fondo de mi corazón quise pensar que ella sabía lo que pasaba por mi mente.

—A Elena le ha pasado lo mismo que a mí contigo —oí decir a Cristina en el silencio de la madrugada.

No me di cuenta de que estaba despierta hasta ese momento. Respiró profundamente, como si esas horas de sueño y la sensación de contemplarme desde su posición, la reconfortaran.

—¿Y qué es lo que te pasó a ti conmigo? —le pregunté con curiosidad, embebiéndome del brillo esmeralda de sus ojos.

—*Amor a primera vista* —*murmuró con una caída de pestañas. Admití que estaba perdidamente enamorado de esa mujer*—. *Y a Elena acaba de sucederle ...*

Negué con la cabeza al recordar aquello. Sabía que pensar en eso no me ayudaría. Quizá era hora de aceptar que me había equivocado asumiendo una responsabilidad que no era la mía...

Tenía que buscar el modo de olvidarla. Mirar hacia delante armado de incredulidad.

O tal vez, simplemente, medir con una templada displicencia cada paso a partir de ahora.

Parte 2

El futuro nos tortura y el pasado nos encadena. He ahí por qué se nos escapa el presente.

(Gustave Flaubert)

1

¿AMIGOS?

Verme obligada a empezar una nueva vida; arrojada a conformarme con mi actual situación. Como si acabara de despertarme en un insólito escenario, en medio de la representación de una obra para la que no existía un guion. Improvisar.

¿Era eso lo que tenía que hacer a partir de ahora, improvisar? ¿O... tenía que utilizar mejor el cerebro y dejar de actuar acorde a mi corazón? Porque, evidentemente, hacer lo que este me dictaba, únicamente me había traído problemas. Y lo admito, siempre fui una loca que actuó por impulsos, pero eso no significaba que mis sentimientos fueran menos intensos. Solo que a Raúl ya todo eso le daba igual. Él nunca utilizó la palabra impulso para definir mi mentira. Él, sencillamente, la calificó como lo que verdaderamente era: un error.

Acepté. Sí. Accedí a verlo cada noche; a que viniera a casa a bañar a Elena; a darle de cenar y a dormirla. Y sabía que era una locura, ya que él no quería estar conmigo. No quería perdonarme. Y lo supe por su manera de mirarme, porque jamás en toda mi vida había visto a Raúl tan furioso, tan cabreado conmigo y con él mismo. Pero el motivo de su estado no era otro que la aparición de Marcus en nuestras vidas y el temor de verse amenazado. Por eso decidí que si quería ver a Elena a diario, no sería yo quien se lo impidiera.

Así que mi rutina se condensó en ir a trabajar; centrarme en la exposición del 30 de abril, que Luis y yo preparábamos con esmero; y esperarlo en casa sobre las ocho, que era cuando él llegaba para ocuparse de nuestra hija.

Una semana había pasado desde aquella reunión en su oficina y yo aún no recibía ningún acuerdo legal en mi correo electrónico, por lo que no pude evitar pensar que quizá él también estaba dejando correr el tiempo para ver si de esa manera conseguíamos solucionar lo nuestro.

Mientras tanto, Marcus se pasó por el estudio un par de veces, pero mi actitud fue fría, distante y hostil. Sin embargo, uno de esos días, antes de marcharse y sin importarle que Luis estuviera presente, entró en la trastienda del estudio donde yo estaba enmarcando una de las fotografías sobre un caballete de madera y se acercó hasta quedar frente a mí.

Le lancé una mirada de animadversión a mi jefe, pero este salió de la habitación, ignorándola. Al fin y al cabo, no podía pasar toda la vida protegiéndome.

Marcus iba vestido de un modo informal, con un vaquero desgastado, un sencillo jersey de lana *beige* y cazadora de piel marrón. La funda de la cámara de fotos cruzada en el pecho y su pelo, aún más largo, le caía sobre los hombros. Sus ojos azules buscaron con obstinación los míos.

—¿Cuándo crees que podremos hablar de todo lo que está sucediendo, Cristina?

Y en ese instante, no sé si me provocó más rechazo el que insistiera sobre eso o el hecho de que todavía me resultaba un hombre tremendamente atractivo.

—Marcus, no quiero ser desagradable, pero es que yo no tengo nada que hablar contigo. Porque da la casualidad que no ha sucedido nada.

Él se acercó un poco más y apoyó las palmas de las manos sobre la mesa. Tomó aire.

—No me refiero a nosotros… —Se humedeció los labios—. Creo que aún no me has entendido. —Su rostro escrutó el mío—. Estoy hablando de Elena.

—Deja a Elena fuera de todo esto, ¡maldita sea! —gruñí dando un paso atrás.

¡¿Cómo se atrevía a nombrarla?! No sabía nada sobre ella.

—¿Crees que voy a dejar las cosas así, ahora que sé que es mi hija? —protestó.

—¡No es tu hija!

—Mira, Cristina —dijo tocándose el pelo, nervioso—, me gustaría hacer las cosas por las buenas. Entiendo que ella ha crecido junto a otro padre y no pretendo alejarla ni mucho menos, pero es mi hija. Tú lo sabes y yo lo sé. Y me lo has ocultado. ¿Quieres que mire a otro lado y continúe con mi vida sabiendo que es mía?

—¡Sí, sí, sí! Es justo lo que deseo, que te largues, que me dejes en paz, que desaparezcas. Mi hija es feliz, muy feliz, tiene el mejor padre del mundo. ¿Pretendes que ahora le diga: mira, Elena, este es tu verdadero papá? —solté todo eso sin parar de moverme. Ordenando las láminas con las que estaba trabajando.

—El modo de decírselo esperaré a que lo decidas tú. Yo solo he venido a...

—¿A qué...? ¿A amenazarme?... —le corté justo cuando me giraba tras colocar uno de los cuadros enmarcados sobre otro caballete que había pegado a la pared.

—Llámalo como te dé la gana —replicó él, cruzándose de brazos.

—A amargarme la vida, a destrozar mi matrimonio...

—Venga ya, Cristina, no me culpes a mí ahora de tu infelicidad. No soy yo el culpable de que tengas esa expresión en tu mirada —articuló, señalándome con un gesto pasivo.

—¡¿Qué expresión?! Tú no sabes una mierda sobre mí. Estoy así porque el hombre que más amo en la Tierra piensa que he vuelto a engañarlo.

—¿Que has vuelto a engañarlo? Es decir, ¿que ya lo engañaste una vez?

¡Dios! La situación volvía a escapar de mi control... Me toqué las mejillas con el dorso de mi mano y me ardían.

—Por favor, Marcus, no me hagas esto —le rogué extenuada.

Él miró al suelo, negó con la cabeza, los ojos entrecerrados y luego volvió a encararme.

—No me lo hagas tú a mí. También me mentiste. Me dijiste que habías abortado.

—¡Era lo que tú querías! —rebatí.

—De saber que ibas a tenerla, las cosas habrían cambiado. ¿No entiendes que en ese momento Susan estaba enferma?

La angustia se reflejó en su expresión.

—Marcus, márchate, te lo ruego… —le pedí, dejando caer mis hombros mientras guardaba en una caja los accesorios que había utilizado para el enmarcado.

El silencio llenó la poca distancia que nos separaba. Él se metió las manos en los bolsillos del pantalón y a continuación musitó:

—No pretendo hacerte daño, Cristina. —Un mechón de su flequillo cayó sobre su mejilla—. Es más, no te imaginas cuánto me duele ver que estás sufriendo.

—Si es así, ¿por qué continuas aquí? —dije mirándolo con el cejo fruncido.

—Porque dejé que te marcharas una vez y no tengo intención de que ocurra de nuevo.

Suspiré y miré el rollo de cinta adhesiva que en ese instante sujetaba entre mis dedos.

—Marcus, siento mucho que creas que lo nuestro fue importante. Pero no es así. Volví de Ámsterdam y conocí a Raúl. No sé cómo explicártelo… Él apareció y lo cambió todo. Regresé decepcionada al descubrir que estabas casado, pero sabía que lo tuyo se me pasaría. Sin embargo, con él es distinto. Yo ya no soy la misma persona que tú conociste, y no quiero volver a serla. —Él permanecía allí, estático mientras todas esas palabras salían de mi boca.

»Es probable que mi relación con Raúl se acabe. Lo conozco demasiado y, para él, vernos en ese hotel le destrozó; no obstante, te aseguro que entre tú y yo jamás habrá nada. El único hombre que yo amo es el único padre que tiene mi hija, y te garantizo que no eres tú. A partir de ahora puedes decidir lo que te venga en gana, asumiré las consecuencias, pero olvídate de la Cristina que conociste allí. Ya no existe. Tanto Elena como yo le pertenecemos, y deberías aceptarlo.

Él exhaló una amarga sonrisa y volvió a negar con la cabeza, mirando al suelo.

—¿Debería aceptarlo? ¿Y aceptar el qué? ¿Lo que a ti te viene mejor? —inquirió con un despectivo gesto.

—Lo mejor para todos —sentencié irritada.

—¿Así que crees que lo mejor para tu hija es que crezca convencida de algo que es falso? ¿Qué le dirás si un día lo descubre? ¿Seguirás engañándola y la convencerás de que no quise saber nada de ella? No te das cuenta, Cristina… —dijo girándose para marcharse. Pero justo antes de atravesar la puerta me encaró de nuevo y masculló—: Ya no depende solo de ti. Voy a seguir adelante y, como bien dices, asumirás las consecuencias.

Tras decir aquello se marchó.

Y yo… Yo… tuve que sentarme.

Aquella tarde, al salir del estudio, fui a recoger a Elena a casa de los que aún eran mis suegros. Y digo aún porque Raúl y yo todavía no habíamos firmado ninguna separación y ellos intentaban comportarse como si entre nosotros no pasara nada.

Rosa me recibía cada día con una insegura y dudosa sonrisa, y yo hacía todo lo posible por hablar con ella un mínimo aceptable. Hasta ese momento tan solo mantuvimos un par de conversaciones en las que ella me transmitió su deseo de que nos reconciliáramos y, por supuesto, hacía alusión una y otra vez a que ellos querían mantenerse al margen de nuestros asuntos.

La situación era cada vez más violenta e insostenible. Resultaba obvio que sabían que algo estaba sucediendo, pero supuse que no decían nada por temor a que yo les impidiera ver a Elena. Ellos adoraban a mi pequeña.

—Ya ha hecho todos los deberes. Y cada día lee mejor —afirmó mi suegra, agachándose para besar a Elena mientras le colocaba su mochila a la espalda.

—Gracias, Rosa —murmuré mirándola a los ojos. Pero lo dije de un modo que ella entendió perfectamente a qué me refería.

—No tienes que dármelas. Es mi nieta. Me encanta estar con ella, y a ella conmigo, ¿verdad, tesoro?

Mi hija se arrojó a su cuello para devolverle el beso.

—Te quiero, abuelita.

Ella me sostuvo la mirada.

No hizo falta decirnos nada más. La principal preocupación de mis suegros era que nuestra separación alterase su relación con mi hija, pero yo les demostraría que eso no sería así.

Cuando Elena se adelantó unos pasos para subirse al coche, impulsivamente me giré.

—Rosa —exhalé antes de que ella cerrara la puerta—, lo que pase entre Raúl y yo no afectará a esto.

—Eso espero, cariño… —respondió con una expresión consternada. Luego cerró.

Sobre las ocho y media decidí bañar a Elena. Era más o menos la hora a la que solía llegar Raúl, pero se estaba retrasando. En los días atrás, el ritual había sido el siguiente: él llamaba a la puerta; yo le abría sin apenas mirarnos; él se ocupaba de la pequeña, ignorándome completamente; y cuando ya estaba dormida se marchaba sin ni siquiera despedirse.

Sin embargo, esa noche algo varió…

Llamó sobre eso de las nueve. Elena estaba en la bañera y yo jugando con ella, sentada en el suelo. Sus carcajadas y todas sus inocentes y divertidas anécdotas me tenían abstraída.

—Mamá, ¿sabes que Lucas se come los mocos? —decía como si tal cosa.

—¿En serio? —pregunté fingiendo sorpresa y deleitándome en los bonitos rasgos de su cara.

—Sí, es un guarro —añadió, jugueteando con una diminuta sirena de goma.

—Pero… ¿se los come sin nada o les echa mahonesa? —bromeé para hacerla reír.

—¡Mamá! ¡Qué asco! —exclamó risueña, echándome agua en la cara, cuando de repente oí el timbre de la puerta.

—Debe de ser papá, ahora vuelvo.

Me incorporé y, antes de salir del cuarto de baño, me eché un vistazo rápido. No me había desmaquillado aún a propósito, y, por supuesto, mi indumentaria estaba estratégicamente pensada. Había escogido unas mallas grises y una camiseta de manga larga también gris, con el cuello amplio, de forma que un hombro quedara a la vista. Mi pelo estaba recogido en un moño despeinado. Respiré, fui a abrir, y cuando lo hice por poco me caigo de espalda…

Raúl, sí, Raúl con una camisa color vino con unas imperceptibles rayas negras, combinada con un pantalón negro de micropunto y unos zapatos *blucher* de piel trenzada. Su pelo, ahora más corto incluso, parecía húmedo y se había dejado esa barba de tres días que resultaba condenadamente irresistible. Tragué saliva cuando terminé de examinarlo de la cabeza a los pies. Y él, que sabía con total seguridad la corriente eléctrica que ascendía por mis muslos en ese instante, dibujó un amago de sonrisa en su cara.

¡¿Dónde demonios iría un miércoles… y tan tremendamente guapo?!

—H-Hola… —tartamudeé.

—Hola, siento llegar tarde —se disculpó, entrando, dejándome todavía más paralizada con el olor de su perfume. Nuevo, por cierto—. ¿Has bañado ya a Elena?

—Está en la bañera —respondí, cerrando la puerta.

—Hoy no podré quedarme hasta que se duerma —me informó, girándose y pillándome con los ojos clavados en su trasero.

—¿Ah, no? ¿Y eso?

No debí interrogarlo pero lo hice.

—Es que tengo una cena y he quedado a las diez y media —aclaró mirando el reloj de su muñeca.

Noté cómo sus ojos se desviaban a mi hombro, luego a mis pechos, que se marcaban sobre la tela, sin sujetador, y ascendía otra vez a mi cara.

—No te preocupes. Yo la acostaré —contesté, intentando alejar de mí esa arrolladora atracción que me empujaba hacia él como un imán.

No iba a contarme sus planes y yo tampoco iba a preguntar de nuevo.

—Bien… —susurró sin dejar de contemplar mis labios.

Me di la vuelta, aturdida… y me metí en la cocina a preparar la cena de mi pequeña. Me limité a las tareas del hogar, como cada noche durante el tiempo que él jugaba con nuestra hija. Recogí la ropa seca del tendedero y me puse a doblarla sobre la mesa. Fui a guardar algunos jerséis a mi habitación, pensando que ambos aún estarían en el baño, y me encontré a Elena de pie sobre mi cama y a Raúl delante de ella sin camisa…

¡Sin camisa!

Exacto. Supuse que se la había quitado para no arrugarla mientras hacía lo posible por ponerle el pijama a nuestra hija, que a juzgar por sus risas tenía bastantes ganas de juego.

Mis ojos fueron directos a sus bíceps y a los músculos de su espalda. Hacía un mes que no me tocaba y parecía que hubiera pasado una eternidad. Era tan intenso el deseo que sentía hacia él que observarlo de ese modo era desolador.

Aquella situación acabaría por destruirme. Sabía que verlo cada noche y no poder tocarlo era una penitencia. Para él no pasó desapercibida mi manera de mirarlo. Me adelanté a una de las cómodas y guardé la ropa con prisa, para marcharme cuanto antes del dormitorio.

Al salir no pude evitar girarme y allí estaba de nuevo esa expresión de suficiencia en sus labios. Elena intentaba subirse a su espalda para que él la cargara, y él la complacía sin apartar su penetrante mirada de mí.

Aceleré el paso y, una vez en el pasillo, sacudí la cabeza y me llevé una mano al estómago.

¿Lo estaba haciendo a propósito? ¿Era ese su modo de castigarme? ¿Hacer que le deseara hasta que tuviera que suplicarle?

Sí, ese era su plan, si no, ¿por qué se había quitado la camisa? ¿Por qué me miraba como si quisiera follarme con las mismas ganas que yo a él?

Se suponía que debíamos ignorarnos, y no desnudarnos el uno al otro con aquellas impúdicas ojeadas.

Él se sentó con Elena en el sofá a intentar que se acabara la cena. Pero al cabo de unos segundos atisbé que se despedía de ella y salía del salón. Luego, con la camisa ya puesta y terminando de abrocharse los botones superiores, se apoyó en el marco de la puerta de la cocina. Yo simulaba estar ocupada en doblar más ropa.

—Mañana vendré a recoger algunas cosas al mediodía. No te importa, ¿verdad?

Lo fulminé de un vistazo. Pensar que acabaría por marcharse del todo me carcomió las entrañas.

—¿Puedo negarme?

—No. Vendré igualmente —masculló.

—¿Entonces para qué me preguntas? —protesté, estirando bruscamente una prenda entre mis dedos.

—Llevas razón. En realidad solo te estaba informando.

¿Se reía de mí?

—De acuerdo, pues ya lo has hecho. Ahora lárgate. —Esto último no le sentó demasiado bien y la curva de sus labios se tensó—. No querrás llegar tarde a tu cena, ¿no? —añadí, fingiendo que no le estaba echando de casa.

—Sí, me voy —declaró.

Me di la vuelta sin decirle adiós y luego escuché la cerradura del portón girarse.

Miré a Elena y la vi completamente absorta en los dibujos animados mientras ella solita se acababa la cena. Así que me apresuré y cuando estaba a punto de cerrar, vociferé:

—Espera.

Me acerqué y él salió al rellano. Sujeté el pomo y me mordí una uña.

—Hay algo que quiero contarte.

Se metió las manos en los bolsillos y alzó la barbilla. Obviamente se olía algo.

—¿Qué sucede?

Necesité unos segundos para que mi garganta reaccionara y se atreviera a decirle lo que de verdad me preocupaba.

Encajé la puerta.

—He hablado con Marcus esta mañana.

Su gesto se contrajo de inmediato. Cerró los ojos y respiró. Luego volvió a mirarme.

—¿Hablas con él? —inquirió con reproche.

—No. No hablo con él. No lo veía desde el día…, el día que sucedió… —Los nervios estaban a punto de traicionarme de nuevo—. Bueno, desde ese día. Pero hoy ha aparecido por el estudio.

Él se quedó inmóvil en esa postura desafiante. Apenas podía sostenerle la mirada. Estaba tan guapo que las palabras se me quedaban atragantadas. Pero sabía que si quería recuperarlo de nuevo, no podía seguir ocultándole cosas.

—¿Y? —dijo instándome a continuar.

—Raúl… —me llevé una mano a la frente—, no puedo hacer esto sola. Marcus dice que quiere ver a Elena. Me ha dicho que no piensa desaparecer sin más.

En aquel instante, un remolino de emociones turbó su expresión. Imaginé su amargura. Yo era consciente de lo mucho que él quería a nuestra hija. Raúl estaba completamente hipnotizado por Elena. Y esto…, esto solo haría que me odiase aún más.

—¿Sabes qué? —Miró la puerta del ascensor y después otra vez a mí—. Sé cómo va a acabar todo esto.

—¿Sí?, pues dímelo.

—Es como si estuviera viviendo en tiempo presente la más grande de mis pesadillas —declaró con los ojos afilados.

—Raúl… —susurré.

—Lo veo, Cristina. Volverás con él —manifestó con la mandíbula contraída—. Al fin y al cabo, tú y yo no tenemos nada en común.

—Eso no es cierto. Yo no quiero a Marcus, nunca lo quise —repliqué.

—Algo sentirás por él cuando dejaste que te besara. Si es que solo os besasteis…

La ira llenó sus ojos de nuevo.

—Raúl, por favor…

—Da igual. No quiero volver a eso —dijo, negando con la cabeza. Como si hablar de ello le resultara insoportable.

Fue a girarse, pero lo agarré del brazo. No lo pensé.

—Intento hablar contigo. Te necesito. Te echo de menos. ¿No te das cuenta de que no podemos estar así? —Me agarré a su cintura. Pero él no me miró. Anhelaba tanto tocarlo, sentirle una vez más, que el contacto de mis manos en su cuerpo alteró todas mis terminaciones nerviosas—. Raúl, te quiero. No puedo vivir así. Me estoy muriendo sin ti.

Él seguía con las manos metidas en los bolsillos, en aquella posición gélida. Estática. Intentando ocultar el nudo de sentimientos que lo recorría. Porque yo sabía que para él, estar alejado de mí, era tan horrible como lo era para mí.

—Por favor, perdóname.

Acaricié su pecho, ascendiendo lentamente para acunar su rostro, que se negaba a mirarme. Me empiné y le planté un beso en el cuello. Él me sostuvo las muñecas mientras su respiración se hacía más irregular.

Todo su cuerpo estaba contraído y el mío se sentía tan intensamente atraído hacia él que suplicaría con tal de volver a besar sus labios, aunque solo fuese una vez más. Su perfume, el tacto de su piel… *Él*.

—No… —lo oí murmurar.

—Cariño…, vuelve… —exhalé, besándole la mandíbula.

Pero él se negó.

Alejarse de mí le costó tiempo… y esfuerzo, lo sentí pero lo hizo. Apartó mis manos.

—No puedo —masculló dándome la espalda para acercarse al ascensor.

—¿Es así como vas a reaccionar? ¿Mirarás para otro lado? —clamé con mis ojos clavados en su nuca.

Las puertas se abrieron y él entró en el elevador. Antes de pulsar el botón que lo llevaría al bajo, se giró y me miró con entereza.

—Si te refieres a que ese tío quiera apartarme de mi hija, te diré que mañana pondré este asunto en manos de mi abogado. En cuanto a lo nuestro, tú y yo hemos terminado, Cristina. Será mejor que empieces a asimilarlo.

Luego, simplemente desapareció.

Entré en casa con el corazón deshecho. Después de que Elena se quedara dormida intenté ver la televisión sin romper a llorar, como venía siendo ya una costumbre, pero una llamada de teléfono de mi mejor amiga me mantuvo despierta durante un buen rato.

La situación entre Marta y Fernando no era tampoco precisamente idílica. Su «malvado» y, según Javi, absurdo plan para hacerse la interesante no dio resultado. Ella no sabía decirle que no. Había continuado acostándose con él mientras su brazo se recuperaba. Pero ahora que ya estaba bien y no tenía que verlo en las consultas, la relación de ambos atravesaba una etapa… delicada.

Sobre todo después de que ella lo viera cenando en un restaurante muy cercano a su casa con una de las enfermeras del hospital. Cuando me contó aquello puse a Fernando en mi lista negra de gente que empezaban a caerme mal.

—¿Qué hacías? —preguntó ella.

—Pues nada, aquí estaba intentado buscar una buena excusa para no poner cloroformo a uno de mis cojines y pegarlo a mi cara —respondí, tumbándome en el sofá.

—¿Así andas?

—Raúl acaba de marcharse, Marta. Estoy acabando con la poca dignidad que me queda y, aun así, no está dispuesto a perdonarme.

«Será mejor que empieces a asimilarlo…». Me habría dolido menos un puñetazo en las tripas.

—Cris, lo siento… —expresó Marta.

—Ya.

—Dale tiempo.

—Me temo que eso no bastará. Hoy ha venido Marcus al estudio. Dice que ahora que sabe lo de Elena, no va a alejarse de mí. Y se lo he contado a Raúl —confesé, tapándome los ojos con el antebrazo.

—Joder, Cris, ¿y qué ha dicho?

—Aparte de que me olvide de él, me ha advertido de que mañana hablará con su abogado para que tome cartas en el asunto.

Me toqué el pelo y me removí un poco, acomodándome.

—No sé qué decir, Cristina. Si fuese Javi…, supongo que para él este sería un buen momento para comparar tu vida con una telenovela.

—Ojalá fuese así, ya que las telenovelas siempre acaban bien, ¿no? —dije suspirando.

—Ten paciencia —susurró ella.

—¿Y qué hago, Marta? Si Marcus continua empeñado en ver a Elena, no tengo ni idea de qué voy a hacer.

Doblé las rodillas e intenté sacudir una pelusa de mis mallas, que terminó siendo una mancha.

—Lo primero será que te informes.

Marta llevaba razón, tendría que consultar a un abogado e informarme de cuáles eran los derechos de Marcus sobre mi hija.

—Dios mío, esto es de locos… Y para colmo tengo que ver a Raúl todos los días —rebufé.

—Al menos aún es tu marido. Yo tengo que ver a Fernando en el banco casi a diario. Y encima tengo que fingir que le soporto —declaró ella.

Obviamente su llamada tenía doble finalidad.

—¿En el banco? ¿Fernando ha ido a tu trabajo? ¿Para qué? —inquirí con curiosidad.

—Pues lo vi aparecer el otro día y casi me da algo. Llevaba una mañana de perros. Mi queridísima jefa no para de presionarnos con las comisiones de los seguros y los planes de jubilación, y justo a la mañana siguiente de verlo en el restaurante con aquella enfermera…, se cuela por la sucursal.

—¿Fue a verte?

—Según él, quería domiciliar su nómina en mi banco. Así que aproveché y me he hartado de contratarle seguros que estoy segura no le sirven para nada.

Sonreí. Marta era una excelente comercial.

—Pero ¿te dijo algo sobre la enfermera?

—No. No le pregunté. Desde entonces viene casi todos los días. Con estúpidas excusas. Que si la tarjeta de crédito no le funciona; que necesita las claves para acceder a su cuenta desde internet…, en fin, a incordiar. Esta mañana también ha venido.

Oí que comía algo mientras me contaba aquello.

—No entiendo a Fernando… —manifesté.

—Yo tampoco, solo sé que desde que lo vi con esa chica, no pienso quedar más con él. Hay muchos peces en el agua, Cristina. Tengo que asumir que Fernando no es para mí.

Pero el tono en el que pronunció las palabras me decía que no lo estaba pasando nada bien.

—¿Qué me dices de ese chico del que me hablaste? El que trabaja en Recursos Humanos. ¿Por qué no sales con él? Quizá te guste y consigas olvidarte un poco de Fernando —propuse.

—Es posible. Pero no tengo ganas de salir con nadie. Solo quiero que Fernando deje de venir a mi oficina. Me temo que como lo siga haciendo empezaré a cobrarle comisiones millonarias —bromeó ella.

—Eso estaría muy bien —la animé.

Marta merecía conocer a alguien que de verdad la hiciera feliz.

—Por cierto, dentro de poco será la feria —dijo ella cambiando de tema—. Me gustaría que te vinieras conmigo y con la gente de la oficina el día que vayamos. Necesitaré a alguien que me frene cuando me tome dos copas y quiera decirle a mi jefa lo que de verdad pienso de ella.

—De acuerdo —afirmé sonriendo—. Le pediré a Raúl que se quede con Elena y te acompañaré. Pero me niego a vestirme de gitana —la avisé antes de que se empeñara en ponerme floripondios en la cabeza, como hizo el año anterior.

—Bueno, eso lo discutiremos más adelante —murmuró ella solo unos segundos antes de despedirse de mí.

Continué viendo la televisión un rato más y me quedé dormida, acurrucada en el sofá. Últimamente era de la única forma que conseguía descansar un par de horas seguidas. En cuanto me espabilaba un poco y decidía pasarme a mi habitación, el sueño se esfumaba y todas aquellas horribles sensaciones, unidas a la ausencia de Raúl en mi cama, me mantenían en vela casi hasta el amanecer.

Al abrir los ojos e incorporarme, agarré el móvil para activar la alarma. Serían aproximadamente las dos de la madrugada cuando escuché el sonido de un mensaje.

«El lunes es el cumpleaños de Elena. Tenemos que empezar a pensar dónde celebrarlo. Mis padres se han ofrecido a darle una merienda en su casa. ¿Qué te parece?».

Lo miré y me sorprendió muchísimo que me escribiera a esa hora para decirme solo eso.

«Muy bien».

Esperé a ver si decía algo más. Seguía conectado pero no dijo nada. Así que no pude evitarlo.

«¿Qué tal tu cena?».

Avisté que estaba escribiendo.

«Divertida. Gracias».

Crucé las piernas y me mordí el labio inferior. La curiosidad por saber dónde demonios estaba me corroía.

«Pues me alegro de que te estés divirtiendo…».

Tras eso no volvió a responder, así que me levanté, decepcionada, y decidí meterme en mi cama de una vez. Pero justo cuando me acababa de fundir en las sábanas, de nuevo el móvil.

«Mientes. No te alegras».

Tragué saliva y mis dedos comenzaron a temblar.

«Es cierto. No me alegro. Preferiría que estuvieras aquí, en nuestra cama; con tu pecho pegado a mi espalda; con tu respiración en mi cuello; con tus manos sobre mis caderas. Desearía que comprendieras lo mucho que te necesito».

Escribí todo aquello sintiendo cada sílaba y cada coma.

No sabía si suplicar serviría para remediar mi error, pero, al menos, tenía que intentarlo.

Tardó unos segundos en responder. Demasiados, a pesar de seguir ahí.

«Fernando me ha invitado a una cena del hospital, con médicos, enfermeras, ya sabes…».

Parpadeé atónita. ¿De verdad había escrito eso?

De repente me lo imaginé rodeado de mujeres y un calor inmenso se extendió por mi pecho amenazando con ahogarme.

«Debe de ser una cena aburridísima cuando lo único que haces es mensajear a tu ex».

Me fijé en que escribía de inmediato y al cabo de unos segundos me llegó su explícito mensaje:

«No. Tranquila. Me lo estoy pasando muy bien. Solo que soy capaz de hacer varias cosas a la vez. Además, pretendo que mi ex y yo seamos amigos por el bien de nuestra hija. Por eso aún sigo hablando con ella».

Si ese era su juego, jugaríamos.

«¿Amigos?».

Esperé mientras veía en la pantalla que tecleaba.

«Exacto. Amigos».

Agarré uno de los almohadones y lo puse sobre el que ahora tenía la cabeza apoyada. El sueño se me pasó por completo y lo único que quería era hablar con él. Alargar aquella estúpida conversación de la que no tenía ni idea adónde nos llevaría.

«¿Y qué pasa si no quiero ser tu amiga? No necesito más amigos».

Sin embargo, no hubo más respuestas por su parte. Una hora estuve contemplando la pantalla del móvil, esperando a que volviera a conectarse. Pero no lo hizo.

Miraba al techo, las cortinas, los cajones de la cómoda, me puse de lado buscando una posición que me ayudara a combatir mi vigilia. Y mientras tanto…, él no respondió.

A la mañana siguiente, unos débiles rayos de sol presagiando la imperiosa primavera me despertaron antes incluso que el despertador. Me removí en mi cama sintiendo el peso de una noche horrible y cuando miré el teléfono para averiguar qué hora era, leí su último mensaje:

«Entonces, seremos enemigos».

2

NO SÉ QUÉ PUEDO HACER

A menudo solía recordar esa etapa en la que Elena tan solo tenía unos días de vida. Últimamente no podía dejar de acordarme de lo mucho que eché de menos tener a mi madre a mi lado. Era curioso que cuando de forma más fuerte y enérgica tenía que afrontar mi reciente maternidad, yo me sentía tan indefensa y desorientada como esa criatura extraña que había crecido en mi vientre. Se suponía que yo era la madre. Yo era la que tenía que cuidar de ella, protegerla, mimarla… No obstante, aquello se me hizo tan inmenso que cualquiera habría pensado que el bebé era yo. Deseaba tener una figura materna apoyándome, instándome en cada paso de esa ardua tarea que me esperaba; pero, por desgracia, mi mamá no podía estar a mi lado. Hubiera dado cualquiera cosa para que así hubiese sido…

Allí solo hubo una persona que me susurró al oído que no tenía nada que temer. Solo una, que secó mis lágrimas cuando el agotamiento por largas noches en vela amenazaba con apoderarse de mí. Llegué a pensar que no lo conseguiría, que ser madre me quedaba demasiado grande. Sin embargo, él alejó de mí esos temores.

A veces, de madrugada, me despertaba con la imagen de nosotros tres en nuestra cama, alumbrados por una luz suave y tenue, con Elena mamando de mi pecho, acurrucada en el arco de mi brazo y Raúl pegado a mi espalda, besando mi hombro y mi nuca…

—¿Ves qué bien se nos da?—Solía susurrar sobre mi pelo—. Tengo a dos mujeres en mi cama. Soy un puto afortunado.

Ahora, más que nunca, me distraía pensando en esos momentos. No quería cerrar los ojos, ya que mientras estuviera despierta podría vivir con el latente palpitar de esos recuerdos. Dormida... era diferente. Las pesadillas deambulaban libres por el camino de mis sueños.

Mis suegros se habían tomado muchas molestias decorando el salón con globos y confetis. Se notaba a conciencia la dedicación y el esfuerzo que ponían en cada cosa que organizaban para Elena.

Cuando llegué, mi pequeña, como buena anfitriona, ayudaba a su abuela a colocar los bocatas, las galletas y las bebidas sobre la enorme mesa del salón. En poco más de media hora estaba previsto que llegaran sus amiguitos del colegio.

Oí la voz de Raúl en la cocina. Conversaba con su padre. Respiré e intenté que aquella tarde lo único importante fuera que Elena disfrutara y pensara que tenía una familia unida. Al menos así lo habíamos acordado él y yo en los cortos diálogos que sucedieron tras la noche de los mensajes. La rutina de venir a casa a diario empezó a convertirse en solo eso: una rutina. Y yo decidí que si él no quería seguir con lo nuestro, tendría que aceptarlo a pesar del inmenso dolor que me causaba.

—Hola, Cristina —me saludó su padre cuando estaba quitándome la cazadora para ayudar a su madre con la merienda.

—Hola, Miguel —dije acercándome para darle dos besos.

Raúl apareció al cabo de unos segundos y su mirada me siguió por encima del hombro de Miguel. Un rápido movimiento de cabeza nos sirvió a ambos como saludo. Sin embargo, sentí que sus padres se tensaban ante nuestra actitud.

—Papá, mira que servilletas más chulas ha comprado la abuela —vociferó Elena desde la mesa.

—Ya las he visto, cariño. Me encantan —respondió Raúl, colocándose a su lado y besándole el pelo.

Unos veinte minutos más tarde, empezaron a llegar sus amigos. Los padres dejaban a los pequeños y yo me encargaba de informarles de que la fiesta duraría unas tres horas aproximadamente. Un rato después, en la casa no se oía otra cosa que las voces eufóricas de once niños correteando por el salón, riendo, saltando, gritando...

Raúl contrató a una chica que hacía la labor de animar la fiesta con juegos infantiles, con lo cual fue un tremendo alivio. Elena se lo estaba pasando en grande. Por un instante, mientras la veía reír con sus compañeros sin ninguna otra preocupación en la vida que ser feliz, presagié que quizá no lo estaba haciendo mal del todo. Supe desde el principio que mentir a Raúl tendría consecuencias negativas. Tal vez terminaríamos sacrificando nuestra relación, pero al menos yo tenía la sensación de que aquella era la mejor familia que mi hija podría tener jamás. Solo había que mirar su cara para saber que Elena era una niña afortunada.

A medida que transcurrían los minutos, el espacio en aquel salón se me hacía más reducido. Intenté hablar con Rosa, sin que la presencia de Raúl tan cerca de mí fuese una traba, pero me costó un esfuerzo sobrehumano no cruzar mi mirada con la de él. Vestía un polo piqué de manga corta gris y unos jeans gastados. Últimamente parecía empeñado en dejarse crecer la barba, pero en el fondo creo que lo hacía para fastidiarme. Sabía lo mucho que me gustaba…

La llegada de una hermana de mi suegra, y su marido, hizo que el ambiente se relajara un poco. Los tíos de Raúl parecían completamente ajenos a nuestra reciente ruptura. Así que ambos actuábamos como si no pasara nada. No fue tan fácil…

—Raúl, tenéis que venir un día del fin de semana a cenar a casa. Aún no habéis visto las últimas reformas que le hemos hecho a la cocina y al salón —decía su tío dirigiéndose a los dos.

—Este no creo que sea posible. Ya hemos quedado. Pero te aviso para el siguiente —respondió él tranquilamente. Luego me miró de soslayo.

Elena sopló las velas mientras todos cantábamos cumpleaños feliz y, tras eso, llegaron los regalos. Raúl no se separó un instante de ella.

La fiesta fue muy agradable, al menos todo lo sociable y alegre que podía ser para dos padres recién separados que buscan la felicidad de su hija. Y después de despedir a los últimos pequeños invitados en la puerta de la casa, con Elena todavía saltando exultante a mi lado, sucedió algo que acabó con mi calma.

Nos encontrábamos en el jardín delantero, en aquel momento Rosa me ayudaba a cargar el coche con los juguetes que le habían regalado a mi pequeña. Ella permanecía en el interior mientras Raúl se encargaba de ajustarle el cinturón de su sillita. Estaba a punto de marcharme. Aparentemente todo era normal, salvo por la particularidad de que él y yo no habíamos cruzado ni una sola palabra. Pero una de las veces, al girarme, me encontré con que mi suegro se acercaba a nosotros acompañado de la figura de una mujer que identifiqué de inmediato: Patricia.

La sangre de mi cara desapareció en cuestión de segundos. Y mi expresión se ensombreció sin poder evitarlo.

—Raúl, Cristina, mirad... Patricia pasaba por aquí y le ha traído un regalo a Elena.

Miré de inmediato a Raúl y este me devolvió la mirada. Por la cara que puso supe que él tampoco esperaba esa visita.

—Hola —dijo ella sonriendo.

La examiné de la cabeza a los pies. Llevaba un vestido de rayas verticales, azul marino y blanco, y una cazadora vaquera encima. En su mano derecha sujetaba un bolso negro y estiloso, y en la izquierda un paquete de regalo. La furia poco a poco fue invadiendo mi cuerpo.

La madre de Raúl, e incluso él mismo, se adelantó unos pasos para saludarla. Yo, sin embargo, me quedé inmóvil junto a la puerta de mi coche, sin ocultar mi rechazo hacia ella.

—¿Qué te trae por aquí, Patricia? —oí a Rosa decirle amablemente.

—Es que esta tarde me encontré a Miguel con Elena y ella me dijo que hoy era su cumpleaños.

Mi pequeña se removía en su silla, atenta a lo que sucedía en el exterior. Sus ojos estaban puestos en la caja que sujetaba Patricia.

—Y se me ocurrió traerle un detalle. Me ha dicho un pajarito que le encantan los maquillajes, ¿verdad? —continuó diciendo ella, agachándose un poco para que Elena la observara con claridad a través de la puerta del vehículo que permanecía abierta.

—Mamá, quítame el cinturón, quiero salir.

Mi corazón no dejaba de bombear con fuerza. Raúl tenía una leve y fingida sonrisa dibujada en sus labios, pero su atención estaba puesta en mí, al igual que mi suegro.

La situación era tan tensa e incómoda que sentí cómo unas gotas de sudor resbalaban por mi espalda. Sobre todo por lo que sabía ahora acerca de su pasado. Solo mirarla me ponía la piel de gallina.

Pero... ¡¿cómo iba a dejar que esa mujer siguiera entrometiéndose en mi vida?!

—Mamá... —Seguía vociferando mi pequeña, reclamando que la dejara bajar del coche.

Así que, sin pensarlo demasiado, cerré la puerta con brusquedad. Y me puse delante en una postura desafiante y retadora.

—No vuelvas a dirigirle la palabra a mi hija. Tal vez no podré echarte de esta casa porque no es mía, pero te prohíbo acercarte a mi hija. ¿Lo has entendido?

Ella se humedeció los labios en un gesto de triunfo, aprovechando que mis suegros y Raúl no salían de su asombro ante mis palabras.

—Cristina… —exhaló Rosa, con un deje de disgusto en su voz.

—No, Rosa. Me importa una mierda qué clase de amistad os una a esta… mujer —masculló, desviando mi mirada hasta Raúl que mostraba el ceño fruncido. Claramente cabreado—, pero no permitiré que se acerque a mi pequeña.

—Lo siento, no pretendía incomodar. Será mejor que me marche —relató ella haciéndose la víctima de nuevo.

Se giró y Rosa la siguió.

Pero un segundo después se dio media vuelta y le ofreció a Raúl el paquete que sujetaba en sus manos.

—Toma, dáselo tú. El día aquel, en el centro comercial, me dijo que le gustaban los pintalabios.

¡Lo estaba haciendo aposta! Había dicho eso para que los engranajes de mi cabeza se pusieran como locos al saber que se veían.

Mi suegro se quedó inmóvil, con las manos metidas en los bolsillos de su pantalón. Y Raúl agarró el regalo sin decir ni una sola palabra. La rabia pudo conmigo.

Todo estaba sucediendo muy rápidamente…

—¿Es que no me has oído? —grité, arrebatándole esa cajita envuelta en un pliego de papel rosa de Minnie Mouse a mi marido, que al verme así intentó detenerme.

—Cristina, por favor —farfulló situándose entre ella y yo.

Pero ni él ni nadie pudieron evitar que lanzara el maldito regalo al suelo, muy cerca de los pies de ella.

—Métete esto por donde te quepa, zorra. Si vuelves a acercarte a mi hija, lo vas a lamentar —la amenacé absolutamente airada.

Rosa, con una mueca de espanto, agarró a Patricia del brazo y la instó a salir de la casa.

Miguel, en cambio, nos contemplaba a Raúl y a mí con la mirada afilada. Como si estuviera analizando la situación.

—¿Hasta cuándo vas a seguir con esto, Cristina? —gruñó Raúl.

Observé cómo mi suegra llegaba a la puerta del garaje y se despedía de Patricia, luego mis ojos buscaron los de Raúl. Era inútil que me esforzara en hablar con él. Así que giré sobre mis talones y me metí en el coche. Me limpié una lágrima que resbalaba por mi mejilla. De nuevo volvía a ponerme en evidencia delante de él.

Arranqué ante el atento escrutinio de mi suegro. Y salí de allí sin pararme a mirar nada más.

Mientras intentaba tranquilizarme y que las pulsaciones de mi corazón se pausaran, la voz de Elena, en el asiento trasero, me devolvió al presente.

—Mamá, ¿por qué has tirado el regalo? Eres mala... —protestó lloriqueando.

No respondí, continué apartando de mis ojos la humedad que se concentraba en ellos y que no me dejaba ver la carretera con claridad. Ya estaba anocheciendo y la oscuridad arrasaba en las calles y en mis pensamientos más profundos.

Tenía claro que ella no iba a rendirse. Continuaría acechando mi vida y la de Raúl hasta conseguir su propósito.

Cuando llegué al garaje de mi casa, Elena estaba casi dormida en el coche. El cumpleaños la había dejado agotada, así que la cogí en brazos y la subí. Decidí que más tarde, cuando ya estuviera acostada en su cama, bajaría de nuevo al coche a por las cosas del maletero.

No me resultó nada fácil bañarla. Se mostraba bastante impertinente a consecuencia del sueño y no dejaba de echarme en cara que, por mi culpa, Patricia no le había dado el regalo.

—¿Pero de qué conoces a esa mujer, Elena? —le pregunté una de las veces, poniéndole el pijama.

—Es amiga de papá y del abuelo. El sábado, cuando papá me llevó a Nervión Plaza, la vimos y me hizo una trenza superchula, como la que ella llevaba. Y tú has sido mala con ella.

—Esa mujer se ha portado muy mal conmigo, Elena. Por eso la he tratado así —articulé agarrando el pantalón e indicándole que introdujera una de sus piernas.

Ella no dijo nada. Solo me miró extrañada.

—Pero... es amiga de papá —replicó ella como si no entendiera que ambas cosas fuesen posible.

—Lo sé, pero no es amiga mía.

No sabía exactamente qué decirle. Era demasiado complicado de explicar. No quería que ella se preocupara y tampoco me apetecía meterle en la cabeza ideas negativas. Elena era muy lista.

—No te gusta porque es muy guapa y crees que a papá pueda gustarle, ¿a que sí? —declaró, ajustándose la cinturilla de su pijama.

Se sentó en la cama para ponerse los calcetines. Yo me quedé inmóvil delante de ella. ¿Qué podía responder a eso?

—No. No es por eso.

—A papá no le gusta, me lo ha dicho.

—¿Te lo ha dicho? —inquirí.

—Sí, yo se lo pregunté. Y me dijo que a él solo le gustas tú.

Guardé silencio y me agaché para recoger una prenda del suelo.

—Patricia... no es buena, cielo.

—Sí es buena —protestó ella, empecinada en no entenderme.

Me froté la cara y le pedí que dejáramos la conversación. Mi paciencia se estaba agotando y ella podía llegar a resultar bastante obstinada.

Logré darle la cena distrayéndola con los dibujos animados de la tele, y al cabo de media hora se quedó dormida en el sofá, lo cual fue un alivio para mí después de ese día tan agotador.

Me di una ducha tras acostarla, sin dejar de pensar en todo lo ocurrido. Intentaba deshacerme de ese malestar, pero tal y como había ocurrido todo…, no era fácil.

En aquel instante, mientras me vestía con unos pantalones de chándal, cómodos, y una camiseta holgada para bajar al garaje a recoger las cosas de Elena, oí el timbre de la puerta.

Aceleré el paso hacia el pasillo, pensando que probablemente Raúl vendría a regodearse en el ridículo tan espantoso que hice delante de sus padres, sin embargo, cuando abrí me encontré con la figura de mi suegro en el rellano.

—Miguel… ¿Qué ocurre? —pregunté desconcertada.

—¿Puedo pasar, Cristina? Me gustaría charlar contigo un rato —dijo con una pasmosa tranquilidad.

—Claro. —Abrí aún más la puerta y le hice un gesto con la mano para que entrara.

Unos segundos más tarde, después de ofrecerle algo de beber y rechazar mi invitación educadamente, nos sentamos en el salón. Él lo hizo en el sillón de piel, negro, que había junto al sofá y yo me acomodé lo más cerca posible. Bajé el volumen de la tele y lo miré.

—Verás, Cristina, he venido para aclararte que fui yo quien invitó a Patricia a mi casa. Yo le dije que hoy era el cumpleaños y que se acercara un rato para saludarnos.

Chasqueé la lengua, buscando la manera de esclarecerle mi repudio hacia esa mujer.

—Miguel…

—No. Espera un momento. Déjame hablar —dijo moviendo su mano para que no le interrumpiera. Me fijé en su rostro, redondo y rosáceo, con aquellas arrugas acentuadas en su frente. Su cabello, ahora más pobre que hacía algunos años, seguía siendo cano—. Yo la invité a propósito. Quería ver tu reacción. No me cae nada bien Patricia. Nunca me ha gustado esa mujer, quiero que lo sepas. —Oír eso fue como un bálsamo para mis oídos.

—Es oscura.

—Lo sé.

—Ha estado implicada en asuntos muy turbios —musité, pensando en si romper o no la promesa que le había hecho a Cristóbal y contarle lo que sabía sobre ella.

—Teniendo en cuenta quién era su marido… no me sorprende nada en qué haya podido andar metida. Pero Raúl insiste en que el problema que hay entre vosotros no es ella. Incluso así, no me cuenta qué ha sucedido en vuestro matrimonio que sea tan grave como para mandarlo todo al garete.

Suspiré y tragué saliva. Tenía un nudo en la garganta y estaba a punto de ponerme a llorar de nuevo. Me sentía vulnerable, sola, indefensa… ¿Qué me estaba pasando? No podía dejar que esa tristeza se apoderara de mí.

—Cristina, mírame… —me exigió Miguel.

Y lo hice. Clavé mis ojos anegados en lágrimas en los suyos.

—¿Qué sucede, hija?

Pero el tono de esa pregunta me causó un dolor tremendo.

—Lo he estropeado, Miguel —confesé, enlazando mis dedos.

Los siguientes veinte minutos transcurrieron hablando sin que él me interrumpiera. Estaba recostado en el sillón con un codo en el apoyabrazos y su dedo pulgar acariciando el borde de su mandíbula. Le conté, sin saltarme ni un detalle, todo lo que había sucedido desde el principio. La llegada de Patricia a la oficina, lo que supuso para mí tener a esa mujer cerca. Me costó un esfuerzo sobrehumano revelarle la aparición de Marcus en Sevilla y lo ocurrido en el hotel. Él permaneció inexpresivo. Sin mostrar ningún ápice de emoción en su cara. Pero yo sabía que aquello también estaba resultando muy doloroso para él.

—No sé qué puedo hacer… —exhalé.

Era la primera vez en mi vida que veía a mi suegro desorientado. Su cabeza daba vueltas sin parar, podía sentirlo. Para una persona como él, acostumbrado a tener el control, no saber qué aconsejarme, tuvo que ser angustioso.

—Sé que me equivoqué, Miguel. En su día le mentí a Raúl y ahora estoy pagando las consecuencias. Pero te juro que lo hice porque yo deseaba con todas mis fuerzas que él fuera el padre de Elena —dije desesperada.

—Pero no lo es, Cristina. —Lo miré, decepcionada ante sus palabras—. Tal vez sea el mejor padre que tu hija pueda tener, pero se te olvidó contar con la posibilidad de que su verdadero padre un día apareciera.

—No se me olvidó, Miguel. Nunca lo he olvidado. Tan solo deseaba ser feliz y que mi hija también lo fuese.

—Nadie es feliz arrastrando el peso de una mentira —sentenció con una expresión gélida.

Si había venido a mi casa a recordarme lo mal que lo había gestionado todo desde el principio, no era necesario. Ya me había dado cuenta yo solita...Me masajeé el puente de la nariz y volví a mirarlo a los ojos.

—¿Y qué hago?

La pregunta era sencilla, pero la respuesta se presentaba con matices muy complicados.

—Alguien va a sufrir mucho con esto, Cristina. Todos no podéis ganar. Sé que ya lo sabes, pero es necesario que lo entiendas. ¿De verdad quieres que Elena crezca creyendo que su familia somos nosotros? ¿Qué pensará de ti cuando sepa que no es así?

—Quiero que Marcus se marche. Quiero recuperar lo que tenía con Raúl —murmuré mirándome las manos.

—Todo ha cambiado, hija… Conozco a Raúl, está deshecho.

—Yo le amo. Es lo único que sé con certeza.

—Para él me temo que no es suficiente.

Continuamos charlando un rato más sobre la posibilidad de que Marcus siguiera adelante con la idea de querer conocer a Elena. Antes de irse me prometió que consultaría con su abogado qué derechos podría reclamar como padre biológico.

—Os necesito a mi lado, Miguel. —Fue lo último que le dije. Él simplemente asintió.

Tras marcharse mi suegro bajé al garaje a por los regalos de Elena y luego me entretuve limpiando un poco la casa. Pensaba que ocupando mi tiempo y agotando mis fuerzas caería rendida y conciliaría el sueño con más facilidad, pero no era así. Esa noche, cuando el silencio empezó a resultarme opresivo, me senté en la cama con el portátil entre las piernas y decidí reeditar algunas fotografías.

Localicé una carpeta que decía «Elena bebé» y la abrí. Hacía muchísimo tiempo que no repasaba las fotos y, a medida que las pasaba, aquellos momentos afloraron en mi pensamiento con la misma fuerza y autenticidad del pasado. En aquella época, el futuro se presentaba sencillamente tranquilizador y era así porque él estaba a mi lado.

Me detuve en una imagen preciosa de Raúl con Elena dormida sobre su pecho desnudo. Rememoré que esa madrugada nos costó una eternidad dormirla. Y cuando al fin lo conseguimos, agarré la cámara y decidí inmortalizar el instante. Podría haberme pasado horas observando la fotografía y siempre me habría transmitido la misma conmovedora sensación de paz y calma. Mi hija en un plácido sueño con la única melodía de los latidos del corazón de su padre…

—¿La quieres más que a mí? —recuerdo que le susurré, arrodillada en la cama mientras él tenía un brazo bajo la nuca y con el otro acariciaba la espalda de nuestro bebé.

Él clavó sus ojos en los míos. La lluvia arreciaba contra los cristales de la ventana y los destellos luminosos que irradiaban los rayos formaban sombras en sus cuerpos. La respiración de mi pequeña era profunda y pausada, y sentí que me llenaba de ella. De ambos. Raúl curvó sus labios en una sonrisa casi imperceptible.

—Debo quererla a ella más que a ti… si lo que pretendo es conservarte para siempre —murmuró.

Comprendí que nada en mi mundo era tan importante como esas dos personas. A mi alrededor, el sonido de la tormenta y el peso de nuestra conexión se hizo infinito. Llevó sus dedos a mi rodilla y paseó su pulgar. Luego se rindió al sueño.

Los contemplé el tiempo suficiente para entender que nada, ni nadie, me separaría de ellos. Alcé de nuevo la cámara y volví a fotografiarlos…

A medida que analizaba el resto de las imágenes, me di cuenta del error tan grande que había cometido. Y no fue solo por besar a Marcus, ni por dudar de mi relación con Raúl. Ni siquiera por desconfiar de mi marido cuando me había pedido que confiara en él. No. Mi error fue elegir un padre para Elena. Cometer el descuido de apartar al que de verdad lo era. Decidir vivir la vida que yo creía que era mejor para mí y para ella, sin pensar en lo que eso supondría en un futuro.

Lamenté, una vez más, haber sido tan inmadura, egoísta e inconsciente. Pero… el daño ya estaba hecho, y ahora… tendría que buscar el modo de repararlo.

3

SU NUEVO VICIO

La Feria de Sevilla es de interés turístico internacional, al menos eso leí en los innumerables carteles que encontré en los quioscos de información una vez dentro del recinto, y ya lo sabía…, simplemente iba observándolo todo, en silencio.

Ese día hacía un calor inhumano. Era miércoles y Marta caminaba a mi lado embutida en un vestido de gitana blanco con lunares verdes. Una enorme flor color salmón coronaba su cabeza. Llevaba el pelo recogido en un moño bajo. Estaba guapísima; aún no se le había pasado el cabreo conmigo. Había insistido demasiado en que me pusiera uno de sus trajes y lo cierto era que no me dio la gana. No me apetecía en absoluto cocerme bajo la tela de uno de esos vestidos. En realidad ni siquiera me hacía ilusión ir a la feria. Pero ya le había prometido que la acompañaría y no quise fallarle. Además, Raúl y yo, la noche anterior, habíamos mantenido una curiosa conversación a través de mensajes, como venía siendo ya nuestro peculiar y reciente medio de comunicación.

No me apetecía mirarlo a la cara, y a él tampoco a mí. Después del cumpleaños de Elena, se mostraba cada vez más antipático y yo no estaba muy por la labor de doblegar. Mucho menos tras saber que él y Patricia seguían siendo amigos.

«Mañana he quedado para ir a la feria con Marta, espero que no lo hayas olvidado».

Le escribí nada más marcharse de casa tras dejar a Elena dormida en su cama. Podría habérselo dicho en persona, pero no quise.

«¿Mañana?».

¿En serio no se acordaba?

«Sí, te lo comenté la semana pasada».

Contesté, empezando a cabrearme. Aunque, a decir verdad, últimamente vivía así constantemente.

«No me acordaba. Yo también he quedado mañana. Iré con la gente del trabajo».

Sé que me respondió con la clara intención de provocarme. Así que le tecleé, humedeciéndome los labios.

«No creo que sea posible. Tienes que quedarte con Elena. Fue lo que acordamos».

«Bueno, por eso no lo digas, también nos prometimos amor eterno, y míranos...».

Me pasé una mano por el pelo...

«Me encanta cuando te pones romántico, pero necesito saber si te quedarás o no mañana con Elena, aunque si te soy sincera, no te preocupes, yo me ocupo de ella. Vete tú a la feria y pásatelo bien, gilipollas».

Me desconecté de inmediato del WhatsApp y dejé el móvil sobre la mesa de la cocina, mientras terminaba de guardar algunos cacharros. Pero al cabo de unos minutos me llegó su siguiente mensaje:

«La recogeré yo del colegio. Y se quedará a dormir conmigo».

«Ok».

Le respondí, dando por finalizada aquel irritante intercambio de palabras. No obstante, él tuvo que poner la última nota.

«Y gilipollas… tú».

Lo siguiente que le envié fue la bandera de Japón, ¡cuánto adoraba ese icono…!

Marta me condujo hasta la caseta donde se había citado con la gente de su sucursal. Estaba deseando meterme bajo los toldos y resguardarme del sol. Ponerme unos vaqueros tan ajustados fue un error garrafal. Menos mal que, al menos, mi top amarillo drapeado a la cintura era sin mangas.

—Es aquí —dijo mi amiga, agarrando mi mano y llevándome al interior de esa provisional instalación.

Al atravesar el umbral, el sonido de la música impactó con más fuerza en mis oídos. En ese instante sonaban unas tradicionales sevillanas y muchas jóvenes bailaban sobre un improvisado escenario en uno de los laterales de la caseta. Me fijé en que Marta se había detenido con una mujer gitana y le daba unas monedillas a cambio de un clavel amarillo precioso.

—Ven aquí —me ordenó, quitándose una de las horquillas de su moño y retirándome el pelo del hombro para colocarme la flor en un lado, bajo mi oído.

—¿Pero por qué tengo que llevar una flor? —protesté molesta, observándola. Era un poco más alta que yo, y eso que yo me había puesto unas cuñas de esparto—. Ya sabes que no me gusta el rollo flamenco.

—Pues tendrás que ponértela para no desentonar conmigo. Además —dijo retirándose y peinando mi oscura melena suelta con sus dedos—, te queda genial. Estás guapísima de amarillo. Cambia esa cara y olvida a Raúl por unas horas.

A continuación, nos acercamos al grupo de sus compañeros que estaban junto a la barra y ella me los presentó a todos, incluida su jefa, que, curiosamente, me resultó una mujer encantadora.

Sentí la escamada mirada de Marta mientras ella y yo conversábamos animadas, elevando las voces para hacernos oír por encima de aquella música hortera. Y le hice un gesto cargante a mi amiga, una de las veces, elevando el pulgar sin que su jefa me viera. Ella me respondió con otro de sus dedos. Precisamente ese que sirve para hacer peinetas…

Sus compañeros no dejaban de rellenar mi vaso de esa mezcla explosiva de vino y Sprite. Pero, aunque intentaba divertirme, tenía una insólita sensación de que allí no encajaba. Últimamente, me encontraba tan desubicada que ni yo misma sabía explicarlo. No me hacía a la idea de verme divorciada tan joven, con una hija pequeña y para colmo con dos padres.

Marcus no había dado señales de vida en los últimos días y yo seguía rezando para que continuara así. Sin embargo, con Raúl… ¿qué me esperaba? ¿Aceptar el hecho de que no iba a perdonarme? ¿Acostumbrarme a vivir con él rondando constantemente por mi casa? De ese modo sería imposible sacarlo de mi cabeza. Habíamos pasado la semana anterior sin apenas mirarnos y él parecía adaptarse perfectamente a la situación.

Continué bebiendo, ahogando mis pensamientos en vino barato y fingiendo que me lo estaba pasando bien cada vez que Marta me miraba con cara de preocupación. Pero lo cierto era que yo no tenía ganas de nada. No quería estar allí. Ya no me hacía ilusión salir por ahí. Necesitaba un tiempo para reponerme. Para asimilar que a partir de ahora era muy probable que jamás volviera a besar a Raúl. Que posiblemente nunca más le tendría en mi cama.

Uno de los chicos, compañero de Marta, se mostró muy simpático. Era bastante joven. Por lo visto hacía la función de becario en la oficina y estuvo especialmente atento conmigo. Pero nada sirvió para apartar de mí la angustia que me recorría la piel.

Al cabo de unas dos horas de estar allí, empecé a sentirme agobiada. El calor, la música, toda aquella gente hablando, riendo, relacionándose, no hizo más que provocarme dolor de cabeza. El malestar se fue extendiendo por mi pecho y me di cuenta de que había sido un tremendo error acompañar a Marta. Ella parecía ahora más relajada y fue entonces cuando me puse a su lado y le comenté al oído que no me encontraba bien y que prefería marcharme.

—¿Qué te ocurre, Cris?

—Estoy bien, es solo que estoy cansada. Quédate con tus compañeros. Yo me voy a casa.

—Ni hablar, me voy contigo —replicó ella.

Y por mucho que insistí en que se quedara, al final decidió venir conmigo. Nos despedimos de todos y justo al salir de la caseta, cuando apenas habíamos avanzado unos metros por la extensa avenida principal de la feria, abarrotada de coches de caballos y de muchachas engalanadas con los vestidos de flamenca más hermosos que había visto jamás, nos cruzamos con Javi y Cristóbal que a juzgar por el aspecto de ambos, estaban bastante animados.

Mi amigo, al vernos, corrió hacia nosotras saltando de alegría.

—¡Os he llamado a las dos! ¿Dónde tenéis los móviles, chochines?

Cristóbal, a su lado, sonreía más de la cuenta, sujetando un vaso de plástico.

—Es cierto… —comentó Marta con el móvil en la mano—. Es posible que dentro de esa caseta no hubiera cobertura.

—¿Os marcháis? —preguntó él, haciendo un gesto de desaprobación.

—Sí, Javi, yo estoy cansada. A lo mejor Marta quiere quedarse con vosotros.

Ella paseó su mirada de Javi a mí.

—¿Cómo?, tú te vienes también. Cristóbal va a llevarnos a una caseta donde actúa un grupo que canta música ochentera —afirmó él agarrando mi mano.

—No, Javi, en serio. Me voy. No me encuentro bien —contradije, dispuesta a no ceder.

Los tres se quedaron en silencio observándome. El sol nos castigaba con ráfagas de fuego, convirtiendo el polvo del camino en una alfombra de tierra ardiente. Me llevé la mano a la frente y me sequé unas gotas de sudor.

Él se plantó delante de mí.

—¿Y qué vas a hacer en tu casa? ¿Seguir llorando por tu fracasado matrimonio? Venga, Cristina, hazlo por nosotros y por ti misma. Pon un poco de tu parte para recuperarte. No puedes continuar así.

Lo miré a los ojos y él cogió de nuevo mi mano.

—Por favor, vente solo un ratito. Prometo hacerte reír. Luego nosotros te acompañaremos a tu casa si quieres.

Me detuve un segundo. Los contemplé a todos, a Marta con su flor en la misma posición que cuando habíamos salido de su casa; a Cristóbal con su camisa de cuadros azules, tan pijo como siempre; y a Javi con una camiseta blanca con unas letras impresas sobre la tela que decían: «Soy un hombre de usar y tirar».

—¿Cómo le dejas salir con esa ropa? —inquirí dirigiéndome a Cristóbal, intentando no reírme.

Él puso los ojos en blanco mientras su novio sonreía abiertamente y, al momento, me vi colgada de su brazo, aceptando que no me dejarían marchar.

Unos minutos más tarde, cuando quise darme cuenta, estábamos en otra de las casetas. Esta era un poco más grande. Había gente por todas partes. Y en cuanto entré me concentré en el grupo que cantaba en un escenario, al fondo. La barra, esta vez, estaba en uno de los laterales y el sonido era magnífico. La chica, de poco más de veinte años y vestida con una simpática camiseta de lunares, cantaba dándole un toque muy personal a esa canción que tanto me gustaba de Danza Invisible, titulada *Sabor de amor*. Tras ella, otros tres chicos tocaban algunos instrumentos.

Nos situamos delante del entablado para oír mejor a la banda.

Cristóbal apareció poco después con bebidas para todos, moviéndose al ritmo de la música. Y lo cierto era que una vez allí, con ellos, empecé a relajarme. El grupo era realmente bueno. Cantaron varios temas de los ochenta, entre ellos *Chiquilla,* de Seguridad Social.

Mi amigo se esforzaba en hacerme reír bailando para mí, tarareando aquel tema.

El ambiente era extraordinario. La gente aplaudía y vitoreaba a los cuatro jóvenes que hacían lo imposible por dejarse la piel en el escenario.

Todas aquellas letras me transportaron a una época de mi juventud con Marta y mis otras amigas. Esa etapa en la que piensas que naciste solo para divertirte. Esa en la que aún no eres consciente de que la vida está llena de caminos embaldosados de contratiempos. Sin embargo, en cuanto me paraba a pensar en mi actual situación, tenía que hacer un esfuerzo enorme para no venirme abajo.

—¿Te acuerdas, Marta? —vociferó Javi por encima de la música—. Esta canción me recuerda a ese novio tuyo. El que iba a todas partes con la mochila como si fuera Pocholo.

—¡Qué asco, no me lo recuerdes! Una vez vino a recogerme al instituto en su moto y le olí el sudor a través de un chaquetón de plumas —reveló ella, provocando con su comentario que los cuatro nos troncháramos de la risa.

Obviamente, estar con mis amigos era saludable…

Pero al cabo de varias copas y muchas canciones, Marta me pidió que la acompañara al baño. Hacer pis en uno de esos urinarios móviles, con el enmarañado de volantes y lunares, no iba a ser fácil para ella. Y, ciertamente, no lo fue.

Nos retocamos los labios. Nuestro aspecto, a esa hora de la tarde, empezaba a dejar que desear. La flor de Marta estaba ligeramente ladeada, no obstante, se veía muy graciosa. Salimos del baño riéndonos, recordando de nuevo a aquel novio suyo de la mochila.

—Ves, Cris, es que no consigo encontrar a nadie normal. Ya desde niña apuntaba maneras a que mi vida sentimental iba a ser una sucesión de desastres.

Yo asentí sonriendo. Íbamos hacia nuestro sitio cuando, justo al despegar mi mirada de ella, me encontré con Raúl y Fernando entrando en la caseta.

De pronto, la esperanza de que la tarde acabara de un modo agradable se derrumbó en un santiamén. La respiración se me colapsó entre la garganta y los pulmones.

Miré a Marta para ver si ella también los había visto y por la expresión de su cara supe que había sido así.

Estaban acompañados de dos chicas vestidas de flamencas, y los cuatro se dirigían a la barra, charlando risueños y despreocupados.

La sensación que me invadió fue torturadora. Ellos aún no nos habían visto y yo hice lo posible por seguir ocultándome. Marta, al verme bloqueada, agarró mi mano y me condujo entre la gente hacia el ángulo donde se encontraban Cristóbal y Javi esperándonos.

—Creo que será mejor que nos marchemos —dijo Marta, alzando la voz para que Javi la oyera.

—¡Pero si ahora estamos en lo mejor! —vociferó este, negando con la cabeza, borracho como una cuba.

Cristóbal, en ese instante, se encontraba a unos metros de nosotros charlando con unos amigos que se había encontrado.

Marta le hizo un gesto a Javi para que mirara en dirección a la barra y entendiera nuestra intención de irnos de allí.

Sin embargo, él insistió en que los ignoráramos.

—¡De verdad que no aprendéis! —protestó arrastrando las palabras—. Si os largáis ahora, les daréis la satisfacción a ambos, tontainas.

El grupo que anteriormente había estado cantando descansaba, y a través de los altavoces sonaba aquella canción tan comercial de Enrique Iglesias:

Bailando, la misma que había oído como diez veces desde que atravesé las puertas de la feria.

Mientras Javi intentaba convencernos a Marta y a mí de que no nos largáramos, no pude evitar mirar a Raúl. Acababa de invitar a una copa a una de las chicas y ella se agarró a su hombro para comentarle algo al oído. Luego, él le respondió y contemplé cómo ella se retorcía de la risa sin dejar de tocarle el brazo.

Cerré los ojos con fuerza y me di media vuelta. No podía quedarme allí para ver eso. Era demasiado doloroso. Ya él me lo había advertido. Haría su vida y ninguno de los dos se entrometería en los asuntos del otro. Eso dijo. Pero verlo tan cerca, con otra mujer…, fue punzante. Además, se había comprometido a quedarse con Elena y en vez de eso estaba allí con esa… tipa.

Marta, al ver mi expresión, me puso una mano en la parte baja de mi espalda y me instó a alejarnos un poco más de ellos.

—¿Las conoces? —le pregunté cuando intuí que ella sabía quiénes eran esas mujeres.

—Creo que son enfermeras del hospital de Fernando. Me suena mucho la que está charlando con Raúl. Me parece que la vi allí el día que fui a quitarme la escayola.

No pude contenerme, saqué mi móvil del bolso y tecleé nerviosa:

«Se suponía que hoy te quedabas con Elena…».

Sabía de sobra que al leer ese mensaje comprendería que lo había visto. Así que no dejé de observarle. Lo vi rebuscar en uno de los bolsillos de su pantalón, probablemente habría sentido la vibración del teléfono, y al cabo de unos segundos contemplaba la pantalla sin pestañear. Aproveché para escanearle de arriba abajo. Se había puesto una camisa de cuadros de leñador color roja que, seguramente, era nueva. Me fijé en su muñeca y llevaba su reloj digital Omega, aquel que le regalé en uno de sus cumpleaños y que tenía la correa marrón de piel. Sus gafas de sol colgaban de uno de los botones de la camisa. Él alzó la vista del teléfono y miró hacia todas partes. Me estaba buscando. No había ninguna duda. Pero yo aún seguía oculta entre la gente.

Bajó de nuevo su atención hasta la pantalla y vi sus dedos serpenteando.

«Está en casa de mis padres. Ya te dije que había quedado con la gente del trabajo».

Escribió aquello y luego sonrió ante un comentario que la chica le hizo en ese instante. Le respondí con el corazón aporreándome el pecho.

«No. No fue eso lo que me dijiste. Dijiste que la recogerías del colegio y que dormiría contigo».

«No te preocupes por nada. Dormirá con mis padres. Yo hoy tengo otros asuntos...».

Estaba tan concentrada, y a la vez enojada, buscando la manera de cagarme en todos sus ancestros y decirlo bien claro a través del lenguaje escrito, que no me di cuenta de que la gente tras la cual me ocultaba se había apartado y ahora le tenía a unos cinco o seis metros de distancia, contemplándome. Marta me dio un codazo con disimulo. Y lo siguiente fueron mis ojos clavados en los suyos.

¡Joder, joder, joder! Maldita sea, estaba tan guapo que apenas fui consciente de que Fernando se hallaba a su lado y también nos había visto.

Mi amiga estuvo más espabilada que yo y les dio la espalda a ambos, ahora que el grupo había vuelto al escenario y se preparaban para volver a actuar.

El tiempo se detuvo a mi alrededor y la música sonaba como un murmullo amortiguado, mezclándose con las voces lejanas. Me perdí en su provocadora mirada. Y es que cuando Raúl me miraba de aquella manera, el mundo podía avanzar dos siglos que yo solo recordaría el desconcertante color de sus ojos.

La chica se acercó de nuevo a él, obligándolo a reaccionar y de ese modo romper el contacto visual conmigo. Ella se agarró a su brazo y se movió al ritmo de la canción de Paulina Rubio que ahora interpretaba la vocalista de la banda. La titulada *Mi nuevo vicio*.

Verle de ese modo, tan tranquilo y animado con la compañía de aquellas chicas, indiferente a mis sentimientos, hizo que me diera cuenta, de verdad, de lo que estaba sucediendo. Yo había estado a punto de largarme con el corazón desmadejado y, sin embargo, él me demostraba que su nueva soltería le sentaba de maravilla. Y lo peor de la historia era que sabía que no lo hacía a propósito. Encontrármelo había sido pura casualidad.

¡Maldito hijo de perra!

Me di la vuelta y me coloqué junto a Marta, que en ese instante bailaba contemplando al grupo.

—¡Qué imbécil es Fernando! —graznó entre dientes—. Si supiera que le estoy haciendo una cantidad de seguros que no le sirven absolutamente para nada…

Sonreí sin ganas y me uní al baile, también sin ganas, porque lo que de verdad quería era encerrarme en mi casa y ponerme a llorar hasta que no me quedara agua en el cuerpo, pero ya estaba bien de tanto lloriquear. ¿Qué estaba pasando con esa Cristina que tenía unos cojones más grandes que un saltamontes costero? Y esa especie existe, no me lo he inventado. De hecho, tiene los testículos más grandes en relación a su masa corporal de todo el reino animal. Pero, bueno, que lo que quería decir era que tenía que cambiar de actitud y dejar de comportarme como una auténtica fracasada. Si él quería echarse una nueva novia y pasearla vestidita de flamenca por todo el recinto ferial, era cosa suya. Eso sí, antes iba a decirle lo que se me estaba pasando por la mente.

Así que agarré de nuevo mi teléfono y de espaldas a él tecleé:

«Muy guapa tu gitanita. Una pena que no te hayas vestido de *cachuli*, seríais la pareja perfecta».

Sostuve el móvil en la mano. No me giré. Me negaba a mirarlo otra vez. Seguiría allí, con ella babeando a su lado.

«Ja, ja, ja. Veo que ni siquiera nuestra ruptura ha acabado con tu sentido del humor».

Tomé aire…

«Nuestra ruptura, como tú la llamas, con lo único que ha acabado es con una relación sin sentido. Y hoy, más que nunca, me doy cuenta de ello».

Pensé que no volvería a replicar, pero su respuesta llegó a continuación:

«Menos mal que lo entiendes. Al fin empiezas a asimilarlo…».

Suspiré, sintiendo cómo las moléculas de mi cara se esfumaban.

Marta agarró mi muñeca y me hizo un gesto para que guardase el teléfono. No tenía lógica continuar con aquello, no obstante, yo no quería acabar la conversación de esa forma.

«Me negaba a dar por finalizado lo nuestro, pero gracias por abrirme los ojos de esta manera».

Unos segundos después…

«De nada. Un placer».

Fue la respuesta del muy cretino.

Apreté los dientes tanto que me hice daño en la mandíbula.

—Cris, no sigas —insistió mi amiga.

—Quiero irme de aquí, Marta —dije sin mover la cabeza. Sabía que él estaba observándome.

—Ni hablar. Javi lleva razón. No vamos a darles esa satisfacción —masculló ella mientras se movía al compás de la canción.

Hasta ese momento, pensé que marcharme de allí era la mejor opción. Pero de repente, Cristóbal se situó entre Marta y yo y nos agarró a ambas de la cintura.

Mi bombilla, sí, aquella que se me encendía en casos de alerta máxima, centelleó. Raúl no conocía al nuevo novio de Javi, por lo tanto, nada ni nadie me impedía hacerle creer que entre Cristóbal y yo había algo. Descabellado, lo sé. Pero si a él no le importaba pasearse por todo el recinto ferial con su nueva novia… ¿Por qué no iba yo a tontear con un amigo? ¡A ver, ¿por qué no?!

Así que, me giré y le eché los brazos al cuello a Cristóbal, que por aquel entonces estaba bastante ebrio, y respondió a mi exagerada y repentina muestra de cariño. Marta puso los ojos en blanco en cuanto se dio cuenta de cuál era mi propósito; Javi hacía unos minutos que se había esfumado al baño, por lo tanto, no estaba presente.

Deslicé mi mirada muy levemente para asegurarme de que Raúl me veía y… exacto. A pesar de continuar al lado de *la gitanita*, risueño, no pudo evitar que su expresión se transformara cuando exhalé una fingida carcajada aferrada a los hombros de mi amigo.

Cristóbal me sorprendió con que era un excelente bailarín y en cuanto los chicos del grupo comenzaron a tocar la siguiente canción, él me agarró de la muñeca y me arrastró hasta quedar delante del escenario. La gente aplaudía y vitoreaba eufórica. Dos de los integrantes comenzaron a interpretar esa canción de Alaska y Dinarama titulada *¿Cómo pudiste hacerme esto a mí?*

Y yo me dejé llevar, consciente de que el novio de Javi estaba más contento que de costumbre y que de haberlo ensayado no me habría salido mejor la jugada. Reí sin parar, presa del ataque de histeria que me corroía. Miraba con disimulo hacia la barra para ver si Raúl seguía allí, y así era. Tenía los codos apoyados sobre la superficie y su pérfida mirada estaba puesta ahora en todos mis movimientos, cada vez más ridículos y descompasados. Pero el caso era que simulé a la perfección estar pasándomelo en grande con mi pareja de baile, aunque, en el fondo de mi corazón, la idea de que él y esa chica se hubiesen acostado estaba a punto de destrozarme.

Cuando la canción acabó, con Cristóbal obligándome a arquear la espalda para atrás, al más puro estilo de la película Fama, me incorporé retirándome el pelo de la cara y miré de soslayo hacia él, pero... ya no estaba.

4

TODO SE VIENE ABAJO

L legué a mi casa sobre las doce de la noche y mis pies gritaban a coro que me deshiciera de esas dolorosas cuñas que ahora parecían teñidas de color albero. Colgué el bolso en el perchero que había tras la puerta y, al girarme, sentí que las duelas del parque cobraban vida y pretendían hacerme perder el equilibrio. Me llevé una mano a la frente y me arrepentí al instante de no haberme retirado a tiempo.

Javi, Marta y Cristóbal, después de encontrarnos con Fernando y Raúl en aquella caseta, fueron demasiado insistentes en no dejarme marchar y, a pesar de que en estos momentos me dolía la cabeza a rabiar y me movía por el pasillo como si estuviera atravesando un puente colgante, agradecí que hubieran intentado animarme. Aunque fuese con chupitos… Era mejor eso que volver al piso y asfixiarme en mi llanto.

Me senté en la cama para desnudarme y la ropa fue cayendo a mis pies. Sin embargo, no podía acostarme así. Había sudado, olía a alcohol y mi pelo estaba lleno del polvo de la tierra del camino. Me di una ducha caliente y a medida que el agua resbalaba por mi cuerpo, caí en la cuenta de que mi situación era tan dramática que resultaba patética. Me aclaré la cara, intentando deshacerme de la mirada de Raúl que aún se adhería a mi pensamiento. ¿Cómo demonios iba a olvidarle? Estaba tan locamente enamorada de él que, últimamente, lo único que hacía era comportarme como una imbécil, y lo peor de todo era que él lo sabía. Yo misma me había encargado de demostrárselo. Lo cual le daba ventaja para gestionar la situación como le diera la gana. Probablemente, esa noche dormiría con aquella chica. La idea de él besando a otra, follando con otra, era repulsiva... Pero ¿qué podía hacer a parte de evitar volverme loca de atar?

Salí del baño con una toalla enrollada en mi cuerpo y secándome la humedad del pelo. Me encontraba tan cansada que pensé en tumbarme directamente. No obstante, cuando estaba acabando de cepillarme el cabello oí un ruido externo que identifiqué como la puerta de entrada.

Sin salir aún de mi asombro, me adelanté y me asomé al pasillo. Creí que con la borrachera me habría dejado el portón abierto. Pero nada de eso... Era él. Allí estaba. Entrando en mi casa, en su casa, en... ¿nuestra casa?

Y yo con una diminuta toalla tapando lo estrictamente necesario.

Se giró y nuestras miradas colisionaron. Si había sido una estúpida hasta ese momento, todo lo que vino a continuación no hizo más que advertirme de lo poco que conocía mis límites y lo mucho que podía influir en mis decisiones la adoración que sentía por ese hombre. Y de verdad que no era solo una cuestión de amor. Era algo mucho más profundo, como si de verdad fuera algo mío y tuviera algún poder sobre mí. Era absurdo, lo sé. Pero era real, tan real como que estaba allí en ese mismo instante.

A juzgar por su aspecto, él también estaba un poco pasado de copas.

—¿Qué haces aquí? —pregunté de mala gana.

Cerró la puerta sin dejar de mirarme, dejó las llaves, su cartera y el móvil sobre el taquillón de la entrada y luego, exhalando una sonrisita irritante y sarcástica, sentenció:

—Esta es mi casa, ¿lo habías olvidado?

Sus ojos fueron directos a mis piernas desnudas y, de repente, vi que el músculo de su mandíbula se contraía.

Me crucé de brazos en una postura retadora que, para ser sincera, a esas alturas no me pegaba nada, pero una debe mantener su orgullo hasta el final, ¿no?

—¿Qué pasa..., te ha salido mal tu plan con la gitanita? —me burlé.

—Mis planes con mi gitanita van de maravilla. Gracias por tu preocupación —respondió entrando en el salón y desapareciendo de mi vista.

Por la expresión de su cara, supe que estaba intentando vencerse a sí mismo. Pero, entonces, ¿para qué diablos había venido?

Me encaminé a la cocina, dispuesta a ignorarlo y a tomarme un ibuprofeno. La cabeza estaba a punto de explotarme y la presencia de Raúl en mi casa no iba a apaciguar ese dolor.

Alcancé un vaso del mueble y lo llené de agua del grifo para intentar tragar la pastilla. Cuando me la hube tomado, me di la vuelta para volver a mi habitación y me encontré con un Raúl descamisado, con sus vaqueros desabrochados y descalzo.

Joder...

—¿A qué estás jugando si se puede saber? —dije muy seria, apoyándome en la encimera.

Él se acercó hasta la pila de fregar y alcanzó el vaso que yo acababa de dejar. Se puso frente a mí y bebió de él.

—No juego a nada, Cristina. Ya te gustaría... Voy a dormir aquí. La casa de mis padres me pillaba muy lejos desde el apartamento de Mónica.

—¿Mónica? ¿Así se llama la gitanita? Qué mona...

Me reí haciendo una mueca de mofa. Aunque, en realidad, no tenía ganas de reírme, sino de morirme. Así, literalmente.

—Sí, es guapa, y la chupa muy bien —graznó como si estuviera pensando en ello.

Me dieron ganas de meterle un puñetazo. Pero uno con todas mis fuerzas. Raúl podía llegar a ser realmente despiadado. Un completo hijo de puta a las malas. Pero jugar conmigo de ese modo, le saldría caro, muy caro...

—Bueno, no lo hará tan bien cuando has venido hasta aquí —masculé cruzándome de brazos de nuevo, sin moverme de su lado, intentando parecer inmune a su comentario.

Pensar en esa mujer haciéndole... eso, me rompía por dentro.

—Es verdad, tú la chupas mejor —murmuró acercando su cara a la mía. Solo que esta vez dijo aquello de un modo muy cruel. Añadiendo a sus palabras desprecio y recochineo. Estaba borracho. No hasta el punto de tambalearse, pero lo suficiente para decir cosas horribles. Jamás lo había visto así.

Deslicé mis ojos por sus facciones, endurecidas. ¿Qué le estaba pasando? ¿Acaso mis actos solo sacaban lo peor de ese hombre? ¿Cómo demonios iba a hacer para recuperar al verdadero Raúl?

Aparté mi mirada de la suya y decidí alejarme de él. No iba a continuar con ese estúpido juego. Tiró del borde de mi toalla antes de que me diera tiempo a alejarme y me dejó completamente desnuda. Hice el intento de arrancársela de las manos, pero él levantó el brazo. Apartándola. Un amago de sonrisa maligna se dibujó en sus labios. La ojeada que me siguió de arriba abajo fue obscena y tremendamente impúdica.

—Dame la toalla, Raúl —protesté cabreada.

—No. A ver… Muévete un poquito para mí. Como esta tarde en esa caseta con aquel tipo calvo —dijo haciendo un gesto con los dedos para que me girase. Se había dejado caer en el mueble de la cocina y me contemplaba con lascivia—. Aún sigues siendo mi esposa, ¿os que ya no te acuerdas?

—No por mucho tiempo —farfullé sin moverme.

—¿Ah, sí? ¿Y qué hay de eso de «no puedo vivir así»? O de lo otro, cómo era… «Me estoy muriendo sin ti» —preguntó con sorna, cambiando el tono de su voz en un arranque de imitarme.

Se estaba pasando, y mucho.

—Supongo que todo eso se quedará en el recuerdo —masculle, empezando a sentir cómo un nudo enorme me aprisionaba la garganta. Pero hoy, más que nunca, me negaba a llorar de nuevo delante de él. Antes muerta.

Tragué saliva y me abracé. Sus ojos no dejaban de escanear mis tetas.

—¿Qué pasa, te da vergüenza estar desnuda delante de mí? No temas, ni así soy capaz de ver quién eres de verdad.

Me di la vuelta y salí de allí evitando decirle una burrada. Caminé desnuda hasta mi habitación, pero justo cuando iba a entrar en ella, sentí sus dedos alrededor de mi muñeca.

—¡Déjame en paz! —le grité zafándome.

Pero él me rodeó la cintura con su mano izquierda y con la derecha me agarró del cuello para acercar mi cara a la suya. No pude apenas reaccionar cuando su lengua se introdujo en mi boca con una violencia extrema. Me besó con tanta furia que sus dientes me hicieron daño en los labios; y su barba seguro que me dejaría marcas. Mi pecho estaba completamente pegado al suyo y por mucho que intentaba separarme de él no lo lograba. Luché haciendo lo imposible por alejarlo de mí, pero su corpulencia me tenía prácticamente inmovilizada.

Su olor, el tacto de su piel, los gemidos que salían de su boca mientras continuaba ahondando en ese salvaje beso activaron cada una de las sensaciones de mi cuerpo, y me di cuenta de que por mucho que luchara contra él, no podría resistirme. Así que llevé mis manos a su cabello y tiré con fuerza. Lo suficiente para hacernos reaccionar a ambos.

—¿Por qué te empeñas en comportarte como un cerdo? —exhalé,

rompiendo aquel beso.

Su mirada ebria me recorrió el rostro.

—Porque es de la única forma que reaccionas. He tratado de hacerte feliz, de ser un buen padre para tu hija, y lo único que has hecho es mentirme una y otra vez.

—Eso no es cierto —susurré, aflojando la fuerza de mis dedos para acariciarle el cabello.

Estaba sufriendo y yo era muy responsable de ello. Lo miré a los ojos, intentando recuperar su mirada. Aquella que yo todavía conservaba en mi corazón. La que desprendía devoción y puro amor hacia mí, pero en vez de eso me encontré con los ojos de un hombre dolido, traicionado. Un hombre confundido.

—Sí, lo es. Para ti no era suficiente lo que teníamos. A lo mejor si empiezo a tratarte como lo que realmente eres, es posible que podamos pasarlo bien al menos —bisbiseó pellizcándome el trasero y llevando su mano al vértice de mis piernas.

Me acorraló en la pared y me dejó atrapada en su cuerpo.

—Suéltame, Raúl —protesté, intentando evitar que me tocara allá abajo.

—No, no voy a soltarte. Sé que esto te gusta, Cristina. Te conozco —continuó diciendo, con sus dedos resbalando entre los pliegues de mi sexo.

Agarré su muñeca, y con la otra mano lo empujé para conseguir separarlo de mí. Pero él me inmovilizó el brazo por encima de la cabeza.

—¡Te he dicho que me sueltes, joder!

La presión que ejercía en mi clítoris pronto empezó a apoderarse de mis sentidos y el placer se extendió lentamente por mi vientre.

—¿Por qué no follamos, Cristina? Es lo único que hacíamos bien. ¿Por qué no lo añadimos a nuestro acuerdo? —gimió con su lengua recorriendo mis labios. Sus besos empezaron a resultarme narcóticos. Sabía que acceder a tenerle de esa forma era enfermizo, pero el caso era que le deseaba con todas mis fuerzas.

—Te odio —jadeé mientras su cara se hundía en mi cuello y sentía cómo lamía el borde mi mandíbula.

Me faltaba el oxígeno. Y a pesar de que mi mente se resistía, mi cuerpo respondía a sus provocaciones.

—¿Qué me dices? —susurró mordisqueando el lóbulo de mi oreja.

—Lárgate, gilipollas —gruñí, conteniendo mis ganas de sollozar.

Pero por aquel entonces yo ya estaba tan húmeda que nada de lo que dijera tendría credibilidad.

Chasqueó la lengua y negó con la cabeza.

—No pienso irme a ninguna parte. Hoy voy a follarte tantas veces que mañana no podrás moverte.

Su dedo índice continuó frotando los labios de mi sexo y, de repente, sentí que se introducía poco a poco dentro de mí.

—¿Sí? Pues será en contra de mi voluntad. Porque te aseguro que todo lo que hagamos hoy, solo hará que te odie aún más.

Nuestras miradas se unieron. Apreté con más fuerza su muñeca. Pero esta vez él introdujo dos dedos. Jadeé.

—No haré nada en contra de tu voluntad. Eres tú la que me lo está pidiendo. Mírate —dijo, acechando el espacio que quedaba entre nosotros y señalando hacia su mano que se movía haciendo magia—. Estás a punto de correrte.

Y era cierto. El orgasmo iba arrasarme como un relámpago. Sin embargo, yo me resistía. Me negaba a retorcerme de placer en sus brazos, de esa manera.

—Raúl…

El color de sus ojos, sus pupilas dilatadas, su aliento cálido…

Sentí cómo entraba y salía. Dejé caer mi frente en su hombro y mi respiración se hizo más irregular. Aspiré el olor que desprendía su cuello y una multitud de recuerdos me sacudió. Los recuerdos de lo que fuimos y de lo que podría haber sido… Las mañanas a su lado… Sus besos con sabor a café… La Navidad. Nuestra boda. Roche. Las tardes en la playa. Elena dormida sobre su corazón…Una explosión de sensaciones recayó sobre mí.

Aquella fue la primera vez que vi a Raúl completamente fuera de sí. La primera vez, desde que lo conocía, que sentí cuánto daño nos había causado mi aberrante mentira. Lo entendí. Entendí que no era de esa manera como debí haber construido mi futuro. No tenía ningún derecho a decidir por él y, aún así, lo hice.

A pesar de sentir su aliento quemándome y los latidos de su corazón haciendo eco entre él y yo, Raúl estaba muy lejos de mí, y la lejanía se hacía insostenible.

—Venga, dámelo…

—Para, por favor. Así no —susurré a punto de echarme a llorar.

Si continuaba, destrozaría lo poco que nos quedaba.

De repente se detuvo. Sacó los dedos de mi interior, respirando con dificultad, hinchando y deshinchando su pecho. Creo que entendió que no podríamos hacerlo de esa manera. Las arrugas de su frente se suavizaron a medida que me observaba. Soltó mi brazo liberándome del agarre y, durante unos segundos, apoyó su frente sobre la mía.

—¿Quieres que pare? —preguntó con la mandíbula contraída. Apoyándose en la pared con las dos manos. Dejándome atrapada en su espacio.

—Te estás pasando —sentencié, limpiándome una lágrima que resbalaba por mi mejilla.

Él dio un paso atrás y se pasó las dos manos por la cara.

—Lo sé... ¿Quieres que me vaya?

Y de pronto, su pregunta me produjo mucho más terror que toda aquella asquerosa situación.

—No lo sé —musité allí plantada delante de él, completamente desnuda, abrazándome.

Lo miré y vi arrepentimiento en sus ojos.

—Esto es una mierda —bisbiseó frotándose la nuca.

—Sí —añadí sin moverme.

—Lo siento.

La carga de un plúmbeo silencio inundó nuestro espacio.

Asentí y él se mordió el labio. Pensé que se daría media vuelta y se marcharía sin más, de hecho, estuvo a punto de hacerlo; sin embargo, se acercó de nuevo a mí y volvió a colocar las palmas de las manos sobre la pared, acorralándome con su cuerpo. Desvié la mirada por su pecho y sentí el impulso de tocarle. Estaba despeinado, con la barba oscureciendo su rostro y con la expresión más desconocida que había visto nunca en él. Me sentía aterrada. Pero al mismo tiempo extremadamente excitada.

—Necesito estar contigo esta noche... —Acercó su nariz a la mía.

Le echaba tanto de menos que me dolían los huesos.

—No puedo hacerlo... contigo de este modo —sentencié, pasando mis manos por sus pectorales. Él cerró los ojos al sentir el contacto.

—Estoy muy jodido. No puedo perdonarte, pero tampoco puedo dejar de quererte. Todo esto es un asco.

No dije nada. Simplemente continué tocándole. Mis dedos tantearon su corazón y el zumbido de sus latidos en mis yemas alteraron mis terminaciones nerviosas todavía más. Una de sus manos bajó hasta mi cuello y dibujó un camino hasta mi cadera.

El momento quedó inmortalizado. Sabía que pasara lo que pasase entre nosotros, recordaría esa noche durante mucho tiempo.

—Eres tan bonita... —susurró contemplándome. Pero lo dijo con verdadera amargura.

—Raúl... —exhalé, pinzándole la barbilla—. Yo te amo.

Pero él me retiró la mirada durante unos segundos. Su batalla interna contra mí estaba a punto de vencerle. Luego, cuando sus ojos regresaron a los míos, me ordenó:

—Bésame.

Y lo hice. Lo abracé y respondí a su petición, porque la forma en la que esa única palabra resbaló de sus labios me advirtió de que me echaba de menos tanto como yo a él. Enterré mis dedos en los mechones de su cabello y lo besé como nunca antes lo había besado en toda mi vida. Nuestras lenguas se buscaron y se apretaron, se humedecieron y lamieron. El dolor, la tristeza, la pasión, el deseo... Todos aquellos sentimientos se agolparon en lo más hondo de mi interior. La situación estaba rebasándonos a ambos.

Me fundí en su abrazo. Sus manos grandes me envolvieron.

—No debería estar aquí... —confesó.

Inhalé su olor, y el hecho de pensar que llevara razón... me sobrecogió.

—Tu hogar es este, conmigo —declaré.

Le acaricié la mejilla y llevé uno de mis dedos a sus labios. Lo chupó y ese gesto me pareció terriblemente erótico y carnal.

—Fóllame —le exigí, consciente de que eso haría que ardiéramos incluso más.

No sería delicado. No lo había sido desde que había entrado por la puerta. Pero yo le quería dentro de mí, fuera como fuere.

Entramos en la habitación envueltos en brazos y piernas, y solo unos segundos después le tenía con la cabeza entre mis muslos. Me lamió allá abajo con énfasis, tanto que el roce de su barba era muy probable que dejara secuelas en aquella zona sensible. Me invadió con su lengua recorriendo cada milímetro de mi ranura. Le tiré del pelo y arqueé la espalda deshaciéndome de placer. Me corrí con tanta fuerza que me tapé la cara, sobrepasada por las emociones mientras él se deshacía de sus vaqueros y de sus calzoncillos.

Luego continuó besándome el vientre y unos segundos después me retiró las manos para volver a colocarlas por encima de mi cabeza.

Me sujetó las muñecas y con un ligero y certero golpe de caderas se coló dentro de mí. Grité y él me tapó la boca. Empezó a moverse despacio. Su mirada cargada de pretensión me seguía a medida que sus embestidas se hacían más intensas. Mis piernas lo rodearon completamente y ejercí presión con mis talones sobre sus glúteos, que se convertían en cemento en cada uno de sus embates.

—Joder... —lo oí mascullar mientras entraba y salía de mí.

La corriente eléctrica empezó a ascender por mi cuerpo y me moví con la intención de que liberara mis manos. Necesitaba tocarle. Aflojó la presión y conseguí hacerme con su pelo. Su boca se estrelló de nuevo contra la mía y, a medida que nuestros besos se hacían más afanosos y enardecidos, sus caderas se movían descontroladas, hundiéndose en mí y enloqueciéndome.

Deseé que ese momento se hiciese infinito. Que se quedara dentro de mí para toda la eternidad.

—Sigue, no te pares... —jadeé.

—Nena..., no puedo más.

Y es que oír a Raúl llamarme nena mientras me hacía el amor..., era planear en el mismísimo paraíso.

Tras aquellas únicas palabras me corrí otra vez. Me dejé ir, clavando mis uñas en su piel. Él continuó con un par de embestidas más y se derramó en mi interior con un gruñido animal.

Sus brazos permanecían uno a cada lado de mi cabeza, mientras que ambos luchábamos para que nuestras respiraciones se serenaran. Intenté buscar su mirada, pero él parecía tener la mente en otro sitio muy alejado de este.

Cuando recuperamos el sentido común, si es que quedaba algo de eso en la habitación, él se separó de mí rodando al otro lado de la cama. Tan solo me hizo falta un segundo para darme cuenta de que se había arrepentido de hacerme el amor. No supe descifrar qué era lo que ocupaba sus pensamientos, pero comprendí, sin decirnos nada, que aquello era el final.

Se incorporó mientras yo continuaba tumbada. Lo vi recoger sus vaqueros del suelo.

—¿Te vas? —le pregunté, apoyándome en mis codos.

La pregunta tembló en mis labios.

—Sí —respondió sin mirarme, abrochándose los pantalones.

Respiré y me puse de pie. Lo mejor era alejarme de él antes de hacer o decir alguna tontería más. Al fin y al cabo, no me cogía de sorpresa. Pero en aquel instante, creí que me partiría en dos.

Me dirigí al baño, sintiendo cómo su semen resbalaba por mis piernas. Las pulsaciones de mi corazón, a medida que me separaba de él, se incrementaron. Cerré la puerta y me coloqué delante del espejo.

¿Así íbamos a dar por terminada nuestra relación?

Vencida, me eché agua en la cara y me limpié los restos de ese desconcertante encuentro sexual. Estuve barajando la posibilidad de salir allí fuera y decirle cuatro cosas. ¿Pero de qué iba a servir continuar infectando el ambiente con palabras mal dichas? Si él había tomado la decisión de que acabáramos de ese modo, yo no iba a continuar suplicando. Hasta el momento, suplicar no había servido de nada. Era obvio que él no iba a olvidarlo todo sin más.

Oí que se marchaba…, el sonido de sus pasos alejándose en el pasillo y luego el traqueteo de la cerradura.

Me metí en la ducha y cuando el agua resbaló por mi cuerpo y empecé a analizar lo que había sucedido desde que apareció en mi casa esa noche; me juré que, esta vez, sería yo la que tomara las últimas decisiones.

5

UN CORAZÓN CULPABLE

Fue fácil enamorarme de Raúl cuando lo conocí. En el fondo, sabía que esa posibilidad estaba más cerca de mí de lo que yo quería admitir. La verdad, fue casi rodado. Era verano, me pilló con la guardia baja a consecuencia de la decepción de saber que Marcus estaba casado y, encima, él, todo él, parecía salido del mismísimo Edén. Y no lo digo porque fuera guapo, que lo era, sino porque trajo consigo la artillería necesaria para que yo me sumiera en un estado de estupidez extrema. De ceguera absoluta. Sí, me cegué tanto que solo vi lo que mi mente confusa me dejó ver.

Había oído muchas veces hablar del amor. Había conocido a muchas personas en mis treinta años de vida, en mis viajes al extranjero… Hablar de amor con amigos, con una hermana…, es algo que hacemos casi a diario. Pero una cosa es hablar de amor, y otra muy distinta es vivirlo de primera mano.

Cuando oyes a alguien contarte que le han roto el corazón, creo que no somos conscientes de lo que esa expresión simboliza. Estamos tan acostumbrados a oírlo que únicamente podemos entender su verdadero significado si nos atañe como parte implicada. Solo cuando el dolor se filtra por las capas de tu piel y se apodera de ti, empiezas a entender el verdadero alcance de ese juego de palabras.

¿Pero qué ocurre si eres tú la que provoca esa situación? Quiero decir, Raúl estaba tan empeñado en que lo nuestro había sido el mayor error de su vida que ya casi empecé a pensar que tal vez llevaba razón.

¿Y si era cierto? ¿Qué sería de mí?... ¿Qué sería de nosotros?...

La gente suele hablar de amor, pero nadie te advierte de que sufrir, suplicar, humillarte e incluso despreciarte a ti mismo son las consecuencias de no gestionar ese sentimiento como es debido.

Saber que todo podía desmoronarse sin más, fue doloroso; pero nada comparado con la sensación que golpeaba mi pecho. Aquella llamada «culpa». Ambos estábamos traspasando nuestras normas éticas. Confundiendo las emociones y adentrándonos en algo desconocido y desagradable, sin embargo, descubrir que yo era la causa de mi propia caída... no fue fácil de aceptar.

Ni siquiera mantenerme ocupada con las fotografías todo el santo día, alejó de mí la desesperación que se abría paso por mis venas. En el estudio, lo único que hacía era trabajar cabizbaja y con un millón de malos presagios inundándome el cerebro. Me sentía como si estuviera al límite de perder la última gota de agua que me quedaba en el cuerpo. Como si lo poco que me restaba de vida estuviera a punto de secarse completamente.

Raúl y yo no volvimos a hablar sobre lo sucedido la noche de la feria. Ninguno dijo nada sobre eso. Él únicamente se comportó como yo sabía que haría: esquivo, cortante.

Y a partir de entonces decidí que debía cambiar mi actitud. Si seguía viéndolo a diario y ambos continuábamos empañando nuestra relación de negatividad, no conseguiría nada. Además, estar en casa el tiempo que él permanecía allí con Elena era para mí una tremenda tortura. Hacía lo imposible por mantenerme ocupada, pero nada era suficiente. Mi hija era consciente de que él y yo no cruzábamos ni una palabra, y la situación empezaba a complicarse cada vez más.

Hasta el momento habíamos intentado que no se diera cuenta de nada, pero admito que después de nuestro último encuentro íntimo, por así decirlo, me resultaba francamente difícil comportarme de manera cordial con él.

Así que, llegados a este punto, necesitaba un consejo de Marta.

Una tarde, antes de salir del estudio, la llamé y le pedí que me recogiera.

Nos sentamos en la terraza de un bar cercano. El brazo de Marta ya estaba completamente recuperado, pero su corazón seguía aún jodido. Ella continuaba sin quitarse de la cabeza a Fernando. Que él fuese cliente del banco donde trabajaba Marta, no la estaba beneficiando en nada, salvo en las comisiones. Según ella, él tan solo buscaba sexo sin complicaciones. Andar un día sí y otro también coqueteando con las enfermeras de su hospital; y ella, pues, estaba en una etapa de su vida en la que sentía que su reloj biológico se había puesto en marcha, y ahora no hacía más que mirar hacia atrás y compadecerse de su nefasto currículo sentimental. Conversamos un poco más sobre él antes de que Raúl acaparara la conversación…

—No creo que pueda superarlo de esta manera, Marta. Pienso que ambos deberíamos darnos un respiro. Si pudiera dejar de verlo por un tiempo…

—¿Por qué no te vas cuando él llega? —La miré con el cejo fruncido—. Quiero decir, ¿por qué no sales a correr o a montar en bici? Siempre te estás quejando de que no tienes tiempo para hacer deporte. Podrías aprovechar ese rato que él está con Elena, irte e airearte.

Chasqueé la lengua. Odiaba admitir que era una buena idea.

—No quiero irme a ninguna parte —respondí, sujetándome la cabeza con las dos manos y apoyando los codos sobre la mesa—. Lo que quiero es que acabe de una vez esta pesadilla. Me despierto por las mañanas y a veces deseo no hacerlo. Lo echo tanto de menos que escuece. Es como si tuviera una herida abierta a la que estuviera constantemente echándole alcohol… ¡Dios! Marta, no imaginé que esto sería así —confesé con los ojos anegados de lágrimas.

—Joder, Cristina… —susurró ella acariciándome el antebrazo.

Me humedecí los labios, respiré e intenté calmarme.

—No lo entiendo. Le he repetido mil veces que no sucedió nada entre Marcus y yo. Ya no sé qué más puedo decirle.

—Tal vez estás en lo cierto en eso de que necesitáis un tiempo, cielo. Prueba a hacer lo que te digo. Un poco de ejercicio no puede hacerte más daño, ¿no crees?

Y después de todo, me di cuenta de que Marta llevaba razón.

Nada podía hacerme más daño. O eso pensé…

La noche antes al día que se celebraría la exposición, Raúl llegó a casa como de costumbre, sobre las ocho y media. En cuanto él llamó a la puerta, yo ya estaba preparada para marcharme. Completamente ataviada para salir a correr y sujetando los cascos de mi móvil en la mano.

—Hola —dije sin mirarlo, agarrando mis llaves.

—¿Te vas? —preguntó él, ignorando mi saludo.

—Voy a salir a correr un rato. Espero que no te importe.

—En absoluto. Pero te aviso de que no puedo irme muy tarde. No te demores demasiado.

Era la segunda vez que llegaba a mi casa con la excusa de que tenía que marcharse pronto. Hice un esfuerzo enorme por no resoplar. Decidí que lo mejor era dejarlo estar y largarme. Asentí y escapé de él.

En cuanto llegué al exterior, me puse los auriculares y busqué una de las *playlist* de mi cuenta de Spotify. Me dejé llevar por las notas musicales y mis pies se activaron al ritmo de aquella canción de Ellie Goulding, titulada *Burn*.

Intenté seguir el consejo de Marta y concentrarme en la necesidad de airearme. De evadirme y deshacerme de las nocivas sensaciones que se me agolpaban en la boca del estómago.

A medida que avanzaba, me di cuenta de que mi amiga llevaba razón. Si no podía estar en mi casa, al menos aprovecharía ese tiempo para limpiar mi mente. Para oxigenarla e ir asimilando que quizá él ya no quería estar más conmigo. Por mucho que me doliera pensarlo, en el fondo de mi corazón, yo sabía que la posibilidad de separarnos estaba más cerca de ambos que la de volver a estar juntos para siempre.

Cuando mis pulmones ya no daban más de sí detuve mi carrera. No tenía ni idea de dónde estaba. Probablemente en alguna barriada cercana a la mía. Era una plazoleta con una zona verde en el centro. Había algunas personas paseando a sus perros; una pareja de adolescentes, sentados en unos columpios, charlaban risueños. La noche era generosa y la primavera había dilatado la tarde. En las copas de los arboles se reflejaba la luz de las farolas y esta danzaba ahora a mis pies.

Una señora mayor estaba sentada al otro lado del banco en el que tomé asiento. Me puse a toquetear mi teléfono para cambiar de *playlist*. No me fijé en ella hasta que oí su voz por encima de la música de mis auriculares.

—Joven, ¿podría decirme qué hora es?

—Las diez menos cuarto —respondí tras comprobarlo en el móvil, quitándome los cascos.

—Muchas gracias.

Asentí con una leve sonrisa, apartándome el sudor de la frente con el dorso de la mano. Mis pulsaciones aún me retumbaban en los oídos.

Un perro pequeño de pelaje dorado y blanco se acercó a oler mis deportivas. No atiné a identificar qué clase de raza era. Solo supe que no era un perro joven.

—Rony, no molestes a la muchacha —lo reprendió la mujer, haciendo el intento de levantarse.

—No, déjelo, no me molesta.

El animal me contempló con ojos bonachones y se recostó a mi lado, apoyando su cabeza peluda sobre uno de mis pies. Creo que, simplemente, buscaba alguna caricia.

—Menudo caradura —bromeó refiriéndose a su perro, que parecía estar bastante cómodo.

Sonreí.

—Siempre he envidiado a la gente que hace deporte —relató ella unos segundos más tarde.

La miré mientras acariciaba a aquel adorable chucho y presté atención a sus facciones. Era una señora de unos sesenta años; quizá más. Tenía el pelo cano y corto, y las arrugas de su cara estaban bastante pronunciadas. Una mujer hermosa, pero su pesarosa mirada castaña delataba que la vida no la había tratado demasiado bien.

—Bueno, si le confieso la verdad, esta es la primera vez que salgo a correr en mucho tiempo.

—Yo he salido a caminar hoy, por primera vez en mucho tiempo, también —dijo ella con las manos cruzadas sobre su regazo.

La repasé de la cabeza a los pies. Iba vestida de negro. Falda y rebeca. No tenía pinta de haber puesto demasiado empeño en su indumentaria.

—Pues parece que nuestro propósito de hacer ejercicio no ha tenido demasiado éxito —puntualicé, haciéndole un gesto con los ojos y señalando el banco.

—Cierto... —corroboró ella.

Me quedé en silencio, jugueteando con mi alianza de boda. La saqué de mi dedo y miré la marca blanca que tenía en la piel. ¿Cuánto tiempo duraría aquella presión en el pecho?

Cerré los ojos y respiré profundamente.

La mujer estudiaba mi perfil sin perder detalle de mis movimientos. Me sentí observada y giré la cabeza para encararla de nuevo.

—Casada, supongo, ¿no? —preguntó.

Yo observé sus manos, esta vez me fijé en que estaban castigadas por el paso de los años. Eran pequeñas y las venas azuladas se veían a través de su piel rosácea. Sin embargo, ella no llevaba ningún anillo.

—Sí… —susurré. Agaché la cabeza y ella continuó mirándome como si esperara algo más por mi parte—. Pero no creo que por mucho tiempo —confesé sin saber por qué había dicho eso.

Quizá fue la necesidad imperiosa de hablar con alguien. Quizá, la soledad que amenazaba con destruir mis huesos. Y la cuestión era que yo no estaba sola. Tenía a mis amigos y a mi hermana que, a pesar de que la distancia se empeñaba en separarnos, me llamaba a diario para saber cómo llevaba nuestra separación. Pero, aun así, me sentía sola. Y me aterrorizaba pensar que si él se apartaba de mi lado, esa soledad me acecharía para siempre.

—Oh, vaya…

—Sí, vaya… —murmuré encogiéndome de hombros.

—¿Tenéis hijos?

—Una niña. Tiene siete años.

—Eso lo complica todo.

Me reí. En realidad no fue una risa. Fue algo así como una exhalación amarga.

—Exacto… —murmuré.

—Yo me divorcié hace treinta años —relató ella.

Su confesión me alertó y giré mi cuerpo un poco más, para poder tenerla de frente.

—Por entonces nadie se divorciaba —continuó—. Creí que no saldría adelante. Pero lo cierto es que las situaciones límites hacen que nos conozcamos de verdad.

—¿Qué ocurrió?

Sus ojos se clavaron en los míos.

—Me engañó. —Al decir eso, mi pulso se ralentizó—. Me dejó por otra. Fue así de simple. Teníamos cuatro hijos y un día decidió que no éramos suficiente para él, cogió sus cosas y se largó —dijo con una mueca de resignación.

—¿Abandonó a su familia?

Ella asintió.

—Que me engañara con otra fue horrible. Pero nada comparado con el dolor que sentía cuando mis hijos me preguntaban por él y no sabía qué responder. —Ella se miraba las manos mientras me contaba todo eso—. Rehízo su vida lejos de nosotros. Se volvió a casar y tuvo otros hijos. Durante años me sentí como si yo tuviera la culpa de ese fracaso. Me acostaba cada noche preguntándome qué era lo que había hecho mal para alejarlo de mí de esa manera. Lo último que supe de él es que tenía Alzheimer. Me lo contó hace dos meses mi hijo, el mayor. Es el único que mantiene contacto con él de vez en cuando. Mi hija, la pequeña, dice que Dios, que es misericordioso, le ha enviado esa enfermedad para que olvide cuánto daño nos hizo y pueda morir en paz. Pero yo no soy tan religiosa como ella y lo único que creo es que la vida es así de cruel a veces.

—¿Y usted? ¿No rehízo su vida?

Esta vez fue ella la que sonrió amargamente.

—La rehíce, pero no de ese modo. En aquella época estaba tan ocupada intentando sacar adelante a mis cuatro hijos que no tuve tiempo para nada más. Mi corazón está dividido en cuatro partes. Una para cada uno de ellos. Aunque ahora yo diría que, más bien, lo ocupan mis nietos… —sonrió alisando la tela de su falda—. Cuando mi marido se marchó decidí que sería así para siempre. Pero créeme, me recuperé. Al principio sientes que tu cuerpo no podrá resistir más dolor, pero un día te despiertas y descubres que este empieza a desaparecer.

Guardé silencio, pensando en eso de que el dolor desapareciera. Era todo lo que deseaba.

—En mi caso, he sido yo la que lo ha engañado —declaré.

Ella abrió mucho los ojos y asintió lentamente.

—Oh… —la oí murmurar.

—No como hizo su marido. Otra clase de engaño. —Tragué saliva. Luego suspiré—. Pero un engaño… a fin de cuentas.

La mujer continuó allí sentada junto a mí, expectante.

—Lo conocí hace siete años —me aventuré a decir—, de pura casualidad. Nos enamoramos el uno del otro sin remedio, y cuando llevaba un mes saliendo con él…, descubrí que estaba embarazada… —Me detuve, jugueteando con mi alianza. La miré.

—Vaya… Tu pequeña… ¿No es de él?

Me pasé las manos por la cara y asentí.

—Todo se complicó ese verano. Quise contárselo, pero él tuvo un accidente y yo en lo único que pensé… Lo único que hice fue no pensar.

Se enteró, poco después, de que le había mentido, pero aun así decidió perdonarme.

Ella afiló la mirada, como si no entendiera cuál era entonces el problema.

—Pero ahora el padre biológico de mi hija ha aparecido en mi vida y yo he intentado ocultárselo.

—Oh… —dijo de nuevo.

Esperé algún comentario más por su parte, pero ella alzó la vista, reflexiva, al frente. En esos momentos, no sé por qué, la opinión de esa mujer desconocida era crucial para mí.

—¿Por qué le mentiste? —inquirió tras un tenso silencio.

La examiné con reproche. ¿Por qué demonios me hacía esa pregunta? ¿Es que acaso no me había oído?

—¿Cómo que…? Pues…

—No. No lo pienses. Di lo primero que sientas. ¿Por qué? ¿Por qué sentiste el impulso de ocultarle algo tan importante?

—No lo sé. Por miedo. Por temor a perderle. Porque soy una estúpida…

—Pero dices que él te perdonó la primera vez. ¿Por qué crees que no lo hará ahora? ¿Crees que ya no te quiere?

—No. No es eso, pero ya no confía en mí —musité después de unos largos segundos.

—Bueno, si ese es el problema y tú estás convencida de que le amas, yo no veo inconveniente en que volváis a estar juntos. La confianza es algo que se premia con el tiempo. Demuéstrale que está equivocado.

—Esa es la cuestión, que ya no sé qué hacer para demostrárselo. Ojalá supiera la fórmula.

Apoyé los codos en mis rodillas y me froté los ojos.

—Créeme, muchacha, los años me han demostrado que no existe enigma que el tiempo no resuelva.

—Pero yo no tengo tiempo. No quiero esperar. No puedo vivir sin él.

—Oh, sí, ya lo creo que puedes…

Permanecimos en silencio un instante. La luz de las farolas era débil e hizo que la noche me pareciera mustia y nostálgica. Tanto como lo estaba mi estado de ánimo.

—Es cierto, puedo, pero no quiero —sentencié.

—Entonces, ya tienes algo bueno de tu parte. Sabes lo que quieres. Yo aún estoy intentando averiguarlo.

Un mensaje en mi móvil me obligó a apartar mis ojos de los de ella.

«¿Tardas mucho? Tengo que irme».

Respiré profundamente y me puse de pie. El perro, que dormía plácidamente sobre una de mis zapatillas, se incorporó y olisqueó mis piernas.

—Tengo que marcharme —anuncié.

—Dime solo una cosa.

—Sí, dígame.

—¿Le sacas de quicio?

—¿Cómo…? —Sonreí con un gesto de confusión—. ¿Qué quiere decir?

—Pues eso mismo, que si le sacas de quicio. Yo me di cuenta de que había superado lo de mi marido cuando sus actos dejaron de importarme. Si él aún reacciona, tal vez haya esperanza para ti.

La escena de nuestro último encuentro en la cama irrumpió en mi mente. Recordé su expresión, apartándose de mí, escapando de mi mirada. No supe definir qué era lo que tanto le atormentaba, solo sé que él anhelaba sentirse indiferente, y admitirlo me horrorizó.

La sonrisa se desvaneció de mis labios.

—Él quiere olvidarme.

—Quizá debas centrarte más en lo que quieres tú.

Me puse en cuclillas para darle una última caricia de despedida a su perro.

—Creo que ese ha sido nuestro principal problema. Según él, soy una egoísta que solo piensa en mí. Y lo cierto es que he acabado por creerlo.

—Así es el amor, querida: egoísta, irracional, desafiante e imprevisible. Pero solo será verdadero si resiste. No lo olvides.

Asentí, incorporándome lentamente. El animal volvió junto a su dueña.

—Ha sido un placer charlar con usted, aunque ni siquiera sepa su nombre. Yo soy Cristina —dije extendiéndole la mano.

—Concha —respondió ella sonriendo.

—Pues un placer, Concha.

—Igualmente.

—Volveré caminando. Está claro que correr no es lo mío…

—Adiós, muchacha. Mucha suerte.

Me alejé de aquella plazoleta y de esa mujer. Acababa de contarle mi complicada situación sentimental a una completa desconocida y aún seguía sin entender qué era lo que me estaba sucediendo.

Hasta ese momento de mi vida, yo siempre había dibujado mi futuro ante mis ojos. Lo visualizaba una y otra vez y aparecía delante de mí, expuesto como si de algún modo estuviera predestinado a que fuese así. Siempre había fantaseado con la idea de Raúl y yo envejeciendo juntos. Celebrando todos y cada uno de los logros de nuestra pequeña. Asistiendo a su graduación. Llamándola para ver cómo había ido su primer día de prácticas en alguna empresa. Ayudándola a decorar su primer piso de soltera e, incluso, sonriendo de felicidad en su cena de pedida. Celebrando que al fin había encontrado a un chico bueno y decente que le ofrecía un abanico de prosperidad… Así era como yo soñaba despierta.

Hasta esa noche, yo pensaba que el ser humano tiene el poder de proyectar su destino. Tenía la convicción de que las personas nos reinventamos una y otra vez y adaptamos nuestras decisiones en base al camino que tomamos. Pero durante el tiempo que duró el trayecto hasta mi casa, lo intenté. Intenté averiguar qué era lo que sucedería de ahí en adelante. Busqué en mi cabeza, luchando por apartar ese nubarrón negro que empañaba cuanto había deseado, y lo único que encontré fue oscuridad. Una opaca y ominosa oscuridad.

Miré hacia atrás para echar un último vistazo. Ella continuaba sentada en la esquina de aquel banco completamente sola. ¿Y si llevaba razón en eso de que el amor era egoísta e imprevisible? ¿Y si el nuestro no tenía ya fuerzas para resistir? ¿Me encontraría, dentro de algunos años, sentada yo también en ese banco, sola…? Ella había sido víctima de un engaño. Su marido dejó de amarla y ante eso poco podía hacer ella, más que aprender a vivir sin él.

Pero yo… Yo me negaba a pasarme la vida lamentando mis errores. Me negaba a aceptar que lo que había proyectado en mi mente no era más que mi propia estafa. Sin embargo, esa noche, por mucho que indagué en mi pensamiento, el futuro seguía gris… Muy gris.

6

PIÉNSALO

Por una vez en muchísimo tiempo, creí que estaba en mi entorno. Me relajé. Lo admito. Fueron solo unos segundos. Me alejé de Luis y me quedé atrapada ante el embrujo de aquella fotografía. Absolutamente magnetizada por el poder que emanaba la imagen.

En ella, un jaguar melánico sostenía a su cría con los dientes, como si la estuviera poniendo a salvo de un peligro inminente. El animal estaba asustado. No había duda. Sin embargo, sus ojos estaban clavados en el objetivo, desafiantes. Y la mirada hablaba de amenaza, de intimidación. Hablaba de protección. En sus ojos ambarinos se podía leer que se sentía acorralado, pero que habría hecho cualquier cosa con tal de poner a salvo su cría.

La imagen era tan nítida como la determinación que delataba su expresión. La luz, perfecta. El contraste del pelaje azabachado de esa fiera con el tono verde de los arbustos que completaban la lámina era excepcional. La foto no había sido tomada por un fotógrafo *amateur*. No, claro que no. Busqué la firma en la parte inferior del cuadro y allí estaban sus iniciales. Su logo, moderno y con trazos sinuosos, me confirmó que la fotografía era de Marcus Belletti.

—Impresionante, ¿verdad? —dijo él a mi espalda. No me giré. Me quedé quieta contemplándola. Era magnífica.

Sabía de sobra que esa noche me lo encontraría. Era absurdo negarme a verlo.

Cuando Luis me anunció, la primera vez, que participaríamos en esa exposición recuerdo que salté de alegría. Había contado los días para que llegara ese momento, y ahora lo único que quería era que acabase cuanto antes. Claro que lo último que imaginé era que el padre biológico de mi hija estaría por allí y que sería una de las figuras más representativas de la noche.

Había soñado con que Raúl vendría conmigo. Que me acompañaría y sostendría mi mano orgulloso. Que me felicitaría por el trabajo que habíamos realizado Luis y yo... Pero no. Raúl no asistió a mi pequeño debut. Cuando le comenté lo de la exposición, con la esperanza de que se ofreciera al menos a pasarse, él solo me dijo que recogería a Elena del colegio y se quedaría con ella en casa de sus padres. Me dolió. No obstante, después de todo, creo que era lo mejor. Raúl y Marcus en la misma sala no habría sido buena idea...

—De haberme quedado unos segundos más fotografiando aquella zona, esa hembra me habría despedazado en un santiamén —continuó diciendo Marcus, que ahora se había situado a mi lado y tenía sus manos metidas en los bolsillos de su vaquero.

Ladeé la cabeza para mirarlo. Llevaba una americana color camel sobre una camisa blanca. Su pelo largo esta vez lo llevaba recogido en una coleta. Cualquier otro hombre con una coleta me habría resultado ridículo. Pero de nada servía engañarme, Marcus podría ser de todo, menos ridículo. Su presencia empezó a alterarme e intenté concentrarme de nuevo en la imagen.

—Estábamos elaborando un documental sobre Sierra Madre, en México, y ella apareció de repente. Uno de los cámaras sacó una escopeta de la camioneta y disparó al aire para intentar espantarla. Fue entonces cuando tomé esa foto. Supongo que se sintió amenazada. Quizá pensó que intentábamos llevarnos a sus crías.

—Creo que puedo entenderla —murmuré.

Él exhaló una leve sonrisa y luego miró al suelo.

—Cristina... —susurró unos segundos después.

—Marcus, no, hoy no, por favor.

Se movió un poco hasta colocarse junto al cuadro, con uno de sus hombros apoyado en la pared.

—¿De verdad quieres que haga todo esto por las malas? Soy yo, Cristina. Mírame —exigió señalándose con la mano en el centro del pecho—. Soy un capullo, vale. Te mentí con respecto a lo de Susan. Pero no soy una mala persona. Lo único que quiero es conocerla.

Mis ojos se clavaron en los suyos. Crucé los brazos.

—¿Para qué? ¿Qué sentido tiene ahora?

—¿Podrías tú dejarlo pasar sin más si acabaras de descubrir que tienes una hija?

No respondí.

—Vamos, Cristina. Te estoy ofreciendo mi ayuda.

—No quiero tu ayuda.

—¿Por qué no? Sé que las cosas con tu marido no te van bien, no hay que ser científico para darse cuenta.

—Deja de una vez de repetir eso. No sabes de lo que hablas —protesté.

—Está bien. No volveré a mencionar nada de tu vida con él. Pero ella...

Me humedecí los labios y aparté mi mirada de la suya. Atisbé que Javi y Marta acababan de llegar. Me sentí salvada.

—No puedo hablar de esto hoy, lo siento —masculle, dejándole allí plantado y encaminándome hacia mis amigos.

—Qué alegría que hayáis venido.

Marta sonrió con dulzura.

—¿Ese es Marcus? —comentó Javi, mirando por encima de mi hombro.

Al parecer, Marta lo había informado nada más entrar.

—Sí.

—¿El de la americana? —recalcó, mirándonos a Marta y a mí.

—Sí —repetí de mala gana.

—Dios, Cristina... eres mi puto ídolo. ¿Hiciste un castin para seleccionar a los diferentes padres que tendría Elena? Reconócelo.

Marta, al ver mi cara de disgusto, le dio un codazo a su primo.

—Javi, en serio... —repliqué.

—Vale, vale..., lo siento. Pero, al menos, admitirás que te diga que es muy guapo.

Intenté no reírme. Pero la expresión de Javi empezaba a resultarme muy graciosa.

—¿Crees que estoy ciega? Ya lo sé.

—Ya lo sé —repitió él imitándome.

—Bueno —nos interrumpió Marta—, dónde están esas fabulosas fotografías. Queremos verlas.

—Claro, vamos —dije poniéndome entre ellos y sujetándolos.

Pasé los siguientes quince minutos mostrándoles a Javi y a Marta toda la galería. Por suerte, para mí, perdí a Marcus de vista y logré disfrutar de la conversación con mis amigos. Sobre todo con Javi, que no dejaba de repetirme lo mucho que me había equivocado al no querer fotografiarlo desnudo y exponer sus *atributos*.

Sin embargo, Marta parecía tener la cabeza alejada de las fotos que yo le estaba enseñando en ese instante. Miraba el reloj de su muñeca una y otra vez, y hacía como la que me escuchaba, aunque yo sabía que apenas me prestaba atención.

—¿Marta, te ocurre algo? —le pregunté cuando miró el reloj por cuarta vez. Ella alzó la vista a mis ojos y luego la desvió hacia al fondo.

—Sí —dijo satisfecha, haciéndome un gesto con la cabeza para que me girara—. Mira.

Me llevé las manos a la boca para contener mi alegría.

Mi hermana Carolina y mi cuñado Héctor aparecieron entre la gente, sonriendo. El corazón se me agitó dentro del pecho. Habían venido a verme… Probablemente habrían hecho un esfuerzo enorme para dejar a sus dos pequeños y escaparse, pero allí estaban. Apoyándome en una de las noches más cruciales de mi carrera como fotógrafa. Aquella exposición saldría en redes sociales, televisión y prensa. Los nervios acumulados durante todo ese tiempo pasaron a un segundo plano con mis problemas sentimentales. Ya ni siquiera la ilusión de que mi trabajo se reconociera tenía importancia para mí. Los últimos meses, mi única preocupación había sido mi matrimonio. Pero ver a Héctor y a Carolina allí, me hizo comprender que quizá estaba alejándome demasiado del mundo real y agravando aún más mi situación. Por el bien de Elena, y por el mío propio, tenía que recomponerme y seguir adelante.

—Carolina… —exhalé apresurándome hacia ella para envolverla en un abrazo —. Gracias, gracias…

Ella respondió del mismo modo a mi intenso gesto de cariño.

—No tienes que dármelas. Me gustaría estar contigo más tiempo, pero ya sabes que con los dos trastos que tenemos…

—Y a mí, ¿no me abrazas? —protestó Héctor a su lado cuando se dio cuenta de que yo no soltaba a mi hermana.

Me retiré de ella y sonreí.

—Pues claro que sí. Ven aquí —dije tirándole los brazos al cuello. Me tuve que poner de puntillas para llegar hasta él. Como siempre, estaba fabuloso. Vestía una chaqueta negra y bajo ella una camisa con unas delgadas líneas azul marino.

Reconocí su característico olor a perfume y me recordó a Raúl...

La relación entre Héctor y yo siempre había sido muy buena, pero la última vez que estuve en Cádiz él no tuvo reparos en mostrarme que estaba del lado de su mejor amigo. Por eso, verlo allí, en ese momento, me hizo incluso más feliz.

—¿Qué tal estás? —me preguntó Carolina cuando finalizaron los saludos y nos centramos de nuevo en las fotos.

—No voy a mentirte, Carolina. Fatal.

Ella me acarició el brazo y luego se detuvo a mirarme de arriba abajo.

—Me gusta tu vestido. Pero con un par de kilitos más te quedaría mejor —chistó a modo de regañina.

—Sí, ya...

—Venga, ¿dónde están las tuyas? —preguntó señalando las paredes.

—Ven, por aquí.

Los conduje por el interior de la galería, mostrándoles los diferentes trabajos y al mismo tiempo admirando las verdaderas obras de arte que había esa noche en aquel lugar. No volví a cruzarme con Marcus y, a decir verdad, fue un tremendo alivio. Sabía que tenía que contarle a Carolina que estaba allí, pero por un rato lo único que deseaba era disfrutar de la compañía de mi hermana. Solo eso.

Luis se pasó la velada relacionándose con otros fotógrafos y periodistas. De vez en cuando, se acercaba a mí para presentarme a alguien y presumir de *colega*, como él me llamaba. Lo cual era francamente halagador. La galería estaba dividida por secciones y cada sección le correspondía a una empresa. En ella teníamos la posibilidad de incluir diferentes tipos de fotografías: retratos, foto-secuencias, paisajes y fotografías aéreas y en movimiento.

Al cabo de un rato, cuando ya estábamos más relajados tomándonos unas copas y algunos aperitivos que el cáterin había servido, Carolina y yo conversamos con más tranquilidad. Le pregunté por mis sobrinos y, ella y Héctor, me contaron con detalles escabrosos que sus dos hijos eran unos especialistas en cometer travesuras. Nos reímos bastante con las ocurrencias del más pequeño y me di cuenta de lo distinta que habría sido mi vida si mi hermana y yo hubiéramos vivido más cerca.

La conversación entre Carolina y yo se hizo más íntima y Javi, Héctor y Marta se alejaron un poco de nosotras. Supongo que se imaginaban de qué hablábamos.

—Esto está siendo muy duro —confesé finalmente.

—Lo siento, cariño. Pero no estás sola… Lo sabes, ¿verdad?

Asentí.

—Tienes que seguir, Cristina. Ilusiónate con tu carrera, con tu hija…

—Lo intento, pero no es fácil.

Dudé en si preguntarle o no por Raúl, pero… lo hice.

—¿Has hablado con él?

—No, yo no. Pero Héctor… hace un par de días…, sí.

—¿Qué le dijo?

—Cristina…, ¿de verdad quieres que hablemos de esto hoy?

—Sí. Quiero saber qué piensa. No habla conmigo, Carolina. Apenas me dirige la palabra. Viene a casa casi todas las noches, pero apenas me cruzo con él. Me dijo que me enviaría por correo electrónico los papeles de la separación, pero aún no he recibido nada. No sé qué hacer. Por un lado no quiero preguntarle, por miedo a que vuelva a decirme lo mismo; pero tampoco puedo vivir con esta ansiedad.

Ella miró al suelo.

Conocía esa mirada de mi hermana…

—Por favor, Carolina. Háblame claro, necesito saberlo todo.

—Dice que está conociendo a alguien —suspiró—. Al parecer es una chica que trabaja en el hospital de Fernando. —Cerré los ojos y me llevé las manos a las sienes—. Si Héctor descubre que te lo he dicho, sabrá que oí la conversación entre ambos —dijo mirando hacia atrás, asegurándose de que su marido no la oía—. Llamó a casa y cuando vi a Héctor encerrarse en la habitación para charlar con él, agarré el teléfono del salón.

—Así que sigue con ella…

—¿La conoces?

—Sí. Lo vi en la feria con una chica. Supongo que será la misma. Se llama Mónica. Creo que es enfermera.

—Pretende olvidarte con ella. Fue eso lo que dijo.

Me quedé con la mirada perdida en algún punto que no recuerdo. Ni siquiera oía el bullicio de la gente a mi alrededor.

Rabia.

Fue rabia, sin duda, lo que sentí. No me compadecí de mí misma ni deseé romper a llorar. Tan solo fue una rabia desmedida lo que se revolvió en mi interior.

Me toqué la mejilla con el dorso de la mano y me ardía. Carolina me observaba sin parpadear. No estaba siendo cómodo para ella contarme aquello, pero ambas sabíamos que era lo mejor. Raúl ya no quería estar conmigo. Me lo había repetido una y otra vez, el único problema era que yo me negaba a aceptar la realidad. Pero ahora, mi hermana me confirmaba lo que yo tanto había temido, y desgraciadamente todo variaba. Después de lo que ocurrió la noche de la feria, él seguía con ella... Me sentí humillada, sucia, utilizada... Si de verdad se había acostado con ella..., si de verdad lo había echado todo a perder, entonces no me quedaría nada más que repulsión hacia él.

Guardé silencio unos segundos. Carolina agarró mi mano.

—Cristina...

—Lo siento..., tengo que ir al baño un momento. Ahora vuelvo.

Pero no. No fui al baño. Esquivé a cientos de personas allí dentro, atravesé varios pasillos y di vueltas sin saber dónde demonios esconderme. Quería ocultarme, quería salir corriendo, escapar, huir, dejar atrás tanto sufrimiento y empezar de nuevo.

Quería vivir, ¡no sobrevivir! Quería ser feliz. Y ahora ya nunca lo sería...

Aquella noche, algo se apagó dentro de mí. Y ese algo fue la esperanza de recuperarlo.

Yo conocía bien a Raúl. Demasiado.

¿Era esa su manera de alejarme de él para siempre?

Por eso se lo había contado a Héctor. Me estaba haciendo llegar esa información porque sabía que de otra forma no me la creería. Pretendía olvidarme... y quizá la única solución era romperme el corazón.

Cuando regresé con mis amigos y mi hermana tras estar un largo rato deambulando, decidí no hablar más del asunto. Ya no me quedaba nada que decir...

La incesante mirada de Marcus desde la distancia, me inquietó aún más. Me di media vuelta para deshacerme de ella y de todos los pensamientos confusos que me atormentaban.

Carolina y Héctor se marcharon los primeros. Estuvieron un par de horas conmigo, pero tenían dos niños pequeños que atender y una canguro en casa a la que se le acercaba la hora de irse.

Me aferré al abrazo de mi hermana como si fuese el último. La necesitaba tanto que me costaba digerirlo.

—Llámame mañana —dijo alejándose de mí—. Sé que eres fuerte. Tienes que serlo. —Fue lo último que la oí murmurar.

La sala empezó a desalojarse y Luis, eufórico, se acercó para comentarme las buenas críticas que estaban recibiendo nuestros trabajos. Me alegré por él. Sonreí, o hice una mueca parecida a una sonrisa, pero, en realidad, lo que quería era largarme de allí cuanto antes. Me pidió que lo acompañara a una fiesta privada que habían organizado los miembros de la organización en un bar cercano. Pero la idea de pasarme la noche con Marcus a mi alrededor era punzante. Así que me negué y no tuve más remedio que mentirle.

Marta y Javi no abrieron el pico mientras yo relataba el embuste.

—Luis, lo siento muchísimo, pero me acaba de llamar Raúl para decirme que Elena no se encuentra muy bien. Tengo que marcharme.

—Pero Cristina…

—Lo sé. Sé que es importante que esté contigo esta noche. Pero las cosas entre Raúl y yo no están bien del todo y prefiero estar en casa con ellos.

Él me observó dudando. Supongo que acabó por creerme.

Dejó caer los hombros, resignado.

—Está bien, te veré el lunes.

—De acuerdo. Diviértete por mí.

Me despedí de él con un beso en la mejilla y les hice un gesto a Javi y a Marta para que me siguieran. Deseaba desaparecer de una vez por todas y no volver a ver a Marcus hasta que me asignaran otra vida.

Tampoco fue nada fácil hacerles entender a mis amigos que no me apetecía irme de copas con ellos. Sin embargo, finalmente, me acompañaron a casa sin hacerme demasiadas preguntas. No les conté lo que me había dicho Carolina, pero intuí que ya lo sabían.

Al abrir la puerta de mi piso, el sonido de un mensaje en el móvil atrajo mi atención. Cerré con llave y me apoyé en ella. Rebusqué en mi bolso hasta encontrar el teléfono.

Era Marcus…

«No pretendo hacer nada que pueda herirte. He pensado bastante en ello y sé que llevas razón. Ella tiene un padre. Lo respeto. No sería

justo aparecer de la nada en su vida y ponerla del revés. Nada de eso va a cambiar. Créeme. Pero déjame al menos ser su amigo. Ser vuestro amigo. No puedo marcharme sin más sabiendo que tú y yo tenemos algo tan importante en común. Quiero ayudarte. Piénsalo, Cristina. Solo piénsalo».

Mis rodillas se flexionaron y mi cuerpo, lentamente, se deslizó hasta quedar sentada en el suelo, pensando… y pensando.

7

OBSERVA

La noche anterior ni siquiera me tomé la molestia de bajar las persianas. Caí en la cama derrumbada, agotada, exhausta. Me pasé un par horas contemplando el techo. Como si quedarme allí estática fuera a solucionarme algo.

Siempre he admirado a la gente que se queda quieta sin hacer nada. Solo observando. Mi padre solía decir que se aprende mucho más contemplando. Era lo que nos contaba a Carolina y a mí cuando nos llevaba a ver las estrellas y yo le preguntaba qué sentido tenía pasarse horas mirando al cielo sin hacer otra cosa.

—Aún eres muy pequeña, pero un día te darás cuenta de que hay que saber mirar, Cristina. ¿No te gustan las estrellas?

—Yo solo veo puntos de luz en un cielo muy negro. Parecen bombillas diminutas.

Él sonreía…

—Aprenderás a observar. Reconocer las cosas bonitas de la vida lleva tiempo, Cris. De momento, no hagas nada más. Solo observa.

Me dormí con aquellas palabras de mi padre en mi cabeza.

Observa, Cris, observa…

A la mañana siguiente, cuando los primeros rayos de sol fulgurantes y acusatorios irrumpieron en mi habitación decidí ponerme en pie.

Echaba de menos a Elena. Mi pésimo estado de ánimo no me dejaba disfrutar de ella como se merecía, y quería compensarla. Era lo que habíamos acordado Raúl y yo ese fin de semana. Él se quedaría a dormir viernes y sábado noche en casa de sus padres con ella, pero durante el día estaría conmigo.

Así que, sin más dilaciones, me metí en la ducha y me vestí para la ocasión. Si era cierto lo que mi hermana me había contado sobre él y esa enfermera, quería oírlo de sus propios labios. Y por supuesto estaba dispuesta a ocultarle mi absurda debilidad. Tenía que camuflar bajo el maquillaje y los coloretes que me había pasado la noche dando vueltas en la cama, sin pegar ojo para variar… No, no iba a dejar que continuara viéndome destrozada, como una torturada y ridícula mártir.

Me enfundé unos vaqueros con un roto en la rodilla y un jersey ocre de ochos muy favorecedor. Al principio pensé en combinarlo con mis converses blancas, pero luego cambié de opinión frente al espejo y me calcé unos botines de tacón color camel que harían juego con mi bolso de flecos y que le aportarían a mi *look* un toque sensacional. Sabía que me dolerían los pies a rabiar al acabar la tarde, pero en ese instante solo pensé en que Raúl me viera fabulosa. Era mi principal objetivo.

Salí de casa a eso de las doce de la mañana. Iba retocándome los labios con el lápiz de brillo cuando al girar la esquina del edificio me fijé en que la puerta de mi garaje estaba abierta. Al principio me asusté. Temí que mi despiste hubiera sido el culpable, pero a medida que avanzaba oí el rugido de un motor y reconocí ese ruido de inmediato. El vello de los brazos se me erizó de repente al comprender lo que estaba sucediendo.

Mis pies se detuvieron en la acera frente a él. Sí, allí estaba. En el interior. Con una camiseta básica gris y unos desgastados vaqueros. A lomos de su moto, haciendo lo imposible por arrancarla. Tenía manchas de grasa en las manos y brazos.

Permanecí durante unos segundos observándolo antes de que se percatara de mi presencia. El corazón me latía furioso mientras él continuaba empecinado en hacer funcionar la diabólica máquina. Aceleraba, provocando con ello un ruido espantoso y que el tubo de escape desprendiera un humo negro y desagradable.

Él sabía lo mucho que yo odiaba esa moto. Sabía lo que suponía para mí verlo montado en ella, después de que ese desafortunado accidente casi lo dejara en una silla de ruedas nuestro primer verano juntos. Justo cuando tomé la decisión de enrevesar todo…

Su seguro había cubierto los daños y desde entonces la conservaba intacta al fondo del garaje. Hasta ese momento había respetado mi súplica y se mantuvo alejado de ella. Pero parecía que a partir de ahora estaba dispuesto a hacer todo lo posible por llevarme la contraria.

Entré despacio y me paré a tan solo unos metros de él.

Sus ojos impactaron en los míos, pero apenas se inmutó. Continuó acelerando sin la menor intención de detener ese incómodo ruido.

Nuestro duelo de miradas duró unos largos y tensos segundos, hasta que él decidió apagarla y bajarse de ella.

Me fijé en el caos que había provocado. Había herramientas por todas partes y paños sucios esparcidos por el suelo. No sé el porqué, pero en lo único que pensé en ese instante era en las cosas que teníamos en común y en que, llegado el momento de ponerle punto y final a nuestra relación, repartirlo todo sería un auténtico infierno.

—Hola —dije tomando la iniciativa.

—Hola —respondió él escuetamente, lanzándome una ojeada de arriba abajo.

—¿Y Elena?

—Está en casa de mis padres. ¿Dónde si no? —murmuró girándose para guardar las herramientas.

—Sé donde está. Lo que quiero decir es por qué no estás con ella —repliqué, cruzándome de brazos.

—He dormido con ella, pero se suponía que el día lo pasaría contigo. ¿No era eso lo que acordamos?

Respiré profundamente y me di la vuelta. No me quedaría allí para volver a discutir.

—Está bien, adiós —masculé a punto de salir.

—¿A qué hora la traerás de vuelta?

—Pues no sé… ¿Ocho? ¿Nueve?

Él miró su reloj. Parecía preocuparle bastante mi hora de regreso.

—De acuerdo…

—Si te viene mal quedarte con ella hoy, no te preocupes. Yo no haré nada. Puede quedarse conmigo.

—No. No. A esa hora ya estaré aquí.

—Vale.

Volví a girarme.

—¿Qué tal ayer la exposición? —comentó.

—Bien… —titubeé, sorprendida.

Podría haber aprovechado para decirle lo mucho que me había dolido que no hubiese asistido, pero no lo hice. Al menos, no verbalmente.

—Me alegro —dijo impasible.

—Gracias.

Hizo un gesto con la cabeza y se concentró de nuevo en aquella máquina.

—¿Vas a salir con la moto? —Me atreví a preguntarle.

—Sí —afirmó alzando la barbilla, desafiante.

Suspiré.

—Vaya…

—Llevo muchos años dejando de hacer lo que realmente me gusta y creo que ha llegado el momento de retomar mis antiguas aficiones.

Asentí y me humedecí los labios.

Dudé unos segundos antes de decirle lo que mi boca estaba a punto de escupir.

—Y dime una cosa, ¿entre tus aficiones has incluido la de follar con enfermeras del hospital de Fernando?

Sujetaba un paño sucio entre las manos e intentaba limpiarse restos de grasa.

Atisbé un amago de sonrisa agria en su cara, lo que hizo que me cabreara aún más.

—¿Estás hablando de Mónica?

Un súbita punzada de celos me recorrió la columna vertebral.

—Mónica —repetí, pasando el peso de mi cuerpo de una pierna a otra, dispuesta a escucharle y haciendo un esfuerzo atroz por no desestabilizarme.

—No es enfermera, es médico. Y, ahora que la mencionas, es algo de lo que me gustaría hablar contigo.

Así que era médico…

—¿Estás con ella? —pregunté sin rodeos.

—Por ahora, es mi amiga.

Me mordí el labio y miré al suelo.

Luché con todas mis fuerzas por no ponerme a llorar allí mismo.

—Vale.

Me di la vuelta.

—Cristina.

No me lo pensé. Lo encaré de nuevo.

—Quiero el divorcio —dije con una mirada glacial.

Él me estudió con descaro.

—Era justo lo que pensaba decirte.

Sentí mi pulso acelerarse y la respiración fallarme.

Estaba sacándome de mis casillas. Ese era el juego favorito de la versión más ruin de Raúl. Pero no. No iba a perder los nervios como había hecho anteriormente. Aquello me dolió en un lugar de mi pecho donde antes nunca me había dolido.

—¿Y a qué demonios estás esperando para mandarme los papeles?

—Lo siento, últimamente he estado bastante ocupado en la oficina y tenía puntos que aclarar con mi abogado.

—No hay nada que aclarar, Raúl. No quiero nada tuyo si es eso lo que te preocupa.

—Bueno, en ese caso, será solo un mero trámite. Tendremos que ponernos de acuerdo con la custodia.

—Mándame los papeles de una puta vez.

Me di la vuelta. Pero no podía irme de allí sin preguntárselo.

—¿Estás enamorado de ella?

Él miró al suelo, soltó el paño que tenía entre las manos encima de la moto y dio un par de pasos hacia mí. Yo no me moví.

—¿Si te dijera que sí, me creerías? —musitó acercándose demasiado y atravesándome con su mirada.

—No. Sé que todavía me quieres —sentencié.

—Ves, esa es la diferencia entre tú y yo. Que yo nunca te he mentido. Por eso estás tan convencida de que aún te quiero.

—¿Por qué estás acabando con lo nuestro de esta manera?

—Lo nuestro lo acabaste tú, Cristina —farfulló rotundo—. Destruiste cualquier posibilidad de creer en ti en el momento en que decidiste entrar en una habitación de hotel con ese tío.

—Sé que estás resentido, dolido, furioso…, pero, Raúl, ¿estás seguro de que es así como quieres que hagamos las cosas?

—Me temo que contigo no sé hacerlas de otra manera.

—¿Te has acostado con ella?

No me miró. No respondió.

—Mírame a los ojos, Raúl. —Alzó la barbilla y su mirada gris, endurecida, me retó.

—Lo que yo haga con mi vida… ya no es asunto tuyo.

Lo supe. No hizo falta que me lo confirmara. Era cierto, estaba con ella.

Esta vez fui yo la que sonrió con desgana.

—Eres un hijo de puta…

—Tú lo harás con ese tío si no lo has hecho ya —añadió antes de que yo pudiera articular nada más.

El olor a gasolina, aquel humo condensado en el ambiente, la fuerza de los rayos de sol colándose por la puerta… Hacía calor y todo me daba vueltas.

Podría haberle abofeteado. Le tenía cerca y estaba tan dolida y decepcionada que incluso yo misma me sorprendí de que en vez de descargar mi ira contra él, lo único que sintiera fuera un profundo sentimiento de desilusión que me dejó inerte.

Lo imaginé con esa chica, besándola…Visualicé la escena de la feria en la que ella se agarraba a su brazo, le susurraba algo al oído y él le respondía con una resplandeciente sonrisa.

Y entonces lo dije. Pronuncié ese nombre con la mirada clavada en el suelo.

—Marcus.

—¿Qué? —preguntó él con el gesto demudado.

— Ese tío se llama Marcus —dije consciente de que eso le haría daño.

Pero… ¿acaso no es así como actúa el ser humano cuando se siente humillado? ¿No es así como una mujer desesperada lo mando todo al garete con una sola y única palabra? Sí, es justo así.

—Lárgate de una puta vez —escupió él.

—Espero que te vaya bien con Mónica.

—Yo también lo espero.

Giré sobre mis talones y salí de allí sin mirar atrás.

Lo hicimos mal. Lo sé. Y cada vez lo hacíamos peor.

Tras esa conversación, nuestra relación no mejoró en absoluto.

Pasamos a la siguiente fase en la que ninguno de los dos nos soportábamos. Yo empecé a pensar que odiarlo era mi mejor mecanismo de autodefensa, y él me culpaba por el hecho de que Marcus aún permaneciera en Sevilla sin intención de marcharse. Mi vida se convirtió en una verdadera y arrolladora locura.

Seguí el consejo de Marta, de marcharme de casa cuando él se pasaba por las noches para bañar y dar de cenar a Elena. Algunos días simplemente aprovechaba ese rato para estar con mis amigos y que me pusieran al día de sus situaciones sentimentales. Javi era, sin duda, el más afortunado. Su relación con Cristóbal avanzaba a buen ritmo y, según Marta, raro era el día de la semana que él dormía en su cama y no en casa de su novio. Sin embargo, Marta no corría la misma suerte.

Fernando y ella, durante ese tiempo, tuvieron otro encuentro sexual. Y admito que no me lo tomé demasiado bien cuando me lo contó. En el fondo no podía evitar culpar a Fernando de mi nefasta situación con Raúl. Al fin y al cabo, esa chica con la que se suponía que Raúl tenía una «amistad» era compañera de Fernando. Y el hecho de que Marta no fuera capaz de mantenerse alejada de él, me crispaba. Aunque poco podía decirle al respecto.

Una noche en la que yo permanecía sentada en su sofá con mis piernas recogidas en postura india mientras me pintaba las uñas, ella se plantó frente a mí en su butacón marrón y se sinceró conmigo.

—Hay algo que llevo algunos días queriendo contarte.

—¿Ah, sí? ¿Has conocido a alguien? —pregunté con diversión.

—No exactamente.

Alcé la cabeza y la miré a los ojos. Estaba comiéndose un yogur y llevaba un pijama amarillo de *Piolín*.

—Cuenta, bellaca.

—El viernes pasado me acosté con Fernando —soltó de repente.

Parpadeé con exageración como si no pudiera creerlo y luego le hice un gesto con la cabeza instándola a hablar.

—Llegué del trabajo a las tres y media de la tarde y cuando estaba subiendo las escaleras me lo encontré apoyado en el marco de mi puerta, esperándome.

—¿En serio?

—Sí, y su cara me decía que estaba bastante cabreado.

—¿Y eso?

—Bueno…, quizá estas últimas semanas se me ha ido un poco de las manos eso de cobrarle comisiones. Y, claro, él apareció ante mi puerta, fabuloso, esbelto, con su pelo de anuncio de champú caro y con su perfume prohibitivo pidiéndome explicaciones.

Sonreí. Me hacía mucha gracia ver a Marta gesticular imitando a Fernando.

—¿Y? —inquirí animándola a continuar.

—Pues que... me metí en mi papel de tirana y le dije que si no estaba conforme con la política del banco que se llevara sus estúpidos ahorros a otra entidad. Que yo misma estaría encantada de cancelarle las cuentas y perderlo de vista para siempre. Tras eso intenté darle un portazo en las narices, pero él me lo impidió, colándose dentro de mi casa y... y... en fin, supongo que imaginarás el resto.

—No, no lo imagino. ¿Podrías ser más concisa? —respondí, soplando sobre una de mis uñas, con un tonito repelente.

—Debes de pensar que soy masoquista, Cristina. Pero no tengo ni idea de qué me pasa con Fernando. Solo sé que en cuanto me besa me vuelvo imbécil.

—No eres imbécil, Marta. Yo creo que estás más enamorada de lo que eres capaz de aceptar.

—Follamos como bestias sobre la mesa de la cocina, Cris. Y luego..., luego lo eché.

—Perfecto, espero por tu bien que no le cuentes nada de esto a Javi o quemará la mesa.

Ella sonrió.

A pesar de que Fernando no estaba en mi lista de favoritos para posibles novios de Marta, yo sabía que ella llevaba loca por sus huesos desde la primera vez que se habían acostado, y por todo lo que me contó aquella noche intuí que el estúpido jueguecito de hacerse la interesante estaba funcionando.

—Sé que no soy la más indicada para decirte esto, pero creo que deberías ser sincera con él.

—Explícate —me exigió.

—No sé..., creo que deberías hablarle de tus sentimientos. De lo que quieres.

—¿Y decirle que siento cosas serias por él? Ni hablar, antes muerta.

—¿Qué es lo peor que puede pasarte?

—Ya sabes lo que pienso de Fernando. Nunca da un paso más.

—Da tú ese paso.

Marta hizo un gesto de horror con los ojos.

Miré el reloj de mi muñeca y me sorprendí de lo rápido que había pasado el tiempo. Elena probablemente estaría dormida y Raúl esperando mi regreso.

Cerré el esmalte, lo dejé sobre la mesita baja que decoraba el salón y me puse de pie.

—Debo irme, pero creo que no pierdes nada por decirle lo que quieres de verdad.

Ella me siguió hasta la puerta, no muy convencida.

—Yo en lo único que creo es en que necesito unas vacaciones.

—En ese caso, llévame contigo.

—Vale, ¿y qué hacemos con Javi?

—Él no puede faltar.

Le di un beso en la mejilla y regresé a mi casa.

Raúl me esperaba sentado en el sofá, con el mando entre las manos. Lo vi en esa postura cuando eché un rápido vistazo hacia el salón antes de entrar en la cocina. Tenía la esperanza de que se marchara sin dirigirme la palabra. Era lo mejor para ambos. Pero no fue así.

Percibí su voz en mi espalda.

—Encima de la mesa te he dejado la demanda de divorcio. Puedes mirarla tranquilamente y si ves algo con lo que no estés de acuerdo, llamas a mi abogado —anunció desde el pasillo. Luego oí la cerradura girarse.

Me apresuré hacia fuera y lo encontré sujetando el pomo de la puerta, a punto de marcharse. Estaba despeinado y su barba, más poblada que nunca, ocultaba el serio rictus de su boca.

—Espera —murmuré con la mandíbula apretada.

Él salió hacia el rellano y se cruzó de brazos.

Mi dedos temblorosos agarraron aquel sobre marrón y deslicé de su interior las dos copias que contenía. No me detuve a leer nada. Simplemente me adelanté hacia la entrada y abrí el diminuto cajón del recibidor, buscando un bolígrafo.

Raúl me observaba con la mirada afilada.

Numerosas hojas grapadas en dos bloques con el membrete de su bufete de abogados en la parte superior fue lo único que atiné a ver. Mi nombre, su nombre… y un montón de palabrería y términos judiciales de los que no me interesaba saber absolutamente nada.

Lo que estaba a punto de hacer, probablemente, destrozaría aún más mi vida si era posible, pero no se me ocurrió otra solución.

Me dejé llevar por un impulso. Así era yo, una chiflada que actuaba por impulsos en un setenta por ciento de mis actos.

Busqué la última hoja de ambas copias y firmé en el espacio reservado para ello, sin tener ni idea de lo que estaba aceptando.

El silencio se transformó en intimidatorio mientras el sonido de la tinta se deslizaba sobre el folio.

Si en ese acuerdo decía que yo tenía que vender mis órganos envueltos en papel de regalo, ya no habría vuelta atrás.

Me incorporé retirándome el cabello de la cara y le ofrecí su copia.

Él tardó unos segundos en alargar el brazo. Unos segundos en los que mi cuerpo tembló de miedo.

¿Qué demonios acababa de hacer? ¿Qué se suponía que había firmado?

—Toma —dije, tragándome el nudo que tenía en la garganta—. Ya es oficial.

—No lo has leído —masculló agarrando los papeles.

—No me hace falta leerlo. Lo único que no pienso respetar de este acuerdo es alguna parte que diga que no puedo estar con mi hija. Lo demás puedes gestionarlo como quieras.

—No será fácil, Cristina.

—Lo sé —respondí.

Aunque en realidad no lo sabía.

—Quiero rehacer mi vida.

Estaba hablando de ella… Mi corazón se sobrecogió.

De nuevo silencio.

—Haces bien en intentarlo —musité fingiendo calma.

Él se tocó el pelo. Fue un gesto sencillo, desde la nuca. Parecía cansado y nervioso, como si hablar de eso conmigo le resultara incómodo.

Intenté tragarme las lágrimas que amenazaban con asomar a mis ojos.

Recordé las palabras de mi padre: Observa, Cris, observa.

Fue lo único que hice en ese instante. Observarlo mientras el tiempo parecía haberse estancado entre él y yo.

Lo comprendí.

Tenía que dejar que se alejara. Él quería alejarse de mí y yo no hacía más que aferrarme a un pedazo de nuestra historia. Esperando un milagro que no llegaría.

Lo que sentía por ese hombre jamás desaparecería. Hay sentimientos capaces de restarte vida. Y yo percibía que parte de la mía se iría para siempre esa noche.

—Me voy —dijo finalmente.

—Vale.

Se dio la vuelta con aquel papel entre sus manos y desapareció.

8

OTRA CLASE DE DOLOR

L a vida avanza y es incontrolable. Incontenible.
Durante esa época me hubiera gustado agarrar los días con mis dedos y haberlos metido en tarros de cristal. Me habría sentado a contemplar mis recuerdos a través del vidrio. Quería coleccionarlos y plantarme frente a ellos a observarlos sin cesar.

Mi parto… La sensación al visualizar el rostro de mi hija por primera vez. Las manos de Raúl acariciando mi vientre. Él dándole su primer biberón… El día que la dejamos en la guardería al inicio del curso y tanto él como yo permanecimos pegados a la ventana que daba a su clase para comprobar que no lloraba… La tarde que estábamos en un restaurante y Elena mordía uno de mis dedos sentada sobre mi falda, cuando me di cuenta de que por fin tenía un diente. Grité tan fuerte, de la emoción que me produjo el descubrimiento, que la gente que había a nuestro alrededor incluso aplaudió…

Quería almacenarlos de alguna manera para no olvidarlos.

¿Y sabéis por qué? Porque me daba la sensación de que al final todo acabaría por desaparecer. Nuestra tozudez exterminaría hasta lo que había sido francamente bueno.

Y… me divorcié de Raúl.

Sí, nos divorciamos, y si bien en ese tiempo aún no lo sabía, ya nada volvió a ser como antes. Nada volvería a su sitio por mucho que yo lo deseara. Aunque en un futuro él llegara a perdonarme y a aceptar que

Elena tenía un padre que no quería darse la vuelta y desaparecer, ya nada, absolutamente nada, sería igual.

Cambiamos. Él lo hizo y yo… también.

Estaba triste. No lo voy a negar. Es duro lo que voy a admitir, pero perder a Raúl no se podía comparar con nada. Ni siquiera con la muerte de mis padres. Quizá porque ellos murieron cuando yo tenía una edad en la que todavía no era consciente del verdadero significado del dolor. O quizá no sabía que existía un dolor que te corta la respiración, uno que te atraviesa las costillas y te parte por la mitad y, desde luego, no se parece en absoluto al que te produce la muerte de un ser querido.

Cuando pierdes a una persona que amas, porque el destino decide llevársela para siempre, te invade una pena inmensa y todo te parece injusto, sin sentido. Todo carece de ilusión y, en realidad, es lógico dentro de lo ilógico. Mis padres murieron y yo sabía que jamás volvería a verlos. No podía sentirme de otra manera. Pero cuando el hombre que amas decide que lo vuestro se ha acabado para siempre, cuando tienes que verlo cada día y asimilar que ya jamás volverás a sentir sus besos, que nunca lo tendrás en tu cama. Que sus manos no dejarán huellas en tu piel…

Cuando tienes que aprender a vivir sabiendo que ya no es tuyo y que tarde o temprano será de otra… Creedme, hay dolores que atraviesan otros filtros. Dolores que un corazón como el mío no podía canalizar.

El acuerdo de divorcio era, literalmente, una mierda. Creo que esa fue la razón por la que me negué a leerlo delante de él. Temí decepcionarme más de lo que ya lo estaba. Pero al día siguiente, una hora antes de despertar a Elena y con una taza de café humeante entre mis dedos, desplegué las hojas sobre la encimera de la cocina y lo leí detenidamente.

Y lo peor de todo es que ya lo intuía. Sabía de sobra que ese acuerdo sería una auténtica locura para ambos. Clausulas imposibles y pautas que me resultaron ridículas de leer. El caos en letras mayúsculas y en negrita.

«Custodia compartida», proponía. Lo cual me parecía un insulto. ¿Cómo iba a vivir quince días al mes sin ver a mi hija? ¡¿Es que acaso se había vuelto loco?!

Según él, la solución era que nuestro piso fuese la vivienda de Elena. Es decir, que podríamos vivir con ella quince días cada uno. Pero, claro, ¿qué se suponía que tenía que hacer yo las otras dos semanas? Pues, según él, alquilarme un apartamento. Lo cual para mí hubiese sido muy complicado con mi sueldo.

Lo único que me pareció aceptable fue la pensión alimenticia para nuestra hija. Imaginé que él había pensado en todo. Tenía la certeza de que a ella no le faltaría de nada, pero invertir la mayor parte de ese dinero en un piso de alquiler era absurdo. En aquel momento no tenía problemas económicos. Yo también contaba con unos ahorros. Pero la cuestión era que me negaba a pasar tiempo alejada de mi hija.

—Por eso te advertí que tenías que leer el acuerdo —dijo tranquilamente por teléfono cuando lo llamé para espetarle que si era su abogado o él quien fumaba alguna droga psicotrópica.

—Métete el acuerdo de divorcio por el culo. No pienso pasarme quince días al mes sin ver a mi hija.

—Es lo que tiene no pensar las cosas antes de hacerlas, Cristina. Es lo que has firmado. Puedes demandarme si quieres, ahora tengo que colgar. Estoy trabajando.

—No te atrevas a colgarme el teléfono.

—Cristina, ya estuve anoche allí. Podrías haber leído el acuerdo.

—¿Para qué? ¿Para dejarme claro que este piso es tuyo y que nunca ha sido mi casa?… Eso ya lo sé. ¿Crees que si no fuera por Elena, yo aún estaría aquí?

—¡¿Crees tú que voy a marcharme sin más y dejar a mi hija, mi casa y toda mi vida?!

—Yo no te he pedido que hagas eso.

—No, Cristina, claro que no lo haré. No quiero estar contigo, pero no voy a quedarme mirando cuando decidas que ya te has cansado de estar sola. No seré el típico gilipollas que le paga la casa a su exmujer y al tío que se la folla. ¡Claro que no! Esa casa es de mi hija, pero no tuya. Así que puedes aceptar el acuerdo o prepararte para lo que está por llegar. Porque te aseguro que esta vez no pienso ceder.

Y sí. De esa manera trascurrieron las semanas más infernales de mi vida.

Raúl y yo no hablábamos: gritábamos.

El sistema nervioso es el encargado de controlar todas la tareas de nuestro cuerpo: sus movimientos, sus acciones y reacciones e incluso las emociones, pero el mío se pasaba el día y la noche al borde de la desesperación.

El divorcio dejó atrás los matices sentimentales del matrimonio para pasar a convertirse en un detestable intercambio de insultos. A cada decisión conjunta que debíamos tomar, ambos añadíamos una gran dosis de ira y rabia seguida de palabras infectadas.

Lo que en algún momento fue rosa y yo habría decorado con corazones de chocolate y dulces cenefas turquesas, poco a poco se tornó del color del fango. La verdad dejó de importar. Es lo que ocurre en circunstancias como estas. Así de maleable y contagioso es el sentimiento contrario al amor, que todo lo desordena y deteriora.

Parecíamos dos estúpidos adolescentes sin nada que perder. Si estábamos en la calle, nos gritábamos en la calle. Si algún día coincidíamos en la puerta del colegio de Elena porque ninguno de los dos nos dignábamos a llamarnos para ponernos de acuerdo, tampoco escatimábamos en expresar nuestras desavenencias delante de otros padres.

Sí, era horrible.

Nadie se atrevía a mediar entre él y yo. Ni siquiera mis suegros. Miguel, su padre, estaba tan disgustado con los dos que apenas nos dirigía la palabra. Rosa intentó hacer de conciliadora, pero lo único que consiguió fue cabrearnos incluso más.

Al final fueron Marta y Javi quienes me propusieron una solución temporal que yo digerí durante unos días. Ellos me ofrecieron vivir en su casa. Solo tenían dos habitaciones, pero Marta insistió en que durmiera con ella. Ambos decían que sería como volver a los veinte, un piso de solteros bromeaban, con intención de animarme. Toda mi vida se había desestabilizado y lo cierto era que a pesar de mis ganas de salir huyendo de Sevilla y marcharme lejos de todo eso, tenía que pensar en Elena y en que ella adoraba a Raúl y a sus abuelos. Sí, lo más fácil hubiese sido coger una maleta y marcharme a Cádiz con Carolina una temporada, pero eso solo habría sido bueno para mí. Quizá…

Sin embargo, yo ya no era la chica egoísta e inmadura que unos años atrás le había contado una mentira horrible al hombre que amaba, solo por miedo a perderle. Yo, ahora, era una mujer que intentaba recuperarse de sus propios errores. Una madre que quería la felicidad de su pequeña por encima de todas las cosas. Una estúpida enamorada que aún se agarraba a la esperanza de que el hombre que amaba no había cambiado por mi culpa.

Le envié un mensaje. Una mañana en la que el cielo amaneció despejado y el sol más radiante, decidí escribirle.

Un mensaje explicativo. Sin apelativos ni los adjetivos descalificativos que había usado en otras ocasiones. Una especie de clausula conciliadora.

«He pensado que si lo que quieres es la custodia compartida, podemos hacer lo siguiente: quince días vives tú con Elena y quince yo; tal como propones. Pero los quince días que tú estés durmiendo con ella, yo iré a recogerla al colegio y te la dejaré en casa a las ocho de la tarde y cuando le toque dormir conmigo, tú harás lo mismo. Así, ninguno de los dos pasará ni un solo día sin verla. Por favor, hagamos esto por ella. Estoy cansada de pelear».

Él respondió varias horas después con un conciso y explícito «Ok». Recuerdo que estaba en el estudio y el teléfono me temblaba en las manos antes de leer la respuesta, esperando que al fin entrara en razón y desistiera a eso de separarme de mi hija la mitad de cada mes. Y lo hizo.

Fueron tres semanas horribles, en las que había perdido la esperanza de que realmente le conocía. Tres semanas en las que creí envejecer... Tres semanas en las que quería arañar el tiempo y barrer lo que quedara de él.

Pero, finalmente, accedió. Y por primera vez en meses, me pareció que podíamos entendernos.

Fueron solo dos sílabas, pero las suficientes para aferrarme a ese hilo de optimismo.

Me convertí en un robot con una rutina preestablecida. Me autoconvencí tanto de que debía superar esa etapa y me aprendí tantas veces la frase de que el tiempo todo lo cura que no me di cuenta de que hay cosas que por mucho que las repitas no van a suceder.

Puedes olvidarle, Cristina. Puedes.

Con ese pensamiento en mi cabeza me acostaba cada noche.

No tardé mucho en darme cuenta de que *eso* no pasaría...

El primer mes que nos propusimos empezar con esa locura de la custodia compartida fue mayo. A partir de la segunda quincena. Y fue bastante bien, la verdad. Además, todo se confabuló a mi favor. Marcus dejó Sevilla una temporada. Vino a despedirse de mí al estudio y a contarme que le habían encargado un trabajo en Asia. No obstante, me dejó bien claro que regresaría y tomaría cartas en el asunto de Elena.

—No quiero hacerlo por la malas, Cristina. Pero no me estás dejando otra opción. Voy a solicitar una prueba de paternidad. Ya te he dicho que solo quiero ser tu amigo. Volveré dentro de un mes aproximadamente. Espero que para entonces hayas resuelto tus problemas con tu marido y estéis dispuestos a enfrentaros a esta situación —anunció erguido, con la cabeza bien alta, la mochila de su cámara a cuestas y la seguridad de un hombre que no tiene nada que temer. Nada que perder, a diferencia de mí. Luego, simplemente, se fue.

Por supuesto le prohibí terminantemente a Luis contarle a Marcus que Raúl y yo nos habíamos divorciado. Estaba convencida de que ese pequeño gran detalle agravaría más todo. Y cuanto menos supiera sobre mi desastrosa vida sentimental, mejor.

Yo conocía bien a Marcus. Eso de ir cada cierto tiempo al estudio para charlar con Luis, encargarle trabajos para su revista y de algún modo asegurarse de que mi jefe y él estuvieran conectados laboralmente, no era más que su estrategia para acercarse a mí.

Estaba estudiándome y yo era consciente de ello.

Me analizaba guardando las distancias, pero no desaparecía del todo. No. No se marcharía sin más, sabiendo que Elena era su hija. Pero yo estaba agotada ya, tratando de evitarle. Mentalmente fatigada pensando que un juez dijera sí a esa prueba de paternidad. Mientras tanto tenía un mes por delante para consultar con un profesional todas las opciones.

Mayo fue un mes bonito. No hizo demasiado calor ni demasiado frío. No llovió en exceso, pero algún día la llovizna removía el olor de las flores y dejaba ese aroma en el aire que evocaba al verano. En Sevilla la primavera no era como en Cádiz, que olía a mar. En Sevilla era distinta. Olía a jazmín, a azahar y a dama de noche. Olía a hierba fresca y a historia. El río Guadalquivir adquiría otro color más azulado y las parejas se sentaban a su orilla a mojarse los pies, como si lo hicieran al borde de la vida.

El Parque de María Luisa era uno de mis sitios favoritos. Siempre me había parecido que poseía cierto halo romántico que te envolvía. Al menos, así nos recordaba a Raúl y a mí paseando por allí en las noches de verano. Embriagados de la dulce fragancia que desprendía toda aquella vegetación. La gente solía pasear en manga corta y se sentaba en los bancos a contemplar las blancas nubes y que el sol ejerciera su majestuoso poder de dorar la piel.

Una tarde quedé con Marta para tomar un café en una cafetería cercana al parque cuando lo vi.

Primero identifiqué a Elena. Con el uniforme del colegio. La reconocí de inmediato. Corriendo tras una paloma con su pelo negro suelto y la falda de tablas bailando a merced del viento… Eran aproximadamente las siete de la tarde y sobre las ocho y media tendría que estar en mi casa, ya que Raúl la traería de vuelta. Esa segunda quincena me tocaba a mí dormir con ella.

Me detuve a bastante distancia. La suficiente para que no pudieran verme. Raúl estaba sentado en un banco frente a ella y sostenía en las manos lo que parecía una bolsa con semillas. Elena iba y volvía en busca de la comida para alimentar a las palomas y él sonreía sin apartar sus ojos de ella. Me quedé un rato observándolos, sin hacer otra cosa, acumulando pensamientos y asimilando lo guapísimo que estaba él con aquel jersey verde de hilo, cuando de repente la vi a ella… A Mónica.

Se acercó hasta él con dos helados en las manos y le ofreció uno mientras se acomodaba a su lado.

Era la segunda vez que los veía juntos, pero la escena, con Elena de por medio, me dolió de un modo inhumano. Fue un dolor irracional, salvaje… Sentí que el mundo se desvanecía a mi alrededor y me dejaba sumida en una explosión de tristeza. Conversaban e intercambiaban sonrisas mientras yo luchaba por arrancarme de la cabeza la idea de que hacían buena pareja y que ella era realmente bonita. Me llevé las dos manos a la cara. Intenté controlar mi respiración y no parecer una completa desquiciada. En otro tiempo, me habría acercado hasta él y espetado un par de cosas, pero, ahora, yo ya no tenía ningún derecho a reprocharle nada, salvo que me había decepcionado profundamente. Y eso, desde luego, no iba a decírselo. Ante tal situación, lo único que podía hacer es lo que hice: girarme y buscar consuelo en el hombro de mi mejor amiga.

Él ya estaba olvidándome y yo… Yo tenía que lograrlo.

Una hora y media más tarde, cuando ya estaba en mi casa esperándolos a ambos, oí el timbre. Por regla general, él llamaba y en cuanto yo abría la puerta desaparecía en el ascensor. Por entonces hablábamos lo menos posible. Ya habíamos avanzado bastante en eso de no discutir, pero nuestra conversación era cuanta menos… mejor.

Sin embargo, ese día, él esperó junto a Elena a que yo los recibiera. Me eché un vistazo antes de abrir y observé que mis ojos estaban hinchados de tanto llorar. Me había pasado todo el rato que duró mi café con Marta hecha un mar de lágrimas. Lo sé, no servía de nada agotar los días llorando, pero es que no podía evitar sentir que había fracasado. Me pellizqué las mejillas para sonrojarlas y de ese modo disimular la hinchazón de mis ojos, aunque no lo logré.

Giré la cerradura.

—Hola, mami —exclamó Elena agarrándose a mi cintura.

—Hola, cariño —respondí yo, sonriendo, evitando enfrentar a Raúl.

Me agaché para besar su cabello y le pedí que entrara en casa y dejara la mochila del colegio en su habitación.

—Vale. Adiós, papá. Mañana me llevas otra vez a darle de comer a las palomas.

A pesar de lo mucho que nos habíamos esforzado en ocultarle a Elena lo de nuestro divorcio, ella ya empezaba a darse cuenta de qué ocurría, pero no solía hablar de ello con nosotros. Y que hiciese como si no pasara nada me resultaba aún más sospechoso. De vez en cuando tenía comportamientos rebeldes. Sobre todo por las mañanas, cuando la despertaba para ir al cole y me decía que no quería ir conmigo, sino con Raúl. Yo evitaba profundizar en el asunto. Días antes le había explicado que durante un tiempo él y yo estaríamos separados porque era lo mejor para los dos, pero que ella vería a su papá todos los días. No dijo absolutamente nada. Yo estaba sentada en el borde de su cama, arropándola y acariciando su brazo. Y ella me apartó la mano, se giró hacia el otro lado y me pidió que apagara la luz…

—-Estupendo —contestó él, con una resplandeciente sonrisa.

Ella corrió por el pasillo y mi mirada se encontró con la de Raúl.

—¿Te ocurre algo? —inquirió, frunciendo un poco el cejo.

—¿A mí? No, ¿por qué? —titubeé a la defensiva.

—No sé, tienes los ojos hinchados. Como si hubieses llorado.

Ladeó la cabeza, estudiándome.

—¿Llorar? ¿Y por qué iba a llorar?

Se humedeció los labios.

—Pues no tengo ni idea —dijo, apartándome unos segundos la mirada. Se rascó la barba con una mano—. Pero tu cara hoy es un cuadro —añadió, volviendo de nuevo a mi ojos.

—Bueno, a mí tampoco me gusta la tuya y mira por dónde tengo que vértela todos los días —mentí.

¿Quién eres, Cristina?

¡Claro que me gustaba! Y cada vez más. Sé que eso era difícil de creer, pero así era. Divorciada y perdidamente enamorada de mi exmarido. De un hombre al que yo veía más hombre conforme pasaban los días. Un hombre con el que un día soñé envejecer, avanzar, construir... Un hombre al que le entregué mi corazón en bandeja y ahora tenía la sensación de que él se lo había comido y lo estaba vomitando a mis pies.

—Muy bien, Cristina. Me voy —protestó, girándose.

—Sí, eso, vete.

—Cristina —dijo cuando ya estaba a punto de darle con la puerta en las narices.

Lo miré.

—Solo quería asegurarme de que estabas bien. Yo no he dicho que no me guste tu cara. Ojalá no me gustara —confesó con una expresión que no supe definir si era enfado, frustración o simplemente nostalgia... Una profunda e incomprensible nostalgia.

A continuación, caminó hasta el ascensor y se alejó un poco más de mí.

Me reuní con Elena en su habitación y la vi sentada en su cama, descalzándose sus zapatos. El sol entraba por la ventana aún a esa hora y se reflejaba en los mechones de su cabello azabache. Alzó sus preciosos ojos pardos para mirarme y me dedicó una bonita e inocente sonrisa.

—¿Quieres que te prepare un baño? —le pregunté.

Ella asintió insistentemente. Era obvio que me sentía culpable por todo lo que estaba sucediendo e intentaba llevarme con ella lo mejor posible.

—¿Y puedo bañarme contigo? —añadí, consciente de que eso le encantaría.

Su sonrisa se agrandó todavía más. Y al cabo de veinte minutos, las dos estábamos en el cuarto de baño sumergidas en agua templada y mucha, mucha espuma.

—¿Qué tal el cole?

—Una caca —respondió ella, encogiéndose de hombros como si su respuesta no pudiese ser otra.

—Bueno, algo positivo tendrá ir al cole, ¿no?

—No —aseguró, jugando con el tapón del gel.

—Al menos allí ves a tus amigas y a los chicos que te gustan... —dije, buscando sus ojos para sonsacarle información.

—Ya no me gusta ninguno.

—¿Y qué pasa con Lucas? ¿No era Lucas ese que quería besarte en la boca? El que decías que era tu novio.

—Mamá, Lucas es un tarado.

Solté una carcajada. Sobre todo porque no tenía ni idea de dónde había sacado esa palabra.

—¿Un tarado? Pero bueno, ¿por qué dices eso?

—Porque el otro día me dijo que si lo dejaba se cortaba una oreja con las tijeras de Plástica.

—¿Qué? —pregunté muerta de la risa.

—Sí, lo que oyes.

—Entonces, ¿eres o no su novia? —Carraspeé intentando mantener con ella una conversación normal. Bueno, normal no. Pero una conversación al menos.

—Sí, aún lo soy. No iba a dejar que se cortara la oreja por mi culpa. Pero ya no me gusta.

—Vaya. Eso dice mucho de ti. O sea, que estás con él por pena, básicamente.

—Sí, y porque es mi criado.

—Tu criado —repetí atónita, mordiéndome el labio para no volver a reírme.

—Ajá —murmuró ella, girándose para alcanzar su sirena de goma.

—Y como criado tuyo… ¿Qué funciones son las que hace?

—Bueno, nada del otro mundo. Cuando se me cae la goma él se agacha a por ella, o me tira el papel del bocadillo a la basura si estamos en el patio. Cosas así —explicó tan pancha, poniéndole espuma en el pelo a su diminuta muñeca.

—Elena, eso no me parece bien. Pobrecito.

—Mamá, ¿prefieres que se corte una oreja? —protestó, abriendo mucho los ojos.

—Bueno, igual solo te dice lo de la oreja para hacerte chantaje. A lo mejor no se atreve. De todas maneras, creo que no deberías ser su novia solo por pena. Tienes que ser honesta con él y decirle que no te gusta. Y mucho menos que sea tu criado, eso es horrible.

—Pues romperé con él; pero si se corta la oreja será culpa tuya.

Me llevé una mano a la frente y me la froté.

Una tutoría con la profesora de Elena no me iba a venir nada mal.

—¿Y qué tal hoy con papá? —dije cambiándole de tema…

Ella despegó durante unos segundos sus ojos de la muñeca para mirarme, pero por su expresión supe que me ocultaba algo.

—Bien.

—¿Dónde habéis estado?

—En el parque, con las palomas —respondió de forma muy breve, demasiado.

—¿Ah, sí?¿Los dos solos? —Se rascó la nariz, yo diría que un pelín nerviosa—. ¿O con los abuelos? —añadí, para disimular que no estaba preguntándole por la nueva amiguita de su papá.

—Sí. Los dos solos —contestó ella, jugando, sin alzar la mirada.

De pronto me pareció que el agua estaba fría. Muy fría.

Mi propia hija me estaba mintiendo y aquello me produjo escalofríos. Se me ocurrieron un sinfín de razones por las que Elena podría estar ocultándome la verdad. Y todas ellas incriminaban a Raúl. Elena era francamente buena guardando secretos y si su padre le había dicho que no me hablara de Mónica, ella no lo haría. Pero lo que más rabia me producía era el simple hecho de que Raúl se lo hubiera pedido.

Me pasé las manos por el pelo, intentando que ella no se percatara de que estaba a punto de derrumbarme de nuevo. Aguanté como pude mis ganas de ponerme a llorar y esta vez fue ella la que me cambió de tema.

—¿Me puedes hacer hoy para cenar patatas con caritas?

—Claro, cariño…

Una semana después tuve que instalarme en casa de Marta. Me llevé algo de ropa para esos quince días y otros objetos personales. Así se suponía que tendría que organizarme la vida, con una maleta a cuestas y la valentía suficiente para superar mi mayor descalabro cometido hasta entonces.

Pero debo decir que, en contra de lo que había temido, la primera noche que pasé con mis amigos fue realmente saludable para mi desolado corazón. Ambos me esperaban en la puerta y cuando subía el último tramo de escaleras, arrastrando mi maleta, Javi puso de música de fondo en el móvil la melodía de ese anuncio navideño del turrón «El Almendro».

—Vuelve... a casa, vuelve....

Marta hizo el intento de quitarle el teléfono, pero lo cierto era que me hizo tanta gracia que acabamos tronchados de la risa en el rellano.

Si tenía que superar mi divorcio apoyándome en mis amigos, no se me ocurrió unos mejores.

Javi sabía exactamente qué decir y hacer en el momento justo en que me daban los bajones, para arrancarme una sonrisa. Y a pesar de que durante algunas de esas noches me despertaba de madrugada y me costaba horrores volver a conciliar el sueño, vivir con ellos lo hizo todo más fácil. Menos amargo...

La quinta noche, Javi se acercó al videoclub y alquiló dos películas que sabía me encantaban. Las dejó sobre el aparador de la entrada para que las viera cuando llegase. Una era *La mujer explosiva* y la otra *Un mar de líos*; dos comedias románticas de las que me sabía los diálogos de memoria. Adoraba esas dos películas. Él, Marta y yo nos desternillábamos de la risa recordando escenas una y otra vez. Cuando entré en la cocina ambos preparaban la cena y de fondo, en el iPad, sonaba la canción *Sorry,* de Justin Bieber. Javi se giró justo en el estribillo y me hizo una dudosa coreografía. Digo dudosa porque intentaba imitar a esas chicas que bailan en el videoclip, pero obviamente lo hacía de pena.

Sonreí. Llevaba un delantal de lunares. De esos que venden en las tiendas de *souvenir* de Sevilla. Se plantó delante de mí y extendió su brazo pidiéndome la mano como el que me está pidiendo un baile en la fiesta de fin de curso.

Me dejé llevar, agarrándome a su cuello, y pensé que quién demonios necesitaba un hombre a su lado si tenía un amigo fiel y leal como el mío.

Por primera vez en muchos días, el dolor fue menos dolor.

9

NOS HAREMOS MÁS DAÑO

Javi sostenía una fuente de palomitas sobre su regazo. Estábamos sentados en el sofá. Los tres. Apretujados. Él en medio. ¡Cómo no! En el lado izquierdo, Marta con su pijama de *Piolín* y un moño deshecho, y yo en el lado derecho con una vieja camiseta de Raúl y unas mallas grises que solía usar para estar en casa.

Marta parecía muy concentrada en uno de esos programas de cambio de imagen en el que los concursantes piensan que su vida se transformará de un día para otro solo porque varíen su manera de vestir y su corte de pelo. Si eso fuera cierto, yo me habría vestido de fallera todos los días si con ello hubiera modificado mi vida de algún modo. Pero no. No era así como las cosas cambiarían. Aunque pasar tiempo con mis amigos tenía sus ventajas.

—¿Pretendes comerte todas las palomitas antes de que empiece la película? —se quejó Javi al ver que Marta repetía el mismo movimiento de su brazo una y otra vez.

—¿Ya vas a empezar?

—Luego dirás que por qué Fernando pasa de ti.

Obviamente, Javi estaba bromeando. Últimamente, Marta parecía más contenta que nunca. Ella y Fernando habían llegado a ese punto intermedio en el que comenzaban a quedar con frecuencia y, aunque ellos llamaban a su relación amistad, yo afirmaba que aquello era más un noviazgo que otra cosa.

—No quiero ni pensar que me estés llamando gorda —resopló ella.

—¡Oh, no! Gorda no... —exclamó él levantando las cejas—, solo que como sigas pegándote estos atracones de palomitas, será más fácil saltarte que darte la vuelta.

—Vete a la mierda, enano —farfulló ella, ofendida.

—¿Podremos ver la televisión en paz?—protesté, evitando reírme para no sacar de sus casillas a Marta y así lograr refrenar el ingenio de Javi.

Él simuló que se cerraba la boca con una cremallera y Marta le dedicó una mirada asesina.

La velada prometía ser tranquila. Al menos todo lo tranquila que podía ser conviviendo con esos dos. Un miércoles cualquiera de una semana cualquiera, en el que yo continuaba mentalizándome de que vivir con mis amigos era la solución más acertada para superar mi infelicidad, cuando de repente sonó un móvil. Los tres nos miramos extrañados. Eran las once de la noche, pero en cuanto reconocí el sonido supe que era Raúl quien me llamaba. El teléfono estaba en la cocina, así que me levanté presurosa para atender la llamada.

—¿Sí?

—Cristina, siento molestarte a esta hora, pero...

—¿Qué ocurre, Raúl?

—Elena está enferma. No es nada, quizá sea una simple gastroenteritis, pero creo que tiene fiebre y no para de preguntar por ti.

—Voy para allá —dije antes de que él añadiera nada más.

—De acuerdo.

Colgué.

—Tengo que irme —anuncié entrando de nuevo en el salón.

—¿Por qué? ¿Pasa algo? —preguntó Marta con las piernas recogidas y el reflejo de la tele bañándole el rostro.

—Elena está enferma.

—Vaya, ¿qué tiene?

—Raúl dice que cree que es gastroenteritis.

—Pobrecita. ¿Quieres que te acompañemos? —expresó Javi.

—No. No, tranquilos.

—¿Vas a dejarme solo con esta? —añadió, señalando a Marta con la cabeza, que a su vez ponía los ojos en blanco y le arrancaba la fuente de palomitas de las manos.

Sonreí.

—Si necesitas algo, llámanos —comentó Marta.

No me tomé la molestia de arreglarme demasiado. Me puse una sudadera encima de la camiseta de Raúl y cambié las mallas por unos vaqueros gastados.

Diez minutos después me subía en un taxi que pillé en la parada más cercana y le di la dirección de mi casa. Una vez en la puerta, no llamé. Abrí directamente con mi llave. Entré buscándoles. Las luces del salón y del pasillo estaban encendidas.

—Raúl —vociferé con la respiración entrecortada.

—Estamos aquí —dijo él desde la habitación de Elena.

Me apresuré hacia el dormitorio. Él estaba sentado en la cama, junto a ella. Ambos iluminados por la suave luz que desprendía la diminuta lamparita rosa de la mesa de noche. En el suelo había una pequeña montaña de sábanas sucias. Las mismas que él habría sustituido por unas limpias. Probablemente, Elena no había llegado a tiempo al baño para vomitar.

—Mamá —lloriqueó mi pequeña, haciendo un puchero en cuanto me vio aparecer.

Él le humedecía la frente con una toalla.

—¿Qué le pasa a mi tesoro?

—Me duele mucho la cabeza y la barriga.

Raúl se apartó para que yo pudiera ocupar su lugar.

—Ya está, cariño. Ya estoy aquí. ¿Tienes más ganas de vomitar?

—No, creo que no.

La palpé para comprobar su temperatura y, efectivamente, era altísima.

—Voy a darte un poco de Dalcy para la fiebre, ¿vale?

—Vale —respondió ella con un hilo de voz.

—Yo lo traigo —dijo Raúl, impidiendo que me levantara de la cama.

—Mira por dónde mañana te vas a librar de ir al cole y de ver al tarado de Lucas —bromeé con intención de hacerla sonreír.

Ella curvó sus labios, sin fuerzas. Se la veía débil y su precioso rostro mostraba ahora unas marcadas ojeras.

Me acerqué y besé su moflete.

Raúl apareció con el medicamento y me ayudó mientras yo se lo daba. Cuando le devolví el bote nuestros dedos se rozaron. Fue un gesto rápido y estaba convencida de que no había sido a propósito, pero al alzar la mirada sus ojos se clavaron en los míos durante unos tensos segundos.

—Gracias —murmuré.

Él asintió.

—¿Te encuentras mejor, cariño? —le preguntó a Elena.

—Un poco —susurró removiéndose en la cama.

Raúl salió de la habitación unos minutos después y yo me quedé sentada junto a ella, tocándole el cabello y hablándole bajito hasta que se durmió.

La arropé con cuidado y apagué la luz.

Me dirigí hacia el salón pensando que él estaría allí, pero no. Estaba desierto.

Tenía intención de decirle que no me marcharía a casa de Marta esa noche, no dejaría a mi hija estando enferma, me quedaría a dormir en el sofá.

Oí un ruido que provenía de nuestro dormitorio y a medida que me acercaba me di cuenta de que era él. Me pareció oírlo vomitar.

—¿Estás bien, Raúl? —le pregunté desde la puerta, alzando un poco la voz.

—Sí, un momento —carraspeó.

Me apoyé en el marco con los brazos cruzados. Él salió del baño que había al fondo, secándose la cara y el pelo con una toalla. Estaba pálido y era obvio que mareado. Se sentó en la cama y yo entré despacio.

—¿Te encuentras bien? —inquirí con las manos en los bolsillos de mi pantalón.

—No mucho —musitó frotándose la nuca.

Llevaba una sencilla camiseta blanca y un pantalón de chándal gris. Al recorrer su cuerpo me fijé también en que iba descalzo.

—¿Qué demonios habéis comido?

—Una pizza, pero no sé si habrá sido eso —relató acomodándose, colocando los almohadones en su espalda.

Me quedé en silencio, observando cómo él respiraba despacio y cerraba los ojos.

Raúl no era precisamente un buen paciente. No estaba muy acostumbrado a enfermar, con lo cual, cada vez que pillaba un resfriado él sentía que la vida se le iba en ello. Sin embargo, ahora parecía encontrarse realmente mal.

—¿Necesitas que te traiga algo?... —pregunté insegura, sin saber qué otra cosa decir.

—Un poco de agua, por favor.

—De acuerdo.

Fui a la cocina y agarré una botella de agua mineral y un vaso. Pero cuando entré por segunda vez en el dormitorio, él estaba vomitando de nuevo.

Había cerrado la puerta del baño, no obstante, me quedé esperándolo de pie en mitad de la estancia.

No tenía ni idea de lo que estaba haciendo. Lo único que sabía era que estar de nuevo con él, en nuestra casa, me produjo una multitud de sensaciones.

Cuando salió, su aspecto era aún peor.

—Joder, no sé qué cojones tengo, pero me encuentro hecho una mierda —masculló sentándose sobre el colchón.

Nerviosa, le serví el agua.

Él volvió a recostarse.

—Toma —murmuré, ofreciéndole el vaso.

—Gracias —susurró, mirándome con determinación.

—Elena ha debido pegarte el virus.

—Sí, me temo que sí.

Me puse a juguetear con el tapón de la botella que sostenía y di un paso atrás.

—¿Te importa si me quedo aquí a dormir? En el salón, claro —añadí, sin perder ni un solo detalle de la expresión de su cara.

—No..., claro, quédate. Yo dormiré en el sofá —propuso, haciendo el intento de incorporarse, pero una tremenda punzada tuvo que golpear su cabeza, ya que atisbé que cerraba los ojos y encogía las facciones.

—No te levantes, Raúl —le pedí—. Estás enfermo. Quédate tú aquí. Yo dormiré perfectamente en el sofá.

No me hizo caso.

—Yo estoy más acostumbrado que tú a dormir... allí—dijo de pie, a tan solo medio metro de mí. Me pareció que sonreía.

¿Estaba bromeando conmigo?

—Cierto. Pero hoy seré misericordiosa y te dejaré la cama —insistí, devolviéndole la sonrisa.

¡¿Estábamos sonriéndonos?! ¿Qué diablos sucedía?

—¿Misericordiosa?

—Sí. Puedo serlo cuando quiero —respondí con el pulso temblando, mientras seguía jugueteando con el tapón.

—Es bueno saberlo —bisbiseó.

Nos quedamos en silencio, mirándonos. El corazón empezó a latirme muy rápido.

—Bueno…, estaré en el salón —tartamudeé, moviéndome torpemente—. Buenas noches…

—Buenas noches, Cristina.

Cuando salí de la habitación y cerré la puerta, me di cuenta de que las manos aún me temblaban.

Cálmate, Cristina, solo intenta ser amable, me repetía una y otra vez a mí misma mientras me dirigía al salón.

Se suponía que éramos un matrimonio recién divorciado, con la suficiente sensatez como para mantener una relación cordial por el bien de nuestra hija. Así era como tenían que marchar las cosas en adelante. ¿O no?

Me tumbé en el sofá, vestida. Me descalcé las zapatillas de deporte y alcancé el mando de la tele. No fue fácil concentrarme en lo que estaban echando en la televisión. De hecho, me importaba una mierda. En mi cabeza, su sonrisa canalla, la misma que conocía como si la tuviera tatuada en el pensamiento, no dejaba de repetirse.

Hice *zapping* por inercia y un par de horas después me quedé dormida, aburrida y frustrada por la convicción de que me estaba haciendo falsas ilusiones.

Pero, a eso de las tres de la madrugada, el sonido de algunos vasos entrechocando me despertó. Me incorporé desorientada. No tenía ni idea de dónde me encontraba hasta que miré a mi alrededor.

Desde mi posición vi a Raúl en la cocina. Estaba buscando algo en el mueble donde solíamos guardar las medicinas. Me levanté sin pensarlo.

—Hola —dije frotándome los ojos—. ¿Estás bien?

Él se giró al oírme. Tenía las mejillas encendidas y la mirada brillante. No. No parecía estar precisamente bien.

—Siento haberte despertado —articuló, llenando un vaso de agua—. Creo que tengo un poco de fiebre. —Se llevó una mano a la frente—. No sé…

Me acerqué más a él.

—¿Puedo? —pregunté antes de tomarle la temperatura como había hecho con Elena y como mi madre solía hacer conmigo de pequeña.

Él alzó las cejas de un modo infantil y bebió un sorbo de su vaso.

—Claro, si no te quemas al tocarme será buena señal —bromeó.

Levanté el brazo y llevé el dorso de mi mano a su frente.

—O mala. Según se mire —murmuró cuando ya estaba tocándole.

Aleteé mis pestañas al encontrarme con sus ojos. Incluso enfermo y con aquellas ojeras bajo sus párpados me seguía resultando el hombre más guapo del planeta.

A esa hora, el silencio era monopolizador. En otro lugar quizá la vida era real, pero allí frente a él, en nuestra cocina, todo parecía un sueño. Temí despertar y que de verdad eso no estuviera ocurriendo.

—Estás ardiendo, Raúl.

Él no respondió. Me contempló con una intensidad abrumadora.

Me giré a medias, con el estómago contraído.

—Veamos qué hay por aquí —dije aturdida, intentando mantener el control.

Dios, Dios…

La fuerza de mis latidos me zumbaba en los oídos.

Rebusqué entre el montón de medicamentos y logré encontrar ibuprofenos.

—Creo que deberías tomarte uno de estos —comenté, enseñándole una tableta de pastillas al mismo tiempo que arrastraba con mi brazo una caja de Almax que estaba al borde del mueble y esta caía al suelo evidenciando mi estado de nerviosismo.

—De acuerdo —respondió él, agachándose conmigo para ayudarme a recogerla.

—¿Has vuelto a vomitar?

Él la alcanzó primero y me la ofreció.

—Sí. Una vez más.

—Pues no deberías tomarte la pastilla con el estómago vacío. Espera, voy a hacer un poco de manzanilla —parloteé incorporándome.

Me moví de un lado a otro de la encimera buscando lo necesario para hacer la infusión.

—Tengo un poco de frío —dijo él, apoyándose en la nevera y metiendo las manos en los bolsillos del chándal.

—Vete a la cama, Raúl. Ahora te la llevo —le ordené mientras ponía a hervir el agua.

—Gracias, Cristina —susurró él.

Ladeé la cabeza, escrutándole.

—No lo hago por ti. Lo hago por Elena. Tienes que estar fuerte para cuidar de ella —relaté conteniendo una sonrisa y sacando una taza del mueble que tenía delante de mí.

—Me lo suponía… —murmuró él, curvando ligeramente sus labios de ese modo tan sexi.

Luego se dio media vuelta y salió de allí.

Entré en la habitación y él estaba semisentado en el centro de la cama. Se había puesto una sudadera encima de la camiseta de manga corta y en aquel momento tenía los ojos cerrados y se tocaba el puente de la nariz.

Dejé la taza sobre la mesa de noche y él alzó la vista al frente.

—Joder —se quejó haciendo un gesto de dolor—, cómo me duele la cabeza…

—Toma —dije ofreciéndole una píldora—. Pero tómatela con esto.

Cogí de nuevo la taza y me senté, junto a él.

Sabía que me estaba tomando demasiadas confianzas, pero, a decir verdad, lo único que quería era estar a su lado. No pensé en nada más.

Él obedeció como un niño bueno y a continuación, tras un pequeño sorbo, me preguntó:

—¿Por qué estás cuidándome?

Intentó no sonreír, pero no lo consiguió.

—¿Qué? No te estoy cuidando. Solo te he traído un ibuprofeno y una infusión —manifesté, tocándome el pelo. Yo también camuflé mi sonrisa.

En realidad me sentía un poco ridícula, pero las ganas de estar tan cerca de él podían conmigo.

—¿Qué tal te va en casa de Marta y Javi?

—Ah, bien…, muy bien —aseveré con la voz temblorosa. Puse mis pies descalzos sobre el edredón y me agarré las rodillas—. Bueno, ya conoces a Javi, así que ahora imagínate cómo es vivir con él.

—Puedo hacerme una idea.

—Sí… —susurré balanceándome. Mi cuerpo era un arsenal de nervios.

—Cristina, yo… En fin, no quiero que estés mal —dijo más serio.

—Yo estoy perfectamente. Eres tú el que está hecho una mierda. Mírate —bromeé.

Él sonrió.

—No voy a negártelo —exhaló—. Pero hablo en serio. No quiero que estés mal. Si te hace falta algo, quiero que me lo digas.

—Estoy bien —mentí.

Él se refería al dinero, pero admito que con mi sueldo y la pensión alimenticia de Elena tenía para vivir sin asfixiarme. Al menos económicamente.

Volví a tocarme el pelo. Y miré a mi alrededor. Todo estaba en orden y me resultó extraño, teniendo en cuenta que Raúl era un desastre con la ropa. Solía amontonar prendas sobre el galán, que había junto al armario, un día tras otro y verlo vacío me inquietó.

—¿Has contratado a alguien para que venga a limpiar?

—No, ¿por qué?

—No sé, está todo muy limpio y ordenado.

—¿Acaso dudabas?

—Un poco sí, para qué voy a mentirte.

—Bueno, Elena y yo hemos llegado a un acuerdo con la limpieza. Ella me ayuda.

—¿Te ayuda? —rebufé.

—Sí, dice que si vamos a vivir los dos solos durante quince días al mes, tenemos que tener la casa limpia y ordenada.

Me eché a reír.

—Vaya, ella ha logrado en una semana lo que yo llevo intentando durante años.

Él se encogió de hombros e hizo un gesto adorable.

Me mordí el labio inferior y negué con la cabeza.

De nuevo nos quedamos en silencio. Atisbé cómo sus dedos tamborileaban sobre la taza, despacio.

—¿Todo bien por la oficina? —me arrepentí al instante de hacerle esa pregunta. El rostro soberbio y espléndido de Patricia apareció en mi pensamiento en contra de mi voluntad.

Estaba segura de que él había adivinado mi malestar, pero resolvió la situación hablándome de sus nuevos proyectos. Lo examiné con atención mientras me explicaba cómo habían solucionado aquel asunto de las modificaciones al metro de Madrid, que tantos problemas les había ocasionado. Mientras le escuchaba, solo podía pensar en lo mucho que echaba de menos ese tipo de conversaciones con él. Lo mucho que añoraba sentarme a almorzar a diario frente a él e incluso oírle quejarse y maldecir al gobierno por la cantidad de impuestos que le obligaban a pagar.

Raúl era una persona muy optimista, y su carácter positivo y emprendedor era lo que había mantenido la empresa de su padre a flote durante el interminable periodo de crisis financiera y económica que atravesaba el país. Le admiraba por eso y por mucho más. Siempre supe con certeza que a su lado nunca conocería la miseria. Raúl era de la clase de hombres que habría sobrevivido sin dificultad en la Edad Media. Seguro que habría construido una casa con piedras y algunos árboles y habría cubierto su interior con pieles para mantenernos calientes y cómodas.

Yo debí haberme dado cuenta de que Raúl era un hombre desde la «hache» hasta la «e» y que, precisamente, ese tipo de hombres jamás perdonarían la traición…

El tono de su voz empezó a resultarme relajante.

—Perdona si te estoy aburriendo con mis problemas en la constructora —dijo al ver que yo lo contemplaba enmudecida.

—¡Oh, no, no, para nada! —repliqué cohibida.

Él deslizó su brillante mirada grisácea por mis facciones.

Miré el reloj de mi muñeca y me di cuenta de que eran casi las cuatro de la madrugada.

Otra vez ese silencio se asentó entre él y yo.

—Creo que será mejor que te deje descansar —alegué, a pesar de lo mucho que quería quedarme allí, junto a él.

Me moví con intención de levantarme. Él hizo otra mueca de dolor con la cara.

—Joder —masculló tocándose las sienes con una mano.

—Antes tenías mucha fiebre. Déjame ver ahora… —pedí acercándome un poco más a él para volver a palpar su frente.

Dejé una pierna flexionada muy cerca de su costado y me apoyé en el colchón. Él echó la cabeza hacia atrás sobre los almohadones y al tocarle sentí que el calor se extendía por mi brazo. Tenía el cabello despeinado y vi que se le tensaba la mandíbula.

Jamás me habría atrevido a hacer eso si no hubiera creído que él deseaba tanto como yo aquel contacto físico. Ambos lo necesitábamos. Nos necesitábamos...

—Raúl, aún sigues ardiendo. ¿Te duele? —murmuré preocupada cuando comprendí que la temperatura de su cuerpo era demasiado elevada y que le estaría provocando unos dolores de cabeza terribles.

Él pensó la respuesta durante unos segundos, pero acto seguido pronunció esa frase sin apartar su mirada de la mía.

—Ahora mismo, el único dolor que siento es el de no poder besarte.

Dejé de respirar y sentí que mi pulso se aceleraba cada vez más. Logré tragar saliva con esfuerzo.

—Eso ha sonado muy poético. Quizá sea la fiebre —bromeé, apartándome lentamente y sentándome sobre mi talón. Me llevé la mano al flequillo para esconderlo detrás de mi oreja.

Mi cuerpo temblaba.

—¿Conoces ese dolor? —insistió él sin apartar sus ojos de mí.

Dejé de sonreír y me froté los muslos.

—Estoy aprendiendo a vivir con él.

—Suerte, yo no consigo acostumbrarme —confesó.

—Raúl...

Quería llorar. No era justo. Esto no era justo para ninguno de los dos.

Él respiró profundamente.

—Lo siento, estoy diciendo muchas tonterías. Lo siento, de verdad —se disculpó moviéndose un poco para dejar la taza sobre la mesa de noche que estaba al otro lado.

—Vale, no pasa nada.

Fui a levantarme de la cama, pero él me lo impidió con su pregunta.

—¿Cómo lo haces?

—¿A qué te refieres?

—A... nada. Déjalo...

Se revolvió el pelo y dejó caer de nuevo la cabeza sobre los almohadones.

—Es curioso —dije mirando al suelo.

—¿El qué?

Observé la habitación antes de hablar. Por la ventana se colaba el resplandor de una solitaria farola. El silencio era el único intermediario entre él y yo. Un silencio vacilante y repleto de dudas.

—Pues que tienes una novia que es médico y sea yo la que esté cuidando de ti enfermo.

Lo enfrenté con una sonrisa de medio lado. Aunque en realidad fue forzada.

Él seguía con aquella expresión indescifrable.

—Bueno, ella no está aquí.

—¿Y te gustaría? —inquirí.

—No creo que sea correcto decirte lo que me gustaría en este instante.

Puse las manos sobre mi regazo y jugué con mis dedos.

—¿La quieres? —pregunté sin mirarlo. No estaba preparada para oírle decir que sí.

—Me gusta. Solo es mi amiga —aclaró.

Suspiré. Me froté las manos y luego, sin saber dónde demonios meterlas, me crucé de brazos para volver a descruzarlos un segundo después.

—¿Y cómo es con ella? —lo interrogué, ocultando mi amargura.

—Cristina…

Obviamente, la conversación no estaba siendo todo lo agradable que ambos habríamos querido. Pero necesitaba oírlo hablar sobre ella. Quería alguna muestra de que entre ellos, en realidad, no había sucedido nada.

—No, tranquilo. Parece buena chica. Me alegro por ti, en serio —mentí sin piedad.

Creo que él era consciente de mi teatro.

—Con ella es fácil.

—Fácil —repetí.

Imaginarlos juntos fue desolador.

—Sí.

—Y conmigo era difícil…

—Sí, los dos lo estábamos haciendo difícil.

Asentí lentamente.

—Cierto. Pero ahora parece que lo llevamos mejor, ¿no crees? —parloteé, fingiendo que empezaba a superarlo.

Él sonrió. Una sonrisa triste.

—No. Me parece que no.

—Venga, no digas que no. Hace un mes te habría mandado a la mierda con fiebre y todo. Al menos ahora me das penita.

—Te doy penita. Muchas gracias.

—No te quejes. No todos los hombres tienen una exmujer que les cuidan cuando están enfermos. Eres un afortunado —dije, dándole un empujoncito en el hombro.

Sí, lo toqué. Y lo hice a propósito. Coqueteé con él, consciente de que era una locura. Pero el simple hecho de tenerlo en mi cama, tan cerca de mí, estaba nublándome la razón.

¿Qué diablos pretendía, aprovecharme de él ahora que sus defensas estaban por los suelos?

Él cazó mi muñeca. Sus dedos la rodearon. Y nos quedamos mirándonos, callados.

—¿Qué estamos haciendo, Cristina? —murmuró con su pulgar acariciándome.

Fue una caricia casi imperceptible, pero se extendió por mi brazo como una corriente eléctrica y me llegó a ese sitio del corazón que yo trataba de cicatrizar.

—Lo siento —tartamudeé nerviosa.

Intenté liberarme suavemente de su agarre, pero él me lo impidió.

—¿Qué es lo que sientes? —preguntó con la mirada encendida.

—No lo sé…

—Esto no nos ayuda a ninguno de los dos. Lo sabes, ¿no? —gimió tirando de mí.

—Cierto.

Incluso a aquella distancia podía sentir el calor que emanaba su cuerpo y sabía con seguridad que no era solo por la fiebre. Su pecho se movía, agitado, tanto como el mío. Y yo percibía que la necesidad de tenerlo cerca tiraba de mí y me instaba a arrimarme más a él.

—Quiero besarte —susurró devorándome los labios con la mirada.

—Te recuerdo que estamos divorciados.

—Un papel no hará que desaparezca lo que siento. De hecho, dudo que vaya a desaparecer nunca.

—Nos haremos más daño —jadeé.

—Así es.

Pero antes de que pudiera decir algo más, él se inclinó sobre mí y metió su mano bajo mi cabello para hacerse con mi boca. En cuanto mi lengua tomó contacto con la suya gemí de placer. Entonces, lo supe con certeza. Él aún me quería, me deseaba y aquello no era producto de mi imaginación. Él y yo no podríamos estar en la misma habitación sin que esa conexión cesara de envolvernos.

El amor es complicado, sin embargo, lo que nos pasaba a Raúl y a mí escapaba a la fuerza de la naturaleza. Era todavía más irracional y descontrolado que el amor.

Nos besamos, nos lamimos y nos abrazamos. Fue más una exigencia que cualquier otra cosa. Él sostuvo mi rostro entre sus manos, y yo enterré mis dedos en su pelo.

¡Dios, cuánto le necesitaba...!

De vez en cuando, abría los ojos para asegurarme de que de verdad me estaba besando y no se trataba de un sueño. Y no, no lo era. Él, allí, acariciando mis mejillas y bebiéndose mis suspiros. No podía olvidarme, como yo jamás lo olvidaría a él.

Quizá nuestra historia había comenzado con una gigantesca mentira, pero con el tiempo se transformó en algo palpable, auténtico, real y extraordinario. Algo de verdad.

Nos separamos por una fracción de segundo. Esa misma en la que coges aire para admitir, una vez más, que lo que estás haciendo es una locura. Un desastre descomunal. Pero, aun así, continuamos besándonos.

No me importó su comportamiento hosco e hiriente de días atrás; no me detuve a preguntarme qué tipo de relación tenía con esa chica; no pensé en nuestro absurdo acuerdo ni en lo mucho que había desordenado mi vida vivir quince días en casa de mis amigos. Todo eso quedó arrinconado en algún lugar oculto de mi mente.

Ni siquiera sé cómo ocurrió exactamente, pero yo acabé tumbada en la cama y él encima de mí, apoyándose en sus codos para no aplastarme. Mis brazos rodeaban su cuello y él continuó mordisqueando, lamiendo y devorando mis labios. Su boca sabía a pasta de dientes y a él. Siempre a él. A su sabor inconfundible. A mi casa.

Sus piernas abrieron ligeramente las mías y sentí cómo su erección, a través de la tela del pantalón de chándal, se restregaba contra mi vaquero. Mi respiración se hacía cada vez más irregular. Tanto como la suya.

Su piel ardía y la mía..., también.

—Cristina... Joder... —exhaló sobre mis labios.

Pero ese «joder» sonó a maldita sea, sonó a quiero y no puedo, sonó a ese joder que blasfemamos en una partida de parchís cuando la tirada de dados acaba de enviarte directo a la casilla de salida, ahora que pensabas que estabas más cerca de la meta. Quizá no a ese precisamente, no lo sé, pero sí sonó a arrepentimiento. De eso no me cabía duda, sin embargo, no me separé de él. A pesar de que no le quería para mí de ese modo. A pesar de que le necesitaba cien por cien seguro de lo que estaba haciendo, no me alejé de él. Todo lo contrario. Sostuve su rostro mientras continuaba besándole y él llevó una de sus manos a la cintura de mi pantalón con intención de desabrocharlo.

Llevaba meses queriendo sentirme de esa manera. Meses en los que había perdido la esperanza de que él volviera a mirarme de ese modo. Así como lo hacía en ese instante. Con aquella tremenda fascinación apoderándose de sus gestos.

Raúl sentía por mí lo mismo que yo por él. Podía adivinarlo con solo sumergirme en su mirada.

Perdimos el control de la situación; aunque, quizá, nunca lo tuvimos. Le arranqué la sudadera y también la camiseta. Sus dientes mordían con insistencia mis labios, mi cuello y mi mandíbula. Su barba, probablemente, dejaría un reguero de rojeces sobre mi piel, pero a mí todo eso me resultaba terriblemente excitante.

Acaricié sus brazos y su espalda, rememorando cómo era sentirlo mío.

—R-Raúl.

Sus dedos se colaron en mi ropa interior y justo cuando creía que estallaría de placer con la primera de sus caricias, oí la melodiosa e inocente voz de mi hija lloriqueando en el pasillo.

—Mamá…

El sobresalto fue bestial.

Él y yo nos miramos conmocionados. La puerta se abrió lentamente y antes de que ella visualizara la escena que tenía ante sus ojos, mi reacción no fue otra que empujar a Raúl para quitármelo de encima. Con tan mala suerte que uno de mis pies golpeó sus partes más preciadas e hizo que él se tambaleara y cayera al suelo.

Cuando Elena irrumpió en la habitación, abrazada a un peluche y llorando, yo estaba de pie abrochándome el vaquero, mientras que Raúl se retorcía de dolor sobre el parqué, desnudo de cintura para arriba.

Incluso para una niña de siete años, adormilada y en un estado febril agudo, era evidente lo que ocurría. Tanto fue así que ella dejó de llorar inmediatamente y arrugó la frente en un gesto de confusión.

—¿Qué haces, papá? —preguntó incrédula, paseando su mirada de Raúl a mí.

—Me he asustado cuando has entrado, cariño, y me he caído —respondió él con la voz estrangulada, intentando ponerse en pie.

Yo me quedé quieta sin saber qué hacer ni qué decir.

—¿Y qué haces sin camiseta?

La pregunta no era nada fácil de responder. Era lógico que no lo entendiera. Se suponía que estábamos viviendo separados. Se suponía que yo no debía de estar allí esa noche y mucho menos juntos, y en nuestra cama.

—Pues … —me miró y yo lo rehuí para acercarme a ella—, tenía mucho calor —tartamudeó confuso.

—¿Qué te ocurre, tesoro? —la interrogué, arrodillándome ante ella y sujetando sus manos.

—Me duele mucho la cabeza —gimoteó, abandonando la expresión de escepticismo y recordando de nuevo lo mal que se encontraba.

—No te preocupes, ven conmigo —musité tirando de ella.

—¿Puedo dormir aquí? ¿Con vosotros? Porque ibais a dormir juntos, ¿no?

Raúl se frotó la nuca al mismo tiempo que agarraba la sudadera para ponérsela.

—Bueno…, no exactamente, Elena —le aclaré—. Solo estábamos charlando, pero puedes quedarte un rato con nosotros, ¿de acuerdo?

Ella asintió y se subió a la cama, esperando a que Raúl y yo nos colocásemos uno a cada lado.

La situación se volvía más embarazosa por segundos. Me tumbé sobre los almohadones y ella se aferro a mí, rodeándome la cintura.

Raúl aún permanecía de pie, observándonos, parecía completamente desorientado, como si estuviera considerando la posibilidad de atravesar la puerta y alejarse de nosotras o arriesgarse y quedarse.

Las siguientes palabras de Elena fueron determinantes.

—Papá, dame la mano —murmuró con los ojos entrecerrados, extendiendo el brazo hacia el sitio que él debía ocupar.

Él atendió a la súplica de su pequeña y se acomodó junto a ella.

Ninguno de los tres dijo nada durante los siguientes ocho o diez minutos. Yo me concentré en peinar con los dedos el cabello de Elena. No quería enfrentarme a la mirada de Raúl. Me daba miedo tener que leer en sus ojos que, efectivamente, darnos ese revolcón había sido algo estúpido y no un tremendo salto hacia delante.

Y me hubiese encantado saltar, lanzarme al vacío sin pensar tanto en cómo sería estrellarme con una negativa, pero no podía hacerlo. No con Elena de por medio. No podíamos alimentar su esperanza si ni siquiera sabíamos qué estábamos haciendo.

Me fijé en cómo sus dedos rodeaban la manita de Elena. Él tampoco se atrevía a mirarme, pero no quise pensarlo. Tan solo me dejé atrapar por la paz que me transmitía tenerlos a los dos en mi cama.

De repente, ella se giró hacia Raúl y le preguntó sin más:

—¿Ibais a hacer el amor?

Yo sentí que la sangre se me subía a la cabeza con la fuerza en la que el agua es expulsada por una manguera.

—¡Elena! Pero…, dónde… ¡Por el amor de Dios! ¿Dónde has oído eso? —exclamó Raúl, despegando su espalda de los almohadones.

—Papá, no soy tonta —respondió ella sin inmutarse.

—¡No me digas!

—Papá, estabas casi desnudo encima de mamá. Os he visto.

Él se pasó las dos manos por la cara mientras yo continuaba sin poder articular palabra.

—Y a ver… ¿Qué se supone que es hacer el amor?

—Pues, eso, lo que hacen los padres para tener bebés. Desnudarse y besarse.

Raúl y yo nos lanzamos una mirada cómplice. Por entonces, yo hacía lo imposible por no reírme y él también.

—Madre mía, creo que me está subiendo la fiebre otra vez —dramatizó.

—Elena, papá y yo solo hablábamos —intervine en un vano intento de salvar la situación.

—Sí, ya —resopló ella.

—Venga, duérmete —le pedí, acurrucándola en el arco de mi brazo.

Ella se pegó a mí, ambas en aquella postura de cucharita, y finalmente conseguí que se relajara trazando una caricia con mi dedo por su rostro.

Raúl se tumbó, extenuado. Lo vi frotarse la frente, como si estuviera buscando dentro de su cabeza una solución inmediata. Contemplé su perfil durante unos segundos. Su barba oscura y el vértice de su nariz... Deseé poder besarlo otra vez, pero cuando él me enfrentó, supe que eso no pasaría.

Hizo el intento de levantarse de la cama, sin embargo, Elena tiró de la manga de su sudadera y él no pudo resistirse a quedarse.

Cerré los ojos. Me rendí al sueño del mismo modo en que él lo hizo a la demanda de mi pequeña.

Esa noche, me dormí implorando que el único obstáculo que me impidiera llegar a él fuera nuestra hija. Que no hubiera ningún otro...

10

VOCES

Raúl

Ellas aún dormían cuando salí de la habitación.

Dicen que el ser humano produce su propio aroma a partir de su dieta, procesos químicos y los llamados compuestos orgánicos volátiles. Que cada persona tiene un olor tan único e intransferible como su huella dactilar. Tenía que ser cierto, ya que Elena y Cristina, en mi cama, desprendían una fragancia exclusiva en el mundo. Una adictiva mezcla entre caramelo y melocotón. Las dos, juntas, olían a fruta fresca, a lavanda y vainilla... Olían a algo muy mío. A todo lo que yo deseaba conservar a mi lado.

No obstante, contemplarlas me hacía daño y no podía evitarlo. Las posibilidades de que ese tipo consiguiera la custodia de Elena eran muy elevadas. Él tan solo tenía que demostrar que Cristina le había mentido sobre el embarazo. Únicamente tenía que probar que ella se lo había ocultado, y eso no iba a ser muy difícil. Al fin y al cabo nos había engañado a los dos...

Mi abogado no auguraba una sentencia satisfactoria en el infausto caso de que él decidiera seguir adelante con ese estúpido asunto de la paternidad, y el solo hecho de pensarlo me ponía enfermo.

La cabeza me iba a estallar. Las sienes me palpitaban con una fuerza brutal. Sentía como si tuviera un centenar de cristales rotos recorriéndome el cerebro. No había pegado ojo en toda la noche y estaba convencido de que todavía tenía fiebre, a juzgar por el modo en que me ardían las mejillas.

Y luego estaba ella. Ella y su esencia envolviéndolo todo. Volviéndome loco, desconcertándome con cada uno de sus actos y trastocando mis sentimientos.

Entré en la cocina, dispuesto a prepararme un café, y unos segundos después avisté que Cristina aparecía detrás de mí.

—Buenos días —dijo con su cabello suelto, frotándose los ojos.

Tenía los labios hinchados a consecuencia del sueño, o quizá era por mi culpa... En mi mente solo aparecía su boca carnosa y la manera en la que nos habíamos besado y lamido de madrugada.

Ella sonrió al ver que me había quedado embobado observándola. Me giré de inmediato con miedo a que pudiera adivinar cuánto la deseaba.

¡Maldita sea!

—Buenos días —respondí, intentando concentrarme en lo que estaba haciendo.

—¿Estás mejor? —me preguntó situándose a mi lado.

Llevaba una vieja camiseta gris que era mía. En el pecho tenía impresas unas letras grandes y redondas con el nombre de la universidad francesa donde yo había estudiado el máster. Ella solía usar mis camisetas de pijama y, esa en concreto, siempre le había gustado. Lo que no tenía ni idea era de que aún se las pusiera.

—Lo cierto es que no mucho.

Evité mirarla a los ojos. Enchufé la cafetera y rebusqué en uno de los muebles para localizar la cápsula de café.

—¿Estás haciendo café?

—Sí... —afirmé sin preguntarle si ella quería uno—. Oye, hoy no puedo faltar a la oficina, tengo una reunión a las nueve de la mañana —anuncié mirando el reloj digital de mi muñeca, que marcaba las siete y media—. Había pensado en llamar a mi madre para que se quede con Elena.

—No, no hace falta. No quiero dejarla sola tal y como está. Llamaré a Luis para explicarle que Elena está enferma... ¿Tú vas a ir a trabajar así? Aún tienes fiebre, ¿no?

Dio un paso hacia mí con la intención de palpar mi frente, pero yo me aparté bruscamente. Sabía que si volvía a tocarme no podría resistirme otra vez. Me sentía frustrado y muy cabreado. No era así como yo quería hacer las cosas.

—No, tranquila, estoy bien —mascullé.

Ella, avergonzada, bajó el brazo.

—Lo siento.

—Perdona, Cristina...

Quería explicarme. ¡Joder!, besarla había sido una maldita gozada. No obstante, ambos necesitábamos un tiempo. Nuestra relación estaba deteriorada hasta tal punto que hacernos daño era cotidiano. Y para colmo..., el tipo ese. Nada volvería a ser como antes mientras él no se apartara de nuestras vidas. Yo amaba a Cristina. ¡Sí! La quería de un modo irracional. Contradictorio. Por eso creí que olvidándome de ella desaparecería el malestar que me provocaba imaginarlos juntos. Sin embargo, no podía. Era inútil seguir convenciéndome.

—Tranquilo. No pasa nada —murmuró dándose media vuelta para marcharse.

—Cristina, espera...

No había atravesado la puerta cuando se giró para mirarme.

—¿Qué?

Cruzó los brazos, enfadada. Y guapísima.

—Joder, lo de anoche... Esto... Yo...

Luché buscando las palabras adecuadas.

—Raúl, no hay nada que decir sobre eso. No sucedió nada —recitó ella orgullosa, alzando la barbilla.

—No quiero confundir a Elena —confesé, apoyándome en la encimera.

Y era cierto, si había alguien que no tenía culpa en todo esto, era ella. Mi pequeña.

—¿A Elena? —inquirió con un gesto de incredulidad.

—Sí. Tenemos que pensar en ella.

—Por supuesto —protestó.

—Bien.

—Solo somos amigos —murmuró ella con fingida indiferencia.

—No, no lo somos —aseguré con una sonrisa triste.

—¿Ah, no?

—Alguien que sienta lo que yo siento por ti... no puede ser tu amigo.

Miró al suelo y yo me mordí la lengua para no continuar diciendo aquello que me desbordaba el alma.

—Te agradezco lo que hiciste por mí, me encontraba fatal. Pero... creo que es mejor seguir como estábamos —añadí.

En realidad no sabía por qué diablos estaba balbuceando todo eso. Solo sé que me sentía confuso, perdido. Cada vez que intentaba acercarme a ella lo único que conseguía era visualizar con claridad ese momento en que la encontré en el hotel con aquel tío.

—Sí, yo también lo creo. Fue algo completamente estúpido —replicó cada vez más enfadada.

—Bueno, yo no diría exactamente eso...

—Pues yo sí —me cortó—. Fue estúpido e imprudente por mi parte. Sobre todo porque me juré a mí misma, la primera vez que te vi con esa chica, que jamás volverías a ponerme un dedo encima y, sin embargo, anoche creo que tuviste que infectarme con ese maldito virus al besarme, pues todavía no entiendo cómo no te crucé la cara de un guantazo en vez de corresponderte.

Me encogí de hombros. La conversación empezaba a ponerse interesante. Me resultaba mucho más fácil lidiar con la Cristina airada. Además, ahora que había comprobado que ella aún sentía por mí lo mismo que yo por ella, una tremenda satisfacción me recorría de pies a cabeza.

—Mi madre solía decirme eso de «nunca digas nunca jamás» —dije hostigándola.

Ella afiló la mirada, de ese modo que hacía cuando quería matarme lentamente.

—¡Qué sabia tu madre! Lástima que tú no seas tan listo como ella. Si fuera así, sabrías que anoche solo te besé por pena.

Fingí una corta carcajada.

—Vaya, ¿en serio? En ese caso deberías pensar en cambiar de profesión. Tu actuación fue magnífica.

—Vete a la mierda —me espetó.

—Vale, Cristina —dije levantando las manos, rindiéndome.

Se giró con intención de marcharse otra vez, pero un segundo después regresó y se situó a un metro de mí.

—¿Sabes, Raúl? No sé de qué me sorprendo. En el fondo sabía que lo harías. Sabía que cuando me vieras haciendo mi vida intentarías acercarte a mí de nuevo.

—Si la memoria no me falla, que creo que no, fuiste tú la que entraste en mi habitación, Cristina —atestigüé sin moverme de donde estaba.

La estudié sin amilanarme. Estaba preciosa. Sus ojos, aquellos inquietantes ojos verdes que tenían la profundidad de un océano, ahora me miraban con rigurosa franqueza.

—Exacto. Fui yo. Pero ¿sabes por qué? Porque yo, a diferencia de ti, sí sé lo que quiero. Yo admito que me equivoqué hace mucho y que probablemente me merezco todo lo me está pasando. Pero a pesar de eso, nunca he dejado de quererte. Soy una imbécil, ¿verdad? En cambio tú... No sé qué pretendes demostrarte a ti mismo. Tienes una nueva novia. Fabulosa y que encima es médico. Una novia que no has mostrado reparo alguno en exhibir, pero anoche me dijiste que no te acostumbras a estar sin mí. Dijiste que un papel no hará desaparecer lo que sientes por mí. Y lo dijiste alto y claro.

Aparté la mirada y me mordí el labio superior. Estaba muy dolida y verla de esa manera solo hizo que me sintiera un miserable.

—He aceptado que quieras rehacer tu vida. Pero ahora déjame tú a mí rehacer la mía. Esto se ha acabado, Raúl. Tú lo decidiste. Recuérdalo.

Salió por la puerta y me dejó allí solo, con mi café recién hecho y el corazón desbaratado.

Todo lo que había dicho era cierto. ¿Qué estábamos haciendo? Llevaba razón, ni yo tenía idea de qué quería demostrarme. Besarla esa noche me confirmó, una vez más, que no podía vivir sin ella. Sobrevivía esperando a que sucediese algo. Alguna señal que evidenciara que yo no era un puto gilipollas enamorado de una mujer que quizá un día podría largarse con el verdadero padre de su hija. Me daba vergüenza admitirlo, pero tenía miedo. Me asustaba pensar que él hubiera regresado para llevárselas. A las dos. Y en vez de reaccionar, estaba alejando a Cristina de mí.

Lo de Mónica no tenía ningún sentido. Ni siquiera había sido capaz de acostarme con ella. Estuve en su apartamento en un par de ocasiones, pero no pasamos de algunos besos y tocamientos por encima de la ropa. No tenía ni idea de que algo así pudiera sucederme. Cerraba los ojos y la veía a ella, a Cristina. Siempre a ella. Quería apartarla y arrancármela de las entrañas, pero estaba demasiado ligada a mí. Tanto que me era imposible besar a una chica bonita sin que ella hiciera su aparición en mi martirizada conciencia y la inundara con todo su ser, con cada uno de sus olores, con sus múltiples sonrisas e incluso con cada una de sus irresistibles imperfecciones.

Conocí a Mónica al día siguiente de largarme de mi casa, cuando Fernando me obligó a ir a su hospital para examinarme la mano con la que había golpeado aquella pared. Era cirujana. Guapa, lista y parecía dispuesta a escucharme. Había ejercido de buena amiga. Tragándose mis mierdas un día tras otro y, en cierto modo, me sentía en deuda con ella. Me convencí de que quizá lo mío con Cristina no tenía solución y que tal vez el hecho de que Mónica hubiese aparecido justo en ese momento, significaba una nueva oportunidad para mí. Yo tan solo deseaba olvidar a Cristina y sé que utilizar a Mónica con ese propósito era ruin y mezquino. Pero ella estaba allí y hasta esa noche yo no me había dado cuenta de que no era así como iba a curarme de Cristina.

Me estaba asfixiando. Pero no. No iba a curarme de ella.

Me bebí el café de un sorbo y dejé la taza dentro de la pila de fregar.

Miré mi reloj. Tenía menos de una hora para vestirme y llegar a la oficina. Una repentina punzada me atizó con fuerza en las sienes.

Me dolía todo el cuerpo. Un dolor que crecía con cada día que pasaba sin ella.

Sí, Raúl, lo mires por donde lo mires, estás jodido... Pero que muy jodido.

11

AVANZA, MADURA, CRECE

El malestar de Elena resultó ser solo un virus que duró veinticuatro horas. Luego todo volvió a la normalidad. Yo también deseaba que mi inquietud tuviera una duración de un día, como mucho, pero la mía se estaba alargando y complicando cada vez más.

Regresamos a la rutina. Retrocedí diez pasos e intenté mantenerme firme en mi postura de que no podíamos ser ni siquiera amigos. Raúl continuó durmiendo con Elena esa quincena y yo me refugié de nuevo en mi madriguera, junto a Javi y a Marta.

Lo único que no había tenido en cuenta cuando acepté vivir con ellos era que ahora ambos tenían pareja y yo, para más inri, me sentía completamente fuera de la ecuación.

¿Cómo no lo pensé antes?

Esa misma pregunta me sacudió de repente cuando abrí la puerta del dormitorio de Marta sin llamar y me encontré a Fernando con una de sus tetas en la boca.

—¡Perdón! —exclamé cerrando y dándome media vuelta.

Joder, joder, joder…

—Cristina, lo siento.

Marta abandonó la habitación, presurosa. Corría detrás de mí, colocándose bien la blusa y siguiéndome hasta la cocina.

—No te disculpes, Marta. Debería haber llamado antes de entrar.

—No. No tienes que llamar. Esta también es tu casa ahora. Fernando solo ha venido un momento para...

—Para comerte una teta —bromeé.

Ella soltó una carcajada. Y yo la acompañé.

—De verdad que lo siento —repitió ella tapándose la cara con las dos manos.

Marta me conocía muy bien. Sabía por mi expresión que la escena que acababa de presenciar me haría plantearme muchas cosas... Como, por ejemplo, que yo ya no tenía edad para vivir como si fuera una universitaria, o que tal vez un trabajo menos artístico y mejor remunerado me hubiera hecho sentir menos dependiente de él. Tal vez debería de haber tomado la decisión de irme a vivir sola.

—No seas tonta —murmuré abriendo la nevera.

Necesitaba refrescarme la garganta.

Fernando apareció por la puerta y yo aparté la mirada.

—Hola, Cristina.

—Hola —respondí, dándole la espalda para alcanzar un vaso.

Mi relación con él no había mejorado. Que fuera el novio de Marta no iba a cambiar el hecho de que aún le guardara rencor. Me sentía traicionada por él. Y para colmo, que la tal Mónica fuera médico y compañera suya en el hospital lo hacía todo más difícil.

—¿Qué tal está Elena? Raúl me ha dicho que ha estado enferma —comentó él.

—Muy bien. Solo era una gastroenteritis vírica. Gracias por preguntar. —Bebí agua y solté el vaso en la pila de fregar—. Bueno, os dejo solos. Voy a ducharme —parloteé muy nerviosa.

Él se retiró de la puerta para dejarme salir. La tensión enrarecía el aire.

No me atreví a mirar a Marta. Me alegraba de que las cosas le fueran bien con él, pero yo, en ese instante, deseaba perderlo de vista. Fernando no era mal tío. Todo lo contrario. Lo único que hacía era posicionarse. Y no podía culparle por eso. Al fin y al cabo yo habría hecho exactamente lo mismo por Marta.

Al salir de la ducha, él ya se había marchado y Marta estaba tumbada en su cama con una revista entre las manos.

La cerró en cuanto me vio aparecer.

—¿Qué sucedió la otra noche? Aún no me has contado nada —inquirió alzando una ceja.

Abrí el armario y rebusqué entre mis prendas, situadas en el lado derecho. Aquel que Marta había desalojado para ser invadido por mí.

—Estuvimos a punto de hacer el amor —confesé.

—Espera, espera, repite eso —pidió ella, incorporándose.

—Si Elena no hubiera irrumpido en la habitación, habríamos acabado haciéndolo —murmuré poniéndome un sujetador y unas bragas.

—¿Y?

—Y luego... dormimos los tres juntos. Sin embargo, al día siguiente se cerró como una puerta. Le dije que yo me quedaría en casa para cuidar de Elena y él se marchó a trabajar.

Me senté sobre el mullido edredón, frente a ella, secándome el pelo con la toalla.

—Guau... —exhaló ella reflexiva.

Durante unos quince minutos le conté con detalles cómo sucedido todo. Ella me oyó sin parpadear. Sostenía un cojín entre sus piernas, absorta en cada una de mis palabras.

—Ya no sé qué pensar...¿Crees que puede ser por esa chica? Es compañera de Fernando, ¿te ha comentado él algo? —indagué con intención de averiguar algo más.

Marta cambió la expresión de su cara y suspiró.

—No, Cristina. Fernando no me ha dicho nada de eso. De todas maneras, no deberíais seguir así. Quiero a Raúl y te quiero muchísimo a ti. Pero esto no es bueno. No lo es ni para vosotros y mucho menos para Elena.

—¿Crees que no lo sé? —repliqué molesta, levantándome de la cama.

—Quiero ser sincera, Cris. —Yo continué vistiéndome—. Y es por eso por lo que quizá sea un poco dura contigo. Pero no puedes vivir de este modo. Raúl ya ha tomado una decisión y tú aún sigues esperando a que se arrepienta. Él es incapaz de aceptar la posibilidad de que Elena tenga otro padre y te culpa por ello. Y tú crees que echando los días fuera y viviendo a la espera podrás recuperarlo, pero te equivocas. Debes seguir avanzando. Ya no te ilusiona nada. Te conozco, Cris. Estás abandonando tu trabajo y te estás dejando de querer a ti misma.

»Mírate. Ya ni siquiera te vistes como antes —dijo señalando mi ropa, que consistía en unos cómodos vaqueros anchos y un jersey de hilo gris—. No eres tú, la misma Cristina por la que Raúl se volvió loco. Aquella por la que decidió aceptar ser el padre de tu hija. Nadie lo obligó, Cristina. Él lo decidió.

Apreté con fuerza las mandíbulas.

—Es que ya no soy esa chica. La gente cambia, Marta.

—Eso no es cierto, Cristina. La gente avanza, madura, crece..., pero tú estás estancada.

—Gracias —murmuré dolida.

—Cariño, escúchame. No te estoy diciendo esto para herirte. Nadie más que yo quiere que Raúl y tú seáis felices, pero no lo conseguirás de esta manera. Tienes toda la vida por delante. Mira al frente, Cristina. Tienes una hija que te necesita. Si es cierto eso de que Raúl está con esa chica, algo que desconozco completamente, también será duro para Elena. Pero necesita ver a su madre feliz y no a una sombra de lo que un día fue. Ella no tiene la culpa.

Guardé silencio. Las gotas de agua que caían de mi cabello estaban empapándome el jersey y la humedad me erizó la piel. Agarré la toalla que unos segundos antes había dejado a los pies de la cama y, haciendo un esfuerzo por no llorar, me la enrollé en la cabeza.

—Deja de esperar. Haz lo que tengas que hacer, pero deja de esperar —dijo ella buscándome la mirada.

Asentí despacio, luchando por no derrumbarme, y salí de la habitación.

Tras aquella conversación con Marta, recapacité muchísimo.

La gente avanza, madura, crece... Muy cierto, pero ¿cuándo lo haría yo?

Marcus regresó y lo hizo con todas las de la ley. Venía dispuesto a solicitar las pruebas de paternidad. Y esa tarde juraría que había estado siguiéndome. Lo supuse porque era demasiada casualidad que apareciera justo en el lugar donde yo solía llevar a Elena a jugar cuando la recogía del cole: Las Setas de Sevilla.

Eran aproximadamente las seis de la tarde cuando nos resguardábamos del fiero sol de junio bajo aquella vanguardista y gigantesca estructura de madera laminada, construida con el objetivo de renovar la plaza de la Encarnación.

Mi hija corría tras una de sus compañeras de clase, risueña. Ambas llevaban sus patines de botas y parecían completamente felices. Ya no vestían leotardos ni manga larga. Ahora lucían sus piernas desnudas bajo sus uniformes: la falda azul marino y el polo de manga corta blanco con el emblema del colegio. Ajenas a los problemas que nos conciernen a los adultos. Mientras tanto, yo charlaba con otras madres en un coro de unas cinco o seis mujeres, inmersa en una cháchara sobre lactancia y cremas corporales antiestrías.

De vez en cuando me ausentaba de la conversación para contemplar a Elena deslizarse sobre el asfalto. Por cada nervadura de la extraordinaria distribución espacial que hacía la labor de pérgola, la claridad irrumpía a ráfagas y creaba sombras en su cuerpo. Potenciando la sensación de movimiento ondulatorio que producía estar en ese lugar. Me encantaba verla despreocupada y alegre. Eso me demostraba que tal vez Raúl y yo no lo estábamos haciendo tan mal.

En ese instante, no me di cuenta de que alguien se acercaba a mí y me tocaba el hombro.

—Cristina.

Me giré de inmediato y mi cara tuvo que ser un poema, ya que las mujeres que me rodeaban se quedaron tan mudas como yo. En realidad no supe si era exactamente por mi expresión o por ver a Marcus con el pelo mojado y peinado hacia atrás, con una camisa de cuadros azules por fuera de sus vaqueros, recién afeitado y oliendo a alguno de esos perfumes que solía usar para volver loca de atar a alguna modelo extranjera.

Admito que incluso para mí, que ya estaba empezando a cogerle manía, fue un tremendo mazazo.

—Marcus, ¿qué haces… aquí?

—¿Podemos hablar un momento, por favor?

—Sí, claro… —respondí nerviosa.

Me disculpé ante la reunión de féminas que no dejaban de comerse a Marcus con la mirada y me alejé unos metros para averiguar qué demonios hacia allí.

Era la primera vez que lo veía desde su vuelta. Sabía que estaba de nuevo en Sevilla, pues Luis me había informado de ello, pero evitaba encontrarme con él por todos los medios.

Él miró a un lado y a otro. Hasta que por fin vio a Elena jugando con su amiguita.

—Es ella, ¿verdad?

El estómago se me encogió.

—¿Qué quieres, Marcus? —pregunté a la defensiva.

—Es igual que tú —murmuró él siguiéndola con la mirada.

—Así es.

—Toma —dijo ofreciéndome un sobre.

—¿Qué coño es esto? —bufé, a sabiendas de que sería lo que yo tanto había temido.

—Te haré un resumen. Es un burofax de mi abogado en el que dice que podemos hacer las cosas de dos maneras: o nos presentamos de forma voluntaria en un laboratorio a hacer las pruebas de paternidad, o nos enzarzamos en una batalla legal que nos ocasionará un montón de gastos a ambos y que los dos sabemos de sobra cómo acabará. Mi abogado iba a enviártelo por correo, pero creí que era mejor dártelo en persona.

Cerré los ojos y arrugué el papel con todas mis fuerzas.

Lo estudié con saña y él alzó la barbilla.

—Eres un hijo de puta —masculté.

—No, Cristina, no lo soy. Lo sería si incluso sabiendo que tengo una hija me largara de aquí para siempre. Entiendo que me odies. Quizá crees que estás haciendo lo mejor para ella, pero te equivocas. Y te equivocaste hace mucho.

—Mi único error fue acostarme contigo, Marcus. De todo lo demás, no me arrepiento de nada.

—Siento que pienses de esa manera —dijo él, ladeando la cabeza con una expresión triste.

Me crucé de brazos.

—¿Qué crees que pasará? ¿Acaso Elena va a quererte de un día para otro? ¿Sabes lo mucho que esto le afectará? Ella adora a su padre. ¡¿Es que no te das cuenta?!

—Ya te he dicho que solo pretendo ser su amigo. Además, sospecho que en realidad no es ella la que más te preocupa, sino tu marido. Y, sinceramente, no voy a alejarme de mi hija ahora que sé que existe, por un tipo que ni siquiera… —suspiró, conteniéndose—. No voy a alejarme por él.

No supe qué responder. De hecho, solo me apetecía salir corriendo y perderlo de vista.

Pero estaba tan abstraída en resolver aquello de alguna manera que no me percaté de que Elena se aproximaba a nosotros hasta que me rodeó la cintura con sus bracitos.

—Hola —dijo sonriente, mirando a Marcus.

—Elena, cariño, ve a jugar con tus amiguitas —le pedí aturdida.

El rostro de Marcus se iluminó contemplándola.

—Así que tú eres Elena. Hola, pequeña —canturreó él, poniéndose en cuclillas para conversar con ella.

—¿Quién eres?

—Soy Marcus. Un amigo de tu mamá —respondió, extendiéndole la mano a modo de saludo—. Me habían dicho que eras muy guapa, pero no tanto.

Ella se sonrojó y soltó una risotada coqueta mientras le extendía la manita.

—¿Tú también haces fotos? —preguntó ella cuando vio que del hombro de Marcus colgaba la funda de su cámara.

—Sí, soy fotógrafo como tu mamá. ¿A ti también te gusta hacer fotos?

—Bueno…, a veces. Pero no me salen muy bien.

—Pues yo puedo enseñarte. Quién sabe, igual de mayor eres fotógrafa como tu madre o como yo.

Quise interrumpir la conversación. Empezaba a angustiarme que ella sospechara algo.

—No. Yo voy a ser empresaria, como mi padre y mi abuelo —argumentó ella muy segura.

—¿Empresaria? —inquirió él mirándome a mí y luego otra vez a ella—. ¿Y qué clase de empresa te gustaría tener? —continuó indagando Marcus, con un semblante desencantado.

—La de mi padre. Trabajaré con él haciendo edificios, hoteles y esas cosas. Bueno, él no los hace, él es el jefe. Y yo también seré la jefa.

Marcus parpadeó asombrado ante el desparpajo de Elena.

Se incorporó lentamente. Ocultando su desilusión.

—Vaya, me alegro de que lo tengas todo tan… claro.

—¡Elena, ven! —la llamó una de sus amiguitas.

Ella me soltó y corrió con sus patines a reunirse con sus compañeras. Ni siquiera se giró para despedirse de Marcus.

Él se quedó observando cómo se alejaba.

—Tiene la misma vitalidad que tú. Es preciosa.

—Gracias.

—Raúl es un tipo con suerte —afirmó encarándome de nuevo.

Le aparté la mirada.

—Cristina, podemos hacerlo poco a poco. No te pido que se lo sueltes de un tirón. Solo te digo que me gustaría formar parte de su vida.

—No te puedes hacer ni una idea de lo que me estás pidiendo.

—En ese sobre hay un papel que explica cuál es el proceso para realizar la prueba genética de paternidad. Es muy simple. Me gustaría que lo hiciéramos sin necesidad de recurrir a los tribunales. No pretendo apartar a Elena de su padre ni nada por el estilo. Pero necesito una prueba de que es mi hija. Y si es así, quiero que sepa que soy un amigo de su madre. Un buen amigo que, de vez en cuando, vendrá a visitarla. No hace falta que se lo expliques todavía. Ya habrá tiempo.

Miré al suelo. A esa hora de la tarde, el sol me daba de cara y la intensidad de los rayos era devastadora.

Tenía que digerir lo que Marcus me estaba contando, pero lo cierto era que estaba abrumada.

—Quiero colaborar contigo en su educación y en todo lo que haga falta —continuó diciendo él.

Hubiese sido más fácil para mí odiarlo. Deseaba mirarlo a los ojos y ver en ellos a la persona que yo había dejado en Ámsterdam muchos años atrás. A aquel seductor y adúltero fotógrafo que me partió el corazón. El que me había mentido para meterme en su cama y luego me pidió que abortara. Pero no. Marcus me estaba ofreciendo su ayuda. No podía odiarlo por querer pertenecer a la vida de Elena. No podía odiarlo por velar por el bienestar de mi hija…De su hija.

Yo sabía mejor que nadie que todos nos equivocamos. Sin embargo, él quería reparar sus errores. Estaba allí, frente a mí, proponiéndome una solución temporal. Suplicándome que lo único que quería era no quedarse al margen.

No era justo para Raúl. Claro que no lo era. Demostrar la paternidad de Marcus, lo destrozaría. Pero ¿acaso sabía yo qué era lo más justo en ese momento?

Elena patinaba en círculos, alrededor de nosotros dos.

Reía a carcajadas. Y se retiraba el pelo de la cara con las dos manos.

Ella era feliz.

Marcus la contemplaba con veneración. Algo extraño y desconocido se revolvió en mi interior. ¿Y si las cosas podían salir bien? ¿Y si estaba equivocada y Elena podía contar con el cariño de dos hombres maravillosos?

El verano estaba a punto de arrasarnos. Aquella tarde de junio, el color de los ojos de Marcus era de un azul tan intenso como el del cielo. Un azul fresco y transparente. Si el viento hubiese tenido color, seguro que también habría sido azul. Tras él unas nubes de algodón se anteponían al inevitable atardecer multicolor.

Quizá estaba complicando algo que podía ser muy sencillo.

—De acuerdo —dije finalmente.

—¿Sí? —inquirió él esperanzado.

—Sí. Haremos la prueba.

12

EL MIEDO

He sentido miedo muchas veces en mi vida. Supongo que es algo que viene impuesto cuando naces. Una especie de mecanismo de defensa adherido a nuestro ADN. Pero yo me refiero a ese miedo que te deja inmóvil, el que te incapacita y devora tu predisposición a reaccionar. Estoy hablando de terror.

Esa clase de sensación solo la tuve una vez y fue hace siete años. El verano que conocí a Raúl.

Mi hermana Carolina descubrió, a través de un correo que leyó por accidente en mi ordenador, que él no era el padre del bebé que yo esperaba. Un email de Marcus hacia mí. Por aquel entonces, ella estaba empezando su relación con Héctor. Y aunque me cueste recordar que por culpa de Patricia estuvieron a punto de romper, fue exactamente así.

Para Carolina tampoco había sido fácil al principio. Héctor era hermano de su ex. No es cómodo aceptar que te estás enamorando del pariente más cercano de tu ex y que no puedes hacer nada para remediarlo.

Sin embargo, del miedo que yo hablo nada tiene que ver con esto.

No, claro que no.

La noche que Carolina me dijo que había descubierto mi secreto, yo estaba con Raúl en el chalet de sus padres. Sostuve el teléfono con el pulso acelerado mientras ella me exigía una explicación. Luego colgué y fingí delante de Raúl que tenía que marcharme.

Conduje hasta mi casa, hurgando en mi mente y logrando encontrar una justificación del porqué le ocultaba algo tan importante a mi hermana. Del porqué le había mentido a la única persona en el mundo que jamás me había juzgado por nada. La única que me quería con todos mis defectos, y no eran pocos… Pero no tenía la respuesta. Fui tan necia y obtusa que creí que guardando el secreto para mí, podría seguir adelante sin consecuencias.

Temía llegar a nuestro apartamento y enfrentarme a su decepcionada mirada.

Esa noche, introduje la llave en la cerradura y lo que me encontré dentro fue mucho peor.

La luz del salón estaba encendida. Mi ojos fueron directos al desastre que se presentaba ante mí: un jarrón roto en el suelo y junto a él un cuadro con una fotografía hecha añicos de Carolina y yo. Un par de sillas tiradas y la mesa baja en otra posición muy distinta a la que solía estar, como si alguien la hubiese movido de su sitio de una patada. No tardé en darme cuenta de que el sonido que salía de la habitación de Carolina era su llanto.

Mi corazón estalló, bombeando con una violencia extrema. Sobre todo cuando oí una voz grave y espeluznante gritándole que se estuviera quieta.

Me moví sigilosa. No podía dejar que el pánico se apoderara de mí. ¡Mi hermana se encontraba en peligro!

La puerta de su dormitorio estaba encajada y, evitando hacer ruido, me asomé para comprobar que mis sospechas eran ciertas. Pensé que el tipo que estaba sobre ella arrancándole la ropa era su exnovio, Rafa. El mismo mal nacido que había estado acosándola poco después de la ruptura y que yo odiaba con todas mis fuerzas.

La bilis se me subió a la garganta y me dejó un sabor amargo recorriéndome el paladar.

Pero no, esta vez me equivocaba. No era Rafa el que estaba a punto de destrozarle la vida a mi hermana. Era Leo, el mejor amigo de este. Un tipo del norte al que apodaban «el Vasco» y que sus padres se habían traído a Cádiz a la fuerza, en un desesperado propósito de enmendarlo.

¿Qué haces cuando llegas a tu casa y hay un hijo de puta intentando violar a tu hermana?… ¿Cómo actúas si estás embarazada y encima sabes que ese cabronazo sería capaz de acabar con las dos en un abrir y cerrar de ojos?

Mi mente, en aquel instante, era un hervidero de dudas. Estaba tan conmocionada que ni siquiera advertí que lo que iba a hacer era demasiado arriesgado. Podría haber llamado a la policía y esperar a que viniera, pero, mientras tanto, ese mal nacido la habría violado antes de que llegasen. Así que no lo pensé ni un segundo más y me dirigí al mueble librería en busca del arma reglamentaria de mi padre. La misma que él había usado los años que estuvo ejerciendo en el cuerpo de la Guardia Civil.

Una *Beretta 92 fs* que estaba inutilizada y que nosotras, simplemente, guardábamos de recuerdo. La saqué de su escondite con cuidado de no hacer ruido. Cualquier movimiento en falso me habría delatado y eso podía complicarlo todo aun más.

Rodeé la empuñadura. El gélido metal pesaba como un kilo de acero compacto. Sostenerla me concedió una profunda sensación de fuerza y poder que batallaba con el miedo. Lo único que se me vino a la mente era lo mucho que mi padre hubiese deseado que de verdad pudiera volarle la tapa de los sesos a ese ser sin corazón que estaba en el dormitorio de mi hermana.

Apreté los dientes y me puse en pie. Luego fui a la cocina, haciendo un esfuerzo sobrehumano para que las piernas no me fallasen. En uno de los armarios colgantes almacenábamos algunas herramientas, y me metí en el bolsillo trasero del pantalón un destornillador con la punta afilada. La reacción de él sería imprevisible y yo debía estar preparada para cualquier cosa. Sin embargo, al girarme, este resbaló y al impactar contra el suelo el ruido me paralizó. Me mordí los carrillos con tanta fuerza que sentí el sabor de la sangre descendiendo por mi garganta. Unas gotas de sudor me recorrieron la columna vertebral. Temí que él lo hubiese oído, pero no. Él continuó gritando y supe que no tenía ni idea de que yo estaba allí. Me agaché y volví a guardármelo.

Me coloqué junto a la puerta y la empujé silenciosamente. Entré despacio y él parecía tan empecinado en llevar a cabo su asqueroso objetivo que no se percató de que lo apunté con el cañón hasta que lo hundí en su sien, luchando para que el pulso no me temblara.

Puse el índice en el gatillo y fingí desbloquear el arma, como le había visto hacer miles de veces a mi padre. El sonido se propagó en la habitación y se mezcló con los sollozos de Carolina.

Todavía recuerdo el horror empañando los ojos de mi hermana mientras yo bramaba que se apartara de ella si no quería ver restos de su cerebro decorando nuestras paredes. Jamás olvidaré su rostro golpeado y lo indefensa y desprotegida que parecía bajo el cuerpo de ese hijo de puta. De haber tenido un cargador con balas, no habría dudado ni un segundo en vaciarlo en su estúpida cabeza.

—¡¿Es que no me has oído?! Apártate de ella ahora mismo. Levántate despacio, y te juro que como te vea hacer el más mínimo movimiento te pegaré un tiro en eso tan asqueroso que tienes entre las piernas y que tú llamas polla.

La audacia y el arrojo que invertí en pronunciar aquellas palabras, las impregnó de una eventual veracidad.

El muy cobarde se tragó que la pistola estaba cargada. No tardé mucho en obligarlo a abandonar mi casa.

Lo llevé hasta la puerta sin dejar de apuntarlo. Sus ojos, inertes de sentimientos, no se apartaron de los míos ni un segundo. Lo que leí en ellos me causó una monstruosa turbación. Mis manos temblaban cada vez más y él se percató de ello.

Salió al rellano caminando hacia atrás, lentamente. Tal y como yo le indicaba.

—Volveré a por ti, lo sabes, ¿no? —dijo transformando sus rasgos hasta convertirlos en una sonrisa infernal.

Imité su expresión, en un vano intento de ocultar el pánico que me corroía y bajé el arma, apuntándole de nuevo hacia sus partes.

—Pues si lo haces ve imaginando cómo será el aspecto de tus pelotas cuando te las vuele, jodido psicópata.

—Volveré a por ti —repitió, ignorando mi comentario. Lanzándome un beso y guiñándome un ojo.

Se giró para marcharse y del cuello de su camiseta avisté que sobresalía un tatuaje siniestro y amenazador que me pareció identificar como las patas de una araña.

Me estremecí de la cabeza a los pies.

Luego di un portazo y me aseguré de echar el cerrojo.

Mis rodillas me fallaron y unos violentos espasmos me sacudieron el estómago, produciéndome arcadas. Me llevé las manos al vientre. Di gracias por el hecho de que esa criatura que estaba dentro de mí me hubiese infundido la cantidad exacta de coraje y aplomo para salir indemnes de aquella desagradable situación. Tardé unos segundos en recomponerme, respiré profundamente y dejé el destornillador y el arma sobre la mesa del salón. A continuación, corrí a liberar a Carolina.

Fue un episodio duro en nuestras vidas. No obstante, mi hermana se recuperó pronto. La felicidad le llegó poco después, cuando ella y Héctor retomaron su relación y se marcharon a Nueva York durante una larga temporada.

Leo entró en prisión. Mi tío, que por aquel entonces aún formaba parte del cuerpo de la Guardia Civil, no desistió hasta meterlo entre rejas.

El juicio fue amargo y agotador, pero conseguimos superarlo y continuar.

Sin embargo, después de siete años, una de esas noches en las que la soledad hacía mella en mi cama, ese indeseable apareció en mis sueños, transformándolos en la más horrible y aterradora de las pesadillas.

Una pesadilla donde él desfiguraba cualquier resquicio de felicidad y traía consigo su letal veneno.

13

TÚ DECIDES

Marta llevaba razón: yo estaba estancada.

No hacía más que andar alrededor de un pozo con miedo a descubrir que lo que había dentro era solo agua negra. Caminaba por el borde, sin saber qué sucedería si me asomaba. Sin saber que, tal vez, si caía no volvería a salir de allí jamás.

Aun así tenía que hacerlo. Raúl no lo entendería, pero a mí ya no me quedaba otra opción.

Era acceder a la proposición de Marcus y aceptar hacer las pruebas de paternidad y que él formara parte de nuestras vidas como un buen amigo, o negarme y embarcarme en un interminable proceso judicial que vaticinaba una hecatombe.

Raúl me odiaría. No entendería mi esquema mental. Acabaría con cualquier posibilidad de volver con él en cuanto descubriera que había quedado con Marcus para hacer esa maldita prueba, pero yo también había tomado una decisión: avanzar.

Y justo eso era lo que pensaba hacer.

Elena estaba a punto de acabar las clases. En un par de semanas le darían las vacaciones y el verano se transformaría en una incandescente realidad.

Ni siquiera puedo decir que el tiempo corría, porque a pesar de que los días se me escapaban a la misma velocidad que el agua busca una grieta en un recipiente resquebrajado, yo continuaba atrapada.

No tenía ni idea de qué haría los meses siguientes. No sabía cómo nos organizaríamos Raúl y yo en cuanto a la custodia de Elena. Los veranos anteriores habían sido muy distintos. Julio y agosto solíamos pasarlo en el chalet de Roche con sus padres. Ambos comenzábamos la media jornada y prácticamente nos instalábamos allí. Era agotador hacer el trayecto de Roche a Sevilla todos los días, pero preferíamos eso a derretirnos de calor en una ciudad donde los termómetros marcaban cincuenta grados a la sombra. Luego, en agosto, intentábamos tener al menos quince días libres. Luis y yo estábamos tan ocupados con reportajes de fotos para bodas y eventos que nuestra mayor afluencia de trabajo eran los fines de semana. Con lo cual, ese mes podía relajarme un poco más y disfrutar de mi hija y de la playa.

Era miércoles y cuando entré en el estudio supe de inmediato que a Luis le sucedía algo.

Dejé mis cosas en el armario del cuarto de baño, como hacía a diario, pero en cuanto salí él se levantó de su mesa y se frotó las manos en un gesto nervioso.

—Cristina, tengo que contarte algo.

Me paré y lo examiné.

—¿Qué ocurre, Luis?

—He recibido una oferta de trabajo, para Londres. En realidad nos quieren a los dos. —Arrugué el entrecejo y mis pensamientos perturbaron la expresión de mi rostro. Incluso así él continuó—: Sería para la revista internacional, *Photoactually*. —En cuanto oí ese nombre pensé en Marcus. Él también trabajaba para esa revista. Mi espalda se contrajo en un manojo de nudos—. Quieren que sea uno de los fotógrafos jefe en la sede de Londres. Y tú serías mi segunda —dijo con una dudosa y temblorosa sonrisa en sus labios, esperando mi reacción.

Para Luis, aquella era la oportunidad que había esperado toda su vida. Para mí…todavía no lo había definido.

—¿Es todo esto idea de Marcus? —pregunté sin cortarme.

—¿Cómo?

—Verás, Luis, me alegro mucho por ti. Pero si Marcus tiene que ver en esto, no deberías hacerte ilusiones —relaté, girándome para llegar hasta mi mesa e ignorando que la noticia empezaba a provocarme dolor de cabeza.

—Cristina, Marcus es un fotógrafo más de esa empresa. Estuve ayer reunido con los editores y me pusieron delante de mis narices un contrato que eleva exponencialmente nuestros ingresos. Sin contar que nos pagarían alojamiento y dietas en una de las mayores ciudades del mundo. Te estoy hablando de cambiar nuestras vidas. ¡De hacernos grandes! —exclamó enfatizando cada palabra y colocándose delante de mí.

Yo estaba sentada, encendiendo mi ordenador.

La sangre me burbujeaba en las sienes.

—Dicho así parece fabuloso, Luis. Para ti, tal vez; pero yo, aunque la oferta fuese tal y como dices, no puedo marcharme de aquí. No sé si recuerdas que tengo una hija. No puedo dejarlo todo sin más. ¿Qué pasa con Raúl?

—Precisamente por eso —dijo apoyando sus dos manos sobre mi mesa—. Piensa bien lo que vas a hacer con tu vida de ahora en adelante, Cristina. Tienes treinta años, estás divorciada y vives con tus amigos. Puedes quedarte en esta ciudad y aceptar cualquier otro empleo cobrando un sueldo mediocre, o venir conmigo y hacer realidad tu sueño. Tú decides.

Esas fueron las únicas palabras que intercambiamos Luis y yo aquella mañana.

El silencio que sobrevino a continuación fue tan largo y desolador como la secuela de un tsunami.

14

UN CAMBIO

Tomé la decisión sin consultar con nadie. Lo decidí la misma tarde que me lo comentó. No sabía si lo hacía bien o no, pero para mí era el único modo de avanzar.

Me marcharía a Londres con Luis. Al menos ahora tenía algo por lo que merecía la pena luchar: mi trabajo.

No hacía más que equivocarme con Raúl. Después de mucho recapacitar comprendí que, en el fondo, él nunca me había perdonado que le mintiera, y no podía culparlo. Aun así, yo debía continuar. Él por su lado y yo por el mío. No sería fácil para ninguno. Pero no pensaba quedarme en Sevilla viendo cómo él rehacía su vida con aquella chica, o con cualquier otra, y jugaban a la familia feliz con Elena.

No iba a cruzarme de brazos mientras ella u otra le daba el hijo que yo no pude darle. Esa idea me atormentaba constantemente.

El hecho de que él y yo no hubiéramos ampliado la familia y que, por lo tanto, Elena no tuviese un hermanito, pesaba sobre mí. Lo intentamos muchas veces, pero la naturaleza no estuvo de nuestra parte. Mi ginecóloga dijo que había una probabilidad entre un millón. Así resumió nuestra incompatibilidad de gametos. Cuando Elena cumplió los dos años nos planteamos recurrir a la inseminación, pero lo cierto era que ninguno de los dos queríamos obsesionarnos con el asunto y lo dejamos pasar, con fingido desinterés. Por aquel entonces no pensé en lo mucho que, más adelante, desearía haber tenido un hijo con él...

—Esto es para ti —me dijo Raúl, enseñándome un sobre dorado con unas letras elegantes y negras en el dorso, donde se podía leer nuestros nombres.

Lo agarré desconcertada y mientras lo abría le pregunté:

—¿Qué es?

Ese día ni siquiera entré en nuestro piso. Elena se despidió de mí en la puerta y yo me mostré distante y fría con Raúl. Pensé que levantando un muro imaginario entre nosotros, podríamos mantener la cordialidad.

—La invitación de boda de Raquel y Ángel. Finalmente, se casan en Marbella.

—Vaya —exhalé cabeceando, recordando que Marta y Javi ya me habían hablado de la boda. De hecho, no hablaban de otra cosa últimamente. Sería el próximo fin de semana y yo aún no tenía ni idea de qué me pondría y cómo nos organizaríamos Raúl y yo con Elena.

—¿Irás? —me preguntó.

—Tengo que ir. Me comprometí a hacerle las fotos.

No es que estuviera especialmente ilusionada con la idea de ir a una boda en esos momentos, pero Raquel era una buena amiga mía y no podía fallarle en un día tan importante para ella.

—He tenido que contarles lo del divorcio.

No habíamos comentado lo de nuestra ruptura con muchos amigos. No era un secreto, pero durante esos meses todo sucedió tan rápidamente que perdimos la noción de la realidad.

Y precisamente con Raquel y Ángel ambos evitamos contarles lo que estaba sucediendo, con el fin de no preocuparlos. Raquel me llamó un par de veces. Algo había llegado a sus oídos, sin embargo, yo intenté restarle importancia y le aseguré que tan solo era una mala época.

—Ya...

—Yo también tengo que ir —musitó, como si estuviera pidiendo mi aprobación.

Asentí despacio.

—Mis padres me han comentado que les gustaría llevarse a Elena a Roche el sábado por la mañana. La traerían el domingo, al atardecer —añadió, contemplándome, intentando leerme el pensamiento. Seguramente dedujo que mi principal preocupación era aquella. Pero no. No lo era. Yo en lo único que pensé fue en si él iría solo a esa boda o acompañado. No obstante, no se lo pregunté.

—Perfecto, entonces —respondí, dándome la vuelta.

Me metí en el ascensor y él no dejó de observarme hasta que las puertas, inevitablemente, se cerraron…

Los días posteriores fueron similares a ese. La inseguridad de tomar la decisión correcta planeaba a ras del suelo, rozando el límite que yo misma me había impuesto.

Pero Londres encarnaba un cambio y quizá era lo que yo necesitaba.

La boda se celebró en el Hotel Guadalmina Spa & Golf Resort, en Marbella.

Raquel y Ángel ofrecieron a los invitados la posibilidad de quedarse a dormir cuando acabara la fiesta y disfrutar al día siguiente de las magníficas instalaciones de las que disponía aquel complejo.

Yo llegué una hora antes de que comenzara el evento, para tomar algunas fotos del lugar. Javi y Cristóbal me habían traído en su coche. Tuve que soportar el repertorio completo de Rocío Dúrcal a todo volumen, pero al menos eso hizo que me olvidara momentáneamente de que esa noche Raúl estaría por allí.

Héctor y Carolina también habían sido invitados, pero no pudieron asistir. Quizá con mi hermana a mi lado me habría sentido más segura. Sin embargo, tendría que enfrentarme yo solita a la situación.

Sí, Raúl…, un buen vino…, un sitio de cuento… y yo… Una tentadora situación.

La tarde reunía las condiciones perfectas para que la boda fuera inolvidable.

Y realmente lo fue.

El sol comenzó su baño en la mansa y azulada marea del Mediterráneo justo cuando los novios se dieron el «sí quiero» delante de sus seres queridos.

Tanto la ceremonia como el banquete tuvo lugar en el campo de golf, al aire libre. Ella lucía un vestido sencillo, palabra de honor en *chantilly*, con un recogido bajo adornado con apliques florales. En su mano lucía orgullosa un diminuto *bouquet* de paniculata violeta que hacía juego con la corbata de él y con el resto de las flores que decoraban las sillas y el arco *vintage,* bajo el que ellos se situaban. Estaban guapísimos.

El *Canon and Gigue in D Major* sonaba de fondo. Envolviendo de magia aquel lugar.

Traté de captar a través del objetivo de mi cámara la felicidad que los embargaba. Y no fue difícil. Al fin y al cabo era su momento. El día que la gran mayoría de las bobas enamoradizas soñamos. Raquel, sin duda, tenía la boda de sus sueños. Estaba prometiéndose amor eterno con un hombre que parecía dispuesto a hacer lo que hiciera falta para que ella fuera feliz. No me sería complicado obtener esa imagen con la que ellos, luego, decorarían alguna pared de su reciente piso. Aquella que más tarde, seguramente, moverían para hacerle hueco a un poster de su futuro hijo...

Por otra parte, no podía dejar de pensar en que yo también tuve un día como ese y la misma expresión en mi rostro. No podía dejar de recordar que yo también me había prometido amor eterno con otra persona y que siete años después parecíamos más desconocidos que parientes.

Porque así era. Raúl había llegado unos minutos antes de que comenzase la ceremonia, solo, pero ni siquiera fui capaz de sostenerle la mirada. Se situó en la última fila, junto a Fernando y a Marta. Y por lo poco que atiné a ver desde aquella distancia, estaba imponente con un traje de chaqueta negro y corbata negra.

Intenté centrarme en el discurso que daba el maestro de ceremonia y en las miradas de complicidad y los gestos románticos que se regalaban los novios. Debía olvidarme de que él estaba en esa boda, más guapo que nunca, y de que no había apartado sus ojos de mí desde que llegó. Yo estaba trabajando. Y en eso pensaba centrarme.

Cuando los novios se dieron el beso que sellaba su matrimonio, los invitados aplaudieron eufóricos. No habría más de cincuenta personas en total. Poco a poco se fueron acercando hasta los protagonistas de la noche para felicitarlos y desearles prosperidad.

El banquete fue tipo cóctel. Nada de mesas con cartelitos. Seguro que si hubiese sido así yo hubiera acabado sentada a la mesa de los niños. Como suele ocurrir en las películas americanas en las que un soltero acude a una boda y ve a sus amigos felices, mientras él siente que no es más que un fracasado. Pero no, no fue así. Raquel y Ángel habían optado por una celebración moderna e íntima, en la que los camareros del cáterin se movían en torno a los invitados cuidando hasta el último detalle y ofreciendo un servicio integral e impecable.

Marta estaba acomodada en un taburete con el codo apoyado sobre una de las mesas altas que estaban esparcidas por el jardín, sonreía sujetándose la barbilla con la mano, conversando con Fernando. Llevaba un vestido largo de estilo griego con tejido plisado verde agua. Sus ojos brillaban y no era un brillo cualquiera. Era de fascinación. Y yo sabía bastante sobre eso... Les hice una foto sin que ellos se dieran cuenta y continué moviéndome por aquel lugar.

De vez en cuando, Javi se acercaba hasta mí y me ofrecía su copa para que bebiera de ella. Cuantas más fotos tomara, mejor quedaría el álbum que me había comprometido a regalarles.

—¿Ya has saludado a Raúl? —me preguntó Javi mientras veía cómo me tragaba su copa de vino blanco de un sorbo.

El sol ya se había ocultado y la temperatura descendido unos grados y, aunque la noche prometía ser idílica, sujetar mi cámara, más el objetivo que estaba utilizando, era agotador.

—Me hizo un gesto con la cabeza hace un rato, que interpreté como un saludo, pero lo cierto es que le he perdido la pista.

—Está en el bar de dentro, hablando con el padre de Ángel. Llevan bastante rato allí —murmuró mi amigo, añadiendo a su voz ese tono bajo y cotilla.

Le peiné un mechón rebelde de su flequillo engominado y me fijé en lo gracioso que estaba vestido de pingüino.

—¡Ah!, muy bien.

Me giré nerviosa, con intención de comprobar que lo que decía era cierto, y me encontré con una enorme cristalera de espejos que hacía la labor de terraza interior con acceso al hotel. Según Javi, él estaba al otro lado, no obstante, desde allí, no podía verlo.

—Pero vamos, que no te quita ojo. He ido al baño hace un momento y lo he sorprendido comiéndote con la mirada. Tú estabas charlando con Cristóbal y casi le da algo. Me he acercado a él sin que se diera cuenta y le he susurrado al oído: muy guapa la fotógrafa, ¿verdad? Por cierto, el calvo atractivo que está hablando con ella es mi novio.

—Javi... —exclamé con guasa a modo de reprimenda—. Ya me has chafado el plan.

Él soltó una carcajada.

—Tendrías que haber visto la cara que se le ha quedado, Cristina.

Me miré las sandalias, pensativa, y luego suspiré.

—Da igual. Raúl y yo estamos divorciados. Lo nuestro está acabado.

—Sí, ya... Pues déjame decirte que la última vez que vi a Raúl mirarte con esa misma expresión, tú y yo estábamos en un bar en Cádiz intentando darle celos y yo acabé con un ojo morado. No dejaré que le haga lo mismo a Cristóbal.

Recordé la escena y sonreí con melancolía.

—De eso ya hace mucho…

—No sé qué estáis haciendo, Cris. Pero me temo que vosotros dos sois los únicos que no sabéis que lo vuestro nunca acabará —añadió, buscándome la mirada.

—Esto no me ayuda, Javi —dije muy seria, refiriéndome a su comentario.

Él se encogió de hombros.

—Lo siento, querida. Podría mentirte y decirte que te lo quites de la cabeza, pero ya sabes que eso no ocurrirá.

Contemplé tras él el mar, aquella masa de agua turquesa e imperturbable. Dudé si contarle o no lo que tanto me preocupaba.

—Me marcharé a Londres —solté sin más.

—¡¿Qué?!

La brisa marina comenzaba a agitarse y aspiré su olor como si de algún modo fuera a insuflarme fuerzas.

—Lo que oyes. A Luis le han ofrecido un empleo en una revista internacional y quieren que yo sea su segunda. Nos ofrecen unas condiciones excelentes.

Javi me contempló asombrado.

—¿Y desde cuándo lo sabes? —dijo boqueando.

—Desde el miércoles.

—¿Y Elena?

—Vendrá conmigo.

Movió la cabeza a un lado y a otro. Se ajustó la corbata, desconcertado.

—Ya se lo has dicho a Raúl.

—No, aún no.

—Cristina, él no lo va a permitir. No dejará que te la lleves —murmuró acercándose más a mí.

—Es mi hija —masculé.

—También es suya —aseveró Javi decepcionado, como si no terminara de creer lo que yo acababa de decir.

—No tengo otra opción —musité evitándole—. Tengo que continuar. Y no puedo hacerlo con un sueldo de mierda, viviendo contigo y con Marta.

—Gracias —replicó él, molesto.

—Vamos, Javi, sabes lo que quiero decir. Estoy estancada. Además —protesté, alzando lo barbilla—, tú eres mi amigo. No sé por qué lo defiendes.

—No estoy defendiéndolo. Solo trato de ponerme en su lugar. Bueno, y en el de Elena —alegó, abriendo mucho los ojos.

—¿Y qué tal si te pones en el mío? En Sevilla no lograré nada. Ahora tengo la oportunidad de trabajar en una gran ciudad. De ser alguien.

—Siento no pensar del mismo modo que tú, Cristina. Yo no creo en las ciudades grandes, creo en la gente grande. Podrás ser lo que tú quieras donde quieras y cuando realmente te lo propongas. Deja de poner excusas.

—De acuerdo, Javi. Muchas gracias por tu apoyo. Si has terminado con tu motivador discurso, debo seguir trabajando.

Me giré para alejarme de mi impertinente amigo cuando me encontré con Raúl de cara, acercándose a nosotros.

—Hola.

—H-Hola —tartamudeé.

—¿Estáis discutiendo? —preguntó él, frunciendo el cejo con media sonrisa.

Javi no respondió, simplemente me lanzó una mirada cargada de intencionalidad y se dio media vuelta en busca de Cristóbal, que en aquel instante conversaba con Marta y Fernando.

—¡Guauu…! Creo que es la primera vez que te veo discutir con Javi.

—Sí, y más me vale hacer las paces pronto, porque esta noche duermo con Cristóbal y con él en una habitación triple.

—Yo dormiré solo —dijo hurgándose en el bolsillo y enseñándome una llave con un número de tres cifras—. Desventajas de estar divorciado.

—Quién sabe… La noche es joven. Todavía puedes tener suerte y ligar con alguna de las camareras.

—Cierto —presumió él con petulancia.

En ese momento, una de las chicas del cáterin se acercó a nosotros con una bandeja de canapés. Era una joven que, por sus rasgos y acento, debía de ser sudamericana. Pero, casualmente, ni era simpática ni agraciada. Y cuando Raúl cogió dos canapés, ofreciéndome uno, y le pidió amablemente si le podía traer una cerveza, ella le respondió que su bandeja era de comida y no de bebida.

Él parpadeó un par de veces. Me miró de nuevo para comprobar que yo también lo había oído.

—¿Ves? Con esta harías muy buena pareja —añadí con sorna.

—Muy graciosa.

Conversé con él, fingiendo que su presencia no me alteraba y que verlo vestido de ese modo y recién afeitado no me provocaba unas ganas tremendas de besarlo.

Me preguntó qué tal iba con las fotos y le mostré algunos planos de los que había tomado.

—Son muy bonitas —afirmó con su cara muy cerca de la mía.

—Gracias —murmuré, apartándome con disimulo.

—He hablado con Elena esta tarde.

—¿Sí? —inquirí.

—Mis padres dicen que les ha costado la misma vida sacarla de la piscina.

Sonreí.

—Me lo imagino…

Nos quedamos en silencio y él miró hacia atrás, buscando a algún camarero al que robarle algo de beber.

Yo hice como la que estaba revisando las fotografías.

—Estás muy guapa —dijo con las manos metidas en los bolsillos del pantalón—. Pareces toda una profesional.

Me eché un vistazo rápido. Había escogido un mono largo negro con un discreto escote en uve por delante y la espalda al descubierto. Y mi pelo estaba recogido en una trenza espiga que me caía en uno de los hombros. Obra de Marta. La adornaba con un lazo de seda negro que hacía la labor de gomilla. Un look que a mí me parecía muy sencillo, pero francamente cómodo para pasarme la noche tomando fotos.

—Bueno, quizá sea porque lo soy —fardé, haciéndole una mueca divertida.

—Jamás lo he puesto en duda —aseguró, recorriendo los rasgos de mi cara como si tuviera intención de memorizarlos.

—Debo seguir —titubeé cohibida.

Y me refería a continuar haciendo mi trabajo. Sin embargo, en cuanto pronuncié aquellas palabras me di cuenta de que para ambos habían sonado de otra manera.

—Lo sé… —respondió él, traspasándome con aquella profunda mirada grisácea—. Estaré por ahí…

¿Volvíamos a ser amigos? No, no era buena idea.

Un rato después, Ángel y Raquel inauguraban la fiesta con una canción de los Backstreet Boys. En cuanto oí las primeras notas musicales de ese tema que marcó nuestra adolescencia, titulado *Quit playing games whith my heart*, Marta y yo nos miramos y nos echamos a reír. Raquel siempre decía que aunque se hubiese casado con ochenta años, habría bailado esa canción el día de su boda. Y fue realmente divertido ver que ambos habían preparado una original coreografía con la que sorprendieron a los invitados.

Las fotografías que tomé fueron magníficas.

Tras esa canción, un grupo de tres jóvenes se encargaron de amenizar la noche en un improvisado escenario situado en uno de los laterales del campo de golf, muy cerca de donde se había servido el cóctel. El tema de Bruno Mars, *Young girls,* fue el primero que interpretó el vocalista masculino. La música animó a la gente a agolparse delante del escenario bajo aquella refulgente y blanquecina luna, que más tarde sería testigo de muchas otras cosas…

Marta tiró de mi mano para llevarme hasta el bar.

—Creo que es hora de que te tomes una copa con nosotros. Raquel y Ángel ya tienen fotos de sobra.

Me dejé llevar por ella y entramos en la terraza cubierta que era donde estaba la barra.

Allí había algunos grupos conversando. Y no me pasó desapercibido el hecho de que Raúl, Ángel y Fernando charlaban con algunas chicas que yo no conocía.

Antes de que me diera tiempo a replicar, Marta me ofrecía un gintonic y, aunque era consciente de que apenas había comido y que el alcohol no tardaría en hacerme efecto, lo necesitaba. Apagué la cámara y me la colgué al hombro.

—¿Sabes que Fernando me ha contado hace un momento por qué al principio se comportó de ese modo tan hostil conmigo? Ya sabes, su actitud en el hospital, en plan estúpido.

—A ver, sorpréndeme —dije con guasa.

Ella se acercó a mi oído.

—Dice que un día antes de marcharse a Córdoba fue a buscarme al banco y me encontró con mi jefe en el aparcamiento.

—¿Hablas de la primera vez que os enrollasteis?

—Sí, pensé que había pasado de mí porque no le gustaba lo suficiente. Pero resulta que unos días después de nuestra primera noche juntos, vino a mi trabajo y me encontró con el imbécil de Ernesto en el aparcamiento. Recuerdo perfectamente ese día, Cris. Fue esa época en la que mi exjefe aún no aceptaba que no volvería a liarme con él y me besó en los alrededores del banco, arriesgándose a que nos pillaran.

—Y Fernando lo vio todo.

—Así es —afirmó ella —. Y como yo tampoco lo llamé sacó sus propias conclusiones, pero dice que nunca ha dejado de pensar en mí.

—Con lo cual, de un modo u otro, estabais predestinados —la alenté.

—Eso parece —murmuró ella con una sonrisa resplandeciente, sin apartar sus ojos del guapo traumatólogo.

Javi y Cristóbal se unieron a nosotras justo cuando Marta ya empezaba a sincerarse demasiado en cuanto a sus sentimientos por Fernando.

Sin embargo, Javi no me dirigió la palabra. Hablaba con todos, menos conmigo.

Me moví hasta situarme a su lado y me agarré a su brazo.

Sabía bien lo que le ocurría. Para él, que yo me apartara de su vida, no sería fácil. Y aquella era su desmedida reacción.

—Te necesito conmigo esta noche —le susurré al oído—. Ódiame mañana si quieres. Pero no puedo estar con Raúl a dos metros de mí y sentir que tú no me proteges.

Él miró al suelo y luego atisbé cómo su boca se curvaba.

—¿Solo me quieres para eso? ¿Para que sea tu guardaespaldas? — bromeó.

—No. Te quiero porque eres mi hermano. Aquí y en cualquier parte del mundo.

Le di un beso en la mejilla y él se dejó querer.

—Está claro que sabes volver locos a los hombres.

—Aunque ahora que lo dices…, te das un aire a Kevin Costner.

—Dirás a su hijo, ¿no?

—Sí, a ese me refería, a Kevin Costner de Jesús —aclaré, arrancándole una carcajada.

A partir de ese momento me relajé un poco más. Javi y yo acabábamos de hacer las paces y había que celebrarlo de algún modo. Eso dijo cuando me arrastró hasta el libro que Ángel y Raquel dejaron para que les escribiéramos algo bonito. Utilizamos una hoja entera para contarle a Ángel que un día Raquel se quedó dormida en un bar tras coger un pedo tremendo y cuando se despertó le habíamos pintado un bonito bigote. Fue solamente una cabezada, pero cuando ella quiso continuar la juerga en otros bares, lo hizo con un elegante mostacho. Una semana estuvo sin hablarnos a Marta, a Javi y a mí. Prometimos no volver a sacar el tema nunca más. Obviamente, mentimos.

El segundo gin tonic le concedió a la noche otro matiz.

Raúl se había quitado la corbata y ahora llevaba la camisa desabotonada en el cuello. Desde donde me encontraba podía ver con claridad que él se lo estaba pasando de maravilla. Parecía despreocupado y alegre. Aun así, nuestras miradas no dejaban de cruzarse constantemente.

Cuando fui a pedirme el tercer gin tonic, un chico rubio y atlético, con aspecto de extranjero, se puso a mi lado y al girarme lo pisé sin querer.

—¡Lo siento! —me disculpé.

—Tranquila, no pasa nada —dijo el joven con un pronunciado acento... ¿alemán?

Nos sonreímos y yo volví a reunirme con los demás.

La música sonaba ahora a un volumen más alto, ya que todas las puertas de la terraza estaban abiertas y la vocalista femenina del grupo cantaba *Be the one,* de Dua Lipa.

—¿Todo bien? —me preguntó Raúl mientras yo removía mi copa con una pajita.

Se colocó a mi lado. Sujetaba su chaqueta al hombro. Ambos mirábamos al frente, observando a la gente bailar.

—Sí, muy bien, ¿y tú?

—Bueno... —bisbiseó.

—Ninguna camarera a la vista —bromeé.

—No, gracias. Las de este caterin han derrumbado mis esperanzas de ligar esta noche.

—¿No será que te has vuelto muy exigente?...

—Puede ser. La culpa es tuya —declaró. Luego tomó un sorbo de su vaso, simulando indiferencia.

—¿Mía? —repliqué sonriendo, girándome para deleitarme con su perfil.

—Has dejado el listón muy alto —confesó tras unos segundos, mirándome los labios.

La voz de la chica que cantaba se derretía en mis oídos y el efecto electrizante del sonido nos envolvió lentamente.

Le aparté la mirada, abrumada, y me rasqué la frente.

Pero luego decidí no dejarme intimidar y tomarle el pelo un rato.

—Tendrías que haberlo pensado antes —comenté, haciéndole un gesto cargante con los ojos.

—¿Cómo? —bufó.

—Pues eso. Más vale malo conocido… ¿O era bueno conocido?

Hice como la que pensaba en ello.

— Sí, vale, *refranera*, lo he entendido.

—Pero, tranquilo, siempre puedes recurrir a internet. He oído maravillas sobre las páginas de contactos. Tengo entendido que incluso hay aplicaciones para el móvil. Una especie de GPS que detecta a solteros y divorciados desesperados.

—¡Ja! ¿Te parezco desesperado? —inquirió tocándose el pecho.

—Mmm… —Lo miré de arriba abajo.

El pantalón del traje le quedaba perfecto. Era nuevo, y la camisa blanca también.

—Oye, pues veo que estás bastante informada sobre ese tema.

Alcé las cejas significativamente.

—No me queda otro remedio. Las divorciadas treintañeras tampoco lo tenemos fácil.

Él afiló la mirada, con aquella sonrisa pendenciera extendiéndose por la comisura de su boca.

Y me habría pasado la noche coqueteando con él si no hubiese sido porque Javi cogió mi mano en el mismísimo instante en que su modo de mirarme empezaba a ponerme la piel de gallina.

—¿Bailamos, muñeca? ¿O vas a pasarte la noche hablando con este pelmazo que, encima, es clavadito a tu exmarido?

Raúl negó con la cabeza, sin ocultar lo mucho que mi amigo lo sacaba de quicio.

—Javi, yo también te adoro, lo sabes, ¿verdad? —gruño él mientras veía que mi amigo me arrastraba hasta la zona de baile.

—¡Sí, siempre lo he sabido! ¡Pero te has divorciado muy tarde, ahora tengo novio!

Reímos, cantamos, charlamos a voces, bailamos, bebimos... y bebimos...

Y sí, perdimos el sentido de la responsabilidad o, simplemente, nos dejamos arrollar por las notas musicales y las múltiples sensaciones que produce el alcohol en la sangre. Aquellas que hacen que te sientas joven, vivaz, desinhibida...

Aquellas que hacen que tu exmarido te parezca mil veces más guapo de lo que ya de por sí lo era...

Las mismas que hicieron que el tiempo se estancara a mi alrededor, que los astros parecieran simples figuras de un decorado, que la temperatura fuera la idónea, que el viento soplara lo justo para ondear mi melena ahora suelta, libre... Que la gente que me rodeaba se apartara del ángulo de visión donde sus ojos y los míos colisionaron, otra vez...

Ignoré si mi convicción era o no producto de la ginebra ingerida, pero supe que jamás, aunque viviera diez vidas, en ninguna de ellas iba a querer a alguien como lo quería a él.

Mi estado de embriaguez comenzaba a rebasar la línea de lo peligroso, así que me juré que la copa que sostenía en mi mano era la última que me tomaría esa noche.

Cuando la canción *Baila Morena* sonó por los altavoces más cercanos, Marta, que a esas alturas estaba peor que yo, se separó de Fernando para reunirse con Javi y conmigo en el césped. Casi todas las invitadas se habían descalzado ante la incómoda tarea de andar por ese terreno con tacones, y Marta y yo hicimos lo mismo.

Los tres nos movíamos al ritmo de aquel pegadizo tema cuando el chico alemán, holandés, escocés o..., se acercó hasta mí y puso su mano en mi cintura.

—¿Puedo preguntarte tu nombre? —voceó en mi oído.

—Eh, eh... —bromeó Javi cuando lo vio arrimarse a mí demasiado.

—Soy Cristina —respondí, apartándome con discreción para no parecer desagradable.

El joven resultó ser primo de Ángel. Y aunque en principio se aproximó a nosotros abordándome, luego, cuando la noche se dilató, se ganó la atención de todos contándonos que era adiestrador de delfines y que se ganaba la vida viajando de un lugar a otro, visitando los mayores parques acuáticos del mundo.

Javi, cómo no, le hizo unas preguntas muy graciosas, que el muchacho respondió con la mejor de sus sonrisas.

Acabamos acomodados en unos sofás blancos, al aire libre, que habían sido movidos hasta allí a propósito. Un cielo plagado de estrellas era el único techo que nos amparaba. La gran mayoría de los invitados empezaban a marcharse.

Fernando, Raúl y Ángel conversaban muy cerca de nosotros. Lo suficiente para oír las ocurrentes cuestiones de Javi y las respuestas de Frederic, que así era como se llamaba. Ya habíamos descubierto que era español, pero que llevaba viviendo en Alemania desde muy pequeño.

—Entonces, ¿es cierto eso de que el delfín es el único animal que tiene relaciones sexuales únicamente para experimentar placer?

—El delfín y yo —se adelantó a responder el novio.

Raquel, que estaba sentada junto a mí, puso los ojos en blanco. Los demás reímos.

—Así es.

A las preguntas de Javi también se unió Cristóbal. Y a decir verdad, Frederic ganó un protagonismo que encandiló a un puñado de chicas que se acercaron a oír lo que contaba.

El muchacho no solo era simpático, también guapísimo. Para qué negarlo. Parecía sacado de alguna revista de moda. Tenía cabello de príncipe y dentadura de anuncio dental. Pero a mí no me gustaba en absoluto.

Sin embargo, él sí mostró bastante interés en mí y no se ocultó en demostrarlo…

Eran aproximadamente las tres de la madrugada cuando, después de bostezar tres veces, me puse en pie y le pedí a Javi que me diera la llave de la habitación. Estaba cansada y lo único que me apetecía era dormir.

—¿Te vas? —exclamó Frederic, atrayendo la atención de todos, y eso incluía a Raúl.

—Sí, estoy cansada —respondí con timidez al ser el centro de las miradas.

El chico no dudó en ponerse en pie y coger mi mano.

—Ángel, Raquel, me he enamorado de la fotógrafa —reveló de forma teatral con su marcado acento alemán, clavando una rodilla en el césped—. ¿Quieres casarte conmigo? —bromeó.

El silencio que reinó durante los siguientes segundos fue suficiente para que yo entendiera que todos se habían girado a contemplar la expresión de Raúl.

Ni siquiera pude parpadear.

Las secuelas del alcohol comenzaban a atizarme en las sienes y mi capacidad de reacción quedó reducida a cenizas.

Los novios se habían quedado tan mudos como yo.

Allí, aquel chico era el único que no conocía mi situación con Raúl y, aunque su comentario había sido valiente y halagador en cualquier otra circunstancia, ahora yo deseaba desaparecer como por arte de magia.

Algo parecido a una risa nerviosa se escapó de mi garganta.

—Está casada con ese, Federico —vociferó Javi con sorna, desde su posición—. ¡Ah, no!, perdona, que se acaban de divorciar.

15

LA QUIERO

Raúl

El niñato alemán llevaba toda la noche tocándome los cojones hablando de pececitos. Pero la gota que colmó el vaso fue verlo allí plantado, delante de Cristina, con la rodilla en el suelo y declarándole su amor.

Fernando me lanzó una ojeada de complicidad. Creo que él tenía tantas ganas como yo de arrancarle la cabeza de los hombros al tal Frederic.

Pero lo que me sacó completamente de mis casillas fue que Javi afirmara públicamente que Cristina y yo nos acabábamos de divorciar. Aquello me enervó.

Me percaté con claridad de cómo su nuevo novio, el tipo calvo, le daba un codazo, advirtiéndole para que cerrara el pico.

Tenía que largarme cuanto antes. Montar una escena en la boda de Ángel no habría sido decoroso. Y al fin y al cabo no podía hacer nada, salvo asesinar con la mirada al gilipollas que continuaba sosteniendo la mano de Cristina entre las suyas.

—¡Oh, lo siento! No sabía que... —titubeó él, paseando aquella patética expresión de sorpresa de Cristina a mí.

Yo apreté la mandíbula sin apartar mis ojos de él.

—No pasa nada —dijo ella sonriendo y deshaciéndose de un modo cortés de su agarre—. Bueno, chicos, ha sido una velada maravillosa; pero yo, con vuestro permiso, me retiro.

Raquel se puso en pie para darle dos besos y Ángel hizo lo mismo.

Javi y los demás me observaban como si esperaran una reacción por mi parte.

La contemplé alejarse y cuando se hubo adentrado en el hotel decidí terminarme la copa que tenía en las manos, de un trago.

Luego estuve charlando un rato más con Fernando, pero admito que me importaba una mierda lo que me estaba contando.

De hecho, yo solo quería verla una vez más esa noche…

Me despedí de los novios, y de los demás, pasados unos quince minutos y me encaminé hacia mi habitación.

No pasé desapercibida la mirada de reprobación que me lanzó Javi al marcharme, y que yo le devolví con rencor. Se creía muy gracioso, pero no tenía ninguna gracia decir públicamente que Cristina y yo ya no estábamos juntos. A nadie le importaba lo que sucediera entre nosotros.

Atravesé el *hall* en busca de los ascensores que me llevarían a la tercera planta. Pulsé el botón y mientras esperaba miré a mi alrededor. Estaba bastante achispado y me froté la nuca pensando en ello.

Me fijé en el techo alto abovedado y en las enormes lámparas de forja que pendían de él. Había un juego de sofás Chester decorando el recibidor y unas espesas plantas ornamentando el lugar con una elegancia sencilla y tradicional.

El timbre del elevador me hizo volver al presente e ignorar la decoración del hotel. Y cuando alcé la vista para meterme en él la vi allí, delante de mí.

Llevaba el cabello suelto, iba vestida con aquel mono negro que marcaba cada una de sus curvas, pero esta vez descalza. Se había quitado los pendientes y el maquillaje negro de sus párpados, visiblemente difuminado, le daba a sus preciosos ojos verdes un toque todavía más felino.

En las manos sostenía su cámara de foto.

—Hola —murmuró desconcertada.

—¿Adónde vas? —inquirí casi sin pensar. La pregunta salió de mi boca como si tuviera vida propia.

Ella dudó unos segundos si responderme o no.

—He perdido la tapa delantera del objetivo y voy a decir en Recepción que si la encuentran, me la guarden.

Asentí en silencio y me quedé allí plantado, esperándola. Con mi chaqueta colgando del hombro.

La vi conversar con uno de los empleados. Se tocaba el pelo y sonreía.

¡Maldita sea! ¿Por qué tenía que ser tan condenadamente bonita?

Luego se giró y volvió hacia mí.

—Ya está —susurró con timidez.

—Seguro que la encuentran —dije en un intento de tranquilizarla.

—Sí, seguro que sí —respondió ella, encogiéndose de hombros.

Esperamos el ascensor juntos y cuando las formidables puertas de acero y madera se abrieron le hice un gesto con la mano para que pasara ella primero.

—¿En qué piso tienes la habitación? —me preguntó.

—En el tercero.

—Creo que todos los invitados están alojados en la tercera planta —expresó, evitando mirarme.

Permanecimos callados mientras subíamos. No aparté mis ojos de su rostro. Ella se tocó el pelo otra vez y me dedicó una mirada cohibida.

Sentí el impulso de abordarla, pero un sonoro tintineo me sacó de mi ensoñación.

Un largo pasillo enmoquetado se extendía a un lado y a otro. En la parte superior de la pared frontal un letrero indicaba el número de las habitaciones.

—¿Cuál es la tuya? —la interrogué.

—La 310 —respondió ella, señalando hacia el lado contrario de donde estaba la mía.

Era obvio que se sentía incómoda.

—Ha estado bien la boda, ¿verdad?

—Sí, mucho —musité rascándome la barbilla.

Silencio, otra vez.

—Bueno…, que descanses.

—Igualmente —convine sin dejar de observarla.

No quise moverme hasta que ella no lo hiciera, pero cuando la vi girarse comenté con ironía:

—Por cierto, la declaración de amor del adiestrador de caballas ha sido muy conmovedora.

Quería hacerla sonreír y lo logré.

Sus rosados labios intentaron resistirse. Finalmente, se curvaron dibujando una sonrisa deslumbrante.

—Así que te ha molestado que yo haya ligado y tú no, eh.

—Lo cierto es que yo he estado en desventaja. Las camareras del cáterin tenían bigote.

—Había más mujeres en la fiesta —apuntó ella, achicando los ojos.

Sí, pero ninguna como tú, pensé.

—Nada interesante, créeme.

Hizo una simpática mueca con la cara, pero, en el fondo, creo que se tomó a mal mi último comentario.

—Pues Frederick me ha resultado muy divertido. Lástima que sea demasiado joven para mí.

—¿Joven? Yo diría que es más bien gilipollas. Un adiestrador de caballas, ¿qué estúpida profesión es esa?

—Es adiestrador de delfines —atestiguó risueña, colgándose la cámara al hombro y cruzándose de brazos.

—Delfines, caballas... ¿Cuál es la diferencia?

—A mí me parece un trabajo precioso y apasionante.

—Sí, y a mí. Casi vomito escuchándole. Fíjate cuánta pasión.

—Eres un idiota. Me voy a dormir —dijo, negando con la cabeza y sin borrar aquella preciosa sonrisa de su boca.

En ese instante, las puertas del ascensor volvieron a abrirse y de su interior salió el interpelado.

La misma cara de gilipollas en potencia con la que nos había mirado en el jardín nos estudiaba ahora a los dos.

—Hola, ¿sabéis por dónde queda la habitación 312?

Yo no respondí. Tan solo lo observé desafiante.

—Por aquí —anunció ella—, voy contigo. Yo tengo la 310.

—Estupendo —balbuceó él, ignorándome.

—Buenas noches, Raúl —dijo ella con tonito, tras dar un paso.

—Adiós —respondí de mala gana, dándome la vuelta hacia el sentido contrario.

No volví la vista atrás. Oí su risa y su voz conversando con él, alejándose cada vez más.

Me apresuré a esconderme entre cuatro desconocidas paredes. Entré y solté con furia la chaqueta sobre la primera silla que encontré en mi camino. Tiré de la camisa para sacármela por fuera de los pantalones.

La sangre me hervía y el pulso me palpitaba con furia.

Me senté en la cama y me froté los muslos, para más tarde clavar los codos en las rodillas y sujetarme la cabeza.

El cerebro me iba a estallar solo de pensar que ella podía acabar en la habitación de ese imbécil.

Caminé de un lado a otro, sintiéndome como un león al que acaban de enjaular.

Tenía que calmarme o, de un momento a otro, el mobiliario de la estancia sufriría los daños colaterales.

¿Y si pasaba la noche con él?...

¿Y si en realidad le gustaba?...

Abrí la diminuta nevera que había en la parte inferior del aparador y me serví una copa. Le di dos tragos y solté el vaso.

Tardé aproximadamente unos quince o veinte minutos, quizá más, en decidir si ir o no a buscarla. El tiempo suficiente para que la impotencia se transformara en un dolor que me atravesaba el pecho y las ganas de destrozar algo aumentaran por segundos.

Finalmente, me armé de coraje y me apresuré hacia su habitación.

En el pasillo ya no había nadie, lo que me hacía dudar si era o no buena señal.

Me planté delante de la puerta y, antes de llamar, comprobé que era la 310. Molestar a otros huéspedes a esas horas de la madrugada lo habría complicado todo aun más.

Mi corazón me bombeaba con tanta fuerza que no supe si la causa de mi mareo era esa o se debía a los efectos de la última copa que me había tomado.

Respiré profundamente y aporreé la madera con los nudillos.

Nadie me abría. Así que insistí con el pulso a mil. Cuando fui a golpearla por tercera vez, oí la cerradura girarse y Javi apareció ante mí sujetando el pomo.

Llevaba un pijama de Batman que consistía en una ridícula camiseta de tirantes y un pantalón corto demasiado ajustado. Su gesto de incredulidad y su manera de sujetar la puerta, impidiéndome que pudiera mirar hacia dentro, me irritó considerablemente.

—¿Te has perdido, Raúl? —siseó con sorna aquel diabólico enano vestido de superhéroe.

—¿Dónde está Cristina?

Él afiló la mirada.

—¿Cristina? ¿Mi Cris? ¿Por...?

—Quiero hablar un momento con ella —mascullé, pasándome una mano por el pelo.

—Uy, uy... Te veo bastante afectado —canturreó mirándome de arriba abajo—. ¿Te ocurre algo?

—Déjate de estupideces, Javi, ¿dónde está? —insistí, apoyándome en el canto de la puerta.

—Te refieres a mi compañera de piso, ¿verdad? ¿La misma chica morena y preciosa a la que hace unos meses su marido dejó tras un absurdo malentendido y que, más tarde, decidió divorciarse de ella y echarla de su casa? Preguntas por esa Cristina, ¿no?

Apreté los puños y miré al suelo. Mi paciencia empezaba a agotarse.

Luego lo fulminé con una mirada glacial.

—¿Dónde coño está?

Él abrió un poco más y se hizo a un lado, cruzándose de brazos.

—Está ahí, dormida —dijo, haciéndome un gesto con la cabeza.

Y, efectivamente, llevaba razón.

Solté el aire que hasta entonces había acumulado en mis pulmones.

Desde mi posición pude observarla acostada en la cama que se hallaba pegada al ventanal que daba a la terraza, en su peculiar postura para dormir. Con su bonito rostro descansando sobre sus manos y una fina y blanca sábana cubriéndole las piernas.

Deseé poder acercarme a ella y abrazarla.

Me quedé allí pasmado, contemplándola, hasta que Javi volvió a la pose inicial y entornó de nuevo la puerta.

—¿Ves?, duerme. Tranquilamente. Pero si en vez de estar ahí, estuviese en otra habitación de este hotel con ese chico rubio que se ha quedado prendado de ella o con cualquier otro, estaría en su derecho. ¿Sabes por qué? Porque está di·vor·cia·da. —Esto último lo dijo tocándome el pecho con su dedo índice y yo me contuve, desechando la idea de agarrarle la mano y retorcérsela—. Sí, en contra de su voluntad, pero lo está. Así que, ahora es libre de hacer lo que quiera. Lo que no entiendo es qué haces tú paseándote por estos pasillos, borracho como un piojo y con ese aspecto de amante atormentado. Pero ¿tú te has visto esos pelos? Si te pareces a Luis Miguel en sus primeros videoclips...

Negué con la cabeza sin mirarlo.

—La quiero —confesé dando un paso atrás, tambaleándome un poco—. No me acostumbro a vivir sin ella.

Javi puso los ojos en blanco y se mordió el labio inferior.

—¿Y ahora te das cuenta? ¡Madre de Dios!

—No sé cómo enfrentarme al hecho de que Elena tenga otro padre que no sea yo. No concibo la idea de que él esté cerca de ellas dos.

—¿Y creías que la solución era echarla de tu vida? —preguntó sin inmutarse.

Su postura y el modo de mirarme me dejó entrever que mi confesión no le cogía por sorpresa.

—¡Me mintió! ¡Otra vez! Si me lo hubiera contado. Si me hubiese dicho que él había vuelto...

—¡Shhh! ¿Quieres despertar a toda la planta?

—Mira, da igual —protesté, girándome para largarme de una maldita vez.

—¡Raúl! —vociferó saliendo al pasillo y obligándome a darme la vuelta—. Es Cristina. Ella hace las cosas de esa manera. Se equivoca una y otra vez, y le cuesta escarmentar de sus errores. Es temeraria... e impulsiva. Sin embargo, también es la persona más leal que conozco. —Avanzó hacia mí y se detuvo a un metro de distancia—. Supe que tú eras el amor de su vida desde la primera vez que la vi mirarte. Deberías saber que las personas como ella no se enamoran todos los días. Cuando lo hacen es para siempre. Y eso fue lo que le ocurrió contigo. Quizá por eso creyó que era mejor mentirte si con ello lograba tenerte a su lado, que confesarte la verdad. Qué sé yo...

—Yo tampoco lo sé.

—Así es Cristina. Imperfecta, eso ya lo sabías. Pero ella tampoco se acostumbra a vivir sin ti. Tal vez lo supere, probablemente un día de estos decida dejar atrás todo aquello que la hace sufrir y continuar. Antes de ti, ella era una chica de mundo. Me preocupa que su única vía de escape sea huir lejos de aquí y que entonces ya no haya marcha atrás... Hace tiempo se arriesgó. Renunció a sus ilusiones de convertirse en una fotógrafa de éxito para vivir contigo en Sevilla. ¿Y sabes qué? Que jamás la he oído decir que se arrepentía de su decisión. Ni una sola vez. Ni una..., hasta hoy.

Clavé mis ojos en los de él.

—¿Qué quieres decir?

Me costaba seguirle el hilo. Sentí que el suelo se movía y que las náuseas me revolvían el estómago.

¿Qué demonios estaba diciendo?

—Lo que intento decirte es que si la quieres tanto como declaras, vuelvas a tu habitación y pienses en ello. —Me apartó la mirada durante unos segundos, pero luego volvió a enfrentarme con rencor—. Le has hecho daño, Raúl. Ella asegura que hay otra mujer.

—Eso... —me masajeé el puente de la nariz— no es verdad. Nunca la habrá.

Él me estudió. Como si estuviera esperando a que añadiera algo más.

—Entonces procura que mi mejor amiga no se marche a otro país solo para olvidarte. Te odiaré por ello si lo hace —rezongó, adentrándose de nuevo en la habitación.

—¡¿De qué coño hablas?! ¿Por qué cojones estás diciendo esa estupidez? —protesté adelantándome, impidiendo con una mano que cerrara.

—Raúl..., estás borracho, pero no eres tonto.

—¿Qué significa...?

—Buenas noches.

Un sonoro portazo me obligó a retroceder y sacudir mis pensamientos.

¿Marcharse a otro país? ¿Era eso lo que había dicho? No, no podía ser...

Regresé a mi habitación, confuso, aturdido y muy mareado.

El pasillo me resultó kilométrico y respiré hondo para refrenar la desazón que sentía.

Me desplomé sobre la cama, autoconvenciéndome de que ella nunca se alejaría de mí. No, ella no haría eso.

Yo jamás lo permitiría.

16

TENGO QUE IRME

—**A**hí está el amante bandido —murmuró Javi con un ligero e imperceptible codazo que hizo tambalear el zumo de naranja que sostenía en mi bandeja.

El hotel incluía el desayuno y, a pesar de que nos habíamos dormido bastante tarde, los invitados no queríamos perdernos el delicioso *buffet*.

Giré la cabeza con disimulo, pero era demasiado tarde. Raúl ya me había visto y me hizo un saludo inapreciable. Estaba solo, en una de las mesas del fondo de aquel amplio y luminoso salón.

Javi me contó lo sucedido. Me dijo que la noche anterior, poco después de que yo cayera derrumbada en la cama, él apareció por nuestra habitación loco de celos. Me comentó lo que habían hablado y, aunque el corazón se me contrajo al oírlo, no podía dejar que me hiciera esto. No ahora que ya había tomado una decisión.

Estaba harta de avanzar y retroceder constantemente. Aquella mañana todo me pareció diferente. Tenía que hacer algo más.

Cuando estábamos terminando de desayunar, él se aproximó a nosotros. Apoyó las dos manos sobre la superficie y yo aupé el rostro, sorprendida.

—Buenos días —dijo de pie, mirándome.

Su cabello estaba húmedo y olía a gel de baño. Llevaba una sencilla camiseta blanca y vaqueros azules. Intentaba ocultar que estaba nervioso, pero su gesto le delataba.

Cristóbal le devolvió el saludo en un tono cortés, sin embargo, Javi canturreó con guasa.

—Buenos días, Raúl. ¿Qué tal la resaca?

—Muy bien. Oye —murmuró ignorándolo y dirigiéndose a mí—, he pensado que podrías venirte en mi coche para Sevilla. Así vamos directamente a casa de mis padres a recoger a Elena.

Su proposición me dejó completamente desorientada. Y durante unos segundos ninguno dijo nada. Tan solo sentía los ojos de Javi escrutándome.

—Bueno…, yo… —tartamudeé desconcertada.

Él se incorporó, tocándose la nuca.

—En fin, si te parece bien —apostilló apocado.

—Sí..., vale…

—¿Sí?

—De acuerdo —afirmé sin atreverme aún a mirar a Javi y a Cristóbal, que seguían sin pronunciar palabra.

A las doce y media de la mañana quedé en reunirme con él en la puerta del hotel. Tuve que soportar los jocosos comentarios de mis amigos sobre lo que Raúl quería hacer conmigo por el camino, pero los ignoré en la medida que pude. Marta apareció por nuestra habitación cuando ya estaba a punto de marcharme. Ella había dormido con Fernando y su rostro transmitía la felicidad que la inundaba.

—¿Estás segura de querer irte con él? —me preguntó más seria tras las bromas de Javi—. No quiero que Raúl ande volviéndote loca con sus indecisiones, Cris.

—Intentamos llevarnos bien, eso es todo. Estoy harta de pelear con él. Lo prefiero cuando es amable.

—De acuerdo, yo solo quiero que sepas lo que haces.

—No te preocupes. Te llamaré luego.

Una vez tuve mi pequeño equipaje listo, suspiré profundamente y fui a su encuentro.

Me esperaba apoyado en la puerta de su BMW negro. Tenía las piernas cruzadas y escribía algo en su móvil. Alzó la vista en cuanto sintió mi presencia.

—¿Preparada? —inquirió más relajado, agachándose para coger mi maleta.

—Depende de para qué —murmuré entre dientes.

—Tranquila, solo es un viaje —bromeó, cerrando el maletero.

—Vale, pero yo pongo la música. Si vuelvo a oír una canción de Rocío Dúrcal me tiro del coche en marcha.

Hizo una divertida mueca con la cara, sin entender a qué venía ese comentario y tuve que explicarle cuánto había sufrido en el trayecto de ida por culpa de los gustos musicales de Javi.

—Así que te he salvado, ¿no? —comentó, introduciendo la llave en el contacto y poniendo en marcha el vehículo.

—A decir verdad, sí.

Toqueteé la radio mientras él seguía las indicaciones del GPS. Y cuando oí en una de las emisoras la sedosa voz de Leon Else cantando *Cheap Hotel*, puse el volumen más alto.

Él conducía con sus gafas de sol perfectamente adaptadas a su atractivo rostro. Me fijé en sus brazos y en que en su muñeca aún conservaba el último reloj digital que yo le había regalado.

La música continuó sonando y ambos permanecimos en silencio durante unos minutos. Tamborileé los dedos sobre mis muslos expuestos. Me había puesto un cómodo vestido veraniego de rayas, y sandalias. El aire acondicionado estaba encendido, pero el día era tremendamente caluroso y el sol pretendía derretirme las rodillas.

—He hablado con Elena esta mañana —dije para entablar conversación.

—Lo sé. Yo la he llamado después.

—Dice que no quiere venirse de Roche.

—Lógico. Allí se lo pasa en grande. Mis padres me han contado que ayer estuvo todo el día jugando con los hijos de los vecinos.

Sonreí pensando en mi pequeña y en las ganas que tenía de volver a verla.

Me miré las manos y jugué con mi anillo. El de boda. Yo todavía lo conservaba. Pero él no. Se deshizo del adorno poco después de nuestra ruptura.

—¿Por qué viniste a buscarme anoche? —le pregunté al cabo de unos segundos.

Él giró la cabeza, despegando su atención de la carretera para enfrentarme.

Luego concentró la vista al frente.

Percibí la confusión en su semblante.

—Quería asegurarme de que no estabas con el adiestrador de caballas.

—¿Por qué? —lo interrogué seriamente.

—Porque no me caía bien —masculló encogiéndose de hombros.

—No era a ti a quien debía caerle bien.

—Te equivocas en eso.

—¿Cómo?

—Pues… que si vas a salir con alguien, yo también tengo que darle mi aprobación.

Solté una carcajada forzada.

—¿Tú te estás oyendo? ¿Qué pasa, aún estás borracho?

—No creo que te esté diciendo ninguna locura. En el caso de que te guste algún tío y decidas comenzar una relación, se supone que esa persona va a estar con mi hija, por lo tanto, creo que lo mínimo que debería de ser es que, al menos, me parezca simpático y no un completo idiota.

Abrí mucho los ojos, atónita.

—Bueno, por esa regla de tres, yo también tengo derecho a exigir lo mismo, ¿no crees? —Observé que se ponía tenso—.Y tu novia no me gusta. Mónica, ¿no es así como se llama? —inquirí con petulancia.

—No es mi novia. Es mi amiga —replicó sin mirarme.

—Da igual, lo que sea. No me gusta y no quiero que esté con mi hija.

Suspiró.

—Los amigos no cuentan. Tú vives con dos. Y pasan mucho tiempo con Elena —eludió.

—En primer lugar, vivo con ellos quince días al mes porque ya no puedo hacerlo en la que era mi casa cuando está mi ex. Y en segundo lugar, intuyo que mi amistad con Javi y Marta es muy distinta a la tuya con Mónica.

—Eso no lo sabes —rebatió molesto.

—No. No lo sé. Ahora mismo lo único que sé es que ha sido mala idea montarme contigo en este coche.

Atisbé que apretaba la mandíbula.

—Está bien —dijo pasados unos segundos, en un tono conciliador—, dejemos el tema.

—Sí, mejor.

Me puse a mirar por la ventanilla, y el frondoso paisaje de montes elevados y campos pardos e interminables que se presentaba a un lado y a otro de la autopista me hizo reflexionar. Yo quería a Raúl, pero era evidente que nos debíamos un tiempo. O tal vez solo lo necesitaba yo. La idea de marcharme a Londres se hacía poco a poco más tangible, así que cuanto más pensaba en ello, más convencida estaba de que allí lograría encontrarme a mí misma y descubrir quién era realmente.

Quizá ese era el problema.

—Me gustaría llevarte a un sitio a almorzar —declaró al cabo de un rato.

—¿Ah, sí? ¿Por qué?

—Porque me apetece. ¿Vas a cuestionarlo todo hoy?

—Siempre que pueda, sí.

Negó con la cabeza.

—Hice unas reformas recientemente en unas edificaciones de Zahara de la Sierra y me gustaría llevarte a un sitio que creo que te gustará.

—Vale.

—Mis padres no llegarán hasta las seis o siete de la tarde. Tenemos tiempo.

Sí. Yo también tendría tiempo para contarle lo que rondaba por mi mente…

Cuando estábamos a unos cien kilómetros de Sevilla, Raúl tomó el desvío hacia Zahara de la Sierra. Condujo por una estrecha carretera que había sido construida para atravesar un inmenso prado salpicado de flores y pinsapos. El embalse del río Guadalete estaba a rebosar y las vistas eran grandiosas. Bajé la ventanilla para aspirar el aire cargado de aromas saludables que desprendía la vegetación, cerré los ojos con el codo apoyado en la puerta y, de repente, una avispa se me posó en el brazo. Me la quité de un manotazo pero ya era tarde, entró en el coche y me puse a gritar como una posesa.

—¡¿Qué haces?!

—¡Que me va a picar!

—¿Quieres estarte quieta?

—¡Para! —continué gritando mientras el insecto daba vueltas a mi alrededor.

Intenté espantarla con el bolso, pero se me escapó de las manos y le di a Raúl con la hebilla en un ojo. Fue sin querer, ¡lo juro! Pero ese irresponsable acto estuvo a punto de despeñarnos por la cuneta.

—¡Me cago en la puta! —protestó, dando un brusco frenazo y deteniendo el vehículo en el pequeño arcén.

Abrí la puerta y me bajé de un salto. La avispa salió detrás de mí y voló en otra dirección. Probablemente a incordiar en otro lugar.

—¡Estás loca! ¡Casi nos matas! —vociferó él tapándose el ojo damnificado, una vez en el exterior.

—Casi me pica —argumenté en mi defensa. Ahora más calmada.

Era consciente de que mi estúpida fobia hacia las avispas había sido una temeridad.

—¡Casi me dejas ciego! —gruñó, parpadeando de forma exagerada.

El cielo, despejado, celeste y luminoso; y aquel sol enorme custodiado por mudas nubes, eran nuestra única compañía.

—Déjame ver —aseveré poniéndome frente a él y atrapando su muñeca para apartarle la mano de la cara.

Él no se opuso.

La hebilla le había hecho un pequeño rasguño en la parte superior del párpado. No era nada grave, pero lo suficiente para que el sentimiento de culpa recayera sobre mí como una losa.

—Lo siento —murmuré completamente arrepentida por el hecho de que mi desorbitado ataque de histeria le hubiese provocado aquello.

Él relajó los músculos de su rostro, que hasta ese momento tenía contraídos.

Su mirada, ahora más suave…, más serena, me recorrió las facciones.

—Ha sido sin querer —susurré dando un paso atrás cuando comprendí que aquella intimidad me turbaba.

—Sí, seguro que sí —adujo él curvando sus labios—. Anda, ven —comentó tirando de mí.

Caminó hacia el otro lado de la carretera y me señaló con un ligero movimiento de cabeza que mirara hacia la parte inferior de la ladera. Y allí, internada entre fértiles y majestuosas montañas, había una playa artificial, creada a partir del cauce del río y rodeada de huertas y árboles frutales.

Fue como ver un oasis en medio de un desierto.

—Raúl, esto es precioso… —exclamé asombrada.

—¿Te apetece un baño? —preguntó divertido.

—Por supuesto.

Él me explicó que la zona se llamaba «Área Recreativa Arroyomolinos» y que en ella se realizaban múltiples actividades al aire libre. El recinto, abierto al público, disponía de bares-restaurantes, chiringuitos, mesas repartidas por toda la explanada, barbacoas y zona de juegos.

Aparcamos el coche en un aparcamiento reservado y del maletero sacamos nuestros bañadores y un par de toallas.

Entramos en unos baños públicos a cambiarnos y volvimos a encontrarnos fuera. La tensión entre nosotros volvía a suavizarse e intenté comportarme como lo que éramos o aspirábamos a ser: amigos.

Mientras avanzábamos y Raúl continuaba hablándome de cómo surgió el proyecto de construir ese lugar, contemplé estupefacta a los jóvenes que se lanzaban al agua en tirolinas. Había muchas familias disfrutando del campo y los niños corrían de un lado a otro riendo y jugando. Sin duda, aquel hermoso paraje era un sitio excepcional para practicar deporte al aire libre y deleitarse de la maravillosa naturaleza.

El calor se hacía cada vez más insoportable y cuando nos aproximábamos a la orilla me saqué el vestido por la cabeza, solté mi bolso en el césped y me lancé al agua sin pensarlo dos veces.

Grité cuando metí los pies en ella. Estaba helada. Aun así, no me detuve.

Raúl me observó con una radiante sonrisa. Él se sumergió poco después y nadó hasta situarse frente a mí.

Estar allí, dándome un baño en pleno corazón de la Sierra de Cádiz con Raúl a medio metro de distancia…, me pareció lo mejor que había hecho en mucho tiempo.

—Qué maravilla… —exhalé, analizando la bonita silueta de verdes lomas que nos encerraba.

—Sabía que te gustaría —reiteró él, satisfecho ante mi cara de alelamiento.

—Bañarse aquí es mejor que ir escuchando rancheras en el coche de Cristóbal —dije pasándome las manos por el pelo y peinándome con los dedos.

—En ese caso me debes una.

—Me temo que sí —murmuré, salpicándole un poco de agua.

Charlamos de un montón de cosas mientras nos refrescábamos. Pero cuando sentí que las piernas empezaban a congelárseme, le pedí que continuáramos hablando en el césped.

Mis ojos no podían apartarse de su pecho, de su cuello, de sus brazos y del movimiento de estos al secarse con su toalla, y creo que él podía intuir mis pensamientos, ya que su sonrisita de suficiencia me ponía cada vez más nerviosa.

Propuso que almorzáramos en el restaurante que había allí, en el recinto. Un chiringuito de madera con comida tradicional. Y me pareció una idea estupenda.

Tuvimos que esperar un poco, debido a la gran afluencia de clientes a esa hora, pero lo hicimos de pie, apoyados sobre la barra del bar y tomándonos unos refrescos. Demasiado cerca el uno del otro...

Estuvo contándome que la semana anterior tuvo que despedir a uno de los jefes de obra más veterano de la empresa, a causa de su incompetencia, y que eso le había ocasionado bastantes complicaciones en las contrataciones que ya tenía firmadas.

Lo escuché con atención, luchando para que no se me notara la necesidad física de él que sufría en silencio.

Cuando uno de los camareros nos pidió amablemente que lo acompañáramos, nos señaló una mesa redonda con dos sillas de aluminio y madera situada bajo una pérgola de paja en la mejor zona de la terraza. Nos acomodamos uno frente al otro, y unos minutos después llegaron nuestros platos.

Aquella escena me hizo reflexionar sobre lo mucho que hacía que no almorzábamos juntos. La añoranza me abrumó.

Continuamos charlando, relajados. La mayor parte del tiempo fue Elena quien acaparó la conversación.

Tomó café y yo arroz con leche, de postre. Él se mantuvo a momentos taciturno y yo, por el contrario, hablé sin descanso.

No sé exactamente cómo sucedió ni en qué instante decidimos tender nuestras toallas bajo la sombra de un árbol y reposar tras la comida. Lo único que sé es que él tenía la cabeza apoyada en una de sus manos y me contemplaba sin cesar.

Yo imité su pose mientras toqueteaba unas diminutas ramitas.

Al fondo se oían las risotadas de los niños y la música, lejana, que sonaba en el bar. Sentí la brisa en la cara y la intensidad de la naturaleza recayendo sobre nosotros.

—¿Qué tal Luis? ¿Todo bien por el estudio? —me preguntó con cautela.

De repente, supe que aquel era el momento de contárselo. Tenía que ser sincera con él. No podía volver a mentirle o a ocultarle nada. Me había prometido a mí misma que las mentiras eran parte del pasado.

—Le han hecho una oferta de trabajo para irse a Londres —logré articular.

Su rostro varió en milésimas de segundos. Incluso diría que cambió de color.

Yo aún no sabía que Javi le había insinuado mi idea de marcharme a otro país. Lo descubrí bastante después. Mi amigo omitió detallarme esa parte.

Tal vez por eso su expresión no mostraba sorpresa, sino una profunda y desgarrada decepción. Como si de pronto algo que él sospechaba hubiese sido desgraciadamente confirmado.

—Probablemente me marche con él —añadí desdeñando su silencio.

Achicó los ojos y luego me apartó la mirada unos segundos.

—Si te vas, ¿qué pasará con Elena? —rezongó esforzándose por mantener la calma, tras un suspiro.

—Vendría conmigo, Raúl.

Exhaló una mustia sonrisa y se movió hasta quedar tumbado boca arriba, con las manos cruzadas bajo la nuca.

—No puedes estar hablando en serio. ¿Y qué hay de mí? ¿Y de mis padres? ¿Cuándo la veríamos? No creo que podamos apañárnosla con la custodia compartida estando tú en un país y yo en otro.

—Lo siento, Raúl —respondí, sentándome y abrazándome las rodillas—. Sé que será complicado. Aun así haré todo lo posible para venir cada vez que pueda.

—Sabes que lo que estás diciendo es una locura, Cristina —bramó a medida que se incorporaba.

Guardé silencio, pero su constante análisis me impulsó a continuar:

—No puedo quedarme aquí. No quiero. Necesito hacer algo con mi vida. No estoy bien, Raúl. Y tengo que estarlo para cuidar de ella.

—¿Te vas por mi culpa? ¿Es por lo nuestro?

El tono de su voz me emocionó: claro, suave, sin estación… Como si de pronto la tormenta hubiese amainado y dejara tras de sí oscuridad y confusión.

—No, Raúl. Es por mí. Todo esto… Todo lo que nos ha sucedido ha sido culpa mía. Me equivoqué pensando que podríamos… —Tomé aire para poder continuar. Un nudo me atravesaba la garganta—. Creí que Marcus no aparecería jamás en nuestras vidas, pero ahora él ha vuelto y no quiere irse hasta demostrar que Elena es su hija. —Sabía que mencionar a Marcus en esa conversación le haría mucho daño y así me lo demostraron sus facciones. No obstante, él tenía derecho a saber lo que ocurría—. Quiere que hagamos las pruebas pronto. Y tal vez pienses que me estoy equivocando, pero yo solo intento que esto no llegue a manos de un juez. Lo hago por ti y por mí.

Toqué el césped, inquieta. La hierba me hizo cosquillas en las yemas de los dedos.

—¿Por mí? ¿Qué saco yo de esto? Tú te marchas a Londres. Y ese tipo, en cuanto tenga esas pruebas, exigirá ver a Elena. ¿Me puedes decir qué gano yo?

Estaba sentado, apoyándose en las palmas de sus manos y tenía una rodilla flexionada. Aunque pretendía mostrarse imperturbable, yo sabía que el desasosiego le recorría lentamente la piel.

—Raúl, yo no quiero a Marcus. Necesito que lo entiendas. De hecho, no creo que pueda querer a nadie jamás del modo que te quiero a ti.

—Ya... —articuló cerrando los ojos. Aspirando el aroma de las flores que flotaba en el aire.

Supuse que no era muy convincente hablarle de amor cuando estaba confesándole que pensaba largarme del país.

—La primera vez que me marché de España fue unos años después de la muerte de mis padres. Me sentía completamente dependiente de Carolina. Ella era lo único que tenía en mi vida y me daba tanto miedo pensar que mi hermana lo hacía todo por mí que decidí cambiar eso. Cuando regresé te conocí y, desde entonces, me ha sucedido lo mismo contigo. No puedo necesitarte hasta el punto de no querer vivir si no te tengo. No es sano.

Él enmudeció. Admiré su predisposición a comprenderme. Unas semanas atrás, aquella conversación habría acabado en gritos y amenazas.

—Tampoco lo es para mí que te lleves a mi hija —murmuró jugueteando con un hilo que sobresalía de la toalla.

—Tengo que irme, Raúl. Sé que alejándome un tiempo encontraremos una solución. Lo presiento. Por favor, entiéndelo.

No respondió. Volvió a tumbarse, contemplando las montañas que se alzaban frente a él.

—¿Te acuerdas cuando Elena dijo su primera palabra?

—Claro que lo recuerdo. Fue «papá». Yo estaba con ella —musité, sonriendo con nostalgia al recordar a Elena sentada en el suelo del salón, sobre la alfombra, y jugando con sus juguetes. Tenía unos once meses aproximadamente.

—Exacto. Me llamaste y yo estaba en mitad de una reunión. Ese día había más de doce personas en la Sala de Juntas y puse el «manos libres» para que todos oyeran cómo mi hijita me llamaba papá. Su voz, pronunciando esa palabra, fue el sonido más hermoso que he oído en mi vida.

—Sí... —asentí—. Raúl, ella siempre será tu hija —afirmé.

Quería que me creyera.

—Si te vas —dijo girando el rostro para enfrentarme— quiero hablar con ella todos los días —declaró con rotundidad.

—De acuerdo.

Pasaron varios minutos silenciosos hasta que él se puso en pie.

—Debemos irnos. Es tarde.

—Sí...

La hostilidad se imponía de nuevo entre él y yo.

17

PODEMOS FINGIR...

Raúl

El camino de vuelta fue silencioso. Supongo que poco teníamos que decirnos el uno al otro, o quizá eran demasiados los interrogantes como para resolverlos en una sola tarde.

Habíamos hecho las cosas fatal, pero de algo estaba completamente seguro: no dejaría que ninguna de las dos se marchase a otro país.

Agradecí que ella hubiese sido franca conmigo y me hablase de sus planes. Sin embargo, a pesar de que su vida profesional estaba en juego, no iba a permitirlo. Podría parecer machista o arcaico, pero lo cierto era que me daba igual. La noticia de su marcha me había pillado por sorpresa y en mi cabeza la única lógica admisible era impedir que se alejaran de mí.

Recogimos a Elena en casa de mis padres sobre las ocho de la tarde. Tanto a ellos como a mi hija les sorprendió vernos llegar juntos en mi coche. Mi padre me observó con minuciosidad el breve periodo de tiempo que permanecimos allí, y supe que más tarde tendría que explicarle todo lo que rondaba por mi cabeza.

Me ofrecí a llevarlas a casa. Esa semana le tocaba a Cristina quedarse a dormir con Elena. Cuando llegué a nuestra calle y ambas se bajaron del coche, esta insistió en que subiese y la bañara.

—Solo si a ti te parece bien —comenté dirigiéndome a Cristina, ante la obstinación de la pequeña.

—Claro. Sube y cenas con nosotras —respondió ella, sorprendiéndome.

Y al mirarla, supe que esa noche sería distinta a todas la demás.

—¡¡Sí, papi, porfiiiii!! —vociferó Elena.

—De acuerdo. Aparcaré el coche.

—Bien.

Recuerdo que a medida que subía los escalones, mi corazón saltaba loco dentro del pecho.

Me sentía como si estuviera a punto de enfrentarme a una prueba crucial. Como si de mi comportamiento durante la cena dependiese el resto de mi futuro, mejor dicho… ¡nuestro futuro!

No sería tan difícil. Podía hacerlo. Tan solo tenía que convencerla de que podríamos salir de esta.

En cuanto entré por la puerta intenté comportarme de un modo natural. Es decir, ocultar mi nerviosismo.

Elena saltó sobre mí.

—¡Venga, papi, báñame!

—Suerte —murmuró Cris metiéndose en la cocina, con una bonita sonrisa en sus labios.

Mi hija demandó toda mi atención el tiempo que duró el baño. Jugué con ella y me desternillé de la risa ante sus ocurrencias.

Cristina entró un par de veces para descubrir qué era lo que nos hacía tanta gracia, y ella también soltó una carcajada al ver a Elena con una simpática cresta de espuma. La última vez nos avisó de que la cena ya estaba lista.

No pude evitar contemplarla cuando se daba la vuelta y comérmela con la mirada. Aún llevaba ese sencillo vestido marinero con el que me había torturado durante todo el día. Tenía el pelo recogido en un moño y la piel de su cuello quedaba expuesta y… era deliciosa. Me recordó a esas mañanas en las que ella se paseaba por casa con mis camisas, con el rímel corrido y oliendo a vida.

—No tardéis —dijo recogiendo algunas prendas del suelo. Y se fue.

Cuando me giré, los ojitos grandes e inocentes de mi pequeña me escudriñaban.

—¿Te vas a quedar a vivir otra vez con nosotras?

Suspiré y mientras perfeccionaba su cresta, murmuré:

—Bueno, no lo sé. Voy a intentarlo...

—Mamá te quiere mucho. Se lo dijo el otro día a Marta por teléfono.

—¿Ah, sí? ¿Y qué mas oíste?

—Pues eso. Le dijo que no puede dormir por las noches desde que tú no estás. Y, además, cree que tienes una novia.

Dejé escapar el aire que tenía contenido en los pulmones y luego abrí el grifo para aclararle el pelo.

—En ese caso tendré que hacer lo posible para hacerla cambiar de opinión. ¿No crees?

Ella asintió y una resplandeciente sonrisa iluminó su rostro.

No. No estaba dispuesto a perderme ni un solo momento de la existencia de mi hija.

Elena y yo nos sentamos en el sofá del salón y antes de que la pequeña se apoderara del mando de la tele, ahora ya nuevo, puse las noticias. Cristina anunció que se daría una ducha rápida antes de cenar.

En la tele, la imagen de un cuerpo cubierto con una sábana, rodeado de carroñeros periodistas y flashes, atrajo mi atención. Leí el titular: «Muere violada y apuñalada con un destornillador una joven de veinticinco años en Sevilla». Oí la noticia preguntándome qué clase de monstruo sería capaz de hacer algo así...

A continuación, Elena me arrancó el mando y cambió de canal. Se acomodó entre el arco de mi brazo y mi pecho, haciendo que me olvidara del suceso, y vimos juntos un capítulo de *Bob Esponja*. Aquel en el que ese chiflado muñeco amarillo cambiaba sus pantalones cortos por unos largos y ello le ocasionaba una multitud de disparatados perjuicios.

Todo parecía tan normal entre nosotros que por un momento pensé que podríamos continuar así en adelante.

Más tarde, cuando Cristina hizo su aparición con el cabello húmedo cayéndole por los hombros y un pijama de verano de pantalón corto y camiseta de tirantes, supe que me costaría un esfuerzo tremendo alejar de mi mente el hecho de que no llevaba sujetador.

Elena comenzó a bostezar en cuanto se zampó el segundo bocado de su tortilla. Estaba agotada y eso facilitaría mi objetivo.

Cenamos entre risas. Intenté dejarme llevar por las sensaciones que me producía el estar rodeado de ellas. ¿Cómo podía haber sobrevivido estos meses atrás sin aquella cercanía? Ya que eso fue lo único que hice: sobrevivir.

Observé a Cristina. Estaba nerviosa. Casi tanto como yo. Lo adiviné por el modo de colocarse el pelo detrás de la oreja. Por esa forma de hablar con nuestra hija, parloteando sin parar; por su forzado intento de parecer relajada, aunque ninguno de los dos lo estábamos...

Cuando Elena acabó con la comida de su plato me pidió que la llevase a la cama. Me retuvo casi veinte minutos contándole un cuento que inventé sobre la marcha.

—Te quiero, papi. Eres el mejor contador de cuentos del mundo.

—Se dice cuentacuentos, cariño.

—Pues eso, el mejor cuentacuentos y el más guapo.

Me acerqué a ella, besé su moflete pensando en lo mucho que la quería y salí de la habitación.

Cristina se hallaba en la cocina. Me apoyé en el marco de la puerta y la contemplé sin decir nada. Ella se giró al sentir mi presencia y sonrió dulcemente. Estaba colocando los platos en el lavavajillas.

—Hace mucho tiempo que no estábamos así —musité, metiéndome las manos en los bolsillos.

—Cierto... —afirmó.

Se suponía que tenía que marcharme. Que debía marcharme. Había llegado justo el momento en el que le daba las gracias por la cena y me largaba. Pero no lo haría, hoy no.

Silencio.

—¿Te apetece una copa? —inquirió ella, aturdida. Se frotó la frente mientras hacía la pregunta.

—¿Pretendes emborracharme? —bromeé para relajar el ambiente y mis nervios.

—Solo un poco. No ponía nada de eso en el acuerdo, así que puedo intentarlo —dijo ocultando una sonrisita muy sexi.

—Está bien. ¿Tienes vino?

Sacó un par de botellas que había en uno de los muebles y me las mostró.

—Tú eliges.

—Prefiero tinto al blanco —declaré.

Descorchó un Rivera del Duero ante mi atenta mirada. Luego rellenó un cuenco con algunos cacahuetes y chucherías, y me pidió que los llevara al salón.

Nos acomodamos en el sofá; ella en una esquina con las rodillas recogidas, yo procuré sentarme a una distancia prudencial. La suficiente para poder mantener una conversación sin que sospechara que, en realidad, lo único que deseaba era besarla hasta que se hiciera de día.

Fui yo quien sirvió el vino y le ofrecí su copa.

—Por los buenos amigos —comenté brindando.

—Por los buenos amigos —repitió ella con ¿indecisión?

Oteé el salón. Las cortinas de las ventanas estaban recogidas y una luna enorme parecía estar observando lo que sucedería allí.

—Nos han pasado muchas cosas en los últimos meses... —musité.

—Cierto.

—Pero míranos, después de todo…, no lo hacemos tan mal, ¿no crees?

—Eso podré decírtelo mañana.

—¿Mañana?

—Sí. Esperaré a ver si me dices que te arrepientes de haberte quedado a tomar esta copa —dijo ella ocultando una sonrisita cargante, paseando su dedo por el borde del cristal.

—Eres mala, lo sabes, ¿no?

—Bueno, pero solo un poco.

Mi mirada se paseó por su boca.

—¿Qué harás si te conviertes en una fotógrafa de éxito? ¿Te acordarás de que algún día estuviste casada conmigo?

—Por supuesto —contestó rauda—. Hablaré mal de ti en todas las revistas del corazón. Eso estoy segura de que incrementará mi fama.

—Me lo imaginaba —chisté negando con la cabeza.

Bebimos en silencio. Mirándonos el uno al otro.

—¿Cuándo te irías?

—No lo sé, Raúl. Pero creo que pronto —murmuró más seria.

Asentí y alcancé la botella para servirnos de nuevo.

—Marta y Fernando están muy bien, ¿no crees? —chismorreó ella tras unos segundos, cambiando de tema.

—Están enamorados. Creo que es el mejor estado del mundo.

—O el peor, según se mire... —susurró.

Me dejé caer en el respaldo del sofá sin apartar los ojos de ella.

—¿Te puedo hacer una pregunta que nunca te he hecho? —inquirí.

—No sé por qué, pero intuyo que me la harás de todas formas.

—¿Te enamoraste alguna vez antes de estar conmigo?

Formulé la cuestión sin pestañear. Intentando leer en su expresión qué pasaba por su mente. Con Cristina era complicado saber cuándo decía la verdad. Me había vuelto tan sumamente desconfiado que ya ni siquiera era capaz de asimilar que si ella se tocaba el pelo de esa manera o me contemplaba con semejante inquietud era porque, en realidad, estaba tan asustada como yo. Asustado de salir aquella noche de esa casa sin nada en claro. Aterrorizado de que ella admitiera que hubo otra persona. Que él estuvo antes que yo.

—Creía que sí hasta que te conocí.

Enmudecí.

Aún estaban los dibujos animados en la televisión. El volumen era casi inaudible. Mi móvil seguía encima de la mesa. Más cerca de ella que de mí. Y de pronto comenzó a sonar. Obviamente, cuando todo va bien debería haber supuesto que el karma haría de las suyas..., pues la fotografía de Mónica apareció en la pantalla destruyendo nuestra conexión.

Ambos miramos el teléfono al mismo tiempo. Mi cuerpo se tensó al instante.

—¿No vas a cogerlo? —preguntó tras unos segundos en los que yo aún no había decidido qué hacer.

—No. Hablaré con ella mañana —afirmé.

—Claro —dijo molesta.

Se removió en su asiento y la vi ponerse de pie.

—¿Dónde vas? —le pregunté rodeando su muñeca.

No quería que se apartara de mí otra vez. No, esa noche no.

—A por más cacahuetes —respondió sin mirarme. Sabía que eso era falso, puesto que el cuenco estaba lleno.

La solté y me pasé las manos por el pelo.

Escuché el sonido de algunos cacharros en la cocina. Probablemente ella estaría haciendo tiempo antes de volver a sentarse junto a mí. O tal vez solo estaba pensando en el modo de echarme de allí. Le había molestado esa llamada. Su gesto se había transformado en cuanto descubrió quién era.

Esperé unos segundos con la esperanza de que regresara.

Me serví otra copa y me la bebí de un trago.

Respiré profundamente y decidí dejar de jugar de una vez por todas.

Ella estaba de espaldas a mí cuando entré, junto a la encimera. Me adelanté hasta quedar muy cerca de su cuerpo. La oí suspirar. Incluso sin tocarla podía percibir que estaba tan excitada como yo.

—Es tan solo una amiga.

—Ya he oído eso antes. No tienes que volver a justificarte —masculló, enjuagando algunos vasos que habían quedado en el fregadero.

—Es la verdad.

—No pasa nada —dijo sin girarse.

Pero sí pasaba. Cristina creía que Mónica era alguien importante para mí y quizá habría sido así de no ser porque ella llenaba todos y cada uno de mis pensamientos. De no ser porque ella... lo era todo.

—Cristina.

—Es tarde.

—Cristina —insistí.

—Os vi juntos en el parque. Hacíais muy buena pareja. Es muy guapa.

Di un paso más.

—No quiero que te vayas a Londres —declaré, aspirando el olor de su cabello.

—Raúl..., verás a Elena cada vez que quieras. La traeré siempre que pueda...

—No se trata de Elena. No quiero que te vayas tú.

Miró al suelo, apoyándose en el mueble.

—No me hagas esto.

—Te necesito —confesé.

—Raúl..., no podemos hacer como si nada hubiera pasado.

Le aparté el pelo del cuello para poder besarlo.

—Podemos fingir que no nos conocemos esta noche. Podemos hacer como que nos tropezamos y simplemente... amarnos —susurré con los labios pegados a su piel.

—Yo ya no quiero fingir nada contigo —jadeó.

—Nena... —Llevé una de mis manos a su vientre para acercarla todavía más a mí. Su cuerpo ardía—. Dame esta noche.

Se dio la vuelta lentamente. Su pecho subía y bajaba. Sus ojos brillantes quedaron fijos en los míos.

No dijimos nada más. Devoré su boca en cuanto tuve la oportunidad. No volvería a cometer la torpeza de marcharme de allí sin hacerla mía. Deslicé mis labios sobre los suyos. La besé con una intensidad que incluso yo desconocía.

A nuestro alrededor todo parecía haberse paralizado. Ya no oía la televisión ni el murmullo lejano de los coches en el exterior. Ya ni siquiera era capaz de escuchar mi dificultosa respiración. Mi mente únicamente prestaba atención a los gemidos que escapaban de la garganta de Cristina, la mujer que nunca debí dejar marchar. A cómo su lengua se enlazaba con la mía. A cómo sus dedos tiraban de mi pelo y mis brazos la estrechaban con fuerza. A cómo su rendición era ahora inminente.

Sentía que por mucho que la abrazara, jamás la tendría lo suficientemente cerca.

La levanté del suelo sin dejar de besarla y ella rodeó mi cintura con sus piernas.

La realidad y el más fascinante de mis sueños acababan de materializarse y fundirse. Temí romper el beso y que ella se diera cuenta de que aquello era un error.

Mi objetivo era llegar a nuestra habitación. Si Elena nos descubría de nuevo besándonos de ese modo, no habría manera alguna de justificarlo.

Mordí su mandíbula y su hombro durante el trayecto. Me detuve en el pasillo y pegué su cuerpo contra la pared. Nos lamimos el uno al otro, hambrientos. Famélicos de deseo. Por un segundo pensé que no sería capaz de llegar a la cama. Quería poseerla allí mismo. Necesitaba con unas ganas sobrehumanas sentirme dentro de ella.

—Oh, por Dios, Raúl... —gemía mientras yo chupaba su cuello e intentaba deshacerme de su camiseta.

Relamí sus pechos en cuanto la tuve desnuda de cintura para arriba. Acaricié sus pezones con mi lengua y juro que estuve a punto de correrme en los pantalones en cuanto los tuve entre mis labios.

Fue ella la que acabó pidiéndome que la llevara hasta la cama. Entré al dormitorio y cerré la puerta de una patada. Eché el cerrojo sin soltarla. Llegamos hasta allí a trompicones. Febriles de fogosidad. Cuando la dejé sobre el colchón, nos quitamos el resto de la ropa con urgencia. Conocía su anatomía incluso mejor que la mía. Había soñado durante muchas noches con volver a tenerla de ese modo, bajo mi cuerpo. Con volver a dibujar con mis dedos cada curva de su piel, con recorrer con mi lengua los pliegues de su sexo.

Besé su vientre y percibí que se estremecía. Cómo arqueaba la espalda y sus caderas se elevaban demandando atención en el vértice de sus piernas. La impulsé a flexionar sus rodillas y las abrí para tener acceso y cubrir de besos sus muslos.

—Joder, Cristina... —masculié, consciente de su excitación.

Ella dejó caer la cabeza hacia atrás, convulsionándose en cuanto mi lengua lamió su sexo. Tiraba de mi pelo con fuerza, jadeando y retorciéndose de placer. Sabía que su orgasmo explotaría en mi boca de un momento a otro y aceleré el movimiento. Sentí cómo se derramaba y continué bebiendo de ella. Alargando su éxtasis.

No le di tiempo a recuperarse. Repté por su piel empapada y me puse encima de ella.

Estaba preciosa. Sonreía y se tapaba la cara con las manos.

—Raúl..., ha sido... increíble.

—Pues solo acaba de empezar —bisbiseé entrando en ella.

Lo hice despacio para saborear cada sensación. Para asegurarme de que realmente estaba sucediendo.

Cristina y yo haciendo el amor. Follando como locos en nuestra cama. Allí donde tantas veces habíamos compartido intimidad, cercanía, confianza, amistad, deseo... Allí donde ella y yo éramos un cuento sin dramas. Donde siempre estábamos de acuerdo.

Sus dedos ascendieron por mi espalda en una leve caricia.

—Pensé que anoche acabaríamos haciéndolo en el hotel.

—Fui a buscarte —declaré, rozando mi nariz con la suya.

Me mantuve quieto dentro de ella, soportando el peso de mi cuerpo en los antebrazos y… ¡Dios, qué bonita...!

—Estabas guapísimo —musitó.

—Fui a la boda porque necesitaba verte, nada más.

—Esto es una locura —dijo ella sonriendo.

—Lo es —afirmé.

—Te he echado mucho de menos.

A pesar de que sus labios se curvaban dibujando en su rostro la sonrisa más hermosa que le había visto nunca, sus ojos brillaban de emoción y avisté que una lágrima se le escapaba y terminaba perdiéndose entre la almohada y su pelo.

Intenté secársela con el pulgar.

—Te quiero, nena...

Nuestras bocas volvieron a unirse. Nos besamos con devoción. Como solo lo harían dos personas que acababan de comprender que no podían vivir la una sin la otra.

Aceleré mis caderas, bailando dentro de ella. Provocando con ello que gimiera, jadeara y se contorsionara de gozo. Empujé profundamente, arriba y abajo. Agarré uno de sus pechos y pellizqué su pezón hasta arrancarle un grito. Luego lo chupé.

Mi sudor se mezcló con el suyo. Su respiración agitándose con la mía. Mi piel y su piel licuándose hasta hacerse una.

Metí mi mano entre nuestros cuerpos y ella me detuvo cuando encontré su clítoris, húmedo e hinchado.

—Espera, quiero ponerme encima —articuló con dificultad.

Giramos y quedó sentada sobre mí. Meciéndose lentamente. Encajando en mí a la perfección. Aquella era la visión más maravillosa del mundo. Cristina con el cabello despeinado balanceándose. Follándome con verdadera maestría. Moviéndose a un ritmo sincronizado. No dejé de contemplar su expresión. Se humedeció los labios sin apartar sus ojos de los míos.

—Eres perfecta... —jadeé, llevando mis manos a su cintura.

Me abrazó. Tiró de mi pelo para llevar mi boca a la suya.

Recorrí cada centímetro de su cuerpo. Regodeándome en sus curvas.

Aquella electricidad creciente ascendió por mis piernas, anunciándome que el clímax estaba muy cerca. Me moví con urgencia debajo de ella. Empujando y obligándola a salir y a entrar. Deslizándola por mi erección. Engulléndola. Le pedí que mirara allí donde ella y yo éramos solo uno. Que contemplara cómo conectábamos. Y lo hicimos.

Esta vez fue ella la que metió la mano entre los dos y, el hecho de que fuera a acelerar su orgasmo, me enloqueció.

—Raúl... —respiraba.

—Sigue, nena..., oh, joder..., sí, tócate.

Pellizqué sus caderas, sus muslos. Mordí su mandíbula mientras, inevitablemente, me vaciaba dentro de ella. Cerré los ojos con fuerza cuando el placer amenazó con partirme en dos. Ella explotó, acallando sus gemidos contra mi hombro.

El sexo con Cristina siempre era colosal, pero aquella noche compartimos mucho más que eso.

Nos quedamos quietos durante demasiado tiempo. Ella no se atrevía a encararme. Su cabeza estaba escondida en mi cuello.

—Guau... —articulé.

Sentí la vibración de su risa.

—Sí, guau —dijo ella sin moverse.

—¿Te da vergüenza mirarme? —inquirí.

—Acabo de acostarme con mi exmarido. Tan solo estoy tratando de asimilarlo.

—En realidad, acabas de echar el mejor polvo de tu vida con tu exmarido. Reconócelo.

Su risa se hizo más sonora. Y yo la acompañé.

Suspiramos al unísono, calmándonos. Ella aún permanecía abrazada a mí. Y yo tenía mis manos en su culo.

Me miró durante unos largos segundos y pasó su dedo índice por una de mis cejas.

—¿Y ahora qué? —Hizo esa pregunta más seria. Yo sabía a qué se refería. Quería saber qué pasaría entre nosotros tras esa noche. Y yo necesitaba hablar con ella tranquilamente. Cuando lograra recuperar la razón.

—Bueno, tendrás que esperar un poco para el segundo asalto —bromeé.

—Eres tonto —protestó risueña.

Besé su cuello y su hombro.

—Quiero quedarme —declaré acariciando su cadera hasta la cintura—. Si salgo esta noche de aquí…, pasaré toda la vida arrepintiéndome.

Ella asintió despacio, muy despacio.

Hablamos en la cama. Uno frente al otro. Como nunca antes lo habíamos hecho. Sus manos bajo su mejilla. Su pelo cayendo en la almohada, enredado. Mi olor en su piel. El suyo en la mía. ¿Acaso se necesitaba más?

Conversamos sobre nosotros. Sobre lo que habíamos vivido juntos. Sobre todo lo bueno construido...

Nos contemplamos el uno al otro. Descubriéndonos un poco más. Su sonrisa, su boca, su geometría... Toda ella era poesía. Comprendí que no había nada en el mundo que no pudiera perdonarle a esa mujer. Y admitirlo era desgarrador.

La luz de una pequeña lámpara iluminaba la mitad de su silueta cubierta por la blanca sábana.

Aquella madrugada se quedó en mi memoria durante muchísimo tiempo.

—¿De verdad vas a marcharte? —me atreví a preguntar cuando un momento de cómodo silencio nos amparaba.

Respiró profundamente.

—No hay nada que me apetezca más en este mundo que volver a vivir contigo. Pero tengo que intentarlo. No quiero culparte dentro de unos años si lo nuestro no sale bien. Necesito avanzar, Raúl.

—¿Y estar juntos no es avanzar?

—Sé que ahora no lo entiendes. Pero no quiero pasarme la vida recordando el pasado. Vivir mis días rememorando un bonito recuerdo, añorando lo que fuimos en fotos antiguas. Aferrándome a un amor que, de seguir así, caducará. Hablo de un nuevo principio. No pido una vida perfecta. Sé que sería pedir demasiado. Yo solo quiero lo que empezamos y que mi torpeza derrumbó.

—¿Y cómo lo haremos si vosotras estáis en Londres y yo aquí?

—Lo lograremos.

—Pareces distinta...

Ella exhaló una sonrisa triste.

—Todo ha cambiado, Raúl.

—Lo sé.

Y supe a qué se refería. Llevaba razón. Todo era diferente. Ella, yo, incluso Elena cambiaría. Tarde o temprano ella descubriría que yo no era su padre.

—A veces me pregunto qué habría pasado si me hubieses contado la verdad desde el principio —dije aquello sin reproche. Lo juro. Esa noche nos abrimos el uno al otro. Hablamos de nuestros sentimientos y lo hicimos con el corazón, haciéndolos de algún modo casi palpables.

—Yo no he dejado de preguntármelo nunca. Pero volvería a hacerlo si lo ocurrido me trajera de nuevo hasta este instante.

Me incliné sobre ella para besarla. Apreté mis labios con los suyos y no opuso resistencia. Volvimos a hacer el amor. Esta vez más despacio. Sin prisas. Sin ser conscientes de que el tiempo pasado desaparecía para siempre. Y solo nos quedarían los recuerdos.

Quise demostrarle con cada beso que seríamos capaces de superarlo. Aprenderíamos a sobrellevarlo. Si me amaba tanto como yo a ella, lo demás sería solo un camino un tanto pedregoso.

Quizá habíamos pasado momentos malos, pero era obvio que lo que venía a continuación siempre sería mejor. Yo estaba dispuesto a ofrecerle miles de noches como esa. Centenares de domingos en pijama y café caliente, donde la única cláusula acordada fuera su risa. Quería que lo nuestro no quedara en el olvido. Que nuestra vida, juntos, fuera un cónclave de nervios, deseo, fuerza y bienestar.

Un mundo bocabajo. ¿Por qué no?

¿Podían dos personas quererse con tanta intensidad y no estar juntas?

Sí, al parecer sí.

Ella necesitaba más. Y yo sentía que ya no dependía solo de mí.

18

AMBICIÓN

Esta conversación la recompuse en mi cabeza, pasado mucho tiempo, a través de las declaraciones de Patricia y los informes de Cristóbal.

En algún lugar de Sevilla...

—¿Sí?

—Hola, Patricia.

Ella se quedó sin respiración, a pesar de saber que esa llamada llegaría tarde o temprano.

—¿Qué quieres? —suspiró con resignación y después de unos segundos.

—¿Qué tal si empezamos por una presentación en condiciones? Como por ejemplo: qué tal estás, Leo; o, me alegro de oír tu voz de nuevo...

—¿Qué coño quieres? —insistió.

—Ya sabes lo que quiero. Mi dinero. Hicimos un trato, ¿lo recuerdas?

El tono de su voz, metálico y cavernoso, le resultaba cada vez más irritante.

—No tengo el dinero. No todavía.

Una seca y desagradable carcajada resonó al otro lado del teléfono.

—Me he pasado seis malditos años en la cárcel por tu culpa, zorra. ¿Crees que voy a conformarme ahora con una respuesta como esa? Me dijiste exactamente lo mismo la última vez que nos vimos. ¿Creías que por follarme iba a olvidarme del dinero?

Cierto, Patricia aún podía recordar el olor a mugre y descomposición de aquel bajo, en ruinas, donde la había citado meses atrás. Era consciente de que ese tipo estaba peor de lo que ella pensaba. Supuso que acostándose con él quedaría saldada la deuda que tenía pendiente. Que lograría persuadirlo hasta que ella abandonara el país. Pero no. Aquello solo sirvió para empeorar las cosas.

—Te has pasado seis años en la cárcel porque fuiste un maldito imbécil.

—¿Sabes qué pasará si no me pagas?

—No te atrevas a amenazarme, niñato. Yo te contraté para que te acostaras con ella, no para que la violases.

—¡Mira, puta! —gritó—. Quiero mi dinero. Me da igual cómo te las apañes para conseguirlo. He oído que estás trabajando con Raúl Navarro. Ya veo que sigues empeñada en cazar a un notable empresario. Pensé que después de que Héctor te diera calabazas te rendirías, pero no. Ya veo que tu manía persecutoria y obsesiva sigue intacta. Ahora vas a por el amigo.

—Lo de trabajar con Raúl ha sido una mera casualidad, gilipollas —mintió. Ella sabía que nunca hubo nada de casual. Su esperanza de acercarse a Héctor siempre permaneció latente. De hecho, fue su principal motivación para entrar en la empresa. Héctor seguía siendo el arquitecto de Construcciones Navarro, S. L. y, aunque él vivía en Cádiz y estaba felizmente casado, esperaba que tarde o temprano volvieran a coincidir...

—Pues aprovéchala bien y procura no cagarla.

—Demasiado tarde. Me despidió. Al parecer no le caigo muy bien a su mujercita. Aquella que te apuntó con ese arma de plástico y te mandó directo al trullo. ¿La recuerdas?

—Cómo iba a olvidarla. No he dejado de pensar en ella día y noche. Le haré una visita en cuanto tenga mi dinero.

—Necesito más tiempo —argumentó con el pulso temblando.

—Vamos, Patricia, sé que tienes contactos. ¿Qué hay de tu exmarido? Estoy seguro de que él podría hacerte un préstamo.

—Está arruinado.

—Bueno, ¿y qué me dices de Asier? Él te daría cualquier cosa que le pidieses. Tú misma me lo dijiste.

Más tarde, supe que Asier era el nexo de unión entre ellos dos. Un peligroso terrorista vasco con el que Patricia mantuvo una complicada relación cuando esta era mucho más joven. Se rumoreaba que él aún seguía enamorado y que ella, a pesar de romper su relación con él cuando sus padres descubrieron en lo que andaba metida, siempre lo había ayudado en sus negocios. Leo perteneció a la banda del vasco antes de trasladarse a Cádiz; iniciando sus primeros pasos como delincuente y limitándose a traficar con la droga que el otro movía por el norte. Sin embargo, semejante conexión entre ellos tres solo sirvió para que ella lo identificara en una de sus visitas a Cádiz. Casualmente descubrió que Leo era amigo del exnovio de Carolina.

Hasta entonces, no le fue posible encontrar la manera de que Héctor dejara a mi hermana, con la que parecía haberse olvidado de ella. Él, el amor de su vida. Cuyo sentimiento la llevaría a hacer lo que fuese necesario por sabotear su relación.

—No pienso molestar a Asier por una tontería como esta. Además, no quiero tener nada más que ver con él. Me aparté del negocio hace mucho.

—De acuerdo..., te lo dejaré bien claro. Tienes dos semanas para conseguir mi puto dinero. Me da igual cuántas pollas tengas que chupar para conseguirlo. Pero te aseguro que no me iré de Sevilla con las manos vacías. Ya lo creo que no... —Patricia le oyó exhalar la calada de un cigarrillo. En su declaración, ella narró cuánto le repugnaban sus dedos amarillos por la nicotina del tabaco y el asco que había sentido mientras recorrían su cuerpo—. ¿Sabes para que usan los destornilladores en la cárcel? —Silencio—. Normalmente para perforar riñones, hígados o intestinos. El dolor es tan agudo cuando el acero atraviesa la carne que eres incapaz de asimilar qué le está ocurriendo a tu cuerpo. A veces, incluso no te das cuenta hasta que ves tus zapatos pisando un charco de sangre. Tu propia sangre...

El miedo la recorrió de la cabeza a los pies. Sabía que ese tipo era capaz de hacer cosas horribles. Nunca debió mezclarse con él. Nunca.

—Conozco a mucha gente, Leo. Gente muy poderosa. No te conviene amenazarme —titubeó con el estómago del revés.

—Estás sola, Patricia. Tu ambición solo se te ha traído una agria y terrorífica soledad.

—Vete a la mierda —escupió ella, consciente de que era verdad.

—Dos semanas. Recuérdalo. Te enviaré la dirección del bar donde tendrás que llevarme el dinero. Por cierto, ¿has visto las noticias últimamente?

Patricia arrugó la frente. No tenía ni idea de a qué venía esa pregunta.

—No. ¿Por qué?

—Bueno, quizá te interese saber lo que les ocurre a las chicas que salen solas de casa. Deberías leer las noticias. —Expulsó la última calada—. Dos semanas. Ni un día más, zorra.

Luego colgó.

Patricia salió de su apartamento en cuanto logró controlar el ritmo de sus pulsaciones.

Una vez en la calle, buscó un quiosco de prensa cercano. Sus ojos fueron directos al titular del diario local y se llevó las manos a la boca para contener un sollozo de pura desesperación.

«Muere violada y apuñalada con un destornillador una joven de veinticinco años en Sevilla».

19

LA TORMENTA

Me hubiese gustado decir que a partir de aquella mágica noche todo fue de maravilla. Que Raúl y yo por fin llegamos a entendernos. Que él aceptó que la realidad era cruel e injusta y que, a pesar del detalle insalvable de que Elena tendría dos padres, él y yo fuimos invencibles. Sí, durante algún tiempo creí que sería así. Sin embargo, las cosas no sucedieron exactamente de esa manera.

Luis me confirmó que nuestra marcha a Londres sería en septiembre. Se nos presentaba un largo verano por delante. Un verano difícil en el que yo tenía que enfrentarme a la presión, por parte de Marcus, de hacer las malditas pruebas de paternidad e intentar que mi relación con Raúl no muriera. No obstante, esa parte resultó más fácil de lo que yo pensaba; y el que Marcus tuviera que marcharse con urgencia de Sevilla facilitó mi estrategia de retardar lo inevitable.

No olvidaré jamás la expresión de este cuando le dije que aceptaría el trabajo y que Elena vendría conmigo. Él ya lo sabía. Pero sentí que oírlo de mis propios labios fue como si le hubiesen dicho que le acababan de ingresar en su cuenta corriente un millón de euros. En Londres era donde él residía la mayor parte del tiempo y, aunque yo intentara ignorar esa parte, probablemente volveríamos a trabajar juntos.

Tres días después de que Raúl y yo hiciéramos el amor en mi casa, Marcus me envió un mensaje para citarme. Leerlo despedazó mi esperanza de que la apacibilidad regresara a mi vida. Me senté frente a él en una bonita cafetería de la avenida de la Buhaira. Un sitio elegante y acogedor llamado Cachet. Él estaba en una mesa del fondo, ojeando unos documentos. A esa hora nos fue imposible sentarnos en la terraza, ya que a pesar de que el calor era abrasador, ese día llovía en Sevilla. Sí, una lluvia de verano que fue dejando barro por las aceras. Me había costado aceptar su invitación a ese café. Pero si quería hacer las cosas bien, no me quedaba más remedio que transigir.

—Gracias por venir, Cristina —murmuró alzando la vista hasta mis ojos.

—No tengo mucho tiempo, Marcus —dije, dejándole claro que no me agradaba estar allí.

Él tomó la iniciativa, anunciándome que al día siguiente se marcharía por un tiempo indefinido. Imagino que mi gesto se relajó en cuanto oí la noticia y eso no le gustó...

—Las malditas pruebas son lo de menos, Cristina. Sé que Elena es mía. Lo único que quiero que tengas claro es que deseo verla. Tengo que solucionar unos asuntos en mi trabajo, pero en cuanto vuelva a establecerme en Londres empezaré con los trámites y solicitaré las visitas.

—Está bien, lo haremos de ese modo —masculló, convencida de que sería lo mejor para todos. Prefería enfrentarme sola a ese averno que hacerlo en España con Raúl y yo en la cuerda floja.

Tal vez ni yo misma era capaz de entender por qué demonios pensaba en alejarme de Raúl ahora que nuestra relación acababa de dar otro giro de ciento ochenta grados, pero lo único que sabía era que no quería estar cerca de él cuando tuviese que contarle la verdad a Elena. No quería presenciar cómo aquello le destrozaría. Yo solita me metí en ese lío y mi intención era resolverlo de la mejor manera posible.

—Has tomado una buena decisión en cuanto al empleo —afirmó.

—Sí..., ya.

—Hablo en serio. Me alegro por ti. Por la proyección que tendrá tu carrera trabajando en una revista de ese calibre.

La música estaba a un volumen considerable. El suficiente para que nuestra conversación se perdiera con el murmullo. Recuerdo la poderosa voz de Freddie Mercury cantando *Living on my own* y resonando en el altavoz que tenía justo a mi espalda.

—Bueno, supongo que es una buena oportunidad.

—Es una oportunidad única —aseguró él.

Le di un sorbo a mi café y contemplé a través de la ventana la lluvia caer.

—Lo cierto es que ya no tengo ni idea de qué es lo mejor.

Mi cabeza era un depósito de incertidumbres. Uno demasiado lleno y muy difícil de vaciar.

Quizá la situación en la que me encontraba con Raúl no era la más idónea, teniendo en cuenta que acostarnos estando divorciados no fue muy sensato. Pero, desde esa noche, nos comportábamos como dos adolescentes que se negaban a admitir que no podían vivir el uno sin el otro.

Él fingía ser mi amigo y yo aparentaba que podríamos serlo.

¿Realmente era buena idea alejarme de él ahora?

—Yo tampoco. Pero créeme, el encontrarte después de tanto tiempo y saber que tenemos una hija, me ha hecho recapacitar sobre lo mucho que me equivoqué contigo.

—Curioso. A mí me ocurre exactamente lo mismo. —Solo que yo lo dije en un sentido completamente diferente y su sonrisita desganada y de rendición fue más que suficiente para saber que lo había entendido.

—Debo irme, Marcus. Nos veremos en Londres.

Él asintió y abandoné el local.

En la calle fui resguardándome del chubasco en la medida que podía. Finalmente, dejé que mi cuerpo se empapara y caminé por aquella extensa avenida. Eran aproximadamente las ocho de la tarde.

Creo que fue la primera vez en mi vida que paseé bajo unas nubes tan espesas y disfruté de la sensación que provoca la lluvia sobre la piel. Fue liberador. No estaba simplemente mojándome. Creo que intentaba sentir cómo sería vivir sin embalajes. Sin aquel lastre llamado culpa. Supongo que al madurar es justo cuando comprendemos que una decisión tomada bajo el impulso más alocado, e incitado por algo tan incomprensible como el amor, es la que puede acarrear las peores consecuencias. Imagino que todos tenemos un momento de locura que no olvidamos. El mío, sin duda, tuvo lugar justo cuando decidí engañar a Raúl...

Aquella tarde, las nubes descargaron toda su furia. Y el caso es que dejé que me sacudieran. Quizá desde allá arriba alguien intentaba que apartara el dedo del objetivo y observara mi futuro con la claridad que otorga el agua.

Sin embargo, si me hubiesen dicho lo que vería a continuación, supongo que jamás habría salido de la cafetería en la que me cité con Marcus, o sí. No lo sé. Imagino que todo lo que ocurrió a partir de ese momento fue determinante en las decisiones que tomé. Probablemente, si las cosas hubiesen seguido tal y como iban hasta entonces, yo no me habría alejado de Raúl. No. Claro que no.

Pero lo hice.

Doblé una esquina y me resguardé bajo la cornisa de un edificio para revisar mis mensajes en el móvil. Llovía demasiado y los relámpagos resplandecían en el cielo presagiando una descomunal tormenta. Entonces la vi. A ella. A Patricia. No me la había encontrado desde hacía mucho y volver a verla fue una sensación familiarmente desagradable. Iba escondida bajo un paraguas. Cruzaba la carretera mirando a un lado y a otro. Parecía llevar prisa.

No recuerdo en qué calle me encontraba. Me había alejado bastante de la zona de la Buhaira. Ella se metió en un bar del otro lado de la calzada mientras yo continuaba observándola sin que me viera.

Era uno de esos bares de barrio. Un local pequeño con varias máquinas tragaperras iluminando la entrada y cuyo café se servía más en vaso que en taza. El público, mayormente de hombres. De hecho, el que Patricia irrumpiera en él provocó las miradas de muchos.

No sé por qué, pero alguna fuerza extraña tiraba de mí obligándome a seguirla. Me oculté tras unos coches para poder contemplar la escena.

Desde ese ángulo pude observar que ella cerraba su paraguas y se reunía con alguien en la barra: un tipo alto con una coleta y varios tatuajes en los brazos. No pude ver su rostro, ya que ambos estaban de espaldas a mí. Ella se acercó demasiado a él. Afilé la mirada intentando captar los detalles más significativos desde aquella distancia. Los labios de Patricia se acercaron al oído de este y le susurraron algo. El tipo cambió el peso de su cuerpo de una pierna a otra. Negó con la cabeza. No parecían tener una conversación muy agradable.

Yo seguía empapándome bajo la lluvia. Quieta tras el maletero de un vehículo.

Ella se removió y la vi rebuscar algo en su bolso. Luego sacó un sobre y él lo agarró con disimulo, guardándolo en uno de los bolsillos de sus pantalones. Cuando ella se giró para marcharse, la retuvo. Creí que en ese instante podría ver el rostro de él, pero no. El pelo de Patricia me impidió descubrir quién era esa persona. No dejaba de preguntarme en qué andaría metida esa mujer para reunirse con un tío, que me recordó a Robert de Niro en *El Cabo del Miedo*, en un bar cutre del centro de Sevilla.

Ella forcejeó con él, intentando deshacerse de su agarre. Nadie allí dentro se percató de que aquello no era una muestra de cariño entre un hombre y una mujer. Quizá era lo que él quería que pareciese. Pero a ella, a pesar de que hacía lo imposible por mantener la calma, se la veía angustiada y ansiosa por escapar de él.

Cuando por fin logró liberarse salió del local, presurosa, y se perdió calle abajo. Estuve a punto de que me descubriera. Tuve que agacharme para no ser vista por ninguno de los dos. Fingí que buscaba algo en el suelo cuando algunas personas me miraron con extrañeza. Él salió tan solo un minuto después que ella, pero tomó la dirección contraria.

No tuve mucho tiempo para decidir. Mi cabeza daba vueltas sin parar y lo único que sabía era que necesitaba saber qué se traía entre manos Patricia. Podría haberme dado la vuelta sin más y dejarlo estar. Podría haber seguido a Patricia en vez de a él. Pero el caso era que ese tipo me provocaba escalofríos. Hasta el momento no había conseguido verle el rostro y la curiosidad, unida a la aterradora y desconcertante sensación de que le había visto antes en algún otro lugar, me instó a seguirlo.

Le dejé bastante ventaja. Seguí su camiseta gris sin mangas y su coleta. Me esforcé por no perderlo entre la multitud de peatones que esquivé a medida que avanzaba. Él se movía con determinación, a paso ligero.

Leí algunos nombres de las calles que íbamos atravesando: José María Moreno Galván, más adelante calle Alcalde Isacio Contreras. Llegamos a la avenida Menéndez Pelayo y por un instante lo perdí. A pesar de ello continué avanzando con rumbo incierto. Seguía lloviendo sin parar. El agua golpeaba con fuerza los limpiacristales de los coches y caía a cántaros, inundando las aceras. Anduve muchísimo, tratando de volver a encontrarlo, y cuando empezaba a perder la esperanza me detuve y apoyé las manos en las rodillas. Mi cuerpo estaba completamente empapado y los músculos de mi espalda eran una maraña de nudos.

Me hallaba en la parte más céntrica de la ciudad. Solía perderme bastante por aquel entramado de callejuelas. Pero cuando logré situarme me di cuenta de que ese estrecho callejón me resultaba familiar. La escena me sacudió el cerebro.

En ese sitio había discutido con Patricia meses atrás. Me crucé con ella de pura casualidad y tuvimos unas palabras. Recordé verla salir de una de las casas. Observé a un lado y otro de la calle, intentando localizar el viejo portal. Me refugié sobre el saliente de un balcón y traté de recuperar la respiración mientras me preguntaba ¡qué demonios pretendía descubrir!

Miré el reloj de mi muñeca y atisbé que eran las nueve pasadas. Ese día me tocaba recoger a Elena en casa de sus abuelos, ya que Raúl me comentó que tenía trabajo hasta tarde. Volví a sacar el teléfono del bolso y cuando estaba marcando el número de mi suegra, una silueta similar a la que yo estaba siguiendo apareció al fondo del callejón. Me tensé de inmediato y guardé el móvil en el bolsillo. El tipo se metió en el primer portal a su derecha. Nos separaban bastantes metros de distancia desde donde yo me encontraba. Pero a pesar de que mi conversación con Patricia, en su día, se desarrolló al otro lado de la calle, supe que estaba en el mismo sitio. El mismo que me había puesto los pelos de punta.

Avancé lentamente, temiendo que en cualquier momento él saliera de nuevo del portal y se encontrase conmigo de frente. La callejuela era abrumadoramente estrecha y sombría. No podría ocultarme en caso de que eso ocurriera. Aun así, continué.

Una vez en la puerta, me asomé con cautela y visualicé un deslucido y sucio patio interior. Había algunos escombros apilados en las esquinas y mucho polvo. Unas manchas de humedad enormes formaban dibujos asimétricos en las paredes. En el fondo, otra puerta abierta dejaba entrever una vivienda en muy malas condiciones. Una bombilla sin lámpara colgaba del techo, proporcionando luz a lo que me pareció un mísero cuartucho con un sofá andrajoso y muebles roídos.

Me pregunté qué clase de persona viviría en un sitio como ese...

Todavía no había acabado de formularme interiormente la pregunta cuando percibí que alguien se movía de un sitio a otro. Él. Oí el sonido de algunos cajones abrirse y cerrarse y el traqueteo de unas llaves. Afilé la mirada tratando de identificarlo. Recé para que se estuviera quieto unos segundos y, de esa manera, poder contemplar su rostro. Ahora que le tenía más cerca mi curiosidad iba en aumento. Sabía que había visto antes a ese tipo, pero mi mente se negaba a identificarlo. Quería analizar sus rasgos y descubrir de una vez por todas qué me había llevado hasta allí.

Una de las veces se paró frente al sofá. Estaba de perfil, toqueteando un teléfono móvil y fumándose un cigarrillo. Asomé un poco más la cabeza para examinarle.

Y de repente la sangre dejó de circular por mis venas. Fue como si el mundo se hubiese desintegrado a mi espalda y la gravedad, junto a la sensación de vértigo que estrujó mi estómago, me transportara hasta aquella fatídica noche en mi casa. Aquella que hacía poco apareció en forma de aterradora pesadilla. Esta vez, el pánico se materializaba a unos metros de mí.

Hubo una imagen que me hizo comprender que me encontraba ante el mayor de mis temores. Mi pensamiento más atroz: su tatuaje. Las patas de la araña sobresaliendo por el cuello de su sucia camiseta. El pulso se me aceleró de un modo bestial y, aunque junto a ese tatuaje descubrí otros que antes no estaban, yo sabía, sin duda alguna, que era él. Recordé la última vez que lo vi. Sus palabras asaltaron mi mente ralentizando mis funciones motoras y anulando mi capacidad de reacción:

«Volveré a por ti».

Y había vuelto. Estaba en Sevilla.

Lo oí toser y el sobresalto me impulsó a esconderme, apoyando la espalda sobre la fría piedra de la fachada. Traté de recuperar la respiración. Mis piernas estaban a punto de fallarme. ¿Cómo diablos no fui capaz de identificarlo antes? Era obvio que en siete años había cambiado bastante y su aspecto ahora era muy distinto. No obstante, seguía siendo el mismo psicópata, hijo de puta, que apareció en mi casa una noche para intentar violar a mi hermana. Solo que ahora no aparentaba ser un joven escondido en el cuerpo de un delincuente. Ahora era un delincuente en el cuerpo de un perturbado expresidiario.

Los interrogantes se me amontonaban en el cerebro. Y con ellos las conclusiones que yo misma fui sacando.

Todo cobró sentido dentro de mi cabeza. Si Patricia conocía a Leo... tal vez ella tuvo algo que ver en el ataque de este a mi hermana. Pensar que había estado trabajando con Raúl, me dejó sin fuerzas. Las náuseas amenazaban con derrumbarme. Visualicé una imagen tras otra en forma de bucle. Ella tras el mostrador de recepción, la sensación de rechazo que me invadió el pecho nada más verla allí. Su postura desafiante, como si tuviera la clave para destruirme... Para acabar con todo lo que yo amaba. Recordé la fotografía que vi en su Facebook. Aquella en la que ella posaba ante el Museo Guggenheim de Bilbao, bajo la estatua realizada por la pintora y escultora Louise Bourgeois. Esa en la que se agarraba a una de las patas de la gigantesca araña metálica. Luego, el tatuaje del indeseable apareció sobreponiéndose a mi visión. Fue como si todo ese tiempo hubiese estado amontonando las piezas de un puzle imaginario que contenía un mensaje. Ella..., él...

Cerré los ojos y me mordí el labio, conteniendo las ganas de romperme allí mismo.

Me asomé de nuevo y él seguía allí, tecleando un SMS en la pantalla de su móvil. Absorto en la acción y deleitándose en las últimas caladas de su cigarro. Cuando de repente el sonido del mío lo puso en alerta. Del bolsillo trasero de mi pantalón la melodía llegó directa a sus oídos. Me escondí con premura. Traté de cortar la llamada presionando sobre la tela, pero ya era tarde. La había oído.

Tuve muy pocos segundos para procesar que me encontraba demasiado cerca de un criminal y que por mucho que corriera acabaría viéndome.

Incluso así, ni siquiera miré atrás. Mis piernas tomaron impulso por sí solas y huí.

Troté a toda velocidad por aquel interminable callejón. No me detuve a comprobar si permanecía allí, estático, o no. Probablemente dibujó una infernal sonrisa en sus pútridos labios, mientras que yo, aterrada, me lanzaba de cabeza al centro de la tormenta.

20

CIERRA LOS OJOS

Tras descubrir que el tipo con el que Patricia se había reunido en ese bar era mi mayor terror, me encerré en mí. No quise hablar con nadie, así que fui a buscar a Elena a casa de mis suegros. La llamada que me obligó a salir huyendo de aquel callejón era de Rosa, pero llegué tan exaltada que me costó un esfuerzo terrible disimular mi conmoción ante ellos.

Sin embargo, la parte más difícil llegó con Raúl esa noche, al tener que fingir que no me apetecía verle. Me sentía muy confundida, asustada, furiosa... Supuse que él no sabía nada sobre el pasado de Patricia y en qué turbios asuntos andaba esa mujer metida. Pero, aun así, me enfurecía pensar que no me hubiese hecho caso cuando le pedí que no la contratase. Me aterrorizaba presentir que ella se había metido en su empresa por algún motivo en particular.

Él me escribió un mensaje para saber de Elena y supongo que, en cierto modo, para averiguar en qué postura me hallaba.

«He salido ahora mismo de la reunión. Se nos ha complicado la obra de Barcelona. Mañana por la mañana tengo que viajar hasta allí y me quedaré un par de días. ¿Te apetece que me acerque un rato y... No sé..., charlamos?».

Me froté la frente. Una reciente y endemoniada migraña amenazaba con licuarme las neuronas.

Al cabo de unos segundos tecleé:

«Estoy muy cansada hoy, Raúl. Ha sido un día muy largo».

Él continuó conectado durante bastante rato, sin decir nada.
Luego escribió:

«Ya».

Intenté justificarme:

«Lo siento de veras. Hoy no sería muy buena compañía. Tengo un dolor de cabeza espantoso».

No tardó en responder:

«No te preocupes. Mejórate. Te llamaré desde Barcelona».

Suspiré y volví a teclear:

«De acuerdo. Pienso mucho en ti».

Era la verdad. En eso no podía mentirle.

«Seguro que no tanto como yo...».

Me mordí el labio. Lamenté que las cosas hubieran cambiado entre nosotros.

«Buenas noches, Raúl».

«Hablamos mañana, ojos verdes».

Ojos verdes... No me llamaba así desde hacía muchísimo tiempo.
Intenté pensar en algo bonito para poder descansar aquella noche, cosa fácil: tan solo tenía que cerrar los ojos e imaginarnos a los tres juntos.
En cambio, dormir fue mucho más difícil.

Mis dedos golpearon la puerta y ni siquiera esperé a escuchar la voz de Cristóbal dándome permiso para que entrara en su despacho. Me encontraba en un estado crítico de desesperación. No supe a quién acudir, salvo a él. Necesitaba aliviar el tormento que se había apoderado de mí desde el día anterior.

—Cristina, pasa, ¿qué te trae por aquí?

—¿Estás ocupado? —le pregunté frotándome las manos.

Se encontraba sentado tras el amplio escritorio de cristal. Lucía sus gafas de pasta negra y parecía bastante atareado, teniendo en cuenta las numerosas carpetas que se veían sobre la superficie.

—No, no. Solo archivando papeleo. ¿Qué te ocurre? —insistió esta vez con el cejo fruncido tras analizar mi expresión.

Ocupé uno de los asientos de confidentes que había frente a él y hablé.

Empecé contándole cómo llegué una noche de verano a mi casa, siete años atrás, y encontré al mejor amigo del exnovio de mi hermana intentando abusar de ella. Le describí su aspecto procurando ser precisa. Al principio me observó con perplejidad. Con una desconcertante vacilación supuse que cuestionándose si esa historia tendría algo que ver con lo que ya habíamos hablado la última vez que me senté tras aquella mesa. Pero luego, cuando llegué a la parte en la que vi a Patricia entrar en ese bar y reunirse con Leo, él se puso en pie y buscó en su mueble el archivador que contenía toda la información sobre ella y la banda terrorista.

Sacó las fotografías que se hallaban en su interior y me las fue mostrando una por una, interrogándome.

—No, no es ninguno de estos.

La espalda me sudaba y me pareció que hacía demasiado calor en el despacho de Cristóbal, a pesar de estar el aire acondicionado funcionando.

—¿Crees entonces que ella pudo tener algo que ver en el ataque de ese tipo a tu hermana?

—Claro. Qué otra relación podría unirla a alguien así…

Si llevaba razón en mi teoría, no descansaría hasta verla en la cárcel.

—Espera un momento —dije cuando guardaba las fotos en un sobre amarillo y una de ellas me llamó la atención. Recordé que él me había enseñado antes esa fotografía. En ella posaba aquel tipo llamado Asier, con el que Patricia mantuvo una relación, junto con otro grupo de hombres. Analicé sus rostros uno por uno y no me sonaban de nada. Sin embargo, en el extremo derecho, uno de ellos sujetaba por los hombros a un chico adolescente, que estaba de perfil. Probablemente este no estuvo muy atento en el momento en que se tomó la foto. Pero a pesar de que la imagen, a juzgar por la calidad y el color del papel, era bastante antigua y el rostro del chico no se podía identificar con claridad, supe que era él: Leo.

Lo señalé sintiendo la sangre desaparecer de mi cara lentamente. ¿Cómo no había sido capaz de distinguirle la primera vez que Cristóbal me enseñó esa foto?

En ella, Leo aparecía mucho más joven, obvio. De no haberlo visto justamente el día anterior, no habría sido capaz de reconocerlo.

—Es él —titubeé temblando.

Cristóbal me la quitó de las manos para contemplarla. Luego rebuscó entre los papeles y, sin apartar sus ojos del informe, lo confirmó.

—Cierto, es Leo Uribe, sobrino de Edur Uribe, la mano derecha de Asier Oroz —dijo mostrándome al tipo que lo sujetaba por los hombros—. Al parecer, se unió a la banda cuando era bastante joven, según se dice aquí…; acumuló varios delitos, incluso, antes de cumplir la mayoría de edad, pero luego sus padres se trasladaron a Cádiz con la intención de alejarlo de su tío.

—Es un psicópata, Cristóbal —afirmé.

—Buscaré más información sobre él. Mientras tanto alertaré a algunos de mis compañeros de la policía de que está en Sevilla.

—Se suponía que tendría que estar en la cárcel —musité con la mirada fija en la mesa.

—Podrías decirme la dirección exacta donde dices que lo viste —comentó.

—No la recuerdo…, no el nombre de la calle. ¿Tienes un plano por aquí?

Él encendió su ordenador y con la ayuda de Google Earth conseguimos llegar hasta aquel sombrío callejón de donde salí huyendo despavorida.

—No te preocupes, Cristina. Averiguaré todo lo que pueda.

Asentí, tratando de recuperarme del desconcierto y Cristóbal se ofreció a hacerme un café.

Salió del despacho, disculpándose, en busca de unos sobrecillos de azúcar. En ese instante alargué el brazo y cogí el informe que contenía toda la información sobre Patricia. Contemplé las imágenes en las que ella aparecía acompañada del terrorista. Revisé los folios sin saber exactamente qué buscaba. Y allí, alojada entre aclaraciones y pesquisas, estaba la dirección de su domicilio actual. La memoricé casi por inercia. En aquel momento ni siquiera se me pasó por la cabeza que más tarde cometería la insensatez de ir a su casa. Supongo que me sorprendió que viviera tan relativamente cerca de nuestro piso y yo lo desconociera. Tal vez ese fue el único motivo por el que el nombre de su calle se quedó alojado en algún lugar de mi cerebro.

Cuando Cristóbal regresó nos tomamos el café, conversando. Él procuró tranquilizarme alegando que sus contactos con la policía, y en concreto con la unidad que había llevado esa investigación, eran muy fiables. Y me aseguró que pronto tendríamos respuestas sobre el paradero de Leo y su relación con Patricia.

Me despedí de él agradeciéndole su colaboración y regresé al estudio.

El resto de mi jornada transcurrió con la normalidad de otros días, salvo por la turbación que empañaba mis pensamientos. La escena de Patricia entrando en aquel bar y reuniéndose con Leo no dejaba de picotearme la cabeza. Traté de concentrarme. Era importante estar despejada y con mis cinco sentidos puestos en los trabajos que Luis y yo teníamos que entregar a la revista. Jamás había visto a mi jefe tan ilusionado por algo. Quizá llevaba razón en eso de que nos haríamos grandes. Quizá yo debería haberme esmerado más en mi trabajo y dejar que Cristóbal hubiese hecho el resto. Quizá... Sin embargo, no seguí esos pasos. El motivo, en parte, fue la llamada que recibí de Raúl al caer la tarde.

Su viaje a Barcelona tenía otro pretexto, además del de revisar una de las construcciones. Me confesó que había un problema con una de las cuentas de la empresa y que no conseguían aclararlo con sus asesores financieros. De ahí que hubiera decidido aprovechar para desplazarse hasta la sede principal de su banco. El tono de su voz mientras me explicaba aquello fue vacío y compungido, a pesar de que se esforzó en parecer lo contrario.

—Te lo contaré todo con más detalles mañana, cuando llegue. Pero, de momento, la cosa no pinta bien.

—Seguro que solo es un malentendido —dije con la esperanza de que así fuera.

Me parecía imposible que sus asesores hubiesen cometido un error de esas proporciones. El desfalco del que me hablaba era de mucho dinero.

—Eso espero.

—Llámame cuando sepas algo más —murmuré absorta en mis propias deducciones.

—De acuerdo.

Cuando colgué el teléfono me encontraba a punto de abandonar el estudio. Eran las siete de la tarde y Marta y Javi nos esperaban esa noche a Elena y a mí para cenar.

Debía encaminarme hacia casa de mis suegros para ir en busca de mi hija, pero entonces recordé las palabras de Cristóbal meses atrás: «Una mujer cuyo pasado está relacionado con una banda de ese calibre, no es alguien a quien le puedas confiar las cuentas de tu empresa».

El vello se me erizó de repente. Ya había pensado en esa posibilidad antes. No es que me cogiera de sorpresa. Pero ahora era como si tuviera la certeza de que ella estaba relacionada con todo...

No tuve mucho tiempo para decidirlo. Mi sentido común actuaba impulsado por mis ansias de escarbar en el asunto y descubrir la verdad.

¿Quién era realmente esa mujer y qué relación tenía con Leo?

Sabía que era arriesgado, pero no sospeché ni una milésima parte de lo que supuso para mí tomar el primer taxi que encontré y darle al taxista la dirección que leí en el informe de Cristóbal.

Yo solo quería tenerla cara a cara. Mirarla a los ojos y preguntarle qué demonios había estado haciendo ese tiempo en la empresa de Raúl y por qué aún se relacionaba con un psicópata como Leo.

El vehículo se detuvo en la calle Samaniego, frente a un bloque de pisos alto de níveos ladrillos. En la parte inferior algunos comercios mostraban carteles de «Cerrado» o «Se vende», evidenciando las fieras consecuencias de la crisis económica. La actividad era normal a esa hora por los alrededores del barrio, a pesar de que la temperatura resultaba asfixiante. Los coches circulaban en ambos sentidos y la gente deambulaba resguardándose del sol.

—Es aquí —dijo el taxista.

Saqué un billete y pagué la carrera, tratando de recordar la planta. Séptimo B, evoqué.

Por suerte, llegué a la puerta del edificio y la encontré abierta. Dudé en si entrar o no, pero qué diablos... Mi único cometido era encararla.

Me dirigí con el pulso tembloroso hacia la zona donde estaban los buzones, en el descansillo. Comprobé que, efectivamente, el séptimo B era su piso y me metí en el ascensor sin pensarlo ni un segundo más. Sin saber adónde me llevaría exactamente aquel elevador...

Llamé varias veces al timbre, pero era evidente que no había nadie. Continuó insistiendo y, de repente, la puerta que había frente al piso de

Patricia se abrió. Una mujer de unos cincuenta años, con rostro afable y mirada risueña, me sonrió. Tenía el pelo rubio y corto, y era de estatura media.

—¿Buscas a Patricia? —me preguntó con la voz impregnada de gentileza, colgándose su bolso al hombro.

—Sí... —titubeé confusa, fingiendo una sonrisa.

Era probable que me hubiese confundido con alguna amiga de la interpelada. Si es que esa asquerosa arpía tenía alguna.

—Suele llegar sobre las ocho y media —me informó ella, saliendo, dispuesta a marcharse—. Es a la hora que llega del gimnasio. Antes íbamos juntas, pero desde que tengo la hernia de disco el médico me ha prohibido hacer ejercicios de fuerza y ahora, pues voy a Pilates.

Asentí sonriendo con desgana. Miré el reloj de mi muñeca y comprobé que tan solo eran las siete y media. Tendría que esperar una hora hasta que esa zorra regresara. La mujer me preguntó si bajaba con ella y le dije que no. Quería pensar con claridad antes de encontrármela. Necesitaba recapacitar y decidir qué iba a decirle una vez que la tuviera delante de mis narices. Me senté en uno de los escalones, que conducían al piso superior, y me froté las sienes. Le envié un mensaje a mi suegra diciéndole que tardaría un poco y luego otro a Marta para confirmarle que a las diez estaría en su casa. Guardé el teléfono en mi bolso y me puse en pie. Quizá un café no me vendría mal antes de esa conversación.

Pulsé el botón del elevador para marcharme, pero cuando este hizo su ascenso venía ocupado. Al abrir, unos inquietantes y misteriosos ojos me acecharon... Supe que su sorpresa había sido mucho mayor que la mía al encontrarnos.

El gesto de Patricia delataba una profunda estupefacción, el mío se endureció tanto que las mandíbulas me dolieron al presionar los dientes.

—Cristina..., ¿qué haces aquí? —Su pregunta fue casi un lamento.

Era la primera vez en mi vida que veía a esa mujer mirarme sin remordimientos. Yo, por el contrario, tan solo mostré una despiadada y repulsiva aversión hacia ella.

La vi salir del ascensor con premura e introducir la llave en la cerradura de su piso.

—Quiero hablar contigo.

—No es un buen momento —respondió ella aturdida.

En una de sus manos cargaba una maleta de viaje, y por el modo en que era manipulada aseguraría que estaba vacía. Vestía un vaquero, deportivas y camiseta blanca de tirantes. Su pelo estaba recogido en una cola de caballo y apenas llevaba maquillaje. Algo que me resultó desconcertante.

—Me da igual si es buen momento o no, pero no me iré de aquí hasta que me escuches.

Ella se dio la vuelta para mirarme. Sus ojos parecían bastante asustados.

Arrugué el entrecejo, confusa. ¿Qué diablos le ocurría?

—Pasa —dijo tirando de mí y metiéndome en su apartamento. Luego cerró.

Analicé la estancia. Paredes blancas y muebles sobrios. Unos visillos transparentes decoraban el salón, dejando atravesar la luz del exterior gracias a una amplia ventana. La cocina era pequeña y tan solo la separaba del salón una barra americana. Me sorprendió que su casa fuera tan normal y luminosa. Un estrecho pasillo al fondo mostraba algunas puertas que imaginé que serían los dormitorios y el baño. No obstante, mi atención se centró en lo que había sobre la mesa baja que estaba justo delante del televisor: un pasaporte y un sobre abierto con lo que me pareció bastante dinero.

—¿Te vas de viaje? —pregunté, señalando con la cabeza hacia lo que acababa de descubrir.

Ella hizo un gesto de asombro y se puso delante de mí, a la defensiva. Cruzó los brazos sobre el pecho en una posición retadora. Incluso así, me dio la impresión de que seguía apabullada y mucho me temía que no era por mi presencia.

—¿Qué quieres, Cristina?

—Quiero que me digas con qué intención te metiste en la empresa de mi marido.

—Todavía sigues con eso. Ya no trabajo para él. Me echó, tú misma se lo pediste.

—Lo sé. Pero quiero saber qué hacías allí.

Ella miró el reloj de su muñeca.

—Cristina, no deberías estar aquí. No me interesa en absoluto Raúl, si es eso lo que te preocupa.

La vi darse la vuelta y meterse en uno de los dormitorios. Luego salió con ropa en las manos, se agachó para abrir la maleta y comenzó a llenarla.

—Lo sé todo de ti, Patricia —mascullé contemplándola.

Fingió ignorar mi comentario y continuó con su tarea.

—Tienes que irte —me advirtió.

—Te vi con Leo —me arriesgué a decir, con intención de atraer su atención.

Ella alzó la vista y clavó su alarmada mirada en mí.

—¿Qué es lo que viste?

—Te vi con él. ¿Qué coño hacías con ese tío?

—Cristina, esto no es ningún juego. Deberías irte de aquí ahora mismo —insistió, incorporándose y acercándose a la mesa para coger el pasaporte y el dinero.

No parecía que mis comentarios la alterasen demasiado, más bien aparentaba estar preocupada por algún otro motivo que yo aún desconocía. Sin embargo, mis ganas de zarandearla y obligarla a que me escuchase de una maldita vez iban en aumento.

—Ese tipo estaba en la cárcel porque casi viola a mi hermana. —En realidad no fue de lo único que lo acusaron. El mal nacido, junto a ese delito, acumulaba otros antecedentes y gracias a eso pasó una larga temporada entre rejas—.Y estoy convencida de que tú tienes algo que ver con aquello —ratifiqué con los puños apretados.

—¡Escúchame, Cristina! No sé qué habrás oído, visto o qué te han dicho, pero yo...

Su voz se congeló en cuanto oyó el timbre de la puerta sonar. Y su expresión se transformó en una mueca sobrecogedora y espeluznante.

—Oh, Dios mío... —murmuró.

Ambas miramos hacia la puerta al mismo tiempo. Mis músculos se tensaron al instante.

Supongo que la amenaza estaba tan cerca que mi cuerpo se anticipó a la barbarie.

Ella me agarró con fuerza de los brazos. Clavándome sus dedos en la piel.

—Quiero que vayas a uno de los dormitorios y te escondas. No puedes hacer ruido, ¿me oyes? Si te descubre aquí, nos matará a las dos.

El terror que vi en sus ojos me paralizó.

Un puño aporreó la madera y luego otra vez el sonido del timbre.

—¿Pero qué...?

—Cristina, haz lo que te digo.

Rebusqué en su expresión algún resquicio de sinceridad y, sorprendentemente, lo encontré.

—Es él, ¿verdad? —inquirí con el corazón desbocado.

—Por favor, escóndete.

Asentí muda. A continuación, me interné en el pasillo y me metí en la primera habitación que encontré. Un cuarto cuadrado, sencillo, con una cama pequeña pegada a la derecha. Sobre ella se veía ropa desperdigada. Imaginé que era la que Patricia pensaba meter en su maleta. No había cuadros ni muchos adornos. Tan solo algunas cajas amontonadas en una de las esquinas, como si estuviera preparando una mudanza. Un armario empotrado con puertas de espejos cubría casi la totalidad de la pared frontal. Los sitios donde ocultarme eran limitados. O debajo de la cama o en el armario.

Me sudaba todo el cuerpo y el vestido que llevaba ese día se me pegó ligeramente a la piel.

Abrí el armario y decidí esconderme allí. Todavía había prendas colgadas. Las removí con intención de hacerme un hueco y me acurruqué en una postura imposible. Luego lo cerré y saqué mi móvil para ponerlo en silencio y enviarle un mensaje a Cristóbal. Mis dedos me temblaban cuando comencé a teclear.

Al principio, la voz de Leo me llegó lejana. Me tensé tratando de asimilarlo. Intercambiaron algunas palabras antes de que yo pudiera agudizar el oído y oír con claridad la conversación. Mientras tanto, le envíe a Cristóbal un mensaje con la ubicación y escribí lo siguiente:

«Llama a la policía. Estoy en casa de Patricia y Leo está aquí».

—Vaya, vaya, ya veo que te vas de viaje. Pensé que me invitarías a cenar hoy.

—Aquí tienes el resto del dinero, Leo. Esto hace el total de lo que acordamos.

—Muy bien... Quizá me haya equivocado contigo y resulta que eres una mujer de palabra.

—Sí, es posible.

—¿No vas a invitarme a una cerveza al menos?

Los pasos de Patricia resonaron por el parqué. Ahora sus voces eran más nítidas.

—Salgo de viaje esta noche, Leo. Debo terminar de hacer la maleta.

—¿Y se puede saber adónde vas con tanta prisa?

Ella tardó unos segundos en responder.

—A ver a mis padres —titubeó.

—En ese caso será mejor que nos despidamos como es debido, ¿no crees?

Silencio.

—Leo, tienes que irte —murmuró ella con la voz temblorosa.

Hablaban en el pasillo.

—Vamos, Patricia...

—Lárgate ahora mismo.

Oí un golpe en una de las paredes, un sonido seco y seguido a este lo que me pareció un forcejeo.

El pulso me bombeaba en el cuello con violencia. A pesar de todo intenté controlar mi respiración y que la angustia y el poco oxígeno que tenía allí dentro no me hicieran perder el conocimiento.

—No, no hagas eso —musitó él con aquella diabólica voz.

—Suéltame, hijo de puta.

—Oh, vamos, ¿no entiendes que si te resistes lo haces más excitante?

Las suelas de los zapatos de ambos resonaron con fuerza sobre la tarima. En mi cabeza asaltaron sus botas de piel negra. Las mismas que visualicé el día anterior mientras lo escaneaba de la cabeza a los pies. Sucias y roídas.

La puerta de la habitación donde yo me ocultaba se abrió de golpe.

Un escalofrío me obligó a retorcerme.

Sostuve el móvil, pensando en las posibilidades que ambas teníamos de salir ilesas de allí y lo que pasó por mi mente no fue esperanzador.

Estaban forcejeando. No podía verlos, pero sin duda los sonidos que me llegaban me permitieron recrear en mi cabeza la escena con tajante transparencia.

—Aquí no. Mejor en tu cama.

—¿Qué crees que te hará Asier cuando se entere de esto, maldito cabrón?

—No te preocupes por eso, ya le he enviado a la cárcel un video que le va encantar. Sales preciosa mientras me follo tu culo y no parece que te estés resistiendo en absoluto. Ya me imagino la cara de ese hijo de puta viendo cómo el más pequeño de su banda se folla a su dulce amor.

—Acabará contigo.

—Eso será si me encuentra. Ahora túmbate en la cama y no me obligues a usar esto. La última zorra que se resistió no acabó muy bien.

—Eres un jodido psicópata —sollozó ella—. He visto en las noticias lo que le hiciste a aquella chica.

Abrí despacio la puerta del armario, apenas un centímetro. La realidad, sádica y desalmada, estalló ante mis ojos. Estaban en la habitación de enfrente.

Oí el crujido del colchón resonando bajo el cuerpo de Patricia cuando ella cayó, empujada con ferocidad. Luego *él* apareció en el plano. Avisté su desagradable perfil. Una sonrisa infecta le torcía los labios. Llevaba la misma ropa del día anterior y, desde mi posición, el tatuaje de su cuello con aquellas patas de araña sobresaliendo me provocó una punzada de terror.

—Quítate los pantalones.

—No puedes hacerme esto. He cumplido con mi parte del trato.

—Por supuesto. Pero no olvidaré tan fácilmente que por tu culpa me he pasado seis años en la cárcel, zorra.

Supe que iba a violarla. Yo estaba escondida en ese oscuro y reducido espacio y allí fuera un monstruo sin corazón, una bestia inmunda, estaba a punto de violar a una mujer que hasta ese instante pensaba que odiaba. A pesar de todo, a pesar de los muchos prejuicios que me abordaban y de luchar con esa parte de mí que me susurraba que ella no era buena persona, no pude evitar que mi mente me transportara hasta la noche que había convertido mis sueños en pesadillas...

Ya no oía la voz de Patricia, sino la de Carolina. No eran los lamentos de Patricia los que me desgarraban las entrañas, ahora era Carolina la que suplicaba piedad. La que imploraba temiendo por su vida.

Ella sollozaba. Mi corazón me latía tan fuerte y rápido que sentí que me desmayaría. Estaba sudando como nunca había sudado.

Patricia comenzó a resistirse gritando y pataleando, y lo único que atiné a ver fue ese tipo golpeándola con ensañamiento. Ella intentó defenderse, pero era inútil. El primer puñetazo lo lanzó a su cara, abriendo una grieta en su labio que sangraba como un torrente. El segundo lo asestó en su nariz, desfigurándola y provocando con ello que volviera a caer derrumbada sobre el colchón. No llegó a perder el conocimiento, pero apenas podía reaccionar.

Su rostro se deformó al instante y temí que pudiera ahogarse con su propia sangre.

Mis latidos me zumbaban con furor en los oídos. Las náuseas me abrieron un agujero enorme en el estómago, que redujeron mis funciones motoras.

No podía ver todo lo que hacía, pero me pareció que mientras ella se encontraba desorientada él intentaba quitarle los pantalones.

—Qué bien me lo voy a pasar contigo hoy, cariño.

Levanté el brazo para apartarme unas gotas de sudor que empapaban mi frente y el sonido de algunas perchas me entumeció. Cerré los ojos y contuve el aliento. Esperé su reacción, pero él no había oído nada.

Lo contemplé de nuevo por aquella diminuta ranura. El tiempo jugaba en mi contra. Tenía que actuar antes de que la violase o hiciese algo mucho peor.

Avisté que rasgaba su camiseta y metía su cabeza entre los pechos de Patricia.

Apreté los puños y me mordí el labio con fuerza para controlar mi llanto.

¡Dios, estaba muerta de miedo y era incapaz de reaccionar!

Pensé en mi hija y en el tremendo error que había cometido yendo hasta allí. La rabia golpeaba mis sienes perpetuando la sensación de culpabilidad. Mi futuro estaba a unos metros de convertirse en algo terrible e injusto. Si ese tipo me descubría, acabaría conmigo. Pero... ¿qué podía hacer? Continuar oculta era cuanto me dictaba mi subconsciente. Una parte de mí me decía que debía actuar con frialdad e ignorar lo que ocurriera. Tan solo tenía que mantenerme en silencio y rezar para que se marchara tras lo que tuviera pensado hacer con ella.

Sin embargo, la otra parte me instó a agarrar con sumo cuidado una de las perchas y separar la parte metálica de la madera. No fue fácil dado mi reducida capacidad de movimiento y lo entumecidos que se hallaban mis músculos. Aun así, logré traerme el gancho y lo rodeé con mi mano derecha, dejando al descubierto el pincho que usaría como única arma. Era absurdo pensar que con eso podría defenderme de aquel animal, pero no dudaría en hundirlo en su cuello una vez lo tuviera encima. Eso si antes no acababa conmigo.

El muy hijo de perra se había bajado los pantalones y se recostó sobre ella. Patricia intentó quitárselo de encima con las pocas fuerzas que le quedaban, pero él la golpeó de nuevo. Luego le dio la vuelta, manejándola a su antojo, dejando su magullado rostro pegado al edredón y medio cuerpo fuera de la cama.

Abrí la puerta un centímetro más y los ojos de ella, aterrorizados e inyectados en sangre, se clavaron en los míos. Podría haberme pedido ayuda. Podría haber gritado que la ayudase, pero en vez de eso ella los cerró, aceptando su infortunio.

Él tiró de su pelo para susurrarle al oído una obscenidad. Sacó un destornillador de su cinturilla y lo presionó sobre su cuello, obligándola a mantenerse quieta.

La maniobra de desabrocharse los pantalones lo forzó a deshacerse del arma. Lo dejó caer al suelo, quizá pensando que en el estado en que se encontraba su víctima ya no iba a hacerle falta. Y en cierto modo era verdad. Patricia se retorció una vez más y él volvió a golpearla, dejándola inconsciente. Ella ya estaba cansada de luchar.

Ella sí, pero yo no.

Mis recuerdos ahora son muy vagos. No puedo acordarme con claridad de cómo conseguí salir del armario sin que él me viera. Tan solo tendría que girar la cabeza y me descubriría. Supongo que estaba más centrado en la tarea de destrozarle la dignidad a esa mujer que en cualquier otra cosa.

Pese a que me hubiese gustado reaccionar antes, sabía que de la única manera que podía derribarlo era si él estaba absorto en su tarea de quebrantarla.

Me apoyé en la pared, justo al lado de la puerta. Mi rodillas apenas me respondían. El sudor empapaba mi pelo y me retiré algunas gotas de los ojos. Estaba descalza. Me había deshecho de mis sandalias para poder tener mejor movilidad.

Los sonidos que aquel ser repugnante exhalaba de su garganta mientras la forzaba me revolvían el estómago, aumentando mi ira y emponzoñando mi odio. En mi mano derecha aún seguía sujetando el gancho de la percha. Pero cuando visualicé las esquinas de la habitación en busca de algo que pudiera hacerle más daño divisé, apoyada junto a una de las cajas de madera, una barra de acero de unos veinte milímetros de diámetro. A su lado, unas cortinas amontonadas. Metí el gancho en uno de los bolsillos de mi vestido y me aproximé a cogerla. No era muy pesada, pero pensé que un buen golpe en el cráneo me daría ventaja para escapar del piso en busca de ayuda.

La agarré con las dos manos y me asomé un poco para hacerme una idea más clara de su posición. La escena me sacudió, provocándome un sordo alarido. La repulsión y el desprecio hacia esa cochambrosa rata, aceleró mi turbación.

Tomé una bocanada de aire en un esperanzador intento de sofocar mis pulmones, y a continuación me lancé hacia él con la furia y el miedo desatados.

El primer golpe fue directo a la parte baja de su cabeza. Muy cerca de la nuca. Esto hizo que su cuerpo se derrumbara sobre el de Patricia y me insuflara una dosis de adrenalina. El segundo lo asesté gritando, poseída de rabia y pánico, sobre la parte frontal de su espalda con la clara intención de destrozar su columna vertebral. Él se arqueó por el dolor y rodó por la cama para alejarse de mí. Me moví para asestarle un tercer golpe que lo dejara inconsciente, pero esta vez lo esquivó. Era obvio que había confiado bastante en mis posibilidades.

Su mirada diabólica se clavó en mí y me inmovilizó durante unos segundos.

Cuando logré reaccionar solté la barra y corrí fuera de la habitación con la sola intención de escapar. Gritando auxilio.

No se me ocurrió pensar que ese mal nacido podría haber echado la llave y dejarnos atrapadas. La imagen de la vecina de Patricia cerrando la puerta del ascensor apareció en mi mente para ratificarme que nadie podría ayudarnos.

Me giré, desesperada, buscando la llave, pero no vi el cuadro roto que había en el suelo y me corté el pie con los cristales. Gemí.

La voz de él me paralizó.

—No me lo puedo creer. Mira por dónde hoy me lo voy a pasar mejor de lo que yo pensaba.

Mi reacción fue inmediata. Me agaché veloz y agarré un cristal puntiagudo ante su atenta mirada. Estaba manchado de sangre, al igual que el cuello y la camiseta de Leo.

Al parecer, mi golpe le había causado una herida considerable que él se palpaba con la mano.

Se encontraba a unos tres metros de mí.

—Pero ¿qué haces tú aquí, monada? —inquirió, transformando su siniestro rostro en una mueca de triunfo.

—He llamado a la policía. Vienen de camino —titubeé, con la esperanza de que al decirlo en alto se hiciese realidad.

—En ese caso tendremos que darnos prisa, ¿no crees?

Mis ojos recorrieron su cuerpo. Aún llevaba los pantalones desabrochados y en una de sus manos sujetaba el destornillador.

Comenzamos a movernos en círculo, despacio.

El salón no era muy grande. Tan solo me separaba de él la mesa.

—Oh, muñeca, no te haces ni una idea de lo mucho que he pensado en ti. —Su pelo grasiento estaba suelto y algunos mechones le caían sobre las mejillas, enfatizando su aterrador aspecto—. Todavía recuerdo cómo me engañaste.

—No fue tan difícil, gilipollas.

—¿Sabes?, tenía otros planes para ti. Pensaba ir a tu casa, violar a tu hijita delante de ti y jugar en su cuerpecito con esto —dijo mostrándome aquel artilugio puntiagudo—.Luego iba a divertirme contigo. Pero me temo que tendré que dejar para más adelante a la pequeña. La mamá se ha anticipado a la fiesta —afirmó, pasándose la lengua por sus negros dientes.

Un odio lacerante me sacudió de pies a cabeza. La furia, el resentimiento, la ira y un intoxicado sentimiento de abominación me recorrieron las venas, provocándome tanto dolor que pensé que acababan de inyectarme una sobredosis de cianuro.

—Te mataré, hijo de puta —masvullé llorando.

—Tienes agallas —musitó con una envenenada sonrisa—. Pero hoy, ten por seguro, que nada ni nadie podrá salvarte.

Le di una patada a la mesa y él retrocedió sorteándola.

Cuando se me echó encima lo único que se me ocurrió hacer fue intentar defenderme. Pero mi fuerza quedó reducida a cenizas ante su corpulencia. Detuvo mi mano antes de que esta llegara ni siquiera a rozarlo. Sus dedos rodearon mi muñeca. Y solté el cristal cuando me di cuenta de que este me cercenaba la palma. Le asesté un rodillazo en la entrepierna, pero no llegó con la intensidad que yo hubiera deseado. Él se retorció e inmediatamente me golpeó el estómago. El impacto me dejó sin oxígeno y creí que me ahogaría tratando de recuperarlo. En una rápida y veloz maniobra me dejó atrapada, inmovilizándome. Tiró de mi pelo arrancándome un grito de dolor, y de ese instante tan solo recuerdo que el ya estaba detrás de mí, rodeándome el cuello y gritando en mi oído que me estuviera quieta.

Me revolví tratando de liberarme, a pesar de que todo lo que había a mi alrededor empezaba a desfigurarse. Le mordí el brazo, pataleé, grité, luché con toda mi energía. El corazón me bombeaba con la potencia de un motor a su máximo rendimiento. Rebusqué en mi bolsillo para agarrar el gancho y cuando lo tuve bien sujeto lo hundí en su muslo con saña. Él soltó un grito agudo. Pero aquello solo provocó que presionara aún más mi cuello y decidiera acabar definitivamente con mi vida.

—Te lo advertí, puta. Te dije que volvería a por ti.

La secreción de hormonas en mi cerebro no me dejó asimilar la quemazón que se extendió en mi costado derecho y que poco a poco fue reduciendo mi capacidad de movimiento.

El pincho de metal me atravesó la carne por segunda vez y fue entonces cuando comprendí que me estaba apuñalando. No asimilé el dolor. No fui capaz de entender qué era lo que le sucedía a mi cuerpo.

Dejé de resistirme, aunque mi cerebro dictaba lo contrario...

Luego un estruendo ensordecedor.

Él me soltó y yo traté de alejarme, pero mis piernas me fallaron y caí de rodillas en el suelo.

Fui testigo del segundo disparo. La mordedura de la bala le rebanó el brazo con el que me había estado sujetando.

Un graznido de dolor lo dobló por la mitad.

Patricia, con su camiseta desgarrada, el rostro deformado y el pulso temblando, sostenía un arma en una postura que evidenció que sabía usarla.

Todo empezó a volverse borroso.

—Maldita zorra...

El tercer disparo fue directo a su cabeza. La sangre me salpicó el rostro y cerré los ojos.

Cuando volví a abrirlos, él estaba en el suelo y un charco granate se extendía lentamente, creando una manta a su alrededor.

El olor metálico me noqueó.

Ella corrió hasta mí.

—Oh, Dios mío...

Desvié la vista hasta el punto de mi cuerpo que ella observaba con horror.

Mi vestido estaba empapado de una mancha carmesí que se esparcía cada vez más.

Me estaba desangrando...

La negrura se impuso, empujándome hasta sus profundidades.

Lo siguiente que recuerdo es la voz de ella.

—Aguanta un poco más.

Me puso una toalla en el vientre y me obligó a presionarla con mis manos.

—Lo siento. —La oí sollozar mientras se alejaba de mí.

Quería decirle que no se fuera, pero de mi garganta ya no salía nada.

No quería morirme. No así. Sola.

De nuevo, todo era negro y a lo lejos... un relámpago cegador.

Raúl...

Su sonrisa.

Raúl y Elena jugaban en la playa a las palas. Las olas rompían en la orilla arrastrando la espuma hasta los pies de ambos. La risa de ella se mezclaba con el sonido agitado de esas toneladas de agua originando un ritmo preciso y perfecto.

A lo lejos, un sol desvaído se fundía en el horizonte, abandonando unas nubes densas y esponjosas, y creando ráfagas de colores violetas y anaranjados que convertían el atardecer en una utopía.

Ella corría tras la pelota. Su cabello se mecía con el viento. Levantaba el brazo y me saludaba. Yo quería acercarme a ella. Acariciar sus mejillas. Quería llegar hasta ellos. Raúl me llamaba alzando la mano.

—Ven con nosotros.

—Sí, mamá, ven.

Él me sonrió y me guiñó un ojo. Sus ojos siempre extraordinarios. Grises y profundos.

Aspiré el olor del mar, pensando que merecía la pena vivir solo para mirarlos.

—Ve con ellos.

Esta vez no era la voz de Raúl la que yo sentía muy cerca de mí, sino la de mi padre.

—Ve con ellos. Son tu hogar —repetía como un mantra.

El sonido de unas sirenas me devolvió al presente.

—¿Cristóbal?...

—Sí, pequeña, soy yo. Tranquila. No vas a morirte. Al menos no hoy.

21

LONDRES ES GRIS

L ondres no era como yo lo imaginé. Había deseado estar en esa ciudad desde que tenía uso de razón. En realidad, siempre quise conocer o vivir en cualquier otro sitio que me hubiera brindado una oportunidad como la que tenía ahora.

Lo conseguí. Sí, quizá logré el trabajo de mis sueños, pero sin duda me aparté de la vida que yo había soñado.

Llegar hasta allí no fue fácil. Pero supongo que a estas alturas eso sobra decirlo. Obviamente, alejarme de Raúl rompió tanto mi corazón que la cicatriz enterró bajo la piel hasta las esperanzas.

Acabé por creer que el único amor posible era un amor complejo. Un amor que él no merecía. No me alejé de él en un intento de fustigarme por mis errores. Lo hice pensando en los dos. El contrato que me ofrecía la revista era de un año; luego tomaría una decisión definitiva. Ese año me daría la oportunidad de explicarle a Elena quién era Marcus. De adaptarme a nuestra nueva situación y descubrir cómo avanzaríamos.

Aquel vis a vis con la muerte me hizo replantearme muchas cosas. Y lo único que sabía con exactitud era que necesitaba un tiempo para recuperarme.

No creo que haga falta decir que casi mato del susto a mi hermana cuando le comunicaron lo ocurrido. La familia de Raúl, mis amigos y ella no se apartaron de mí durante el tiempo que estuve ingresada en el hospital.

El mensaje que le envié a Cristóbal me salvó de morir desangrada. Al parecer, fue lo único que hice con sensatez.

Estuve casi dos semanas en la UCI. Exacto. Dos semanas que se convirtieron en una tortura para todos los que me amaban. Sobre todo para Raúl, que no se despegó del pasillo en el periodo que duró mi batalla contra el Más Allá. Según me contaron, nadie logró convencerlo de que tenía que descansar y dejar que otros me visitaran. No quería alejarse de mí.

Cuando desperté me informaron de lo ocurrido. Leo me asestó dos puñaladas que me ocasionaron diversas lesiones en los órganos. La primera me provocó un neumotorax que dañó considerablemente mi pulmón; la segunda, fue en el abdomen, afectándome los intestinos. Tuvieron que operar y coserme el colon. La recuperación fue lenta y dolorosa, y durante mi estancia en el hospital Cristóbal me fue poniendo al día de cómo avanzó y concluyó la investigación.

Él y otros compañeros suyos de la policía encontraron a Patricia a punto de escapar del país. Esa mujer disparó a aquel mal nacido y evitó que me matara, pero luego me dejó tirada en el suelo de su apartamento y se largó. En su declaración confesó cuáles fueron sus intenciones al entrar en la empresa de Raúl. Alegó que su interés en Construcciones Navarro, S. L. era únicamente acercarse a Héctor. Del que, según ella, siempre estuvo enamorada. Pero, en realidad, no sé si dijo eso con intención de justificar su irrupción en la empresa y con ello el desfalco de cuarenta mil euros que había ocasionado, o porque era cierto que se trataba de una perturbada, obsesionada con mi cuñado. Fuera como fuere no pudo librarse de ir a la cárcel acusada de homicidio, malversación y otra larga lista de fechorías que el fiscal añadió de su implicación con aquella banda terrorista.

Y admito que suspiré de alivio cuando oí toda la historia. Pero yo solo quería olvidarme de lo sucedido y recuperarme. Hasta ese momento no fui consciente de que me marcharía a Londres con heridas imposibles de curar...

El segundo día que me subieron a planta, una infección alertó a los médicos. La fiebre deshizo las pocas fuerzas que me quedaban y estuvieron haciéndome más pruebas, temiendo que se hubiese extendido y afectado a otros órganos. Pero afortunadamente no fue así.

Raúl se mantuvo a los pies de mi cama, trastornado por la preocupación. De vez en cuando recobraba la conciencia y lo veía allí. Con el rostro contraído de dolor y rezando en silencio por mi recuperación. Los calmantes me mantenían en un estado de duermevela que arrastraron consigo una turbia reminiscencia...

Una de esas noches escuché una melódica voz que me resultó familiar. La había oído antes, en el quirófano quizá... Era Mónica. Sí, fue ella quien me operó. Evitó que esas dos puñaladas me desangraran. Ella me salvó la vida. Curioso, ¿verdad? Las dos mujeres que yo creía que acabarían con mi relación con Raúl... lo único que hicieron fue salvarme.

Ahora yo tendría que guarecerme de mí misma.

Mantuve los ojos cerrados. Ella se acercó hasta mí y sentí que manipulaba mi gotero.

—Raúl, tengo guardia esta noche. Vete a casa, yo estaré pendiente de ella —susurró.

—No, no pienso irme a ninguna parte.

Los pasos de ella resonaron en la habitación.

—Está a salvo.

—Lo sé. Y también sé que es gracias a ti.

—Solo hice mi trabajo —replicó ella en un tono cortante.

Agudicé el oído sin moverme. Quería oír qué hablaban mientras creían que yo dormía.

—Mónica...

Esta vez fue él quien se movió. No podía verlos, pero imaginé por la forma en la que se alejaban sus voces que ella estaba a punto de salir de la estancia.

—Raúl, lo entiendo.

Él suspiró.

—Lo siento... Lo siento de veras.

—No pasa nada. Tú no tienes la culpa. Nunca debí enamorarme de un hombre casado.

De nuevo silencio.

—Esto tampoco es fácil para mí. Siento que te veas en esta situación —dijo él.

—Solo dime una cosa —musitó ella—. Si ella no..., quiero decir... —Calló y luego chasqueó la lengua—. Da igual.

—Sí, Mónica. Probablemente sí. Eres una mujer increíble. Y sé que en otras circunstancias podría ser feliz contigo, pero la amo a ella.

Tragué saliva con esfuerzo.

—Ya.

—Nunca he querido hacerte daño.

—Supongo que hay cosas que son inevitables.

—No me gustaría perderte como amiga.

—Claro, seguiremos siendo amigos, por qué no... —dijo ella con un deje de ironía enturbiado de tristeza.

Pensé que se había ido, ya que durante unos segundos no se oyó sonido alguno. Pero luego ella añadió:

—Cristina es una mujer afortunada. Espero que te valore, ahora que la vida le ha dado una segunda oportunidad.

Cuando abrí los ojos ella se alejaba y él la contemplaba desde la puerta, de espaldas a mí.

Podría decir que lo único que hice el tiempo que estuve en el hospital fue tratar de reponerme. Colaborar con los médicos y las enfermeras, quejarme lo menos posible y cooperar en eso de que debía comer, a pesar de que mi estómago solo aceptaba líquidos y mis intestinos hacían malabarismos para funcionar como siempre lo habían hecho. Pero no. No fue lo único que hice. La mayor parte del día la pasaba pensando. Observando cuánto daño le estaba haciendo al hombre que amaba. Cuánto sufrimiento estaba dispuesto a soportar por mi culpa. Por mis irresponsables actos.

Prestaba atención a su comportamiento cuando Mónica aparecía por la habitación y él apartaba la mirada de ella. Cuando intentaba actuar como si entre ambos no hubiese una atracción que de no ser por mí adquiriría otro nombre.

Comprendí muchas cosas. No sabía hasta qué punto me equivocaría de nuevo marchándome, lo que sí sabía era que el episodio de Leo me ocasionó unas secuelas que solo el tiempo curaría. Pasé semanas despertándome por las noches, empapada en sudor, con el pulso desbocado y tratando de deshacerme de las imágenes que se recreaban una y otra vez dentro de mi cabeza. Aquellas en las que Leo llevaba a cabo su sádico plan...

Mi mente no se hallaba en el mejor momento para retomar con Raúl lo que habíamos dejado pendiente. No sin arreglar el asunto de la paternidad y sin poner en orden mi futuro profesional.

Marcus vino a visitarme al hospital cuando llevaba un mes allí y su visita, aunque breve, reavivó la desconfianza de Raúl. Nuestra relación tendría que haber mejorado después de lo que me pasó, pero no fue así.

Y lo creáis o no, marcharme era lo único que me insuflaba esperanzas.

Un día antes de que me dieran el alta, Mónica vino a mi habitación. Traía una carpeta en sus manos y le pidió a la gente que estaba conmigo, entre ellos Raúl, que salieran. Mientras, ella se dispuso a inspeccionar mis heridas.

Analicé sus rasgos. Y sí, era preciosa. Llevaba el cabello recogido en un moño bajo y apenas iba maquillada, salvo por un poco de colorete y corrector.

Me sorprendió mirándola, pero continuó palpando mi abdomen con delicadeza.

—Estás enamorada de él, ¿verdad? —le pregunté envalentonada, rompiendo el incómodo silencio que nos acompañaba, aunque ya conocía la respuesta. Esa chica era un libro abierto. No hacía falta estar prácticamente impedida en una cama y sin otra cosa que hacer que pasarme el día pendiente de cómo ella miraba a Raúl para darme cuenta de que estaba loca por él.

Me miró un segundo y luego apartó la mirada. Contrajo las mandíbulas y respiró profundamente.

—Esto está mucho mejor —dijo ignorando mi pregunta.

—No te culpo. Ni te odio por ello. Solo te entiendo.

No respondió.

—Raúl es extraordinario —añadí.

Continuó examinándome sin decir nada. Cogió su carpeta y apuntó algo. Estaba nerviosa, era evidente.

—Me marcharé a trabajar a Londres. Pero antes quiero pedirte algo.

Dejó de escribir. Pegando los papeles a su pecho. Se humedeció los labios y fijó su atención en mí, sin deshacerse de esa expresión de desconfianza.

—Sé que eres su amiga —dije, tragándome el nudo que tenía en la garganta—. Yo solo quiero que él sea feliz. Conmigo o sin mí.

Suspiró.

—Si yo fuera tú…, jamás me alejaría de un hombre como él.

No podía culparla por pensar de ese modo. Para ella, probablemente, yo era una zorra despiadada que le había contado una mentira horrible a una persona maravillosa.

—Si yo fuera tú, no le daría un consejo como ese a la exmujer del hombre que amo.

Sonrió mirando al suelo y negando con la cabeza.

—Gracias por salvarme la vida —murmuré.

—No lo hice por ti —afirmó tajante.

No supe si lo decía porque aquella era realmente su obligación o si, en realidad, me había salvado la vida porque odiaba ver a Raúl sufrir. Sus ojos me confirmaron lo segundo.

—Gracias igualmente.

Asintió despacio. Me dedicó una sonrisa ladeada y salió de la habitación.

En Londres las nubes no eran finas, largas y livianas. No se limitaban a crear trazos en el cielo alrededor del sol. Pocas veces las vi de ese modo. En la ciudad que yo escogí para restituirme eran pesadas, de un gris plomizo y daba la impresión de que soportábamos sobre nuestras cabezas enormes melones condensados de vapor.

Vivíamos en una pequeña zona del centro llamada Pimlico. Conocida mayormente por su impresionante arquitectura de la Regencia y sus grandes plazas con jardín. En un edificio de fachada georgiana, donde mi apartamento y el de Luis se encontraban enfrentados. Mi piso era grande (quizá demasiado para Elena y para mí), elegante y con una decoración acogedora y tradicional. Muebles cálidos que contrastaban con paredes de estuco. Sí, un sueño hecho realidad. Tal vez si ese sueño no hubiese estado a miles de kilómetros de Sevilla...

Adaptarme al clima me resultó difícil. Casi tanto como deshacerme de la expresión de Raúl el día que vino a despedirnos al aeropuerto. Supe que había ido únicamente por Elena. Antes de irme le prometí que la traería de vuelta para que pasase las navidades con él. Tres meses y volveríamos a vernos. No tuve mucho tiempo tras salir del hospital para hacerle entender que marcharme era algo que necesitábamos los dos, a pesar del riesgo que conllevaba. Le supliqué que confiara en mí. Mi idea era solucionar el asunto de la paternidad lejos de él, aquello era algo que yo solita tenía que resolver. O al menos eso creí. Él fue tajante en su advertencia de que si me largaba a Londres no me esperaría y yo simplemente le aconsejé, en contra de mis sentimientos, que no lo hiciera.

La decisión levantó, definitivamente, un muro entre él y yo. Pero ¿acaso podíamos hacerlo de otro modo?

Mi vida, allí, giró en torno a la revista y a Elena. Mi única preocupación era hacerla feliz, y fue una ardua tarea. La escuela me pillaba muy cerca de donde vivíamos, al igual que la sede de la revista. La empresa que nos contrató se tomaba especial interés en que sus trabajadores extranjeros se sintieran cómodos. No puedo decir lo contrario. Vivía en una ciudad preciosa, repleta de oportunidades, una ciudad abarrotada de cultura alternativa, de comercios, de entretenimiento. Hacía lo que verdaderamente me gustaba. Luis y yo trabajamos para numerosas campañas multinacionales. Me descubrí fotografiando a actores de cine, modelos y estrellas del deporte. Había días que la euforia me hacía olvidar todo lo demás, excepto de lo que de verdad me preocupaba: Elena.

Dicen que los niños se adaptan a todo. Imagino que quien dijo eso no conocía a mi hija. Ella no llevaba demasiado bien que de lunes a viernes aquella escuela fuera su hogar hasta entrada la tarde. Jamás la sintió de ese modo. Pasaba muchas horas allí y eso nos angustiaba a ambas.

Fue entonces cuando Marcus entró en la ecuación. Las primeras semanas me mantuve fría y cortante con él. En la revista, a pesar de que ambos trabajábamos para secciones diferentes, lo veía muy a menudo. Mi respiro llegaba cuando él tenía que viajar y me pasaba bastantes días sin saber de él. Aun así cumplió su palabra. Y continuó insistiendo en que quería ver a Elena.

Recuerdo la primera tarde que quedé con él. Fue en una cafetería de Notthing Hills, a mediados de octubre. Un local precioso y con encanto llamado Café Diana, situado en Portobello Road.

Elena y yo llevábamos en Londres desde principios de septiembre y todavía no conocíamos esa zona. Caminar con ella fue una gozada, aunque estaba tan nerviosa por encontrarme con Marcus que apenas aprecié las fabulosas tiendas de música de segunda mano que dejábamos a nuestro paso, la multitud étnica que se arrebujaba por sus adoquinadas calles y todas aquellas extraordinarias casas victorianas con fachadas de colores.

Ahora sé con certeza que me citó en ese sitio porque sabía que no lo olvidaría.

Elena se había quitado su gorro y los guantes, y pegado su diminuta nariz a una vitrina donde los pasteles parecían hechos solo para decorar. Se relamió sus rosados labios e insistió en que quería comerse, al menos, una docena.

Marcus nos observaba embelesado desde una de las mesas pegadas al ventanal de la entrada. Soltó la novela que sostenía en sus manos y se levantó para recibirnos.

Yo le había explicado a Elena que tenía una cita con un compañero de trabajo para tratar algunos asuntos de la revista. Pensé que ella no le recordaría, pero me equivoqué.

Admito que el comportamiento de él me sorprendió para bien. Fue amable, encantador. La hizo sentir como una niña más mayor y eso, a ella, le gustó. Supongo que Elena se parecía tanto a mí que era imposible que no se sintiese encandilada por los mismos hombres a los que yo había caído rendida. Marcus desplegó su repertorio de lindezas y nos mostró a ambas su faceta más arrebatadora y dulce.

Aquella tarde se limitó a relatarnos, ante la estupefacta mirada de Elena, las muchas actividades que podríamos hacer en Londres. Desde ir a visitar a Bob Esponja a la tienda Nickelodeon, en Leicester Square, hasta pasar un fabuloso día en los Estudios de la Warner Bros, entre otras cosas. A continuación, se ofreció a acompañarnos si Elena daba su consentimiento y ella, obviamente, dijo que sí.

Mi pequeña aplaudía exultante todos y cada uno de sus planes. Y yo..., yo lo único que hacía era preguntarme si ese encuentro no sería algo más que añadir a mi lista de decepciones.

El sábado se convirtió en el día en el que hacíamos cosas con Marcus. Tardé en decidirlo, pero definitivamente acepté. Y a partir de ese momento, la actitud de Elena varió. Se pasaba toda la semana ilusionada. Marcus hablaba con ella por teléfono y le explicaba lo que había preparado, y mi pequeña gritaba eufórica.

Sí, mi hija tenía un teléfono. Un móvil que Raúl le regaló para hablar con ella diariamente, cuando la visitó en Londres de sorpresa, al mes de estar allí. Solo que yo no le vi. Él se encargó de llamar a Luis para que actuara de mediador, y este me comunicó que Raúl había cogido un vuelo para pasar un día con Elena. Respeté su decisión de no vernos, a pesar de que me hizo mucho daño.

Él estableció un horario para llamarla todas las noches antes de que se fuera a dormir. Supongo que para evitar tener que llamar al mío y oírme la voz... Y ella solita se encargó, poco después, de darle su número a Marcus.

El tercer sábado que salimos los tres sucedió algo extraño. El mes de noviembre fue lluvioso en Londres. Resistíamos el frío mejor de lo que yo había imaginado, sin embargo, la lluvia era algo a lo que no acabé de acostumbrarme. Ese día lo pasamos metidos en un centro comercial enorme. Él cedía a todos los caprichos de Elena con la intención de ganársela y lo cierto era que daba resultado. Y en realidad me sorprendió muchísimo que se volcara tanto en ella, hasta el punto de que yo pasé a un segundo plano para él. Para ser honesta, confié demasiado en su interés hacia mí. Incluso pensaba que una vez que estuviéramos en Londres Marcus intentaría algo. Pero no fue así. Hasta aquella noche.

Él se limitaba a pasar su tiempo con ella. Yo estaba allí, siempre con ellos, aunque al margen. A veces incluso sentía que sobraba. Conectaban de un modo asombroso. Elena disfrutaba muchísimo cuando estaba con él.

Me limitaba a observarlos, en silencio, pensando en la reacción de mi pequeña cuando le contase la verdad.

Aquel día, nos llevó a casa en su coche. Lo contemplé mientras conducía y él me devolvió la mirada. Sonrió y fue una sonrisa tierna. Llena de gratitud. Admito que esa nueva faceta de Marcus me tenía intrigada.

Me resistía a volver a enamorarme de él. Raúl no saldría jamás de mi corazón. No obstante, la soledad, a veces, puede resultar muy confusa...

Cuando llegamos a la puerta de nuestro edificio él detuvo el coche y lanzó una ojeada al asiento trasero. Elena dormía plácidamente.

—Te ayudaré a subirla.

Al principio me negué, pero él insistió.

Accedí más que nada porque sabía que subir a Elena en brazos me ocasionaría una lumbalgia considerable.

Fue la primera vez que Marcus entró en mi casa. Y la última.

La dejó sobre la cama con delicadeza y antes de alejarse de ella para que yo pudiera quitarle los zapatos y hacer malabarismos para ponerle el pijama, besó su frente.

Cuando cerré la puerta de su habitación y me encaminé hacia el salón lo descubrí con un cuadro entre sus manos. Observaba una fotografía de Raúl y Elena. En ella, Raúl la cogía en hombros y ella se retorcía para intentar besarlo en la mejilla.

Ambos sonreían, radiantes de felicidad.

—No te puedes imaginar cuánto le envidio.

—Imagino que él diría lo mismo si te hubiese visto esta tarde —musité cruzándome de brazos.

—Nunca me querrá como lo quiere a él. No deja de mencionarle. Es evidente que no recuperaré jamás el tiempo que he perdido.

—Es muy pequeña. Tienes toda la vida por delante para disfrutar de ella.

Contempló de nuevo la fotografía y luego asintió.

—Te agradezco de corazón lo que estás haciendo —murmuró.

—Yo también a ti.

Nos sostuvimos la mirada unos segundos, pero yo la aparté cohibida. Descrucé los brazos y metí las manos en los bolsillos del vaquero.

—Es tarde, será mejor que me vaya.

—Sí, creo que sí.

Lo acompañé hasta la salida, siguiéndolo en silencio. Lo repasé de arriba abajo. Llevaba su cazadora de piel sujeta en una mano, un jersey azul de lana sobre una camisa blanca y unos vaqueros Levi's que le quedaban de infarto. Su pelo seguía conservando ese largo que él recogía con una coleta y que hacía mucho tiempo alejó de mí la estúpida teoría de que los hombres con pelo largo no son atractivos.

Mentiría si dijera que no me sentía atraída por él. Marcus era un hombre guapísimo. Mi atracción por él nunca desapareció completamente, a pesar de que mis sentimientos hacia Raúl me impedían llegar a más. Sin embargo, el cuerpo humano a veces no responde como le dicta el cerebro y, aunque yo había asegurado un millón de veces que eso no ocurriría, me di cuenta de que todavía no era inmune a Marcus. Al menos no a ese que yo empezaba a conocer de nuevo. Al que se comportaba de un modo paciente, tolerante, amable y terroríficamente encantador.

Cuando fue a abrir la puerta, ambos agarramos el pomo al mismo tiempo y nuestras manos se rozaron. La aparté como si quemara y él me sonrió. Estábamos tan cerca el uno del otro que inhalar su perfume despertó esa parte de mi sexualidad que yo ya creía inerte.

—Lo he pasado muy bien hoy —murmuró paseando su mirada por mis facciones.

—Nosotras también —respondí nerviosa. Mucho.

Él fue a salir, pero en ese instante se giró pillándome completamente por sorpresa, y su mano libre fue directa a la parte baja de mi espalda, donde tiró de mí hasta pegarme a su cuerpo. Acto seguido… me besó.

Fue un beso corto, pero arrebatador e intenso. Profundo y húmedo. Un beso que me recordó que Marcus sabía besar y que de no parar a tiempo lamentaría muchas cosas. Un beso que confundió mis sentidos y distorsionó la realidad.

Los pezones se me endurecieron y mi piel reaccionó recordándome que, aunque me negaba a admitirlo, necesitaba una noche de sexo. Él me empujó contra la pared y mis manos quedaron pegadas a su pecho. En contra de todos mis principios, creí desearle. O tal vez solo anhelaba sentirme deseada y viva. Durante aquellos días traté de convencerme de que Marcus era el padre de Elena y que quizá lo más fácil habría sido que estuviésemos juntos. Que nunca nos hubiésemos separado...

Pero no pude hacerlo.

Ni siquiera imaginando que esos labios eran los de la persona que yo amaba.

Sí, Raúl... En el fondo de mi alma, yo era consciente de que él seguiría allí para siempre. Podría disfrazar lo que sentía por Marcus como me diera la gana, pero jamás se acercaría a lo que Raúl me hacía experimentar.

Marcus nunca sería la primera persona en la que pensaría cuando me felicitaran por un trabajo bien hecho. No sería con él con quien yo querría compartir mis logros. No estaría en mi cabeza día y noche como lo estaba Raúl.

Me aparté de él, empujándolo furiosa, y me llevé los dedos a mis labios.

Intenté justificar mi estupidez con el hecho de que llevaba dos meses sin hablar con Raúl y que el dolor era tan insoportable que pensé que dejándome besar, aunque fuese pensado en él, lo aliviaría. Y fue todo lo contrario.

—No puedo, Marcus —dije con el pulso a mil, mirando al suelo.

Él me contempló decepcionado. A continuación asintió y salió de mi casa sin decir nada más.

Me sentí miserable.

Cuando cerré la puerta me apoyé en ella. Me froté la frente, presa del pánico. No, no quería sentirme acorralada de ese modo.

Traté de calmarme y me dirigí a mi dormitorio para desnudarme y ponerme el pijama. Estaba agotada, y tener que soportar la presión que suponía para mí no saber nada de Raúl, era abrumador.

Quería llamarlo, hablar con él y preguntarle qué tal le iba todo. Pero él ya me había advertido que era mejor para ambos dejarlo estar.

¿Significaba eso que ya estaba dispuesto a olvidarme?

Me lavé los dientes y me metí en la cama dándole vueltas a lo que acababa de hacer. Convencida de que besar a Marcus, pensando en Raúl, había sido una insensatez. Toqueteé mi móvil y respondí a un mensaje de wasap que Javi me envió esa tarde. Charlar con él, con Marta y con Carolina casi a diario, me hacía creer que no estaba tan lejos de ellos.

Pero de repente, en la parte superior de mi teléfono, una notificación me informó de que acababa de recibir un correo. Fui a revisarlo y allí, en la bandeja de entrada, me encontré con el nombre de Raúl y un asunto titulado: Hola.

Dos meses sin hablar con él, y en los descontrolados latidos de mi corazón cuando comencé a leer encontré la respuesta.

Me siento un idiota escribiendo esto. Desgraciadamente no es la primera vez que me pasa...

Elena me ha dicho que tiene un amigo. Deduzco que él será el motivo por el que esta noche no he podido hablar con ella. Ayer me contó que hoy teníais planes. Últimamente la oigo más contenta y, aunque no lo creas, eso me alegra. Quizá llevabas razón y hacerlo de este modo era lo mejor para todos.

Ella dice que Londres es gris, y ¿sabes qué?, aquí los días siguen siendo grises desde que os marchasteis. Tal vez aún no he aceptado que sin vosotras todo será así. Incoloro, agrio, triste y terriblemente monótono.

Ojalá hubiésemos encontrado una solución.

Mis padres me han dicho que tienen muchos planes para ella en estas navidades. La echan mucho de menos. Querían viajar a Londres para verla, pero pensé que era mejor esperar un poco. Tú misma lo dijiste: tres meses no es tanto tiempo...

Luis me comentó que el trabajo os va genial. Me alegro por vosotros.

Sé que ir allí y no verte fue algo inmaduro por mi parte. Pero en aquel momento creí que sería más fácil de esa manera.

Ahora salgo con alguien, Cristina. Bueno, imagino que ya te haces una idea.

He decidido intentarlo. Mónica me gusta. Y quería ser el primero en decírtelo.

No sé si me estoy equivocando...

Solo espero que tú también seas feliz allí. Que encuentres la felicidad que te mereces. La que yo no he podido darte. Que, al menos, uno de los dos sienta que lo ocurrido ha merecido la pena.

Este tiempo, mi única preocupación era tener que admitir que Elena no era mía. Que nunca lo sería. Y, sin embargo, ahora me doy cuenta de lo torpe que he sido. Ella no era el problema. Ella siempre fue mía. Siempre

lo será. El otro día me dijo que pensaba en mí a todas horas. Algo he
tenido que hacer bien para que eso ocurra, ¿no crees?
En cambio, contigo no he sido tan listo. Tú podías marcharte de un día
para otro y esa idea era tan espantosa que me negaba a aceptarla.
Supongo que esta es nuestra oportunidad de ser feliz. Separados, parece
ser.
Aun así, no dejo de preguntarme por qué no puedo olvidar todo lo bueno
que hemos vivido.
En fin, dile a Elena que ya falta menos para vernos y que aquí la vida
también es gris.

Cuídate.

Raúl

El doce de diciembre la profesora de Elena me citó para hablar conmigo. Fue el mismo día que Marcus me informó de que por fin tenía cita en el laboratorio para las pruebas de paternidad. Ya habíamos hablado de ese tema antes y acordado lo que le diríamos a Elena.

—Tenemos que estar allí este jueves a las once de la mañana —me recordó esa tarde en la sede de la revista cuando me lo crucé al irme.

Mi actitud desde el beso se volvió más fría. Y él actuó como si nada hubiese sucedido entre nosotros. Supongo que temía que mi reacción lo alejara de Elena. La atracción que un día creí haber sentido por él se transformó en un sentimiento de gratitud y amistad. Me di cuenta de que jamás volvería a enamorarme de Marcus. Y sé que él empezaba a asumirlo. Ahora no podía apartar de mi mente el hecho de que Raúl y Mónica ya eran pareja. Y aunque intuí que acabarían juntos desde la primera vez que los vi mirarse, y que en parte yo misma lo había empujado a sus brazos, aceptarlo fue lacerante. Me pasé días leyendo aquel correo. Tratando de asimilarlo. Con la cabeza alejada de la realidad...

Tal vez lo mejor era admitir que separados podríamos tener una oportunidad de ser felices, ¿no?

—¿Cristina? —inquirió Marcus llamando mi atención.

—Lo siento..., dime —dije, intentando recordar lo que acababa de decirme.

—Pues eso, el jueves. ¿Quieres que os recoja y vamos en mi coche?

—Sí, vale... —afirmé.

—Perfecto —murmuró con una bonita sonrisa en sus labios, paseando sus ojos por mi cara.

Me despedí de él, nerviosa, comentándole que tenía una reunión en la escuela de Elena, y él asintió diciéndome que la llamaría a la noche para charlar con ella.

El comportamiento de mi hija había mejorado desde que mantenía relación con Marcus, pero conforme me acercaba a su colegio deduje que sucedía algo, ya que era la segunda vez que su profesora me llamaba. Tuvimos una cita pocos días después de empezar el curso y me comentó que para Elena no estaba resultando fácil adaptarse. El idioma le supuso un obstáculo las dos primeras semanas, luego ella comenzó a relacionarse con otros niños españoles y latinos de su misma clase y poco a poco fue haciendo amigos. Ese fue el menor de los problemas. No obstante, al principio, estuvo bastante distante y hostil con los profesores, e incluso tuvo algún que otro ataque de rebeldía, que yo intenté justificar alegando lo difícil que era para ella vivir alejada de su padre.

Entré en el aula atusándome el pelo. La lluvia no cesaba y mi indumentaria más frecuente la formaban un paraguas y el chubasquero.

Ella me esperaba sentada tras su mesa, con sus gafas de vista apoyadas en el puente de la nariz, e imaginé que corregía unos exámenes. Era una chica joven y agraciada. Tal vez tenía algunos años menos que yo; argentina, y con un acento dulce y encantador. Se llamaba Catalina. Pero los niños la llamaban Cata. Elena, a pesar de que no tuvo buen comienzo con ella, ahora empezaba a cogerle cariño; últimamente solo hablaba de lo divertida que era su profe.

En cuanto me vio aparecer se puso en pie y se acercó hasta mí para recibirme con un afectuoso saludo. Colocó una silla junto a su mesa y me pidió que tomara asiento.

Se pasó diez minutos relatándome las muchas cualidades que poseía mi hija. Me relajé, asumiendo que tal vez aquella cita era simplemente para comentar su evolución. Se entretuvo contándome algunas anécdotas de mi pequeña y de sus peripecias para aprender inglés.

—Solo hay una cosa que no consigo que aprenda —dijo cuando ya pensé que estaba finalizando nuestra reunión.

—¿El qué? —pregunté intrigada.

—La hora —declaró con el cejo fruncido.

Una repentina sensación de aturdimiento me hizo reaccionar, agudizando los sentidos.

—No consigo que la aprenda ni en inglés ni en español. Es como si se quedara bloqueada —añadió.

Mi pulso se aceleró de un modo bestial. Ella continuó hablando, explicándome los diversos métodos que había utilizado para que Elena aprendiera la hora.

De repente, la ropa me sobraba y me deshice del fular que adornaba mi cuello. Sentí que el oxígeno no me llegaba con suficiente energía a los pulmones.

Catalina me observó, inquieta, ladeando la cabeza.

—¿Te encuentras bien, Cristina? —preguntó cuando me palpé la mejilla con el dorso de mi mano y comprendí que estaba ardiendo.

—Sí, sí..., es solo que tengo un poco de calor.

—Bajaré la calefacción —comentó, incorporándose para toquetear el mando que se encontraba junto a la puerta.

El corazón me latía con tanta energía que tuve que respirar profundamente para calmarme. Las conclusiones que se me cruzaban por la mente eran tan descabelladas que intenté desecharlas.

Recordé a Raúl confesándome que él no sabía leer la hora analógica. Visualicé en mi cabeza su expresión inocente, avergonzada y adorable mientras me lo contaba. Luego recapitulé una conversación que mantuve con su madre años atrás, en la que ella me revelaba lo mucho que habían intentado que la aprendiera y, finalmente, no lo consiguieron.

La magnitud de mi teoría era tan abrumadora que los intestinos se me contrajeron presos del pánico.

Catalina prosiguió. Su voz me llegaba lejana, opaca...

—No lo creerás, pero tuve un caso similar en un colegio de Argentina. A un niño de la misma edad de Elena le pasaba exactamente igual. Resultó que su madre tuvo una experiencia algo traumática al no aprender la hora analógica en el colegio y aquello se pasó de madre a hijo. No tenía ni idea de que las vivencias traumáticas pudieran inducir a trastornos de la conducta que se transmiten de una generación a la siguiente. Quizá llamarlo trauma es un pelín exagerado, tratándose en este caso de algo que no afectará en absoluto al desarrollo de la persona, pero sí que es cierto que determinados síntomas conductuales pueden transferirse de padres a hijos. Me he estado informando. Ya es solo por curiosidad—dijo ella quitándose las gafas, apoyando la barbilla en una de sus manos y sonriendo—. ¿Su padre o tú sabéis leer la hora analógica?

No respondí. Las náuseas me obligaron a abandonar la clase y meterme en el primer baño que encontré.

Siete años...

Vomité la bilis y con ella una mentira de siete años que acabaría siendo lo más verdadero que jamás había dicho en mi vida.

22

UNA PROBABILIDAD ENTRE UN MILLÓN

Dicen que la mente humana es tan inteligente que tiene un mecanismo para deshacerse de lo que nos hace daño. Quizá por eso hay detalles de mi pasado con Raúl que recuerdo con tanta nitidez y, sin embargo, del día que Marcus me citó en el laboratorio solo me queda una extraña remembranza.

Sabía que tarde o temprano ese momento llegaría. Lo que no sabía era que yo tendría más ganas que él de tener en mi poder el resultado de esas pruebas.

Tuve que mentirle a Elena y decirle que donde la llevaba era a hacerse un examen médico para el colegio. No obstante, fue más rápido y fácil de lo que yo había imaginado. Ella apenas hizo preguntas. Ni siquiera cuestionó el que Marcus estuviera allí. Supongo que ya consideraba algo cotidiano que él pasase tiempo con nosotras.

Una semana más y la incógnita estaría resuelta. Marcus corrió con los gastos del test. Incluso pagó una cantidad extra para que estuviesen antes.

En unos días las dos viajaríamos a Sevilla. Elena disfrutaría las navidades con Raúl y yo iría a visitar a Carolina, y pasaría el resto del tiempo con mis amigos, a los que también echaba de menos de un modo sobrehumano. Pero me marcharía de Londres conociendo la verdad.

En unos días volvería a ver a Raúl...

Mi cabeza no había dejado de dar vueltas desde aquella reunión con la profesora de Elena. En el curso anterior supe que empezaban a enseñarle la hora, pero jamás imaginé que Elena tendría problemas para aprenderla. Sus amiguitos del cole, en Sevilla, tampoco la sabían por aquel entonces, al menos no todos. Oí a una de las madres decir que la edad de un niño para leer un reloj de manillas oscilaba entre los cinco y los ocho años, así que imaginé que era algo normal que ella se confundiera.

Sin embargo, cuando Catalina me comentó aquello sobre los traumas heredados, el alcance de mi conclusión fue tan devastador que marcó un antes y un después.

Me pasé días indagando. Retrocedí en el tiempo dentro de mi mente y deduje que era imposible que Elena fuera de Raúl. Yo ya me vine de Ámsterdam con un retraso. De hecho, cuando me hice el test de embarazo era muy improbable que estuviera embarazada de Raúl. Él y yo siempre habíamos usado preservativo las primeras veces. En cambio, con Marcus fui una irresponsable...

No podía dormir. Las noches se me hacían eternas esperando a que llegase el día en que por fin pudiera obtener el resultado. No quería adelantar acontecimientos. Pero mi intuición me susurraba que el error podía ser garrafal.

Recuerdo lo que sentí cuando llegué a la puerta del edificio. Él se había ofrecido a que fuéramos juntos en su coche hasta allí, pero yo dije que no. Con lo cual, nos encontramos en el exterior.

Podría decir que el bloque era blanco con la fachada de mármol y con aspecto de hospital. Podría decir que estaba rodeado de una gran zona verde y otros edificios que guardaban la misma línea, pero esa parte no consigo rememorarla con claridad. Marcus hablaba... y hablaba, tal vez esforzándose en que la situación resultara menos embarazosa de lo que ya era. No obstante, yo me mantuve la mayor parte del tiempo en silencio y supongo que él tradujo mi mutismo a hostilidad. Aunque a decir verdad, me daba igual.

Entramos en el laboratorio y nos sentamos en la sala de espera. Esta vez solo estábamos él y yo. No había nadie más en aquel sitio. Mi estómago se retorcía aullando en silencio. La sensación de vacío se había intensificado y ahora, mientras esperábamos, tenía la impresión de que estaba a punto de saltar al infinito.

Un hombre con una bata blanca lo nombró al final de un pasillo. Él había solicitado la prueba, por lo tanto, él debía recoger los resultados. A medida que se ponía en pie me lanzó una mirada de complicidad. Parecía relajado y contento; en cambio, yo estaba a punto de desmayarme.

Un minuto, quizá dos, tardó en obtener el informe. Pero durante ese intervalo mi inquietud se transformó en pánico.

Al cabo de un rato, apareció caminando despacio, con el sobre rasgado en una de sus manos. Alcé la vista para encontrarme con sus ojos y entonces hallé la única verdad posible: él no era el padre de Elena.

La respiración se me colapsó entre el pecho y la garganta.

Mi hija solo tenía un padre: Raúl. Siempre lo fue y siempre lo sería. Y en eso no le había mentido a Marcus desde el principio.

Su rostro decepcionado y confundido me conmovió. Se quedó de pie, paralizado, sujetando aquellos papeles. Me acerqué para quitárselos y él me encaró con gesto airado.

—¿Por qué me da la impresión de que esto no te sorprende? —musitó.

Le arranqué de la mano las hojas y, finalmente, leí la aplastante evidencia.

No puedo describir lo que experimenté al releer una y otra vez que Marcus Belletti Molinaro quedaba excluido como padre biológico de Elena Navarro Méndez, y que la probabilidad de paternidad era… del 0,00 %.

El pulso me palpitaba en las sienes y mi sistema nervioso reaccionó bloqueando mis músculos. El estímulo de tener ante mí la certeza de que mi sospecha se había materializado estuvo a punto de hacerme gritar. Quería saltar, reír, chillar... Pero comprendí que no debía demostrar mis emociones ante Marcus. Lo único que podía hacer era ocultar los sentimientos que se apoderaban de mi cuerpo.

No era justo para él.

—Lo descubrí hace unos días, Marcus, cuando fui a hablar con la profesora de Elena. Me comentó algo sobre un problema de aprendizaje que solo puede haber heredado de Raúl.

Él frunció el entrecejo más confuso aún.

—Da igual..., sea como sea, aquí están los resultados —dije en un tono cansado—. Querías saber si era tuya, y ya ves que no. Lo siento... Siento todo esto.

Se revolvió el pelo, aturdido.

—Pero...

No acabó la frase. Nos miramos el uno al otro, estudiándonos en silencio. Creo que por fin entendió que remábamos en direcciones opuestas.

Así era. Había vivido creyendo que la vida era injusta. Que quizá tendría que acostumbrarme a asumir mis errores y aprender a existir con las consecuencias de ello. Pero no. La óptica varió y todo tuvo sentido. De repente, comprendí que miraba hacia la dirección equivocada y por eso nada resultaba como yo quería. Me desvié por una ruta errónea. Una ruta de siete años que se convirtió en un laberinto.

Sin embargo, ahora veía la salida en letras mayúsculas. Siempre estuvo allí, delante de mí.

—Estoy segura de que habrías sido un padre maravilloso. Lo serás algún día —exhalé.

Mi torpeza provocaría bastantes daños colaterales. Algunos no podría repararlos jamás.

—¿Qué harás ahora? —quiso saber él. Su pregunta trajo consigo una profunda melancolía.

—Volver. Nunca debí haberme ido.

Me marché a Sevilla esa misma tarde. Una semana antes de lo que tenía previsto.

Hice una maleta enorme con ropa de Elena y mía, y adelanté la fecha de salida de nuestros billetes de vuelo, ocasionándome un gasto considerable. Pero eso era lo de menos.

Luis apareció por mi casa poco después de hablar con él por teléfono. Entró en mi habitación exaltado y me gritó que era una locura que abandonara el trabajo. Él estaba tan conmocionado como yo con la noticia, pero me pidió que me tomara las cosas con calma.

Yo no dejaba de dar vueltas por el dormitorio, intentando no olvidar lo importante. En el fondo de mi corazón sabía que no volvería.

Se pasó un buen rato tratando de convencerme. Pero nada de lo que argumentara me haría permanecer ni un día más en Londres.

—Si te dijeran ahora mismo que tienes la oportunidad de disfrutar de tu hija lo que te queda de vida, ¿te quedarías en esta ciudad? —le reproché fuera de mí.

Aquella creo que fue la primera vez que le mencioné a Luis su hija. Lo único que conocía sobre ese asunto era lo que él me había contado en una ocasión. Que estaba divorciado y que su exmujer se llevó a la niña a

Francia cuando esta era muy pequeña. Él nunca me desveló qué sucedió exactamente entre ellos, pero por lo poco que habíamos hablado deduje que se marchó lejos de él tras descubrir que le fue infiel. Luis averiguó, más tarde, que ella se volvió a casar y que su hija ya tenía otro padre.

No entendía por qué no luchó por lo que era suyo. Por qué dejó las cosas como estaban, sin intentarlo al menos.

Enmudeció ante mi pregunta. Vivir con aquel sentimiento de arrepentimiento no habría sido fácil para él.

—Tú mismo me lo dijiste. Que perdiste a tu familia por un estúpido error y que yo no permitiera que me pasara lo mismo. Por eso me marcho. Nunca debí alejarme de él —masculló, sacando las prendas del armario y poniéndolas encima de la cama.

La adrenalina me recorría las venas. Quería cerrar los ojos y al abrirlos estar en Sevilla.

—Espera al menos a coger tus vacaciones. Si te vas ahora, estarás incumpliendo el contrato.

—No puedo, Luis. Necesito verle. ¿No lo entiendes? Hemos vivido en una confusión. Nuestros problemas siempre han girado en torno a lo mismo. Y resulta que acabo de descubrir que estábamos equivocados.

Él se detuvo, apoyándose en el marco de la puerta. Cruzó los brazos, deliberando.

—Sigo pensando que podrías esperar una semana más.

—Tal vez podría. Pero necesito irme. Raúl no es como tú. Él nunca se olvidará de su hija. Aún no logro entender por qué te olvidaste de la tuya —dije sin ser consciente de que, esto último, lo había dicho en alto.

—¡Jamás la he olvidado! ¡No tienes ni idea! —vociferó airado, dando un paso hacia mí.

Fue la única vez que Luis me habló de ese modo.

Lo contemplé paralizada, sujetando un jersey que pensaba guardar en la maleta.

—Claro que no tengo ni idea. Nunca te has dignado a contármelo. Tú lo sabes todo de mi vida y yo, en cambio, no sé nada de la tuya —pronuncié aquellas palabras en un tono conciliador. Quería hacerle entender que no lo había dicho para herirlo. Simplemente no lograba comprender su historia.

Él suspiró. Guardó silencio unos segundos, tratando de tranquilizarse.

A continuación clavó sus ojos en los míos.

Tenía la mirada brillante, inundada de afecto.

—Estoy aquí en Londres por ella. Trabaja con nosotros —soltó sin más.

—¡¡¿Qué?!!

—Es Esther.

—¿Quién es Esther?

—Mi hija.

—¿Qué Esther? ¿Esther Lombard? ¿La jefa de Marketing?

Él asintió sonriendo. Supongo que mi cara de alelamiento le hizo gracia.

El rostro de la chica apareció en mi mente. Preciosa, con el cabello corto y muy rubio, y unos rasgos que desprendían una inocente vitalidad. Era una magnífica profesional. Tenía tan solo veintiséis años y ya había conseguido hacerse con uno de los puestos más cotizados de la revista internacional de fotografía artística y documental mejor valorada en el mundo.

La joven había simpatizado mucho con Luis, tanto que temí que él confundiera esa amistad con otra cosa. Fui testigo de cómo se quedaba embobado mirándola cada vez que ella aparecía. Y ahora resultaba que él la observaba de ese modo porque era su hija...

—¿Por qué crees que tenía siempre tanto interés en esta revista? El día que me presentaste a Marcus lo reconocí de inmediato, pues ya sabía de él por *Photoactually*.

Me senté en la cama para asimilar la información. Eran demasiadas emociones en muy poco tiempo.

Continuó relatándome cómo consiguió saber de ella. Las muchas veces que le escribió y su exmujer se negaba a que él se pusiera en contacto con su hija. Rechazando, incluso, su ayuda económica para la educación de Esther. Se sentó junto a mí y estuvimos conversando durante casi una hora.

—Iba a contártelo —dijo él respondiendo a la pregunta que estaba formulándome interiormente.

—Sí, ya...

—Lo siento. No quería arriesgarme a que llegase a sus oídos. Necesito pensar cómo voy a decírselo. Su madre murió el año pasado y ella no tiene buena relación con su padrastro. Me lo confesó el otro día. Trato de ser su amigo.

Necesité un instante para procesar la información.

—¿Te has dado cuenta de que la fotografía no es lo único que tenemos en común? Al parecer, los líos de familia se nos dan mejor.

Soltó una risotada.

—Sí, eso parece.

Agarró mi mano.

—¿Te vas entonces?

Asentí. Nunca había estado tan convencida de algo en mi vida.

—Mi lado egoísta, ese que te quiere del mismo modo que quiero a Esther, era el que hablaba antes. No deseo que abandones el trabajo. Estás en un momento profesional espléndido, pero si crees que este no es tu sitio, vuelve a Sevilla. Yo siempre te ayudaré en todo lo que pueda.

—Lo sé.

Me despedí de él con un abrazo eterno. Ese hombre había sido mucho más que un leal jefe. Era mi amigo, mi familia. Casi un padre para mí y un abuelo para Elena. Pero ambos éramos conscientes de que nuestros caminos debían separarse.

Antes de salir por la puerta se giró.

—Por cierto, graba la cara de Raúl cuando le des la noticia. No quiero perdérmelo.

—De acuerdo. Solo si tú te comprometes a grabar la de Esther.

Lo último que oí fueron sus carcajadas.

Javi y Marta nos recogieron en el aeropuerto de Sevilla.

La alegría que sentí al verlos de nuevo fue colosal. Necesitaba abrazarlos y contarles lo sucedido. Sin ellos no podría afrontar lo que me estaba sucediendo.

El vuelo llegó casi de madrugada, así que ni siquiera avisé a Raúl de que llegaría ese día. Antes le haría una visita a mi ginecóloga e intentaría resolver todas las dudas que me abordaban.

Javi corrió hacia nosotras en cuanto las puertas que nos separaban se abrieron.

—Amiga... —exhaló estrechándome entre sus brazos—. ¡Cuánto te hemos echado de menos!

—Yo también —respondí emocionada.

Marta se deshizo en besos con Elena, que estaba como loca de contenta con eso de que hubiésemos adelantado las vacaciones. Y luego me tocó el turno a mí.

Hicimos el trayecto hasta casa en el coche de Javi, poniéndonos al día de nuestras vidas. Aunque, en realidad, había poco que ellos pudieran contarme que yo ya no supiera. Fernando y Marta disfrutaban de un trance sentimental excelente y ella desprendía felicidad por cada poro de su piel. Afortunadamente, él y yo habíamos dejado atrás nuestras rencillas. Mi paso por el hospital nos dio la oportunidad de reconciliarnos y volver a ser amigos. Y eso lo hacía todo mucho más fácil en la amistad que me unía a ella.

En cuanto a Javi, al parecer estaba planteándose seriamente irse a vivir con Cristóbal, aunque, según él, se estaba haciendo de rogar.

Mientras tanto, yo intenté mantener la calma y esperar hasta que cenáramos y Elena estuviese dormida para soltarles el bombazo.

Y sí, ese momento llegó. Javi había estado preguntándome todo el tiempo que qué demonios me sucedía. Me conocían mejor de lo que yo imaginaba y mi nerviosismo no pasaba desapercibido para ninguno de los dos. Acosté a Elena en la habitación de Marta, tras convencerla de que al día siguiente les daríamos una sorpresa a sus abuelos y a su padre. Estaba ansiosa por verles. Y cuando regresé al salón me los encontré a ambos sentados en el sofá, esperando mi aparición.

—Bueno ¡¿qué?!, suéltalo ya. Sabemos que te pasa algo. Y tiene que ser muy importante para que hayas aparecido por aquí una semana antes y con esa cara de haber descubierto un tesoro —dijo Javi acomodándose.

Marta permanecía callada y expectante a su lado.

—¿Qué pasa, Cris?

Sonreí en un intento de tranquilizarlos.

—¿Tiene que ver con el trabajo? —insistió ella ilusionada. Probablemente pensaban que les hablaría de una subida de sueldo o que les confesaría que había ganado aquel importante concurso internacional de fotografía. Días antes, le conté a Marta que Luis me había presionado para que presentase mis mejores fotos a ese certamen. Pero, en realidad, no confiaba en absoluto en ganar. El premio era una cantidad económica escandalosa y los mejores fotógrafos del mundo competirían contra mí. Hacerse con el galardón le daría a mi vida profesional una extraordinaria sacudida. Era absurdo pensar ni siquiera en tener posibilidades...

Negué con la cabeza. Mordiéndome el labio. Bajé el volumen de la tele, me senté sobre la mesa baja que quedaba delante de ellos y me froté la cara. Fue entonces cuando me di cuenta de que el pulso me temblaba y que la emoción estaba a punto de desbordarme.

Javi, consciente de mi estado, sujetó una de mis manos.

—¿Qué pasa, preciosa? —inquirió, limpiándome una lágrima que resbaló por mi mejilla.

Lo miré primero a él y luego a Marta, que había cambiado su jovial expresión por un gesto de preocupación.

—¿Qué ocurre, Cris?

—Marcus se hizo las pruebas de paternidad en Londres.

Ella arrugó la frente y él abrió muchos los ojos, ejerciendo una ligera presión en mi mano.

—Esta mañana nos dieron los resultados —añadí.

Hubo un momento de silencio prolongado. Un silencio en el que nuestras mentes conectaron y logré que dedujeran lo que yo ya sabía.

—Oh, Dios mío, Cris... —murmuró Marta.

—Pero..., qué... ¿Quieres decir que...?

Asentí sonriendo.

Javi me soltó la mano y se puso de pie. Se movió de un lado a otro.

Marta me observaba perpleja, parecía encontrarse en estado de shock.

—Joder, joder, joder... —susurraba.

—¿Estás hablando en serio? —inquirió Javi con las manos entrelazadas en la nuca.

Le hice un gesto de incredulidad con la cara y luego me levanté para sacar de mi bolso el informe con el resultado de las pruebas.

—No sé, ¿qué entiendes tú por esto? —le dije con tonito, extendiéndole el papel.

Él me lo quitó de las manos y lo leyó estupefacto. Estaba en inglés. Marta se colocó a su lado, apoyándose en su hombro y fue traduciendo lo que leía.

—¡Hija de la gran chingada! —vociferó Javi, saltando de manera exagerada.

—Supongo que esa expresión me define bastante bien —repliqué carcajeándome.

—Pero... ¿Cómo es posible?

—No tengo ni idea. Mañana iré a hablar con mi ginecóloga. Aún no consigo entenderlo.

Los tres nos reímos. Javi continuó saltando un poco más.

—Madre mía... ¡Madre mía!...

Pero luego, como si aquel caos de sensaciones y emociones ya fuera asentándose en el salón, ellos contemplaron otra vez el papel.

—¿Cuándo se lo dirás? —preguntó Marta más seria.

—No lo sé. Estoy aterrada —suspiré, dejándome caer en el sofá.

Atisbé cómo se miraban entre ellos.

Seguramente los dos pensaron que Raúl ahora tenía otra pareja.

—Sí, lo sé. Sé que está con ella. Me escribió un correo hace poco —articulé masajeándome las sienes.

—¿Qué te dijo? —comentó Marta intrigada.

Ambos estaban de pie, delante de mí. Javi todavía se frotaba la nuca y ella se mordía una uña.

—Pues que iba a intentarlo con Mónica. Que le gustaba... —Respiré profundamente—. ¿Vosotros lo sabíais?

—No con certeza, Cris —confesó Marta nerviosa—. Teníamos entendido que eran amigos, pero el otro día Fernando hizo una cena en su casa. Invitó a Javi, a Cristóbal y a él. Y apareció con ella. No tenemos ni idea que hay entre ellos.

Visualizarlos juntos, haciendo vida de pareja con mis amigos, me desgarró el corazón. Incluso admitiendo que era algo que yo había provocado marchándome. Yo fui la que le aconsejó que siguiera adelante y que fuera feliz. Quizá él había encontrado la felicidad en los brazos de Mónica, a pesar del dolor que admitirlo me provocaba.

—Bueno, supongo que me lo merezco por ser tan torpe y estúpida, ¿no?

—No debiste irte, Cris —murmuró Javi, sentándose a mi lado y poniendo una mano en mi rodilla.

—Tampoco debí equivocarme hace siete años y lo hice.

Los dos enmudecieron.

—Aun así debo decírselo... —añadí.

—Por supuesto —afirmó Marta.

Javi asintió.

—Pasado mañana es mi cumpleaños y sé que Fernando va a hacerme una fiesta sorpresa. Raúl irá —relató ella entusiasmada, tomando asiento en la mesa.

Me quedé pensativa.

—Y si es una sorpresa, ¿cómo es que lo sabes? —bromeé.

—Porque ella es así de cotilla, hija —protestó Javi, extendiendo sus brazos en el respaldo del sofá.

Marta puso los ojos en blanco.

—Bueno, eso es lo de menos ahora —resopló ella, frotándose las manos—. La cuestión es que la fiesta será pasado mañana y ese sería un buen momento para hablar con él.

—A ver si te enteras, Marta. La sorpresa se supone que es para ti. No para Raúl. ¿Pretendes que se lo suelte allí…, delante de todo el mundo? —rezongó Javi.

—Ya, pero yo quiero verle la cara cuando se lo diga. Sería un buen regalo de cumpleaños —dijo dando palmaditas.

Sonreí.

—Bueno, confórmate con que iremos a tu fiesta, y ya pensaremos en las sorpresas.

Al día siguiente, lo primero que hice fue visitar a mi ginecóloga. Marta se ocupó de Elena durante la mañana y yo salí de su casa muy temprano, con el estómago aún desmantelado.

Quería descubrir dónde había estado exactamente el error. Me colé en la consulta sin pedir cita. Tuve que esperar más de dos horas para ser atendida.

No estaba segura de que ella pudiera ayudarme. Pero quizá podría orientarme sobre lo ocurrido. Mi embarazo lo siguieron dos ginecólogas diferentes. Una en Sevilla, por lo privado; y otra en Cádiz, al principio, por la Seguridad Social.

Luisa Ramos era la doctora que yo visitaba desde que me instalé en Sevilla. Ella había llevado mi último trimestre de gestación y el parto; y la que, posteriormente, nos aconsejó hacernos un estudio cuando Raúl y yo le comentamos que estábamos buscando un segundo hijo y que hacía bastante tiempo que no usábamos anticonceptivos.

Durante aquella época nos sometimos a varias pruebas. Entre ellas una radiografía pélvica para ver mi útero y trompas; analíticas hormonales; e incluso Raúl accedió a hacerse un espermiograma, a pesar de no gustarle la idea, con el fin de que ese análisis revelase el aspecto, movilidad y la cantidad de espermatozoides, pues eso influía en hacer posible la fecundación. Obviamente, ella sabía que Raúl no era el padre de Elena. Yo misma se lo confesé.

Hubo unas palabras que se quedaron grabadas en mi mente durante el proceso. La frase final con la que Luisa resumió el diagnóstico de fertilidad entre Raúl y yo: «Una probabilidad entre un millón».

Mientras esperaba en la sala de espera de la consulta no hacía más que repetírmela interiormente...

—Cristina —dijo su joven ayudante en tono amable, devolviéndome al presente—, ya puedes pasar.

Intenté tranquilizarme antes de abrir la puerta.

—Cristina, ¿qué tal estás? Tenía entendido que estabas en Londres —comentó Luisa tras su amplio escritorio. Se levantó para salir de detrás de su mesa y darme dos besos.

Era una mujer de unos cincuenta años, muy alta, bien proporcionada, con el cabello castaño y corto. No poseía una gran belleza, pero su rostro ovalado y siempre sonriente denotaba su carácter cercano y afable. Luisa era una magnífica ginecóloga. En Sevilla, su fama como buena profesional en su campo la avalaba.

Respondí a su saludo y, a medida que tomaba asiento, le expliqué que mi estancia en Londres había finalizado.

—¿Qué es eso tan importante que tienes que consultarme? —añadió con interés.

Solté el bolso en la silla que estaba junto a la mía y rebusqué hasta sacar el informe que contenía los resultados de la prueba de paternidad, luego me dispuse a detallarle el motivo de mi visita.

Ella me escuchó con atención, con los codos apoyados sobre la mesa y las manos cruzadas delante de su barbilla.

—No puede ser —murmuró completamente sorprendida, una vez que contemplaba aquellas páginas.

—Eso mismo creía yo. Pero esas pruebas dicen lo contrario.

Luisa rebuscó mi informe y lo dejó sobre la superficie. Revisando toda la información que tenía sobre mi embarazo y el diagnóstico de fertilidad.

Entre las dos retrocedimos en el tiempo y fuimos hasta el momento de mi última regla antes de tener a Elena. Fue bastante insistente en eso. Me pidió que hiciera memoria, aunque no me fue fácil recordar la fecha exacta. Ella cogió un calendario y lo colocó delante de mí con intención de contar cuántas semanas había tenido mi embarazo. Hablé de todo sin pudor. De mis últimas relaciones sexuales con Marcus y del tiempo que transcurrió hasta que conocí a Raúl. Que fue relativamente breve. Si Elena era hija de Raúl, probablemente habría sido concebida la primera vez que él y yo hicimos el amor, a pesar de que habíamos usado preservativo. Era de la única manera que nos salían las cuentas.

—Ningún medio de protección es seguro al cien por cien, Cristina —refunfuñó ella con sorna sin levantar sus ojos del calendario.

Vaya, un poco tarde para eso...

—Cuando me hice la prueba estaba convencida de que el bebé era de Marcus —musité desconcertada.

—Es posible que tuvieras un falso positivo.

—¿Qué significa eso?

—El test tiene una elevada sensibilidad. Pero hay algunos embarazos que terminan de forma natural en las cuatro primeras semanas. Es lo que comúnmente llamaríamos un aborto espontáneo. Aunque tú dices que venías con un retraso de Ámsterdam. Se supone que tras eso debías sangrar. Quizá no lo apreciaste. Pero si no fue así, deduzco que tras eso volviste a quedar embarazada. Esta vez de Raúl. Entonces estaríamos hablando de superfetación. Que es lo que creo que ocurrió.

Fruncí el cejo. La cabeza me iba a explotar.

—Verás, Cristina, cuando una mujer se queda embarazada el organismo obstaculiza los ovarios para que no maduren más ovocitos, de ahí la carencia de menstruación durante el embarazo. Pero si se produce un fallo y deja de darse esa orden, puede liberarse un nuevo óvulo y ser fecundado. Si el embrión consigue asentarse en el útero, como en tu caso ocupado por otro embrión, da lugar a la superfetación. Es algo excepcional en los humanos.

—¿Excepcional en los humanos?

Mis neuronas hervían tratando de comprenderlo todo.

—Exacto. La superfetación es común en animales. Caballos, ovejas...

—Oh, Dios mío, creo que me estoy mareando —murmuré tocándome la frente y luego las mejillas.

Luisa soltó una carcajada.

—A ver, mujer, lo que intento decirte es que es algo improbable, pero sucede. No conozco muchos casos, pero sí que parteé hace muchos años a una mujer que dio a luz dos bebés que fueron concebidos con alguna semana de diferencia. **Creo que lo tuyo podría ser un caso de** superfetación en el que solo uno de los embriones salió adelante. Por ello no manchaste. De hecho, sería más o menos como un caso de gestación de gemelos en el que se detiene uno de los embriones. Me da la impresión de que eso es lo que sucedió.

Ella volvió a coger el calendario, lo observó, y con un bolígrafo en la mano continuó parloteando.

—Hablamos de dos o tres semanas de diferencia entre uno y otro, por lo que puedo afirmar con casi total seguridad que eso fue lo que ocurrió.

Me humedecí los labios. Tenía mucha sed.

Por esa razón las fechas me cuadraban en ambos casos.

—Pero... tendría que haberse visto en mi primera ecografía, ¿no?

—No necesariamente. Siempre se aconseja hacer la primera ecografía a las doce semanas porque, a veces, antes no se aprecian cosas como esa. Es posible que en el momento de hacértela, uno de los embriones ya no estuviera. Incluso, en alguna ocasión, sucede que se pueden confundir con uno solo.

Fijé la vista en sus largos dedos, ahora entrelazados...

—A ver si lo entiendo. Me quedé embarazada de los dos y solo un embrión salió adelante. ¿Y precisamente fue el de Raúl? ¿A pesar de que había utilizado preservativo y que nuestra probabilidad de tener hijos es básicamente de una entre un millón?

Ella asintió, esbozando una sonrisilla ante mi cara de estupefacción.

—Me temo que estoy ante uno de esos sucesos excepcionales. Tendría que investigarlo un poco más. Pero lo que está claro es que si estas pruebas dicen la verdad y Elena es hija de Raúl, teniendo en cuenta vuestra limitada compatibilidad de gametos, efectivamente estamos hablando de esa probabilidad.

Tragué saliva y me dejé caer en el respaldo de la silla.

Sed, mucha sed.

—Dio de lleno en el centro de la diana... —susurré, pensando en la vez que él me dijo eso mismo en la cocina de su chalet.

—Sin ninguna duda, querida.

23

ELLA HA VUELTO

Raúl

El invierno en Sevilla nos había sorprendido esos días con una infernal ola de frío. Eran las nueve de la noche de un quince de diciembre y fui el último en marcharme de la oficina. Me abroché la cazadora antes de salir al exterior del edificio. Metí las manos en los bolsillos de la chaqueta buscando las llaves del coche y de paso saqué el teléfono móvil para revisarlo.

Un mensaje de Mónica apareció iluminando la pantalla.

«He salido pronto del hospital. ¿Te apetece una cenita en mi casa?».

Y el caso es que no me apetecía. Estaba agotado y lo único que deseaba era darme una ducha y dormir.

Desde que ellas se marcharon me volqué tanto en el trabajo que apenas tenía tiempo para nada más. Centrarme en sacar adelante mi empresa era lo único que me ayudaba a levantarme cada día. Lo único que me mantenía cuerdo.

Me detuve a responderle en mitad de la explanada, pero unas figuras a lo lejos me distrajeron. Agudicé la mirada y las encontré allí. Apoyadas en mi coche.

Dejé de respirar.

Habían vuelto...

Ella había vuelto.

—¡Papá! —vociferó mi pequeña corriendo hacia mí.

El corazón se me disparó y un nudo de sensaciones me abrumó.

Me sentí culpable. Sí, fue justo aquel sentimiento el que se adueñó de mí en ese instante. Me di cuenta de que había estado sobreviviendo, haciéndome a la idea de que Elena no me pertenecía. Cuando ambas se fueron traté de curarme del acuciante dolor mentalizándome de que me lo merecía. Por apoderarme de ella, aun sabiendo que su padre era otro.

Incluso empecé a pensar que no era buena idea visitarla a menudo en Londres. Que, tal vez, si guardaba la distancia sería más fácil para todos. Hubiera ido todas las semanas de haber tenido la certeza de que Cristina iba a volver y quedarse a mi lado para siempre. Pero esa duda me torturaba.

Sin embargo, ahora... Oírla llamarme *papá* avivó mi esperanza de que nada había cambiado entre nosotros. La culpa me golpeó el pecho y reaccioné.

Aquella niña era mía, de un modo u otro yo sabía que nos unía algo mucho más intenso que la sangre, y nunca debí permitir que nadie me apartase de ella.

—Elena... —susurré adelantándome a su encuentro—. ¡Hola, preciosa! —exclamé estrechándola entre mis brazos y dando vueltas. Besé su pelo, sus mejillas, su frente... Aspiré su olor.

¡Dios!, no me podía creer que estuviera abrazándola. Ella se aferró a mi cuello, con fuerza.

—Habéis llegado antes... —exhalé conmocionado.

—Sí, mamá dice que ya no nos iremos más a Londres, que nos quedaremos aquí para siempre —relató ilusionada.

—¿Cómo? —pregunté con el pulso a mil.

Mis ojos se clavaron en Cristina, que estaba a unos dos metros de mí, aún apoyada en el coche.

Dios, ella...

—Hola, Raúl —musitó incorporándose.

Vestía una sencilla trenka gris sobre un jersey de cuello alto también gris, vaqueros y botas altas de tacón. Sujetaba con sus dos manos el asa de un bolso elegante y negro. La examiné de la cabeza a los pies y ella no pareció sentirse cohibida. Todo lo contrario.

Estaba fabulosa. Había cogido peso. Tenía el cabello más largo y lo llevaba muy liso y suelto. Sin duda, se notaba que vivir en Londres le había aportado una desbordante seguridad que ahora la hacía más irresistible que nunca.

No quedaba nada en ella de esa Cristina que dejé en el aeropuerto tres meses atrás. Nada de esa mujer rendida, asustada y confundida que huyó de aquí. De mí...

Volvía a ser ella. Era de nuevo aquella mujer fuerte y decidida. Aquella que me deslumbró con sus ganas de acaparar los segundos y no dejar nada por hacer. Aquella que trastocó mi existencia con su arrolladora personalidad. La que me enloquecía con solo mirarme.

Me pregunté si en ese cambio habría influido él.

—Hola, Cristina. Te veo muy... recuperada —mascullé, soltando a Elena en el suelo y arrimándola a mí.

—Gracias. Tú también estás estupendo. Veo que te estás dejando crecer el pelo. Te favorece así —dijo con una mirada serena.

Me toqué la parte de atrás de la cabeza, donde mis dedos se perdieron entre mis rizos. Cierto, hacía bastante que no me lo cortaba. Luego me pasé el dorso de la mano por mi mandíbula. Una barba considerable ahora escondía la mitad de mi rostro.

—Es por el frío.

Sonrió. Y fue una sonrisa tierna que me desarmó.

—Habéis llegado antes —repetí esta vez para que ella lo oyera.

Asintió despacio.

—¿A que sí, mamá? ¿A que ya no nos iremos más? —canturreó mi pequeña.

Ella se humedeció los labios, ahora parecía nerviosa.

Yo arrugué la frente.

—¿Ha sucedido algo? —inquirí.

Me miró durante unos largos segundos.

—Londres no es mi sitio —confesó, finalmente, ladeando la cabeza.

Sabía que había pasado algo para que regresara tan repentinamente y abandonara el trabajo que, según ella, le daría un giro a su futuro profesional.

Esa y otras muchas dudas referente a él me picoteaba las sienes; pero aquel no era el momento para hablar sobre eso.

—¿Cuando habéis llegado? —le pregunté acariciando el cabello de Elena.

—Ayer..., anoche.

—¿Anoche?

—Sí, estamos en casa de Marta —respondió, haciéndome un gesto para mostrarme el coche de Marta, que se encontraba aparcado a bastante distancia de nosotros con ella dentro. La saludé con la mano y esta me devolvió el saludo. Luego me giré para encontrarme de nuevo con los ojos de Cristina. Aquellos ojos verdes que tanto habían trastocado mi vida.

—¿Por qué no me has llamado? Podría haberme ido del piso.

—Llegamos casi de madrugada y me apetecía estar con Javi y Marta. Además, Elena quería darte la sorpresa de este modo. Íbamos a venir esta mañana, pero he tenido cosas que hacer... Hemos estado en Cádiz esta tarde, viendo a Carolina.

—Papi, ¿puedo quedarme contigo hoy? —la interrumpió Elena.

—Claro, por supuesto. Dormiremos en casa de los abuelos.

—¡¡Síííí!! Voy a por mi mochila —dijo mi pequeña, corriendo hacia el coche de Marta.

Nos quedamos solos durante unos segundos.

—Puedes irte a casa si quieres. Yo me quedaré con mis padres —titubeé confuso.

Joder, estaba preciosa y saber que con solo alargar el brazo podría tocarla me estaba volviendo loco.

—No te preocupes. Quiero estar unos días con mis amigos. Ya hablaremos sobre eso.

—Bien.

—Bien.

Teníamos tanto por decir que sentí que la atmósfera se cargaba con sus preguntas y las mías.

Se tocó el pelo, colocándose un mechón detrás de la oreja.

Quise acercarme a ella y hacerlo yo.

—¡Raúl! —vociferó Marta, asomando la cabeza por la ventanilla. Me giré—. ¡Mañana es mi fiesta sorpresa, espero que no faltes!

—Lo sé, me lo has recordado como unas trescientas veces. Iré a la fiesta no sorpresa, tranquila.

Cristina sonrió, paseando su mirada de Marta a mí.

Elena regresó junto a nosotros cargando torpemente una bolsa y yo me adelanté a ayudarla.

—Dile a tus padres que me pasaré mañana por la mañana a saludarles —concretó ella intimidada.

—De acuerdo.

¿Quién eres, Cristina?

Luego se agachó para despedirse de Elena. Al incorporarse, me escudriñó.

Era Cristina en todo su esplendor la que me contemplaba anonadada en ese instante. Era ella y... maldita sea, ¡había vuelto!

—Adiós, Raúl.

—Adiós, Cristina.

Despertar con Elena en mi cama aquel sábado fue lo más maravilloso que me había sucedido en mucho tiempo. Admirarla dormida, bebiéndome su respiración. Deleitándome con los hermosos rasgos de su carita. Me acerqué despacio y le planté un beso en su preciosa nariz. Ella respiró profundamente y continuó durmiendo.

¡Dios, cuánto la había echado de menos!

¿Se podía querer tanto a alguien a quien no te unía ningún lazo de consanguinidad?... ¡Claro que era posible! Yo habría dado la vida por esa niña, a pesar de que no era mi hija. A pesar de que ahora ya empezaba a hacerme a la idea de que tendría cerca a su verdadero padre. Aunque algo me decía que jamás lo querría a él del mismo modo que me quería a mí.

Mientras la examinaba sonreí, recordando de la manera que habíamos sorprendido a mis padres la noche anterior. Ella se escondió detrás de mí y cuando mi madre abrió la puerta y descubrió sus pies tras los míos, se puso a llorar como una niña pequeña. Tuve que reprenderla para que no la asustara con su llanto.

Cenamos en el salón y Elena nos estuvo contando cómo era para ella Londres y su escuela. Jugamos hasta tarde y, finalmente, cayó derrotada en el sofá. Dormimos juntos. En casa de sus abuelitos ella tenía su propia habitación, pero yo solo quería sentirla cerca de mí.

Aspirar el olor de su cabello me transportaba a la esencia de Cristina...

—Joder —masculté entre dientes.

Agarré el teléfono para mirar la hora y de pronto recordé que no respondí al mensaje de Mónica. Me levanté con cuidado de no despertar a Elena y me encerré en el cuarto de baño. Marqué su número y esperé.

—¿Sí? —contestó ella al tercer tono.

—Mónica, siento no haberte respondido ayer.

—Ah, no pasa nada. Tranquilo —murmuró, seca.

—Verás..., es que anoche llegó Elena de sorpresa y... perdí la noción del tiempo.

Silencio.

—¿Elena está aquí? Vaya, qué bien.

—Sí..., ha dormido conmigo, estamos en casa de mis padres —le aclaré.

No dijo nada. Supuse que los engranajes de su cabeza no dejaban de funcionar.

—¿Cristina también está en Sevilla? —preguntó fingiendo normalidad.

—Sí.

—Vale.

—Mónica.

La oí suspirar.

—Mónica, todo está bien, créeme —mentí.

Por supuesto que no estaba bien. Y ni siquiera supe por qué estaba mintiéndole. Yo siempre había sido franco con ella. Conocía de sobra mis sentimientos. Creo que aquellas palabras no se las estaba diciendo a ella, sino a mí mismo.

No hay peor ciego que el que no quiere ver, me susurraba mi subconsciente.

—Claro, todo está bien —dijo ella.

—En serio.

—De acuerdo —musitó con voz queda.

Esta vez fui yo el que suspiró. Me masajeé la nuca.

No dejaba de pensar en eso de que Cristina ya no volvería a marcharse a Londres... ¿Sería cierto?

—Fernando me dijo ayer que no llegásemos tarde a la fiesta de Marta. Quiere que estemos allí antes de las diez —titubeó.

¡Qué bien, la fiesta...!

Se suponía que ahora tendría que aparecer con Mónica en un sitio donde estaría Cristina.

Bien por ti, Raúl.

—En ese caso, pasaré a recogerte sobre las nueve y media —dije, aparentando que la situación estaba bajo mi control.

Jodido gilipollas.

—Estupendo —respondió ella sin mucho ánimo.

Cuando colgué el teléfono me giré y me encontré con mi imagen en el espejo.

Allí, frente a mí, un Raúl reconstruido a base de quemar noches y agotar esperanzas. Un Raúl harto de perder pulsos y que se creía rehabilitado de la más grande de las enfermedades, ahora volvía a desestabilizarse.

Cristina apareció después del desayuno. Oí el timbre de la puerta y luego la voz de mi madre pidiéndole que pasara. Esta vez venía acompañada de Javi.

—Solo me he pasado a saludaros.

—Estás guapísima, Cristina —exclamó mi madre abrazándola. Y era cierto, lo estaba—. Pasad, por Dios, no os quedéis en la puerta.

Mi padre salió a recibirlos y me lanzó una mirada cómplice antes de estrecharla entre sus brazos.

Estuvieron charlando unos diez minutos en el rellano. Mis padres no dejaban de insistir en que entraran y se tomaran un café, pero ella alegó que tenía recados que hacer.

Elena se quedaría todo el fin de semana conmigo. Así que al marcharse se despidió de la pequeña y le advirtió que se portara bien.

Luego me miró a mí.

—Te veré esta noche, ¿no? —dijo mostrándome otra vez esa expresión asustada y sincera. Aquella atrayente vulnerabilidad que la dejaba sin capas. Aquella que me recordaba que, aunque me hubiese contado muchas mentiras, ella era de verdad...

Asentí sin darme cuenta de que boqueaba como un pez.

—Adiós, Raúl. A mí también me verás —dijo Javi a su lado, con mofa, moviendo sus deditos.

—No lo dudaba. Adiós, Javi —resoplé.

Cristina

Fuera llovía a cántaros. La gente llegaba con sus abrigos salpicados de agua y dejaban los paraguas en un paragüero que se encontraba junto a la puerta de entrada. Javi se acercó y me ofreció una segunda copa.

La fiesta era en un restaurante bar llamado Clorofila, que Fernando se había encargado de reservar únicamente para nosotros esa noche. Un sitio muy cerca del río Guadalquivir y frente por frente de la Torre del Oro. Al parecer, a Marta le encantaba ese lugar. Allí, los dos habían compartido muchas charlas acompañadas de vino y confesiones. Numerosas veladas en las que ella se escondía tras las carcajadas fingiendo que él era solo un amigo con el que lo pasaría bien y punto. Que no cometería la insensatez de enamorarse de alguien que no parecía dispuesto a comprometerse. Pensaba que su estrategia estaba dando resultado, sin saber entonces que en el amor no hay reglas ni pautas que valgan...

Las paredes estaban decoradas con un papel verde de palmeritas que aparentaba ser la mismísima jungla. De hecho, al entrar, un luminoso fluorescente anunciaba «Welcome to the jungle». El mobiliario, formado por sofás *chester* y sillas y mesas de madera clara en concordancia con una iluminación cálida, convertía ese local en un espacio de encuentro único. Tenía unas escaleras que daban a una planta superior y desde la cual se podía contemplar todo el restaurante. Mucho me temía que esa noche sentiría la necesidad de esconderme allá arriba...

—Cambia la cara, Cristina —murmuró Javi a mi lado—. Parece que estás a punto de ver entrar a un fantasma en vez de al padre de tu hija. Joder, qué bien suena ya, ¿verdad? El padre de tu hija —dijo esto último con voz de ultratumba—. No me digas que no sería un buen título para una telenovela.

Sonreí.

—Eres tonto...

Suspiré por tercera o cuarta vez. Miré el reloj. Eran las once menos cuarto y él aún no había aparecido.

—¿Vendrá? —pregunté aterrada.

—Claro que vendrá.

—No sé, igual ha decidido quedarse con ella y pasar de la fiesta.

Me estremecí con la idea.

—Relájate. Hoy, simplemente, date el placer de disfrutar de lo que sabes. No es necesario que hagas nada más. Cuando venga, porque vendrá, podrás mirarlo y decir: ese hombre que veis ahí..., tiene puntería.

Una risotada sincera escapó de mis labios. Tiré de su brazo y le planté un beso en la mejilla.

Cristóbal apareció tras él y nos comentó bromeando que a qué se debían tantos arrumacos.

Charlamos los tres como solíamos hacerlo: divertidos, chistosos. Cristóbal me preguntó por Londres y le conté que mis días allí habían finalizado. Mientras conversaba con ellos, no podía dejar de pensar en las palabras de Carolina la tarde anterior. En su expresión cuando me presenté en su puerta sin avisar y le dije que tenía que decirle algo importante.

Héctor no estaba esos días en la ciudad y, en cierto modo, lo agradecí. Quería que fuese Raúl quien le diese la noticia. No olvidaré cómo el rostro de Carolina pasaba de la curiosidad a la alegría a medida que yo hablaba. Mirar a los ojos a mi hermana y confesarle que Raúl era el único padre que tenía Elena, me produjo un placer indescriptible. Supe que jamás podría agradecerle la paciencia infinita que siempre tuvo conmigo, pero al menos aquello me dio la oportunidad de compensarle su empatía, entrega y amor hacia mí.

—Hay historias que empiezan cuando crees que ya han terminado —dijo ella tan auténtica, justo antes de marcharme—. La vuestra acabó antes de empezar. Ahora es el principio, Cris.

Y allí, sentada junto a mis amigos, sonriendo y simulando que mi corazón no se reblandecería en cuanto lo viera entrar por la puerta y que aguantaría sin derrumbarme hasta que por fin pudiera enfrentarme a su mirada y contarle la verdad, no pude sacarme de la cabeza esas palabras.

¿Sería este nuestro principio?

Cuando lo vi aparecer todo se paralizó. Exactamente como había ocurrido el día anterior en el aparcamiento del Parque Torneo. El murmullo de la gente menguó, la música formó parte del ronroneo y solo lo vi a él: tocado por la luz, con una camisa blanca y una cazadora de piel negra.

La gente suele preguntarse cómo sabes si realmente es esa persona *la persona* (él o ella) cuando la tienes ante ti. Supongo que es una pregunta que nos hemos planteado alguna vez en la vida.

Con Raúl ni siquiera tuve opción para planteármelo. Sencillamente, lo era.

Llegué a la conclusión de que hay cosas que están predestinadas a ser de una manera. Que no puedes pasarte los días tratando de cambiarlas. Tal vez por eso lo nuestro no funcionaba. Habíamos vivido intentando adaptarnos a algo que era inviable. Y hasta que no huí y regresé con la verdad, no comprendí que estaba encajando mal las piezas.

Ahora no podía hacer más que mirarlo.

—Vas a gastarlo —susurró Javi en mi oído.

Su pelo estaba mojado y le quedaba perfecto de ese modo. Se había recortado la barba un poco. Caminaba con aquella naturalidad aplastante. Saludando a los amigos que iba encontrando a su paso. Y venía solo. Contuve la respiración esperando que ella entrara tras él, pero no. Ella no vino.

Javi y Cristóbal continuaron a mi lado hasta que él se aproximó. Luego pusieron una absurda excusa para alejarse y nos dejaron solos.

—Llegas un poco tarde —lo reprendí de broma.

Me temblaba todo el cuerpo.

—Sí..., tenía un asunto que resolver antes de venir.

No pregunté. Eludí su comentario con otro.

—Te has perdido la sorpresa.

—Me temo que Fernando lo va a tener complicado para sorprender a Marta.

Los dos fijamos la vista en mi amiga, que se movía de un lado a otro, saludando a todo el mundo.

—¿Qué tal Elena? —comenté.

—Está encantada. Mis padres la están mimando más que nunca, así que imagínate.

Le dediqué una leve sonrisa.

—Te ha echado mucho de menos —confesé más seria.

—Yo también a ella. Mucho.

Nos quedamos mirándonos, en silencio.

De fondo escuchaba vagamente las conversaciones de los invitados, el ruido de la cocina, algunas risas...

La canción de Charlie Puth y Selena Gómez, titulada *We don't talk anymore,* planeaba en el ambiente.

—Bueno, cuéntame, ¿qué ha pasado en Londres para que hayas decidido no volver? —dijo él alargando el brazo para coger una cerveza de la bandeja de un camarero que pasaba en ese instante por delante.

Le dio un sorbo y la dejó sobre la barra.

Mientras tanto, mi cabeza daba vueltas sin parar. ¿Qué podía decirle? Es decir, ¿tenía que contárselo allí, en la fiesta de Marta?

Claro que no...

Me tensé en mi taburete y creo que él lo notó.

—Pensé que Londres sería de otra forma..., eso es todo.

Me estudió sin cortarse.

¡Dios!, estaba más guapo que nunca.

—Eso es todo —repitió él, yo diría que molesto.

Era obvio que estaba ocultándole algo.

—Sí, en fin, que... el trabajo, la vida allí, aquello no es lo mío.

—Ya —murmuró él.

Otro sorbo a su cerveza.

—¿Y qué tienes pensado hacer ahora? —inquirió sin apartar sus ojos de los míos.

—No lo sé.

Él asintió con desgana.

—Estupendo.

Marta se acercó a saludarlo y realmente lo agradecí. Habría jurado que estaba empezando a cabrearse, y no era para menos. Mis respuestas no podían ser más absurdas.

Simulé estar relajada y contenta el tiempo que Marta estuvo charlando con los dos. Él bromeó con ella un rato sobre su fiesta NO sorpresa y yo lo único que hacía era sonreír e intentar controlar el nudo de nervios que tenía instalado en mi estómago.

—Os dejo solos, que supongo que tendréis mucho de lo que hablar —expuso Marta indiscreta, alejándose y tirándome un pellizco en la pierna que él vio con claridad.

Frunció el cejo.

—¿Qué ha sido eso?

—¿El qué?

—Venga ya, Cristina. Tus amigos se comportan de un modo muy extraño. Es evidente que tienes algo que contarme.

Me mordí el labio. Quería matar a Javi y a Marta.

Tragué saliva y lo encaré.

—Cierto, hay algo. Pero me gustaría que pudiéramos hablarlo con calma. En otro sitio. Hoy no es el día.

Él afiló la mirada.

—¿En otro sitio?

—Sí.

Exhaló una sonrisita de suficiencia. Y aquello me confundió.

—Déjame adivinarlo, ¿vas a decirme que te has arrepentido de marcharte?

Lo traspasé con un gesto frío.

La conversación empezaba a adquirir otro cariz. Y no me gustaba.

—No. No me arrepiento de nada de lo que he hecho.

Él tensó la mandíbula. Mi comentario lo sacó de sus casillas. Tomó aire. Probablemente iba a soltarme una burrada, pero no llegó a hacerlo.

Una chica joven y muy guapa se aproximó hasta él. Más tarde supe que era muy amiga de Mónica y compañera de Fernando en el hospital.

—Hola, Raúl.

—Ah, hola, Cintia.

La chica me escrutó.

—Cintia —dijo Raúl irritado, obligado a presentarnos—, ella es Cristina. Cristina, Cintia.

—Encantada —murmuró ella.

—Igualmente.

—Oye, ¿Mónica no iba a venir contigo? —preguntó la interpelada con la clara intención de incomodarlo e ignorando a propósito que yo estaba allí.

Él se llevó una mano a la nuca. Yo bebí de mi copa de vino, aparentando indiferencia.

—Sí..., pero no se encontraba bien.

—Oh, en ese caso la llamaré para ver qué tal sigue.

—Perfecto —respondió él sin mirarla.

La joven se despidió de mala gana de ambos y luego desapareció entre la gente.

Un silencio asfixiante llenó la distancia que nos separaba.

La fiesta estaba en plena ebullición. Los camareros se movían de un lado a otro con bandejas de bebidas y canapés. El local contaba con la luz idónea y una música exquisita. Todo parecía agradable, excepto la actitud de él.

—¿Todo bien con... Mónica? —parloteé.

En realidad no quería saber cómo le iba, ¿o sí?

—Muy bien —contestó cortante.

Asentí despacio. Me sentía cohibida. Ahora se mostraba muy enojado conmigo. Era lógico que mis planes de futuro lo estuvieran volviendo loco.

—¿Para qué has vuelto, Cristina? Es decir, sabía que vendrías a pasar las navidades, pero ¿a qué viene esto de que Londres no es tu sitio?

—Raúl, yo... no pretendo desordenar tu vida... —me excusé.

Una exhalación amarga en forma de sonrisa fue su respuesta.

Me di cuenta de lo que había dicho y me froté los muslos.

—Un poco tarde para eso, ¿no crees? —replicó.

—Ya sabes lo que quiero decir.

—No, no lo sé.

Me pasé las manos por la cara.

—¿Te apetecería quedar mañana conmigo para almorzar? —solté sin más rodeos.

Él se humedeció los labios. Joder, quería besarlo. No fui consciente de lo mucho que le necesitaba hasta que lo tuve delante de mí. Me daba igual que estuviese enfadado, que me odiase, que quisiera gritarme qué coño me pasaba y por qué había decidido volver ahora que él empezaba a recomponerse. Yo tan solo quería abrazarlo, perderme en sus brazos...

—Tenemos que hablar sobre Elena —añadí.

Nos sostuvimos la mirada.

—Está bien, hablaremos mañana. —Silencio de nuevo—. Diviértete, Cristina —dijo finalmente, alejándose de mí.

Suspiré y abandoné mi asiento en busca de Javi. Necesitaba salir al exterior y tomar oxígeno. La noche no sería nada fácil.

Raúl y yo no volvimos a conversar allí dentro. Él, a pesar de no perderme de vista, se mantuvo casi todo el tiempo cerca de Fernando y de otros amigos de este.

Comí un poco y me tomé otro par de copas. Traté de relajarme y disfrutar de la compañía.

Cristóbal y Javi consiguieron que me sintiera de nuevo en casa.

Marta estaba pasándoselo en grande. Fernando hizo bastantes bromas sobre lo difícil que sería sorprenderla de ahora en adelante, teniendo en cuenta que Marta era demasiado curiosa. Claro que nadie esperaba lo que sucedería a continuación.

Llegó el momento de soplar las velas.

La tarta venía envuelta en un bonito papel de corazones. Lo primero que se me pasó por la cabeza cuando los camareros la dejaron sobre la mesa, tras la cual se había colocado Marta, y no la abrieron era que quizá estaban muy atareados. No se me ocurrió que sobre la deliciosa capa de chocolate había escrita una pregunta. No. Hasta que vi a Marta apartar el pliego, sonriente, colocar bien las velas y fruncir el cejo. La sonrisa fue borrándose lentamente de su rostro.

Javi me empujó con intención de colocarnos a su lado para poder leer qué ponía en ella.

«Te dije que hoy te sorprendería de algún modo... ¿Quieres casarte conmigo?».

Me tapé la boca controlando un grito de exclamación. Y Javi hizo lo mismo.

Fernando estaba al otro lado de la mesa, con las manos metidas en los bolsillos de su pantalón. Guapísimo, y fingía estar tranquilo. Pero su expresión lo delataba.

Ella lo miró asustada. Jamás había visto a Marta tan enamorada de nadie.

—¿Qué respondes?

La música paró y la gente enmudeció. Tan solo se oían algunos murmullos de asombro.

—Si es que no, puedes darme con ella en la cara —dijo él, encogiéndose de hombros en un gesto adorable.

Algunas sonrisitas nerviosas acompañaron su comentario. Y por un momento temí que Marta hiciese algo parecido. Parecía aterrorizada.

Fue entonces cuando los minutos dejaron de avanzar y aquella conexión que me unía a Raúl... Esa electricidad que ambos sentíamos estando en el mismo sitio... Ese no se qué inexplicable que me hacía buscarlo entre la gente..., me llevó hasta sus ojos y en ellos descubrí que los dos habíamos recordado lo mismo. Él también me pidió que nos casáramos en mi fiesta de cumpleaños. Casi de la misma manera que ahora lo hacía Fernando con Marta.

Me desnudó con la mirada. Lo juro. Y solo cuando Raúl me miraba de esa manera, yo me sentía *yo* en toda mi plenitud. Recapacité. Ya no tenía nada por lo que huir. Ya me daba igual exhibirle mis sentimientos. No iba a continuar reprimiendo mis emociones. Había pasado demasiado tiempo luchando conmigo misma. Pero ahora esa chica que estaba allí, mirándolo y deseando confesarle algo descomunal, era yo. Esa que estaba aterrada ante la idea de que él se hubiera enamorado en mi ausencia, era yo.

Sí, había vuelto de Londres desarmada, pero más segura que nunca de querer estar junto a él.

Ninguno de los dos se movió cuando Marta se acercó hasta Fernando, le echó los brazos al cuello y sin mediar palabra se fundieron en un apasionado beso que todos los presentes vitorearon.

Él continuó abrasándome a unos metros de mí.

—Habría estado bien un tartazo, aunque luego le dijera que sí —murmuró Javi en mi oído, haciéndome reaccionar.

Reí, pegándole en el hombro.

—¡¿Eso es un sí?! —preguntó alguien a gritos.

Marta rompió el beso, apoyó su frente en la de Fernando y asintió.

Él sonrió cogiéndola en brazos. A continuación, la soltó suavemente, rebuscó en el bolsillo de su pantalón y sacó un anillo sencillo y precioso.

Quería ponerme a llorar. Él lo deslizó en su dedo y, verlos tan felices, me conmovió.

La imaginé vestida de novia, y el corazón me dio un vuelco.

Pasamos la siguiente hora celebrando la noticia. Marta estuvo en estado de shock durante un buen rato, pero los chupitos que Javi insistió en que nos tomáramos para digerir, según él, tantos sucesos, lo hizo todo más llevadero. Y, obviamente, muy divertido.

Raúl también parecía estar más relajado. Conversaba animado. Se había deshecho de su cazadora negra y tenía una copa en la mano. Había dejado de prestarme atención o, al menos, eso me pareció al verlo tan enfrascado en la charla.

Cuando me tomé el tercer chupito creí que el suelo se movía bajo mis pies.

La fiesta estaba a punto de finalizar. Los camareros recogían las mesas y la gente hablaba de ir a otro sitio a continuar con la juerga.

Pero yo estaba agotada. Al día siguiente quería hablar con él. Necesitaba contarle la verdad. Y no quería hacerlo con una resaca de mil demonios.

Oí a otro de los amigos de Fernando preguntarle por Mónica y aquello me angustió.

Había llegado el momento de retirarse. Estaba un poco bebida y temí ponerme a decir estupideces.

Al único que le dije que me marchaba fue a Javi. Marta estaba bastante exaltada por aquel entonces e insistiría en que me quedase.

Javi, en cambio, me entendió e incluso se ofreció a acompañarme.

—No te preocupes, cogeré un taxi.

—¿Tienes llaves de casa? —preguntó él, ejerciendo de hermano mayor.

—Sí, tengo las de Marta. No sé por qué, pero intuyo que hoy dormirá en otro sitio.

—Creo que sí, la muy guarra...

Me reí mientras me abrochaba el abrigo.

—¿Le has dicho algo? —dijo refiriéndose a Raúl.

—Hemos quedado mañana.

—Vale. Avísame cuando llegues.

—Síííí, papá.

En el exterior, un cielo rojo soportaba la opresión de una indómita tormenta.

Salí hacia el paseo Cristóbal Colón en busca de un taxi, pero no encontré ninguno. Era curioso, pero a esa hora de la noche, a pesar de ser muy tarde y hacer bastante frío, decidí cambiar de dirección, cavilando que quizá callejeando encontraría alguno. Había echado tanto de menos Sevilla que necesitaba perderme en sus calles y sentirme parte de ellas.

Saqué mi móvil del bolso para enviarle un mensaje a Marta. Estaba convencida de que al día siguiente me llevaría una bronca por haberme ido de su fiesta sin decirle adiós. Y mientras caminaba, ajena adónde iba, me puse a teclear.

«Marta, me he marchado a casa. Estaba cansada y he quedado mañana con Raúl para almorzar.
Pensaba darle la noticia hoy, solo por complacerte, pero hablé con Fernando y me preguntó que qué te haría más ilusión, si verle la cara a Raúl mientras yo le contaba que las pruebas de paternidad han confirmado que Elena es 100% suya, o que él te pidiera matrimonio con una tarta. Y al final, ha ganado la tarta.
Enhorabuena, amiga. Celébralo esta noche como Dios manda.
Llámame en cuanto te levantes. Quiero todos los detalles. Tq».

Acompañé el mensaje de un montón de simpáticos emoticonos, entre ellos la gitana, la muñeca vestida de novia y el anillo.

Sonreí releyéndolo y justo cuando pulsé *enviar* me di cuenta de que me había equivocado de destinatario.

Las tripas se me contrajeron y una desproporcionada oleada de sangre se me subió a la cabeza.

El maldito doble click confirmó que Raúl ya lo había recibido.

Raúl

Conversaba con un amigo de Fernando mientras mis ojos buscaban a Cristina.

Andaba a la caza de su vestido negro. No era un vestido negro cualquiera, era el ¡jodido vestido negro! Mi corazón había vuelto a traicionarme en cuanto entré y la vi sentada en la barra junto a sus amigos. Sonriendo; con el pelo como solía llevarlo ahora, con la raya en medio, liso y brillante. Parecía tan... *ella.* Tenía la absoluta firmeza de que algo le sucedió en Londres para que regresara irradiando magia por cada poro de su piel.

Ahora yo tan solo fingía hacer vida social, pero en realidad mi único objetivo aquella noche era no perderla de vista. Necesitaba saber qué demonios le ocurría.

Sentí el móvil vibrar en mi bolsillo y lo saqué sin importarme que ese chico me estaba contando algo.

Me pregunté quién me enviaría un wasap a las tres de la mañana.

Leí su nombre y acto seguido unas palabras que iban dirigidas a Marta.

Supe de inmediato que se había equivocado. Desbloqueé el teléfono para poder leer el mensaje entero y le hice un gesto al joven para que me disculpara, alejándome del grupo.

Mi cuerpo reaccionó antes que mi mente. Mis latidos se detuvieron lo que a mí me pareció una interminable fracción de segundo. El estómago me dio un vuelco y me presionó los pulmones, impidiéndome respirar.

Lo releí al menos tres veces, intentando no perder los nervios.

Era obvio que el mensaje no era para mí y, sin embargo, revelaba algo que ponía mi existencia del revés.

Me pasé la mano por el pelo y luego por la nuca. Mis ojos no podían apartarse de esas palabras...

Las pruebas de paternidad han confirmado que Elena es 100 % suya...

Las rodillas me fallaron e hice un esfuerzo sobrehumano por no derrumbarme.

Pero... ¿qué demonios...?

¿Qué significaba...? No, no, era imposible...

Miré a un lado y a otro buscando a Marta. Me faltaba el oxígeno y el pulso me latía con tanta fuerza que empecé a marearme.

¿Quién eres, Cristina?

La celebración había llegado a su fin y la gente se marchaba a continuar la fiesta a otros bares.

De pronto vi a Marta y a Fernando conversando sonrientes con el encargado del local en una esquina.

Me apresuré hacia ella y cuando estuve a su altura la agarré del brazo, apartándola de ambos hombres. Fui brusco, pero no pude evitarlo.

—Eh, ¿qué pasa, Raúl? —inquirió ella sorprendida.

Fernando, a su lado, se puso a la defensiva.

—Explícame qué... es esto —dije tendiéndole el móvil, sintiendo cómo cada palabra me quemaba la garganta.

Me lo quitó de las manos y cuando acabó de leer el mensaje se tapó la boca.

Un solo segundo me hizo falta para descubrir que ella sabía algo de lo que yo aún no tenía ni idea.

Algo que ponía mi mundo bocabajo.

¡Qué digo bocabajo! Le daba diez vueltas en tirabuzón...

—Oh, Dios..., este mensaje era para mí —exhaló.

—¿Es cierto? ¿Elena es mía? —la interrogué fuera de mí.

Se mordió el labio, ocultando una media sonrisa que me estremeció.

Fernando movía la cabeza siguiendo nuestra conversación.

—Sí, Raúl. Es tuya. Ella iba a contártelo mañana. Por eso quería quedar contigo —confesó finalmente, con los ojos brillantes.

El aire se espesó y creí que me ahogaría.

—Pero... cómo... —titubeé preso del pánico.

Los pensamientos se me iban amontonando unos con otros.

Siete años, maldita sea...

Una cascada de recuerdos me obnubiló. Inmovilizándome... Mis dedos entrelazados con los de Cristina cuando comenzaron las contracciones. La primera vez tuve a mi pequeña en mis brazos. Su cuna. Ella tomando su primer biberón. Su nombre grabado en la bolsa de la guardería. Las navidades en casa de mis padres. Los cumpleaños. Ella corriendo hacia mí a la salida del colegio. Sus pijamas. El olor de su pelo. Su peluche favorito. Los deditos de sus pies. Sus abrazos. Su primer diente. Nuestra casa. Su habitación. Espuma en el baño. Su risa. Su llanto. Las promesas que le hice... Los «te quiero, papá».

Sentí que el corazón me iba reventar. Cerré los ojos y Fernando me dio un apretón en el hombro.

—Raúl... —murmuró mientras yo me pasaba las manos por la cara—. Eh, amigo.

Estuve a punto de desplomarme y creo que él era consciente.

—Tenéis mucho de lo que hablar —musitó Marta.

Fue entonces cuando comprendí que debía encontrarla. Necesitaba tenerla delante de mí.

Les pedí que me disculparan, aún aturdido, y salí del bar en una exhalación.

Un ruidoso trueno resonó hueco entre las nubes escarlatas que se removían inquietas sobre mí. A continuación, unas leves gotas mojaron mi cazadora.

Ella, probablemente, estaría ya en casa de Javi y Marta. Me dirigí hacia el paseo Cristóbal Colón buscando un taxi. Me moví de un lado a otro, histérico, arrepentido de haber dejado mi moto aparcada debajo de casa de Mónica.

¡Joder!

Todavía sujetaba el móvil y decidí llamarla. No andaría muy lejos...

El sonido del timbre me llegó desde atrás.

—No era para ti —dijo ella, obligándome a girarme—. No tendrías que haberte enterado así.

Sus ojos impregnados de emoción se clavaron en los míos. Estaba a un par de metros de mí, acercándose despacio.

Había vuelto para buscarme.

La lluvia se hizo más urgente, empapándonos a ambos.

Jamás vi a Cristina tan asustada como aquella vez. Supongo que ella me descubrió del mismo modo.

—¿Desde cuándo lo sabes? —logré articular.

Mi garganta era papel de lija.

—Desde el jueves.

La angustia me ahogaba. Quería gritar, golpear algo.

—¿Llevo siete años viviendo una mentira? —pregunté, luchando por no romperme.

Me separaba de ella unos cuatro pasos.

—Lo siento —musitó abatida.

—Siete años, joder... —masculló, moviéndome como un león enjaulado.

Mi cuerpo temblaba. La importancia de ese descubrimiento era tan exorbitante que no tenía ni idea de cómo reaccionar. No supe cómo digerir la noticia. Solo sabía que apenas me podía mantener quieto.

Ella, sin embargo, permaneció inmóvil.

La tormenta azotó descargando sobre nosotros toda su furia.

—Me equivoqué, Raúl —dijo con la voz contenida—. Pero mi error no fue engañarte. Mi error fue creer que tú no eras el padre. Te dije que Elena era tuya. Te mentí, o creí que te mentía, y lo único que hice fue ganar tiempo. —Tragó saliva. Avanzó un paso más y yo retrocedí—. Decirte que era tuya solo me dio ventaja para conocerte mejor. De haberte dicho lo que yo creía que era verdad, es probable que tú y yo no hubiéramos llegado hasta aquí. Quizá cada uno hubiera tomado su camino y Elena no te habría conocido. Ya no me arrepiento. Ahora acepto que hice lo correcto en una situación imposible.

Intenté procesar sus palabras.

Hacía mucho frío y no dejaba de llover.

Me dolía la cabeza y una sucesión de espantosas reflexiones me nublaron el juicio.

—¡Te marchaste! Creí que os había perdido para siempre. Llevo meses tratando de hacerme a la idea de que no me pertenecíais.

—Lo sé —murmuró ella con una caída de ojos.

—No, no tienes ni idea. ¡Me dejaste, Cristina! Te largaste a otro país. Te alejaste de mí para estar más cerca de él.

—Eso no es verdad. Solo intenté buscar una solución —se excusó.

Me toqué el pelo y acabé masajeándome la nuca.

—¿Sabes cuántas veces te he imaginado allí con él? ¿Sabes lo que sentía cada vez que hablaba con Elena y me decía lo bien que lo habíais pasado juntos?

Ella se llevó las manos a la boca para contener un sollozo.

—Me marché para no hacerte más daño —gimoteó.

—¡¿De verdad?! ¡¿Llevándote a mi hija?! —vociferé exaltado.

Avisté cómo se atrapaba el labio entre los dientes.

—Yo también te he imaginado muchas veces apareciendo por Londres. Fantaseaba con la idea de que venías a buscarme para decirme que no podías vivir sin mí, y en vez de eso decidiste...

No acabó la frase. Me apartó la mirada.

Obviamente ella hablaba de Mónica.

—Dijiste que ansiabas solucionar tu futuro profesional. Me torturaba pensar que tal vez todo esto era culpa mía por no darte tu espacio. ¡Te advertí a lo que te enfrentabas si te ibas!

—Puedes seguir con tu vida si es a eso a lo que te refieres —dijo alzando la barbilla, limpiándose una lágrima.

—¿Qué se supone que debía hacer? ¿Quedarme esperándote hasta que decidieras dejar de jugar a la familia feliz con ese tío? ¡Estamos divorciados, maldita sea!

Volví a caminar de un lado a otro.

—No necesitas justificarte. Esto no te obliga a nada.

—Por supuesto que no tengo que justificarme. ¡Tú me dejaste! —grité señalándola con el dedo.

Su gesto se ensombreció. Su pecho subía y bajaba.

No respondió, pero descifré su silencio. Ella no quería seguir peleando.

—Siete años, maldita sea... —maldije de nuevo.

No obstante, yo aún estaba muy cabreado, embravecido...

Un taxi pasó por delante nuestra y ella levantó el brazo para que se detuviese.

—No te culpo por querer rehacer tu vida cuando me fui. Supongo que este es el precio que debo pagar por marcharme, incluso sabiendo que no podría vivir lejos de ti.

Abrió la puerta del vehículo y antes de meterse en él, se giró.

Me contempló con la mirada cargada de sentimientos. De repente sentí que ya no estábamos envueltos en aquella feroz tormenta. Su expresión me decía que pronto un sol brillante lo abarcaría todo. No era la primera vez que la veía resplandecer bajo la más absoluta oscuridad.

—Llevabas razón —musitó con una débil y afectuosa sonrisa—. Elena es tuya. Siempre lo será.

Luego cerró y yo me quedé en la acera... completamente perdido.

Cristina

No pude controlar el llanto.

Me sacudí con mis propios sollozos, temblando de frío. Tenía la ropa y el pelo empapados. El taxista me observó por el espejo retrovisor sin decir ni una palabra.

Cuando llegué, Javi me esperaba en el rellano. Marta le había contado lo del mensaje y él, conociéndome, se anticipó a lo que pasaría.

—Ven aquí —murmuró acogiéndome.

Me abracé a él, rota.

Descargué en su hombro toda la pena que contenía. Me vacié de culpa, de rabia, de frustración. Tanto sufrimiento para nada. Tanto tiempo dando vueltas alrededor de la verdad y tan ciega de remordimientos que fui incapaz de ver la realidad.

—Venga, ya está. Cálmate, pequeña... Desahógate —decía dándome friegas en la espalda.

¿Y si ya no había nada que hacer?…

¿Y si él, de verdad, estaba enamorado de Mónica?…

Javi, consciente de mi angustia, no dejaba de susurrar que todo se arreglaría.

—Solo tú podías darle esa noticia con un wasap —bromeó, intentando hacerme sonreír—. Ya puestos habría estado muy bien uno de esos montajes con Julio Iglesias en el que pusiera: Yo no soy el padre, lo eres tú...Y LO SABES.

Me carcajeé sin deshacerme de su abrazo. Mezclando la risa con las lágrimas.

—Solo tú podías hacerme reír en este momento.

—Anda, vamos dentro, criatura.

Me condujo al interior del piso, pidiéndome que me cambiara de ropa antes de pillar una pulmonía.

Pero entonces, un ruido en las escaleras nos obligó a girarnos. Alguien subía a toda prisa.

Y sí, allí estaba él.

Oh, Dios... ¡Él!

Siempre él.

Probablemente habría subido a otro taxi después de mí.

Se detuvo a mitad del tramo y tomó aliento.

Javi me soltó, pero se mantuvo expectante a mi lado.

—Te has ido y aún no había acabado de hablar contigo —dijo soberbio.

Estaba empapado. Llevaba la cazadora puesta, sin embargo, bajo ella se adivina su camisa blanca pegada al pecho.

Deslicé mis ojos, recorriéndolo entero. Mirando más allá de donde realmente podía ver. Adivinando, ciertamente, que había venido a buscarme. La presión creció en mi pecho y dejé de respirar.

Joder, le amaba. Le quería con cada poro de mi piel. Le deseaba de un modo brutal. Y su expresión me dijo que él sentía lo mismo.

Fue ascendiendo lentamente. Abrasándome con su mirada fascinante mientras a mí me parecía que el suelo se inclinaba haciéndome tambalear.

Lo echaba tanto de menos...

Todo lo que habíamos vivido había sido auténtico. Cierto y mágico. Tanto... que él había convertido en verdadera hasta mi propia mentira.

—Estaba lloviendo —musité cohibida. Justificando de algún modo mi huida.

Recorrí sus facciones. Su barba, su nariz, su pelo, su boca...

Era tan único e inigualable... Tan especial de los pies a la cabeza que comprendí que mi vida estaría vacía y desértica sin él.

Javi y yo estábamos dentro del apartamento con la puerta abierta. Él todavía estaba fuera, pero apenas nos separaba un metro de distancia.

Lentamente fue abandonando el gesto altanero y su expresión se tiñó de ruego.

—¿De verdad es mía...? —murmuró como si no acabara de creerlo.

—Así es —susurré dando un paso hacia él.

Nos miramos en silencio. Devorándonos.

El asombro y la turbación aún no habían abandonado sus facciones. Y lo comprendía. Yo también sentí lo mismo al enterarme.

—¿Y ahora... qué hacemos? —dijo contemplando mis labios.

Quise preguntarle por ella. Por Mónica. Pero me daba tanto miedo su respuesta que aquella noche lo único que anhelaba era que no se fuera.

—Necesito que vuelvas a quererme —articulé aterrada.

El aire se cargó, desesperado. La tensión, gruesa, ascendió por mi columna.

—No puedo hacer eso —dijo con la voz desgarrada y una tierna sonrisa alcanzando sus ojos. Dio otro paso y acunó mi rostro entre sus manos. El mundo se esfumó a mi espalda. Me mareé, perdida en él—. No puedo volver a quererte porque nunca he dejado de hacerlo.

Primero besó mi mejilla y luego su boca buscó la mía con suavidad. El beso desató un millar de sensaciones que fueron creciendo en mi interior, enloqueciéndome. Mis labios se apretaron con los suyos. Me aferré a su cintura y nos besamos tan intensamente que ni siquiera tuvimos en cuenta que Javi estaba, allí, siendo testigo. Seguramente pensando que éramos dos locos, testarudos, orgullosos, torpes y salvajemente enamorados.

Ansiaba besarlo por todos los días que no pude hacerlo.

—Te quiero —gemí mordiéndole el labio inferior.

Él respondió hundiendo su cara en mi cuello. Salpicándolo de besos. Lo abracé enterrando mis dedos en su pelo.

—Vale, me parece que aquí ya no hago nada —dijo Javi con tonito—. Si no os importa, dormiré en casa de Cristóbal.

Admito que los dos ignoramos lo que sucedía a nuestro alrededor. Sencillamente, no podíamos apartarnos el uno del otro.

—No, no insistáis —bromeó, alzando los brazos mientras pasaba por nuestro lado para salir—. Me voy y no hay más que hablar. Menudos tarados...

Cuando este estaba a punto de cerrar la puerta, Raúl me cogió en brazos y anclé mis piernas a sus duras caderas.

Mi mirada y la de Javi se encontraron de espaldas a él.

—Gracias —articulé sin voz.

Mi amigo me guiñó un ojo, sonriendo de satisfacción. Y yo pensé que estaba rodeada de los hombres más extraordinarios del universo.

Nos quedamos solos y la pasión inundó cada rincón de aquel lugar.

Mi vida entera había girado de repente.

Entramos en la habitación de Marta comiéndonos el uno al otro. Arrancándonos la ropa. Había tantas cosas que queríamos decirnos que solo seríamos capaces de expresarlas con caricias, con abrazos. Estábamos demasiado llenos de amor y, al mismo tiempo, demasiado necesitados.

La lujuria ascendía por mi espalda, quemándome.

Él me soltó delante de la cama de mi amiga. Lo sé..., la cama de Marta. Pero estaba segura de que ella lo entendería, dadas las circunstancias.

La luz del pasillo era el único reflejo con el que conté para que su ardiente mirada se me quedara grabada de por vida. Se agachó un poco para hacerse con el borde de mi vestido, sin apartar sus ojos de los míos. Tiró de él hacia arriba para quitármelo y yo levanté los brazos para facilitándole la tarea.

Tantos días soñando con ese momento, tantas noches pensando que jamás volvería a tenerle de esa manera. Mirándome como si yo fuera lo más maravilloso que había visto nunca. Como si no hubiese nada más tentador que tenerme desnuda ante él. Porque así me sentía yo: desnuda. Y no me refería a la ropa. Claro que no, sino a la sensación de que ya no tenía nada que esconder. Todos mis sentimientos, mis emociones, mis miedos, todo estaba siendo expuesto justo en ese mismo instante, y él hacía lo mismo.

Desabroché su camisa. Mis dedos temblorosos se morían por tocarle. Por palpar su pecho. Él me ayudó con los botones. Pero la desesperación lo condujo a arrancar los últimos. Sonreí maravillada. Las palmas de mis manos recorrieron sus hombros. Su respiración agitada era vitamina para mí.

Me quité las medias y las botas mientras él, con urgencia, procedía a deshacerse de sus pantalones. Se quitó también los calzoncillos.

Me humedecí los labios. El corazón me latía a un ritmo peligroso.

—Te he echado tanto de menos que creí que me volvería loco —musitó. Sus dedos tantearon las cicatrices de mi costado y de mi vientre. Y cerré los ojos intentando controlar las lágrimas.

Había acumulado mucho dolor. Ahora comprendía que fui una inconsciente marchándome y tratando de recuperarme yo sola de las heridas. Cuando, en realidad, mi cura era solo él.

Me quitó el sujetador, lamiendo mi barbilla y dejando un reguero de besos por mi cuello hasta llegar a mis labios.

—Te amo, cariño —respiré en su boca, abrazándolo.

—Y yo a ti.

Me levantó de nuevo, agarrándome del culo.

—No dejaré que te alejes de mí nunca más, ¿me oyes?

Asentí despacio.

Me besó con vehemencia. Saboreé su lengua. La chupé y degusté mientras me llevaba a la cama y me depositaba sobre ella. Una vez tumbados, él se apoyó en sus codos para no dañarme con su corpulencia.

Descendió poco a poco hasta hacerse con mis pechos y prestarles la atención que demandaban. Succionó mis pezones y creí enloquecer.

¡Dios!, le tenía encima de mí. Todo era sencillo así.

Él, yo... Nosotros.

Continuó besando mi vientre y mordisqueó mis muslos. Mi cuerpo se arqueó, rendido al placer que me provocaba.

Se puso de rodillas entre mis piernas y me quitó las bragas sin apartar sus ojos de los míos. El fuego de su mirada me produjo una satisfacción cósmica.

Sus mejillas ahora encendidas, su pelo despeinado y aquella barba seductora, lo dotaron de la expresión más erótica que le había visto jamás.

—¿Sabes lo mucho que he pensado en volver a tenerte así? —dijo agachándose para plantarme un beso en el ombligo.

Sus dedos se colaron en mi interior. Jadeé.

—Raúl, por favor... —gemí, apresando las sábanas.

—Joder, Cristina, no voy a aguantar mucho —gruñó, volviendo de nuevo a mi boca.

Nos besamos. Esta vez fueron besos más acelerados. Más delirantes.

Su saliva me resultó narcótica. Nuestras lenguas bailaron deslizándose una sobre la otra. Le cogí la cara para asegurarme de algún modo de que aquello estaba sucediendo y no lo soñaba.

Nos frotamos así, desnudos. Su erección jugó con mi clítoris, atormentándolo al compás de la pasión. Y sin más preámbulos puso mis piernas alrededor de sus caderas y me penetró. La invasión fue brutal. Se quedó quieto dentro de mí unos segundos, mientras mis músculos internos lo acogían. Salió y volvió a penetrarme. Más fuerte. Más profundo...

Aceleró las embestidas y yo lo acompañé moviéndome bajo su cuerpo.

—Dios, nena —rugía, empujando dentro y fuera. Mirando cómo nos uníamos.

Llevé mis manos a su culo y luego arañé sutilmente su espalda. Sus acometidas descontroladas estaban a punto de conducirme al éxtasis.

—Raúl, voy a correrme —exhalé.

La tensión se concentró en mi bajo vientre, creciendo en espiral y arrasándome.

—Juntos. Siempre juntos —dijo pinzándome la barbilla, con una sonrisa petulante y sexi, y obligándome a mirarlo.

Mi sexo palpitó con rudeza alrededor del suyo. Cediendo. El orgasmo nos asoló, azotándonos y llenándonos de tanta necesidad que, por primera vez en mi vida, me sentí absolutamente completa.

Se derrumbó sobre mí, hundiendo su nariz en mi cuello. Lo abracé aspirando su olor. Y deseé que no se moviera nunca de allí.

De una manera u otra, todos los caminos me habían llevado a él.

La persiana de la habitación de Marta estaba levantada y desde mi posición comprobé que la tormenta aún no había amainado. Me sentí a salvo bajo el nórdico, con sus piernas enlazadas con las mías. Nuestras ropas estaban desperdigadas por el suelo y todo... olía a él.

No habíamos dicho mucho tras recuperarnos del clímax.

Él estaba bocarriba y yo me tendí sobre su corazón. Jugueteé con el vello de su pecho. En silencio. Un silencio salpicado de dudas para mí.

—¿Qué vas a decirle? —le pregunté sin mirarlo.

—¿A quién, a Elena?

Alcé la cabeza para encontrarme con sus ojos. Su expresión serena me conmovió. Era como si estuviera deleitándose con lo que ahora sabía. No quería estropear nuestro momento, pero la angustia todavía me perseguía.

—No, a Mónica.

Él afiló la mirada, deliberando. Luego curvó ligeramente sus labios. Ocultando una sonrisa.

—Nada.

—¿Cómo que nada? —repliqué.

—Pues eso, nada. No tiene por qué enterarse de esto. Había pensado que tú y yo podríamos vernos a escondidas —dijo acariciando mi espalda.

Me incorporé de rodillas y me senté sobre mis talones.

Él recorrió mis pechos desnudos.

Su sonrisita pendenciera lo delató.

—Dime que estás de broma y que ya has roto con ella, o te juro que no saldrás vivo de esta habitación.

Tiró de mi muñeca y no sé exactamente cómo lo hizo, pero acabó sobre mí, sujetándome los brazos por encima de la cabeza.

—No creo que estés en condiciones de exigir nada —murmuró besándome.

Le mordí el labio furiosa y él apartó la cara riendo. Se pasó la lengua por la zona que yo había mordido. No tenía sangre, pero seguro que le dolió.

—¿Estás con ella o no?

Miró a un lado y a otro.

—Que yo sepa aquí solo estamos tú y yo.

—No tiene gracia, Raúl —protesté, intentando soltarme.

Forcejeé y él me sostuvo con más fuerza. Me abrió las piernas con las suyas, a pesar de que yo me resistía.

—No estoy con ella —dijo, consiguiendo que me quedara quieta.

Fruncí el cejo.

Aflojó la presión de mis muñecas.

Bailé mi mirada por sus ojos, intentando descubrir qué era lo que había sucedido entre ellos.

—¿Me mentiste?

Él chasqueó la lengua.

Se movió hasta quedar de lado, junto a mí, con la cabeza apoyada en su mano.

—Digamos mejor que no te conté toda la verdad —comentó tapándonos a ambos con el nórdico de Marta.

—¿Qué hay entre tú y ella? —insistí nerviosa.

Él se puso esta vez más serio. Yo me coloqué en su misma posición.

—Mónica es mi amiga, Cristina. Quizá habría acabado con ella. No lo sé... Pero en realidad somos amigos. Esta noche iba a venir conmigo a la fiesta, pero cuando le dije que estabas aquí, decidió que era mejor que fuera yo solo. Sabe perfectamente lo que siento por ti.

—Pero entonces... vosotros...

Jugueteé con la sábana que se hallaba entre su cuerpo y el mío. Aturdida. Yo quería saber si ellos eran esa clase de amigos que se acostaban de vez en cuando o, de verdad, existía una amistad sincera. Pero no encontraba las palabras adecuadas. Me daba terror formular la preguntar.

—¿De verdad quieres saberlo?

—No lo sé —dije sin mirarlo.

Él me pinzó la barbilla.

—Una noche estuvo a punto de ocurrir, Cris. Salí con Fernando y tomamos muchas copas —suspiró y se tumbó bocarriba—. Fue antes de que te marcharas a Londres. Unos días después de que firmáramos el divorcio. Fuimos a un bar donde suelen quedar sus compañeros y me la encontré. Acabé en su apartamento y... —Se tapó la cara con las manos—. Estaba hecho una mierda.

—¿Y qué? —mascullé, atrapando su muñeca para que me mirara a los ojos.

Él volvió a colocarse encima de mí. Se acomodó sobre mi cuerpo, a pesar de que yo me encontraba tensa y exaltada.

—La llamé por tu nombre —dijo humedeciéndose los labios. Lo traspasé con la mirada—. Sí, Cristina. Entré en esa casa, dispuesto a follarme a otra tía con tal de poder dejar de pensar en ti, aunque fuese por un rato, y la llamé por tu nombre.

El pulso se me detuvo.

No supe qué responder a eso. La escena se materializó en mi cabeza e imaginármelos a ambos desnudos… me quemó las entrañas.

—¿Y luego? —musité.

Él me plantó un beso en la nariz. Consciente de mi malestar.

—Luego dejé de verla y más tarde volví a encontrármela en el hospital —dijo refiriéndose al episodio de mi accidente—. Cuando os fuisteis ella me ayudó, Cris. Ha sido una buena amiga. Hemos cenado algunas veces y no voy a negarte que era agradable sentir que estaba ahí. Que yo le importaba lo suficiente como para esperar a que me olvidase de ti. Pero lo nuestro no ha llegado a más. Ambos sabíamos que tu regresarías para Navidad… y que yo estaba demasiado jodido. Hubiese sido injusto para ella empezar una relación de esa manera. Empezar algo que tarde o temprano no llegaría a ninguna parte. Hemos hablado mucho sobre ello.

—Te quiere —susurré acariciándole la barba.

—Lo sé. Pero ella también sabe que yo te quiero a ti. Siempre he sido sincero en cuanto a mis sentimientos —aseguró, cogiéndome la palma de la mano para besarla.

—¿Por qué me dijiste que estabas con ella? —inquirí.

—Porque en el fondo quería que fuese así. Te escribí furioso el email. Aquella noche no pude hablar con Elena porque estabais con él. —Al decir eso ladeó la cabeza—. Aún no sé si mi intención era hacerte reaccionar o simplemente lo escribí tratando de creerme mis propias palabras.

Tragué saliva.

—Estaba roto, Cris —añadió.

Le cogí la cara y le planté un beso suave en los labios.

—Tenía miedo de que te hubieras enamorado de ella —musité.

Él exhaló una tierna sonrisa.

—Nena, mira —dijo agarrando mi mano y llevándola a su corazón—. Late de este modo solo cuando estoy contigo.

—Te quiero

—Y yo a ti.

—Te llevaste una parte de mí, Cristina. Y no he vuelto a ser yo hasta que te vi ayer apoyada en mi coche. Fue eso mismo lo que le dije a Mónica.

Lo examiné, pensando que al fin mi sueño se hizo realidad.

Había imaginado tantas veces que mi vida era de esa manera que, supongo, acabé atrayéndolo. Bendita la ley de la atracción y benditas las vibraciones armoniosas del universo si ellas habían participado de algún modo. Tenerlo encima de mí y saber que era completamente mío me hizo sentirme absolutamente agradecida.

Lo besé intensamente y rodamos en la cama.

—Me gusta tu pelo así —le dije hundiendo mis dedos en él.

—Elena me dijo lo mismo esta mañana.

Ambos sonreímos.

—Es mi niña, Cris.

Asentí despacio.

La felicidad crecía en mi pecho, extendiéndose.

—Nuestra vida comienza ahora, Raúl.

—Sí. Elena, tú y yo.

Luego sus manos descendieron hasta mi trasero y lo apresó con fuerza. Volvimos a besarnos, necesitados. Sintiendo que la pasión se reavivaba por segundos. Su lengua se deslizó dentro de mi boca y nos devoramos sin control.

Las sensaciones se magnificaron haciéndome recordar todas las veces que habíamos hecho el amor, y que con él siempre era mejor que la anterior.

—Te amo, cariño —gimió llenándome de él.

Y así, de ese modo, la noche se convirtió en día. La oscuridad se diluyó dando paso al amanecer.

Hablamos mucho, sin separarnos uno del otro. Le conté lo que me había dicho la ginecóloga y las bromas que Javi hacía desde entonces al respecto.

Nuestras risas se mezclaron bajo la manta con sus abrazos y los míos. Ordenamos nuestro futuro con planes y esperanzas.

La claridad bañaba la habitación cuando nuestras voces sosegadas se rindieron a Morfeo.

—He estado muerto sin vosotras, Cristina —susurró en mi pelo con su voz adormilada.

Mi corazón se estremeció.

—Ya estamos aquí. Contigo. En casa.

Al día siguiente, un sol enorme se abría entre las nubes, inundando de luz a la grandiosa Sevilla. Fuimos juntos a recoger a Elena. Era temprano y caminábamos de la mano. Los días grises habían quedado atrás y con ellos nuestra torpeza. Ahora podía sentirlo con solo respirar.

Nuestra hija aún dormía cuando Miguel nos abrió la puerta y dirigió su mirada allí donde los dedos de Raúl y los míos se entrelazaban. Su noble sonrisa reveló lo mucho que se alegraba de vernos así.

Contarles la noticia fue muy emotivo. Lo hicimos despacio. Traté de explicarme, aunque el nudo que tenía en la garganta apenas me dejaba articular palabra. Recuerdo el gesto de Rosa llevándose una mano al corazón y el rostro de mi suegro pasar por mil expresiones diferentes a medida que yo hablaba. Sabía que los sentimientos de ellos hacia Elena no variarían en absoluto. Era imposible que la quisieran más de lo que ya la querían. Pero, en cierto modo, acababa de entregarles la seguridad que necesitaban.

—Hija... —exhaló Rosa, abrazándome.

Fue justo de esa manera como siempre me acogieron desde el principio. Como a una hija. La ausencia de mis padres jamás podría suplirla, sin embargo, quise creer que en cada muestra de cariño que me mostraban los padres de Raúl había gran parte de los míos.

Aquella mañana, Raúl entró en la habitación de Elena y se acercó a ella mientras esta se desperezaba. Yo me apoyé en el marco de la puerta y contemplé cómo jugaban.

Sus carcajadas resonaron en las paredes y se extendieron en el aire, dibujando una melodía que me caló el corazón. Supe que, junto a ellos, todo sería posible.

Javi dijo una vez que él no creía en las ciudades grandes, sino en la gente grande. Imagino que trataba de decirme que perseguir un sueño o una meta no implica abandonar aquello que amas, sino lo contrario: tener cerca lo que verdaderamente es importante. Y yo, ahora, lo tenía.

Durante mucho tiempo traté de no olvidarme de esas palabras que utilizó mi doctora: una probabilidad entre un millón. Me las repetí constantemente. Mentalizándome de que si de esa sola probabilidad también dependía que mis días estuviesen impregnados de felicidad, no pensaba desaprovecharla.

Una semana después, pasé corriendo por la plazoleta donde una noche mantuve aquella extraña conversación con una desconocida. Trotaba radiante, satisfecha de haber retomado el deporte como otro hábito más a mi nueva y afortunada rutina. Me encontré con el banco y la misma señora sentada en él. Solo que esta vez ella no estaba sola. A su lado, un señor de su misma edad ocupaba el asiento contiguo. Parecían haberse conocido recientemente, a juzgar por cómo ella le miraba y le sonreía coqueta. Los perros de ambos también habían simpatizado, teniendo en cuenta que corrían uno detrás del otro moviendo el rabo.

Me detuve a observarles y pensé en lo mucho que todo había variado durante esos meses. Los contemplé mientras, en mi cabeza, la certeza de que nunca es tarde para empezar de nuevo se hacía palpable.

Ella alzó la mano en cuanto me vio, y yo la saludé.

Asentí transmitiéndole que mi vida al fin se había arreglado. Que afortunadamente era feliz, y ella hizo lo mismo.

Luego continué.

Estaba convencida de que en algún lugar de la Naturaleza, el cosmos ejercía su fuerza y todo estaba ahora como siempre debió estar.

Y sí, maduré. Si ello significaba querer con más conocimiento y amar con más intensidad. Lo hice sin olvidar aquello que me había llevado hasta lo que verdaderamente era. Entendí que la vida, a veces, podía ser despiadada y estar repleta de trampas para confundirnos. Pero que esto solo formaba parte de la historia. De nuestra historia. La que nosotros fuimos inventado cada día.

Comprendí que había que centrarse en los momentos insustituibles. En lo que me hacía sentirme completa. En la familia, en el amor, en los abrazos de Raúl y nuestras siestas. En el imborrable recuerdo de mis padres, en las interminables conversaciones con Javi y Marta, en los reencuentros con Carolina y Héctor, en la inocencia de mis sobrinos, en los consejos de mi hermana, en el afecto que me profesaban Rosa y Miguel. En la fragancia del cabello de Elena, en su sonrisa...

Aprendí a saborear los instantes. A exprimir el verano y el resto de las estaciones. A disfrutar de las cosas sencillas que llenarían el día de mañana una caja de recuerdos sagrada. Las tardes de invierno en el sofá abrazada a

Raúl. Contar las estrellas con Elena, tiradas en el césped de la casa de Roche. Los chapuzones de cabeza en la piscina y su risa extendiéndose por las copas de los árboles. Nuestros pies descalzos en la arena de la playa. Los viajes para tres inmortalizados con la brisa marina y las noches calurosas. Las escapadas para dos a ciudades de ensueño. Los besos en Venecia. Los rincones inolvidables. Las promesas retomadas. Las buenas noticias. Las bodas. Los nacimientos. Las fotos nuevas. Cientos de fotos que contaban cosas. Los proyectos. Los horizontes. La amistad. Cómo no, las discusiones absurdas y las reconciliaciones excitantes. Las manías y los defectos, pero por encima de todo, el respeto. Los juegos de cartas. Elena haciendo trampa. Las cosquillas en su cama. Sus pataletas en el desayuno. El olor del perfume de Raúl en mi almohada. Sus labios en mi piel. La Navidad. El futuro...

Ahora sabía adónde dirigirme. El camino hacia la felicidad estuvo lleno de contratiempos, pero al fin pude apartar el dedo del objetivo.

Lo vivido me ayudó a definirme. Me llevó hasta mi propia identidad.

EPÍLOGO

Elena

*H*ola, me llamo Elena Navarro y tengo siete años. Bueno, casi ocho.

Hoy es siete de enero. Es por la mañana, pero no sé qué hora será, aún no entiendo el maldito reloj.

Escribo en mi diario. Ahora tengo uno. Mamá dice que puedo escribir lo que quiera aquí. Espero que me sirva para mis secretos y cosas personales.

Estoy sentada en el suelo, en una esquina del estudio de fotografía de mi madre junto a Patricio. Que duerme en su camita. Patricio es mi gato. Es muy pequeño. Me lo han traído los Reyes Magos. Les pedí un hermano en la carta, pero mi padre cuando la leyó me dio una charla que fue un poco rollo sobre las probabilidades y no sé qué más. A veces no entiendo lo que dice.

Desde que volvimos de Londres se pasa todo el día persiguiendo a mi madre por mi casa. Le pellizca el culo y la besa, y le suele decir cosas como que la clave del éxito consiste en insistir. Últimamente no deja de repetir eso. A saber lo que significa...Y ella se ríe mucho. Son muy pesados con tantos besos. Puaj. Creo que hacen el amor. Pero menos mal que no se han divorciado, como los padres de Victoria. Los míos seguro que se besan también desnudos. Es así como se hacen los bebés. Me lo dijo una vez mi amigo Lucas. Aunque de ese no me creo nada, se come los mocos.

El diario no me lo han traído los Reyes Magos, sino Papá Noel, que es mi ~~avuelo~~ abuelo. Es decir, los Reyes Magos sí existen. Le traen regalos solo a los niños, a los mayores no, pero lo de Papá Noel es mentira. Mi madre insiste en mentirme. Se cree que soy tonta y que no me he dado cuenta de que es el abuelo disfrazado. ☺

Me pregunto por qué los mayores siempre tienen la manía de mentirle a los niños. Como por ejemplo cuando mi madre me dijo que a mí me había traído a casa una cigüeña. ¿Quién se va a creer eso? Los pájaros no se saben las direcciones de las casas. O que el Ratón Pérez es dentista. Menuda tontería. Es todo mentira.

En fin...

Estoy muy contenta de que ya no estemos en Londres. No me gustaba esa ciudad. Llovía mucho y hacía frío. Una porquería.

Me gusta más Sevilla. Y en verano me encanta ir con mis abuelos al chalet de Roche. Aunque este verano pasado no pudimos ir porque mi madre se puso enferma y la llevaron al hospital. Estuve muy triste ☺ pero mi abuela me dijo que rezara todos los días para que se pusiera buena, y funcionó.

Estas navidades sí las hemos pasado en Roche. Vinieron también mis titos: Héctor y Carolina, con mis primos. Ellos son más pequeños que yo. Y eso está bien porque casi siempre hacen lo que yo les digo. Son muy graciosos. Sobre todo el pequeño. Mi abuelo lo llama delincuente.

Ayer mi padre le dio una sorpresa enorme a mi madre. Ella no lo esperaba. Nos trajo a las dos al estudio de Luis. A ella le tapó los ojos con un pañuelo y cuando llegamos a la puerta se lo quitó.

Ahora tiene un letrero precioso en la parte superior en el que pone el nombre de mi madre. Él lo ha arreglado por dentro, lo ha pintado y ha comprado unos muebles muy bonitos. El tío Héctor lo ayudó. En las paredes hay muchas fotografías mías. Yo de pequeña, yo con papá, yo con la abuela, y casi todas son en blanco y negro. Son fotos que me hizo mi madre. A ella le encanta ser fotógrafa. Mi padre le dio la llave diciéndole que esa era su oportunidad de hacerse grande y ella lloró. Pero sé que era de alegría.

También le ha regalado una cámara de fotos de Barbie. Mi madre no me deja cogerla, le da miedo que pueda partírsela. Me ha contado que cuando era pequeña su padre le regaló una como esa. Dice que tiene mucho significado para ella y que no entiende cómo él ha conseguido una igual. Y es que él lo consigue todo. Es el mejor padre del mundo y el más guapo.

Cuando estuve en Londres lo eché,heché, bueno, eso, mucho de menos. Seguro que tengo un montón de faltas, menos mal que esto no lo va a leer nadie. En fin. Marcus, un compañero del trabajo de mi madre que era muy simpático me recordaba a él. Fuimos a algunos sitios muy chulos, pero yo estaba deseando volver a Sevilla, con mi papi.

Mañana empiezo el colegio. No tengo muchas ganas. No quiero dejar solo a Patricio. Aunque mi madre me ha prometido que mientras sea pequeño se lo va a traer al estudio para no dejarlo solo en casa.

En estos momentos ella está sentada en su mesa, tras la pantalla del ordenador, leyendo algo. El estudio aún no está abierto al público, todavía faltan algunas máquinas.

Se está tapando la boca con las manos y ha descolgado el teléfono para llamar a... papá. Algo le pasa.

Grita mucho. Creo que es la primera vez que la veo tan contenta.

Debe de ser importante porque se ha puesto de pie y está saltando.

Un momento, voy a preguntarle.

Vale, mi madre ya me ha soltado y puedo seguir escribiendo.

Ha ganado un concurso de fotografía y se ha buelto vuelto un poco loca.

Me ha cogido en brazos y me ha besado por toda la cara. En realidad, me encanta que haga eso. Y también que me haga cosquillas en mi cama. Aunque me gusta más cuando mi padre y yo se las hacemos a ella.

Ha llamado a su amigo Javi y se lo está contando sin dejar de mirarme.

Le está diciendo que en la vida pueden sucedernos cosas maravillosas y que solo tenemos que vivirla.

A veces dice mentiras, como la del Ratón Pérez, pero sé que ahora habla de verdad.

AGRADECIMIENTOS

He de confesar que durante el proceso de creación de esta novela me he sentido exultante de emociones.

He disfrutado, sufrido, reído y, sobre todo, he aprendido. Sí, he descubierto que son las historias las que eligen al autor, y no al contrario. Como que, también, son los lectores los que deciden a qué altura debe volar. Mis alas, ahora, están en vuestras manos.

Gracias a Marisa por ayudarme, enseñarme y acompañarme en cada paso que doy. Ya sabes que sin ti, esto no sería posible.

Gracias a Marta y a Carmen por ser las mejores lectoras cero y amigas que jamás imaginé.

Gracias a Agus por formar parte de mi equipo. El mejor equipo del mundo.

Gracias a Tiaré por aportar el toque mágico que le faltaba a esta historia.

Gracias a Antonio y a Javi, por resolverme las dudas médicas.

Gracias a mis amig@s, a los de siempre y a los de ahora. Los que me conocen bien saben lo importante que es para mí la amistad. Gracias de corazón por el apoyo que recibo a diario.

Gracias a mi familia; a mi mami; a Pepi y a Pablo; a mis hermanas; a mis tí@s y prim@s. Me siento tremendamente orgullosa de tener la familia que tengo.

Gracias a mi padre por no abandonarme nunca desde donde quiera que esté.

Gracias a José por cruzarse en mi vida e iluminarla. Seguimos sumando, compañero.

Y gracias a mi niña. Mi cosita preciosa. Mi ilusión. Mi coraje. Mi fuerza.

Cuando comencé a escribir alguien me dijo que el camino en solitario de un autor era muy difícil. Que sería casi imposible traspasar fronteras... Gracias a vosotros, yo ya no estoy sola.

SOBRE LA AUTORA

Rosario Tey (Cádiz, 1980) estudió Relaciones Laborales en la Universidad de Cádiz y luego cursó un Máster en Prevención de Riesgos Laborales. Trabaja impartiendo cursos de formación. Es madre y esposa y posee, junto con su marido, una preciosa cafetería en el Paseo Marítimo de su ciudad donde asegura que las puestas de sol son inolvidables.

Reconoce que su pasión es escribir. Su primera incursión en el mundo literario tuvo lugar con *Ríndete, Carolina*, una novela que ha sido número uno de ventas en Amazon y que sigue siendo motivo de excelentes críticas.

Rosario continua inmersa en otros proyectos que pronto verán la luz.

Puedes seguir a la autora a través de sus redes sociales donde mantiene contacto diario con sus lectores. Busca en Facebook **Rosario Tey**. En Twitter e Instagram **@Rosario_Tey**.

Sigue su blog **www.rosariotey.com**